Stefan Zweig

茨威格小说全集 [II]
中短篇小说

[奥] 斯·茨威格 著   张玉书 等译

人民文学出版社

Stefan Zweig
Erzählungen und Novellen

图书在版编目（CIP）数据

茨威格小说全集. 第二卷, 中短篇小说/（奥）斯·茨威格著；张玉书等译. —北京：人民文学出版社, 2019（2025.5重印）
ISBN 978-7-02-014744-1

Ⅰ.①茨… Ⅱ.①斯… ②张… Ⅲ.①小说集—奥地利—现代②短篇小说—小说集—奥地利—现代③中篇小说—小说集—奥地利—现代 Ⅳ.①I521.45

中国版本图书馆 CIP 数据核字(2019)第 051472 号

责任编辑　欧阳韬
装帧设计　黄云香
责任印制　王重艺

目　次

日内瓦湖畔的一个插曲 …………………………… 1
看不见的珍藏 …………………………………… 10
一个女人一生中的二十四小时 ………………… 27
心的沉沦 ………………………………………… 90
感情的混乱 ……………………………………… 121
里昂的婚礼 ……………………………………… 207
女仆勒波雷拉 …………………………………… 218
旧书贩门德尔 …………………………………… 244
无形的压力 ……………………………………… 273
偶识此道 ………………………………………… 313
象棋的故事 ……………………………………… 350
既相同又不同的两姐妹 ………………………… 409
是他吗？ ………………………………………… 434
偿还旧债 ………………………………………… 467
寻觅往昔 ………………………………………… 494

日内瓦湖畔的一个插曲

一九一八年夏天的一个夜晚,在日内瓦湖边靠近瑞士小镇维勒内夫的地方,有个渔夫驾着小船,在湖上发现了一个奇怪的东西。划到近处一看,原来是一只用几块松散的木板捆在一起做成的木筏,一个赤身裸体的男人用木板当桨,正笨手笨脚地想往前划。渔夫大吃一惊,赶忙划过去,把这个筋疲力尽的人拉到自己的船上,用渔网凑合着盖住他的赤裸的身体,然后试着和他攀谈。那人冻得浑身发抖,怯生生地蜷缩在小船的角落里,回答的时候却说着另一种语言,跟渔夫说的话没有半点相似。折腾了半天也没有结果,这位乐于助人的渔夫只好作罢,拉起渔网,加快速度,把小船向岸边划去。

湖畔的轮廓在熹微的晨光中显现,这位裸体人的脸也随之明亮起来。阔大的嘴边长满了乱蓬蓬的胡子,口中发出一阵孩子气的笑声。他举起一只手,指指对面,一再表示询问,其实他心里已经多少有数,便嗫嚅着说出了三个字,听上去好像是"罗西亚"①。船头越靠近湖岸,他说话的声音就越显得高兴。最后,船底终于擦着湖边;等待渔夫捕鱼归来的女眷们,尖叫着四下跑开,就像从前

---

① 即俄罗斯的谐音。

瑙西卡①的侍女们看见渔网里的裸体男人时一样;过了一会儿,村里各式各样的男人,被这稀奇古怪的消息所吸引,才渐渐围了上来。当地勇敢的村长忠于职守,也神气十足地走过来。他根据上级的指示,凭着战时的丰富经验,立刻明白,此人准是逃兵,肯定是从法兰西那边的岸上游过来的。他摆出架势要进行一次官方审讯,可是这个尝试却令他大费周折,很快就显得不伦不类,毫无价值,因为这个裸体人(有几个居民方才已扔给他一件外套和一条帆布裤子)不论问他什么问题,总是带着询问的神气重复叫道:"罗西亚?罗西亚?"而且越说越胆怯,越说越心虚。村长一看自己的尝试不成,便做出明白无误的手势命令此人跟他走。这时村里的青年人已经醒来,在他们的喧闹声中,这个浑身湿漉漉的汉子,穿着松松垮垮的裤子和上衣,赤着两只脚被带到了村公所,拘留在那里。他不作反抗,也不吭一声,那双明亮的眼睛由于失望而变得黯然神伤,他的高耸的双肩似乎受到沉重的打击,蜷缩起来。

这时,抓到一条人鱼的消息已经在附近的几家饭店里传开。有几位日子过得单调沉闷的女士和先生,很高兴有这样一个愉快醒脾的插曲,都过来观赏这个野人。一位女士把高级的夹心糖送给他吃,他却像个猴子似的,疑心重重地把糖搁在一边。一位先生给他照相,大家都高高兴兴地围着他七嘴八舌地说个不停。最后,一位饭店经理走来,他曾经久居国外,会说几种外语,他先后用德语、意大利语、英语,最后用俄语和这个惊慌失措的汉子说话。这个受惊之人,一听到他的乡音,就惊跳起来。在他温和敦厚的脸上布满了笑容,嘴咧得老大。突然间,他镇定而又坦率地讲述起他的

---

① 荷马史诗《奥德赛》中的人物。瑙西卡为阿尔利诺国王的女儿,和她的侍女们在海边嬉戏,发现一丝不挂的俄底修斯漂流到该岛,侍女们吓得四下逃散。

全部故事。故事很长,说得颠三倒四,有的地方连这位客串的翻译也没听明白,可是这个人的命运大致就像下面所说的那样:

他在俄国作战。有一天,他和成千上万个其他人一起被装进车厢,走了很远的路程;然后又被装上船,走的时间更长;他们到过一些地方,那里热得够呛,就像他所说的,肉里的骨头都给烤软了。最后,他们又到什么地方上了岸,被装进车厢,然后突然间冲上一个山坡,详细情况他不得而知,因为一开始一颗子弹就击中了他的腿。翻译把大家的提问和此人的回答翻译之后,大家立刻明白这个逃亡者是被调到法国作战的那些俄国师团中的士兵。这些人走了半个地球,他们穿过西伯利亚,经过海参崴,被派往法国前线。大家都对他表示某种同情,可同时也很好奇,并想知道,是什么促使他尝试这奇特的逃亡。这个俄国人带着又宽厚又狡猾的微笑,很乐意地往下叙述:他刚养好伤,就问护理人员,俄国在哪儿,他们给他指了指方向。通过太阳和星辰的位置,他大致确定了方位,于是便悄悄地逃走,夜里步行,白天躲在干草堆里,避开巡逻兵。有十天的时间,他一直吃着采撷来的果子和乞讨来的面包,最后来到这个湖边。说到这里,他的解释就不太清楚了。他似乎是说,他出生在贝加尔湖边,以为湖的对岸就是俄国,他在晚霞夕照中已经看到了对岸摇曳不定的线条。总而言之,他从一间茅屋里偷了两根木头,脸朝下趴在木头上,用一块木板做桨,游到湖里,然后渔夫就在湖上发现了他。他讲完他那含糊不清的故事以后,战战兢兢地问道,他是否明天就可以回到家里。这个问题刚一翻完,就由于他的无知,而引起了一阵哄堂大笑。可是,笑声很快就变成了感动和同情。这人忐忑不安,可怜兮兮地环顾四周;每个人都塞给他几个银币或几张钞票。

这时通过电话联系,从蒙特罗赶来一位职位较高的警官,他费了不少劲儿才对发生的事情做了一份记录。不仅是因为这位客串的翻译水平不高,同时也因为这个陌生人太无知,对于西欧人士来说,这种无知简直难以理解。除了知道自己名叫波里斯之外,他似乎对他自身也一无所知。他对自己故乡那个村子的描述混乱不堪。不久,人们总算弄明白,他们是麦切尔斯基公爵的农奴(虽然这种徭役已经取消了三十多年,他还是自称农奴),他和妻子跟三个孩子住在离大湖五十俄里的地方。于是人们就商量,如何安排他的命运,而他则目光呆滞、缩着肩膀站在这伙七嘴八舌争论不休的人们中间:一些人认为,应该把他送到伯尔尼的俄国公使馆去,另一些人则担心这个措施会使他又被送回到法国。警官表示这个问题实在难办:究竟把他当作逃兵对待呢,还是当作没有证件的外国人?镇上的书记官从一开始就反对把这个陌生的食客收留在这里养起来。有个法国人神情激动地叫道:对于这样一个可耻的开小差的家伙,根本用不着这样费事,他得干活,要不就送他回去。两个女人则激烈反对,认为他遭到这种不幸的命运完全是无辜的,把人家从自己的家乡派到一个陌生的国度去,原本就是犯罪。眼看这个偶然事件即将演变成一场政治争吵,突然间有位老先生,一个丹麦人发了话,他语气强劲地宣称,他愿为这个人支付八天的生活费。在这八天里,当局应该和公使馆达成协议。一个意想不到的解决方案,既可使官方也可使民间各派都感到满意。

讨论越来越激烈。与此同时,这个逃亡分子渐渐抬起他怯生生的目光,一动不动地盯着饭店经理的嘴唇。他知道,在这伙人当中只有此人能明白无误地告诉他,他的命运将会如何。他朦朦胧胧地感觉到,似乎是他的存在激起了这场骚乱;这时,话语的喧嚷平息下来,他完全无意识地在寂静中哀求似的向那位经理举起双手,就像女人在圣像前做的那样。这个手势动人心魄,以不可抗拒之势打动了每一个人。经理亲切地向他走去,安慰他,叫他不要害怕,他完全可以安安全全地待在这里,以后的这段日子,他会安排他住在他的饭店里。俄国人想吻他的手,可经理直往后退,把手缩了回去,然后指了指旁边的房子。这是一个小旅馆,他将吃住在那里。经理又跟他说了几句亲切的话语来安慰他,便沿着大街向自己的饭店走去,并一面挥手向他致意。

逃亡者一动不动地目送着他。这唯一懂得他语言的人刚一走开,他那豁然开朗的脸又阴沉下来。他用眷恋的目光望着那人渐渐远去,直到他走向坐落在高处的饭店;他丝毫也不理睬其余的人,这些人对他奇怪的举止或表示惊讶或感到可笑。有一个人同情地碰碰他,指了指那家旅馆;他沉重的肩膀仿佛松弛下来,他低着头走进门去。有人给他开了酒吧间,他挤到桌旁,女招待在桌上放了杯烧酒,向他问好。然后他就整个上午低垂着目光,一动不动地坐在那里。村里的孩子不断地从窗口向里窥望,并大声哄笑,向他叫喊些什么——可他头也不抬。进屋来的人好奇地打量他,他目光死盯着桌子,佝着背坐在那里,一副羞怯、害怕的样子。中午吃饭的时候,一群人在屋里大声说笑,好多他听不懂的话在他身边喧响,他可怕地意识到自己是个陌生人,在大家都很活跃的情况下,只有他一人又聋又哑地坐着,两只手哆嗦得那么厉害,几乎无法把勺子从汤里举起来。突然间,一股泪水沿着他的面颊流下,沉重地滴落在桌子上,他怯生生地环顾四周,别人也看到了他的泪水,大家一下子都沉默不语,他羞愧无比:那沉重的头发蓬乱的脑袋低得更加厉害,几乎碰到黑木的桌面。

直到晚上他都一直这样坐着。客人进进出出,他感觉不到他们,他们也不再感觉到他:他坐在火炉的阴影里,只不过是一片影子,他两手重重地撑着桌子,大家都忘了他的存在,谁也没有注意到他在朦胧的夜色中突然站了起来,像只野兽似的迈着沉重的步子,向高处的饭店走去。他在饭店门前站了一个小时,两个小时,谦卑地把帽子拿在手里,眼睛不看任何人。这个奇怪的形象,一动不动,黑黝黝地像根木头桩子插在灯火辉煌的饭店门口的地上。这个形象终于引起了一个小厮的注意,他把经理找来。经理用俄语和他打招呼时,这张阴沉的脸上又闪现出一道光亮。

"你要什么,波里斯?"经理友善地问道。

"请您原谅,"他嗫嚅着说道,"我只想知道……我是不是可以回家。"

"当然,波里斯,你当然可以回家。"经理微笑着答道。

"明天就可以回家吗?"

这下经理的脸色也严肃起来。波里斯的话简直就是哀求,经理脸上的微笑顿时一扫而光。

"不行,波里斯……现在还不行,要等打完仗以后。"

"什么时候打完仗?战争什么时候结束?"

"上帝才知道,我们凡人是不知道的。"

"早一点不行吗?我不能早一点回去吗?"

"不行,波里斯。"

"路真的那么远吗?"

"是的。"

"得走许多天吗?"

"得许多天。"

"我能走,先生!我有力气,我不会走累的。"

"但是你没法走,波里斯,这中间有道国境线。"

"国境线?"他迟钝地望着。这个词他很陌生,然后他就以他那奇特的执拗劲说道:

"我会游过湖去。"

经理几乎笑了起来,可是他心里很难过,便柔声地向那俄国人解释:"不行,波里斯,这样干不行。国境线那边就是外国,人家不让你过去。"

"可是我又不加害他们!我已经把我的步枪扔掉了。要是我求他们看在基督的分上,为什么他们不让我回到我妻子身边去呢?"

经理的心情越来越沉重,他感到非常难过。"不行,"他说道,"他们不会让你过去的,波里斯。人们现在已经不再听基督的话了。"

"那么我该怎么办,先生?我可不能待在这里啊!这里的人听不懂我说的话,我也听不懂他们。"

"你会学会的,波里斯。"

"不,先生。"俄国人低低地垂下头去,"我什么也学不会,我只会在地里干活,其他什么也不会,叫我在这儿做什么呢?我要回家!请您给我指指路吧!"

"现在没路可走,波里斯。"

"可是,先生,他们总不能禁止我回家,回到我妻子和孩子身边去吧,我已经不再是当兵的了。"

"他们会禁止你回去的,波里斯。"

"那么沙皇呢?"他突如其来地问道,期待和敬畏使他浑身颤抖。

"已经没有沙皇了,波里斯,他们把他给废了。"

"没有沙皇了?"他目光呆滞地凝视着对方,最后一道光亮从他的目光中消失,然后疲惫不堪地说道,"这么说,我回不了家了。"

"现在还不行。得等一等,波里斯。"

"等很久吗?"

"我不知道。"

黑暗中的这张脸变得越来越阴沉:"我已经等了那么久!我不能再等下去了。给我指指路,我要去试试!"

"无路可走,波里斯,他们在国境线上就会把你抓住。待在这儿吧,我们会给你找活干的!"

"这儿的人不懂我的话,我也不明白他们。"他固执地重复说道,"我在这儿活不下去!帮帮我,先生!"

"我帮不了,波里斯。"

"看在基督的分上帮帮我,先生!帮帮我,我实在受不了了!"

"我没法帮你,波里斯,现在谁也帮不了谁。"

他们默默无言地面对面站着。波里斯用手把帽子转个不停。"他们为什么把我从家里抓走?他们说,我得保卫俄罗斯,保卫沙皇,可是俄罗斯离这儿那么远,你刚才说,他们把沙皇……您怎么说来着?"

"废了。"

"废了。"他大感不解地重复一遍这两个字,"我现在该干什么呢,先生?我得回家!我的孩子哭着嚷着叫我,我在这儿活不下去!帮帮我,先生!帮帮我!"

"我帮不了,波里斯。"

"就没人能帮我吗?"

"现在没人。"

俄国人把头垂得更低,然后突然闷声闷气地说道:"我谢谢你,先生。"然后转过身去。

他非常缓慢地向山坡下走去,经理久久地看着他的背影,心里纳闷,他没有朝旅馆走去,而是沿着石级向湖边走去。经理深深地叹了口气,又回到饭店去处理自己的事情。

  第二天早上,同一个渔夫发现了那个淹死的人的赤裸裸的尸体,这可是纯属巧合。死者把人家送给他的裤子、帽子和外套仔仔细细地放在岸上,赤条条地跳入湖水中,就像他从湖里来时一样。对这一事件官方作了记录。不知道这个陌生人的姓名,便在他坟上立了一个便宜的木十字架,人们用这种小十字架来纪念那些无名氏的命运。如今这种十字架插遍了我们整个欧洲,从这一头直到那一头。

(1922)
(张玉书 译)

看不见的珍藏*

（德国通货膨胀时期**的一个插曲）

列车开出德累斯顿，过了两站，一位上了年纪的先生登上我们的车厢，彬彬有礼地跟大家打招呼，然后抬起眼睛，像跟老朋友问好似的再一次向我点头致意。我一下子想不起，他究竟是谁；可是等他微微含笑地道了他的姓名，我立刻回忆起来：他是柏林最有声望的艺术古玩商之一，战前①和平时期我常常到他店里去参观并且购买旧书和作家手迹。我们起先东拉西扯，随便聊聊。接着他话锋一转，突然说道：

"我得跟您说说，我刚从哪儿来。因为这个插曲可以说是我这个老古玩商三十七年来从来没有遇见过的奇事。您大概自己也知道，自从钞票的价值像逸出的煤气似的，转眼化为乌有，现在古玩市场上是个什么情况：暴发户们突然对哥特式的圣母像和古版书，古老的蚀刻画和画像大感兴趣；你怎么也满足不了他们的要求，甚至得拼命抵抗，不让他们把你店里的东西一抢而光。他们简直恨不得把你衬衫袖口上的纽扣和桌子上的台灯都抢购了去。所以越来越需要源源不断地收进新货——请原谅，我竟突然把这些

---

* 本篇第一次发表于一九二四年。
** 指二十世纪二十年代至三十年代初。
① 指第一次世界大战前。

我们一向带有敬畏之心提起的东西叫作货物——但是这帮家伙已经叫人习惯于把一部绝妙的威尼斯古版书看作是多少多少美金,把古埃齐诺①的素描看作是几张一百法郎钞票的化身。对于这些突然间抢购成癖的家伙无孔不入的钻劲儿,你怎么抵挡也是无济于事的。所以我一夜之间又给刮得一干二净。我们这家老店是我父亲从我祖父手里接过来的,现在店里只有一些极其寒碜的破烂货,从前连北方的街头小贩也不会把它们放到他们的手推小车上去。我羞愧已极,恨不得关上店门,停业不干。

"正在这种狼狈的境地,我忽然想到,不妨把我们过去的旧账本拿来查一查,找出几个往日的老主顾,说不定我又能从他们那儿捞回几个复本。这种老主顾的花名册像一片坟地,特别在现在这个时候,实际上提供不了多少线索。我们大部分老主顾早就被迫把他们的收藏拍卖掉了,或者早已去世,对于硕果仅存的少数几个,也不能抱多大希望。这时我突然翻到一捆书信,大概是我们最早的一位老主顾写来的。他从一九一四年大战爆发以来从来没有向我们订购或者打听过什么东西,所以我压根儿把他给忘了。他和我们的通信,几乎可以追溯到六十年以前,这可一点也不夸张。他在我父亲和我祖父手里就已经买过东西了,可是我记不得在我自己经手的三十七年里他曾经踏进过我们的店铺。所有的一切都表示出,他大概是个古怪的、旧式的滑稽人物,是门采尔或者斯比茨维克②笔下那种早已销声匿迹的德国人。这种人极少活到我们这个时代,作为罕见稀有的怪人,有时散居在一些外省的小城市

---

① 古埃齐诺(1591—1666),原名乔万尼·弗朗切斯柯·巴尔比哀利,意大利折中画派画家。
② 阿道夫·门采尔(1815—1905),德国现实主义画家;卡尔·斯比茨维克(1808—1885),德国画家,其作品多取材于德国小城市的生活。

里。他的手书是书法的珍品,写得工工整整,钱数下面用尺子画上红线,而且每次总把数目字写上两遍,以免出错;除此以外,他还用从来信裁下来的没写字的白纸和翻转过来的旧信封写信,凡此种种,表明一个不可救药的外省人生性小气和节约成癖。这些稀奇古怪的文件上面,除了他的签名之外,还签署着他全部复杂的头衔:'退休林务官兼经济顾问官,退休中尉,一级铁十字勋章获得者'。这位一八七〇年战争的老兵,现在如果还活着的话,想必至少已有八十岁了。可是这位滑稽可笑、节约成癖的老人作为古代蚀刻画的收藏家却表现出极不寻常的聪明才智,异常丰富的专门知识和高雅不凡的艺术趣味。我把他将近六十年的订单慢慢地加以整理,其中第一张订单还是用银币计价的呢,我发现,这个不显眼的外省人在花一个塔勒①可以买一大堆最精美的德国木刻的时代,一定已经不声不响地收集了一批铜版画,这些藏画可以和那些暴发户的名气很大的收藏相比而毫不逊色。因为,单单半个世纪里他在我们店里每次用几个马克、几个芬尼买下的东西加在一起,到今天也已价值连城了。除此之外,还可以料想,他在拍卖行里和其他商人手里一定也捞了不少便宜货。当然,他从一九一四年以来,没有再寄来过订单。可是我对古玩市场上的各种行情是十分熟悉的,这样一批版画如果公开拍卖或者私下出售,一定瞒不过我。所以说,这位奇人想必现在还依然健在,或者这批收藏现在就在他的继承人手里。

"这件事情引起了我的兴趣,所以第二天,也就是昨天晚上,我立刻跳上火车,径直前往一个在萨克逊②比比皆是的寒碜不堪

---

① 塔勒,德国旧制银币,十六世纪以来流行于大部分德意志国家。
② 萨克逊,德国东部原德意志境内一个王国,帝国统一后,为一个行省。

的外省小城。我走出小火车站,沿着这座小城的主要大街信步走着。我简直觉得难以置信,在这么一些外观平淡无奇、情调低级庸俗、按照小市民的口味修饰起来的房子当中,在某一个房间里面,居然会住着一个拥有伦勃朗①的无比精美的画幅以及全套丢勒②和曼台涅③的铜版画的人。我到邮局去打听,有没有一个叫这个名字的林务官或者经济顾问官住在这里。使我惊讶的是,人们告诉我,这位老先生确实还活着。于是我在午饭之前便动身前去拜访——老实说,我心里多少有些紧张。

"我毫不费劲地找到了他的寓所,就在那种简陋的外省楼房的三层楼上。这种楼房大概是上世纪六十年代一位善于投机的蹩脚建筑师匆匆忙忙盖起来的。二层楼住着一位诚实的裁缝师傅。三楼左侧挂着一块闪闪发亮的铜牌,刻着邮政局长的名字,在右侧终于看到了写着这位林务官兼经济顾问官姓名的瓷牌。我犹犹豫豫地拉了一下门铃,一位年纪相当大的白发老太太,头上戴着一顶干干净净的黑色小帽,马上把门打开。我把名片递给她,并且问她林务官先生是否见客。她先是不胜惊讶、有些怀疑地看了我一眼,然后看看我的名片。在这座与世隔绝的小城市里,在这么一幢旧式房子里,从外地有客来访似乎是件大事。可是她和蔼地叫我稍等,便拿着名片,进屋去了。我听见她在屋里轻声耳语,接着突然听见一个洪亮的、大声喊叫的男人声音:'啊……柏林来的 R 先生,从那家大古玩店来的……请他进来,请他进来……我非常高兴看见他!'这时老太太已经踩着碎步很快地走了回来,请我进起

---

① 伦勃朗(1606—1669),荷兰著名画家。
② 丢勒(1471—1528),德国著名画家。
③ 曼台涅(1431—1506),意大利北部影响最大的画家,文艺复兴早期的代表人物。

居室。

"我脱下衣帽,走了进去,在这间陈设简单的起居室当中,我看见一个年事很高但是身体还很强健的老人直挺挺地站着,他蓄着浓密的口髭,穿一身镶边的、半似军装的家常便服,十分亲切地向我伸出双手。这个手势显然表示出喜悦的、发自内心的欢迎,可是他直挺僵硬地站在那里的神气似乎和这种欢迎有些矛盾。他一步也不向我迎过来,我只好凑上前去,握他的手。我心里有点不大自在。可是等我想去握他手的时候,我发现这两只手一动不动地保持着水平的位置,不来握我的手,而是等我去握它们。一下子我全明白了:这人是个瞎子。

"我从小看见瞎子心里就觉得很不舒服。想到这种人好端端的是个活人,可同时又知道,他对我的感觉,不像我对他的感觉那样,心里总不免有些羞惭和不大自在。就是现在,我在这对向上翘起的浓密的白眉毛下面,看见了这双凝望着前方,却一无所见的死眼睛时,我也得克服我心里最初的惊恐。可是这位盲人不让我有时间去感到不是滋味,我的手一碰到他的手,他就使劲儿地握起来,并且用一种热烈的、高高兴兴的大声嚷嚷的方式重新向我问好:'真是稀客!'他笑容满面地向我说道,'的确是个奇迹,柏林的大老板居然会来光临寒舍……不过,要是这样一位商人先生坐上火车的话,咱们可得多加小心啊!……咱们家乡有句俗话:吉卜赛人来了,快把房门和口袋关好……是啊,我可以想象,您干吗要来找我。在我们可怜的、日益衰败的德国,现在生意可是很不景气,没有买主了,于是大老板们又想起了旧日的老主顾,又来寻找他们的羊群了。不过我怕您在我这儿交不到什么好运,我们这些可怜的老退休人员要是有口面包吃就该心满意足了。您们现在的价格像发疯似的往上涨,我们可是没法奉陪啊……我们这号人是永远

退出了。'

"我赶快向他解释,说他误会了我的来意。我到他这儿来,并不是想要卖给他些什么东西,我只不过是恰好路过这里,不愿错过这一机会来拜访他一下,他是我们这个字号多年的老主顾,并且是德国最大的收藏家之一。我刚把'德国最大的收藏家'这几个字说出口,这位老人的脸上便发生了奇怪的变化。他依然僵硬地直立在屋子当中,可是他的脸上突然发亮,表现出最内在的得意。他把脸转向他估计是他妻子站着的那个方向,仿佛想说:'你听见了吗!'接着转过脸来对我说话,声音里充满了快乐,丝毫没有刚才讲话时那种老军人的粗暴语气,而是温柔地,简直可以说是含情脉脉地说道:

"'您的确太好了……不过您也不至于白跑一趟。我要让您看点东西,这可不是您每天都看得见的东西,即使在您那富丽豪华的柏林城里也不是每天都能看到的。……给您看几幅画,就是在阿尔柏尔提那①和那该诅咒的巴黎也找不到比它们更为精美的东西……可不是,收集了六十年,就会收集到各式各样的东西,这些东西平时是不会随便放在马路上的。路易丝,把柜子的钥匙给我!'

"这时,却发生了一件出乎意料的事情。原来站在他旁边的老太太,一面客气地微笑着,一面亲切地静听我们谈话,这时她突然向我哀求似的举起她的双手,同时用她的脑袋做了一个激烈反对的动作。我起先还不明白,她这是什么意思。接着她就走到她丈夫跟前,把两只手轻轻地放在他的肩上,提醒他道:'可是赫尔

---

① 阿尔柏尔提那,闻名世界的维也纳艺术陈列馆,内有丰富的收藏,为萨克逊-台逊的阿尔柏特·卡西米尔公爵于一七七六年所创建,因而得名。

瓦特，您也不问问这位先生有没有工夫看你的藏画，现在是吃午饭的时候了。吃完饭你又得休息一小时，这是大夫再三嘱咐的。等吃完饭再把你那些东西给这位先生看，我们再一起喝咖啡，不是更好吗？再说阿纳玛丽那时候也在家，这些东西她比我懂得多，可以帮帮你的忙！'

"她刚说了这些话，又一次越过这个丝毫未起疑心的人的脑袋，向我重复她那急切的央求手势。这下我明白她的意思了。她希望我拒绝马上参观他的画，所以我立即编出一个借口，说有人请我吃饭。当然能看看他的收藏，对我来说是件乐事，并且也是莫大的荣幸，不过得到下午三点以后，那时候我将乐于前来。

"老人像个被人把最心爱的玩具拿走了的孩子似的生起气来。他转过身去，嘟囔着说道：'当然啰，这些柏林的大人先生们总是忙得没有工夫的。可是这一次您可得腾出时间来，因为我给您看的不是三五幅画，而是二十七本，每本专门收藏一位大师的作品，而且差不多每一本都是夹得挺满的。那好吧，下午三点；可是请准时，要不然我们就看不完了。'

"他又一次向空中把手伸出来等我握，'您等着瞧吧，您会高兴——或者恼火的。而您越恼火，我就越高兴。我们这些收藏家就是这样：一切都为我们自己，什么也不留给别人！'他再一次和我使劲儿地握握手。

"老太太一直送我到门口。在整个这段时间里，我注意到她一直忐忑不安，显出一副又尴尬又提心吊胆的神气。可是现在刚走到门口，她就压低了嗓子，结结巴巴地说道：'可以让……可以让……我的女儿阿纳玛丽在您到我家来之前，去接您吗？……由于种种原因……这样比较妥当……您大概是在旅馆里用饭吧？'

"'是的。令嫒来接我，我非常高兴，我将感到非常荣幸。'

我说。

"果然，一小时以后，我在市集广场边上的那家旅馆的小餐厅里刚吃完午饭，一个不太年轻的姑娘走了进来。她的衣着十分朴素，一进来就举目四下里找人。我向她走去，进行自我介绍，并且告诉她，我已准备就绪，可以马上跟她一起去看藏画。可是她的脸唰的一下子涨得通红，像她母亲一样，表现出慌乱和尴尬的神气。她问能不能先跟我说几句话。我立刻发现，她有为难之处。每当她鼓起勇气，想要说话的时候，这片局促不安、飘忽不定的红晕便一直升到她的额角，她的手指摆弄着衣服。末了，她终于断断续续地说了起来，说的时候又一再重新陷入迷惘：

"'我母亲打发我来找您……她什么都跟我说了……我们有一件事要求您……我们是想趁您还没去见我父亲，先告诉您一下……我父亲当然要把他的收藏拿给您看，可是这些藏画已经不全了……缺了好几幅……可惜甚至要说，缺了相当多……'

"说到这里，她又不得不喘口气，然后她突然凝视着我，急急忙忙地往下说道：

"'我必须非常坦率地跟您说……您知道现在这时势，您什么都会明白的……大战爆发以后，我父亲的双目完全失明，在这以前，他的视力就常常出毛病。一激动干脆使他的视力全都丧失了——最初，尽管他已是七十六岁高龄，还一个劲儿地要参军去和法国作战，后来军队没能像一八七〇年那样长驱直入，他就生气得不得了，于是视力很快地一天不如一天。不过除了眼睛以外，他身子骨儿还十分硬朗，不久以前他还能一连几小时地出去散步，甚至出去打猎，这是他喜爱的消遣。现在可是没法出去散步了，他剩下的唯一乐趣就是他的藏画。他每天都看……这就是说，他看是看不了啦，他现在什么也看不见，可是他每天下午把所有的画夹都拿出来，至少可以把这些画摸一摸，一张一张地摸，总是按照同样的顺序，几十年下来，他都背熟了……现在别的东西再也引不起他的兴趣了，我老得把报上各种拍卖的消息念给他听。他听见价钱涨得越高，他就越高兴……因为……可怕的就是这个：父亲对于物价和时势一点也不懂……他不知道，我们已经坐吃山空，靠他一个月的养老金，还维持不了我们两天的生活……加上我妹夫又阵亡了，留下我妹妹拖着四个孩子——可是我父亲对于我们这些物质上的困难一无所知。我们起先省了又省，比从前更节省，可是无济于事。后来我们开始变卖东西——我们当然不碰他心爱的藏画……我们变卖了仅有的那点首饰，可是，我的天，这又值得了多少！六十年来，我父亲可是把能够省下来的每一个铜板全都用来买画了啊。有一天家里什么也没有了……我们真不知道这日子该怎么过下去。这时候……这时候，我母亲和我就卖了一幅画。父亲当然绝对不会答应我们卖画，他根本不知道，日子多么难过，他根本想象不到，要想在黑市市场上去弄点粮食回来有多么不容易。他也不知道，我们已经打了败仗，阿尔萨斯和洛林已经割让出去，我们念报的时候，再也不把这些消息念给他听，免得他生气激动。

"'我们卖掉的是很珍贵的一幅画，是幅伦勃朗的蚀刻画。商人给我们出价好几千马克，我们指望用这笔钱维持几年生活，可是您也知道，货币贬值得多么厉害……我们把剩下的钱存进了银行，可是两个月以后，这笔钱就一文不值了。我们只好再卖一张，又卖一张，商人总是迟迟不付钱，等钱寄来，已经值不了多少。后来我们就到拍卖行去试试，可就是在拍卖行里，尽管人家出价几百万，我们也还是受骗上当……等到这几百万到我们手里，早已变成了一堆毫无价值的废纸。就这样，我父亲收藏中最好的珍品，包括几幅名画在内，全都慢慢地散失了，仅仅为了维持我们最可怜的生活。我父亲对此一点也不知道。

"'所以今天您一来,我母亲就吓坏了……因为要是我父亲把那些画夹子打开给您看,那么一切都败露了……这些旧的厚纸框子,我父亲一摸就知道,里头夹的是什么。我们把一些仿制品或者类似的画页塞在里面,代替那些卖掉的画页。这样他摸的时候,就不会有所觉察。只要他能摸能数这些画页(这些画的顺序他清清楚楚地记在脑海里),那他就跟从前看得见这些画的时候同样的高兴。而平时在这种小城市里,我父亲也认为没有什么人有资格看他的宝贝……他把每一张画都爱若至宝,我相信,如果他知道,他手里摸着的这些画都已经四下散失了,他一定会心碎的。自从德累斯顿蚀刻画馆的前任馆长逝世以后,您是这些年来他的第一个知音,他愿意把画夹子打开来给您看。所以我请求您……'

"这个不复年轻的姑娘突然举起双手,眼里闪着泪花。

"'……我们请求您……别让他伤心……别让我们难过……请您别把他这最后一个幻想给毁掉,请您帮助我们,让他相信,他将向您描绘的所有画幅,还依然存在……要是他猜到了真情,他准保活不下去。也许我们是做了一件对不起他的事,但我们也是没有别的法子:人总得活啊……人的性命,我妹妹的四个孤儿,总比印了画的纸重要一些吧……到今天为止,我们一直没有剥夺过他的这个乐趣;他很高兴,每天下午能把他的画夹子翻上三个钟头,跟每幅画都像跟个人似的说上一阵。今天……今天说不定会是他最幸福的日子。他盼了好些年,只盼着有朝一日能让一位识货的人看看他心爱的宝贝;我请您……我举起双手恳请您,别破坏了他的这个快乐。'

"她这番话说得这样动人心弦,我现在复述起来,根本不可能把这种感情表达出来。我的天,作为一个商人我曾经看见过许多人被人卑鄙地洗劫一空,被通货膨胀整得倾家荡产,他们上百年祖传的财宝被人用一个黄油面包的代价给骗走……但是命运在这儿创造了一个特别的例子,使我心里特别激动。不言而喻,我答应她守口如瓶,并且尽力帮忙。

"我们于是一起到她家去——路上我十分愤怒地听说,人们用便宜得吓人的价钱欺骗了这些可怜的无知的女人,但是这更坚定了我竭尽全力帮助她们的决心。我们登上楼梯,刚推开门,就听见起居室里传来老人高兴的大嗓门:'进来!进来!'凭着盲人敏锐的听觉,他一定在我们上楼的时候就听见我们的脚步声了。

"'赫尔瓦特急于把他的宝贝给您看,今天中午都睡不着了。'老太太含笑对我说。她女儿的一个眼色已经使她明白,我完全同意帮忙,老太太放心了。桌上摊了一大堆画夹子,像是在等人去看。盲人一摸到我的手,也不多打招呼,就一把抓住我的手臂,把我按在软椅上。

"'好,现在我们马上就开始看吧!——要看的东西很多,而柏林来的先生们又老是没有工夫!第一个夹子里全是大师丢勒的作品,您自己马上就可以看出来,收集得相当齐全——而且一幅比一幅精美。喏,您自己可以判断,您瞧瞧!'——说着他打开画夹的第一幅,'这是《大马图》①。'

"于是他轻轻地、小心翼翼地,就像人家平时拿一样容易打碎的东西似的,用指尖从画夹子里取出一个硬纸框,里面嵌着一张发黄的空白的纸。他热情洋溢地把这张一文不值的废纸举到面前,细细地看了几分钟之久,可是实际上什么也没看见。他叉开手指

---

① 丢勒的名画,作于一五〇五年。

兴高采烈地把这张白纸举到眼前,整个脸上十分迷人地表现出一个看得见的人的那种凝神注视的神情。他那瞳仁僵死、目光发直的眼睛,不知道是由于纸上的反光,还是来自内心的喜悦——突然发亮,闪烁着一种智慧的光芒。

"'怎么样,'他颇为得意地说道,'您看见过比这幅更加精美的复印画吗?每个细部的线条印得多么清晰,轮廓多么分明——我把这张画和德累斯顿复印版的画比较过,德累斯顿版那张显得平板多了。再看看它的来历!瞧这儿——'他把画页翻了过来,用指甲极为精确地指着这张白纸的某些地方,使我不由自主地望了一眼,看那儿是不是真的还盖着图章——'您看,这儿是那格勒藏画的图章,这儿是收藏家雷米和艾斯代勒的图章。这些在我之前拥有这幅画的著名收藏家大概一辈子也料想不到,这幅画居然有一天会跑到这间斗室里来。'

"听到这位丝毫没起疑心的老人这样热情奔放地夸耀一张空空如也的白纸,我背上起了一阵寒噤。看见他用指甲毫厘不差地指着只在他的想象中还存在的看不见的收藏家的图章,真叫人毛骨悚然。由于恐怖,我的嗓子眼堵得厉害,我不知道该怎么回答才好。我慌乱中抬起眼睛看了看那两个女人,又看见老太太浑身哆嗦,十分激动地举起双手,向我恳求。于是我振作一下,开始扮演我的角色:

"'简直叫人拍案叫绝!'我终于结结巴巴地说道,'真是一张印得精美绝伦的画!'老人的脸上马上显出得意的神气,'不过,这还算不了什么,'他洋洋得意地说,'您还得先看看《忧愁》①,或者

---

① 《忧愁》是丢勒的名画,作于一五一四年,画面是一天使托腮沉思。

《基督受难》①，这可是一幅精工印制的画。这种质量的画，还从来没有印过第二回呢。您瞧瞧，'说着他的手指又十分轻柔地抚摸着一幅他想象中的画——'瞧瞧这颜色多么新鲜，笔力多么遒劲，色调多么温暖。柏林的老板们和博物馆的专家们见了，都要为之神魂颠倒呢。'

"他就这样滔滔不绝、洋洋得意地边说边让我看画夹，足足忙了两个小时。我和他共同欣赏这一百张或者两百张空白的废纸或者蹩脚的仿制品，而这些东西在这个可悲的丝毫没起疑心的盲人的记忆里还是真实存在的，以至于他可以毫无差错、按照准确无误的顺序、精确入微地夸奖并且描写每一幅画。啊，我没法向您描述，这是多么使人毛骨悚然！这个看不见的珍藏，早已随风四散、荡然无存，可是对于这个盲人，对于这个令人感动的受骗者来说，还完整无缺地存在着。他从幻觉产生的激情是如此强烈，以至于我差一点也开始相信它们还依然存在。只有一次，他似乎觉察到什么，险些可怕地打破了他那梦游病患者的稳健，使他不能热情洋溢地说下去。他拿起一张伦勃朗的《安提俄珀》②（这是一幅试印的复制品，原来的确非常值钱），又在夸奖印刷的清晰，说着，他那感觉敏锐的神经质的指头，十分钟爱地顺着印刷的线条，重描这幅图画。可是他那已经训练得十分敏感的触觉神经在这张陌生的纸上没有摸到那些凹纹，于是他突然皱起眉头，他的声音也慌乱了：'这不是……这不是《安提俄珀》吧？'他喃喃自语，神情有些狼狈。

---

① 《基督受难》是丢勒以基督被钉在十字架上这一故事为题材的绘画。共两套，大《基督受难》图作于一四九八至一五一〇年，小《基督受难》图作于一五〇七至一五一二年。
② 安提俄珀，希腊神话中英勇善战的阿玛宗族的女王之妹，为忒修斯之妻，希波吕托斯之母。

我马上采取行动,急忙从他手里把这幅夹在框子里的画取过来,热情洋溢地大肆描绘我也熟悉的这幅蚀刻画的一切可能有的细节。盲人的那张已经变得颇为尴尬的脸便松弛了下来。我越赞扬,这个饱经沧桑、老态龙钟的老人身上便越发显出快活的样子,显出一股发自内心的深情。'总算找到了一个识货的行家!'他洋洋得意地掉转脸去冲着他的妻女欢呼起来,'总算找到一个懂行的,你们也听听,我的这些画多么值钱。他们总是疑虑重重地怪我把所有的钱都拿来买了画。这话倒也不假,六十年来,我既不喝酒,也不抽烟,不旅行,不看戏,也不买书,总是省了又省,省下钱来买这些画。有朝一日,等我不在人间了,你们会看见……你们将成为富翁,比我们城里谁都有钱,就跟德累斯顿最大的阔佬一样有钱。那时候,你们就会对我干的这件傻事感到高兴了。可是只要我活一天,这些画就一幅也不许拿出我的房子……你们先得把我抬出去埋了,再把我的收藏拿走。'

"他说着,用手指温柔地抚摸一下那些早已空空如也的画夹,就像抚摸一些有生命的东西似的。这是一副既可怕又动人的场面,因为在进行大战的这些年里,我还从来没有在一个德国人的脸上看到过这样纯净的幸福的表情。他身边站着他的妻子和女儿,她们跟那位德国大师①的蚀刻画上的妇女形象十分神秘地相像。画上这些妇女前来瞻仰救世主的坟墓,在这已经打开的空无一物的墓穴前面,她们脸上既显出恐怖害怕的表情,同时又显出一种虔诚、高兴看见奇迹的狂喜。那些女门徒的脸上被救世主的神力感染得光芒四射,这两个日益衰老、饱经风霜、愁苦可怜的小资产阶级妇女的脸上则洋溢着老人的这种天真烂漫、幸福无比的喜悦,她

---

① 指丢勒。这里说的蚀刻画就是丢勒的名画《基督受难》图。

们一面含笑，一面流泪，这样激动人心的景象，我还从来没有见过。可是这老人听我的夸奖，真是听个没够。所以他一个劲儿地翻着画页，如饥似渴地听我说的每一句话。等到最后，人们终于把这些骗人的画夹推到一边，老人很不乐意地腾出地方来放咖啡的时候，我才松了一口气。可是和这位似乎年轻了三十岁的老人热烈、高涨的欢快情绪，和他疯疯癫癫的高兴劲头相比，我这种含有内疚感的轻松又算得了什么！他滔滔不绝地讲了成百上千个买画觅宝的小故事，一再站起身来，不要人家帮一点忙，自己去抽出一幅又一幅画来：他像喝了酒似的带有醉意，情绪高昂。等我末了说，我得告辞了，他简直吓了一大跳，像个使气任性的孩子般显出一脸不高兴的样子，赌气地跺着脚说：这不行，您还没有看完一半呢。两个女人好说歹说，才让这个倔强的生气的老人明白，他不能多耽搁我，要不然我会误了火车的。

"经过绝望的挣扎，他终于顺从了。我们握别的时候，他的声音变得非常柔和，他握住我的两只手，他的手指带着一个盲人的全部表达力，爱抚似的沿着我的手一直抚摸到我的手腕，似乎想多了解我一点，并且向我表达言语所不能表达的爱情。'您光临寒舍，给我带来了极大极大的快乐，'他开口说道，带着一种发自内心的激动情绪，这我永远也不会忘记。'我终于又能和一个行家一起看一遍我心爱的藏画，这对我来说真是个幸福。可是您会看到，您不是白白到我这个瞎老头子这儿来了一趟。我让我太太作证，我在这儿答应您，在我的遗嘱里加上一条，委托您那久享盛誉的字号来拍卖我的收藏。您应该得到管理这批不为人所知的宝藏的荣誉，'说到这里，他把手亲热地放在这些早已洗劫一空的画夹上面，'一直管理到它四散到世界各地之日为止。请您答应我一件事：请您印个漂亮的藏画目录，这将成为我的墓碑，我也不需要更

好的墓碑了。'

"我望了一眼他的妻子和女儿,她们两个紧紧挨在一起,有时候一阵战栗从一个人的身上传到另一个人身上,仿佛两个人是一个身体,在那儿同受震动,一齐发颤。我自己这时的心情是十分庄严肃穆的,因为这位动人的毫无疑心的老人把他那看不见的、早已荡然无存的收藏像个宝贝似的托我保管。我深受感动地答应他去办这件实际上我永远无法照办的事。老人的死沉沉的瞳仁又为之一亮,我感到,他从内心渴望真正感觉到我的存在:我从他对我的温柔情意,从他的手指带着感激和许愿的意思使劲握着我的手指时的亲热样子,感觉到了他的这种愿望。

"两个女人送我到门口。她们不敢说话,因为老人耳朵尖,每句话都会听见,但是她们一面望着我,一面流泪,她们的眼光是多么温暖,多么富有感激之情。我恍恍惚惚地摸索着走下楼梯,心里其实十分羞愧:我像童话里的天使似的降临到一个穷人的家里,使一个瞎子在一小时内重见光明,我用的办法是帮人进行了一次虔诚的欺骗,极为放肆地大撒其谎,而我自己实际上是作为一个卑鄙的商人跑来,想狡猾地从别人手里骗走几件珍贵的东西的。可是我得到的,远远不止这些:在这阴暗迟钝、郁郁寡欢的时代,我又一次生动地感觉到纯粹的热情,一种纯粹是对艺术而发的精神上的快感,这种感情我们这些人似乎早已忘怀了。我心里充满——我不能用别的方法表达——一种敬畏的感情,虽然我不知为什么,又一直感到羞惭。

"我已经走在大街上了,上面咣当一响打开了一扇窗户,我听见有人在叫我的名字:确实不错,老人不听劝阻,一定要用他失明的双眼,朝着他以为我走的那个方向目送我。他把身子猛伸到窗外,他的妻女只好小心地扶着他。他挥动手绢,叫道:'一路平安!'他的嗓音高高兴兴,像个少年人一样清新爽朗。这是一个令人难忘的情景:楼上的窗口露出一张白发老人的高高兴兴的笑脸,凌驾于大街上愁眉苦脸、熙熙攘攘、忙忙碌碌的人群之上,由一片善意幻觉的白云托着,远远脱离了我们这个严酷的现实世界。我不觉又想起了那句含有深意的老话——我记得好像是歌德说的——'收藏家是幸福的人!'"

(1924)

(张玉书 译)

一个女人一生中的二十四小时

大战①爆发前十年，我当时下榻在里维埃拉②的一家小旅馆里。那天我们餐桌上进行了一场热烈的讨论，这场讨论不知不觉地变成了激烈的争论，甚至快到了反目成仇恶言相向的地步。世人大多想象力贫乏，只要事情和他们没有直接关联，不像尖锥似的猛刺进他们的肌肤，他们绝对无动于衷；可是若在他们眼前出了点事，哪怕只是小事一桩，直接触动他们的感觉，他们便情绪激动，激烈得异乎寻常。平时漠不关心，此时一反常态，感情暴烈，冲动得不合时宜，又相当过火。

我们餐桌旁的这批人这次也是如此。大家几乎全都来自有产阶级，平时和和气气地"闲聊"③一会儿，彼此开些无伤大雅、无关痛痒的玩笑，用餐之后大多立即各奔东西：那对德国夫妇，出门远足，览胜摄影；心宽体胖的丹麦人去忙他那无聊的钓鱼勾当；高贵的英国太太回去看书；那对意大利夫妇到蒙特卡洛④去碰运气；而我则在花园的椅子上坐一会儿，无所事事，或者去写点东西。可这一次，肝火极旺的讨论把我们大家全拴在了一起。倘若有人一跃

---

① 指第一次世界大战。
② 里维埃拉在地中海之滨，为意大利和法国接壤处。
③ 原文为英文。
④ 世界闻名的赌城，在摩纳哥境内。

而起,那并不是像平时那样,彬彬有礼地起身告退,而是勃然大怒,火冒三丈。我前面说过,怒气已达狂暴的程度。

使得我们这一桌人情绪如此激动的事情说来也确实离奇。我们七个人借住的这家小旅馆,外表虽说像座独门独户的别墅——唉,从窗口眺望巉岩嶙峋的海岸,景色多么奇妙!——实际上它只是宏大的皇宫饭店的侧翼,收费比较低廉;中间连着一座花园,这样,我们这些侧楼里的住客和大饭店的客人始终保持联系。前一天,大饭店里发生了一件不折不扣的绯闻。一个年轻的法国人乘坐午间列车,于中午十二点二十分来到这里(我不由自主地这样精确记下时间,因为无论对于这个插曲还是作为我们激烈讨论的主题,时间都至关紧要),租下了靠近海边朝大海的房间,这本身就说明此人的景况颇为优裕。但是,使他引人注目、讨人喜欢的不只是他那隐而不露的帅气,主要在于他那异乎寻常、令人欣悦的俊美:他长了一张少女般的容长脸儿,性感热情的唇上长着柔丝般金黄色的口髭,白皙的额上飘动着柔软的波浪形棕色鬈发,柔和的眼睛好像用目光给人以爱抚。全身上下显得气度俊逸,温婉动人,但是毫不惺惺作态矫揉造作。远远一看,他会使人联想到大时装公司橱窗里那些玫瑰色的蜡人,握着精致的手杖斜着身子骄矜作态,代表着理想的男性美,走近一看,却毫无卖弄姿色的印象。因为他身上(真是极为罕见!)那种美丽可爱乃是天性,与生俱在,仿佛发自肌肤。他从旁走过,向大家逐个问好,态度谦和而又亲切;他时刻保持着优雅的风度,一有机会就表露出来,毫不勉强,看着真叫人舒服。倘若有位太太向衣帽间走去,他就赶过去代她取出大衣;他向每个孩子都投过去一道亲切的目光,或者说句开玩笑的话,显得既和蔼可亲又满有分寸——简而言之,他似乎是那种上帝的宠儿,他们仗着漂亮的脸庞和青春的魅力取悦于人,从屡试不爽的感觉生出自信,而自信心又进而转为优雅风度。对于饭店里绝大多数年纪较大、体弱有病的客人来说,他的存在不啻功德无量的善举。青春如此美妙地把优雅风度赋予他,他便迈着青春的胜利步伐,挟着灵动轻捷和生命活力的劲风,不可阻挡地进入众人的心田,赢得大家的好感。他来了不过两小时,就和里昂来的那位身躯肥大、大腹便便的工厂主的两个女儿——十二岁的阿奈特和十三岁的布朗施——打起网球来了,她俩的母亲,秀丽娇柔、态度收敛的昂里哀特太太则文静地微笑着,观看她的小女儿像两个羽毛未丰的小鸟无意识地卖弄风情,和这个年轻的陌生人调情。傍晚,他在我们棋桌旁观局一个小时,一面看棋,一面悠闲自在地讲些精彩的轶事趣闻,然后陪着昂里哀特太太在露台上来回踱了很久,而她的丈夫则和往常一样正同生意场上的朋友一起玩多米诺①;晚上,我发现他和饭店的女秘书一起在办公室的阴影里交谈,亲密得令人生疑。第二天早上,他陪着我的丹麦伙伴出去钓鱼,垂钓知识之丰富令人惊讶,然后和里昂的工厂主谈了半天政治,证明他也是一个极佳的谈话对手,因为不时可以听见那位胖先生洪亮的笑声压倒了屋外传来的阵阵涛声。午餐后——我这样按照时间顺序逐段进行报道,对于了解事情的实际情况,非常必要——他再一次单独和昂里哀特太太一起坐在花园里喝黑咖啡达一小时之久,接着又和她的两个小女儿打了一场网球,还和那对德国夫妇在大厅里闲聊一阵。六点钟,我出去寄信,在火车站碰见他。他急匆匆地向我走来,似乎非道歉不可似的告诉我,有人突然叫他回去,不过过两天他就回来。晚上,在餐厅里的确没有看见他,不过只是不见他的身影而已,因为所有的餐桌上,人们异口同声都在谈论他,交口称

---

① 一种骨牌。

赞他那愉快开朗的生活态度。

夜里，大约十一点钟左右，我坐在房里，想把一本书读完，突然通过敞开的窗子，听见花园里人声嘈杂，喊声不绝，那边饭店里显然骚动不宁。我与其说是出于好奇，倒不如说是感到不安，立即快步走完两楼之间的五十步路，赶到饭店里去，发现那里客人和职工情绪激动，乱成一团。原来，昂里哀特太太每晚在她丈夫按照习惯准时和来自纳穆尔的朋友玩多米诺时，总到海边的露台上去散步，可她这时还没有回来，大家担心她遭到不测。平时气定神闲、动作迟缓的丈夫，此时活像一头公牛似的一次次冲到海滩上，向夜空中呼喊："昂里哀特！昂里哀特！"由于激动，嗓音都变了，听上去活像一头受到致命一击的硕大无朋的野兽发出的可怕而原始的声音。侍役们和小厮们激动地在楼梯上跑上跑下，所有的客人都被惊醒，给警察局也打了电话。在这一片慌乱中，那位肥肥胖胖的丈夫，敞着背心，跌跌绊绊地跑来跑去，连哭带号地向夜空中高喊："昂里哀特！昂里哀特！"这时，楼上的两个孩子也被惊醒，她们穿着睡衣，从窗口往下呼唤她们的母亲。父亲又冲上楼去，安慰她们。

接着发生的事情惊心动魄，简直难以重述，因为受打击过于沉重，情绪猛然紧张，神情往往具有强烈的悲剧色彩，以致无论图画抑或话语，均无法以同样雷霆般的强力予以再现。突然，那位肥硕沉重的丈夫踩着咯吱直响的楼梯走下楼来，神色大变，倦容满面，可是怒形于色。他手里拿着一封信，"请您叫大家回来吧！"他对饭店的大班说道，声音几乎听不明白："请您把所有的人都叫回来吧，用不着找了。我的太太已经抛弃我了。"

这个受到致命打击的人，天性里有着超人般的自持力，面对周围这么多人，依然竭力控制住自己。大家好奇地挤过来看他，此刻突然都大吃一惊，一个个羞愧地转过脸去，惘然不知所措。他身上剩下的力量仅够他摇摇晃晃目不旁视地从我们身旁走过，在阅览室里把灯关掉，然后听见他那笨重肥胖的身躯倒在圈手椅里，发出一声闷响，接着便听见一阵狂烈的、野兽狂嗥般的哭泣声，只有从未哭泣过的男人才会这样失声痛哭。这样深切的悲痛，对于我们每一个人，也包括最低下的仆役在内，都有一种使人麻痹的力量。没有一个侍者，没有一个出于好奇悄悄走来的客人敢露出一丝微笑或说出一句表示惋惜的话。大家默默无语，面对这场摧毁一切的感情发泄，我们似乎也感到羞愧无比，一个接一个地溜回各自的房间，只有这个被击倒在地的人在那间黑暗的房间里抽搐，啜泣，独自一人，形影相吊；全楼的灯光慢慢熄灭，人们悄声耳语，低声诉说，喃喃细语。

　　这样一个晴天霹雳似的事件，就发生在我们眼前，直接触动我们的感觉，不言而喻，它正好适合于使平素只惯于懒散、悠闲地消磨时光的那些人大受刺激。但是，在我们餐桌上后来猛然爆发、激烈得几乎挥拳动武的热烈争论，虽说起因是这令人惊愕的事件，但实质上却更是一次关于原则问题的论战，是水火不容的人生观之间的激烈冲突。——那个内心完全崩溃的丈夫满脸怒火，却又无可奈何，他一时冲动，把那封信搓成一团，扔到地板上，一个侍女看了那封信，口无遮拦，泄露了内情——立刻便尽人皆知，昂里哀特太太并非独自一人出走，而是如约去追随那个年轻的法国人。（于是大多数人对这个法国人的好感顿时烟消云散。）其实，乍一看，事情完全可以理解，这位娇小玲珑的包法利夫人①，用一位态

---

① 包法利夫人为法国作家福楼拜同名的长篇小说的女主人公，为争取恋爱自由而无视社会习俗。

度潇洒、年轻英俊的漂亮小伙子替换了她那大腹便便、土里土气的丈夫。但是使屋里所有人如此愤慨的乃是：无论是那位工厂主，还是他的两个女儿，甚至包括昂里哀特太太自己，在这之前都从未见过这位情圣。这就是说，露台上那次历时两小时的夜谈和花园里历时一小时的同喝咖啡，就足以挑动一个大约三十三岁，品行无懈可击的女人，使她一夜之间抛弃丈夫和两个孩子，不顾风险去追随那个素不相识的年轻帅哥。我们餐桌旁的这批人异口同声地把这个显然一目了然的事实视为这对情侣狡黠异常的迷魂阵，诡计多端的障眼法：昂里哀特太太不言而喻和这个青年男子暗中早有交往，这个勾魂摄魄的能手只不过是来确定一下情奔的最后细节而已，因为——他们这样推论——一个正经女人，和人家认识了只有两个小时，人家一声呼哨她就立刻弃家私奔，这是绝不可能的事。于是，我觉得表示一下异议倒也十分有趣，便竭力进行辩护：一个女人，多年来对无聊的婚后生活深感失望，内心早已有所准备，碰到强劲攻势就会委身相从，这不仅完全可能，甚至极为可信。

我这出人意表的反对意见，很快引起普遍争论，尤其是两对夫妇的观点更使争论激化。无论是德国夫妇还是意大利夫妇都把"一见钟情"①斥为蠢话，是庸俗小说中的胡思乱想，她们对此表示鄙夷，一副侮辱人的样子。

这场争吵从喝汤时开始到吃布丁时结束，它那狂风暴雨般的过程，现在毫无必要再详详细细地重述一遍：那些"旅馆餐桌"②的常客惯于发表宏论才思敏捷，而一般人偶尔席间发生争执火气很旺，所持的论据，通常却是老生常谈，大多是匆忙之中随手抓来

---

①② 原文为法文。

的陈词滥调。我们的争论何以急转直下,竟变成恶言相向的局面,这点也难以解释。我想,火气是始于两位先生情不自禁地表白,自己的太太绝不可能做出这样肤浅放任的事来。可惜他们又找不到更有力的证明,除了对我说:只有凭着单身汉碰巧轻易得手骗取芳心的事例来判断女性心理的人才会说出这种话来。这已经多少有些使我生气,那位德国太太接着以教训人的口气有声有色地说出下面这番道理:世上有两种女人,一种是正经的女人,另一种是"天生的婊子",而她认为,昂里哀特太太想必就属于后者。这时我可失去了耐心,我的口气也厉害起来,我说:一个女人一生中有些时刻会不受意志的管束,自己也不明白,就屈服于神秘的力量,这是明显的事实,硬不承认只不过是害怕自己的本能,害怕我们天性中的妖魔成分,想要掩饰这种内心的恐惧而已。有些人觉得自己比那些"易受勾引的人"更加坚强,更有道德,更为纯洁,似乎便感到欣慰。而我个人认为,一个女人倘若自由自在地、激情满怀地顺从自己的本能,要比通常所见的那样,依偎在自己丈夫的怀抱里闭着眼睛欺骗丈夫,要诚实得多。我大致上这样说了一通。谈话中火气越来越大,别人对可怜的昂里哀特太太攻击得越是凶猛,我对她的辩护也就越发热烈(其实远远超过我内在的真实感情)。对这两对夫妇,我的这种热情,用大学生的行话说,可是公开挑战。他们这组不甚和谐的四重唱,如今同仇敌忾,向我发起凶猛的进攻。那位丹麦老人,脸上乐呵呵的,手里拿着一只跑表,仿佛在看足球比赛,坐在一边活像裁判,不得不用指关节不时敲敲桌子,发出警告:"请注意风度!"①但是每次只缓和了片刻。有位先生已经涨红了脸从桌旁跳起来三次,他太太费了很大劲才使他平静下

---

① 原文为英文。

来——简而言之，要是 C 太太不突然插话，再过十几分钟，我们的争论就可能以大打出手告终，而现在一场口舌之争终于像怒涛浇上油脂，渐趋平息。

C 太太是位年迈的英国太太，她一头白发，举止高雅，是我们这桌人未经选举的名誉主席。她端端正正地坐在自己的座位上，默不作声，对每个人都同样和蔼可亲，饶有兴趣地侧耳倾听别人说话，那模样使人心情舒畅，单看她的仪表神态就叫人心旷神怡，她那身上的贵族气派，散发出一种神安气定心神收敛的奇妙风采。她对每个人都保持一定的距离，同时又善于对每个人都极有分寸地表示特别的亲切；她通常总是坐在花园里看书，有时弹弹钢琴，很少看见她和人交往或者跟人长谈。大家几乎都不注意她，可她却对我们大家有一种特殊的威力。譬如现在，她第一次介入我们的谈话，我们大家便立即不约而同地感到难堪，觉得嗓门太高，举止失控。正好那位德国先生霍地跳起身来，又给轻轻地带到桌旁重新坐下，从而出现了一个令人难受的间歇。C 太太趁此机会，出乎意料地抬起她那双清澈的灰色眼睛，游移不决地看了我一会儿，然后以她的方式重提这个话题，态度鲜明客观，口气冷静明确：
"要是我理解正确的话，您认为昂里哀特太太，认为一个女人，会无辜地卷入一场突如其来的冒险之中，您认为有些行动，这样一个女人一小时前自己也认为绝对不可能发生，根本无法让她对这些行动负责，是吗？"

"我对此坚信不疑，夫人。"

"这样一来，任何道德评判全都毫无意义，道德上的任何越轨也都得到了辩护。倘若您的确认为，法国人称之为'出于激情之罪'①不算犯罪,那么国家的司法机关还有什么必要存在?在这种事情上好意善心并不多见,而您却好心多得惊人。"她笑吟吟地又补充了一句,"才在每桩犯罪行为里找到激情,并用这种激情来为之开脱。"她说这番话,语调清朗,几乎欢快,使我感到非常舒服,我不由自主地模仿她那就事论事的态度,同样半开玩笑半认真地回答道:"国家的司法制度对这种事情的判决肯定比我严峻很多;它有责任,毫不徇情地维护普遍的风化习俗:职责所在,它只能判刑而不是宽恕,而我作为一介平民不明白,为什么非得自愿承担检察官的角色不可:我宁可做一个职业辩护律师。对我个人来说,理解别人远比审判别人更为快乐。"

C太太用她那清澈的灰色眼睛直愣愣地看了我好一阵,一直迟疑着。我已经担心,她可能没有完全听明白我的意思,准备用英文把刚才的话重复一遍。可是她又继续提问,神气分外严肃,仿佛在进行口试:"一个女人抛弃了自己的丈夫和两个孩子,随便跟人私奔,自己也不知道那人是否值得她爱,您难道不觉得这事可鄙或者丑恶吗?一个根本不算年轻的女人,为自己的孩子着想,也该教育自己自尊自爱,却举止如此轻浮,行为如此不知检点,您难道真的能够宽恕这样一个女人?"

"我向您重复一遍,夫人。"我坚持己见,"在这桩案例里我拒绝进行审问或者做出判决。我完全可以向您承认,我方才有些言过其实——这个可怜的昂里哀特太太肯定不是英雄人物,甚至并不具有冒险家的性格,绝对不是'恋爱能手'②。据我所知,她只是一个平平常常性格软弱的女人,我对她怀有一些敬意,因为她敢于顺从自己的意志,但是我更感到遗憾,因为她肯定明天,说不定

---

①②原文为法文。

今天就会异常不幸。她的行动也许很蠢,肯定操之过急,但绝不下流,绝不卑鄙,我始终坚决认为,任何人都没有权利去轻视这个可怜的不幸的女人。"

"您自己,您到现在还对她怀有同样的敬意和尊重吗?一个是前天还和您在一起的值得敬重的女人,另外一个是昨天跟素昧平生的男人离家出走的女人,对这两个女人,您会完全不加区别吗?"

"没有区别。毫无区别,一点区别也没有。"

"真是这样吗?"①她情不自禁地说起英语来了,整个谈话似乎非常奇怪地使她动心。她沉思了片刻,她那清澈的目光又一次投向我,带着询问的神气。

"倘若您明天遇见昂里哀特太太,假如说在尼斯遇见她挎着那个年轻人的胳臂,您还会向她问好吗?"

"那还用说。"

"还会跟她说话吗?"

"那是当然。"

"您会——如果您……如果您已经结了婚,您会把这样一个女人介绍给您的太太吗?就仿佛什么事也没发生似的?"

"那是当然。"

"您真会这样做吗?"②她又说起英语来了,语气充满了怀疑和惊奇。

"我肯定会这样做的。"③我也下意识地同样用英语回答。

C太太不作声了,她似乎还一直在拼命思索。突然她凝视着

---

① ② ③ 原文为英文。

我说道,似乎对自己的勇气感到惊讶:"我不知道,我会不会那样做。没准我也可能那样做的。"①说着她以那种难以形容的稳重沉着神气站起身来,亲切地伸手给我,只有英国人才善于以这种方式最后结束一次谈话,而不显得唐突失礼。由于她的影响,我们桌上又风平浪静,大家都打心眼里感激她。我们刚才还怒目相向,现在又相当客气地互相致意,已经颇为危险的紧张气氛凭几句轻松的玩笑话又缓和下来。

尽管我们的争论最后似乎是以骑士风度告终,但是那次激烈爆发的恼怒不免使我的对立面和我之间彼此有些疏远。那对德国夫妇态度收敛,而那对意大利夫妇在以后几天则兴冲冲地一再以嘲弄的口吻问我,是否听到什么关于"昂里哀特太太"②的消息。虽然我们谈吐举止温文尔雅,但是我们餐桌上原来那种互相信任、不拘形式的亲切关系却不可挽回地受到了一定程度的破坏。

那次争论之后,C太太对我特别亲切。相比之下,我当时的几个对头对待我的那种连嘲带讽的冷淡态度便显得分外突出。她平素一向矜持,除了用餐时几乎从不和人交谈,现在却多次找机会在花园里和我打招呼,我甚至要说,是找机会表示对我格外垂爱,因为她平时神情高贵态度矜持,进行一次私人交谈,便像给人以特别恩宠似的。不错,说实话,我真要说,她简直是在存心找我,是在利用一切机会和我攀谈,而且做得这样明显,她若不是一个白发苍苍的老太太,我简直会想入非非了。等我们一聊,话题就不可避免地会引到那个出发点,回到昂里哀特太太身上。C太太指责这个不

---

① 原文为英文。
② 原文为意大利文。

守本分的女人心志不坚,水性杨花,似乎从中获得一种神秘的快感。可与此同时,看见我坚决表示同情那个娇柔纤弱的女人,世上任何事物都无法使我改变初衷,她对我不可动摇的坚决态度似乎又深感欣慰。她把我们的谈话一再引向这个方向,最后我自己也弄不清楚,这种奇特的、近乎古怪的执拗,我究竟该怎么去想它才好。

这样过了几天,大约五六天,她一句话也没有泄露,这种谈话对她如何至关紧要,但是事情确实如此,这点我已看得清清楚楚。一次散步时,我稍带提了一句,我待在这儿的时间已经不多,我打算后天动身。这时,她平素宁静安详的脸上突然显出特别紧张的表情,宛如一片乌云掠过了她那海水一样灰碧色的眼睛:"多么可惜啊!我本来还有好多话要和您说呢。"从这一瞬间起,她显得心慌意乱忐忑不安,让人看出她在讲话时正想着别的什么事情,她为之念念不忘分散心神。最后,这种魂不守舍的状况使她自己也很不自在,她突然沉默片刻,冷不丁地伸手给我:"我发现,没法说清楚到底想跟您谈些什么。我宁可写信给您。"接着她就快步向旅馆走去,步履急促,完全不像我平时常见的那样。

果然这天晚上,正好在晚餐之前,我在房间里发现一封信,是她那遒劲奔放的笔迹。可惜我处理青年时代的书信文件过于轻率,无法在此引用该信的原文,只能以大概的内容提示一下她实际上问我,是否可以把她生活中的一些事情说给我听。她写道,那段插曲已是遥远的往事,实际上和她现在的生活已无牵连,既然我后天就要动身,这就使她更容易启齿,把二十多年来一直埋在心底折磨着她、使她难忘的事情向我倾诉。倘若这样一次谈话我不感到有些唐突,她将请求我给她这一小时会晤。

我在这里只是记下了此信的内容——这封信当时引起了我极

大的兴趣:这是封英文信,单凭这点就使此信具有高度的明晰和果决。可是叫我回信,我却难以下笔。我撕掉了三个草稿,才写好回信:

"您对我如此信任,我深感荣幸。倘若您要求我,诚实地回答,那我答应您,一定照办。请告诉我,您心里想要相告的一切,我当然不能向您强求更多。但是,请叙述时对您自己和对我都能以实相告。请您相信我:我把您的信任视为一种殊荣。"

这张纸条晚上传到她的房间里,第二天早上我就发现了回信:

"您说得一点不错:只说一半实话,毫无价值,只有说出全部实情才有意义。我将竭尽全力,无论对您还是对我自己都无所隐瞒。请您晚餐后到我房里来——我已六十七岁,对流言蜚语已无所畏惧。因为在花园里或是身边有人,我都无法开口。请您相信我,下这决心很不容易。"

白天,我们在用餐时还见过面,客客气气地谈些无关紧要的事情。可是饭后在花园里,她一见我,就马上躲开,神色显然有些慌乱,看到这位白发苍苍的老太太在前面像个害羞的少女似的逃进一条两旁种了五针松的林荫道,我既感到难堪,同时也深受感动。

晚上在约定的时间,我去敲门,房门应声打开:房里灯光幽暗,只有桌上的一盏小台灯把一道黄色的灯光投向那原来朦胧昏黑的房间。C太太大大方方地向我走来,请我在一把圈手椅里坐下,自己坐在我的对面:这些动作,我觉得都是精心安排的,可还是出现了冷场的局面,显然有违她的意志。冷场是由于她难下决心。冷场的时间越拖越长,我不敢冒失地说句什么话,打破这一沉默,因为我感到,这里有一个坚强的意志正在使劲挣扎,力图克服一股强大的阻力。从楼下休憩室里不时隐隐约约地传来断断续续的华尔兹舞曲的乐声,我屏息凝神,侧耳倾听,仿佛想要减轻寂静无声造

成的沉重压力。她似乎也痛苦地感受到沉默造成的不自然的紧张状态,因为突然她振作起来,像要纵身起跳,立刻开口说话:

"只有第一句话难说出口。两天来我一直准备着把话说得清清楚楚,而且实话实说:但愿我能办到。我竟然把这件事情原原本本地告诉您,告诉一个陌生人,对此也许您现在还不理解。但是没有一天,甚至没有一小时,我不在想这一特定事情。您不妨相信我这老年人说的话:一个人一辈子只死死地盯着看一生中唯一的一点,只盯着看其中唯一的一天,实在无法忍受。因为我要告诉您的事情,只发生在我这六十七年生命中的二十四小时之内而已。我经常自我宽慰,甚至达到发疯的地步,我对自己说:要是一生中有那么一个瞬间干了点荒唐的事情,那也算不了什么,但是你摆脱不了我们用把握不定的概念称之为良心的东西。上次听您这样冷静客观地谈论昂里哀特事件,那时候,我心里就想:倘若我下定决心,向什么人无拘无束地谈谈我一生中的那一天,也许这毫无意义的追忆回想和没完没了的自我谴责就可到此结束。我若不是信奉英国国教,而是个天主教徒,我早已利用忏悔的机会说出这件隐瞒已久的事情,使之得到赦免——但是我们得不到这种安慰,所以我今天做出这一奇特的尝试,向您叙述一切,以求自我解脱。我知道,这一切非常古怪,可是您毫不迟疑地接受了我的建议,为此我向您表示感谢。

"好了,我已经说过,我只想向您叙述我生活中绝无仅有的一天——其余一切我都觉得毫无意义,对于别人也极端乏味。直到我四十二岁时,我的生活一步也没越出习俗的常轨。我的父母亲是苏格兰富有的乡绅,我们拥有几家大工厂和许多田产,过着乡间贵族式的生活,一年里大部分时间住在我们的庄园里,冬天社交季节则住在伦敦。十八岁上,我在社交场合认识了我的丈夫,他是名门望族 R 家的次子,在印度的军中服役了十年。我们很快就结了婚,在我们社交圈子里过着无忧无虑的生活,一年中三个月住在伦敦,三个月待在我们的花园里,其余时间在意大利、西班牙和法国游览。我们的婚姻生活从未蒙上轻微的云翳。我们的两个儿子,今天已经长大成人。在我四十岁那年,我的丈夫突然去世。他在热带度过的岁月里染上了肝病;他这次犯病,真是可怕,前后不到两个礼拜,我就失去了他。我的长子当时已经参加工作,小儿子在上大学——于是一夜之间我就落得个孤身一人,像我这样的人习惯于家人团聚、生活温馨,一旦孑然一身形影相吊,实在苦不堪言。在这空荡荡的房子里,每样东西都使我想起痛失心爱丈夫的悲惨事实,我觉得哪怕在那儿再多待一天,也不可能。于是我决定,以后几年,只要儿子们还未成家,我就游山玩水。

"从此时此刻起,我基本上认为我的生活已毫无意义,毫无用处。二十三年来和我朝夕相处情投意合的男人已经死去,孩子们并不需要我,我担心我的抑郁和忧伤会破坏他们的青春,我自己已无所祈求,也无所渴慕。我起先移居巴黎,由于百无聊赖,便去逛逛商店,参观参观博物馆;可是身边的这座城市和各种事物,我觉得异常陌生。我避开人们,我受不了他们见我身穿丧服,便彬彬有礼地向我投来表示惋惜的那种目光。我这几个月到处游荡,心情沉重,目不旁骛,这种吉卜赛人似的流浪生涯究竟是如何度过的,我已无从再叙:我只知道,我常有只求速死了此残生的愿望,只是自己无力加速这渴望已久的事情。

"在我居孀的第二年,也就是在我四十二岁那年,我在三月末跑到蒙特卡洛,自己并不承认这是逃跑,而是为了打发那已经变得毫无价值且无法消磨的时光。老实说:这是由于百无聊赖,由于心里感到空空洞洞,仿佛泛起一阵恶心,使人深受折磨,这种空洞的感觉至少要用小小的外界刺激来予以填补。我越是心如止水,就越发感到有股强烈的力量把我推到那生活的陀螺转得最快的地方去:对于毫无生活经历的人来说,别人激烈的感情波动,依然是自己神经的经历,犹如看戏或听音乐。

"因此我也常去赌场,看到别人脸上欢天喜地或者惊愕万分的神色,像潮水似的涌来涌去,而我的内心则一直处于可怕的退潮状态,这倒对我是个刺激。再说我丈夫生前偶尔也喜欢到赌场去玩玩,虽然并不轻率任性。我是怀着某种并非故意的虔敬心情忠实地继续保持着他往日的种种习惯,就在那里开始了那二十四小时,它比任何赌博都更为激动人心,我的命运多年来一直为之困扰。

"那天中午,我还和我们家的一个亲戚封·M公爵夫人共进午餐。晚饭后我觉得还不够疲劳,没法立即上床睡觉,于是就走进赌场;我自己并不下注,只在各个赌台之间溜溜达达地走来走去,以特殊方式观看那些混杂的赌客。我说:以特殊方式是指先夫教我的那种方式,有一次我看人赌博看得厌烦了,向他抱怨:老看同样的那么几张脸,实在无聊,在软椅上坐上几个钟头才敢下注的干瘪老太婆,老奸巨猾的职业赌棍和玩纸牌的娼妓,全都是些令人生疑的家伙,乌七八糟地凑在一起,您也知道这帮人根本不像蹩脚小说里描绘的那样花里胡哨、罗曼蒂克,仿佛是些'时髦的花朵'①和欧洲贵族。其实二十年前的赌场,远比现在更吸引人,桌上滚来滚去的还是看得见的现金,发出脆声的钞票,金光闪闪的拿破仑金币和厚厚实实的五法郎银币,而在现代新建的富丽堂皇的赌城里则

---

① 原文为法文:时髦的花朵,即高雅人士。

是一批市民化的赌客,假充旅游者在那儿毫无情趣地把特色全无的筹码输个精光,便算了事。可是就在当年我已经觉得这些脸无动于衷,神情相似,没有多少吸引力。我丈夫的个人嗜好是手相术,一种阐释手相的学问。他后来教给我一种特殊的观赏方法,远比无精打采地站在一边要有趣得多,刺激得多,紧张得多,也就是:永远不去看脸,只看桌子这个四方形,而在这四方形里,也只看人的双手,只看手的特殊动作。我不知道,您自己是否碰巧有机会眼睛只看绿色的桌子,只看那绿色的方块,方块当中一颗弹子像个醉汉似的摇摇晃晃地从一个数字蹦到另一个数字,在一个个画成四方形的格子里,一张张钞票飞旋,一块块银币金币跌落,犹如播种,然后管台子的用耙竿像锋利的镰刀似的一下子把它们悉数割去,或者把它们当作麦穗推到赢家面前。从这样的角度进行观察,唯一发生变化的只有一双双手——在绿色的桌子四周有许多神志清醒、骚动不宁、静心等待的手,从各自不同的袖管里探出头来。每只手都是一头猛兽,准备一跃而起,它们形状各异,颜色不同,有的光溜溜毫无修饰,有的戴着指环和丁零作响的手链,有的长满茸毛活像野兽,有的汗湿弯曲活像鳗鱼,但由于极度焦躁不耐全都紧张得微微颤抖。

"我情不自禁地老想到赛马场,开始比赛时,得使劲把亢奋的马匹勒住,免得它们抢先奔出:这些马匹也同样浑身战栗,昂起头颅,扬起前蹄。从这些手如何等待,如何伸出,如何停住,就可看出其主人是何许人:手若紧抓不放,他必然个性贪婪;手若松弛无力,他必然挥霍成性;手若安详平静,他必然工于算计;手腕颤动不已,他必然绝望已极;抓钱的手势可以闪电般暴露出成百种性格,有人把钱揉成一团,有人神经质地把钱几乎搓碎,有人筋疲力尽,手掌懒得动弹,下注时竟让钱放在那儿不去动它。我知道,有句俗话说,赌博见人品,可我要说:赌博时的手显示人品更为清晰。因为所有赌徒,或者说,差不多所有的赌徒都很快就学会控制自己的面部表情——他们在上面,在衣领上面,都带着不动感情的冷漠面具——他们迫使嘴角的皱纹向下牵动,咬紧牙关控制内心的激动,不让眼睛流露出明显的焦灼情绪。他们使青筋直暴的面部肌肉平复下来,装出一副故作高贵、无动于衷的神情。可是正因为他们拼命集中注意力来控制面部,控制他们品质最明显的部分,就忘记了双手,忘记了有人只观察他们的手,从双手猜出脸上漾着笑意的嘴唇和故作坦然的目光所想隐瞒的一切。而这时,手已把它埋得最深的秘密毫无顾忌地泄露无遗。因为必然会出现这一瞬间,所有这些费了九牛二虎之力才控制住的手指似乎沉睡未醒会从他们高雅的慵懒状态中一跃而起:这就是转盘里的弹子掉进码池,哄然报出中彩数字的那一秒钟,这一秒钟里成百只手,或者五百只手不由自主地凭着原始的本能,各自做出自己的动作,因人而异,各不相同。谁若像我一样,特别熟悉我丈夫的那种嗜好,惯于观察这个手的竞技场,定会感到千差万别的性格总以各不相同出人意料的方式暴露出来,远比戏剧或是音乐更为激动人心:我没法向您描述,这个手究竟有几千种表演方法,有的活像野兽长着毛茸茸弯曲的手指,像蜘蛛似的把钱牢牢抓住;有的神经质地颤抖不已,长着血色全无的指甲,几乎不敢去拿钱;有的高贵,有的低下,有的残暴,有的羞怯,有的足智多谋,有的似乎讷讷不吐——但是它们各自都显得与众不同,因为每双手都表现出一个独特的人生,只有那些管台子人的四五双手除外,这些人的手纯属机器,运作起来冷静精确,纯粹处理业务,完全置身事外,和那些越发活跃的手相比,就像一架数钞机上噼啪作响的钢铁开关。但是,即便是这几双冷静的手由于和它们激情如炽求战心切的兄弟形成对比,因而也令人惊讶不已：我想说，它们与众不同，身穿制服，犹如警察站在人潮汹涌群情激愤的民众暴乱之中。另外再加上对我个人的刺激：一连看了几天我已经熟悉了某些手的许多习惯和爱好；几天之后，我已经在它们当中找到了熟人，把它们像人似的分成讨人喜欢的和令人讨厌的两类；有的手没有风度，贪得无厌，令我十分反感，我总把目光移开，就像看见不堪入目的污秽。可是桌上出现的每一只新手对我都是一番经历，引起我的好奇：我往往忘了去看上面的那张脸，这高高在上的脸，连着衣服领子，只不过是一张冷冷的社交场上的面具，一动不动地置于常礼服衬衫或明艳的胸脯之上。

"那天晚上我走进赌场，从两张挤得水泄不通的赌台旁走过，走向第三张台子，已经准备好几枚金币，突然听见一个声音，我大吃一惊——在那无人讲话，空气紧张，仿佛因为寂静而隆隆有声的间歇时间——每当弹子跑得筋疲力尽生气全无，只在两个数字当中跌跌撞撞时，就会出现这种间歇时间——这时，我听见正对面有一种奇特的声响，一种喀啦啪嚓的声响，就像手指的关节折断。我不由自主地向对面投去惊讶的目光。我看见——的确，我大吃一惊！——两只我还从未见过的手，一只右手和一只左手，像两头凶狠的野兽互相纠缠在一起，十分紧张地弓起身子，互相揪斗，互相推拒，结果指关节咔嚓作响，发出核桃开裂的那种脆声。这是两只罕见的美丽的手，细长纤巧，不同寻常，可是肌肉绷紧——色泽白皙，指甲没有血色，修成秀气的弧形，泛出珍珠的光泽。整个晚上我一直看着这双手——是的，凝视着这异乎寻常、简直可说绝无仅有的一双手——可是首先使我如此深感意外的乃是它们表现出来的激情，它们的激情如炽的表情，这种痉挛似的互相纠结，互相推拒。我顿时意识到，这里有个精力充沛的人，正把他全部激情都挤到指尖上去，免得自己被这激情炸得粉碎。而现在……在弹子以轻轻的脆声掉进码池,管台子的人报了数字的这一秒钟……这两只手突然分开倒下,活像两头野兽同时被一粒子弹打个对穿。它们倒了下来,双双倒下,的确死掉了,而不仅仅是筋疲力尽,它们倒下了,这样活灵活现地表现出无力,失望,如遭雷殛,一命呜呼,我简直无法用言语形容。因为我过去从未见过,此后也再未见过这样能说话的手,每一块肌肉都是一张嘴,激情几乎从所有的毛孔涌出,让人感觉得到。它们在这绿呢的桌面上躺了片刻,就像被抛出水面的海蜇平躺在水边,毫无生气。然后有一只手,右手从指尖开始又费劲地爬了起来,颤抖着缩回去,转着圈,摇摇晃晃地旋转不已,突然又神经质地抓起一个筹码,犹豫不决地把它像个小轮子似的放在拇指和食指的指尖上转动。突然,这只手像头豹子一样敏捷灵巧地弓起身子,把一枚一百法郎的筹码扔到,简直该说吐到黑格子的中央。那只一动不动睡在一边的左手也像听到一声号令,立刻骚动起来;它直起身子,轻轻地溜到,甚至可说是偷偷地爬到那只索索直抖的右手旁边,这只兄弟般的右手似乎由于方才一掷已疲惫不堪。两只手现在躺在一起,微微战栗,却用指关节悄无声地敲着桌子,犹如生了寒热病,上牙直打下牙。——不,我没有,还从来没有见过一双手有这样传神的表达能力,从来没有见过激动和紧张会表现得这样震撼人心。在这穹顶的房间里的其他一切,各个大厅传出纷乱的嗡嗡声响,管台人发出街头小贩似的喊声,人们熙来攘往,弹子来回窜动,它从高处抛下,此刻在光滑的圆形木笼子里发疯似的跳动不已——五光十色的景象,嘤嘤嗡嗡的杂音,汇成炫目刺耳的众多印象,飞快地掠过我的神经。可是突然间,我觉得一切全都显得死气沉沉,僵木呆滞,就因为旁边有这两只颤抖不已、连连喘息、焦急等待、冻得发抖的手,有这双闻所未闻见所罕见的手,我像中了邪似的直盯着它们。

"可是我终于按捺不住,我非得看看这双魔力无穷的手究竟属于谁,看看此人的脸究竟长得如何,我提心吊胆地——不错,的确提心吊胆地,因为我害怕这双手!把我的目光慢慢地沿着袖子,沿着瘦削的肩膀向上移动。我又大吃一惊,因为这张脸和那双手一样,说的是同样漫无节制荒诞激越的语言,具有同样娇柔,近乎女性的美丽,表达的是同样可怕的狠劲。我从未见过这样一张脸,一张这样暴露内心、放纵自己的脸,我有充分的机会从容不迫地观赏它,犹如观赏一张面具,观赏一尊没有眼睛的雕像:这只着了魔的眼睛一秒钟也不左顾右盼,在睁开的眼皮底下,眼珠凝固不动,黑黝黝地宛如一粒没有生气的玻璃珠子,映照出另一个呈桃花心木色的弹子傻气十足疯疯癫癫地在圆形的轮盘小匣子里骨碌、跳动。我必须再说一遍:我从未见过一张这样紧张、这样迷人的脸。它是一张二十四岁左右的年轻人的脸,清秀娇嫩,稍嫌狭长,然而表情丰富。这张脸正巧和那双手一样,也显得缺乏男子气概,更像是一个纵情玩耍的男孩的脸——但是所有这一切我是后来才注意到的,因为当时这张脸布满了强烈的贪婪和疯狂的表情。双唇薄薄的嘴微微张开,带着渴求的神情,露出一半牙齿,十步以外就可以看见,牙齿像发寒热似的上下打个不住,与此同时,嘴唇张开,凝固不动。一绺发亮的金色头发湿漉漉地贴在额上,就像跌了一跤,头发向前耷拉。鼻翼不断翕动,仿佛那儿有看不见的细小波浪在皮肤下面涌动。这完全向前倾斜的脑袋,无意识地越来越往前凑,使人感到,他已完全被吸引到那小弹子的旋转之中;这时我才明白这两只手为什么痉挛似的握在一起:只有互相对握,只有这样抽搐,这个失去重心的身体才能保持平衡。我从未——我必须再重述一遍——见过一张脸,如此公开,如此兽性勃发,毫不害羞地把激情赤裸裸地爆发出来。我凝视着它,凝视着这张脸……为它如痴如狂的神情所深深吸引，弄得心往神驰，正如他的目光着魔似的直盯着那旋转的弹子的跳跃和颤动。从这一秒钟起，我再也看不见大厅里其他任何东西，和这张脸上喷射出来的火焰相比，我觉得一切都显得苍白、迟钝、模糊、暗淡。也许有一小时之久，我越过众人，只观察这一个人，只注意他的每个手势：管台子的人正好把二十枚金币向那两只贪婪的手推了过去，他的眼睛便顿时闪出耀眼的光芒，死命纠结的两只手，似乎被炸药炸开，手指震得四下分散，索索直抖。一刹那间，这张脸突然变得容光焕发，异常年轻，皱纹舒展开来，眼睛开始闪闪发光，直往前倾的身体轻快矫健地向上挺直——突然之间他像个骑士，全身放松地坐在那里，一脸洋洋得意的神气，手指头摆弄着圆圆的金币，又是炫耀又是抚爱，让它们互相撞击、跳舞，弄得叮当乱响。然后，他又心神不定地转过头去，扫视了一下绿呢桌面，像只小猎犬，翕动鼻翼到处乱嗅，寻找真正猎物的踪迹，然后倏然间迅速地一抖手，将一把金币全都倒进一个小方格里。接着，他又立即开始那种急切窥伺，那种紧张期待，他的嘴唇又像触电似的颤动不已，两只手又痉挛似的纠结在一起，男孩般的脸上又布满了欲念炽烈的期待。最后，这一触即发的紧张情绪骤然间化为极度失望：这张方才还像孩子一样兴奋的脸，顿时憔悴不堪，变得灰败而又苍老，目光呆滞，黯然失色，而这一切变化仅仅发生在一秒钟之内，就在弹子落进他猜错的一个号码里去的那一秒钟。他输了：他直愣愣地呆看了好几秒钟，目光近乎痴呆，就仿佛他什么也不明白似的；可是等管台子的人高声一喊，像鞭子猛抽一下，他又伸出手指抓来一把金币。但是信心已经丧失，他先把那几枚金币放在一个格子里，然后，改变主意，又把它们挪到第二个格子里；弹子已经滚动起来，他突然灵机一动，用直打哆嗦的手，又把两张揉得皱巴巴的钞票迅速地扔进方格里去。

"这抽风似的忽赢忽输,忽上忽下,一刻不停地大约持续了一个小时。在这一小时里,我片刻也没有把我着迷神往的目光从这张时刻变幻的脸上移开,各种激情像潮水似的涌上这张脸,又倏而退去;我的眼睛紧盯着这双富有魔力的手,它们用每块肌肉把喷泉似的时升时落的感情的不同尺度都非常形象生动地表现出来。我在剧院里也从来没有这样紧张地看过一个演员的脸像看这张脸,种种色彩和感觉一刻不停地在这张脸上变换,宛如光和阴在一片风景上交替出现,不停转换。我看戏时从未这样全身心地关注过剧情,像关心这陌生人激动情绪的反映。倘若当时有人观察我,必然会把我这目不转睛的凝视看成是受到催眠,而我当时不知怎的也的确像是目迷神眩。——我简直没法把目光从这表情时刻变化的面部移开,屋里其他一切,灯光啦,笑声啦,人影啦,目光啦,混成一片,只是模模糊糊地在我身边浮动,犹如一阵黄色的烟雾,而在烟雾之中突出一张脸,宛如火焰之中的火焰。我什么也听不见,什么也感觉不到,我觉察不到人群在我身边直往前挤,别人的手触角似的突然伸出,扔钱出去,或者捞钱回来;我看不见弹子,也听不见管台子人的声音,我看到发生的一切都像是在梦中,反映在这双手上,由于情绪兴奋和感情冲动像透过凹镜大为扩张。因为要知道弹子究竟掉进红格还是黑格,是在滚动还是已经停顿,我用不着去看轮盘:这张激情汹涌的脸神经敏锐、表情丰富。每个阶段的输和赢、期待和失望,都像火烧的裂痕印在这张脸上。

"可是接着就出现了一个惊心动魄的瞬间——整个晚上,我心里一直隐隐害怕会有这一瞬间,它像一场即将来临的暴风雨悬在我紧张的神经之上,现在突然把我的神经撕成两半。弹子又一次以那轻轻的噼噼啪啪的脆声转了一圈,那一秒钟又猛地出现,两百张嘴唇屏住呼吸,直到管台子的人报出——这次是:〇——同时他迅急伸出耙竿从四面八方把叮当乱响的钱币和发出脆声的钞票耙了过去。在这一瞬间这两只痉挛似的纠结在一起的手做出了一个触目惊心的动作：它们似乎一跃而起，想抓住什么并不存在的东西，然后不靠外力，只凭本身的惯性，又跌落到桌上，仿佛筋疲力尽气息奄奄；可是突然它们又一次活跃起来，急急忙忙地从桌上一跃而到自己身上，像野猫似的沿着身体忽上忽下，忽左忽右，乱爬一气，神经慌乱地伸进所有的口袋，看是否还有一张被遗忘的钞票塞在什么地方。可是它们每次都是一无所获地退了回来，然后又继续开始这毫无意义毫无用处的搜寻，一次又一次。与此同时轮盘又重新旋转起来，别人继续下注，钱币叮当乱响，椅子挪来挪去，上百种细小的杂音混在一起，嗡嗡直响，充满整座大厅。我心惊胆战，浑身哆嗦，我清清楚楚地当场亲身感受了这一切，就仿佛是我自己的手指，在揉皱的上衣里乱掏各个口袋，乱摸每道衣褶，拼命寻找那张或许还在的钞票。突然间，我对面的这个人霍地站起身来——就像有人忽然感到不适站起来，直直身子，以免窒息似的；在他身后，椅子啪的一声倒在地上。可他根本没有觉察，也不注意那些邻座，径自脚步沉重地从桌旁走开。大家畏畏缩缩地纷纷避开这摇摇晃晃的人，惊讶不已。

"看到这番景象我吓呆了。因为我顿时明白，此人要向何处走去：他是走向死亡。谁若这样站起身来，绝不会回到旅馆，走进酒店，去找女人，去乘火车，绝不会回到任何形式的生活中去，而是直接投进那无底深渊。即便是在这座魔窟里泡得感情极端冷漠的常客也会看出，此人不论是在家里、银行里或是亲友那里都不会再得到任何支持，他是坐在这里把最后一笔钱，把他的性命孤注一掷，现在脚步踉跄地不知走向哪里，但肯定是往绝处走去。我一直在担心，从最初的一瞬起我就着魔似的感到，这次赌的绝非一般的输赢,而是更高的什么东西。这时我看到生命突然从他眼里消逝,死亡把这张方才还生气盎然的脸涂上一抹灰败,我心里一震,一道黑黝黝的闪电击入我的体内。此人猛地离开座位,摇摇晃晃地走开时——他那形象生动的手势我还历历在目——我也不由自主地拼命用手撑住我自己,因为他摇摇晃晃的样子现在也从他身上传到我的体内,犹如先前他的紧张侵入我的血管和神经。可是接着我也被他吸引,身不由己地跟着他:我自己并不愿意这样做,可我的脚却向前移动。这一切完全是在无意识的情况下进行的,根本不是我自己在这样做,而是自然而然地发生了这样的事情:我谁也不予注意,对我自己也毫无感觉,就跑进通向门口的走廊。

"他站在衣帽间,仆人把大衣拿给他。但是他的手臂已经不听使唤:于是那个恭顺的仆人费了好大劲才帮他穿进袖子,就像帮助一个瘫痪病人一样。我看见他机械地把手伸进背心的口袋,想给仆人一点小费,可是手指又空空地缩了回来。这时他似乎又突然回忆起了一切,神情窘迫,结结巴巴地向仆人说了句什么,又和先前一样,猛不丁地向前一冲,接着完全像个醉汉似的跌跌绊绊地走下赌场的台阶。那个仆人站在台阶上,目送了他一阵,脸上先是一副轻蔑的神气,然后才露出会心的微笑。

"这个场面是如此的震撼人心,我简直羞于在一旁观看。我不由自主地把脸转开,很不好意思,像在剧院的舞台上那样观看别人的绝望——然后那莫名其妙的恐惧又突然推我向前。我迅速地让仆役把大衣递给我,脑子里也没有什么明确的想法,完全机械地,像是凭着一股冲动,我急急忙忙地跟着这个陌生人走进黑暗中去。"

C太太讲到这里,停顿了片刻。她一动不动地坐在我的对面,以她特有的平心静气、就事论事的神气几乎毫不间断地叙述着,只有内心早有准备,对发生的事情仔细整理过的人才会这样。现在她第一次住口,犹豫了一会儿,突然中止叙述,直接对我说道:

"我答应过您和我自己,"她有些不安地开始说道,"绝对真实地讲出所有的事情来,不过现在我必须要求您对我的真挚也给予充分的信任,不要认为我当时的行为别有动机。即使真的另有所图,我今天也不会羞于承认,但是在这件事上,这样估计却是完全错误的。所以我必须强调,我当时到大街上去追赶这个彻底崩溃的赌徒,丝毫不是由于对这个年轻人产生了爱恋之情——我根本没有想过他是个男人,我当时已是一个四十开外的女人,事实上,在我丈夫去世以后,我从来没有正眼看过任何一个男人。我的心已是止水槁木,我向您明确指出这一点,而且非把这事告诉您不可,因为否则您就无法了解以后发生的种种事情有多么可怕。当然,另一方面,也讲不清楚究竟是一份什么感情当时如此强烈地驱使我去追随那个不幸的人;这里面有好奇的成分,但主要是一种可怕的恐惧心理,或者说得更确切些,是唯恐什么可怕的事情将会发生的恐惧心理,我从第一刻起就隐隐约约地感到有什么可怕的事情像阴云似的笼罩在这个年轻人身上。但是这些感觉无法分解无法剖析,尤其因为它们过于强劲突兀,过于迅猛急遽地交织在一起——也许我当时的所作所为只是一种助人的举动,完全出于本能,就像看见大街上有个孩子冲着汽车奔去,你去把他一把拉住;或许也可以这样解释,有些自己不会游泳的人看到有人即将淹死便跟着从桥上纵身跳下?干脆就有一种魔力在吸引他们,有个意志在推着他们往下跳,他们自己都还来不及思考,去做这件大胆的行动究竟有没有意义。恰好就是这样,我当时想也不想,也没有清醒的考虑就跟着那个不幸的人走出大厅,来到门口,又从门口走向路边的露台。

"我确信,无论是您还是任何一个目光清晰感觉灵敏的人都无法摆脱这种充满恐惧的好奇心,因为看到那个最多不过二十四岁的年轻人,步履艰难,犹如白发老人,脚步踉跄,犹如一个醉汉,全身骨头像被打断,整个人像散了架似的晃晃悠悠地从台阶蹭到马路边的露台上,还有什么比这更令人不寒而栗的景象呢。他在那儿像个麻包似的扑通一下倒在一张长凳上,这个动作又使我浑身哆嗦地感到:这个人算完了,只有死人,或者一个全身肌肉都已丧失活力的人才会这样倒下。他的脑袋斜歪着,倒在长凳的靠背上,两只胳臂松软无力地垂在地上,在灯光摇曳的街灯射出的半明半暗的光线里,每个从旁路过的行人都会把他当作一个开枪自杀的人。我无法解释,为什么我心里会突然涌出这样一个念头,但是它突然出现,生动具体得伸手可以摸到,真实得令人战栗,真实得使人害怕。——就这样,在这一秒钟里,我看见他在我面前,作为一个开枪自杀的人,我不由得确信他口袋里揣着一把手枪,明天人们会发现他直挺挺地躺在这张长椅或别的长椅上,气息全无,鲜血淋漓,因为他倒下的样子,完全像块石头掉进深渊,若不掉到地底,绝对不会停住;我从来没有看见过人的身体会这样表现疲惫和绝望。

"现在请您设想一下我当时的处境:我就站在那个一动不动、彻底崩溃的人坐的椅子后面,相距不过二三十步,惘然不知所措,强烈的愿望驱使我向前伸出援手,而代代相传的羞怯又使我裹足不前,不敢在大街上和陌生男人谈话。天空阴云密布,街上的煤气灯发出摇曳不定的昏黄灯光,偶尔才有人影匆匆闪过,因为已近午夜时分。我是几乎独自一人和这自杀者一起待在这花园里。我有五次、十次之多鼓起勇气,向他走去,可是每次羞怯又把我猛地拽了回来,或者说不定是出于本能,我打内心深处预感到,失足跌倒的人会拉着前来相救的人一起摔倒。这样左思右想,举棋不定,我自己也清楚地感到这处境实在毫无意义,非常可笑。尽管如此,我还是开不了口,也迈不动腿,既不能有所行动,也不能把他撂下不管。差不多有一小时之久,我犹豫不决地在露台上踱来踱去,我对您这样说,希望您能相信我。这简直是无穷无尽的一小时,在这一小时里,一片看不见的大海里的千重细浪把时间撕得粉碎。这个彻底垮掉的人的这副模样深深地震撼了我,使我不忍离去。

"可是我还是没有勇气说一句话,做一件事。这整个后半夜我都会这样站着傻等,或者说不定最后会聪明起来,为了不给自己惹事,于是转身回家。我甚至相信,已经下定决心,让这可怜虫就这样无可奈何地躺在那里,但是一股极为强劲的外力做出了决定,使我无法再犹豫不决。原来,这时下起雨来了。整个晚上海风吹个不停,把雨意浓重的厚厚春云聚在一起,人们心肺憋闷,都感到天快压下来了,压得极低——突然雨点噼噼啪啪地打了下来,接着大雨滂沱。雨水被风驱赶,汇成沉重的雨柱,我不由自主地逃到一个售货亭的檐下避雨。尽管我打开了伞,那阵阵狂风依然把雨水吹到我的衣服上面。噼啪乱响的雨点沉重地打在地上,我的脸上、手上依然感到被雨点溅起的冷飕飕的尘土。

"然而——在这天上决口似的倾盆大雨的浇灌之下,那个可怜的家伙依然静静地坐在凳上,一动不动。事隔二十五年,回忆起这番可怕的景象我至今还感到嗓子眼堵得厉害。雨水从屋檐滴落、流淌,城里传来汽车的轰鸣,左右两边都有翻起大衣领子的人在急急奔逃,凡是有生命的东西,都在慌慌张张地奔跑逃窜,寻找躲雨的地方,无论是人还是野兽都对这狂风骤雨显得非常害怕——只有那边椅子上的这个人,这黑糊糊的一团动也不动。我方才已经跟您说过,这个人天生有一种魔力,可以通过他的动作和姿态把他的每一种感情形象生动地表现出来。他就这样静坐不动,这样一动不动毫无感觉地坐在急风暴雨之中,似乎过度疲劳,都无法站起身来走动几步,去寻找一个避雨的屋顶,对于自己的生命完全采取无动于衷的态度。但是世界上没有任何东西,可以把绝望、把彻头彻尾的自暴自弃、把真正的虽生犹死的状况表现得这样震撼人心。任何雕塑家,任何诗人,无论是米开朗琪罗还是但丁,都从来没有像这个活生生的人那样让我如此动情、如此揪心地感觉到这极端绝望的姿势,这人世间最深沉的苦难。此人听凭雨水浇淋,全身松软无力,过于疲惫,再也动弹不得,无法自我保护。

"这使我动心,我不能坐视不理。我猛地一下子冒着鞭笞一样使人肌肤生痛的暴雨跑了过去,摇晃椅子上淋得透湿的那个人。'跟我来。'我拉住他的手臂。他那失神的眼睛艰难地向上直瞪。他似乎渐渐恢复了一点意识,可是并没听懂我说的话。'跟我来。'我再一次拉拉他那湿漉漉的袖子,我简直要生气了。他慢慢地站了起来,摇摇晃晃地完全听人摆布。'您要干吗?'他问道。我无言以对。因为我自己也不知道,把他带到哪儿去:只是别让他再被这冷雨浇淋,别让他由于极端绝望想要自杀似的毫无意义地坐在这里。我拽住他的胳臂不放,拉着这个完全丧失意志的人一直往前,走向售货亭。那里有条向前伸出的狭窄的屋檐,至少可以使他多少受到一些保护,免遭狂风暴雨的袭击。下一步怎么办,我不知道,我也不想知道,只想把这人拉到干燥的地方去,拉到一角屋檐底下:以后的事情我当时想也没有想过。

"我们两个就这样并排站在窄窄的一条干燥的地方,背后是锁着门的售货亭的墙壁,头上只有小小的一条屋檐,急雨下个不停,突然刮来的阵阵狂风不时狡猾地从屋檐下把凉飕飕的雨水吹到我们的衣服上和脸上。这种情况实在难以忍受。我总不能在这个浑身湿透的陌生男人身边老待下去。可是另一方面,既然把他拉到这里,总不能一句话也不说就干脆把他撂在那儿,怎么也得做点什么吧;我逐渐迫使自己头脑清晰地进行思索。我想最好叫辆马车送他回家,然后自己回家;到了明天他总会自己想办法的。于是我就问身边一动不动地站着的这个人,他直愣愣地凝视着风狂雨骤的黑夜:'您住在哪儿?'

"'我没有住处……我是今天傍晚才从尼斯来的……我那儿是没法去的。'

"最后一句话,我没有马上听懂。后来我才悟过来,此人把我当作……当作一个神女,这种女人夜里成群结队地在这赌场周围转来转去,希望从那些手气好的赌徒或者醉汉身上捞到几个钱。话说回来,你叫他能有什么别的想法呢。因为现在,在我向您追诉这件事的时候,我才体会到我当时的处境实在令人难以置信,简直可说荒诞绝伦——你叫他对我还能有什么别的想法呢,我把他从凳子上拉起来,不由分说地拽着他跟我一起走,这也的确不是淑女的行为。但是我并不是立即意识到这一点。直到后来,我才渐渐悟到他对我这个人所产生的这个可怕的误会。然而已经为时太晚,否则我绝不会说出下面这几句话。我当时说道:'那就到旅馆去要个房间好了。这儿您可不能再待下去了,您现在得找个地方安顿下来。'

"此刻我可是马上就感觉到他那可怕的误会了。因为他根本没有转过脸来,而是以某种嘲讽的神气表示拒绝:'不,我不要房间,我什么也不需要了。你不必费劲想从我这儿得到什么。你可找错人了,我一个子儿也没有。'

"这番话又是说得那么可怕,那无动于衷的神气令人心悸;这个身上滴水衣服湿透的人站在那里,心力交瘁,浑身无力地靠在墙上,使我深受震撼,我根本没有时间去顾及自己受到的一次小小的愚蠢的侮辱。我只感到,从我看见他跟跟跄跄地走出大厅的第一个瞬间起便开始感到,以及在这不可思议的一小时里又不断感到的事情:这里有个人,年纪轻轻,充满活力,正濒临死亡的边缘,我非救他不可。我向他走近几步。

"'别担心钱,您跟我来!您不能老待在这儿,我会给您安排住处的。什么也不用操心,跟我来吧!'

"他转过头来,这时雨在我们身边沉闷地下个不停,檐口的积水哗哗地浇在我们脚边,我感到他在黑暗中第一次努力想要看清我的面孔。他的身体也似乎慢慢地从麻木不仁的状态中苏醒过来。

"'那就随你的便吧。'他说道,表示让步,'我什么都无所谓……说到底,干吗不去呢?咱们走吧。'我撑开伞,他走到我的身边,挽住我的胳臂。这种突如其来的亲昵状态我觉得很不舒服,我简直吃了一惊,吓得心脏也开始发颤。但是我没有勇气禁止他这样做;因为如果我现在把他推开,他就会掉进无底深渊,那我到现在为止所做的一切尝试全都白费了。我们又退回几步,向赌场走去。这时我才意识到,我不知道该拿他怎么办。我迅速地思考一下,最好给他找家饭店,塞点钱给他,让他在那儿过夜,明天可以回家;我没再想到其他什么。一辆辆马车急匆匆地驶到赌场门前,我叫住一辆,我们坐进车里。马车夫问我到哪儿去——起先我不知道怎么回答。可我突然想起我身旁的这个浑身湿透、衣服滴水的人,高级饭店是一家也住不进去的——另一方面,我也的确涉世不深,根本没有想到会引起胡乱猜疑,就冲着马车夫叫道:'哪家普通旅馆都行!'

"马车夫漠不关心,他自己也被大雨淋得湿透,就驱马向前。我身旁这个陌生人一言不发。车轮隆隆直响,雨水强劲地猛击车窗的玻璃:在这黑洞洞的、没有灯光、像棺材一样的方形车厢里,我仿佛觉得是在运送一具尸体。我竭力思索,想找出一句什么话来冲淡这默默相处的奇怪而恐怖的气氛,可我什么话也想不出来。几分钟以后马车停住,我先下车,付钱给车夫,同时那个人仿佛瞌睡懵懂地下车把车门关上。我们就这样站在一家陌生小旅馆的门前,上面伸出一个穹形玻璃屋檐,使一小块地方免遭雨水袭击。四周不停地下雨,单调得使人心烦,把密不透风的黑夜切成丝丝缕缕。

"这个陌生人站立不住,身不由己地靠在墙上。他那湿透的帽子和揉皱的衣服一个劲地滴水。他站在那儿,活像一个刚从河里捞上来的几乎淹死的人,神志还很昏迷。他靠着的那一小块墙上,有一小股水往下流淌。可是他一点也不使劲抖一抖身上的衣服,脱下帽子来甩一甩,水滴从他的帽子上一个劲地顺着额头和脸往下淌。他完全无动于衷地站着。我没法跟您说,这种万念皆灰的样子是多么强烈地震撼了我的心。

"现在得有所行动。我从口袋里掏出钱来。'这儿有一百法郎,'我说道,'您在这儿要间房间,明天乘车回尼斯去。'

"他不胜惊讶地抬起头来。'我在赌场里观察了您半天',我发现他有些迟疑,便催促他,'我知道您把钱都输光了。我担心,您正想去干什么傻事。接受人家的帮助并不丢脸……喏,您拿去吧!'

"可是他把我的手推开。我没想到,他会断然拒绝。'你是个好人,'他说道,'可是别糟踏你的钱了。我已经无可救药。这一夜我睡不睡,完全无关紧要,反正明天一切都要完蛋。我是无药可

救的了。'

"'不,您一定得拿去。'我逼着他,'明天您的想法就会改变。现在您先进去,好好睡一觉,忘记一切。大白天事情就会是另外的样子。'

"我又一次把钱塞给他,他几乎是态度激烈地把我的手推开。'别这样,'他闷声闷气地重复道,'这毫无意义。我宁可在外面了结,免得在这儿把人家的房间沾上血污。一百个法郎救不了我,一千个法郎也没用。明天我又会拿着这最后几个法郎走进赌场,不把一切输个精光,我是不会罢手的。何必重头再来一次呢,我已经受够了。'

"您没法估量这阴沉的语气如何深深地刺进我的灵魂,可是请您设想一下:离开您不过两英寸远站着一个头脑清醒的年轻人,他活着,在呼吸,你很清楚,如果不竭尽全力,不出两小时,这个有思想、会说话、能呼吸的人,就会变成一具死尸。我心里说不出的生气、冒火,一心只想战胜他这毫无意义的抗拒。我一把抓住他的胳臂:'别再说这些傻话了!现在您给我进去,租个房间,明天一早我来送您上火车。您必须离开这里,明天必须乘车回家。我要不亲自看见您拿着车票乘上火车,我决不罢休。年纪轻轻,不该因为输了几百法郎或者上千法郎就不想活了。这是怯懦,是一时愤怒懊恼造成的,是愚蠢的歇斯底里发作,明天您自己会觉得我是有道理的!'

"'明天!'他着重地重复了一遍,口气阴郁得出奇,而且带有嘲讽的神气,'明天!但愿您知道我明天会在哪儿!倘若我自己能知道就好了,我自己还真的有点想知道这事呢。不,你回家去吧,我的宝贝,别瞎操心,别白扔钱了!'

"可是我不再让步。我似乎中了邪着了魔,我使劲抓住他的手,把钞票塞进他的手里。'拿着这钱,马上进去!'说着毅然决然地走过去拉响门铃,'好了,现在我已经拉过门铃了。门房马上就来,您进去躺下睡觉。明早九点我在这儿门口等您,立即送您上火车。其他的事情您不用担心,我会把必要的事情全都办好的,让您一直回到家里。现在您立刻上床美美地睡上一觉,什么也不要去想!'

"这一瞬间门里钥匙咯噔一响,门房打开大门。

"'来吧!'他突然说道,声音生硬坚定,含有怒气。我感到我的手腕被他用手指紧紧握住。我吓了一跳……吓得灵魂出窍,浑身瘫软,仿佛遭到电击,我的脑子都吓糊涂了……我想挣扎,想挣脱他的手指,可是我的意志已经麻木……我……您能理解……我……门房站在那里等着,表情极不耐烦,在这门房面前,我羞于和一个陌生人拉拉扯扯,争来争去。这样……就这样一下子我也站在旅馆里面了;我想说,想说点什么,可是嗓子堵住了……他的手沉重地压在我的胳臂上,不容我违抗……我模模糊糊地感到我不知不觉地被这只手拉上了楼梯……钥匙咯噔一响……突然我和这个陌生人就单独待在一个陌生的房间里,不知是哪家旅馆,我到今天还不知道这家旅馆的名字。"

C 太太这时又停止讲述,突然站了起来,嗓子似乎有些不太听她使唤。她走到窗前,默默地向窗外看了几分钟,或许只是把额头靠在冰冷的窗玻璃上。我没有勇气去仔细地看她,因为观察一位情绪激动的老太太,我会感到非常难堪。所以我静静地坐着,不提问题,也不作声,只是等她以不疾不徐的脚步走回来,在我对面坐下。

"好啦——现在最难叙述的部分已经说出口了。我再一次向您保证,我可以凭着对我来说神圣的一切,凭着我的名誉和我的孩子们,向您发誓,直到那一秒钟,我根本还没有想过和这个陌生人会有什么……什么关系,我的的确确没有任何清醒的意愿,是啊,完全是无意识地,从我平坦的人生道路上突然失足掉进深坑,陷入这样的境地。我希望您相信我。我已向我自己发过誓,对您和对我自己都说实话,所以我再向您重复一次,我只是助人心切热心过头,而不是由于任何别的感情,不是由于个人的感情,也就是说丝毫没有任何个人愿望,也没有任何预感,而卷入这一悲剧性的冒险经历之中。那天夜里,在那间房间里发生的事,请您别让我叙述了。那一夜的每一秒钟,我自己都没有忘记,也永远不愿忘记。因为那天夜里我在和一个人搏斗,为了挽救他的生命,因为,我再重复一遍:这是一场生死攸关的搏斗。我的每一根神经都明白无误地感觉到,这个陌生人,这个已经毁了一半的人,受到致命的威胁,正以全部渴望和激情,在抓住最后一线希望。他抓着我,就仿佛已经感觉到深渊就在脚下,而我则奋不顾身,尽我所有来救他。这样的时刻一个人也许一生只能经历一次,而且千百万人当中也只有一个人能够经历——即便是我,倘若没有这个可怕的偶然事件,我也决不会料到,一个自暴自弃、无可挽救的人,会这样心急火燎地拼命挣扎,以狂暴难驯的贪欲来再一次吮吸生命,吮吸每一滴鲜血。我远离人生的一切妖魔般的力量已有二十年之久,倘若没有这个可怕的偶然事件,我也永远不会理解,大自然神通广大奇妙无比,有时候会把热和冷,生和死,欢欣和绝望,压缩在短短的几秒之中。那一夜充满了搏斗和对话,激情、愤怒和仇恨,哀求的眼泪和醉意的泪水,使我感到竟像有一千年之久,而我们两个人,紧紧相拥,摇摇晃晃地跌进深渊,一个求死心切,另一个则浑然不觉,一旦脱出这阵致命的混乱状态,我们全都和先前判若两人,彻头彻尾发生了变化,具有不同的感官和不同的感觉。

"但是我不愿谈论这事。我描绘不出也不愿描绘。只有在第二天早上我醒来时的那极端可怕的一刻,我得说给您听。我从未曾经历过的铅块一样的沉睡中醒来,从无比深沉的黑夜醒来,待了很久,才勉强睁开眼睛。我第一眼看见的便是头上的一片陌生的天花板,环顾四周,只见一间从未见过的陌生房间,非常难看,我都不知道自己是怎么跑到这房里来的。我起先安慰自己,说这还是个梦,我刚从阴郁黯淡、混乱不堪的昏睡中进入这个显得较为明亮、较为透明的梦境。——但是窗前已是晨曦,明亮刺目,是明白无误的真正阳光。楼下传来街上马车的轰鸣声,电车的铃声和嘈杂的人声——于是我明白,我不是在做梦,已经清醒。我不由自主地坐起身子,想把一切弄弄清楚,好好思考一番,这时……我的目光往旁边一移……我看见……我永远也没法向您形容我当时的惊恐。我看见有个素不相识的人睡在我的旁边,同在这张宽阔的床上……可是我不认识他,不认识他,根本不认识,这个半裸的陌生人……不,这种惊恐,我知道,无法描绘:这种惊恐如此可怕地落在我的身上,我浑身无力直往后倒。然而这不是真正的晕厥,不是全然不省人事,相反:我以闪电般的速度意识到这一切可又同样无法解释这一切。我突然发现自己与一个素不相识的人躺在一张陌生的床上,而且是在一个非常可疑的下等旅馆里,我感到恶心、羞愧,只求一死。我还记得清清楚楚,我的心脏停止了跳动,我屏住呼吸,仿佛这样一来我的生命,尤其是我的意识可以就此熄灭。这清晰的,清晰得可怕的意识,它什么都理解,却又什么都不明白。

"我永远也无法知道,我这样四肢冰冷地躺了多久:死人大概也这样僵硬地躺在棺材里吧。我知道,我闭上了眼睛,祈求天上的什么神力,但愿这一切不是真的,但愿这一切纯属虚幻。然而我敏锐的感觉不允许我再自我欺骗,我听见隔壁房间有人说话,水管的水哗哗地流,门外走廊里有脚步声,所有这些迹象都无情地证明我的感觉清醒无误。这令人憎恶的状况究竟持续了多久,我记不清楚:这种时刻和生活中正常时间的长度不尽相同,但是陡然间,另一种恐惧向我袭来,一种急促的令人心悸的恐惧:这个陌生人,我连他的姓名也不知道,现在可能醒来和我说话。我立刻意识到,只有一条出路,趁他没醒,穿好衣服赶快逃走。不要再让他看见我,不要再和他说话。及时撤退,赶快撤退,退到我自己的生活中去,怎么都行,退到我的饭店里,立即乘下一班火车,离开这个该死的地方,离开这个国家,永远不要再遇见他,永远不要再看见他,谁也不能为此作证,既无从指责,也毫不知情。这个思想驱散了我心里无能为力的情绪:我小心翼翼,像小偷似的轻手轻脚,一寸一寸地(免得弄出响声)挪下床来,摸到我的衣服,小心谨慎地穿起来,每秒钟我都胆战心惊,唯恐他会醒来。眼看着我已穿着完毕,我已经成功了,只有我的帽子撂在那一边的床脚下,我蹑手蹑脚地摸过去,把它捡起:——在这一瞬间我忍不住:我必须向这个陌生人的脸再瞥上一眼,他像一块陨石从天而降掉进我的生活,可是……说也奇怪,因为躺在那里熟睡的这个陌生的年轻人——对我来说的确陌生:乍一看我根本认不出昨天的那张脸。因为那个受到致命打击、情绪异常激动的人的脸上原有的那种为激情所驱使,极端激愤无比紧张的神情已荡然无存——这里的这位,容貌截然不同,是张孩子气的脸,活像一个男孩,显得纯洁宁静,开朗欢快。他的嘴唇,昨天还恶狠狠地紧咬在牙齿里,此刻在睡梦中柔和地咧开,半弯着漾出一丝微笑;金黄色的鬓发披在毫无皱纹的额前,均匀的呼吸像一道道柔和的波浪从胸部静静地掠过他正在休憩中的全身。

"您也许还记得,我先前跟您说过,我从来没有在任何人身上看到过贪婪和激情会像这个陌生人在赌台旁表现得如此强烈,如此肆无忌惮。而现在我跟您说,我从来没有看见过这样纯洁欢快、真正幸福的酣睡,即使在孩子们身上也从未见过,沉睡中的婴儿有时会发出一种开朗欢快天使般的光辉。在这张脸上,各种感情表现得生动鲜明,淋漓尽致,一派置身乐园、无牵无挂、内心负担全都摆脱、无拘无束、获得拯救的样子。看到这副令人深感意外的景象,一切恐怖,一切惊惶犹如一袭沉重的黑色大氅从我身上脱落——我不再感到羞愧,不,我几乎感到快乐。这可怕的,难以理解的事情,突然之间对我来说,有了意义。想到这个娇嫩、俊美的年轻人如今欢快而恬静地躺在这里,宛如一朵鲜花,倘若没有我的献身,定会摔成碎片,鲜血淋漓、面目全非,气息全无,眼珠迸裂,不知在哪块山岩上被人发现。是我拯救了他,他已经获救,我感到高兴,我为此感到自豪。于是我以——我没法换种说法,只能说——母亲般的眼光看着这个沉睡中的人。我又一次生下他来,让他重获生命——这比生我自己的孩子更为痛苦。在这间陈旧、污秽的房间里,在这家令人恶心、龌龊不堪的临时旅馆里,我心头涌起一种感觉——也许您听了会觉得可笑——就像在教堂里,奇迹发生超凡成圣而深感幸福。我一生中最为可怕的一秒钟如今派生出第二个一秒钟,最令人惊惶、最动人心弦的一秒钟。

"也许我的动作声音太响?也许我不由自主地说了什么?我不知道。可是突然间,那个沉睡的人睁开眼睛,我大吃一惊,直往后退。他惊讶地环顾四周——就像方才我自己那样——他也似乎从没有尽头的深渊和令人迷惘的混乱中艰难地爬了出来。他的目光非常费劲地扫视一下这间从未见过的陌生房间,然后不胜惊讶地落在我的身上。可是他还没来得及开口说话或者开始回忆,我已经稳住心神。我不容他说话,不让他提问或表示亲昵,昨天、昨夜的事不得再重新发生，对此不作任何解释，也不进行任何讨论。

"'我现在得走了'，我很快地对他说，'您待在这儿，穿上衣服。十二点钟我在赌场门口和您碰头：我将在那儿安排好其他一切。'

"他还来不及回答，我就一溜烟地逃了出去，就为了别再看到那个房间，我头也不回地跑出旅馆，我既不知道这旅馆的名字，也同样不知道和我共度一夜的那个陌生人的姓名。"

C太太停止她的叙述片刻。她声音里的一切紧张、痛苦均已消失：宛如一辆马车费尽艰辛爬上山去，然后从已经攀登的高峰轻松迅速地驰向山谷，现在她就以轻快的语气飞速地继续叙说下去：

"于是，我急匆匆地穿过大街，赶回我住的饭店。街上晨光明媚，一场风暴刮走了街上的郁闷，天宇清澄，我心头痛苦的感觉也一扫而空。您别忘记，我方才跟您说过：先夫去世以后，我已完全抛弃了我个人的生活。我的孩子们不需要我，我自己也不知如何安排余生。活着并无明确的目标，生活乃是谬误。现在我出乎意料地获得了一个任务：我挽救了一个人，我竭尽全力把他从毁灭之中拉了出来。只剩下一点小小的困难还须克服，然后这个任务也就彻底完成。于是我跑回我的饭店。门房看见我在早上九点才回来，向我投来惊愕的目光。昨天发生的事情，不再使我心里受到羞耻和懊悔的重压，而是感到生的意愿又突然恢复。于是精神振奋，我又出乎意外地重新感到不虚此生，一股暖流穿过我生机充盈的血管。我回到房里，迅速更衣，不自觉地（后来我才发现）脱下丧服，换上一件色彩更加鲜艳的衣裳，然后上银行取款，赶到火车站，打听列车开出的时间；我以自己都感到惊讶的果决态度，又另外办了几件事，赴了几次约会，现在一切就绪，只等着命运抛给我的那个人上车出发,便最后完成对他的拯救。

"当然,现在亲自去和他见面,这还需要勇气,因为昨天的一切都发生在黑暗之中,发生在一阵旋风之中,就仿佛两块石头为山洪冲下,突然碰在一起;我们两人面对面几乎并不相识,我甚至都没把握,那个陌生人是否还认得出我。昨天——事属偶然,是两个人一时昏头纵情陶醉恣意疯狂,今天却有必要,比昨天更公开地向他显出我的真相,因为我现在不得不作为一个活生生的人向他迎面走去,把我这个人,这张脸展现在他眼前。

"但是后来发生的事情却比我想象的容易得多。到了约定时间,我刚走近赌场,一个年轻人就从长凳上一跃而起,向我奔了过来。他那大吃一惊的神气和他每一个传神的动作都显得淳朴自然,富有稚气,毫无城府,满腔幸福:他飞奔过来,眼里充满了喜悦,同时放射出感激和崇敬的光芒,一看到我的眼睛在他面前显得慌乱局促,他便立刻谦卑地低下眼睛。在一般人身上很少看到感激之情。恰好是感激涕零的人找不到表达感激的方式,他们神情慌乱,沉默不语,感到羞愧,有时故作别扭,以掩饰自己的感情。可是在这个人身上,上帝似乎像一个神秘莫测的雕刻家,把一切感情以生动优美的姿势表现出来,活像雕塑,那种表达感激的姿势也光彩照人,像有一股激情从身体内部迸发出来。他弯下腰来吻我的手,恭顺地低下他那男孩似的轮廓清秀的脑袋,有一分钟之久,恭恭敬敬地垂着头,只是轻轻触及一下我的指尖,然后才后退一步,向我问好,动人地凝视着我。他的每句话都说得庄重规矩,几分钟以后,我最后的一丝忧惧也烟消云散。身边的景物都像着了魔法,显得分外光艳,宛如明镜,映照出我开朗欢快的心境;昨天大海还怒涛汹涌,此刻一平如镜,波光粼粼,轻漾的微波下面,卵石泛着白光。魔窟似的赌场衬着万里无云、蓝缎似的天宇显得光洁明亮。

我们昨天为瓢泼大雨所逼曾在一座售货亭的檐下避雨,今天这座亭子开门营业,原来是爿花店:一簇簇白的、红的、绿的、五色斑斓的大小花卉摆得花团锦簇,一个年轻姑娘身穿花色刺目的上衣向人兜售鲜花。

"我邀请他在一家小餐馆里共进午餐;这个陌生的年轻人在那里向我讲述了他的悲剧性的冒险故事。我在绿呢赌台上看见他神经质地索索发抖的手,当时曾对他的身世有过最初的预感,他的故事证实了我的猜测。他出生在奥属波兰的一个贵族之家,家里为他安排的是外交官的前程,他在维也纳上了大学,一个月前以优异成绩通过了他的初级考试。为了庆祝这个喜庆日子,他的一位在参谋总部当高级军官的叔父——他就寄居在叔父家里——便用一辆马车把他带到普拉特尔去玩,作为褒奖。他们一同前往赛马场。叔叔财运亨通,连赢三次:他们用赢来的厚厚一叠钞票在一家豪华餐厅共进晚餐。第二天,这位未来的外交官收到他父亲寄来的一笔钱,奖励他考试成功。这笔钱相当于他一个月的生活费;若在两天前,他还会觉得这笔钱数目可观,可是由于赢钱容易,他已经觉得这笔钱无足轻重,微不足道。于是饭后他又驱车前往赛马场,大笔下注,狂赌一气。他吉星高照,或者不如说,他晦气临头,赌完最后一次赛马,离开普拉特尔,他手里的钱增加了三倍。于是赌博的疯狂向他袭来,他时而在赛马场,时而在咖啡馆或者俱乐部,耗尽了他的时间、学业、神经,尤其是他的金钱。他再也不能思维,再也不能安眠,尤其不能控制自己。有一次夜里他在俱乐部输得精光,回到家里脱衣上床时,在背心口袋里又找到一张忘记的钞票,皱巴巴的,塞在那儿。他忍不住,又穿上衣服,到处乱跑,最后不知在哪家咖啡馆里找到几个赌多米诺的人,就坐下来和他们一直赌到天亮。他已经出嫁的姐姐有一次帮他摆脱困境,向高利贷者偿付了他的债款,这些人见他是贵族世家的继承人,都非常乐意借钱给他。有一阵子,他手气很好,可是往后运气越来越坏。他输得越多,他那尚未偿还的贷款和限定日期的名誉担保就使他越发渴望大赢一场,反败为胜。他早已把他的怀表,他的衣服拿去当掉,最后可怕的事情终于发生:他从柜子里偷窃了老婶娘平时不常戴的两只大耳环。他当掉一个,得了一大笔钱,当天晚上他就赢了四倍。可是他非但没把耳环赎回,反而孤注一掷,把钱全部输光。在他离家出走时,他的偷窃行为还未被人发现。于是他当掉了第二只耳环,灵机一动,乘火车来到蒙特卡洛,妄想在轮盘赌上得到他梦寐以求的财富。他在这里已经把箱子、衣服和雨伞全都卖掉,只剩下一把手枪、四粒子弹和一枚镶了宝石的小十字架,这是他教母,X侯爵夫人送给他的,他舍不得把它变卖。可是昨天下午他把这枚小十字架也卖掉了,得了五十法郎,就为了晚上能最后一搏,在诱人至极的赌博上试试运气,拼个死活。他向我诉说这一切时,显得性格活泼开朗,灵气十足,神态优雅动人。我仔细听着,深受震撼,又感动又激动;但是丝毫也不生气,一刻也不介意这个和我同桌进餐的人竟是小偷。我是个一生清白的、无懈可击的女人,和人交往要求严格遵守传统,符合身份。倘若昨天有人对我稍加暗示,说我会和一个素不相识、和我儿子年纪相仿,而且偷过珍珠耳环的年轻人亲密无间地坐在一起——我一定会认为那人准是精神失常。可是在他叙述时,我没有一霎感到恐怖,因为他把这一切说得这样自然,这样充满激情,结果他的行动竟成为某种寒热,某种疾病的描述,并非令人憎恶的事情。谁若亲自像我这样在昨夜经历了这些急风暴雨般的意外事件,'不可能'这三个字就会对他一下子失去意义。在那十个小时里,对现实获得的知识远比以往以资产阶级方式度过的四十年里的经历要丰富得多。

"但是在他的那番忏悔中有另外一点使我大吃一惊,那就是他眼睛里的那股热病似的光芒。当他谈到他赌博的激情时,这光芒使他脸上的神经像触电似的抽动。单单这么复述一遍,他就兴奋起来,他那表情生动的脸,把每一种紧张情绪都再现出来,清晰得令人害怕,时而充满欢乐,时而痛苦万状。他的手,这双奇妙的手,骨骼纤细,神经过敏,又变得和猛兽一样,活像在赌台上,时而追捕,时而逃窜。我看见他叙述时,这双手从手腕起突然颤抖不已,手指使劲弯曲,握成拳头,然后猛地松开,又重新绞成一团。讲到他偷耳环时,这双手(我不由自主地浑身一哆嗦)闪电似的往前一蹿,做了一个迅速偷窃的动作:我简直好像看见他的手指疯狂扑向那件首饰,急忙把它紧握在手掌里。我怀着一种无名的惊恐,清楚看到,此人中毒太深,他那嗜赌的激情已把他周身血液直到最后一滴全都毒害。

"只有这一点是他叙述过程中使我心惊胆战无比震惊的:一个头脑清晰、天性无忧无虑的年轻人竟然这样可怜地受制于一种荒唐的激情。于是,我认为我的首要责任乃是亲切地说服我的这个萍水相逢的被保护人,他必须立即离开蒙特卡洛,这里的诱惑实在危险,他必须今天就回到家里,趁耳环遗失尚未被人觉察,他的前程尚未永远断送。我答应给他路费,给他赎取首饰的钱,但条件是:他今天就得动身,他得凭自己的名誉向我起誓,再也不碰一张纸牌,或者进行任何赌博。

"我永远也不会忘记当我答应帮助他时,这个业已毁掉的陌生人,如何怀着感激的热情听我说话。起先神情谦卑,渐渐情绪高昂,他简直像在吞饮我说的一字一句,突然他伸出双手,越过桌子,以一种在我记忆中难以磨灭的姿势,抓住我的双手,仿佛是在膜拜神明,发誓许愿。他那双明亮的、平时有些慌乱的眼睛里噙着泪水，由于幸福激动，全身神经质地颤抖。我已经多少次试图向您描述过他的姿势神情具有独一无二的表达能力，但是这一个神态我却无法向您形容。因为这是一种如此喜极而狂、超凡脱俗的幸福感，平时一般人的脸是无法向我们表现出这种幸福之感的，只有当你从睡梦中醒来，自以为见到了一个天使的脸庞悄然消逝时留下的白影可以和它相比。

"为什么要对此讳莫如深：我经受不住他这眼光的逼视。感激之情使人幸福，因为这种感情极难清清楚楚地亲身经历，温存的柔情使人舒服，我这人四平八稳、生性冷淡，他的这种强烈的感情流露对我来说确是使人心情舒畅、使人无比幸福的新鲜感觉。再说：随着这个受到震撼、遭到践踏的人，这四外的景色经过昨夜这场大雨，也像着了魔似的苏醒过来。我们走出餐馆时，宁静无波的大海万里澄碧，晶莹光亮，直伸天际，水天交融，只有在那高天之上，衬着另一派蔚蓝，时而有海鸥翱翔，掠过一道白光。您熟悉里维埃拉一带的景色。它总是那么秀丽宜人，但是它也总是像张明信片似的把它饱满的色彩极为舒展地在人们眼前平坦延伸，恰似一位慵懒的睡美人，漫不经心地听凭众人的目光欣赏，它那永远柔顺的姿态几乎含有东方色彩。但有时候，虽然非常罕见，也会有那么几天，这位美人站起身来，一展身姿，披着绚丽浓艳的色彩，仿佛强劲有力地向你呼唤，发出奇幻怪异的光芒，洋洋得意地向你抛洒鲜花般的缤纷五彩。这位美人热情似火，情欲如炽。经历了雨急风狂，天昏地黑的一夜风暴，那天正好也是这样一个热情奔放的日子，大街冲洗得洁白发亮，天上一片澄蓝，遍地灌木丛生，缀满杂花，色彩斑斓，如火如炬，四外簇叶浓密，青翠欲滴，暑气顿消，阳光灿烂，周围的群山骤然逼近，轮廓更为鲜明：它们似乎好奇心切，渴望挨近这座洗涤一净，光彩熠熠的小城。纵目四望，处处都能感到

大自然的激动和鼓舞,不由得使人心旷神怡。'我们去雇辆马车,'我说道,'沿着科尔尼契①去兜风吧。'

"他兴高采烈地点点头:这个年轻人来到这里,似乎现在才发现大自然,开始欣赏它的景色。在此之前,只看见空气污浊的赌场大厅弥漫着蒸气和汗臭,挤满了丑陋、变形的人群,和一个粗暴灰暗喧闹不已的大海。可是现在,阳光普照的海滩宛如一把硕大无朋的扇子张开在我们面前,纵目远眺,从一端移到另一端,一望无际,令人倍感欣喜。我们乘坐马车徐徐前进(那时还没有汽车),沿着那条风光绮丽的道路,途经许多别墅,遇见不少游客,一幢幢别墅掩映在翠绿的五针松树丛中,驰过这样的别墅,就会上百次地涌现这样一个隐秘的愿望:但愿能住在这里,宁静无扰,心满意足,远离尘嚣!

"我这一生中可曾有过比那一小时更幸福的时光?我不知道。这个年轻人在我身旁坐在车上,昨天他还陷入死亡和灾难之中,现在正惊愕地望着太阳泻下的白光,若干年的岁月似乎从他身上消逝,他仿佛又变成一个孩子,一个醉心于嬉戏的俊美男孩,睁着一双喜极而狂,可又充满敬畏的眼睛。在他身上最使我心醉的乃是他那体贴入微的柔情:马车爬上陡坡,马儿拉车费劲,他便灵巧地跳下车去,到后面帮着推车。我要是提到一朵花的名字,或指一指路边的一朵花,他就奔过去把它摘来。被昨天的雨水引出来的一只小乌龟正艰难地在路上爬行,他就把它捡起来,小心翼翼地放回绿草丛中,不让后面驰来的马车把它碾碎。与此同时,他兴高采烈地讲述最逗乐最优美的事情:我相信,这种笑声,对他是一种

---

① 是里维埃拉的海滨大道,在尼斯和斯派齐亚之间,全长三十公里,景色变幻,极为优美。一八〇五年依古罗马人建的大道改建。

拯救,因为他心里突然充满喜悦,心情无比陶醉,若不开怀大笑,非得引吭高歌,纵身雀跃或者大干疯事不可。

"后来,我们爬上高坡,慢慢地驰过一个极小的村庄,这时,他突然彬彬有礼地举帽致意。我为之愕然:这个身在客地的陌生人,他在向谁致意?我这一问,他脸上微微一红,几乎是道歉似的向我解释:我们刚刚经过一座教堂,在他们波兰,也像在一切笃信天主教的国家里一样,人们从小就养成习惯,每过一座教堂或礼拜堂,都要脱帽。对于宗教的这种美好的敬畏之情深深地打动了我,我立刻也想到他说起过的那枚小十字架。我问他,是否虔信宗教。他多少有些羞涩,神情谦逊地承认,他希望能享有这种恩宠,我便突然闪过一个念头:'停车!'我对马车夫叫道,急急忙忙地下了马车。他不胜惊讶地跟着我:'我们上哪儿去?'我只是答道:'跟我来!'他陪着我返回去走向教堂。这是一座砖砌的乡下教堂。里面的墙上刷了石灰,灰暗阴森,空荡荡的,门敞开着,一团黄色的光柱射进教堂内部的阴暗,蓝幽幽的阴影里显出一座小小的祭坛,两支蜡烛,像两只视线模糊的眼睛,从香烟缭绕温暖幽暗的微光中向外张望。我们走进教堂,他脱下帽子,把手在圣水缸里蘸了蘸,然后画个十字,单膝下跪。他刚站起来,我就拉住他:'您到祭坛去,'我催促他,'或者到您崇敬的哪座圣像跟前去,照我说的话发个誓。'他瞪着我看,一脸惊愕,简直像是大吃一惊。但是他很快就明白了我的意思,便走到一座神龛前,画个十字,驯从地跪下。'照我说的,重复一遍,'我说道,自己也激动得浑身哆嗦,'照我的话说:我发誓,'——'我发誓,'他重复道,我接着说:'我永远不再赌钱,任何赌博都不参加,永远不再让我的生命和荣誉受这种激情的威胁。'

"他浑身颤抖着重复了这些话,这些话清晰响亮地在这空荡荡的教堂里回响。然后宁静了片刻,静得可以听见外面微风吹过树梢,树叶飒飒作响。突然,他像一个赎罪者匍匐在地,怀着狂热的激情,用我从未听见过的波兰语快速、混乱、连珠炮似的说出了一串话,我听不懂它的意思,但我想必是一段激情满怀的祈祷,一段表示感激和悔恨的祈祷,因为这篇感情激越的忏悔不时使他谦卑地向跪凳低下头去,这些陌生的声音越来越奔放地一再重复,以难以言传的热诚吐出来的同一个字变得越来越激烈。我在此之前和自此之后,都从来没有在世上任何教堂里听人这样祷告过。他的双手痉挛似的紧紧抓着木头的跪凳,内心刮起的飓风使他全身震颤,时而把它抬起,时而又把它掀倒。他什么也看不见,什么也感觉不到:似乎已身在另一个世界,置身于使人脱胎换骨的炼狱之火里,或者飞升到更为神圣的天体之中。最后,他缓缓站起身来,画个十字,艰难地转过身来。他的双膝索索直抖,脸色苍白,像是精疲力竭。他一看见我,眼睛立即闪闪发光,脸上泛起一阵纯洁的真正虔诚的微笑,他那神驰心迷的脸庞顿时容光焕发。他走到我跟前,按照俄罗斯的方式深深地低下头,握住我的双手,十分崇敬地用嘴唇轻轻碰了一碰我的手:'是上帝把您派到我这儿来的。我为此向他致谢。'我不知道该说什么才好。但是我真的希望,在这些低矮的跪凳之上管风琴会突然开始轰鸣,因为我感到,我的目的已经达到:我已经把这个人永远挽救过来了。

"我们走出教堂,回到这五月艳阳天晶莹明亮灿烂辉煌的阳光中去;我觉得世界变得比任何时候都更美好。我们又继续乘车缓缓地沿着山坡上的道路驶行两小时,美妙景色尽收眼底,峰回路转,展现新的景色。可是我们不再说话。在这样奔放地表达过感情之后,每句话都只会冲淡情绪。偶然和他的目光相遇,我都不得不害臊地把我的目光移开:看见我自己创造的奇迹,我心里受到的震撼实在过于强烈。

"下午五点左右我们回到蒙特卡洛。一次亲友的约会,我已来不及推辞,我还得前去赴约。其实我内心深处也渴望休息一下,感情极度紧张之后需要松弛一阵。因为我得到的幸福实在太多。我觉得经历了我一生中从未体验过的这种过分炽热的狂喜状态,我必须休整一下。因此,我请我的被保护人到我下榻的饭店里来待一会儿;在我的房间里,我把他的旅费和赎取首饰的钱交给他。我们约定,我去赴约时,他去买车票,晚上七点我们在火车站的入站大厅碰头,在途经热那亚送他回家的那次列车离站前半小时。我正要把五张钞票递给他,他的嘴唇突然变得异样的苍白:'别……别……给钱……我求您,别给我钱!'这几句话从牙缝里挤出来,而他的手指神经质地惊慌失措地一边颤抖,一边直往后缩,'别给钱……别给我钱……我看见钱受不了。'他又重复一遍,仿佛他满心厌恶或者极度惊恐。但是我排除了他的羞愧,安慰他道,这笔钱只是借给他的,他要是觉得别扭,可以给我立张借据。'好的,好的……立张借据。'他喃喃地说道,移开目光,捏着钞票胡乱一折,就仿佛是什么黏糊糊的脏东西沾在手指上,看也不看就塞进口袋,然后在一张纸上龙飞凤舞地匆匆写下几句话。等他抬起头来,额上已沁出了汗水:在他身体里面似乎有什么东西一阵阵地直往上涌。他把那张纸塞给我的时候,全身一阵哆嗦。突然间——我吓得不由自主地直往后退——他跪倒在地,亲吻我的衣边。这个姿势真无法形容:它那无比强劲的力量,使我不禁浑身战栗。一阵奇怪的寒噤穿过我的全身,我茫然不知所措,只能结结巴巴地说:'您这样懂得感激,我谢谢您。不过现在请您走吧!晚上七点我们在火车站的入口大厅再道别吧。'

"他凝视着我,眼睛湿润,闪着感动的光芒,有一瞬我以为,他想说什么,有一瞬我觉得,他想挨近我。可是接着,他突然又一次深深地深深地鞠了一躬,然后离开了房间。"

C太太说到这里,停止叙述。她站起身来,走到窗前,眺望窗外,长时间一动不动地站着:我看着她轮廓清晰的背影,发现她在轻轻地颤抖。她突然果断地转过身来,她那双一直保持平静显得无动于衷的双手,猛然向两边使劲分开,像要撕碎什么。然后她坚强地,简直可以说勇敢地凝视着我,又重新开始叙述:

"我答应过您,绝对坦率真诚。我现在发现,发这个誓是多么必要。因为此刻我强迫自己第一次有条不紊地把那一小时的整个过程描述一番,寻找明确的语言来形容当时还绞成一团乱麻似的感情时,我当时并不明白,或者只是不愿明白的很多事情,到现在我才懂得清清楚楚,因此我要冷酷而坚决地把真相说给我自己听,也说给您听:当时,在那个年轻人离开房间,我独自一人在屋里留下那一秒钟,我——仿佛感到一阵晕眩——胸口似乎挨了人家重重的一击;不晓得什么东西给了我致命的痛楚,但是我那被保护人的充满敬意的态度如此动人,怎么会使我这样痛苦这样伤心,我当时并不知道,或者我也并不想知道。

"可是现在,我强迫自己冷酷地,有条不紊地把一切往事像与我无关的事情一样从我心里倾吐出来,有您作证,容不得我隐瞒,容不得令人羞愧的感情胆怯地东躲西藏,今天,我才清楚地知道:当时使我如此痛苦的,乃是失望……我失望的是……那个年轻人这样听话地走了……他丝毫也不曾设法留住我,跟我待在一起……我刚刚试图让他动身回家,他就谦卑地、非常尊敬地表示顺从……而不是想法把我搂在怀里……他仅仅把我当作一个在他生活道路上出现的圣女来表示尊敬……而没有感觉到我是一个女人。

"这就是我当时感到的那个失望……一种我自己也不曾向自己承认的失望,当时没有承认,以后也没有承认,但是一个女人的感觉无所不知,用不着话语和意识。因为……现在我不再自我欺骗——倘若此人当时搂住我,恳求我,我会跟着他走,直到天涯海角,我会不惜玷污我自己的和我孩子们的姓氏……我会不顾别人的流言蜚语和我内心的理性,和他一同私奔,就像那位昂里哀特太太和前一天还不相识的那个法国人一同出走……我不会问,跑到哪儿去,要待多久,不会回顾一下我以往的生活……我会为这个人把我的金钱、我的姓氏、我的财产、我的名誉全都牺牲……我会心甘情愿地去沿街乞讨,只要他愿意,这世界上可能没有什么低三下四的事情,我不会去做,只要他说一句话,向我走近一步,只要他试图抓住我,人们称之为羞耻和顾虑的东西,我都会全部抛弃。在这一秒钟里,我是完完全全操纵在他手里。但是……我方才已经说过——这个人神情古怪晕晕乎乎,竟然不再看我,不再看我这个女人一眼……而我当时完完全全地倾心于他,心中的烈火为他熊熊燃烧。当孤零零地只剩下我一个人时,我才感觉到这些。刚才他那容光焕发简直像天使一样的脸庞把我的激情掀起,这股激情如今又跌落我郁闷的胸中,在被人遗忘、空虚落寞的胸怀中翻腾不已。我振作起来,打点精神,那次约会使我倍感憎恶。我仿佛觉得额上套了一个沉重的铁盔,压得我摇摇晃晃:当我最后到另一家饭店去见我的亲戚时,我的思想和我的步履一样散乱。大家聊得起劲,我却沉闷地坐着,偶尔抬起头来,看到的是一张张死板的脸孔,不由得一次次暗暗吃惊,这些脸和那张被云彩的光影变幻弄得生气勃勃的脸相比,我觉得就像面具一样,或者业已冻僵。这次社交聚会令人不寒而栗,死气沉沉,我就像坐在一批死人当中。我把糖块放进杯子,心不在焉地跟着闲聊,在我心里就像被血液的阵阵跳动所驱使,总是涌现出那张脸,观看这张脸,已经成为我的极大快乐,可再过一两个小时我就要最后一次见到它了——想想真是可怕!我想必不由自主地轻轻叹了口气,或者发出了呻吟,因为突然间,我丈夫的表姐弯下腰来问我怎么了,是不是有点不舒服,说我看上去脸色这样苍白,这样难看。于是这意料之外的问题帮我很快毫不费力地找到一个借口,我说我的确有点偏头痛,因此我请她允许我不引人注目地悄悄离去。

"就这样我摆脱了应酬,立即赶回我的饭店。一到那里,孑然一身,我又感到空虚寂寥,被人遗忘,灼人的落寞之感难以排遣,于是我强烈地渴望见到那个年轻人,今天我将和他永别。我在房间里踱来踱去,毫无必要地打开百叶窗,换了衣服和缎带,立刻去照镜子,仔细打量,看我这样打扮是不是能吸引他的目光。我倏然间明白我自己的心意了:做出一切努力,只要不失去他!在感情冲动的一秒钟内,这个意愿变成了决心。我跑下楼去找到门房,告诉他,我要乘当晚的列车动身。那么现在就必须赶快行动:我打铃叫来使女,请她帮我收拾行李——时间紧迫。我们两个争先恐后,急急忙忙地把衣服和小件用品塞进皮箱,梦想着这整个的意外惊喜:我将如何送他到列车跟前,正当他在最后的,真正是最后时刻伸手和我告别时,突然我也登上了列车,和这惊愕不已的人待在一起,和他一同度过这一夜——只要他要我,就和他一同度过今后无数个夜晚……一股陶醉的兴奋的醉意在我的血液里飞旋。有时候我把衣服扔进箱子里,平白无故地大笑起来,弄得使女瞠目结舌:这时我自己也感到,我的脑子已经乱套。侍者来拎箱子时,我先莫名其妙地瞪着他看:我的情绪如此激动,感情强烈翻腾,实在难以思考一些具体的事情。

"时间紧迫,估计快七点了,充其量离开车还有二十分钟——当然,我自己安慰自己,现在我到车站去已经不再是去送别。我已决定一路上陪着他,他愿意要多久,走多远都行。侍者已先把箱子拎出去,我急急忙忙跑到饭店账房去结账。经理已经把钱找还给我,我正要离去,这时有只手温柔地拍了一下我的肩膀。我吓了一跳。这是我的表姐,我刚才说身体不适,她很不放心,便来探望。我只觉眼前一黑,现在我可不需要她,耽搁每一分钟都意味着后果严重的损失,可是为了不致失礼,我至少要和她寒暄一阵。'你必须上床睡觉。'她催促道,'你肯定在发烧。'可能我也的确发烧,因为我太阳穴上脉搏像敲鼓似的怦怦直跳,有时候我感到眼前升起一片蓝影,很快就会晕倒。但是我挣扎着,努力装出感激的样子,其实每句话都叫我着急,我恨不得把她这不合时宜的关怀一脚踢开。可是这位不速之客偏偏待着不走,待着,待着,把科伦香水递给我,并且不容分说,亲自给我把香水抹在太阳穴上,而我则数着分分秒秒,同时想着他,想着如何才能找个借口摆脱这使人痛苦的关怀。我越是焦躁不安,她越觉得我情况可疑;最后,她几乎硬要逼我回房上床躺下。就在她逼我回房时,我冷不丁地看见大厅中央的墙上时钟指着:七点半差两分,而七点三十五分火车就要开走。我像一个彻底绝望的人,听天由命,什么都不管不顾,猛地把手伸给我的表姐:'再见吧,我得走了!'也不管她那惊愕的目光,我头也不回就从满面惊奇的饭店仆役们身边跑过,冲出门去,奔上大街,直奔车站。我远远地看见那个拿着行李等着我的侍者正激动地向我招手,我知道这已是紧要关头,我拼命冲向检票口,可是检票员又拦着我,我忘了买票,我竭力想说服检票员,让我先上站台再说,可这时列车已经开动:我直愣愣地望着,浑身颤抖不已,只想从哪一个车厢的窗口至少还能看到他的一道目光,他在招手,在致意。可是列车飞快地向前滑行,我已无法看到他的面孔。火车越来越快地从旁开过,一分钟后,除了烟雾缭绕的一片乌云之外,在我发黑的眼前已空无一物。

"我大概像尊泥塑木雕似的在那儿站着,天知道,站了多久,那个侍者大概叫了我几次我都不理,才壮起胆子碰了碰我的手臂。这时我才猛然惊醒。他问我,是否把行李再运回饭店。我花了几分钟时间终于定下神来思索;不,这是不可能的。我离开饭店时,举止那样可笑,动作手忙脚乱,我不能再回去,也不愿再回去,永远也不再回去;于是我便吩咐他把行李寄存在库房里,迫不及待地想一个人待一会儿。在这之后,我站在大厅里,身边不断地人来人往,人声嘈杂,人们时而密集,时而分散。这时,我才试图思考,想想清楚,如何摆脱这愤怒、悔恨和绝望交织而成的痛苦心情。因为——为什么不承认呢?——由于我自己的过错,错过了见他最后一面的机会,这个念头像炽热的利刃在我心里无情地来回乱绞。这把灼热火红的利刃往我心里戳得越来越狠,使我不胜痛苦,我简直要大声喊叫起来。只有完全没有激情的人,才会在他们一生中绝无仅有的动情时刻,也许有这种突发的势如雪崩猛如飓风的激情发作。多年未曾使用过的力量郁积成愤懑怨恨,从我胸中直冲下来,奔流湍急。无论在此之前或自此以后,我都从未经历过此刻所经历的相似的惊讶愤怒和无可奈何,我原准备去做最放肆大胆的事情,原准备把我洁身自好、注意操守、检点收敛的一生一举抛弃,突然发现面前是堵墙,我的激情用额头无力地撞在墙上,显得毫无意义。我接下来所做的事,怎么可能不是毫无意义的呢,说出来真是傻气,甚至是愚蠢,我简直羞于启齿——可是我答应过我自己,也答应过您,毫无隐瞒:于是那时我……我又去寻找他……这就是说,我寻找和他共同度过的每一秒钟……一股强烈的力量吸引我重访我们昨天共同待过的所有的地方,去看花园里的那条长凳,我在那里把他拉走,去看赌场大厅,我在那里第一次看见他,是的,甚至想上那个下流旅馆,只是为了再一次、再一次重温旧事。明天我要乘着马车沿着科尔尼契再一次旧地重游,以便每句话、每个手势都能在我脑海里重现——是的,我心烦意乱,竟变得这样无谓,这样稚气十足。可是请您想一想,那么多事情向我涌来,疾如闪电——我简直别无其他感受,只感觉到那沉重的一击,使人晕眩。可是现在,我从迷乱中惊醒,醒得过于突兀,想要把逝去的种种一步一步地再加领略重新品味,借助于那种我们称之为回忆的自我欺骗的魔力。当然,这些事情人们或许理解或许并不理解。也许真要理解它们,需要有颗熊熊燃烧的心。

"这样我就先到赌场大厅去,寻找他在那儿坐过的那把椅子,在许多只手当中想象出他的一双手来。我走了进去:我知道,我第一次看见他的地方,是第二间屋左边的那张赌台,他的每一个姿势我还历历在目:我就是像个梦游者似的闭上眼睛,伸出双手,也会找到他的座位。于是我走了进去,径直穿过大厅。我刚从门口把目光转向那纷乱的人群……我觉得发生了一件稀奇的事情,就在我梦想中他所在的那个位子上,那里坐着——这是热病造成的幻觉吧!……他,的确是他……是他……是的……正像我方才在梦想中看到的那样……正像昨天那样,他眼睛直愣愣地望着弹子,脸色像幽灵一样苍白……但这是他……他……他,不会看错……

"我这一惊,非同小可,简直要大声喊叫起来。但是我控制住了因为无谓的幻觉而产生的惊恐,紧紧闭上双眼。'你疯了……你在做梦……你在发烧。'我对我自己说,'这是不可能的,你产生了幻觉……他在半小时前已经离开这里坐车走了。'然后我才把眼睛又重新睁开。但是可怕极了:他依然坐在那里,恰好和先前一样。真的是他,不会看错……即使在一百万只手当中,我也能认出这双手来……不,我没有做梦,这的的确确是他。他没有遵守向我发的誓言,没有乘车离去。这个疯子坐在那里,把我给他当路费的钱,带到这绿呢桌旁,沉湎于激情之中,完全忘记自我地在这里赌博,而我却无比绝望地为他而心摧肠断。

"一股无形的力量驱使我向前:怒气使我视线模糊,我气得两眼发红,这个背叛誓言的人如此可耻地欺骗了我,无视我的信任、我的感情、我的献身,我恨不得跳上去,卡住他的脖子把他捏死。但是我还是控制住自己。我故意慢吞吞地(我费了多大的劲啊!)走到桌边,正好站在他对面。一位先生彬彬有礼地给我让座。在我和他之间只隔着两米宽的绿呢桌面,我可以清清楚楚地看他的脸,就像坐在包厢里看戏一样。就是这张脸,两小时前我还看见它光彩照人,满是感激之情,灵辉映照,获得神的恩典,而现在又完全消融在激情的地狱之火中,抽搐不已。他的这双手,就是这双手,今天下午在他发着最神圣的誓言时,我还看见它们紧紧地抓住教堂里跪凳的木头,现在它们又弯曲着手指,在钱堆里乱抓一气,活像贪欲无度的吸血鬼,因为他赢了,他想必赢了许多钱,赢了非常多的钱:在他面前乱糟糟的一大堆筹码,金路易和钞票闪闪发光,随随便便地胡乱堆在那里。他的指头,他的索索直抖的神经质的手指,无比惬意地在钱堆里伸展搓揉。我看见它们轻轻抚摸着这些钱,把一张张钞票抓来摊开,把一个个硬币拿来旋转,轻轻摩挲,然后突然一下子满满地抓起一把钱扔到一个方格的中央。他的鼻翼立即开始飞快地抽搐,管台子的人的喊声使他眼睛大张,他那贪婪地闪闪发光的眼睛从钱堆移到蹦蹦直跳的弹子上。他的灵魂似乎已从身上涌流出去,而他的双肘却似乎用钉子牢牢地钉在绿呢桌上。他那完全着迷发疯的神态比前一天晚上表现得更加可怕,更加令人不寒而栗,因为他现在的一举一动,都在扼杀我心中的另一幅肖像,那是幅衬在金色背景上闪闪发光的肖像,我一时轻信,把它存在我的心里。

"我们两个就这样相隔两米各自呼吸着,我凝视着他,而他却丝毫也没有注意到我。他不看我,他谁也不看,他的目光只是滑向钱,只是随着滚回来的弹子惶惑不安地闪动着,他所有的感官全都囚禁在这个疯狂的绿色圈子里,在那里窜来窜去。对于这个赌瘾大发的人来说,整个世界,整个人类都溶解在这块绷紧了绿呢的四方形中。我知道,尽管我在这里一连站上几个小时,他也绝不会意识到我的存在。

"但是我已无法再忍受下去,我突然下定决心,绕着赌台走到他背后,用手抓住他的肩膀。他抬起头来,目光闪烁不定,有一秒钟之久,他那玻璃一样的眼珠,陌生地望着我,活像一个被人费力地从梦中摇醒的醉汉,目光依然昏昏沉沉地蒸腾着发自内心的烟雾。然后,他似乎认出了我,他的嘴角颤抖着往上一咧,他喜形于色地仰望着我,用一种慌乱神秘的亲热劲结结巴巴地低声说道:'手气很好……我一进来,看见他在这儿,马上就知道……我马上就知道了……'我不明白他是什么意思,我只发现,他赌得都陶醉了。这个疯子已经忘记了一切,忘了他的誓言,忘了他的约会,忘记了我,忘记了整个世界。但是即使在他着迷发疯的时候,他那狂喜的神情依然使我那样着迷,我不由自主地顺着他说的话,不胜惊讶地问道,到底是谁在这儿。

"'那儿,那个独臂的俄国老将军。'他悄声说道,完全凑到我的身边,不让别人偷听到这个具有魔力的秘密,'那儿,就是那个长着白色连鬓胡子的人,他背后还站着一个用人。他老是赢钱,我昨天就注意到他了。他准有一套诀窍,我现在老跟着他下注。……他昨天也老赢……只不过我犯了个错误,昨天在他走了以后,还接着赌……这是我的错……他昨天大概赢了两万法郎……他今天也是每次必赢……我现在老跟着他下注……现在……'

"他说了一半,突然住口,因为管台子的人大叫一声:'请各位下注!'①他已经把目光移开,死盯着那个座位。那个白胡子的俄国人神气十足、非常潇洒地坐在那里,先从容不迫地拿起一枚金币,然后犹豫不决地又拿起第二枚金币一齐放在第四格里。我面前的这双迫不及待的手立即伸进那堆钱,抓起一大把金币,扔到同一个格子里。一分钟后,管台子的人叫道:'〇',用耙竿一抢,把桌上的钱全部扫光。他望着那些奔流而去的钱,像是在看一个奇迹。您以为,他这时会回过头来看我一眼?不,他早已把我忘得干干净净,我已经完全从他的生活中沉没、消失、彻底退出。他无比紧张的目光只死盯着那位俄国将军,那人漫不经心地又把两枚金币捏在手里,犹豫不决,看押在哪个数目字上。

"我无法向您形容我当时的气恼和绝望。但是请您设想一下我的感情:我为他抛弃了全部生活,可我对他来说,只相当于一只苍蝇,懒洋洋地把手轻轻一挥就能赶走。我又感到一阵愤怒。我使劲地一把抓住他的胳臂,他吓了一跳。

"'马上站起来!'我向他轻声耳语,但口气却是在下命令,'想一想,您今天在教堂里发的什么誓言,您真是个背弃誓言卑鄙无耻的家伙!'

"他凝视着我,一脸惶恐,脸色苍白,眼里突然流露出可怜的神气,活像一只挨了打的狗。他的嘴唇不住地颤抖。他似乎一下子记起了一切业已忘怀的事情,仿佛对自己也感到一种恐惧。

---

① 原文为法文。

"'好……好……'他结结巴巴地说道,'啊,我的上帝,我的上帝……好……我就来,请您原谅……'

"这时他的手已把所有的钱全都揽在一起,起初动作快捷迅猛,猛的一振,似乎在振作精神,接着,渐渐地变得越来越有气无力,仿佛遇到一股逆流又冲了回来。他的目光重新落在刚刚下注的俄国将军身上。

"'请再等一等……'他飞快地把五枚金币扔在俄国人下注的那一格里……'只赌这一把……我向您发誓,我马上就来……只赌这一把……只还……'

"他的声音又消失了。弹子开始滚动,吸引了他的注意力。这个着了魔的人,摆脱了我,也摆脱了他自己,轮盘旋转不已,小弹子在木槽里滚动跳跃,他也跟着滚进了光滑的木槽。管台子的人又叫了起来,耙子又把他的五枚金币扒走,他又输了。可是他没有转过头来,他忘了我,忘了誓言,也忘了他在一分钟前跟我说的话。他那双贪婪的手已经又痉挛地伸向那越来越小的钱堆,他那双如醉如狂的眼睛闪闪发光,只是死盯着那块吸引他意志的磁铁,死盯着对面那个会给他带来好运的赌客。

"我的耐心已到极限。我再一次摇撼他,但这次摇得非常使劲,'马上站起来!马上!……您说过只赌一把……'

"可是这时发生了意想不到的事。他突然猛地转过身来看着我,不过那张脸已不再有谦卑恭顺惶恐慌乱的神情,而是一个疯子的脸,他怒容满面,眼睛冒火,嘴唇气得不住地颤抖。'您别烦我!'他冲着我大吼,'滚开!您给我带来晦气,每次您在这儿,我就输!昨天您让我输了钱,今天又是这样,您给我走开!'

"我霎时愣住了,可是他一发疯,我也怒不可遏。

"'我给你带来晦气?'我对他喊道,'你这个骗子,你这个小偷,你向我发誓……'可是我说不下去了,因为这个中了邪的家伙从座位上跳起来,猛地把我推开,根本不顾身边引起的混乱,'您别打扰我!'他不顾一切地大声嚷道。

"'您不是我的监护人……去,去……把您的钱拿去。'他把好几张一百法郎的钞票向我扔过来,'现在您别再烦我了!'

"他像个着了魔的人,非常大声地把这些话吼了出来,丝毫不顾身旁有上百个人围着,大家瞪眼望着,窃窃私语,指指点点,讪笑不已。从隔壁大厅里也有些好奇的人挤了过来。我仿佛觉得身上的衣服被人剥光,一丝不挂地站在这些好奇的人群面前。……'夫人,请安静!'①管台子的人粗暴地大声叫道,一面用耙竿敲着桌子。这句话,冲着我,这个下贱东西的这句话是冲着我说的。我受到凌辱,满面羞惭,站在这些交头接耳窃窃私语的好奇之徒面前,活像一个妓女,人家把钱向她劈头盖脑地扔了过去。两三百只放肆无礼的眼睛盯着我的脸。我低着头直往后躲,想把目光移向旁边,避开这盆装满侮辱、羞耻的脏水。这时,我的目光忽然正对着两只惊恐万状的眼睛,它们像利刃一样锋利,这是我的表姐。她失魂落魄地看着我,大张着嘴,像是大吃一惊,把一只手高高举起。

"这番景象深深印在我的心里:趁她还一动不动地站在那里,还没有从惊愕中缓过神来,我立即冲出大厅:我的力气只够让我冲到那张长凳上,就是那个着了魔的人昨天晚上倒在上面的那张长凳。我也同样毫无力气,精疲力竭,彻底崩溃地倒在那张坚硬、无情的木头凳子上。——

"这事已经过去了二十四年,可是我一回想起那一瞬间,回想起我在千百个陌生人面前被他嘲弄的皮鞭抽得跌倒在地,我血管

---

① 原文为法文。

里的鲜血立刻冷凝成冰。我又吃惊地感觉到，我们一直大言不惭地称之为灵魂、精神、感情的东西，我们称之为痛苦的东西，是多么软弱、可怜、微不足道啊。这些东西即使大到难以估量的程度，也完全无力把我们受苦受难的肉体、我们受尽折磨的身体炸得粉碎——因为我们会熬过这些时刻，血液继续奔流，而不是像一棵大树遭到雷劈电殛，立即连根拔起，倒地死去。这种痛苦只有一下子，一瞬间，折断了我的关节，我跌倒在那张长凳上，呼吸停顿，感觉迟钝，预感到非死不可的极度快乐。可是我刚才说过，痛苦是胆小鬼，碰到强劲有力的求生的欲望，它就缩了回去，扎在我们肉体里的这种恋生之心远比我们精神里一切求死之欲都更加强烈。我的感情遭到这样的摧残，我自己也无法解释，我又怎么站了起来，可事实上我是站起来了，当然心里并不明白，该做什么。我突然想到，我的箱子还存放在火车站，我立即迫切希望到那儿去：走吧，走吧，走吧，快从这儿走开，离开这座该死的地狱魔窟。我谁也不理，径直赶到火车站，打听下一班去巴黎的火车什么时候开出。守门人对我说，十点钟。我立即办好托运行李的手续。十点——那么离开那次可怕的邂逅正好是二十四小时，这二十四小时，充满了各式各样荒谬绝伦的感情，犹如疾风暴雨交替出现疯狂施虐，我的内心世界从此永被摧毁。可我起先什么感觉也没有，脑子里只有一个字永远像在敲打在抽动：走，走，走……我额上的脉搏猛跳，像一个楔子一个劲地敲进我的太阳穴：走！走！走！离开这座城市，离开我自己，回到家里去，回到我的亲人身边，回到从前的、我自己的生活中去！我连夜乘车前往巴黎，在那里换车，直接前往布洛涅，从布洛涅到多佛，从多佛到伦敦，从伦敦到我儿子那儿——一路疾驰，快捷如飞，我既不思索，也不思想，足足四十八小时不睡、不吃、不说一句话，在这四十八小时里，咔哒咔哒的车轮只是重复着：走吧！走吧！走吧！最后，我突然在我儿子的乡间别墅出现，人人感到意外，全都大吃一惊：我的举止，我的眼神，想必有些异样，泄露了我的秘密。我的儿子想和我拥抱接吻，我躲开了：我觉得我的嘴唇已经受到玷污，想到他的嘴唇将触及我的嘴唇，我就无法忍受。我任何问题也不回答，只要求洗一个澡。因为我迫切需要连同旅途的尘埃一起把我身上所有的污垢全都洗净，这些污垢似乎还是来自这个着了魔的人，这个一文不值的人身上的激情。然后我脚步沉重地上楼到我房间里去，一连睡了十二个、十四个小时，睡得死沉死沉，活像一块石头，在此之前和从此以后我都从来没有这样睡过，这样睡了一觉之后我就知道，躺在棺材里寿终正寝是怎么回事。我的亲人对我关怀备至，仿佛照顾一个病人，但是他们的柔情只能使我痛苦。我羞于接受他们的敬畏、他们的尊敬，我不得不时时留意别突然地大声喊叫起来：为了疯狂的荒唐的激情，我背叛他们，忘记他们，抛弃他们到何等地步。

"后来我漫无目的地又前往一座法国小城。那里我无人认识，因为一种幻想纠缠着我，我总觉得每个人看我一眼，就可以看出我的耻辱、我的变化。我深深地感到被人出卖、被人玷污，直到灵魂深处。有时候我清晨醒来躺在床上，心里会惊恐万状，害怕睁开眼睛，对那天夜里的回忆又会向我袭来：我突然在一个半裸的陌生人身旁醒来，于是我会和当时一样，一心只想立即死去。

"但是最后，时间对于一切感情有深沉的力量，年龄对此有奇怪的削弱作用。我们感到死亡渐渐临近，它浓黑的阴影已横在路上，这时一切事情也就不显得那么刺目，不再浸入我们内在的感官，大大失去其危险的威力，我渐渐地摆脱了惊恐。多年之后，我在一次社交场合遇到奥地利公使馆的一位参赞，一位年轻的波兰人，我问起那个家族，他告诉我，这是他堂兄的家族，这位堂兄的一个儿子十年前在蒙特卡洛开枪自杀了。我听了这话都没有一点颤抖。这事几乎已不再使我痛苦:也许——何必否认这点自私之心呢?——这甚至还使我感到舒服呢,因为我一直担心说不定什么时候会碰见他——可这一来,最后的恐惧也消失了,我现在除了自己的记忆,再也没有别的证人来反对我自己了,从此以后我平静了许多。人变老其实并不意味别的,只意味着不再对往事感到害怕。

"现在您大概可以懂得,为什么我会突然和您谈起我自己的命运来。您为昂里哀特太太辩护,热情洋溢地宣称,二十四小时完全可能决定一个女人的命运,我当时觉得这指的是我:我感谢您,因为我第一次感到我的行动为别人所认同。这时我心想:能够爽爽快快地把心里话倾吐出来,也许会消除压抑人的那道最后的魔障和永远不能释怀的这块心病,这样我明天也许又可以前往蒙特卡洛,踏进曾和我命运相遇的同一座赌场大厅,而不再对他,也不再对我自己怀有任何怨恨。那时,压迫我灵魂的一块石头就会滚落,沉重地压在往事之上,使之不再复活。我能把一切说给您听,对我真有好处。我现在轻松多了,几乎感到心里快活……我为此感谢您。"

说完这几句话,她突然站起身来,我感到,她已叙述完毕。我有些尴尬,想找一句合适的话说,可是她想必感觉到我的为难,连忙把手一挥:

"不,您什么也别说……我不想要您给我什么回答或者对我说什么……我感谢您认真地听我说话,祝您一路平安。"

她站在我对面,伸手和我握别。我不由自主地抬头看她的脸。这位老妇人这样慈祥,同时又稍带羞怯地站在我的面前。我觉得她的脸奇妙感人。突然间,她的两颊泛起一阵红晕,直升到她的白发,不知这是往日激情的反射,还是心情慌乱的结果。

她站在那里活像一个少女,往事的回忆使她像新娘一样慌乱,自己的坦白使她羞怯。我不由自主地深受感动。我迫切想要用一句话向她表示我对她的崇敬之情,可是我的咽喉梗塞,说不出话。于是我低下头,恭恭敬敬地吻了吻她那枯萎得像秋叶似的微微颤抖的手。

(1927)

(张玉书 译)

心 的 沉 沦 *

　　命运并不总是需要大踏步后退并使用粗暴摈斥的强力才能极大地震撼一颗心灵；恰恰是出于一瞬间的原因而施展毁灭，这才刺激它的塑造者的强烈欲望哩。我们用我们那模糊的人类语言称这种初次轻微触动为诱因，并惊异地将其微弱的程度和那常常继续起作用的强力进行比较；但是正如一种疾病不会马上被人识别，一个人的命运也不会一经显露、稍有苗头就马上被人认识。命运总是先早已在内部，在精神上、在血液中存在，然后才从外部触及灵魂。自我认识本身就已经是自我保护，而这却往往是一种徒劳的自我保护。

　　这位老人——他叫萨洛蒙松，在家里可以自称枢密委员会参议——陪伴他的家人到加尔多尼来度复活节，半夜里他在饭店里突然醒过来，他感到一阵剧烈的疼痛：他觉得身体好像让尖利的桶板给箍住了，胸口憋得透不过气来。老人害怕了，他常犯胆囊痉挛，他没有遵医嘱到卡尔斯巴德去作矿泉浴疗，而是为了他的家人选择了这个南方度假地。他担心那种危险的症状会突然发作，惶恐不安地触摸自己那魁梧的身体，但随即——仍感到疼痛，却释然

----
* 本篇于一九二七年在小说集《感情的混乱》（莱比锡海岛出版社）中首次发表。

地——断定:他只是感到胃部胀痛,显然是由于不适应意大利饭菜或轻度中毒了吧,这类中毒现象对于到那儿去旅游的人来说是屡见不鲜的。他舒了一口气,抽回颤抖的手,但胀痛感依然,并妨碍呼吸。他呻吟着慢慢腾腾下了床,想稍稍活动活动。果不其然:站着就舒服一些,走动起来胀痛更见缓解。但这间黑咕隆咚的房间里活动的余地不大,再者,他担心若唤醒睡在旁边床上的妻子,会不必要地引起她的忧虑。于是他披上睡衣,光着脚穿上毡鞋,小心翼翼地摸索着走进走廊,想在那里迈开大步走几步,缓解缓解压抑的感觉。

就在他朝黑魆魆的走廊打开房门的当儿,从完全敞开的窗户外传来了教堂塔楼报时的钟声:四下先是强有力、随后便柔和地从湖面上空荡漾开去的钟声:凌晨四点。

长走廊里一片漆黑。但凭着白天清楚的记忆老人能笔直朝前走、知道进深多少:他迈开步,不需照明便喘着粗气从一头走到另一头,然后又走一遍,接着再走一遍,他满意地觉察到,卡在胸口的那把钳子在渐渐松开。经惬意地一走动,几乎完全摆脱了疼痛,他正打算返回自己的房间,这时一种响声吓得他突然停住脚步。这是附近什么地方从黑暗中传来的一阵低声耳语,虽微弱却明白无误。屋梁上什么东西嘎啦一响,什么东西簌簌一响,什么东西动了一动,只见从打开的一条门缝里,一束狭长的圆锥体光霎时间划破了黑暗。这是什么?老人情不自禁地躲进一个角落里,并非出于好奇,而仅仅是为那种容易理解的羞愧感所驱使,生怕自己这种奇异的梦游人行为让人撞见。但在灯光照亮走廊的这一刹那,他几乎是违心地以为看到一个穿白衣的女人身影从那个房间里溜了出来,并迅速悄然走向走廊的尽头。果然,在走廊那头最后几扇房门的一扇上,一个门把轻轻喀嚓一响。而后,一切又归于黑暗和寂静。

老人突然像心口挨了一击似的眩晕了起来。那走廊尽头，那个门把一动泄露天机的地方，那儿是……那正是他自己家人的房间呀，三个房间一套的单元，这是他为他的家人租的。他的妻子，几分钟前他离开她时她还在酣睡，那么，这个女人身影，这个离奇地从别人的房间返回的女人身影——不，不可能弄错——不可能是别人，只可能是艾娜，他的刚满十九岁的女儿艾娜。

老人浑身战栗，他惊骇到了极点。他的女儿艾娜，这个孩子，这个聪明伶俐、爽朗活泼的孩子——不，这是不可能的，他多半是弄错了。——她会到别人房间去干什么呢，若不是……他像拒斥一头凶恶的动物那样拒斥这个奇特的念头，但是那个迅速消逝的身影的鬼魂般形象却深深印入他的脑海，再也甩不掉，再也打发不走：他必须弄个水落石出。他气喘吁吁沿走廊墙壁摸索着走到她的门口，他隔壁那个房间的门口。但是真可怕：恰恰这儿，恰恰走廊里的这扇门这儿，唯一的这扇门这儿，一丝微光从门缝颤悠悠透出，钥匙孔里耀眼的白点露出了马脚：凌晨四点她的房间里还亮着灯！还有新的证据：方才里面咯嚓一响电灯一亮，一缕白光不留痕迹地射进黑暗之中——不，不，自欺欺人在这里是无济于事的——艾娜，他的女儿，半夜从别人床上偷偷溜回自己床上去的那个女人正是她。

老人吓得一哆嗦，与此同时，他身上冒出汗来，浑身汗津津。破门而入，用拳头狠狠揍她，揍这个不要脸的，这是他的头一个感觉。但魁伟的身躯下的两只脚犹豫不决。他勉强拖着疲惫的身体走进自己的房间，爬到床上；他迷迷糊糊像一头被宰杀的牲畜般一头倒在枕头上。

老人一动不动躺在床上,他睁大眼睛凝视着这一片黑暗。从他身旁传来他妻子无忧无虑的沉沉的呼吸声。他的第一个念头是摇醒她,报告这可怕的发现,大喊大叫,大发雷霆。但是怎样把这讲出口来,用言语大声说出来,说出这件可怕的事情来?不,永远不会,他永远说不出口来。可是怎么办?怎么办?

　　他试图思考。但是思绪纷乱得像蝙蝠盲目乱窜。这简直令人难以置信:艾娜,这个温柔而受过良好教育的、长着一双漂亮眼睛的孩子……曾几何时,曾几何时他还看见她在埋头读学校教科书来着,用红通通的小手指头吃力地一字一句地描摹着……曾几何时,他把只穿着那件浅蓝色小连衣裙的她从学校领到糕点师傅那儿,从那张还粘着糖的嘴上感受过那孩子式的亲吻……这不就是昨天的事吗?……不,这是几年前的事了……但是昨天,真的是昨天,她还曾孩子气十足地乞求他,要他给她买那件鲜艳夺目陈列在橱窗里的蓝色夹金黄色的双色毛衣。"爸,求你了!求你了!"——十指交叉着露出笑容,露出自信而愉快的笑容,他从来抵抗不住的笑容……而现在,现在她,就在他眼皮底下,竟半夜溜出去爬到一个陌生男人的床上,赤身裸体在那张床上取乐玩耍……

　　"我的天哪!……我的天哪!"……这位老人,他情不自禁地发出呻吟,"奇耻大辱!奇耻大辱!……我的孩子,我的温柔的、受到细心照管的孩子和一个男人……和谁?……这个人会是谁?……我们到这加尔多尼来才三天,在这之前,这些花花公子她一个也不认识,不认识这个脸面瘦削的康特·乌巴蒂,不认识这个意大利军官和这个梅克伦堡男子骑赛者……第二天跳舞的时候才认识他们的呀,她就已经和一个……不,这不可能是头一个男人,不……多半是早就已经开始了……在家里……而我竟懵懂不知,浑然不觉,我这个傻瓜,我这个窝窝囊囊的傻瓜……可是我究竟又了解她们些什么呢?……我整天为她们做牛做马,坐十四小时办公室,和从前拎着样品箱坐火车完全一样……只是为她们弄钱,钱,钱,好让她们有漂亮衣服穿,好让她们富起来……晚上每逢我回家来,精疲力竭,她们总是外出了:看戏,参加舞会,参加社交聚会……我知道她们什么呀,知道她们整天在干什么呀?……现在我只知道我的孩子夜里像个妓女那样,带着自己那年轻、纯洁的肉体去找男人……哦,真是奇耻大辱!"

老人一再发出呻吟声。每一个新的想法都把伤口撕裂得更深:他觉得,仿佛他的大脑血淋淋敞开着,红乎乎的蛆虫在里面拱来拱去。

"可是这一切为什么我都容忍了?……为什么现在我还躺在这儿苦苦折磨自己,而她倒抱着自己那个淫乱的身体在酣睡?……为什么我没有立刻冲进房间,让她知道我了解她的可耻行径?……为什么我没有敲碎她的骨头?……因为我懦弱……因为我胆小……我总是对她们俩懦弱……我什么都让着她们……只要能让她们生活得轻松愉快,哪怕我累死累活,我也感到自豪……这钱是我用指甲又扒又抓,一分一分攒集起来的……只为了能看到她们心满意足,我简直把手上的肉都拉扯下来了……但是我刚让她们富了起来,她们就已经在为我感到羞愧了……她们觉得我不够优雅……太没有教养……我哪儿来的什么教养?才十二岁,他们就不让我念书了,我必须挣钱,挣钱,挣钱……扛着样品箱,一个村庄一个村庄,后来又一个城市一个城市地推销,后来我才有可能办起我自己的商行……可她们一到高处、一有了自己的房屋,她们就不喜欢我原来那个诚实的好名字了……我不得不给自己买来委员会参议、枢密顾问等头衔,好让人不再称她们为萨洛蒙松太太,好让她们能够做出高贵的样子……高贵!高贵!……每逢我反对故作高贵态,反对她们的'上流'社会,她们就嘲笑我,每逢我告诉她们,我的母亲——愿上帝赐她进入天堂——怎样操持家务,文静,简朴,只为了父亲和我们……她们就说我过时了……'爸,你过时了,'她总是这样讥笑我……是呀,过时了,是呀……现在她却和陌生男人睡在陌生的床上,我的孩子,我的惟一的孩子……哦,奇耻大辱,奇耻大辱……"

老人从心头如此可怕地发出痛苦的呻吟,以致他身边的妻子惊醒了。"怎么啦?"她睡眼惺忪地问。老人不动弹,屏住呼吸。就这样,他一动不动地在他的痛苦的黑暗棺材里一直躺到天亮,像受蛀虫啃噬般受尽种种思绪的折磨。

早晨,他第一个坐到餐桌旁吃早饭。他叹着气坐下,他一口也咽不下去。

"又是独自一人,"他心想,"总是独自一人!……每逢我早晨去上班,她们总是舒舒服服地睡懒觉,整宵不是跳舞就是看戏……我晚上回到家里,她们已经出门玩儿去了,参加社交聚会:在那种场合她们不需要我……哦,是钱,是这该死的钱使她们腐化堕落了……使她们和我生疏了……我这傻瓜又扒又搂地敛了钱,苦熬了我自己的筋骨,我把我自己熬穷了,自己让她们变坏……我含辛茹苦白白干了五十个年头,没有享过一天清福,现在我却孤独一人……"

他渐渐焦躁不安起来。"她为什么不来。……我要和她谈,我必须把这事对她说清楚……我们必须离开这里,立刻……她为什么不来……大概她还困倦着呢,心安理得地在睡觉呢,而我却在撕扯自己的心,我这个傻瓜……母亲花几个小时打扮自己,必须洗澡,让人给自己涂脂抹粉、修指甲、理发,十一点以前她不会下来的……这有什么好奇怪的……这样一个孩子会变成什么样?……哦,钱,这该死的钱。"

背后喀嚓喀嚓响起轻轻的脚步声。"早晨好,爸,睡好了?"什么东西轻柔地从一边俯过来,一个轻吻擦过突突跳动的额头。他不由得一激灵缩回脑袋:他厌恶法国香水的这股甜丝丝、腻乎乎的气味。然后……

"你怎么了,爸……又心情不好了,来一杯咖啡,招待员,一客火腿蛋……没睡好觉还是坏消息?"

老人克制住自己。他低下脑袋,没有勇气抬头看人,他沉默不语。他只看见桌子上她那两只手,那双可爱的手:它们懒散、优雅地游动犹如娇惯的长身多毛狗在白桌布草地上嬉戏。他颤抖。他的目光惊怯地顺着那细嫩的少女胳臂向上游移,这儿童的胳臂,它们从前曾经……这是多久以前的事啦?……在上床睡觉前那样频频地搂抱过他……他看见两个隆起的优美乳房,它们在那件新毛衣下面随着呼吸而耸动着。"赤身裸体……赤身裸体……和一个陌生男人颠鸾倒凤,"他愤懑地暗自思忖,"所有这一切他都抓过,摸过,玩弄过,品味过,享受过……我的心头肉……我的孩子……哦,这个陌生的流氓……哦……哦……"

他下意识地又呻吟了。"你怎么啦,爸?"她用谄媚的口吻追问。

"我怎么啦?"他在心里吼叫,"我有一个婊子女儿,却没有勇气把这告诉她。"

但是他只含混不清地喃喃:"没什么!没什么!"他急忙伸手去拿报纸,用打开的报纸构筑起屏障,挡住了她猜疑的目光,因为他越来越觉得自己软弱无力,不敢去看她的眼睛。他的双手直打哆嗦。"现在我必须对她说了,乘现在我们单独在一起。"他备受痛苦折磨。但是他说不出话来;连抬起头来看一眼,连这个力气他都没有。

突然,他猛一使劲向后推开椅子,迈着沉重的脚步向花园逃遁而去;因为他感觉到,一大滴眼泪正违反他自己的意志从面颊上滚落下来。这决不能让她看见。

这位短腿老人在花园里游来荡去,久久地凝视着湖面。内心让强压下的泪水完全模糊了视线,他却不由自主地看到了这旖旎的风光:银色的光线后面碧波上涌,柏树的淡墨画添上了阴影线,小山丘闪现出柔和的色调,它们后面陡峭的群山,严酷而不带傲慢地俯视这一汪碧波,犹如严肃的男子观看亲爱的儿童做无关紧要的游戏。这美景以坦诚、芬芳、好客的姿态温和地铺开,它引诱人生出一片好心、产生幸福感,这种造物主的永恒极乐的微笑引诱人进入它的南方!"幸福!"老人迷迷糊糊地摇晃那颗过于沉重的脑袋。

"人们在这里可能会感到幸福。有一回我也曾希望得到它,有一回我自己也曾希望能感受到无忧无虑者们的世界多么美好……五十年写写算算、讨价还价和投机买卖之后,也想有朝一日享几天清福……有朝一日,有朝一日,有朝一日,在人家还没掩埋我之前……六十五个年头,我的上帝,已经是一只脚入了土的人啦,钱已经无济于事,医生也帮不了忙啦……我只想在这之前先轻松地舒几口气,有朝一日自己也……但是我故去的父亲生前一直说:'消遣娱乐是我辈不屑于干的事,人们背着全部家当一直背进坟墓……'昨天我曾以为,我也可以享享福了……昨天我颇有点像一个幸运的人,为我那漂亮、聪明的孩子感到高兴,见到她高兴而感到高兴……可是上帝马上就惩罚了我,他夺走了我的孩子……现在这永远一去不复返了……我再也不能和自己的孩子讲话了……我再也不能正视她的眼睛,我真是羞愧极了……我将总是不由自主地想到这一点,在家里,在办公室里,以及夜晚在床上;她现在在哪儿,她曾去过哪儿,她曾干过什么事?……永远也不再会内心平静地回家了,她坐在那里,快步向我迎过来,我一看到她,看到她年轻、漂亮,我心花怒放,她吻我的时候,我就会暗自思忖,昨天她和谁上床了,这嘴唇……她一离开我身边,我便惶惶不安,一看到她的眼睛,我便羞愧难言。——不,我不能这样活着……我不能这样活着……"

老人像喝醉了酒的人那样踉踉跄跄地行走。他一再凝视湖面,泪水一再滚落到他的胡子上。他不得不摘下夹鼻眼镜,睁着一双湿漉漉的近视眼,傻乎乎地站在狭窄的小径上。一个干园林活的男孩正好从这儿经过,惊愕地站住脚,哈哈大笑起来,用意大利语说了几句玩笑话讥笑这个失魂落魄的人。老人从痛苦的眩晕状态中惊醒,他拿起夹鼻眼镜,侧过身悄悄朝花园深处走去,想在随便哪张长凳上找个藏身之处,以躲过世人的目光。

他刚走近花园里的僻静处,却又让来自左边的一阵笑声给吓了一大跳……一阵笑声,这笑声他熟悉,这笑声现在撕裂着他的心。这笑声对他来说曾多么优美动听,十九年之久,这是她纵情、轻柔的笑……为了这笑声他曾乘坐三等车厢火车一直坐到波兹南和匈牙利,只是为了随后可以给她们抛撒点黄色的腐蚀质,好让这种无忧无虑的欢乐情绪滋蔓……他完全是为了这笑声而活着,他落下这胆囊痉挛的病症……只是为了让她笑口常开,笑声朗朗。而今它却像一把灼热的锯子切入内脏,这可诅咒的笑声。

然而这个老大不乐意的人却受到这笑声的吸引。她站在网球场旁边,光着的手挥舞着网球拍,关节放松,向上挥出球拍击球,随后又接球。纵情的欢笑声总是伴随挥舞着的球拍直冲蔚蓝色的天空。那三位男士赞赏地观看她打球,康特·乌巴蒂身穿宽松网球衫,军官穿紧身、笔挺的制服,男子骑赛者穿漂亮的马裤,三个各具风采的男性形象铸像般围住这位像一只蝴蝶那样翩然飘舞的击球女郎。老人自己也忘情地凝视着。我的天哪,她身穿那件浅色的下垂到脚踝的连衣裙,一头金发上阳光流溢,模样儿多么漂亮!这年轻的身躯快乐至极地在跳跃和跑动中感觉到了自身的轻快,随着灵活的肢体有节奏的活动,她陶醉了,她使人入迷了。现在她纵情地将白色网球抛向空中,随着又抛出第二个、第三个;真是妙不可言,她那苗条、柔软的少女肢体怎样一跃而起、弯体击球,现在突然向上弹起,击最后那个球。他从未见过她这个样子,这样燃起纵情的火焰,自身成了一团白色的、向后倾斜的、飘荡着的火焰,热情奔放的身体上空荡漾着银白色的笑的烟雾,一个处女似的女神,从南方花园的常春藤中,从碧波荡漾的湖面上惊起:在家里,这个瘦小而结实的身体从未这样狂舞般伸展开来做激烈的游戏。从来没有,不,他从来没有看见过她这个样子,在这沉闷的、城墙围住的城市里,从来没在房间里和街道上听到过她的声音如此美妙动听地从尘世上的沉闷嗓音变成一种几乎是歌唱般的欢声笑语,不,不,她从来没有这样漂亮过。老人愣怔地凝视着。他忘记了一切,他只是看着,只看见这一团白色的飘荡的火焰。若不是她终于迅捷一转身,喘着气飘然一跃接住了抛出去的球中的最后一个,并气喘吁吁、激动地露出含笑而骄傲的目光,将那球贴在胸口上,他简直会一直这样站着,用热烈的目光无休无止地吸吮她的形象。"好极了,好极了"——三位男子像听完一曲歌剧咏叹调似的喝彩,他们一直在兴奋异常地观看她精彩的接球表演。这些带喉音的声音把老人从心醉神迷状态中惊醒。他怒目凝视他们。

"是他们,这帮流氓,"他的心在突突地跳动,"是他们……可那人是他们当中的谁呢?……三个人当中是谁占有了她呢?……这帮游手好闲的家伙,他们打扮得多么优雅,洒了香水、刮了胡子……我们这种人在他们这个年龄却不得不穿着打补丁的裤子坐在账房里,东奔西跑推销货物磨破了鞋后跟……他们的父亲们,他们也许今天还这样坐着,为了儿辈做牛做马、耗尽心血……可他们却周游世界,蹉跎岁月,长着一张棕色的、无忧无虑的脸和一双明亮的、厚颜无耻的眼睛……这样的人容易有旺盛的精力,喜欢寻欢作乐,他们只需要给这样一个爱虚荣的孩子灌上几句甜言蜜语,她马上就会爬上床去的……可这是三个人当中的谁呢,是哪一个呢?……他们当中的一个,我知道,这个人脱过她的衣裳看到她的裸体,用舌头咂着嘴:她让我占有过了……这个人了解她的热烈和赤裸的身体并在暗想,今天晚上又可以……并眯缝着眼看看她——哦,这条狗!……能用鞭子抽死他该有多好,这条狗!"

人们在那边发现他了。女儿挥动球拍敬礼并向他笑,男士们致问候。他不致谢,只是睁大着布满血丝的眼睛凝视着她那张高兴得忘乎所以的嘴:"你居然还能这样笑,你这臭不要脸的……但是那一个也许正在暗中窃喜,并且心想,瞧他站在那儿,这个愚蠢的犹太老头儿,他夜里在自己床上打了一宵的鼾……要是他知道的话,这个傻瓜老头儿!……是的,我知道,你们笑,你们像踢一块脏物那样踢我……可是女儿,她活泼可爱,她心甘情愿,她敏捷地爬到你们的床上……那母亲,她已经有点发胖,装束时髦,涂脂抹粉,怪不得有人劝她,说她不妨也大胆地去跳支小型舞蹈呢……你们有理,你们这些狗,你们有理,是她们在追求你们,这帮发情的女人,这帮无廉耻的……你们在乎什么呀,是别人在心痛欲裂……你们只知道自己寻欢作乐,她们只知道自己寻欢作乐,这帮无廉耻的女人……应该用手枪打死你们,用鞭子抽打你们……但只要没有人去揍你们……只要人们像狗吃自己吐出的秽物那样把这怒火往自己肚里咽……你们就是对的,如果人们如此怯懦,如此怯懦到了极点……不去,不去抓住这不要脸的贱货,不抓住她的袖管把她从你们身边拉走……如果人们只是默默地在一边站着,满腔怒火,怯懦……怯懦……怯懦……"

老人用双手扶住栏杆,他两眼昏花愤怒得浑身发抖。他突然在自己脚前啐了一口唾沫,摇摇晃晃地走出了花园。

老人摸索着走进小城,在一个橱窗前他突然站住。各色各样的旅游用品,衬衫和网袋,短外套和钓具,领带,书籍,烤制的食物,随意放置在一起组成人造金字塔和彩色格子柜。但是他的目光只盯住惟一的一件物品,它备受鄙薄地摆放在这堆纷乱杂陈的雅致用品中间:一根多节手杖,粗陋而笨重,顶端包着铁皮,拿在手里沉甸甸,打起人来一定虎虎生威。"打倒他……打倒他,这条狗!"这个念头使他陷入一种纷乱的、几乎是狂喜的心醉神迷状态;他毫不犹豫地走进这家杂货店,用低价购得了那根有结节的棍棒。这个沉重的、强有力的物件一握在手,他顿时便觉得自己强壮多了:一件武器总可以让身体虚弱者对自己的事情更有把握一些。他感觉到,他一握住棍棒浑身肌肉顿时便激奋、紧张起来:"打死他……打死他,这条狗!"他喃喃自语,他那沉重而跌跌撞撞的脚步不由得变得坚定、刚强、迅捷了起来;他在湖滨路上来回踱步,简直是来回奔走,他浑身冒汗,与其说是由于加快了步伐不如说是由于激情满怀的缘故。因为他的手越来越使劲地捏住那粗重的把手。

手里拿着一件武器,他走进大厅里淡蓝色的阴冷灯光之中,立刻目光炯炯地寻找那个看不见的对手。果然,他们都一起坐在角落里,坐在软草垫子上,用细麦秆吸饮威士忌和苏打水,闲适自得地愉快交谈着:他的妻子,他的女儿以及那不可缺少的三人。"是哪一个呢?是哪一个呢?"他暗想,拳头握住那个粗重的结节手杖。"打破他们中谁的头颅呢?……谁的?……谁的?"但是艾娜误解了他不安的搜索的目光,当即一跃而起,向他迎面走了过来。"是你呀,爸!我们到处找你。你想想,梅德维茨先生用他的菲亚特带着我们兜风,我们沿着整个湖一直驶到代森察诺。"她边说边亲热地把他拽到桌子跟前,仿佛他还得为这邀请表示感谢似的。

男士们礼貌地站了起来并和他握手。老人打颤。但是她那温暖的身躯温柔而令人陶醉地傍着他的胳臂,缓和了他的情绪。他不由自主地一一与他们握手,默默坐下,摸出一支雪茄,用牙齿紧紧咬住这一团软乎乎的东西,强忍住怒火。断断续续的用法语进行的谈话声从他耳旁掠过,不时夹杂着几个人的纵情大笑声。

老人蜷缩着身体默默坐着并咬住他的雪茄,咬得牙缝里流出褐色的汁液来。"他们做得对……他们做得对,"他心想,"人们应该对我啐唾沫……现在我居然还和他握了手!……和三个人都握了手,但是我知道,他们当中有一个是无赖……我心平气和地和他坐在同一张桌子旁边……我没把他打倒在地,我彬彬有礼地和他握手……他们讥笑我,他们笑得对,笑得完全有道理……他们自顾讲话,全然没把我放在眼里,仿佛我根本就不存在似的!……仿佛我已经入土了似的……艾娜和她的母亲,这两个人分明知道我一句法语也听不懂……两个人,两个人明明知道,但是没有哪个人问我什么话,哪怕只是做做样子,哪怕只是为了使我不致这样可笑地坐在这儿,这样可笑之极地……对他们来说我无足轻重,无足轻重……一件惹人厌的附属物,一种累赘,一种干扰,一种人们为之感到羞愧的东西,人们不抛弃它,因为它会挣钱……钱,钱,这肮脏、可鄙的钱,我就是用这钱使她们堕落了……这钱,这钱是遭上帝诅咒的……我的妻子,我自己的孩子,她们一句话也不和我说,她们眼里只有这帮游手好闲之辈,只有这帮油腔滑调、夸夸其谈的花花公子……瞧她们那副和他们打情骂俏的模样,仿佛她们就要和他们动手动脚起来了……而我,我容忍这一切……我坐在这儿,听着他们笑,什么话也听不懂,却在这儿坐着,竟不挥拳打过去……不用这棍棒揍他们,不趁他们还没有在我眼皮底下开始交配便将他们驱散……我允许这一切……我坐在这儿,缄默,愚蠢,怯懦……怯懦……怯懦……"

"我可以吗?"这时意大利军官用生硬的德语边问边拿起打火机。

老人从胡思乱想中惊醒,顿时便一跃而起,愤怒地凝视着这个完全蒙在鼓里的人。怒火还在他胸中燃烧。手立即使劲抓住棍棒。然而接着嘴就又往下一撇,化出一丝无谓的狞笑。"噢,可以,"他重复道,他的语声突然变得尖厉起来,"当然可以,嗨嗨……什么都可以……只要您愿意……嗨嗨……什么都可以……我拥有的一切都供您支配……您可以随意支使我……"

军官惊诧地望着他。由于语言不通,他没全听明白。但是这种歪斜着嘴脸的狞笑使他感到不安。这位德国先生不由自主地发起火来,两位妇女脸煞白——刹那间,空气在他们所有人之间凝固住了,好像闪电和随后滚滚而来的雷声之间那个短暂的间歇。

但是随后这狂怒歪扭的嘴脸又松弛下来,手杖从捏紧的拳头滑落。老人像一只挨了棒打的狗蔫了下来,尴尬地轻咳了一声,被自己的胆大妄为吓了一跳。艾娜急忙拣起中断了的话题接茬儿谈了起来,以便缓和这难堪的紧张气氛,德国男爵显然是故作愉快地应答着,不多几分钟以后受阻滞的话语便又无忧无虑、滔滔不绝地流动了起来。

老人落寞地坐在这些饶舌者们中间,人们简直会以为他在睡觉。那根粗重的拐杖已从他的手中滑脱,在他的两腿间漫无目的地来回摆动。用双手支撑着的脑袋越来越向下滑去。但是再也没有什么人注意他:他的沉默被响亮的滚滚而来的闲谈的巨浪所淹没,有时纵情戏谑的话语中迸发出闪光的欢笑的泡沫;可是他却一动不动躺在下面无尽的黑暗之中,沉浸在羞愧和痛苦之中。

三位男士站起来,艾娜举止急促、母亲步履缓慢地跟随着;他们听从轻松愉快的建议,走进隔壁的音乐室,并不认为有必要特意邀请这个迷迷糊糊打着盹儿的人。在周遭突然出现的空寂冷落的侵袭下,他才醒了过来,就像一个睡觉的人因夜里被子掉下床,冷飕飕的穿堂风吹拂光杆儿身躯而被寒冷的感觉惊醒那样。目光不由得盯住了那几把孤零零的椅子;但是从隔壁钢琴室里已经噼噼啪啪响起一段急促的爵士乐曲,他听见笑声和鼓励的喊叫声。他们在隔壁跳舞。是的,跳舞,总是跳舞,这个他们会!一再地让情绪激动起来,一直淫荡地相互摩摩擦擦,直至把肉摩擦热了。跳舞,晚上、半夜和大白天,这帮懒汉,这帮游手好闲之徒,他们就是用这个来勾引女人。

他怒不可遏地又抓住粗木棒,踢踢跶跶地循声向他们走去。他在门口站住脚。那个德国男子骑赛者坐在钢琴前,丁零当啷地凭记忆大致不差地弹奏一首美国流行小调,他边弹边侧过身来同时观看舞者们跳舞。艾娜和那位军官跳舞,母亲,她动作迟钝、身体强壮,则由长腿康特·乌巴蒂不无辛劳地按节奏推拉转动。但是老人只瞪大眼睛看着艾娜和她的舞伴。瞧这个花花公子多么轻柔和谄媚地把双手搁在她那娇嫩的肩膀上,仿佛这整个儿的人完全和他联成一体了似的!她的身体怎样摇荡着、扭动着,恰似委身于人似的贴近他的身体,他亲眼目睹他们怎样艰难地压抑住欲火相互交融在一起!是的,就是这个人,这个人——因为在这两个激情沸腾的身体内显然燃烧着一种互相了解的欲火,一种已渗入血液的结合的情焰。是的,就是这个人,这个人——只可能是这个人,他从他们的眼睛上看出来了,它们虽半闭着却顾盼有神,在这翩翩起舞的同时反射出对尽情享受过的情爱的甜蜜回忆——就是这个人,这个窃贼,他贪夜伸出热辣辣的手,穿透这在薄薄的起伏波动着的衣裙里半透明地隐藏着的,他的孩子,他的孩子!他不由自主地走过来,想把她从那个人身边拉开。但是她没有发现他。每一个动作都与节奏,与这位共舞者和勾引者暗暗操纵着她的压力丝丝入扣:脑袋后仰,张开着湿乎乎的嘴,一脸陶醉和忘乎所以的神态,她和着柔和涌流的乐声翩翩起舞,对空间,对时间和这个人,对这个颤抖着、呻吟着的老人视而不见,老人睁大着充血的眼睛,怀着如痴如醉的愤怒凝视着她。她只感觉到自己,感觉到自己那年轻的肢体,毫不抗拒地顺应着那喘息、旋转的舞曲哒哒的节拍;她只感觉到自己,只感觉到一个男子贴近她想占有她,有力的胳臂搂住她,她不得不在这轻歌曼舞中防备自己,不让自己带着渴慕的嘴唇和献身的热烈气息扑进他的怀抱。这一切,老人在自己受震撼的内心都神奇地意识到了;每逢舞蹈将她从他身边卷走,他便觉得,仿佛她永远沉没了。音乐演奏之中,旋律突然像一根颤动作响的弦那样断了。德国男爵站起来:"Assez joué pour vous,①"

---

① 法文:你们玩够了。

他笑道,"maintenant je veux danser moimême。①"大家愉快地表示同意,结成对子的跳舞搭档松开了手,大家随意聚在一处。

老人又苏醒过来:现在做点什么,说点什么!不要这样傻乎乎地,这样可怜巴巴像个累赘似的在一旁站着!他妻子刚从身边掠过,累得有点儿气喘吁吁,却满足得浑身冒热气。愤怒让他作出了一个突然的决断。他挡住她的去路。"来,"他喘吁吁、不耐烦地说,"我有话要和你说。"

她惊讶地望着他:汗珠沾湿了他那苍白的额头,他的眼睛露出迷乱的神色。他要干什么?为什么偏偏现在要来打扰她?支吾搪塞的话已经到了嘴边;但由于他的态度中带有某种闪烁不定的危险成分,使她突然回想起先前的愤怒发作,便不情愿地跟着他去了。

"Excusez, messieurs, un instant. ②"临走前她还先转过身去向男士们表示道歉。"她向他们道歉,"这位激动不安的人愤怒地暗自思忖,"他们站起来离席而去时,可并不曾向我道歉。对他们来说我连狗都不如,我是让大家擦脚的擦脚垫。但是他们做得对,他们做得对,谁叫我容忍这样的事呢。"

她高挑起眉毛等候着;他抽搐着嘴唇站在她面前,就像学生站在教师面前那样。

"嗯?"她终于向他提出挑战。

"我不要……我不要……,"他终于笨嘴拙舌、结结巴巴说道,"我不要你们……你们和这儿的这些人来往。"他便——像一只通红的利爪正在撕开他的五脏六腑似的——他便突然脸煞白,摇摇

---

① 法文:现在我自己也想跳舞。
② 法文:对不起,先生们,请稍等。

晃晃走到墙根。哦,这剧烈的灼痛和绞痛;他不得不咬紧牙关,才不致大声喊叫出来。受袭击的身体呻吟着蜷缩了起来。

他立刻知道他遭到了什么不测:胆囊痉挛,可怕地发作了,近来他常常受到这种疾病的折磨,但是从未像这次这样感到撕心裂肺的痛苦。"不要激动,"医生曾说过——在感到剧烈疼痛的同一个瞬间,他想起了医生的这句话。疼痛难忍中,他还在恼怒地自我嘲讽。"不要激动,说得倒容易……教授先生,你做个样子让我看看,我怎么才能不激动,如果我……哦……哦……"

老人痛苦地呻吟着,那只看不见的利爪热辣辣地在这备受折磨的躯体内绞扭。他拖着双脚艰难地一直走到客厅门口,把门撞开,一头倒在矮沙发榻上,牙齿紧紧咬住了坐垫。一躺下来,疼痛立刻有所缓解,那热辣辣的指甲不再那样狠命地抓挠创伤累累的五脏六腑。"我得敷一块湿毛巾,"他想起来了,"喝那药水,马上就会见好的。"

但是没有人来扶他站起来,没有人。他自己没有力气拖着双脚走到另一个房间里去,或者哪怕只是去按一下门铃。

"没有人在这儿,"他愤慨地想,"我会像一条狗那样丧命的……因为我分明知道,什么在作痛,这不是胆囊……这是死神,是死神在我体内肆虐……我知道,我是一个已经垮了的人,哪个医学教授,什么疗养也帮不了我的忙……六十五岁的身体不再健康啦……我知道,什么让我感到这钻心的绞痛,这是死神,残留给我的这几年岁月,将不再会是生,而只是死,只是死罢了……但什么时候,什么时候我曾生活过?……为我,为我自己生活过?……这叫什么生活呀:总是一味地捞钱,钱,钱,总是一味地为别人,现在可好,现在这对我有什么用处?……我曾有过一个妻子,我娶了这个姑娘,我结识了她的肉体,她给我生了一个孩子;我们年复一年在同一张床上一样地喘着气……现在,现在她在哪儿……我认不出她的脸来了……她摆出一副完全陌生的面孔对我说话,从来不管我的生活,从来不管我所感觉、所忍受、所思虑的这一切……这几年里我觉得她完全变成一个陌生人了……这消逝到哪儿去了,这消逝到哪儿……我们有过一个孩子……她翅膀长硬了,我曾以为,人们在这里可以再次获得新生,比命运赐给一个人的更美好,更幸福,人们在这里不会完全死亡……可是半夜里她偷偷溜出去,爬到男人的床上去……我将孤苦伶仃地死去,孤苦伶仃……因为对于别人来说我已经死了……我的上帝,我的上帝,我从来没有这么孤独过……"

利爪有时剧烈抓挠一下,而后又放松了下来。但是另一种痛苦却越来越深地扎进他的太阳穴里;这些想法,这些坚硬、尖利、滚烫的小石子刺痛着额头:现在千万别去考虑什么,千万别考虑什么!老人已经撕扯开上衣和背心——鼓鼓囊囊的衬衫下患肠胃气胀的粗笨身躯颤抖着。他小心翼翼地用手捂住疼痛的部位。"只有这疼痛难忍的,这才是我,"他感觉到,"只有这个才是我,只有这块热辣辣的皮肤……只有这在我体内翻搅着的,还属于我,这就是我的病,我的死神……我只是这个罢了,不再叫枢密委员会参议,我没有妻子、孩子,没有钱、房子,没有商行……只有这儿的这个,我用指头感觉到的,只有我的身体以及我体内的这股热流,只有这疼痛,只有这些才是实实在在的……其余的一切全是愚蠢行为,不再有任何意义……因为这让我感到疼痛的,只让我一个人感到疼痛……这让我忧愁的,只让我一个人忧愁……她们再也不会理解我,我也不会理解她们了……我孤零零子然一身,我从未有过这样的感觉。但是现在,我躺在这里,感觉到死神在体内肆虐,现在我明白了,可惜为时已晚,六十五岁啦,行将就木,现在,她们跳舞散步或四处游荡,这帮不要脸的女人……现在我明白了,我只是为她们而活着,她们却并不因此感激我,永远不会感激我的,一个小时也不会的……可是她们与我还有什么相干……她们与我还有什么相干……干吗惦记着她们,她们不惦记我的呀?……宁可死于非命,也决不接受她们的同情……她们与我还有什么相干……"

渐渐地,一步一步退缩着,他的疼痛缓和下来了:这只愤怒的手不再那样钩爪似的,不再那样热辣辣地直捣这个受苦人的内脏。但是某种郁闷的感觉留下了,几乎不再感觉到是疼痛,某种陌生的感觉让人感到压抑,它在他内心刻出一道深沟。老人闭着眼睛躺着,紧张地倾听着这个轻微的拉扯声:他觉得,仿佛这股异样的、陌生的力量先是用锋利的,现在则是用钝的工具凿空他体内的什么脏器,仿佛他封闭的躯体内某种东西正在一根纤维一根纤维地松散、剥落开来。它不再那样强撕硬扯。

它不再那样剧烈疼痛。但是,体内却有某种东西在慢慢燃烧、慢慢腐败,有某种东西开始渐渐熄灭。他体验过的一切,他爱过的一切都消失在这慢慢耗损精力的火焰中,阴暗而无烟地燃烧着,随后便松脆、焦碎地掉落进一团微热的冷漠泥淖中。正在发生什么事,他模糊地感觉到了,正在发生什么事,就在他这么躺着并苦苦思索自己的一生时,什么东西正在结束。那是什么?他反复倾听自己体内的动静。

于是——他的心灵开始渐渐沉没。

这老人,他紧闭眼睛躺在昏暗的房间里。他一半神智还醒着,另一半神智则已经在梦幻中。这时,在蒙眬和清醒之间,这位心绪纷乱的人的情况似乎是这样的:他觉得,仿佛从什么地方(从一个不痛的、他不知道的伤口)有一种湿乎乎、热辣辣的东西在微微地向里面渗透,仿佛自己的血正尽数流进自己的心脏。这并不疼痛,这看不见的流淌,它流得不急。像淌眼泪那样流得很慢很慢,涓涓细流,就这样一滴一滴掉落下来,每一滴都滴进心窝里。但是那颗心,那颗阴沉沉的心,它不发声,它静静吸收这股异样的细流。它像一块海绵那样吮吸。越吸越重、越吸越重,它已经膨胀起来,它已经在狭窄的胸腔里发胀。渐渐被自己饱和的分量胀得饱饱满满,它开始轻轻向下移动,伸展韧带,拉扯肌肉,那绷紧的肌肉,那颗疼痛的心,已经十分庞大,它越来越沉重地向下挤压,顺着它自己的重力。而现在(何等的痛苦!),现在这重力正在从肉的纤维中脱离出来——十分缓慢,不像一块石头,不像下落的果实;不,像一块海绵,吸满了湿气,它深深地下坠,越坠越深,坠进一片冷漠、一片空虚中,在某处沉入他自身以外的一片空洞之中,一片广袤、无尽的黑暗之中。方才还是那颗温暖、膨胀的心所在的地方,一下子寂静得令人毛骨悚然:什么东西在那里空落落地张着口,阴森而寒冷。它不再跳动,它不再滴落:在内部它变得完全寂静了,完全枯萎了。战栗的胸腔像一具棺材那样空洞而黑暗地笼罩住这既无声且不可理解的虚无。

这个梦幻的感觉是如此强烈,混乱是如此深重,以致老人渐渐清醒过来时竟不由自主地伸手去摸了摸左胸脯,想知道他的心是否不在那里面了。但是,感谢上苍!这里面有个东西还在跳动,手指触摸得到这低沉而有节奏的跳动,然而却又让人觉得,这只是麻木、空洞的跳动,仿佛他的心已不在了。因为奇怪:他突然觉得自己的身体好像离开了自身。再也没有撕心裂肺的痛苦,没有受到痛苦折磨的精神,这内部的一切全都寂静无声,僵硬而呆滞。"这是怎么回事?"他想,"刚才我受到那么多的折磨,刚才这儿内部还热辣辣的,刚才还每根纤维都在震颤。我出什么事了?"他像听一个空心的物件那样听自己的内心,听那从前的东西是否不动弹了。但是那涓涓细流和潺潺流淌声,那滴落和跳动声,它们很远很远,他听呀听呀,听不见任何回响。再也没有什么东西会折磨人了,再也没有什么东西会膨胀了,再也没有什么东西会令人痛苦了:这里面一定像一棵内部被烧空的树的空洞那样空荡和黑暗。蓦地,他觉得,仿佛他已经死了,或者是他心中的什么已经死了,血液令人恐怖地沉默地凝固住了。他自己的身躯像一具尸体般冷冷地躺在他下面,他害怕用温暖的手去触摸它。

老人倾听自己的内心世界:他没听见报时的钟声一再从湖那边飘进他的房间,每一阵钟声为更浓重的暮色覆盖着。周遭已然暮色四合。黑暗把各种物件从房间里抹掉;连四角形窗户里那片较明亮的天空也完全变成一片黑暗。老人没察觉到这一点,他只凝视着自己内心的那一团黑,他只倾听自己内心的那一片空,一如倾听那自身的死亡。

这时,隔壁房间里终于爆发出一阵欢声笑语。隔壁闪起亮光——其中有一束光从只是虚掩着的房门射进来。老人吓了一跳:他的妻子,他的女儿!她们马上就会在这张沙发榻上找到他,询问他。他急忙扣上上衣和背心的扣子:她们有什么必要知道他发作胆囊痉挛呀,这与她们有什么相干?

但是这两个女人并没有寻找他,第三遍催人吃正餐的锣声迅猛地敲响了。她们显然是在梳妆打扮:偷听者从开着的房门倾听每一个动作。现在她们推开木盒,现在她们叮当一声把戒指轻轻放在盥洗台上,现在鞋子哗啦啦掉在地上,这当儿她们说着话:每一句话,每一个词儿,这位偷听者都听得一清二楚。她们边梳妆打扮边笑谈那几个男人,笑谈旅途小风波,你一言我一语尽是些随口乱讲的话。而后话题突然转到他身上。

"爸爸在哪儿呀?"艾娜问,口吻中充满惊讶,竟这么晚才想起他来。

"我怎么会知道!"——这是母亲的声音,一提起这事立刻就火冒三丈。"大概他在楼下大厅里等候,第一百遍地谈《法兰克福汇报》中的证券行情呢——除此以外他对什么也不感兴趣。你以为他曾看过一眼这个湖吗?他不喜欢这儿,这是他今天中午告诉我的。他要我们今天就离开这儿。"

"今天就动身?……哟,为什么?"这又是艾娜的声音。

"我不知道。谁知道他葫芦里卖的什么药。我们的社交界朋友不合他的心意,他显然和那几位男士不相称——也许他自己感觉到他和他们多么不般配。确实是个耻辱,瞧他那游来荡去的模样,衣服总是皱皱巴巴的,敞着领子……你去提醒他一下吧,晚上至少要注意一点仪容吧,你的话他还听。今天上午……我觉得我简直无地自容,他为打火机的事那样怒斥泰内特……"

"是呀,妈妈……这是怎么回事?……我正要问你呢……爸爸怎么啦?……我从来没有见过他这副模样……我确实吓了一大跳。"

"嗨,没什么,性情不好呗……也许是证券行情下跌了……要不就是因为我们讲法语了……别人快快活活,他看了就受不了……你没有看到,我们跳舞的时候,他站在门口就像躲在树后的一个杀人犯……离开这儿!立刻离开这儿!只是因为他突然心血来潮……他不喜欢这儿,那他也不该扫我们的兴呀……不过我才不管他高兴不高兴呢,他说什么做什么,都由他自便。"

谈话停止。显然在说话间已为赴晚宴梳妆打扮完毕了:是的,房门被打开,现在她们离开房间,开关咔嚓一响,灯火熄灭。

老人悄没声地坐在沙发榻上。每一句话他都听见了。但是奇怪:他不再感到痛苦,一点儿也不感到痛苦了。从前激烈敲打和拉扯着的,这狂暴的钟表机件,它一定是破碎了。这么使劲碰撞它也丝毫没有什么颤动。没有愤怒,没有憎恨……什么也没有……什么也没有……他心平气和地扣上衣服扣子,小心翼翼地摸索着下楼,像坐到陌生人身旁那样在她们那张桌子旁边坐下。

那天晚上他没和她们讲话,她们俩又没觉察到这种令人压抑的沉默。而后他没打招呼就又走进自己的房间,躺在床上,熄了灯。很久以后他的妻子才尽兴而归;由于她以为他在睡觉,她便摸黑脱衣服。不一会儿,他便听见她那粗重的、无忧无虑的呼吸声了。

老人伶仃一人,睁大着眼睛凝视这茫无边际的黑夜。他身旁有什么东西躺在黑暗中,深深地呼吸着:他竭力回忆,这呼吸着同一房间里的同样空气的身体,就是他怀着青春热情热恋过的、给他生了一个孩子的那个身体,一个通过最深沉的血统秘密与他有着紧密联系的身体;他一再强制自己回想,他伸手便可触摸到的身边这团温暖、柔软,一度曾是他的生命的生命。但是奇怪:这种回忆再也激发不起感情来了。他听这呼吸声,觉得这和从敞开的窗户传来的潺潺小浪声没有什么两样,它们咕嘟咕嘟、吧嗒吧嗒地戏弄着湖岸的卵石。所有这一切都遥远而空洞,只是一种附属物,一种偶然和陌生的东西:结束了,永远结束了。

他又震颤了一次:隔壁女儿的房门小声地缓缓地打开了。"今天又去了"——他在已经被认为是枯死了的心里还是感觉到了一阵轻微的热辣辣的刺痛。某种像神经的东西震颤了一下,而后便完全麻木了。然而,连这个也结束了:"她爱干啥就干啥去吧!她与我还有什么相干!"

于是,老人又向后靠在枕头上。黑暗柔和地笼罩住疼痛的太阳穴,蓝色的冷漠已经令人舒适地渗进血液。不久,他神志疲惫,迷迷糊糊地睡着了。

妇人早晨醒来时,看见她丈夫已经身穿大衣头戴礼帽。"你这是干什么?"她睡眼惺忪地问。

老人没有转过身去,他镇定自若地把夜间用品塞进手提箱里。"你是知道的,我要回去了。我只带走最必须的用品,其余的你们可以随后给我寄来。"

妇人大吃一惊。这是怎么啦?她从未听见过他用这样的声音说话:每一句话都冷漠已极、僵硬已极地从牙缝里吐出来。她一骨碌从床上跳下来。"你不见得是要动身了吧?……等一等……我们也走呀,我已经和艾娜说了……"

可是他使劲一挥手。"不……不……别妨碍了你们。"没有回过头来看一眼,他便脚步笨重地向门口走去。为了压下门把,他不得不把箱子往地上放一放。就在这一刹那他回想起:他曾无数次先这样把样品箱放在陌生人的房门口,然后才后退着一鞠躬走出门去,一边低三下四地恳求继续订货。但是此刻他不再做任何生意了:所以他没打任何招呼,没抬一下眼皮,没吭一声,他就又拿起旅行袋,当啷一声磕上了在自己和自己从前的生活之间的门把。

母亲和女儿,她们不明白发生了什么事。但是这次启程中出奇的干脆和坚定令母女俩感到不安。她们立刻给他写信,写了详细解释的、推测着某个误会的、几乎是亲热多情的信——这些信随着他寄到南德的家乡——她们满怀忧虑地询问,他旅途是否顺利,是否已平安到达,突然谦和地声称随时准备中止在当地的逗留。

他不回信。她们写得更急迫,她们拍电报:没有回答。只公事公办地寄来了一笔钱,她们曾在一封信里提及需要这笔钱:一张汇款单,带公司公章,没有任何亲笔留言,没有一句问候话。

这样一种无法解释和令人压抑的状况促使她们提前回家。虽然事先发了电报,但是没有人到火车站来接她们,她们发现家里也没作任何迎候她们回来的准备:据仆役们说,老人漫不经心地把电报撂在桌子上,没作任何指示便走了。晚上,她们已经坐着吃晚饭了,这才听见宅门发出响声:她们一跃而起,向他迎过去。他诧异地——显然他忘记那份电报了——不流露任何特殊情感地凝视着她们,冷静地忍受着女儿的拥抱,让她把自己领进餐室、听她给自己述说。但是他不提问题,默默地吸着雪茄,时而作简短的回答,时而他又对提问和讲述充耳不闻:就好像他在睁着眼睛睡觉似的。后来,他慢腾腾站起来,走进自己的房间。

此后几天里依然是这样的情况。惴惴不安的妇人徒劳地试图作一次谈话:她越是情绪激动地催促他,他越是闪烁其词、躲躲闪闪。他内心的不知什么东西给封锁住了,不好接近了,一个通道给堵死了。他还和她们同桌吃饭,有客来访时便沉默不语、神情呆滞地在一旁坐一会儿。但是他不再对任何事有兴趣,每逢客人们在谈话中间偶然看一下他的眼睛,他们便会有一种难堪的感觉,因为他们看到一束木然的目光直愣愣地呆视着他们。

不久,连陌路人也注意到老人的这个日益增长的特性了。熟人们在街上遇见他,已经开始悄悄对他指指戳戳了:瞧这老头儿,是全市最富有的人之一,却像一个乞丐那样踮着脚沿着墙根走,皱巴巴的礼帽歪歪斜斜,上衣上撒满雪茄烟灰,每迈一步都要奇怪地一摇晃,一边往往还自言自语小声嘟囔几句。谁和他打招呼,他便抬起那吃惊的目光,谁和他搭讪,他便木呆呆地凝视讲话的人,忘了和对方握手。起先有些人以为老人聋了,便大声重复所说的话。其实不是这么回事,而是他总是需要时间使自己从一种内心的睡眠状态中苏醒过来,而且在谈话中间他还会回归到奇特的茫然若失的状态中去。然后,眼光突然黯淡下来,他急忙中止,踉踉跄跄地继续往前走,并不觉察别人的惊奇。他总是似乎从一个沉闷的梦中,从一种迷茫愣怔的状态中惊醒过来:对于他来说——这一点人们看得出来——周围的人不复存在。他不打听任何人,在自己家里觉察不到妻子的郁闷绝望、女儿的无奈询问。他不读报,不听别人谈话;没有一句话,没有一个问题能——哪怕只是在一个瞬间——穿透这阴暗的、把他严密蒙住的冷漠。连他自己那个特有的天地他也觉得陌生了:他的商行;有时他还直愣愣地坐在办公室里签发信函。但是每当秘书一小时后来取署名的信件时,他总是发现老人与自己离开他时的模样完全一样,用同样木呆呆的目光愣愣地看着那些未曾读过的信。末了,他自己发觉自己多余,便压根儿不来了。

但是最最奇特的、令全城最感惊讶的则是:从来不曾属于教区信教者行列的这位老人,突然变得虔诚起来了。平素对一切漠不关心、用餐和赴约从不准时的他,如今却在规定的钟点去犹太教堂,从不耽误:他站在那儿,头戴黑丝帽,肩披祈祷服,总是站在同一个位置上,就在从前他父亲站过的那个位置上,边吟唱赞美诗边来回摇晃疲倦的脑袋。这里,在这间颇有些孤寂的房间里,陌生和模糊的言语在他耳际回响,这是他一人独处的最佳场所,一种平静在这里克服了他的纷乱,尽情享用着自己内心的那种隐秘;但是在为死者作祈祷时,他看见亲戚们、孩子们、死者的朋友们感情深挚、尽心尽意地一再屈膝下跪,苦苦恳求。吁请上帝对死者宽和,每逢这种时候他的眼睛会变得黯淡无神:他是老朽,他心里明白。没有人会为他诵念一篇祷文的。于是,他便跟着凝神默祷,边默祷边像想着一个死者那样想着自己。

有一回,天色已晚,他作完这样的漫游归来,半路上雨水向他当头浇下来。老人一如既往忘了带伞,有廉价的出租车可以乘坐,宅院门洞和玻璃遮雨棚可供行人遮风避雨,可是这个怪人满不在乎、落汤鸡似的一摇一晃继续走路。压皱了的便帽里积起一汪雨水,每迈一步湿淋淋的袖管便浇下一摊;他对此毫不在意,继续慢腾腾地走着,在这空落落的大街上他几乎是惟一的行人了。就这样,他浑身湿透,不像这幢高级别墅的主人,倒更像一个流浪汉,他到达自己府邸的大门口时,恰逢一辆汽车射出强烈的灯光紧靠他身边停住,反冲时还溅了这位漫不经心的步行人一身污泥。车门猛地一下被打开,他的妻子急匆匆从有电灯照明的双座小轿车里出来,某位显要的来客在她身后为她打着雨伞,接着又下来一位男士;他们在大门口相遇。妻子立刻认出他并大吃一惊,她看到他竟成了这副模样,水淋淋,皱成一团,像刚从水里打捞上来的一个行李包;她不由自主地扭过头去。老人立刻明白了:她在客人面前为他感到羞愧。为了避免让她作介绍受窘,他不动声色、不露恼怒地像一个陌生人那样知趣地往前走几步,走到供仆役行走的楼梯口:他在那里谦卑地一拐弯上了楼梯。

从这一天起,老人在自己府邸便总是只从供仆役行走的楼梯进出:走这里他放心,他不会遇见任何人。他也不到餐室来吃饭了——一个老女仆给他把饭送到房间里来;一旦这妇人或他的女儿试图强行闯入他的房间,他就采用虽困窘然而却不可战胜的自卫手段急急忙忙叽里咕噜地把她们轰走。最后她们也就让他一人独处,人们改掉了向他问安的习惯,他也对什么都不闻不问。他常常听见笑声和音乐声从别的、他已觉遥远的房间透过墙壁渗过来,听见外面车辆辘辘开进开出直至深夜。但是他对这一切感到如此无动于衷，以致不屑于从窗户往外看一眼：这与他有什么相干？只有那条狗还不时上楼来，躺在这个被遗忘的人床前。

在这颗已变得麻木的心里，再也没有任何疼痛的感觉了，但是在身体内部，这只黑鼹鼠仍在拱来拱去，血淋淋地拉扯着震颤的肉体。疾病发作一个礼拜、一个礼拜地在增多，这个受折磨的人终于答应了医生的要求，同意作一次特别的检查。教授神情严肃。他措词谨慎地表示，现在只好做手术了。但是老人并不害怕，他只是抑郁地微笑：谢天谢地，现在就要结束了。死亡过程就要结束了，现在就要来好事了，就要来死神了。他禁止医生向他的亲属透露任何情况，定下手术日期，做好准备。他最后一次走进自己的商行（商行里再也没有人期待他，大家都像看一个陌生人那样看他），再一次坐到那把黑山羊皮安乐椅上，他曾在这椅子里坐了三十年，坐了一辈子，坐了成千上万个钟点，他让人拿来一本支票簿，开了一张支票：他把这张支票送到教区主管的手里，主管几乎让这笔巨款吓了一大跳。他把这笔钱捐赠给慈善事业并购置了自己的坟地；他推却掉种种谢忱，急忙跌跌撞撞地走了出去，匆忙间还丢失了他那顶帽子，但是他连弯一下腰捡它也不捡了。就这样，光着脑袋，黄疸病的皱巴脸上闪着忧郁的目光，他没精打采地（人们惊奇地望着他的背影）慢慢朝有他父母坟墓的公墓走去。几个闲人跟到那儿观看老人的一举一动并再次感到惊异：他像和人讲话那样长时间地、大声地和那些半腐朽的石头讲话。他是在向他们预告自己的来临呢，抑或是在恳求他们赐福呢？没有人听见他在说什么——只见那嘴唇在无声地嚅动，那颗来回摇摆的脑袋在作祈祷时越垂越深。而后，在大门口，乞丐们向这位知名人物围上来；他急忙从口袋里掏出硬币和钞票,不一会儿就全部分发殆尽,这时还有一个干瘪老妪姗姗来迟,苦苦哀求他。他不知所措地翻遍各个衣兜——他再也找不到一个子儿。只有某种陌生的、沉甸甸的东西还在挤压着手指头:他的结婚戒指。他脑海里闪过某种回忆——他急忙摘下戒指,将它赠给那个诧异的女人。

就这样,一贫如洗,空空如也,老人孑然一身走上了手术台。

老人从麻醉状态中再一次苏醒过来时,医生们看出病情危急,便将已经接到通知的妻子和女儿叫进手术室。蒙上淡蓝色阴影的眼皮下,眼睛费力地睁开:"我在哪里?"他的眼睛凝视着一间从未见过的房间的一团异样和一团白色。

这时女儿对他做出一个亲切的姿态,朝这张憔悴的老脸俯下身去。在那盲目探询着的瞳孔里突然闪出认知的光。一缕光,一缕微弱的光从瞳孔闪出:这是她呀,这孩子,这无比可爱的孩子,是她,艾娜,这温柔、美丽的孩子!辛酸的嘴唇缓缓地、缓缓地松弛开来——一丝笑意,一丝极浅的笑意,这张闭锁住的嘴巴上早已绝迹了的笑意,慢慢地开始绽开。受到这艰辛的愉悦的感召,她更近地俯下身去,去亲吻父亲的毫无血色的面颊。

但是这时——是那甜丝丝的香水让他忆起了往事,还是这半昏迷的大脑想起了被遗忘的时刻?——这时,那方才还洋溢着的喜悦表情骤然起了可怕的变化:那嘴唇,那苍白无力的嘴唇,竟一下子含怒、抗拒地抿紧了,被子下面的手勉强挪动着,好似要举起来,要推开什么可恶的东西,整个受伤的躯体激动得颤抖起来。"滚开!……滚开!……"苍白的嘴唇口齿不清,然而却明白无误地喃喃着。这个无力逃避的人的抽搐神情中,如此可怕地流露出厌恶,医生只好忧心忡忡地把妇人们推到一边。"他在说胡话,"

医生悄声耳语,"现在你们还是让他一个人单独待着吧。"

　　这两个人刚走,扭歪的嘴脸便又衰弱地松弛下来,陷入一种空虚的昏昏欲睡的状态。还有低沉的呼吸声——胸膛里越来越深沉的呼噜声——为获得这沉重的活命的空气而挣扎着。但不久这胸膛便疲倦了,再也没有力气吮吸这痛苦的人生养料了。当医生触摸检查心脏时,这颗心脏已经停止跳动,再也不会让老人感到痛苦了。

(1927)
(张荣昌 译)

感情的混乱[*]

枢密顾问^{**} R.V.D 的私人笔记

  我系里的学生和同事是一番好意：为纪念我的六十岁寿辰和执教三十周年，语言学家们献给我一本纪念文集，庄严隆重地递交给我，装帧极为讲究。这本纪念文集的第一本样书就放在这里，真的成了一本传记：再小的文章也一篇不缺，任何纪念演说，任何学术年鉴里无足轻重的书评都被他们凭着勤奋的考据热情从故纸堆里找了出来——我整个的生平排得清清楚楚，一目了然，一级接一级，犹如一道打扫得干干净净的台阶，一直排到目前这一时刻。倘若我对这样感人的缜密作风不感到高兴，我的确是个不知感恩的人了。我自己以为业已散失、早已丢弃的东西，在这本文集里又找了回来，并且整理得井然有序。不，我不能否认，我这老人看到这些篇页，就像当年的小学生看到老师给的成绩单，初次证明他具有钻研学术的能力和志向，是同样感到骄傲的。

  可是当我翻阅这辛勤汇集起来的二百页文章，仔细观察我的精神映像时，我不由得微笑起来。这真是我的一生，它的的确确是这样目标明确地沿着崎岖的羊肠小道从最初时刻一直攀登到今天

---

  * 本篇于一九二七年在小说集《感情的混乱》（莱比锡海岛出版社）中首次发表。
  ** 过去德国公务员的荣誉头衔。德国的教师都是公务员，有卓越贡献的教授也会获得这一称号。

的时光,就像传记作家在这里用文字所编排的那样?我当时的感觉的确就像我第一次从留声机里听到我自己的声音在说话时一样:我起先一点也听不出来;因为这大概是我的声音,可是只是别人听见的那个声音,而不是我自己仿佛通过我的血液在我生命的深层所听见的我的声音。我这一生全都用来根据人物自己的作品来表现他们,指出他们世界的精神结构的特征,我恰好以我自己的经历又认识到,每个人的命运中真正的本质的核心,那形象化的细胞是多么难以穿透,一切生长的本原都从这细胞里迸出。我们经历了数以亿万计的分秒,但是始终只有一秒,绝无仅有的一秒钟,使我们整个内在世界翻腾起来,在这一秒钟(司汤达曾经描述过它)里,内在地浸透了各种汁水的花朵闪电似的凝结起来——这具有魔力的一秒钟,就像创造生命的那一秒钟,隐藏在自己生命温暖的内部,看不见,摸不着,感觉不到,纯粹是经历到的秘密。没有一种精神的代数能够算出它来,没有一种预感的炼金术能够猜出它来,自己的感情很少捕捉住它。

关于我精神生活发展过程中的那个秘密,这本书一无所知,因此我不由得微笑起来。书中一切都是真实的,唯独缺少本质的东西。它只是对我进行描写,可没有说出我的本质。它只是谈论我,并没有揭露我。仔细拼凑起来的附录里列举了二百个名字——唯独发出一切创造性冲动的那个名字没有写上,那个决定我命运的人的名字没有提到,此人又以加倍的力量唤回我的青春。所有的人都谈到了,唯独没有谈到他,是他给了我语言,我是用他的呼吸在说话;我猛然间感到,这样胆怯地对他隐而不提是个罪过。我一辈子描绘了那么多人的肖像,从遥远的世纪唤醒各种人物,赋予现代的感觉。恰巧是这个对我来说最贴近的人,我却从来没有想起过他,所以我要像在荷马的岁月里那样把我自己的鲜血给予他,给予这心爱的影子，以便他又和我说话，这个早已衰老逝去的人又能来到我这自己也迈入老境的人的身边。我要把一张讳莫如深的书页放到这些公开的篇页旁边，把一篇感情的自白放在这本学术著作旁边，为了他的缘故向我自己讲述我青年时代的真实情况。

开讲之前，我再一次翻阅这本说是表现我这一生的书。我禁不住又微笑起来。因为他们选择了一个错误的起点，又怎么可能达到我本质的真正的内心深处？他们迈出的第一步就已经错了！一个对我怀有好意的中学同学，现在同样也当上了枢密顾问，他信口开河，说我在中学时代就和其他同学不同，对文科怀有强烈的爱好。亲爱的枢密顾问，您记错了！对我来说，文科的各门功课都是难以忍受的枷锁，令人咬牙切齿，叫人火冒三丈。正因为我父亲在那座北德小城里是个中学校长，我在家里看到人们把教育视为谋生的手段，所以我从小就憎恨各种语言学：大自然依照自己神秘的使命，要保持人的独创性，总让儿子对父亲的倾向怀有反感和嘲笑。它不愿平平稳稳荏弱无力的遗传，不希望就这样延续下去，代代相传。它总是在同类人当中先制造矛盾对立，只允许后代经过艰难而有益的弯路才进入前辈的轨道。总之，我父亲把学术说得非常神圣，而我自以为是，却觉得学术只不过是玩弄概念；正因为他把古典大师奉为楷模，我就觉得他们老是训人，因而面目可憎。身边尽是书本，我却对它们嗤之以鼻；父亲总是逼我从事智力活动，我就对书面流传下来的任何形式的教养表示愤慨。因此我好不容易勉强混到中学毕业，然后激烈反对上大学继续深造，也就不足为奇了。我想当军官、海员或者工程师，其实并没有什么强烈的爱好迫使我去从事这三种职业中的任何一种。只是由于对学术的枯燥和说教心存反感，使我要求学习实用的东西，而不选择学术前程。可是我父亲狂热地敬仰大学,坚持要我受到大学教育,我再三争取只做到使他让步,允许我不学古典语言学而选择英国语言文学(我最终之所以接受这个折中的解决方案,是因为我心里暗自盘算,凭借这种航海语言的知识,日后可以比较容易地改行进入我心向往之的海员生涯)。

因此再也没有比那份生平简历里的如下友好论断更错误的了。它说我在柏林上的第一学期里,就由于值得赞美的教授们的指导奠定了语言学方面的基础——我当时渴望自由,放荡不羁,哪里理会什么课程和老师!第一次到课堂上去待了一会儿,那儿空气污浊,讲课像牧师布道似的单调枯燥,同时又海阔天空扯得老远,使我疲惫不堪,我不得不拼命使劲,才没有垂下脑袋趴在桌上猛打瞌睡——这儿又是学校,我原以为业已成功地逃脱了的学校,以及随之同来的教室,高高在上的讲台和吹毛求疵地讲究细枝末节的老师:我不由自主地感到,仿佛从老师微微张开的嘴唇里有细沙汩汩流出,细如飞尘,陈旧磨损的教科书里的字句像蒙蒙细雨均匀地洒入混浊的空气之中。当我还是学童时便怀疑是否进入了一间精神的停尸房,漠不关心的手在死者身上乱摸乱动进行解剖;在这早已成为古董的亚历山大格式诗句工作室里,这种可怕的怀疑又油然而生——在我辛辛苦苦地上了这堂课,走到这座城市的大街上去的时候,这种抗拒的本能才真的变得非常强烈。这是当时的柏林,它被自己的迅速增长弄得惊慌不止,全城洋溢着突然爆发出来的阳刚之气,从所有的砖石和街道上都喷射出电流,把飞速流动的速度不可阻挡地强加在每个人身上。它那攫取一切的贪欲,和我自己刚刚才注意到的男性的陶醉极为相似。这城市和我,两者都是突然从新教循规蹈矩、无比拘谨的小市民氛围中突然成长起来,极为仓促地忘情于充满力量和机遇的新的陶醉之中——这城市和我这年轻、奔放的小伙子都像一台骚动不宁、焦躁不耐的发电机一样颤抖不已。我从来没有像当时那样深刻地理解过柏林,热爱过柏林,因为在这个充溢饱满、温暖如春、人头攒动的蜂房里,就像在我身上,每个细胞都迫切要求突然扩张——每一个坚强的青年时代的焦躁不耐,除了在这灼热的女巨人不断抽动的母体内,除了在这焦躁不耐、迸涌力量的城市之中,又能到什么地方去这样充分地发泄呢! 这个城市一下子就使我活跃起来,我投入它的怀抱,进入它的血管之中,我的好奇心急急忙忙地围绕着它那整个由石头构成,然而温暖的母体——从早上到夜里,我一直在大街小巷瞎逛,驱车到各个湖边,潜入它的各个隐蔽之地:的确,我不去注意学业,而是如痴如迷地投身于活生生的追奇猎艳的生活之中。而在这种恣意放纵之时,我当然只听从我本性中的一个特点:我从小就不会几件事齐头并进地做,做一件事总是立刻对其他事情毫无感觉,视而不见;不论何时何地,我总是把精力使在一条线上,今天在工作中我在大多数情况下也是狂热地死咬住一个问题不放,不把微小的细枝末节弄得清清楚楚决不罢休。

当时在柏林这种自由的感觉对我来说变成无比强烈的痴迷,甚至上课时在教室里听一会儿课,课外在我自己房间里待一会儿我都受不了。凡是不能带来冒险经历的事,对我来说似乎都是浪费时间。这个乳臭未干、初出茅庐的外省少年,拼命要让自己显得富有男子气概:我到一个大学会礼团去旁听,赋予我自己(本来羞怯)的性格一些大胆无畏、生气勃勃、放荡不羁的成分,安顿下来还不到八天,就扮演起大城市人和大德意志人来,以令人惊愕的速度,学会作为一个货真价实的 miles gloriosus① 在咖啡馆的一个角

---

① 拉丁文:光荣的战士。

落里举止粗鲁地坐下,懒洋洋地伸着手脚。在这夸耀男儿气概的过程中,自然少不了女人——或者不如说——小妞儿,在我们大学生狂劲发作时就这样称呼她们。事情也真叫凑巧:我是个英俊少年,相貌出众。我长得高挑个儿,修长身材,面颊上还留着新鲜的古铜色,动作像体操运动员一样灵巧,我觉得对付那些脸色苍白,像鲱鱼那样被室内的空气弄得干瘪枯槁的商店小伙计真是易如反掌,他们和我们一样,每个星期天都到哈伦湖和洪德凯勒的那些舞厅(当时还都远在城外)里去寻觅猎物。不久,我跳舞跳得来劲,便把一个头发金黄皮肤乳白来自梅克伦堡的使女,在她回家休假前夜拽到我的斗室里来,接着又带来波森地方的一个生性好动、烦躁不安,在梯茨卖长筒袜的犹太小女人——大多是些价钱便宜的猎物,很容易就到手,然后又迅速转手给其他同学。但是对于这个昨天还胆小怕事的文科中学生来说,出人意表的轻易成功是令人陶醉的惊喜——廉价的成功使我更加胆大妄为,我渐渐地把大街仅仅视为运动员式追寻艳遇的逐猎场所,全然不加选择。有一次我紧跟一个漂亮姑娘走到菩提树下大街——的确是纯属偶然——走到大学①前面,想到我有多久没有迈步走进那道可敬的门槛,我不由得哈哈大笑。我一时疯劲大发,和一个趣味相投的朋友一起走进大学;我们悄悄地打开教室门,看见(简直可笑得难以置信)一百五十个人正弓着背,趴在桌上写个不停,仿佛跟着一个唱赞美诗的白胡子老人的祷告词在同声祈祷。我又赶忙把门关上,让那阴郁的雄辩的小溪继续潺潺流过勤奋好学的人的肩头,而我自己则满不在乎地和我的同伴一起溜溜达达地走出大门,走到阳光普照的林荫道上。我有时候真的觉得,没有一个年轻人比我在那几

---

① 柏林大学,即现在的洪堡大学,坐落在菩提树下大街上。

个月里更加愚蠢地浪费时间的了。我一本书也不读,我敢肯定,没有说过一句像样的话,没有真正地动过脑子——出于本能我回避一切高雅的社交活动,只是为了以青春刚刚觉醒的肉体来更加强烈地体验新鲜事物和迄今被禁止的各种事物的魅力。也许这种自我陶醉,这种蹉跎岁月的自我折腾怎么说也是每一个秉性坚强突然获得解放的青年的本质——但是我的这种特别的痴迷使这种放荡的生涯变得非常危险,发展下去,我很可能就会完全虚度年华或者至少感情麻木,彻底堕落,倘若不是一个偶然事件突然制止我内心的沉沦。

今天我心怀感激之情称这个偶然事件是我交了好运。事情是这样的,我的父亲突然奉命到柏林教育部去参加一天校长会议。作为一个职业教育家,他乘机来调查一下我的起居举止,事先并不预告他要前来,对我这个毫无预感的人进行一次突击访问。这次突然袭击他是完全成功了。和往常一样,这天晚上在城北我那便宜的大学生寓所里——通向寓所的门是通过只有一帘之隔的房东太太的厨房——正有一个女孩在和我百般亲昵,这时听见敲门的声音。我估计是个同学,便不高兴地咕噜了一声:"我不见客。"可是隔了一会儿,门又敲起来了,一次,两次,然后敲门的人显然不耐烦地敲第三次。我怒气冲冲地穿上裤子,打算把这个执拗的捣乱的家伙好好训斥一顿。就这样,我半敞着衬衫,背带耷拉着,光着脚丫,猛地把门打开,但立刻就像太阳穴挨了一拳。在前室的昏暗之中,我认出了父亲的侧影。在阴影里我没看清他的脸,只看见他戴的眼镜反光,闪闪发亮。但是这张侧影就足以使我准备好的那句放肆的话像根尖利的鱼刺似的卡在我的喉咙里吐不出来:霎时间我呆若木鸡,然后不得不——可怕的瞬间——低声下气地请他在厨房里等几分钟,让我把房间整理一下。前面说过了:我没看见他的脸,但是我感觉到,他明白我的意思了。我从他的沉默,从他那收敛的样子——他没有和我握手,而是带着一脸恶心的神情,掀开帘子,走进厨房——我感觉到他明白了事情的真相。在那儿,在一个发出热过的咖啡和萝卜的味道,蒸气弥漫的铁制炉灶前面,老爷子不得不等了十分钟,这十分钟对我对他都是同样的令人屈辱。我连忙把那小姐从床上拎起来,催她穿好衣服,从旁边溜出我的寓所。老爷子被迫听到这一切声响,听到她从旁走过时的脚步声,在那小姐匆匆离去时,激起的气流使门帘掀起皱褶。可是我还不能把老爷子从那令人屈辱的藏身之地请出来。我还得先把床收拾一下,消除过于明显的紊乱状态。这时我才向他走去,在我一生中从来没有比这时更叫我羞愧得无地自容的了。

　　在这样尴尬的时刻,我父亲镇定自若,直到今天我还打心眼里为此感激他。因为每次回忆起我这位早已辞世的父亲时,我总不愿从学生的视角来看他,把他轻蔑地只看成一架修改错误的机器,一个不断挑剔、吹毛求疵的老学究,而是永远想起他这最富人情味的瞬间形象。老爷子极度反感可又控制住自己,他一言不发地跟着我走进那弥漫着男女情欲的房间。他戴着帽子,手里拿着手套:他不由自主地想放下手套,可是接着做了一个厌恶的手势,仿佛用他身上的任何部分接触这房里的污秽他都反感。我端把椅子请他坐下,他不作答,只是摆摆手,表示和这房里的任何东西都不想有任何关系。

　　就这样闪在一边站着,过了冷冰冰的几分钟之后,他终于摘下眼镜,仔仔细细地擦拭了半天。我知道,这个动作泄露了他内心的窘迫。我也看到,老爷子重新戴上眼镜时,用手背擦了一下眼睛。他在我面前感到羞耻,我在他面前感到羞耻,我们都没话可说。我心里暗暗害怕,他会用那种一本正经的口气,长篇大论地发表一篇训词,一篇无比雄辩的演讲,我在上中学的时候就恨他这种语气,嘲笑他这种腔调。可是——直到今天我还为此对他感激不尽——老爷子一言不发,避免正眼看我。他最后走到那个摇摇晃晃地放着我教科书的书架前面,把书打开——他一眼就看出,这些书没有碰过,大多数连书页都没有裁开。"把你的笔记本拿来!"这道命令是他说的第一句话。我哆哆嗦嗦地把笔记本递给他,心里知道,速写的笔记只包括第一堂课的内容。他迅速翻了一下,把两页的内容浏览一遍,把笔记本放到桌上,没有流露出丝毫气愤的神气。然后他拉过一把椅子,坐了下来,神情严肃地凝视着我,并无任何责备的样子,问道:"现在,你对这一切有什么想法?下一步该怎么办?"

这个心平气和的问题把我彻底打倒在地。我本来早已横下心来。倘若他斥责我,我就傲气十足地予以反击,倘若他婆婆妈妈地警告我,我就会把他嘲笑一通。可是这个就事论事的问题让我无从倔强。他问得严肃,也要求我严肃回答。他控制自己保持平静,要求我对他表示尊敬,内心准备和他深谈。我简直不敢回忆我当时回答了些什么,就是在今天,也无法下笔记述接下来的那次谈话:心灵突然发生强烈的震撼,心潮翻腾,把这一切予以重述可能听上去过于感伤,在两人单独相处,不由自主地感情骚乱之际说出的有些话,就只有那么一次显得真实。这是我曾经和我父亲进行过的独一无二的一次真正的谈话,我毫无顾虑心甘情愿地低头屈从:我让他为我做出一切决定。可是他只劝我离开柏林,下学期到一所小大学去学习。他几乎是安慰我,说他坚信,我从今以后一定会激情满怀地把落下的课程补上。他的信任使我深受震撼,在这一瞬间我感觉到我整个青年时代对这个看上去感情冷漠、迂腐古板的老人都不公平。我不得不使劲地狠咬我的嘴唇强忍眼泪,免得滚滚热泪夺眶而出。他大概也有同样的感受,因为他突然伸手和我相握,颤抖着握住我的手片刻,然后急急忙忙地走了出去。我不敢跟随他,只是内心慌乱心情迷惘地待着,用手绢擦掉我嘴唇上的鲜血。为了控制我的感情,我的牙齿竟咬破了嘴唇。

  这是我这个十九岁的人所经历的第一个震撼,它把我在三个月里用丈夫气概、大学生派头、骄傲自负建造起来的浮夸虚饰的纸房子,没说一句重话,就全部推倒。我觉得由于意志曾经受到过挑战,自己已有足够的定力可以放弃一切低级的欢娱。我迫不及待地想在精神方面试验一下浪费掉的力量,渴望着态度严肃,头脑冷静,循规蹈矩,严格要求。这时候,我献身学业,犹如献身于修道院的礼拜。当然,我并不知道在学术上有一种崇高的醉意在等待着我,不知道在那精神升华的世界里也一直为性格狂暴的人准备着奇遇和危险。

  我得到父亲的同意,第二学期选择到一座外省小城去上学。这座小城坐落在德国中部,它那遐迩闻名的学术声望和大学楼房四周的一小堆房屋实在很不协调。我先把行李存放在火车站,没花多少力气,就从火车站出发,打听到我母校的地址。在这幢古色古香极为宽敞的房子里,我立刻感觉到,在这里大学内部工作的运转也不知比在那柏林的鸽子窝里要迅速多少。不出两小时我就办完了注册入学的手续,拜访了大多数的教授,只有我的正教授,那位教授英国语言学的老师,我未能立刻见到。可是人家告诉我,下午四点左右可以在教室里找到他。

  就像从前我狂热地躲避学术,现在我又同样狂热地想开始从事科学。我迫不及待,一小时也不想耽搁,在这个和柏林相比简直像沉睡在昏梦之中的小城里匆匆忙忙地兜了一圈之后,四点整,我就来到指定地点。校工给我指了指那间教室。我敲敲门,似乎屋里有人答应,我便走了进去。

但是我听错了。谁也没有叫我进去。我听见的那模模糊糊的声音只是教授提高了嗓门,在慷慨激昂地发表演讲,他正在向大约二十几个大学生发表一篇即席演说。他们紧紧地围在一起,紧挨着他形成一个圈子。我因为没有听清楚,擅自闯了进来,觉得很不自在,打算又悄悄地溜出去,可是我怕这一来反而引起大家的注意,因为在这之前没有一个听众注意到我,于是我就留了下来,靠近门口,身不由己地被迫听讲。

演讲显然是从一次专题讨论或者学术讨论会自然而然地演变而来,至少老师和学生的这种无拘无束,全然碰巧形成的组合说明了这点:老师不是高高在上地坐在椅子上讲课,而是像大学生似的非常洒脱地坐在一张课桌上,一条腿虚悬着,他身边聚集着年轻人,每人都是随便找个座位坐下,似乎兴致勃勃的倾听才使他们先前的散漫模样固定成为现在形象生动的静止不动的样子。他们想必原来正站在一起说话,突然老师跃上桌子,在那居高临下的位置上用话语像套索似的把他们拉了过来,让他们着了魔似的一动不动地拴在位子上。只消几分钟,我便忘记了我是不召自来,我自己也感觉到他的讲话像磁铁一样具有强大的吸引力,令人陶醉;我不由自主地往前走去,以便看清他在讲话时两只手做出的包含一切、拥抱一切的奇怪手势。倘若有一句话以逼人之势吐出,这两只手便像翅膀一样张开,颤动着伸向高处,然后渐渐地以一位指挥家令人平静的姿势富有音乐性地向下飘落。他的语流喷涌而出,越来越热烈。神采飞扬的老师颇有韵律地在硬木桌上直起身子,宛若驾着一匹奔马,气喘吁吁地沿着这条交织着许多闪光图像的汹涌澎湃的思路向前飞驰。我还从来没有听见过一个人这样热情奔放,这样引人入胜地讲过话——我生平第一次经历了古罗马人称之为 raptus① 的状况。一个人恣意忘形,忘乎所以:这里有一张嘴在飞快运动,并不是在为自己也不是在为别人说话,话语从这张嘴里流出,滔滔不绝,犹如熊熊烈火从一个内心燃烧的人的胸中喷涌而出。

我从来没有经历过这样的事,把讲话当作极度快感,把演讲的激情当作本性的流露。这种出乎意料的状况猛地一下子吸引了我。不知不觉地,我像被一种比好奇更强大的威力所催眠,所吸引,踏着那种梦游者特有的软绵绵的脚步,走了过去,一种魔力把我推进那狭小的圈子:我无意中突然站在圈内,和他只相隔咫尺,置身于其他人当中。他们也同样着迷,没有看见我,或者任何东西。我卷入他的演说的洪流之中,可并不知道它的源头。显然有一个学生称赞莎士比亚是个流星般的现象,但是坐在桌上的这个人却一心想要指出,莎士比亚只是整整一代人的最强有力的表现,是这代人心灵的表露,是一个激情如炽的时代的感性表达。他草草几笔就把英吉利那了不起的时刻,那绝无仅有的欢乐瞬间勾勒出来。这样的瞬间在每个民族的生活中犹如在每个人的生活中都会突然闪现,把所有的力量都汇集起来,变成一次强劲的冲击进入永恒之中。地球猛然间变得更为宽广,一个新的大陆被发现,与此同时,旧大陆最古老的势力,教皇的势力行将崩溃:自从西班牙无敌舰队在狂风恶浪之中沉没,海洋便属于英国人。在大洋彼岸,新的机遇蓬勃发展起来,世界变得辽阔广袤,人的心灵也伸展开来,要和世界一样——人的心灵也要扩大,它也要在善恶两方面都趋于极端;它要发现,占领,像那些

---

① 拉丁文:掠夺,抢劫,在此意为神往。

征服者①一样,它需要一种新的语言,一种新的力量。于是一夜之间用这种语言说话的人,诗人,便应运而生,十年之内涌现出五十个、一百个诗人,都是些狂放无羁、桀骜不驯的家伙;不像他们之前的那些宫廷小诗人,装点一下牧歌情调的小花园,用诗歌吟咏一下精致的神话——这些家伙冲向剧院,在先前只是疯狂演出追捕野兽和血淋淋的戏剧舞台上,设下他们的战场,嗜血的热切渴望还在他们的作品之中,他们的戏剧本身便是这样一个Circus maximus②,在这里狂暴的感情的野兽逞吻大张,互相猛扑。这批激情昂扬的心灵像雄狮一样的咆哮逞威,一个想比另一个表现得更疯狂,感情更充沛。一切都可以表现,一切全都允许:乱伦、谋杀、恶行、犯罪,人的七情六欲漫无节制混乱不堪,都在这里表现得淋漓尽致,就像从前饥火如焚的野兽冲出牢笼,现在这些醉意醺然的激情怒吼狂叫,凶相毕露地冲进这木头围成的竞技场。这绝无仅有的一次爆炸,犹如一枚爆竹,一次就长达五十年,一次吐血,一次射精,一个前所未有的野兽,用利爪抱住整个世界,把它撕得粉碎。人们几乎感觉不到这次力量的狂欢在纵情恣肆之中的个别声音,个别形象。彼此都在对方身上得到激励,每个人都向别人学习,都向别人偷窃,人人努力去压倒别人,超过别人,可是大家都只是这独一无二的节日庆典的精神角斗士,挣脱锁链的奴隶,被时代精神鞭打着向前挺进。时代精神从郊区歪歪斜斜、幽暗昏黑的陋室里,也从宫殿府邸里,把他们找来,找来泥水匠的孩子本·琼森③,找来鞋匠的儿子马洛④,

---

① 指征服新大陆的西班牙殖民者。
② 拉丁文:大竞技场。
③ 本·琼森(1572—1637),英国戏剧家。
④ 克里斯托弗·马洛(1564—1593),英国戏剧家,诗人。

找来男仆的后裔马辛杰①,找来家资富有博学多识的政治家菲力普·锡德尼②;现在那阵炽热的旋风把他们大家都拽在一起。今天他们受人赞赏,明天他们就潦倒而死。基德③,海伍德④,死于极度穷困,犹如斯宾塞⑤饿死在国王大街,大家都不是市民阶级的人物,他们是醉鬼、龟奴、戏子、骗子,但都是诗人,诗人,他们大家都是诗人,莎士比亚只不过是他们的中心:the very age and body of the time⑥。但是混乱得天昏地黑,一部作品接着一部,一股激情压倒另一股激情,根本没有时间把他和别人区分出来。突然之间,人类的这次突如其来精彩绝伦的爆发,又戛然而止。这场戏结束了,英国已精疲力竭,泰晤士河雾蒙蒙湿漉漉的灰色又笼罩着精神达一百年之久:整整一代人一次冲锋,登上了激情的所有巅峰,也下到了激情的所有低谷,过分充溢极度疯狂的灵魂,把自己胸中的郁积尽行倾吐——于是全国躺在那里,疲惫不堪,精疲力竭;一批吹毛求疵的清教徒关闭了剧院,从而又封闭了热情洋溢的演说,在那最富人性的语言说出了古往今来所有时代最热烈的忏悔之后,在绝无仅有的热情如焚的一代人空前绝后地为千万人生活之后,《圣经》又说起话来,说起上帝的话来。

话锋突然一转,演说者冷不丁地冲着我们说了起来:"你们现在明白了吧,为什么我的课不按历史顺序从头开始,不从亚瑟王⑦

---

① 菲力普·马辛杰(1583—1640),英国戏剧家。
② 菲力普·锡德尼(1554—1586),英国诗人。
③ 托马斯·基德(1558—1594),英国戏剧家。
④ 约翰·海伍德(1497—1580),英国戏剧家。
⑤ 埃德蒙德·斯宾塞(1552—1599),英国诗人。
⑥ 英文:这时代的年纪和躯体,意即这时代的特征。
⑦ 中世纪传说中的英国国王,他和他的圆桌骑士的故事是古老的传奇内容。

和乔叟①开始,而是一反常规从伊丽莎白时代的诗人开始讲起?你们明白了吧,我首先要求你们熟悉他们,深入体验这些最为生动活泼的东西。因为没有经历便谈不上语言学上的理解,不认识生活中的价值,就谈不上单纯语法上的词句。你们这些年轻人,你们想征服一个国家,一种语言,首先得看到这种语言最高度的美丽形式,看到这个国家青春时期最强有力最富激情的状态。你们必须先到诗人那里,到创造这种语言并使之臻于完美的人那里,去倾听这种语言。在我们开始分析文学作品之前,你们先得用心灵感觉到它正在呼吸,生气勃勃,因此我总从这些天神着手,因为英国就是伊丽莎白,就是莎士比亚和他同时代的那批诗人。先前所有的诗人只是酝酿准备,以后所有的诗人只是这真正大胆的跃入无限境界的飞跃之后,步履维艰地尾随而已——但是这里,你们感受吧,你们这些年轻人,你们自己去感受一下啊,这里是我们这个世界生机最为活跃的青春时期。我们总是在每个现象,每个人,正好处于火一样炽烈的形状时,正好处于激情之中,才认识他们。因为一切才智来自天赋,一切思想出于激情,而一切激情又生于热情——因此首先介绍莎士比亚和他同时代的诗人,只有他们才能使你们这些年轻人真正变得富有青春活力!先要激情满怀,然后才勤奋好学,在学习语言之前,先要学他,学这至高无上的登峰造极的神明,这部人世间美妙无比值得反复学习的教材!"

"好,今天就讲这些——再见!"——他的手一扬,猛地做出一个结束的手势,颇为专横地冷不丁地把话打住,同时从桌上一跃而下。挤成一堆的大学生们突然一下子站了起来,四下散开,椅子碰得噼啪直响,桌子移动,二十个封闭的嗓子一下子开始说话,咳嗽,

---

① 杰弗里·乔叟(1343—1400),英国诗人。

大声呼吸——现在你才看到,刚才的魔力有多强大,它把这些一直在呼吸的嘴唇全都紧紧封上。因此这狭小的教室里的乱乎劲这时便变得更为热烈,更为无所顾忌;有几个学生向老师走去,向他表示感谢,或者说点别的什么事情,其余的人脸红红的在互相交换感想;没有一个心情平静地站着,没有一个不被这股电压所触动。电源的接触戛然切断,但是火花和气息似乎还在这紧张的空气里毕剥作响。

我自己动弹不得,像在胸口挨了一击。我天性富有激情,能够热情洋溢地振奋起我全部感官来理解一切,我这是生平第一次感到我被一位老师,被一个人所深深吸引,我感到一种优势的力量,向它屈服想必是义务也是快乐。我感到热血奔流,呼吸加快,这种迅急的节奏一直侵入我的体内,并且焦躁不耐地扯动我的每个关节。我终于屈服,慢慢地挤到前排去看这个人的脸,因为——说也奇怪!——在他说话的时候,我根本没有看见他脸上的轮廓。它们完全融化,消逝在他的演说之中。便是现在我首先也只能影影绰绰地看到一个不甚清晰的侧影:他站在窗前半明半暗的光线中,脸半朝着一个学生,一只手亲热地放在他的肩上,即使是这样一个随随便便的动作,也显得亲切,优雅,我从来没有想到一个教师有可能做出这样的动作。

这时候已经有几个大学生注意到我了。为了不要让人把我看做不召自来、擅自闯入的外人,我往教授跟前又走了几步,等他结束谈话。这时我才得以仔细端详他的脸:他长了一个古罗马人的脑袋,大理石般的额头饱满高贵,头上的白发浓密,像波浪一样向脑后梳去,两边梳得油光锃亮;头的上部灵气十足,气宇轩昂,威风凛凛——从深陷的眼窝往下,由于下巴又光又圆,嘴唇不时牵动,嘴唇两边的神经颤动不已,时而浮现一丝笑意,时而露出一道不安的皱纹,很快便显得线条柔和,几乎带有女人气。上面额头的皮肤绷紧,显出男性的阳刚之美,而下面肉乎乎的比较柔软的线条,化为皮肤松弛的面颊和一张牵动不已的嘴;起先显得气度不凡,英气慑人,近前一看,他的脸是费了大劲才绷紧的,便是他的体态也表现出类似的双重特性。他左手漫不经心地放在桌上,或者至少看上去像是安放在那里,因为不断有轻微的颤抖一直传到每个手指的关节上去。那狭长的手指对于一个男人的手来说过于娇嫩,过于柔软,不耐烦地在空空的木头桌面上涂画一些看不见的人像,与此同时,他那为沉重的眼皮遮盖的眼睛低垂着,态度关切地倾听着正在进行的谈话。究竟是他焦躁不安,抑或神经受到刺激,情绪还在继续波动:反正那只手失控的样子和他脸上平心静气地倾听、等待的神气形成对比。这张脸显出倦意,可是又似乎专注地关心和学生的交谈。

  终于轮到我了。我走过去,报了姓名,说明来意。这双瞳孔几乎发出蓝光的眼睛立刻亮了起来,这道光芒带着询问的神气在我脸上,从下巴直到头发绕了两三秒钟:在这样温和的审查目光的注视之下,我大概脸都红了;因为他注意到了我慌乱的神情,便迅速地微微一笑。"这么说,您想在我这里注册学习,那我们还得更详细地一起谈谈。对不起,我不能马上和您谈,我现在还有些事情要处理。您是不是在楼下大门口等我,然后陪我回家?"说着他向我伸出手来,那只娇嫩瘦长的手,它比手套更轻柔地套在我的手指上,随后他已经亲切地转向下一个等在那儿的学生。

  我在大门口等了十分钟,心脏怦怦直跳。倘若他问起我的学业,我该说什么呢?怎么向他坦白,说我无论是学习时间还是空闲时间从来都不问津诗文?他难道不会瞧不起我或者竟从一开始就把我摒除在那个热火朝天的圈子之外?今天这个圈子就吸引了我,令我着魔。可是等他笑容可掬态度亲切地快步走来,他的神情就消除了我的一切拘谨。不错,他根本没有逼我,我就忏悔我的第一学期大大荒废了学业(我在他面前没法躲躲藏藏)。他那温暖的关切的目光又看着我。"不过音乐里也有休止符啊。"他笑吟吟地鼓励我。为了不让我继续因为学业无知而感到羞惭,他就只向我打听一些我个人的事情,问我老家在哪儿,打算在这儿住在哪里。我告诉他,我到现在为止还没有找到一个住处,他就向我提供帮助,劝我先到他住的那幢房子里去打听一下,那儿有位半聋的老太太有间漂亮的小房间出租,他以前的学生住在那里都感到满意。他说其他一切事情他都要亲自关心:倘若我的确有意认真对待学习,那他认为,用各种方式来促进我是他乐于承担的责任。走到他寓所的门口,他又向我伸出手来,邀请我第二天晚上去拜访他,以便我们共同制订一个学习计划。我对这位老师的意想不到的好心真是感激不尽,以至于我只是毕恭毕敬地摸了摸他的手,心慌意乱地脱下帽子,竟忘了说句话向他表示感谢。

　　不言而喻,我立刻在同一幢房子里租下了那个小房间。即使这房间我并不中意,我也照样会租下它,这仅仅是由于一种天真的感激之情。这样可以在空间上更加接近这位具有魔力的老师,他在一小时之内给我的关切和温暖超过其他所有的人。可是这小房间也的确迷人:这是我老师寓所上面的阁楼,由于窗上装了木头的窗饰,光线较暗,但是从窗口可以看到周围邻舍的屋顶和教堂的塔楼,远眺可以看见一块方形的绿色草地,上面是朵朵可爱的白云,使人感到宾至如归。一个耳聋的小老太太像母亲一样令人感动地关心照料一向住在她那儿的住客,两分钟之内我就和她谈妥了一切——一小时之后便踩着咯吱咯吱直响的楼梯把我的箱子搬到楼上。

那天晚上我不再出门,是啊,我忘了吃饭,忘了抽烟。我一下子就从箱子里把碰巧也装了进去的莎士比亚戏剧集取了出来,(几年来第一次)迫不及待地读了起来。那次讲课大大地激起了我的好奇心,我读着这些韵文,以往从来没有这样读过。有谁能解释这样的变化?可是一个世界蓦然间从这些诗句里向我展现,字字句句向我跳了过来,就仿佛它们寻找了我几百年。诗句顺着一股火焰的波涛吸引着我,一直进入我的血脉,使我像在梦中飞翔,太阳穴上感到那种奇特的放松的感觉。我感到一阵寒噤,索索发抖,我感到血液更加温暖地流遍我的全身,就像我突然热病缠身——所有这一切以往从未在我身上发生,其实我什么也没有经历,只聆听了一次热情洋溢的演讲而已。但是这次演讲想必在我身上还留下了醺醺醉意,当我大声重复朗读一行诗句的时候,我听见我的声音在无意之中模仿他的声音,字句以同样快速的节奏涌出。我的双手也很愿像他的手一样,做出向上一扬的手势——仿佛通过魔力我在一小时内打破迄今为止一直横亘在我和精神世界之间的那堵墙。我这激情奔放的人发现了一种新的激情,这种激情直到今天还忠于我,这就是在透着灵气的字句里,共享尘世的一切欢乐。我是碰巧拿起了《科利奥兰纳斯》这个剧本,我在自己身上找到这位罗马人最与众不同的一切性格特点:骄傲,自大,愤怒,嘲笑,讥讽,感情中的一切盐分,一切铅质,一切黄金,一切金属,这时我简直晕眩了。倏然间我像着了魔似的也感悟这一切,理解这一切,这是一种多么新鲜的欢乐啊!我读啊,读啊,直读到眼睛刺疼,我一看钟,已是三点半了。一种新的力量使我所有的感官兴奋了六小时,同时也麻醉了六小时,这种力量简直把我吓了一跳,我连忙把灯熄灭。但是在我脑子里这些图像依然在熊熊燃烧,继续颤动个不停。我几乎无法入睡,渴望着并期待着第二天,它会为我扩大这像着魔一般打开的世界,并且使它完全为我所有。

但是第二天带来的是失望。我迫不及待地和另外几个人最早来到教室,我的老师(因为从此以后我要这样称呼他)要在这里讲授英语语音学。他一走进教室,我就大吃一惊:这难道真的就是昨天的那个人,抑或只是我那激动的情绪和生动的回忆把他升华成为一个科利奥兰纳斯,让他在讲坛上发言,话语直如阵阵霹雳,富有英雄气概,大胆泼辣,具有摧枯拉朽克敌制胜的威力?这儿的这一位踏着无力拖沓的脚步走了进来。是个疲惫不堪的老人。就仿佛有一张闪闪发光的毛玻璃从他脸上取下,我现在从第一排座位看到了他那几乎带有病容、无精打采的脸上布满了深深的皱纹和宽宽的裂口;在松软无力的灰色面颊上又嵌进去深深的溪流一般的蓝色阴影。他看讲稿时,过于沉重的眼皮盖在眼睛上面,嘴唇太薄,过于苍白。他的嘴说起话来毫无阳刚之气。他的欢快情绪,那自我欢呼的充沛感情到哪里去了?甚至他的声音我也觉得陌生,就仿佛被语法题目弄得生气全无,他那声音像是迈着令人昏昏欲睡的单调步伐,步履僵硬地走在沙地上发出干巴巴的沙沙声响。

我心里感到不安。这根本不是我今天从一开始就等着的那个人:他的脸到哪儿去了,那张我昨天觉得像星月交辉一样明亮的脸?这里是一个心力交瘁的教授在机械地照本宣读他的讲稿;我一直战战兢兢地听他讲话,看昨天的那个声调、那温暖的微微颤抖的声调,是否又会回来,这声调像一只拨动琴弦的巧手抓住我的感情,使它趋于高亢的激情。我越来越忐忑不安地举目看他,无比失望地细细打量那张变得陌生的脸:这里的这张脸,不容置疑,是同一张脸,但似乎空无一物,丧失了一切创造性的力量,疲倦苍老,一张老人的羊皮纸似的面具。可是这样的事情可能发生吗?一个人有可能在一小时前还这么青春年少,可是过一小时就这么苍老衰迈:精神真会这样突然振奋,竟使容貌随着语言也重新塑造,一举年轻好几十岁?

这个问题我百思不得其解。我仿佛内心深处焦躁难耐,急欲更多地了解这个矛盾重重的人。我突然灵机一动,他刚离开讲台,从我们身旁走过,也不看我们一眼,我就跑到图书馆去借阅他的著作。也许他今天只是感到疲劳,身体不适抑制了他的激情:可是在这儿,在这写成文字累积多年的书本里也许可以找到门户和钥匙去进入他那使我惊奇的内心世界。工友把书取来:我大吃一惊,书怎么这么少。这位已入老境的教授在二十年里除了这薄薄的几本小册子之外,没有发表过其他作品。这几本小册子里收集的尽是些前言、序言,一篇文章讨论莎士比亚笔下的配力克里斯的真实性,一篇文章对荷尔德林和雪莱进行比较(当然这篇文章发表时无论是前者还是后者都还没有被自己的民族视为天才),其他只有一些篇幅很小的语言学短文了。当然,在所有的文章里都预告有一部两卷本的著作即将面世:《寰球剧院:历史、演出及其诗人》①。可是尽管二十年前已首次登出那则预告,图书馆管理员在我再次问及时证实,该书从未问世。我勇气丧失一半,有些迟疑不决地翻阅那些文章,一心只希望从中重新听到那感人肺腑的声音,那气势磅礴的节奏。但是这些文章写得四平八稳,一本正经,没有一篇表现出那次动人心魄的演说所拥有的热情奔放一浪高过一浪的节奏。多么可惜!我暗自叹息。我对我自己过于迅速过于轻信地把我的感情倾注在他身上感到愤怒和怀疑,气得浑身哆嗦,恨不

---

① 寰球剧院于一五九九年建立于泰晤士河南岸,是当时最主要的公众剧院,莎士比亚的许多戏在此上演。

得揍我自己一顿。

但是下午在课堂讨论时我又重新认出他来。这一次他自己先不说话,按照英国大学的风习,这一次把二十几个学生分成正反两方进行讨论,题目是新近从他心爱的莎士比亚作品中选出的,那就是,究竟《特洛伊罗斯与克瑞西达》(他最心爱的作品)是不是可以作为滑稽模仿的讽刺人物,该剧本身究竟是一出羊人剧①还是一出由讽刺掩饰的悲剧。经他巧妙的引导,不久这次纯学术性的谈话触电一样变成激烈的辩论——严谨的论据猛然跳起,打向草率的提法,尖锐犀利的插话频频发出,使讨论热烈无比。最后,这批年轻人几乎充满敌意地互相攻击。等到火星直冒,毕剥作响,他才跳到他们当中,缓和过于激烈的相互攻击,把讨论又巧妙地引回主题,可与此同时又悄悄地加以推动,给讨论注入无比强大的精神活力——就这样,他突然站在这两派论争彼此交火的游戏之中,自己也情绪欢快激动,一个劲地煽动和抑制这正反两派意见的争斗,真是控制这股青春热情的汹涌浪潮的大师,自己也为这股浪潮所感染。他双臂叉在胸前,靠着桌子,目光从一个移到另一个,向这个微微一笑,又暗中示意,鼓励那一个反驳,他像昨天一样激动,眼睛闪闪发光:我感觉到他必须自我控制,以免自己一把从他们大家嘴里把话扯了下来。但是我从他的两只手看出,他使劲控制住自己,交叉在他胸上的两只手像铁箍似的越箍越紧,我从他跳动的嘴角猜出,他是费了大劲才把跳到嘴边的话压了下去。猛然间他已控制不住,像一个游泳健儿似的威风凛凛地一头扎到讨论之中——他一挥手做了一个有力的动作,犹如用指挥棒猝然消除了七嘴八舌的喧闹,大家立即噤口不语,这时他便以他兼容并包的方式把所

---

① 亦称山林之神剧,为古希腊戏剧中的滑稽剧,由山林之神担任合唱。

有的论据予以总结。他说话时,昨天的那张脸又冉冉升起,神经飘忽灵动,脸上皱纹消退,他的脖子竖起,全身挺直,显出一副勇气百倍、君临一切的气概,原来弯腰倾听,如今纵身跃入演说之中,犹如跳进一道奔流湍急的江河。他即席发言,神采飞扬:我现在开始感到,他单身独处时,在冷静朴实的教室里,或在冷清孤独的书斋中,缺乏那种刺激情绪的燃料,于是情绪冷漠;可是在这里,在我们这种紧张得透不过气来的热情气氛中,这种燃料把他内心的壁垒轰然炸开。他需要,啊,我可感觉到了,他需要我们的热情来唤醒他的热情,需要我们的感情奔放来促使他感情激荡,需要我们这些年轻人来使他热情洋溢,再度年轻。就像一个击钹的乐师在他两手拼命敲打,激起越来越狂野的节奏中陶醉神往,他的讲话也越说越精彩,火焰越烧越旺,词句越来越热烈,色彩越来越绚丽。我们越是屏息沉默(大家不由自主地感到屋里鸦雀无声,全都屏息谛听),他的声音便越来越高昂,表述越来越紧张,情绪越来越激动。我们大家这几分钟里只听他一个人讲话,全神贯注,如醉如狂。

当他突然用歌德论莎士比亚的那篇演说中的一句话结束发言时,我们的激动情绪又猛然四下散开。又像昨天一样,他精疲力竭地靠在桌子上,脸色苍白,但是神经还在微微颤动,轻轻跳跃,眼睛奇怪地闪闪发光,快感欢娱迸涌不息,就像一个女人刚刚挣脱那无比强劲的拥抱。我怕现在和他说话;可是碰巧他的目光接触到我,他显然感觉到我热情洋溢的感激之情,因为他亲切地冲着我微笑,微微地向我弯下身子,把手放在我的肩上,提醒我,像我们约好的那样,今天晚上到他家去。

准七点我就去拜访他,我这孩子第一次迈过这道门槛,浑身哆嗦得多么厉害!世上再也没有比一个少年所怀的崇敬更激烈的了,也再没有比他们的忐忑不安的羞怯更胆怯更富女人味的了。

有人把我领进他的书房,一间半明半暗的房间,我在房里起先透过玻璃窗只看见许多书籍的色彩缤纷的书脊。在书桌上方挂了一幅拉斐尔的油画《雅典学院》。这幅画(像他后来告诉我的)他特别喜欢,因为各种教学方式、精神形态都在这里象征性地综合成完美无缺的整体。我是第一次看到这幅画,我不由自主地以为在苏格拉底神情固执的脸上发现和他的额头有相似之处。后面有什么白色大理石的东西发亮,这是一尊巴黎的加尼米德①胸像的精致缩小像,旁边是一位古代德意志大师画的圣塞巴斯蒂安②的画像,并非事出偶然地把悲剧的美置于享乐的美旁边。我等待着,心里怦怦直跳,像身边所有的这些高贵沉默的艺术形象一样,屏息不语;从所有这些东西身上,有一种新颖的精神美向我迎面扑来,这种美是我从来没有预料到的,尽管我已经感到它非常亲切,可我依然觉得模糊不清。可是容我观察的时间极为短暂,因为我期盼的老师已经进门,向我走来,他那道柔和的拥抱一切的目光,那道像掩盖着的暗火一样在缓缓燃烧的目光又触及了我,打开了我心里的秘密,使我自己也感到惊讶。我立即无拘无束地和他说话,就像跟一个朋友说话一样。他问起我在柏林学习的情形,我蓦然间迫不及待地——我这时自己也大吃一惊——向他讲述我父亲来看我的那件事情,我向这个陌生人强调我那从此要极端认真学习的秘密誓言。他非常动情地凝视着我。"不仅严肃认真,我的孩子,"他接着说道,"尤其要怀着激情。谁若不激情满怀,充其量只能做个学究——必须从内心出发来接近各种事物,永远从激情出发。"他的声音变得越来越温暖,房间越来越昏暗。他讲了很多他自己青年

---

① 古希腊神话中的美少年,因为容貌美丽,得以升上奥林匹斯山,成为侍酒童子。
② 古罗马(三世纪下半叶)基督教的殉道者,先为乱箭所伤,后被人用大棒打死。

时代的事情,他开始时也是傻里傻气的,直到后来才发现了他自己的倾向:我一定要有勇气,只要他能办的,他一定尽力帮我;我有任何愿望任何问题,尽可放心大胆地去找他。我这一生中还从来没有什么人这样关怀备至善解人意地和我谈过话;我感激得浑身哆嗦,庆幸屋里昏黑,掩饰了我那湿润的眼睛。

无视时间的消逝,我尽可就这样一直待下去。这时有人轻声敲门。门开处,一个娇小的身影走了进来,直如一片阴影。他站起身来介绍:"这是我太太。"这个身材婀娜的影子影影绰绰地走过来,用一只狭小的手握了握我的手,然后转过身去提醒他:"晚饭已经做好了。""好,好,我知道了。"他慌慌张张地回答道,并且(我至少觉得是这样)有些生气。他的声音突然有股冷气,这时灯亮了,我看见的又是冷静的教室里那个上了年纪的男人,他漫不经心地和我握手送别。

以后两周我是在狂热的读书和学习中度过的。我几乎足不逾户,为了不浪费时间;我站着吃饭,我学习起来不停顿,不休息,几乎不睡觉。我就像东方童话里的那位王子,把贴在紧闭着的房间门上的封印一一扯开,在每个房间里发现堆积的珍宝都越来越多,便越来越贪婪地搜索这一系列房间,迫不及待地想要闯进最后一间。我也同样地从一本书冲刺到另一本书,每本书都使我陶醉,没有一本书使我餍足;我漫无节制的脾气如今进入了精神世界。我第一次深切地感觉到精神世界辽阔广袤,对我像富有冒险情调的城市一样的诱人,与此同时我也感到一种孩子气的恐惧,生怕自己对它无法驾驭。于是我少睡觉,少娱乐,少聊天,减少任何形式的消遣,只是为了充分利用时间,我生平第一次感到时间的珍贵。但是特别刺激我刻苦用功的乃是虚荣心,我要在我老师面前表现自己,不辜负他的信任,要赢得他一道赞许的目光,能被他所感觉,犹如我感觉到他。每一个稍纵即逝的机会都成为考验;我一刻不停地刺激我那平素不太灵活,可是如今奇怪地变得轻快灵敏的感官去引起他的注意,使他感到惊奇:他若在讲课时提到一位诗人,其作品我很生疏,下午我便动手查找,以便第二天讨论时可以扬扬自得地炫耀我的知识。他偶尔表示一个愿望,别人压根儿没有注意,对我来说却变成了一道命令:譬如说他随随便便地批评了一下大学生老是吞云吐雾,我便立刻把我正在吸的香烟扔掉,一咬牙一跺脚就把这受到指责的劣习戒掉。他说的话对我来说就像传播福音的教士的话语,既是恩典,又是法律;我那极度紧张的注意力一刻不停地窥伺着,贪婪地抓住他随口发表的每一个意见。他的每句话每个手势我都如获至宝装进腰包,回到家里把夺得的财宝满怀激情地百般把玩摸索,细心地收藏保存。我那激越褊狭不能容人的心情把他奉为唯一的领袖,就觉得我所有的同学全是敌人,我那善妒的心胸每天一而再地发誓赌咒要压倒他们超过他们。

不论是他现在感觉到他在我心里有多大的分量,还是他喜欢上了我的这种狂暴激烈的性格——反正我的老师不久便对我区别对待,向我表示明显的关切作为特别的褒奖。他指导我阅读书籍,在共同讨论的时候把我这个新手几乎有些过分偏爱地推出去发言,我常常得以在晚上拜访他,进行亲密无间的谈话。这种时候,在大多数情况下他从墙上书柜里取出一本书,用他那洪亮的嗓音读诗,读悲剧,或者解释那些有争议的问题,他的声音由于激动总会变得更加高亢,更加铿锵有力。在这心神陶醉的最初的两个星期,我学到的艺术本质的东西比我有生以来的这十九年里学到的东西还多。这一小时我们始终单独待在一起,我觉得这时间太短,快八点的时候,有人轻轻敲门:他的太太提醒他吃晚饭,但是她再也不踏进房间,显然是听从他的指示,不来打断我们的谈话。

就这样过了十四天排得满满的无比紧张的初夏的日子,直到有一天早上,学习的劲头就像一个绷得太紧的弹簧,突然失去了弹性。早在这之前我的老师就警告过我,不要过分用功,得时不时休整一天,到野外去走走——现在他那预言突然得以应验。我昏昏沉沉地从昏睡中醒来,一设法看书,所有的字母都像大头针的针头一样乱跳乱蹦。即使是我老师说的最最微不足道的一句话,我也像奴隶一样地忠诚恪守,当下我立即决定服从他的劝告,在好学不倦求知心切的日子当中插进去一天自由安排,好好玩玩。我一早就出发,第一次游览这座局部地区古色古香的城市,爬了几百级楼梯,登上教堂的塔楼,只是为了活动一下身体,然后从塔楼的平台上远眺,在四周绿树掩映之中发现一个小湖。我是在海边长大的北国人,酷爱游泳这项运动,恰好在这塔楼顶端,湖四周遍布星星点点斑斑驳驳的草地,看上去犹如一片星罗棋布的翠绿池塘,蓦然间我仿佛觉得随着一阵故乡吹来的风,我便产生一种难以控制的欲望,想投身到那可爱的水波中去。午饭后我刚找到那个游泳场,在水里翻腾了一会儿,我立刻又感到浑身舒坦。几周以来,我两臂的肌肉伸展起来又柔韧有力,赤裸的皮肤晒着太阳吹着风,使我在半小时之内又变成原来那个狂野热情的小伙子,跟同学们疯狂地打架,为了一件大胆的事情甘冒生命的危险。我在水里胡乱扑腾一气,伸展一下身子,已经不再知道什么是书本和学问了。我怀着那种我特有的疯劲现在又沉湎于我相违已久的激情。我在这重新找到的粼粼绿波之中泡了两个钟头,从跳板上也许跳下了三十次,以便纵身入水宣泄掉我充溢的精力。两次游过湖面,我的力气还没有耗尽。我大声喷着鼻子,舒展我全身绷紧的肌肉,环顾四处,寻找什么新的考验,迫不及待地想干点什么大胆疯狂强劲有力的事情。

这时在女子浴场那边传来跳板嘎吱嘎吱的响声,我感到那强大的蹬踩的力量使跳台也随之震颤。这时一个苗条的妇女的身体已高高跳起,弹跳出去的那道干净利索的弓形弧线犹如一柄土耳其佩刀,接着头冲下脚朝上往下坠落。霎时间,这一跳啪的一响激起了一个漩涡,白色的泡沫汹涌,然后一个肌肉绷紧的身体从水中冒出,胳臂强劲地划动,直向池中小岛游去。"跟上她,赶上去!"——运动的兴致扯动了我的肌肉,我猛地一下子跳进水里,肩膀向前伸出,拼命加快速度,紧跟着她向前冲去。被追赶的女人显然注意到有人在追,同样准备接受这场运动比赛,她勇敢地利用她占先的优势,灵巧地从侧面游过小岛,然后再急急忙忙地转回来。我迅速看清她的意图,也同样向右拐去,使劲划水,我那向前伸出的手已经紧挨着她,我们之间只差一虎口的距离——这个被追赶的女人足智多谋,突然潜入水中,过了一会儿,她紧挨着妇女浴场的栅栏,又浮出水面。栅栏挡住了我的进一步追赶。这位得胜的女将浑身滴着水,登上台阶:她不得不站住,一手按着胸口,显然透不过气来。然后她转过身来,看见我被阻止在浴场的边上,得意扬扬地冲着我这边哈哈大笑,露出一口洁白的牙齿。她冲着直射的太阳,又戴着游泳帽,她的脸我看不真切,只有那带着嘲讽意味的粲然一笑直向我这失败者射来。

我真是又恼火,又高兴,从柏林以来,我又感觉到一个女人投来的那种表示赞许的目光——没准这儿会有一桩风流韵事。我连划三下又游回男士浴场,迅速把衣服套在我那还是湿漉漉的皮肤上,只想及时赶到出口处去迎她。我不得不等上十分钟,然后我那情绪欢快的对手才脚步轻盈地走来(她那男孩似的瘦削的体型叫人不会认错)。她一看见我在等她,就加快步伐,显然目的是使我没法和她搭讪。她走路和方才游泳一样,肌肉有力,灵巧快捷,所有的关节都听命于这个男孩般瘦削、也许过于瘦削的身体。要赶上这个健步如飞的女人,而不引人注目,的确相当困难,我都有点气喘吁吁了。终于叫我赶上了。在一个马路拐角处,我巧妙地从斜刺里走到她的前面,按照大学生的方式,挥动一下帽子,我还来不及直视她的眼睛便问道,我是不是可以送她一程。她从侧面带着讽刺的神情瞥了我一眼,也没放慢她那迅急的速度,几乎带有挑逗的神气,冷嘲地答道:"只要您不嫌我走得太快,您就送好了!我可有急事。"她这大大方方的样子,给我很大鼓舞,我便得寸进尺提出十几个好奇的问题,大多是些愚蠢的问题。她热心地一一回答,态度坦率得令人吃惊,使我非但未能达到原来的企图,反而有些手足无措。因为我在柏林时确定和人攀谈的守则主要是用来对付对方拒绝交谈和采取嘲讽态度,而不适用于对方迅急走路时说话这样直率坦诚。于是我第二次感到,我是非常笨拙地碰上一个远远比我优越的对手了。

可是更糟的事还在后头。因为当我说了一大堆放肆大胆的话,问她家住哪里时——她的两只棒子一样褐色的放纵大胆的眼睛突然目光犀利地转向我,简直无法再掩饰笑意,目光闪烁地说道:"就住在您的贴隔壁。"我吃惊地抬头凝望。她从旁再向我看了一眼,看她这支利箭是否命中要害。果不其然,这箭插在我的咽喉里。我那非常放肆的柏林式的攀谈口吻猛地一下子就此消失。我焦躁不安,甚至卑躬屈膝地嗫嚅着说道,我这样陪着她,是否让她感到讨厌。"怎么这么说,"她又微笑起来,"咱们再走两条路就到了,这点路咱们可以一起走啊。"这时候我周身血液飞速奔驰,我简直没法往前迈步,但是这又何济于事,我要是这时拐弯走开,只可能更加伤害人家的感情。这样我就不得不跟她一同走到我住的那幢房子跟前。在那里她突然站住,伸手和我握别,轻描淡写地说道:"谢谢您送我!今晚六点请您来看我丈夫吧。"

我想必羞愧得面红耳赤。可是我还没来得及向她道歉,她已经脚步轻盈地上了楼梯。我站在那儿,惊恐万状地把我厚颜无耻地说过的那些蠢话想了一遍。我这个吹牛撒谎的笨蛋,把她当作缝衣女工邀她星期天去郊游,用陈旧的俗套赞扬她的娇躯,然后又重弹孤独的大学生这一伤感的滥调——我简直羞愧得直想吐。喉头实在恶心得厉害。现在她一定哈哈大笑,乐不可支地跑去把我的种种蠢话告诉她丈夫。而在所有人当中,她丈夫的评价对我最为重要,在他面前出丑比光着身子在公开的广场上让人鞭打更叫我痛苦。

从此刻到晚上真是可怕的时光:我千百次给我自己描绘他将如何脸上堆着优雅嘲讽的微笑来接待我。微笑——啊,我知道,他熟谙冷嘲热讽的艺术,善于把一句玩笑话弄得尖利如针,灼热似火,一直扎到血里。一个判刑的死囚登上断头台也不会比我当时爬上楼梯更加艰难,我刚把哽在喉头的一大口唾液费劲地咽了下去,便走进他的房间,我慌乱的心情变得更加慌乱,因为我仿佛听见隔壁房间里发出女人衣服窸窣的声音。肯定她在那儿偷听,这个疯疯癫癫的女人,在那儿看见我的窘态心中暗喜,看这说话放肆的青年丢人现眼心里跟着高兴。我的老师终于来了。"您怎么了?"他担心地问道,"您今天脸色这样苍白。"我谢谢他的关心,心里等着他来捉弄。但是我害怕的行刑并未发生,他完全和平时一样谈论学术上的事情,尽管我心惊胆战地细听每一句话,可是没有一句话暗藏影射或者冷嘲。我先是感到惊讶,继而感到高兴——我看出来:她守口如瓶。

八点钟她又轻轻敲门,我便起身告辞,我的心脏又激烈地跳动起来。我出门时,她从旁走过;我向她问好,她的目光向我微微一笑。我心里热血澎湃,我把她的微笑解释成原谅了我,并且也答应我继续保持缄默。

从那时起我的注意力就开始有了一种新的方式,迄今为止我像孩子似的虔诚地尊敬老师,把他奉为神明,视为来自另一世界的精灵,完全忘记注意他的私人生活,他的尘世生活。人若真正的痴迷癫狂,就事事夸大,我也把他的生活拔高升华,完全脱离我们这个安排妥帖的世界里的一切日常工作。一个初次钟情的恋人,不敢在脑子里把他崇拜的姑娘身上的衣衫全都脱去,以同样自然的态度像观察上千个其他身穿裙子的人似的观察她。我也同样不敢向他的私人生活贼头狗脑地偷看一眼。我总是感到他已升华,作为语言的使者,体现了创造的精神,全然脱离了一切具体委琐的事情。现在那具有悲喜剧色彩的奇遇突然把他太太推到我的路上,我不由自主地更加亲切地去观察他的家庭生活,他的家居生活;一种不安宁的刺探秘密的好奇心在我心里睁开双眼,这其实是违背我的意志的。可是这种追踪探寻的目光刚开始在我心里复苏,它便慌乱惶恐起来,因为这个人的生活在自家的四壁之内,非常独特,几乎像谜似的难以参透,令人害怕。在那次邂逅之后不久,我应邀赴宴,看见他不是独自一人,而是和他太太一起,我心里第一次对这个独特的混乱不堪的家庭产生奇怪的疑心,我越是深入到这一家的内部核心,我的这种感觉便越是令人困惑。并不是这两人之间有言语或者手势表示出关系紧张,或者情绪恶劣,恰恰相反,什么也没有,丝毫也看不出他俩相互之间关系紧张,彼此怄气,两人的感情如在沉重干燥的夏日里的风平浪静,比大吵大闹时的狂风暴雨和心里怨恨时的霹雳闪电更使空气压抑难堪。外表上丝毫看不出摩擦或者紧张,只是感到内心的距离越来越大。因为他俩难得谈话时的一问一答仿佛只是用指尖互相匆匆接触,从来没有手牵手触及内心深处。即使在我面前,他在吃饭时说话也是结结巴巴,十分拘谨。有时候,我们还没有回去工作,谈话突然冷场,沉默犹如坚冰。最后谁也不敢再凿破这块坚冰,这沉默的冰冷的重负还一连几小时沉重地压在我的心上。

尤其使我惊愕的乃是他完完全全的孑然一身。这个心情开朗,天性奔放的人全然没有朋友,和他打交道的只有他的学生,他们也是他的安慰。他和大学的同事除了彬彬有礼的问候之外毫无联系,他从不参加社交活动,他往往一连几天不离家出门,除了走二十步路去大学。一切他都默默地深埋在心里,既不向人倾诉,也不诉诸文字。现在我也明白他在学生的圈子里何以讲起话来犹如火山爆发,一泻千里,迸涌不止:憋了几天,一时发作,滔滔不绝,他沉默地压在心里的各种思想,狂奔疾驰,无法控制——骑手们很有见地,称马匹失控飞奔为马厩失火——呼啸着冲出沉默的栅栏,跃入话语的逐猎。

他在家里很少说话,和他太太说话最少。即使是我这个阅世很浅的小青年也惊讶地发现,在这两人之间,飘浮着一道阴影,一道飘忽不定,始终存在的阴影,虽说感觉不到,但是完全把两个人彻底分开。为此我忧心忡忡,几乎羞愧无地。我第一次朦朦胧胧地感觉到,一桩婚姻向外隐藏着多少秘密。就仿佛在门槛上画了一道符咒,他的太太没有得到特别的邀请,从来不敢踏进他的书房:这一点明显表示他的太太完全被排除在他的精神世界之外。我的老师从来不许在她面前谈论他的计划和他的工作。他太太刚刚走进来,他热情洋溢地说了一半的话,便戛然而止,这种样子简直令人非常难堪。他对她几乎有些侮辱的神气,明显表示轻视,甚至都不加客气的掩饰。他粗鲁地公开拒绝她的关注——而她似乎并没有注意到他的侮辱人的态度或者已经习以为常。她长着一张男孩一样满不在乎的脸,脚步轻盈、肌肉结实、身材窈窕,楼上楼下飞个不停,手头总有做不完的事,可总是还有时间上剧院,绝不耽误体育活动——相反对于书本,对于家务,对于在家枯坐,安静沉思之类的事这个大约三十五岁的女人可毫无兴趣。她这人嘴里总是哼着歌曲,喜欢大笑,时刻可以跟人斗嘴,似乎只有在跳舞、游泳、奔跑或者任何激烈活动时舒展一下筋骨,她才觉得舒服。她从来就没有严肃地跟我说过话,总是逗我,把我当做一个半大不小的孩子,充其量找我做她的伙伴去疯疯癫癫地较量体力。她的这种轻快明朗的样子和我老师的那种阴沉的、完全内向的、只有精神的东西才能使之振奋的生活方式正好截然相反,简直使人困惑。我一再惊讶地问我自己,到底是什么把这两个天性天差地别的人拴在一起的。当然这个奇怪的差别却对我有利:在干完了伤透脑筋的工作之后和她谈话,就像一顶沉重的头盔从我头上取了下来;宇宙万物,在愉快地激动一番之后又井然有序,色彩斑斓,清澄明净,生活的和悦欢快又得到承认;我在严肃的老师面前神经紧张几乎忘却了欢笑,这朗朗笑声使人欢愉,减轻了精神之物过于强大的压力。有一种男孩似的同伴情谊把她和我联系起来,正因为我们总是随随便便地只聊一些无关紧要的事情,或者一同上剧院看戏,我们待在一起就一点也不紧张。只有一件事令人难堪地打断了我们谈话时无牵无挂的气氛,每次都使我大为困惑:这便是提到我老师的名字。这时她总是气呼呼地表示沉默,以此一成不变地对付我好奇心切的提问,或者碰到我热情洋溢地侃侃而谈,她便报以一丝奇怪的暗笑。但是她的嘴唇闭得很紧:她以另外的方式,但也同样激烈地把这个男人逐出她的生活,犹如他把她置于他的生活之外,可是这两个人已经在同一个沉默的屋顶之下待了十五年之久。

但是这个秘密越是无法参透,我那激烈焦躁的性格就越发受到诱惑。这里有一片阴影,一层帷幕。每当语言的微风过处,我都感到这帷幕摆个不停,近得出奇。我好几次以为已经抓到它的踪迹,可是这令人惶恐困惑的帷幕又倏而滑走,紧接着又重新使我浑身感到一阵寒噤。然而它从来也不是摸得着的一句话,抓得着的一个形式。在一个年轻人身上再也没有比瞎猜一气这种令人精疲力竭的游戏更使人心情振奋头脑灵活的了。平时懒懒散散地到处飘浮的想象力,突然获得了一个可以猎取的目标,于是它在新发现的追寻、逐猎的快乐中活跃起来。迄今为止我这个小伙子感觉迟钝,在那些日子里又产生了崭新的感官:薄薄的一层偷听的薄膜,狡诈地把每个声音全都截获;一道相当厉害的窥视的目光,充满怀疑,明察秋毫;一种翻箱倒柜,暗中挖掘的好奇心——神经富有弹性地伸展开去,直到发痛的地步,始终为一种预感所扰动,永远也不消退成为明确的感情。

可是我不愿责怪我的这种急于探究的好奇心,因为它到底是纯洁无邪的啊。我的感官所以如此激动,并不是出于渴望刺探隐私的激情,这种幸灾乐祸的心情喜欢在地位优越的人身上找到低下的人性的瑕疵——相反,我内心的激动,衬托出一种埋在心里的恐惧,一筹莫展的同情,朦朦胧胧地感到这沉默的人心里痛苦,对他怀着不确定的担忧。因为我越是走近他的生活,那明显地侵入我老师亲爱的脸孔上的阴影,那高贵的、以高贵的情操加以控制的忧伤,就越发敏锐地使我心情沉重,他的忧伤从来没有蜕变为脾气暴躁,或者动辄发火,如果说他在一开始就因为他的言语像火山爆发迸涌而出、光彩夺目,吸引了我这个陌生人,那么现在我熟悉他了,他的沉默无语,这片掠过他前额的悲哀的乌云,便更加深切地撼动了我。再也没有比男子汉崇高的忧郁更强烈地感动一个年轻人的心的了。米开朗琪罗塑造的那个凝神望着自己深渊的沉思者,贝多芬痛苦地抿紧的嘴,这些世界苦难的悲剧面具,比莫扎特银子一样纯净的旋律和莱奥纳多①笔下人物爽朗明快的光泽更加强烈地打动那尚未定型的心灵。青春本身便是美,它不需要进一步美化:它生机勃勃,活力充盈,倾向于悲剧性,它乐于让忧郁甜蜜地吮吸它那毫无阅历的血液,因此,所有的青年都永远准备为危险献身,并且向精神上受苦的每一个人伸出兄弟般的援手。

我在这里第一次看到了这样一张真正受苦受难者的脸。我出身普通人家,在市民阶级舒适的环境里成长起来,没有经受任何波折,我所知道的忧虑只是日常生活中惹人生气的可笑的琐事,不是由于妒忌,便是为了钱财。而他这张脸上的惘然困惑,我立刻感到,是出于更为神圣的原因。这阴沉的神气来自心灵的阴沉,一支来自内心的石笔在这过早憔悴的面颊上刻上累累皱纹。有时候我走进他的书房(我总是怀着一个孩子走近妖魔居住的房子时的畏怯心情),他陷入沉思,没有听见我敲门的声音,我于是突然之间满面羞惭惊惶万状地站在这个失神忘情的人面前,我就觉得,仿佛这里坐的只是瓦格纳②,一张活的皮囊,披着浮士德的外衣,而那精灵却在神秘莫测的山岩绝壁之间阴森可怕的瓦尔普吉斯之夜③盘桓飞旋。在这种时刻他的感官全部紧紧闭上,他既听不见走近身旁的脚步声,也听不见一声怯生生的问候。若是猛然警觉,惊醒过来,他便匆匆找句话来掩饰他的窘困:他踱来踱去,努力提些问

---

① 即莱奥纳多·达·芬奇。
② 歌德诗剧《浮士德》中的人物,浮士德的学生,一个死抠手本的学究。
③ 《浮士德》中具有魔幻色彩的场面。

题把我仔细观察的目光从他身上引开。但是一片阴霾依然长时间地悬在他的额上,只有等到谈话热烈起来,才驱散了这层从内心凝聚起来的乌云。

他有时想必也感觉到,见到了他使我非常激动。也许从我的眼睛,从我不安的双手,他大概隐隐约约感到,我的唇上悬着一个看不见的请求,想求得他的信任,或者从我小心试探的姿势里看出我心里秘密的激情,想把他的痛苦揽到我身上,揽到我心里。他肯定感觉到这点,因为说得好好的他忽然间打断谈话,非常动情地凝视着我,是的,这温暖得出奇的目光,被他自己充溢的感情弄得模糊不清,把我彻底淹没,然后他往往握住我的手,心情烦乱地握了很久——我一直期待着:现在,现在,现在,他将向我倾吐心声,但是他非但没有这样做,反而在大多数情况下做出一个断然的动作,有时甚至冷冷地说上一句故意煞人风景,或者冷嘲热讽的话。他自己依靠激情为生,并且在我心里培养和唤醒激情,却突然间把激情给我一笔抹去,就仿佛它是一份写得很糟的作业里的一个错误。他越是看见我敞开心扉,渴望赢得他的信任,他就越发无情地用这样一些冰冷的话语冲我而来:"这您不懂"或者"您别说这些言过其实的话",这些使我恼火,使我绝望的话。这个像闪电一样光芒刺眼,从热变冷的人,我为他吃了多少苦头啊。他无意识地使我浑身发热,然后又突然之间给我劈头盖脸地浇了一盆冰水。他以自己的暴烈情绪激起了我的情绪,然后又突然抛出一句冷嘲热讽的话,犹如挥来一鞭——是啊,我感到沮丧。我越是向他逼近,他便越发强硬地、越发惊恐万状地把我推开。谁也不得、谁也不许挨近他,挨近他的秘密。

因为这秘密就鲜为人知、阴森可怕地藏匿在他那魔术般吸引人的心灵深处,我越来越痛切地感觉到了这点。我从他那古怪的游移不定的目光感觉到他有什么东西深藏不露,这种目光灼热地向前逼视,倘若别人感激地迎上前去,它便怯生生地避开。我从他太太痛苦地皱起的嘴唇,我从城里人们奇怪的冷淡的收敛态度——倘若有人称赞他,这些人几乎面露愠色——从成百个古怪现象和突如其来的慌乱眼神感觉到这深深隐藏的东西。我自以为已经进入这样一个人的生活内圈,其实只在那里乱转,犹如置身迷宫之中,不知道通向这生命起源和他心灵的通途究竟何在。这是什么样的痛苦啊!

但是对我来说最最不可解释,最最令人激动的乃是他的异常行为。有一天,我去上课,那里贴着一张纸条,停课两天。学生们似乎并不感到奇怪,而我昨天还在他那里,便急忙跑回家去,唯恐他忽然病倒。我冲进他家的样子泄露出我心情激动,他太太只是淡淡一笑。"这样的事情常有发生,"她的语气冷得出奇,"只不过您还不了解而已。"我的确听同学们说,他常常一夜之间突然消失,有时候只是拍份电报来请假;有一次一个学生清晨四点钟在柏林的一条街上看见他,另一个在一座陌生城市的酒馆里碰到他。他就像酒瓶上的一个塞子猛不丁地蹦了出去又弹了回来,谁也不知道他在哪儿待过。他这突如其来的离去,像一种疾病,使我激动:我这两天神不守舍地到处乱转,心神不宁,漫不经心。见不到他那熟悉的身影,学业对我来说突然变得无谓、空洞,我耗尽脑汁尽作些混乱不堪充满妒意的估计。对他的讳莫如深,我从心里浮起一种仇恨和愤怒似的感情,他把我这个热情地向他逼近的人关在外面,关在他真正的生活之外,犹如把个乞丐留在严寒之中。我白白地说服自己,我这个孩子,这个学生,不能因为他的好意已经给了我巨大的信任,成百倍地超过一个专业的老师的职责,便有权利要求他向我禀报,给我答复。但是理性对于灼热的激情是无能为力的:我这个傻乎乎的孩子每天十来次跑去打听,他是否已经回来,直到最后我从他太太越来越生硬的回答里觉察出恼怒为止。我守候了半夜,侧耳倾听他回家的脚步声,早上惴惴不安地在门前轻轻地走来走去,现在可不敢再去提问打听。等到第三天他终于出乎意料地走进我的房间,我叫了起来:我的惊愕想必极为严重,我至少从他表现出来的窘迫、古怪的神气里看出这点。窘迫之余,他急急忙忙地一连提出无关紧要的问题。他的目光避免和我相遇,我们的谈话第一次拐弯抹角,尽绕圈子,结结巴巴地一句跟一句。我们两个都使劲避免影射他的离家外出,正好是这没有说出口的事情阻止了我们把话挑明。他离开我以后,那强烈的好奇心犹如烈火熊熊燃起,使我渐渐地睡着、醒着都备受煎熬。

一连几周,我一直在进行斗争,争取让他敞开心扉,争取进一步认识他。我顽强执着地向那火热的核心挺进,我觉得这个核心犹如火山压在岩石般的沉默底下。在一个幸运的时刻,我终于初步闯入他的内心世界。我又一次在他房里一直坐到暮色四合,这时他从一只上了锁的抽屉里取出几首莎士比亚的十四行诗,这些仿佛青铜铸就的凝练的诗歌。他先朗读了一下他自己的译文,然后以神奇般的方式阐释这些似乎无法参透的密码文字,使我在感到幸福之余,想到这位侃侃而谈的人所馈赠的一切将随着这些匆匆流逝的话语全部消失,不由得感到遗憾。我该从什么地方着手来打动他呢?我蓦然间鼓起勇气问他,他的巨著《寰球剧院》为什么没有完成——我刚壮起胆子说出这句话,就大吃一惊地觉察到,我无意中狠狠地碰了一下他的一个隐秘的、显然极为痛楚的伤口。他站起身来,转过脸去,沉默了许久,书房似乎突然间又笼罩在暮色和沉默之中。他终于向我走来,神色严肃地凝视着我,嘴唇颤抖了几下,然后微微张开,痛苦地吐出一段自白:"我没法写出大部头的作品了。这事算是完了。只有年轻人才制定这样大胆的计划。我现在已经没有毅力,我现在——何必掩饰?已经变得只顾眼前短暂的瞬间,没法长久坚持下去。从前我有更多的力量,现在力量已经消失。我现在只能说话:这样有时候我还勉强撑着,我还能稍稍振奋起来。可是静静地坐着工作,总是独自一人,总是独自一人,这点我已做不到了。"

他那无可奈何的神情使我深受震撼。我出自真诚的信念,催他把每天随手抛撒给我们的东西紧紧攒在手里,不要永远只是分给别人,而应该把自己的东西保存下来加以塑造。"我写不了啦。"他疲惫地重复说道,"我现在无法专心致志。""那您就口授好了!"这个念头使我神往,我几乎向他苦苦哀求,"那您就向我口授吧。您试试看,也许就开个头——然后您自己也收不住了。您试试口授,我求您了,就看在我的分上吧!"

他抬起头来看我一眼,先是感到惊讶,然后更加沉思起来。这个念头似乎不知怎的打动了他。"看在您的分上?"他重复一遍。"您真的认为,我这老头要是干点什么,还能给什么人以欢乐?"我感到,他在这里已经犹犹豫豫地开始让步了,我从他眼神感到这一点。方才他的目光还遮着云彩,向内审视,现在为温暖的希望所溶解,渐渐走出云层,光芒四射。"您真的这样认为?"他重复问一遍,我已经感到,准备一试的心情已经成为意志,然后他振作一下:"那我们就试一试吧!年轻人总是有理。向年轻人作出让步是聪明的。"我那狂烈迸发的欢乐,我的洋洋得意的神情似乎使他也有了活力:他快步踱来踱去,像年轻人一样兴奋不已。我们约定每天晚上九点刚吃完晚饭就先试它一小时。第二天晚上我们就开始口授。

叫我怎么描述这一个小时的时光呢！我整天都在等着这个小时的到来。到了下午，便有一个郁闷的、使人神经备受折磨的烦躁情绪像电流似的压迫我那焦躁不耐的感官，我好不容易熬过这些时光，直到夜晚终于来临。我们吃完晚饭，立即走进他的书房，我坐在书桌旁，背冲着他，而他则迈着急促不安的脚步在房里踱来踱去，直到他心里调整好节奏，用高雅的词句开始口授。因为这位奇人创造一切全凭感情的音乐感：他总是需要情绪高涨才能使他的各种思想活跃起来，他往往不由自主地在迅速往前走动的过程中激动起来，把一幅画，一个大胆的譬喻，一个形象鲜明的情景，扩大成一个戏剧性的场面。一切独创性的东西里面的一些奇妙的自然之物，往往便从这些即兴创作的一泻千里的光芒之中闪现出来。我记得那些诗行，似乎是一首抑扬格诗中的诗节，还记得另外一些诗行，它们像急流倾泻，排得严整密集，犹如荷马史诗里战船的目录，和瓦尔特·惠特曼的野性十足的颂歌。我这个年纪轻轻即将成熟的男子汉第一次有机会闯入创作的秘密之中：我看到一个思想，还没有色彩，只不过是纯粹灼热的一些流体，就像从猛烈翻腾的大锅里迸涌而出的铸钟的铜锡合金熔液，然后渐渐冷却成形，这形式又如何强劲有力地趋于圆满完整，显露出来，直到最后词句清晰地脱颖而出，赋予这些已经诗意之物以人的语言，犹如钟槌敲击才使大钟发出声响。正好每个段落来自节奏，每个描述来自塑造场景的画面，于是这整个计划宏伟的巨著就毫无学究气地从一阕颂歌，从一阕致大海的颂歌昂然升起。大海作为无限之物在尘世可以看见可以感到的形式，波涛翻腾，从远方涌向远方，上窥天庭，下掩深底，上下之间则戏弄着尘世间的命运，人的摇晃不定的小舟，无谓而又含有深意：大海的这幅图画成为表现得精彩绝伦的比喻，从中产生出对悲剧性的描绘，犹如描绘原始的力，这种力量一面喧腾，一面破坏、流贯我们的血液。然后，这有塑造力的波涛便涌向一个个别的国家：英国昂然崛起，这座海岛，永远被不安定的元素环绕冲击，这个元素把世界的边边沿沿，把地球的各个地区各个区域都危机四伏地包围起来。这种元素在那里，在英国，形成了国家：这种元素的寒冷清澈的目光在那里一直逼进眼睛的玻璃球体，一直逼进灰色的蓝色的晶体之中；每一个个别的人都同时既是航海者，又是海岛，就像他的国家。这个种族久经风暴和危险的考验，具有强烈的狂风暴雨般的激情，几百年来，在维京人的航行中不断地锤炼它的力量。如今和平的雾气迷漫着这个被海水环绕冲击的国家：但是他们习惯于风暴，想继续占领大海，领略重大事件的急转直下，连同它那每天都有的危险，于是他们再一次在鲜血淋漓的戏剧里创造出动人心弦的紧张情节。先用木头搭起台来逐猎野兽或者进行决斗。狗熊流血致死，斗鸡激起了人们残暴凶狠惊恐万状的欢乐；可是不久感官更上一层楼，要求从人性英雄气概的矛盾冲突中，提炼出那纯粹的撩人心魄的紧张情节。于是从虔诚的戏剧舞台，从教会的神秘剧产生出另一种气势宏伟、波澜壮阔的人的戏剧，所有那些冒险奇遇和长途跋涉，全部回归，不过现在是回归到心灵内在的汪洋大海之上；产生了新的无限，另外一片海洋，连同激情的猛烈涨潮和精神的昂扬高涨，心情亢奋地驾船穿过这片海洋，呼吸急促地在这片海洋上颠簸漂流，是这后生的、依然还坚强有力的盎格鲁-撒克逊人的新的乐趣：于是英国的民族戏剧，伊丽莎白时代的戏剧便应运而生。

现在他狂热地描述这一野蛮的洪荒时代的起始时期，那形象鲜明的词句便洪亮饱满地响起。他的嗓音起先像是耳语匆匆流过，现在绷紧了声带，变得嘹亮有力，像银光闪闪的飞机，越飞越自由，越飞越高：书房和那拥挤逼人、发出回音的墙壁对于他的声音来说过于狭小，他的嗓音需要广袤的空间。我感到狂风暴雨在我头上盘旋，大海咆哮般的嘴唇吼出震耳欲聋的话语：我俯在书桌上，就仿佛我又站在故乡的沙丘之上，千万重波涛强劲的疾风汇成的轰鸣喧嚣，在我身旁越逼越近。伴随着这样一个人和这样一些话语的诞生所激起的惊恐战栗，当时第一次侵入我的心灵，使我既吃惊又感到幸福。

我老师口授的时候，灵感如潮，结合学术的意图，组成美妙的词句，思想转变成诗。等他停止口授，我摇摇晃晃地站起身来，浑身感到沉重的、强烈的疲惫，这和我老师感到的疲倦无力迥然不同。他的疲倦是精疲力竭，是发泄出无限的精力，而我是精力过于充溢，大量的精力涌入我的身心，使我颤抖不已。我们两个接着总需要一次谈话来松弛神经，这才回去睡觉或者休息；通常我还重读一下方才的速记稿；说也奇怪，速记符号刚变成字句，嗓音就变成另外一个嗓音在说话在呼吸，就仿佛有人在我嘴里换了语言。于是我听出来了：我一个劲地在抑扬顿挫地朗诵，模仿他的语调，模仿得这样执着这样相似，就仿佛是他在我嘴里说话而不是我自己——我已经这样彻底地变成了他这个人的回声，他的话语的回响。这一切都是四十年前的旧事了；可是即使在今天，我讲课讲到一半，话语脱口而出，在空中回荡，我突然很拘谨地感觉到，不是我自己而是另一个人似乎借我的嘴在说话，我这时听出这是一个亲爱的死者的声音，一个死者还活在我的唇边：每当我热情奔放之际，我就成了他。我知道：那时度过的时光塑造了我。

成果积累起来，越积越多，在我身边犹如一座森林，渐渐地遮住了投向外面世界的全部视线，我只是生活在这房子里的阴暗的内部，生活在这部日益舒展开去的作品的喧腾不已飒飒直响的枝干之中。生活在这个人的身边,为他所拥抱,感受他的温暖。

除了在大学里上那为数极少的几节课之外,我一整天全都属于他。我和他们同桌吃饭,黑天白日都有信息从他们寓所传到我的寓所,沿着楼梯传上传下:我有他们的房门钥匙,他有我的房门钥匙,这样他时刻都可以找到我,用不着大吼大叫地把那半聋的房东老太太找来。我和这个新的家庭集体关系越密切,我和外界便脱离得越彻底:我享受这亲切氛围的温暖,同时也分担他们与世隔绝的生活所处的冰冷的封闭状态。我的同学们一致对我表现出某种冷淡和轻蔑:不论这是他们秘密法庭的裁判抑或仅仅是因为我明显地受到偏爱而激起的妒忌——反正他们把我排挤到他们的圈子之外。在课堂讨论时,他们都不跟我说话也不和我打招呼,显然有约在先。即便是教授们也毫不掩饰他们敌意森森的反感。有一次,我向一位罗曼语专业的讲师请教一个无关紧要的问题,他冷嘲热讽地把我打发走了:"您作为……教授的得意门生理应对此知道得十分清楚。"我设法弄明白我这无辜承受的排斥,可是徒劳。人们避免用话语或者目光对此作出任何解释。自从我完全和这两个孤独的人生活在一起,我自己也完全变得孤独了。

这种社会上的排斥其实也不会使我太发愁,因为我的注意力已经完全倾注在精神方面。但是神经渐渐地经受不住这种经常不断的紧张状况。一连几个礼拜生活在一刻不停的精神上漫无节制的状况之中,这是不可能不受到惩罚的,此外我又过于突然地把我的生活彻底颠倒过来,过于狂暴地从一个极端走向另一个极端。这样就不可能不危及我们天性暗中保持的平衡。因为在柏林时,轻松愉快地到处游荡,使我的肌肉非常舒适地得到松弛;接二连三的艳遇,使焦躁不安地淤积起来的热情轻快地得到宣泄,而在这里,一种像热风似的压抑的气氛不断地抑制我那受到刺激的感官,使得它们颤动不已,尖端带着电流跳跃着在我体内到处乱窜;尽管我自己乐意把每天晚上他口授的材料一直抄到第二天天亮(由于虚荣心盛,迫不及待地急于把这些稿纸尽快地交给我心爱的老师)——或许说不定正是因为这个缘故,我睡不安宁,睡不香甜。然后大学的课程,匆忙读完的教材,都要求我更加投入,和我老师谈话的方式也使我颇为激动,因为我的每一根神经全都紧绷起来,让我每次在他面前出现都不显得无动于衷。受了伤害的身体对于这种过分行为不会久久不予报复的。我常常会短时间的晕厥,这是我体质受到伤害发出的警告,可我疯狂地不予理睬——但是催眠似的疲劳状况日益增多,感情的每一种表现形式都变得非常强烈,变得锐敏的神经现在把尖端指向内心,破坏我的睡眠,激起那些至今被压抑住的混乱思想。

  第一个发现我的健康状况明显受损的人,是我老师的太太。我已经多次感到她那不安的目光在我身上盘桓,故意把越来越多的表示警告的话语插进我们的谈话,例如,我不要一个学期就想征服世界。最后她明确干涉。有个礼拜天,她冲我吼道:"现在够了。"那天阳光无比明媚,天气分外晴朗,我正在死啃语法,她劈手夺去了我的书:"一个生龙活虎的年轻人,怎么能这样变成野心的奴隶?您别老拿我丈夫做榜样:他老了,您还年轻。您得换个方式生活。"她每次说到他,总表现出一种轻蔑的口吻。我沉溺已深,每次听了,都感到愤愤不平。我感到,也许是出于一种不恰当的妒忌,她故意让我越来越疏远他,用嘲讽的口吻对我的过分热心横加阻拦;要是我们晚上在一起口授的时间太长,她就使劲敲门,迫使我们停止工作,不顾他愤怒地反抗。有一次她看见我累垮了就恨恨地说道:"他还会毁掉您的神经的,他还会把您整个儿都毁了呢。""这短短几个礼拜他把你都弄成什么样子了!我没法再眼睁睁地看您跟自己玩命。与此同时……"她说了一半打住了,没把这句话说完。但是她强压着怒火,苍白的嘴唇不断颤抖。

的确,我的老师不好打交道:我对他服务得越热情,他把我对他的帮助、尊重越不当回事。他很少向我致谢。我要是早上把我熬夜写出来的稿子交给他,他就毫不领情地冷冷地说上一句:"明天拿来也不迟。"倘若我虚荣心重过分热情主动效劳,那么在谈话中他便突然把嘴一撇说句反话把我挡开。当然看见我备受屈辱不知所措地缩了回去,他便立刻向我投来那温暖的像是拥抱人的目光,像是对绝望的我表示安慰,但这是多么罕见,多么难得啊!他性格中的这种忽热忽冷,时而撩人心魄地接近,时而恼怒气愤地推拒,使我难以控制的感情完全惘然若失。我渴望着——不,我从来也说不清楚,我到底渴望什么,希望什么,要求什么,追求什么,我热情洋溢的全身心的奉献到底希望得到他什么关切的表示。因为,倘若纯粹把崇敬的激情倾注在一个女人身上,那么无意识地总是在求得肉体上的满足,大自然形象地以占有肉体作为最高的结合。可是男人和男人之间表现出来的精神上的激情,这种无法满足的激情怎能得到充分满足呢?这种激情就焦躁不安地围绕着被尊敬的人物转来转去,一个劲地迸发出新的激情,永远也不会因为做出最后的奉献而得到平静。感情一直在倾泻,可是永远也倾泻不尽,就一直像精神一样永远得不到满足。所以待在他的身边,我永远觉得还不够接近,在那漫长的谈话过程中,他的性格并没有袒露无遗,充分显现;即使在他非常信任地抛开一切拘谨之时,我也知道,接下来他就会摆出一个冷峻的手势,把这亲密无间的联系一举切断。这个变幻不定的人一而再地使我心情迷乱。倘若我说在我感情激动之时往往差一点就会做出荒谬无谓的事情,这可绝不是言过其实,因为他漫不经心地把我请他注意的一本书随手推到一边,或者晚上我们正在深入地交谈,我完全沉浸在他的思想之中,他刚才还温柔地把手放在我的肩上——突然霍地站起身来,生硬地说道:"现在您走吧!时间不早了,晚安。"这样一些鸡毛蒜皮的小事就足以使我一连几小时,一连几天情绪低落。也许我那受到刺激的感情,不断激动,我也觉得他是有意伤害,其实原本并无此意——可是所有这些事后解释的自我抚慰对于内心情绪的迷乱又何济于事?只有这点是每天都在重复的:我在他身边浑身发热,熬得难受,可一离开他就冻得要死,对他的收敛含蓄总是深感失望。没有任何迹象使我平静,每个偶然事件都使我心烦意乱。

说也奇怪:每当我敏感地觉得受到侮辱,我便逃到他太太那儿去。也许是一种无意识的内心冲动,去找一个同样遭到无言摒斥并且为之痛苦的人,也许只是需要有个人可以谈谈,即使得不到帮助,可是能得到理解——反正我逃到她那儿去就像逃到一个秘密的盟友身边。通常她总是奚落一番,消除我的敏感,或者耸耸肩膀,冷冷地向我解释,我对这种痛苦的奇怪事情应该习以为常。可有时候突然绝望的心情使我一下子哆哆嗦嗦地把一大堆责备抛到她的面前,带着眼泪期期艾艾地诉说着心事,这时她神情古怪而又严肃,简直是以惊讶的目光望着我,可是她一言不发;只有她的唇边隐隐地在急剧颤抖。我感到,她得使出全部力气,才不至于说出什么怒气冲冲或者不假思索的话语。毫无疑问,她也有话要对我说,她心里也藏着一个秘密,也许和他是同一个秘密。只要我的话太挨近他,他便生硬地抵御,把我推开,而她在大多数情况下总是说句笑话或者即席开个玩笑,避免和我深谈。

仅仅有一次,我差点把她嘴边的话掏了出来。那天早上,我把口授材料送去,我禁不住热情洋溢地告诉我的老师,恰好是这段描述(这是勾勒的马洛的肖像)使我大受震撼。我正情绪高涨,热情满怀,便带着赞赏的口气补了一句:没有一个人能像他做出这样出类拔萃的人物肖像来;这时他咬咬嘴唇,粗鲁地转过身去,把这张纸一扔,轻蔑地咕噜了一句:"别这样胡说八道!您懂什么出类拔萃。"这句生硬的话(这是匆忙戴上的一张面具,大概只是为了掩盖焦躁不耐的羞耻之感)就足以使我整天情绪低落。下午和他太太单独待了一小时,我突然歇斯底里发作,向她发难,我抓住她的双手叫道:"您告诉我,他为什么这样恨我,为什么这样瞧不起我?我究竟招他惹他什么了?为什么我说的每句话都会使他这样生气?我该怎么办?请您帮帮我!为什么他不喜欢我——请您告诉我,我求您了。"

看到我这狂热的发作,她那灼人的目光凝视着我。"不喜欢您?"——突然一声长笑从她齿缝里迸出,这阵笑声最后变得这样尖利刺耳,使我不由自主地倒退几步。"不喜欢您?"她又重复一遍,怒火满腔地直望着我惶恐迷惘的眼睛,然后她弯下腰向我凑近——她的目光渐渐变得柔和,更加柔和,甚至带着怜悯的神情——突然间她抚摸了一下我的头发(这是第一次),"您真是个孩子,一个傻孩子,什么也没发现,什么也没看见,什么也不知道。可是这样反而更好——否则您会更加不安的。"

她猛地一下子转过脸去。我白白地寻找慰藉:我像关在一个由撕扯不破的噩梦组成的漆黑的口袋里拼命寻找解释,挣扎着想从这些自相矛盾的感情交织成的神秘迷乱中清醒过来。

四个月就这样过去了,这些星期充满了未曾预料的自我升华和转变。学期就要结束,我惊恐万状地看着假期即将来临:因为我爱我的这个炼狱,我的故乡冷静漠然,毫无灵气,平庸凡俗,对我来说就如同遭到流放和被人抢劫。我已经在暗定计划,哄骗我的父母,说有重要工作使我留在此地,我巧妙地编织谎言和遁词,为了使这令人痛苦的眼前生活得以延长。但是在另外的天地里时间和钟点早已给我事先算好。这个时刻隐不可见地悬在我的头上,就像正午的钟声悬在铜钟里面,然后出人意料地响起,严肃地呼唤闲散的人们去工作或者告别。

那个决定命运的夜晚开始得多么美妙,美妙得使人迷乱!我和他们两人一同坐在桌旁——窗户洞开,天空飘着白色的浮云,朦胧的夜色渐渐地从那昏暗的窗框里缓缓涌入:一股柔和明亮的光线从云彩庄严飘浮的反光中继续流出,直到云层下面都能感到它的存在。他太太和我比平时更随意,更安详,更活跃地聊天。我的老师则在我们闲谈时保持沉默;但是他的沉默犹如合着翅膀憩息在我们谈话之上,我从侧面偷偷地望他一眼:今天他的神情有一种奇怪的明亮的东西,一种不安,但是丝毫也不显得烦躁,就像身在那些夏日的云层之中。有时候他举起酒杯,对着灯光,欣赏杯中闪现的彩色;我的目光快活地注视着他的这个手势,他轻松地微微一笑,举杯向我致意。我难得看见他的脸庞这样清楚,他的动作这样圆润、从容:他简直可说神情庄严欢快地坐在那里,仿佛他正听着街上传来的音乐或者倾听一次看不见的谈话。他的嘴唇平时四周总不断飘动着细小的波纹,现在宁静柔和地待在那里,犹如一只剖开的水果。他的额头,因为他微微地把额头转向窗口,因此吸收了那柔和的光线,予以反射,我从来没有觉得它像此刻这样美丽。看见他这样心平气和地坐着真是妙不可言:这究竟是澄净的夏日夜晚的回光,是一股仁慈的光线从这明净柔和的空气里沁入他的心脾,抑或从他内心深处有一种慰藉照在他的身上——我不知道。但是我熟悉他,看他的脸犹如读一本打开的书,我只感到:今天有个温和的上帝把他心里的裂痕皱纹全都予以抚平。

这时他站起来习惯地把头一摆,邀我随他到书房里去,这个动作显出罕见的庄严气派:这个平素动作匆忙的人走起来严肃得出奇。然后他再次转过身子,以不寻常的方式,从酒柜里取出一瓶没打开的酒,拿着酒瓶缓步走了进去。他的太太和我一样注意到他举止的怪异,她从手工活上抬起头来,看着我们走进书房工作,默默地以好奇的心理观察他那不寻常的庄重的举止。

跟平素一样,书房完全遮得不透光线,我们立刻沉浸在一片熟悉的朦胧之中,只有一盏灯在摞起来的白稿纸上投下一束金色的光圈。我在我的老位子上坐下,重读一遍稿子上的最后几句;他每次都需要这种节奏,就像需要一把音叉似的调整内心的声音,以便让词句继续涌流。平时他立刻就从上次停下来的那句话开始口授,可是这次却没有继续说下去。沉默弥漫全屋,它已经变成紧张气氛从四壁向我们逼来。他似乎还没有完全收敛心神,因为我听见他的脚步在我背后神经质地踱来踱去。"请您再念一遍!"奇怪,他的嗓音怎么一下子颤动得这样焦躁不安。我把最后几节重读一遍:这时他直接连上我的话,猛地一下子开始口授,比平时说得更快,说得更加完整。就五句话便塑造了一个场景;他迄今为止所表述的,只是戏剧的文化上的先决条件而已,是对时代所作的一幅壁画,是历史的概述。现在话锋突然一转,转向剧院本身。推着小车到处流浪的艺人终于组成剧院定居下来,营造家园,得到官厅确认,获得权利和特权,先造"玫瑰剧院"后为"幸运剧院",粗陋的木制舞台上演的也是粗陋的剧目,然后作品日益增多,需求日益增长,工匠们便依照需要建造了一座新的木制剧院:在泰晤士河畔,在潮湿泥泞毫无价值的土地上打桩建房,盖起了一座硕大无朋的木头建筑,上面加了一个笨重的六角形塔楼,这就是寰球剧院。莎士比亚这位大师,便在这个剧院的舞台上登场。这个剧院坚定地在这泥泞地上下锚伫立,犹如一条罕见的船只从海里抛掷出来,在最高的桅杆上挂着海盗的猩红旗帜。在正厅的后座里下等民众大声喧嚷,挤成一堆,就像在码头上一样。上层社会则一面神气活现地微笑、闲聊,一面从楼厅里居高临下地俯视着下面的演员,他们不耐烦地要求开演,又跺脚又喧哗,用剑柄猛敲木板,直到最后,几支光影闪烁、高高举起的蜡烛,第一次照亮了低矮的舞台,马马虎虎化了妆的人物登台演出,显然是即兴发挥的喜剧。我今天还记得他当时说的话:"突然话语喧响犹如掀起风暴,那无边无际的激情的海洋把它由鲜血汇成的波浪从这木板搭起的边界一直打向各个时代和人的心灵的所有地区,无穷无尽,深不可测,欢快开朗,悲伤哀婉,千姿百态的图像和人的本来形象——这就是英国的戏剧,莎士比亚的剧作。"

说到这激越昂扬的几句话,他的演说戛然而止,接着是一阵漫长的沉闷的沉默。我惴惴不安地转过头去:我的老师一只手抓着桌子,以我熟悉的那种精疲力竭的样子站在那里,但是这次那僵硬的神情有些可怕。我跳起身来,担心他是不是有什么不适,惊慌失措地问他,我是不是应该停止记录。他起先只是气喘吁吁地一动不动地凝视着我,但接着他蓝色的眼睛又活跃起来,闪闪发光,他嘴唇放松向我走来——"好,您没有注意到什么吗?"他急切地盯着我看。"注意到什么?"我心中无数,结结巴巴地说道。他深深地吸了口气,微微一笑;几个月来,我又一次看到了那广阔的、柔软的、温情脉脉的目光:"第一部分完成了。"这意外的惊喜,使我浑身发热,我使了大劲,才把一声欢呼强压下去。我怎么会没有看到,不错,这是座大厦,从往日原始的地基上拔地而起,壮丽辉煌,直达整体塑造的门槛:现在他们可以出场了,马洛,本·琼森,莎士比亚,他们可以胜利地跨过这道门槛了。这部作品庆祝它第一个生日:我急急忙忙地跑过去,清点页数。这第一部分,一共包括一百七十页写得密密麻麻的稿子；这是最艰难的部分，因为接下来的，是自由复制性的塑造，而迄今为止描述必须紧扣历史文献。毫无疑问，他将完成这部著作，他的著作，我们的著作！

我因为高兴，因为骄傲，因为幸福大叫大嚷了吗？手舞足蹈了吗？——我不知道。但是我洋溢的热情表现出来的兴高采烈的情绪，想必达到前所未有的程度，因为他笑吟吟地看着我的一举一动，我时而把最后几句浏览一遍，时而忙不迭地数数稿子，把它拿在手里，掂掂分量，钟爱地抚摩一番，已经匆匆忙忙地在盘算，我们什么时候能把整部作品完成。看到他那存在心里、深藏不露的骄傲在我的欢乐之中反映出来，他深受感动，笑眯眯地望着我。然后他慢慢地走过来，走得很近，伸出两只手，抓住我的双手，一动不动地凝视着我。他的瞳孔平素只有一闪一闪的信号灯的色彩，这时泛出那种灵动清澈的蓝色，在所有的元素中只有深水和深沉的人的感情才能构成这种蓝色。这种光彩夺目的蓝色从眼睛里升起，溢出，侵入我的心里。我感到，它们的这种温暖的波浪一直进入我的内心深处，在那里汹涌澎湃四下扩散，扩展我的感情，给我带来罕见的欢乐。受到这股扩展迸涌的强力，我整个胸膛一下子变得开阔，我感到一个灿烂辉煌的艳阳天正光彩绚丽地在我心里冉冉升起。"我知道，"这时他的嗓音掠过这阵光辉，"没有您，我永远也不可能开始这项工作，我永远也忘不了您这个好处。您给我活力，帮我克服疲惫，您，就您一人挽救了我这精力分散，早已毁掉的一生所剩余的东西。没有一个人为我所做的事情比您更多，没有一个人像您这样忠心耿耿地帮助过我。因此我不说，为此我要感谢您，而说……为此我要感谢你。来吧！让我们完全像兄弟似的度过一个小时！"

他柔和地把我拉到桌边，拿起那瓶准备好的酒。两只杯子也放在那里,他显然是想把这次象征性的喝酒设想成向我致谢。我高兴得浑身哆嗦,再也没有比一个强烈的愿望突然实现更使我们内心的感觉慌乱不堪的了。这显然是表示信任的最明显的标志,我无意识地渴望得到的那种标志。他的感谢找到了最优美的表达方式:兄弟相称的"你",越过年龄的鸿沟,由于相隔这样遥远,因而显得弥足珍贵。酒瓶这沉默的施洗礼者已经碰响,它将永远在我的信仰中消除那害怕的感觉,在我的内心似乎也同样响起了这颤抖的清亮的声音——只有一个小小的障碍还阻碍着这节日般的瞬间:瓶子还塞着一个软木塞,可是屋里没有开瓶器。他想起身去取,可是我猜着了他的意图,迫不及待地抢先冲到饭厅——我一直在渴望着这一时刻,为使我的心灵得以安宁,把这作为他对我怀有好感的最明显的证明。

我快步跑出房门,冲到亮着灯的走廊里,在黑暗中和一个柔软的东西撞个正着,它急于后退:这是我老师的太太,她显然在门口偷听。奇怪的是,尽管我这一下子把她撞得很猛,但她一声不吭,只是默默地向后退去,而我也吓得不敢作声,一动不动,这样僵持了一会儿;我们两个默不作声地站着,每个人都面有惭色,她是因为在偷听时被我撞见,而我则因这意外的发现而愣住了。但是接着在黑暗中响起轻微的脚步声,灯亮了起来,我看见她脸色苍白,挑衅似的背靠柜子站着;她目光严肃地打量着我,在她一动不动的举止里有一种阴暗的东西,像是警告,像是威胁。但是她一言不发。

我的手在颤抖,我神经紧张地瞎摸一气,找了半天,终于找到了开瓶器;我不得不两次从她身旁走过,每一次我抬眼看她,总碰到这道僵直的目光,就像磨光的木头发出坚硬阴暗的光芒。她丝毫没有因为在门口偷听被我发现而流露出羞愧的神色,恰恰相反,她的眼睛现在生硬坚定地闪闪发光,向我发出一种莫名其妙的威胁。她这固执的态度表示,她打定主意,不会离开这个不恰当的位子。她要继续偷听下去。这具有优势的意志力使我心慌意乱,在这道向我投来的坚定、示警的目光注视之下,我不由自主地缩起脖子。最后,等我脚步踉跄地溜进书房,我的老师已经极不耐烦地把酒瓶拿在手里,方才还是极度的欢乐,现在一阵寒霜,变成奇怪的恐惧。

而他等待着我时,多么无忧无虑,向我投来的目光多么欢快开朗:我一直梦想着,能看见乌云从他忧郁的额头消失,可是如今第一次看见他的额头上闪着宁静的光芒,充满深情地冲着我,我一句话也说不出口;我全部内心的欢乐都像从秘密的毛孔里一点一滴地流了出去。我心烦意乱,甚至满心羞愧地听他再一次向我致谢,现在是用亲切的"你"来称呼我,玻璃杯相碰,发出银铃般的声音,他的手臂亲切地搂着我,把我领到圈手椅旁,我们两个面对面地坐着,他的手轻松自如地放在我的手里。我第一次感到他在感情上完全坦然,无拘无束。但是我无话可说,我不由自主地一直用目光窥视着门口,生怕她还一直在那儿偷听。她在倾听,我不断地想道,倾听着他跟我说的每一句话,和我说的每一句话。为什么偏偏在今天,为什么偏偏在今天?他用那种温暖的目光凝视着我,突然说道:"我今天要跟你谈谈我,谈谈我自己的青年时代。"我可是大吃一惊,冲着他举起双手像是哀求像是抵御,使他愕然地抬起头来看我。"今天别说,"我结结巴巴地说道,"今天别说……请您原谅。"他这一次可能把自己的秘密泄露给一个偷听者,而我又不得不向他隐瞒偷听者在场的事实,这个想法,我觉得太可怕了。

我的老师凝视着我,不明就里。"你怎么了?"他问道,稍稍有些不悦。"我累了……请您原谅……不晓得怎么搞的,我有点支持不住了……我想，"说着我浑身颤抖地站了起来——"我想，我最好还是回去吧。"我的目光不由自主地绕过他看着门口，我总认为那儿有人怀着敌意的好奇心，妒忌心切地埋伏在门边。

这时他也同样吃力地从圈手椅上站了起来，一股阴云掠过他那突然变得疲劳的脸上。"你真的要走了……今天就走……恰好在今天？"他握住我的手：我的手不易觉察地往后一抽。但是他突然猛地把我的手像块石头似的放下。"可惜，"他大失所望地叫了一声，"我方才高兴得很，终于可以和你推心置腹地谈谈！真是可惜！"这声深沉的叹息犹如一只黑色的蝴蝶一时在屋里回旋。我满心羞愧，有一种无奈而又说不清楚的恐惧；我脚步不稳地往后直退，在我身后轻轻关上房门。

我吃力地爬上楼梯回到自己的房间，倒在床上，但是我无法入睡。我从来没有这样强烈地感到过，我所生活的世界隔着一道薄薄的墙，悬在他们的世界之上，只隔着这些无法穿透的阴暗的房梁。我现在像着魔似的以我磨得十分尖利的感官感觉到他们两个在楼下醒着。虽然我没有看，却看到，没有听，却听见，他此刻在楼下他的书房里心烦意乱地踱来踱去，而她则不晓得在什么别的地方默默地坐着，或者一面侧耳倾听，一面到处晃来晃去。可是我感觉到她睁着眼睛，醒着没睡，使我不寒而栗：突然间这整幢默不作声的房子连同它的阴影和黑暗，沉重地压在我的身上，宛如一场噩梦。

我掀掉了被子。我的双手滚烫。我都陷到哪里去了？我已经感到秘密就近在咫尺，它那灼热的呼吸已经吹在我的脸上，现在它又离得那么遥远。可是它的阴影，它那沉默不语无法看透的阴影还在四处游荡，沙沙作响。我感到它凶险地待在屋里，像只猫儿轻手轻脚地在屋里悄悄地爬行，总是待在那儿时刻准备着跳起来，扑出去,跳开去,老用它那带电的毛皮扫着别人,使人慌乱,热乎乎的,可是鬼气森森。我总是感到从黑暗里投来的他那拥抱一切的目光,像他伸出的手一样温暖,感到那另一道目光,他太太投来的尖锐、威胁、惊讶的目光。叫我到他们的秘密中去干什么?他们两个为什么把我放在他们激情的中心,可又蒙上我的眼睛?为什么他们把我驱进他们难以理解的争吵并且每个人都把自己的愤怒和仇恨灌进我的心里?

我的额头依然烧得滚烫。我跳起来,推开窗户,窗外城市宁静无扰地躺在夏夜的浮云笼罩之下;有些窗户还亮着灯光,但是坐在窗前的人,正在平静地交谈,谈着书本或者听着音乐。在白色的窗框后面已经漆黑一片的地方,人们正平静地酣然沉睡。在所有这些宁静的屋顶之上,飘浮着一股柔和的宁静,一种松弛的、轻柔飘落的沉寂,犹如月亮沐浴在银色的薄霭之中。钟楼上响起的十一下钟声落在他们大家的耳里,有的碰巧在谛听,有的正好在梦中,钟声悠缓,并无逼人之势。只有我在这屋子里还依然清醒,感觉到陌生的思想凶狠地围绕着我。内心的感觉狂热地想要理解这纷乱的悄声细语。

蓦然间我吓得直往后退。楼梯上不是有脚步声吗?我直起身子仔细倾听。果不其然,有人像瞎子似的在摸索着爬上楼梯,走得谨慎,脚步犹豫不稳;我听得出踩了多年的木头发出的呻吟和叹息。这个脚步只可能冲着我而来,只可能冲着我,因为阁楼上除了那个耳聋的老太太之外没住别的什么人,而老太太早已睡觉,不接待任何人。来的是我老师吗?不,这不是他那跌跌撞撞急急忙忙的步子,这个脚步在那儿迟疑,在胆怯地逡巡不前——现在又来了——每上一级楼梯都迟迟疑疑,一个溜门撬锁的小偷,一个犯罪分子才会这样走近,不会是一个朋友。我竖起耳朵拼命倾听,听得耳朵都轰鸣起来。一下子像有一阵寒气沿着我赤裸的双腿直逼上来。

这时门锁轻轻地咯勒一响:他想必已经站在门口,这个阴森可怕的客人。一阵轻风吹过我赤裸的脚趾,这说明,外门已经打开,可是只有他才有这门的钥匙,只有他,我的老师才有。可是如果是他——为什么这样犹豫不决,一反常态?他不放心,想来看看我?这个阴森可怕的朋友,现在为什么在外面的前室里迟疑不前,因为这个像小偷一样悄悄走动的脚步声突然之间僵在那里。同样我自己也不寒而栗地僵立着。我仿佛要叫出声来,可是咽喉像有黏液黏住。我想打开房门,可是我的脚僵在地上一动不动。现在只有薄薄的一道墙隔在我和这个阴森可怕的客人中间,可是他没有迈出一步,我也没有向他迎上去。

这时钟楼上敲响钟声:只敲一下,十一点一刻。这钟声打破了我的僵硬。我一下子把门打开。

的的确确,我的老师站在那里,手里拿着蜡烛。房门猛然打开,激起一阵风,使得烛火上蹿,发出蓝色火苗。那突突直跳的影子像巨人似的摆脱了他那僵硬的身躯,活像一个醉汉在他背后摇摇晃晃地扑到墙上。可是即便是他,看见了我,也动了一下。就像一个人被突然吹来的一阵风从睡梦中惊醒,不由自主地把被子哆哆嗦嗦地拉了过来。然后他才往后退去,手里的蜡烛不停摇晃,烛油滴个不停。

我浑身颤抖,吓得魂飞魄散,我只能结结巴巴地说了一句:"您怎么啦?"他凝视着我,什么话也不说。他也像喉咙堵着,有话说不出。他终于把蜡烛放在五斗橱上,原来像蝙蝠似的满屋子到处乱飞的影子立即平息下来。最后他嗫嚅着说道:"我想……我想……"

嗓音又卡在他的喉咙里,他站着,低头望着地板,活像一个当场被抓获的小偷。这种恐惧,这样站着,真是难以忍受,我只穿件衬衫,冻得一个劲地哆嗦。他则缩着脖子弯着腰,满面羞惭,神情慌乱。

突然间这个虚弱的身体猛地一振。他向我走了过来:只是从眼睛里险恶地闪现出一丝笑意,邪恶的、淫荡的笑意,而他的嘴唇则紧闭着,一张笑脸活像一张陌生的面具,先冲着我狞笑片刻——然后一个嗓音活像劈开的蛇舌锋利地刺了出来:"我只是想跟您说……我们最好还是不要以'你'相称……这对于一个初入学的大学生和他的老师之间是……不合适的……您明白吗?……咱们得保持距离……距离……距离……"他一面说,一面凝视着我,充满了仇恨,充满了恶意,像侮辱我给我耳光,他的手都不由自主地弯了起来。我摇摇晃晃地直往后退,他莫非疯了?喝醉酒了?他站在那里,握紧了拳头,似乎要向我直扑过来,或者扇我一个巴掌。

但是这种恐惧只持续了一秒钟,然后这种猛然袭击的目光缩了回去,垮了下来。他转过脸去,喃喃地说了句什么,听上去像是致歉,接着拿起蜡烛。已经缩在地上的影子,又霍地跳起,活像一个身披黑衣巴结得很的魔鬼,一阵风似的,赶在他前面抢先冲到门口。然后他自己也走了,我还没来得及凝聚心神,想出一句话来。门砰的一下锁住,他急步下楼,像直滚下去,楼梯在他脚下沉重地发出咯吱咯吱的响声。

我不会忘记这天夜里,阴冷的愤怒和灼热的绝望在我心里不停地交替出现。各种念头像刺眼的火箭在我脑子里乱射一气。我上百次无比痛苦地问我自己,他为什么折磨我,他干吗这样恨我,以致他连夜偷偷地爬上楼梯,就为了充满敌意地把这样侮辱人的话劈头盖脸地向我扔来？我到底怎么得罪他了，我该怎么对待他？我不知道怎么冒犯他了，又怎么跟他和解呢？我浑身发烧扑到床上，又爬了起来，又重新钻到被子里去，那个鬼气森森的形象一直浮现在我的面前，我的老师，蹑手蹑脚地，被我的存在弄得心慌意乱，在他身后，是那巨大无朋的阴影，说不出的陌生，在墙上摇摇晃晃。

等我到早上迷糊了一会儿之后醒来，我先对自己说，这只是一场梦。可是在五斗橱上分明还沾着圆圆黄黄的烛油的痕迹。在这光线明亮的房间里，我毛骨悚然地不断回忆起那个在夜里像小偷一样悄悄溜上楼来的夜客。

整个上午我没有出门。想到会碰见他，我就勇气顿消。我试图写写文章，读读书。可什么也做不成。我的神经已经崩溃，每时每刻我都可能神经痉挛，发出呜咽，突然咆哮——因为我看见自己的手指像树上陌生的树叶在颤抖不停，我无法使它们平静下来，我的膝盖摇摇晃晃，就仿佛里面的筋已经折断。怎么办？怎么办？我连连追问自己，直到精疲力竭；太阳穴里血液快速搏动，眼睛望出去泛出蓝色。可千万别走出房门，千万别走下楼去，千万别突然站在他的面前，而自己心里还忐忑不安，还没有控制住自己的神经。我又重新倒在床上，饥肠辘辘，心神慌乱，蓬头垢面，惘然若失。我的感官又一次试图透过这薄薄的墙壁设想：他现在坐在哪儿，他在干些什么，他是不是像我一样醒着，像我一样绝望？

到中午时刻，我还心神迷乱烦躁不安地躺在床上，这时我终于听见楼梯上有脚步声，我所有的神经都紧张起来：可是这人走得脚步轻盈，无忧无虑，总是一步两级，飞快地跳了上来——现在有只手已经在敲门。我跳了起来，没去开门："是谁？"我问道。

"您为什么不来吃饭？"他太太的声音有些生气地问道，"您是不是病了?"——"没有,没有,"我心慌意乱,结结巴巴地说道,"我就来,我就来。"我没有别的办法,只好赶快穿好衣服,走下楼去。可是我的两条腿摇晃得厉害,我只好扶着楼梯的扶手。

我走进饭厅。桌上摆了两副刀叉,我老师的太太坐在一副刀叉前面,跟我招呼,微微带着责备的口吻,怪我要人提醒。老师自己的位子却空着。我感到鲜血向我头上直涌。他这样不告而别是什么意思?他难道比我更怕我们两人见面?他是害臊,还是从此不愿和我同桌吃饭?我终于下定决心,问起教授是不是不来吃饭。

她惊讶地抬头看我:"您难道不知道,他今天一早就走了?"——"走了,"我嗫嚅着说道,"上哪儿去了?"说到这里她的脸已经绷起来了:"这事我丈夫没有想要告诉我,大概——又是他通常进行的一次短途旅行吧。"然后她突然目光锋利,带着询问的神气向我转过脸来,"可您竟然对此一无所知?他昨天夜里还特地上楼去找您呢——我想,这大概是为了想向您告别……奇怪,真是奇怪……他对您居然也没说什么。"

"我"——我只能发出这样一声叫喊。而使我惭愧使我感到羞耻的是,这一声叫喊把我最近几小时这样凶险地积存在心头的一切全都勾了起来。突然从我心里发出一阵啜泣,一阵又哭又号的痉挛——我一下子急急忙忙地吐出一大堆话,发出一连串叫喊,表达我心里一大团纠缠不清的绝望心情。我大哭,不,我浑身颤抖,我在神经质的抽泣之中把积压在我心里的痛苦全都从我颤抖的嘴里喷出。我的拳头发疯似的乱敲桌子,整个儿变成易受刺激发疯发狂的孩子。我大吼大叫,脸上热泪纵横,几周来像暴风雨似的悬在我头上的一切苦恼全都爆发出来。这样疯狂发泄之后,我感到轻松,与此同时,我又因为在她面前这样充分暴露自己而感到无限的羞惭。

"您怎么啦！我的天啊！"她跳起身来，一筹莫展。然后她迅速跑了过来，把我从桌边带到沙发跟前，"您躺下吧！平静下来！"她抚摸我的双手，摸摸我的头发。还未平息的抽泣，一个劲地震撼着我那一直在发抖的身体。"别折磨您自己，罗兰特——别自我折磨。这一切我都知道，我感到这事会发生。"她一直抚弄着我的头发。蓦然间她的嗓音变得严厉起来："我自己知道，他会如何把人家弄得昏头昏脑，谁也不会比我知道得更清楚。但是请您相信我，我看见您完全靠着他，而他是靠不住的。我一直想警告您——您不了解他，您是个睁眼瞎。您是个孩子——您什么也感觉不到，就是今天，今天您也什么都感觉不到。也许您今天第一次明白了点什么——那么这样对他对您都会更好。"

她一直亲切地向我俯下身子，我似乎从豁亮的内心深处感觉到她的话语和她那双手的抚摩，给人慰藉，祛除痛苦。终于，终于又一次感觉到一缕同情，还有，终于又一次感觉到一个充满柔情的女人的手，简直可说充满了母性的温存，这真使人心旷神怡。也许我欠缺这些已经过于长久。如今我透过这忧郁的纱幕，接受一个柔情满怀的女人的关切，使我在痛苦之中感到幸福。可是，我是多么羞愧啊，多么为这一阵泄露真情的猛烈发作，为这暴露无遗的绝望情绪感到羞愧啊！我身不由己地、艰难地站起身来，结结巴巴地再一次大声抱怨，他对我所做的一切——他如何把我推开，折磨我，又吸引我，他如何无缘无故地对我态度粗暴——我满怀爱意依恋着一个折磨人的人，我对他又爱又恨，又恨又爱。我又一次开始猛然激动起来，她又不得不来安慰我。我无比激动地从沙发上跳了起来，她那双柔软的手又轻轻地把我摁到沙发上去。我终于平静了些。她沉默着，若有可思。我感觉到，她什么都明白了，也许比我自己还更加明白……

这一阵沉默约束着我们有好几分钟。然后这个女人站起身来。"好了——现在您当孩子当得够长的了。也该当当男人了。坐到这桌旁来吃饭吧。没有发生什么了不起的倒霉的事——不过是一点误会,很快就会澄清。"我不知怎的抗拒了一下,她情绪激动地补充道:"会澄清的,因为我不让他再这样拖下去,把您蒙在鼓里。应该结束了,他也该多少学会一点自我控制。您太善良,别去参与他那些古怪冒险的游戏。我要和他谈的,您放心好了。现在您来吃饭吧。"

我羞愧无比,木头人似的随她把我带到桌旁。她急急忙忙地说起一些无关紧要的事情。我打心眼里感激她,因为她对我方才控制不住说出的那番话似乎根本没有听见,似乎已经完全忘记。她鼓动我:明天是星期天,她要和 W 讲师及其未婚妻一起到附近的一个湖畔去远足,她要我一起去散散心,摆脱一下书本。我身上所有的不适只暴露了我过分劳累,神经过于紧张;去游游泳,或者去徒步走走,我的身体又会立刻找到平衡。

我答应一起去。干什么都行,只要现在别孤零零地一个人待着,只要别到我房里去,只要别脑子里老想着那些在黑暗中盘旋的念头。"今天下午您也别留在家里!去散散步,畅畅快快地跑一跑,快活快活!"她竭力怂恿我。"真奇怪,"我想,"她竟然会猜出我内心深处的感情。她跟我很陌生,可她总是知道,我需要什么,什么使我痛苦,而他了解我却看不出我的心思,把我打得稀烂。"我也答应她出去散步。我感激地站起身来,发现她换了一张面孔:平时她的那张嘲弄人的、疯疯癫癫的脸,使她总有点像个放肆的轻浮的男孩,如今这张脸已经消失,我看到的是一道柔和的、关怀备至的目光。我从来没有看见她这样严肃过。"为什么他从来没有这样仁慈地望着我?"我心慌意乱,怀着渴望的心情这样问我自己。"为什么他在使我痛苦的时候,自己从来也不感到这点?为什么他没有把这样乐于助人,这样充满柔情的手放在我的头上,放在我的手上?"我感激地吻着她的手,她不安地,甚至是激烈地把手从我手里抽走。"别折磨您自己。"她又重复一遍,她的嗓音凑得很近。

可是接着那生硬的神气又在她唇边浮现:她猛地站起身来,轻声吐出这样的话:"相信我,他不配!"

这句话,轻声说出,几乎无法听见,却又把痛苦击入我那几乎已经平静的心里。

我在那天下午和晚上起先开始做的事情,显得这样可笑,这样孩子气,多年来,我一直羞于想到它们——心里似乎有人把关,总是立即匆匆忙忙地把我引开,不让我回忆这些事情。好,今天我对那些愚蠢的傻事已不再感到害臊——相反,今天我是多么理解这个桀骜不驯、激情如炽的少年啊,他想拼命努力,来克服自己感情的摇摆不定。

我似乎在一条漫长无边的走廊尽头,像通过一架望远镜在看我自己:一个精神涣散,心情绝望的少年,他上楼到自己房间里去,不知道怎样对付他自己。他突然穿起上衣,迈出另外一种步伐,摆出无比坚定的架势,然后陡然间步履坚定有力地走上大街。不错,这就是我,我认出我自己,我知道当年这个备受折磨的可怜的傻小子的每一个想法。我知道,突然间我振作起来,甚至在镜子前面对自己说:"我才不在乎他呢!让他见鬼去吧!我干吗要为这个老傻瓜折磨自己呢!她说得对:开心一点!好好玩玩!前进!"

的确,我当时就这样上了大街。这是振作精神,为了自我解脱——然后一阵快跑,绝无仅有的一次怯懦的逃跑,不愿认识到,这快乐的坚定态度根本不是那么快乐,那坚硬的冰块依然沉重地悬挂在我的心上。我还知道,我如何在行走,手里牢牢地捏着那沉重的手杖,使劲地瞪着每一个大学生;我心里翻腾着一种危险的激情,直想和什么人吵一架,把那无处发泄四下乱窜的怒气向我在路上正好碰见的随便哪一个人击去。幸好没有一个人注意我。我就只好走向我的同学们下课后常去光顾的那家咖啡馆,准备不请自去,坐在他们桌旁。他们只要说出一句稍稍带刺的话,我就找茬挑衅。可惜我想打架的企图也都落空——天气明朗,大多数人都出去郊游,两三个坐在那儿的同学客客气气地和我招呼,我一心想要发火,可找不到丝毫借口。我气呼呼地很快就站起身来,径自走进郊区的一家名声不佳的酒店,女子乐队演奏的音乐震耳欲聋,一帮前来寻欢作乐的小城市的渣滓挤成一堆,又喝啤酒又抽烟。我急匆匆地灌下两杯啤酒,招呼一个声名狼藉的女人和她的女友,同样涂满脂粉骨瘦如柴的下等社会的女人到我桌旁,心里有种病态的欲望,希望举止招人注意。在这座小城市里,人人都认识我,人人都知道我是教授的学生;而那些人又因为奇装异服,举止怪异,谁都看得出他们是什么人——所以我便享受一种可笑的虚假的乐趣(正如我自己愚蠢地认为),这样一来自己出丑,也让他丢脸;我心想,让他们瞧瞧,我根本不把他放在眼里,我根本不在乎他——我当着众人的面,以最不得体、最为无耻的方式向这个乳房丰满的女人大献殷勤。这是一种充满恶意的醉意,不久也真的酩酊大醉,因为我们把各种酒乱喝一气,又是葡萄酒,又是烧酒,又是啤酒。大家推来搡去,胡来瞎闹,弄得椅子倒在地上,邻座小心翼翼地纷纷避开。可是我并不害臊,相反,我这个傻瓜还狂怒不已,心想,让他知道这事,让他看看,我多么不把他放在心上,啊,我并不悲哀,并没有受到伤害——正好相反:"拿酒来,酒!"我用拳头猛敲桌子,酒杯都震动起来。最后我带着这两个女人离去,两个手臂各挽一个,穿过主要大街,那里每到九点,通常都有彩车巡行,大学生、姑娘们、市民和军人都聚在一起在这条街上闲适舒心地溜达:我们三个黏在一起,活像一株摇摇晃晃的三叶草,在车行道上横冲直闯,大声喧哗,最后有个警察火了,走过来声色俱厉地叫我们安静。后来还接着发生些什么事情,我已经没法仔细描述——一片酒意浓烈的蓝色烟雾笼罩着我的回忆。我只知道,我对那两个喝得醉醺醺的女人感到恶心,自己也不大能够控制自己的感官。我便摆脱了她们,还到另外什么地方去喝了咖啡和白兰地,在大学的主楼前面发表演讲,抨击教授,这可乐坏了那些四下跑来的小伙子们。然后我还出于朦胧的本能,为了更进一步糟蹋自己,并且——这是无名火乱冒的时候产生的荒唐念头——惹他生气,还想去逛妓院,可是我认不得路,结果情绪恶劣地踅回家去。我的手不灵便,开门费了大劲,好不容易才勉强爬上开头几级楼梯。

然后走到他的门口,我的脑袋仿佛突然浸到冰水之中,那沉重的醉意一下子散去。我猛地清醒过来,凝视着我自己扭曲了的脸,看清了我在无可奈何的狂怒之下干出的愚蠢行径。我顿时羞愧得无地自容。我轻手轻脚地,活像一头挨了狠揍的狗畏畏缩缩地爬上楼去,溜进我的房间,只求没人听见我的声音。

我睡得像死人一样,等我醒来,阳光已洒满地板,并且缓缓地一直爬到床边。我一下子从床上跳起,在隐隐作痛的脑袋里,渐渐闪现出昨天晚上的回忆。可是我把羞耻强压下去,我不想再感到羞耻。我拼命地说服自己,我这样自甘堕落,可是他的过错,全然是他的过错。我自我安慰,说昨天发生的事,纯粹是开了个大学生的玩笑,一个几周以来,除了工作还是工作的人,大概是允许这样干的。但是在我进行自我辩护时,我觉得很不自在,我相当忐忑不安颇为心虚地下楼去见我老师的太太,想到昨天我曾答应和她一同远足。

说也奇怪,我还没有碰他的门把,他又浮现在我心里。于是,那火烧火燎、极其揪心的痛苦,那强烈的绝望心情也随之而来。我轻轻地敲门,他太太走来开门,目光柔和得出奇:"您都干了些什么荒唐事啊,罗兰特?"她说道,可语气与其说是责备,毋宁说是同情。"您干吗这样折磨自己!"我惊愕地站在那里:这么说,我干的那些傻事她也已经听说了。可是她立刻驱散了我的窘迫:"可是今天我们得老老实实地过啊。十点钟,W 讲师和他的未婚妻过来,我们就一同驱车出游,划划船,游游泳,把所有的傻念头彻底驱散。"我还心惊胆战地鼓起勇气提了一个不必要的问题,问教授是否已经回来。她凝视着我,没有回答,我心里明白,这个问题是白提了。

十点整讲师来了,这是一个年轻的物理学家,作为犹太人,他在学者圈子里相当孤立,其实是唯一的一个和我们这些遭到摒弃的人来往的人。他的未婚妻陪他一起来,说不定是他的情妇。这是个年轻的姑娘,不停地咧着嘴笑,天真单纯有点调皮,也许正因为如此是这种即兴安排的异常行为的合适游伴。我们先坐火车前往附近的一个小湖,在车上一面不停地吃,一面聊天大笑。紧张严肃地工作了好几个礼拜,我已经很不习惯聊天时的欢快情绪,这一小时就像一些微微使人兴奋的酒浆,令我醺然欲醉。的确,他们非常成功地以他们孩子气的疯疯癫癫的行动,把我的思想从嘈杂纷乱的蜂窝里引了出来,平时,这些思想总是围着蜂房盘旋,嗡嗡乱响。我刚走到野外,和那年轻的女孩子偶尔举行一次赛跑,我又感到自己肌肉的力量,于是我又变成从前那个精干强壮、无忧无虑的小伙子。

在湖边我们弄了两只划桨的小船,我老师的太太为我的小船掌舵,在另一条船上,讲师和他的女友坐在一起划桨。刚一离岸,我们就产生赛舟的欲望,想要一争高下。我当然处于不利的地位,因为他们是两个人划船,而我不得不独自和他们对抗。可我本来就是这项运动训练有素的运动员,脱掉了外套,我使劲划桨,划得狠猛而且有力,渐渐赶上旁边的这只小船。挖苦的话语从两只船上不断地飞来飞去,互相加油打气,互相刺激。不顾七月天灼人的骄阳,也不顾浑身上下汗出如浆,我们这些苦役船上不屈不挠的囚徒为体育激情所驱使,狂热地拼命苦干。终于目标在望,一个长满树木的小小沙洲:我们划得更加拼命,我船上同行的女伴自己也为这场比赛所吸引。使她得意的是,我们这条小船的船头首先靠岸,我走下船来,浑身发热,大汗淋漓,被这异乎寻常的太阳,被激动不已的热血,被成功的喜悦弄得醺醺然,心脏怦怦直跳,像要跳出胸腔,汗湿的衣裳紧紧贴在身上。讲师的情况也并不更妙:我们这两个顽强拼搏的斗士非但没有受到赞扬,反而因为我们气喘如牛,模样相当狼狈而被两个疯疯癫癫的女人大大地嘲笑了一番。最后她们终于给我们一段时间,让我们凉快凉快;大家一面开着玩笑,一面临时搭起两个浴场:男子浴场,女子浴场,分别设在灌木丛的左右两边。我们迅速穿上游泳衣,在树丛后面闪电似的亮起明亮的内衣、赤裸裸的胳臂。我们还在更衣的时候,两个女人已经舒舒服服地迈步走进水里去了。讲师没我累得那么厉害——我可是以一对二取得胜利——立即紧跟着她们跳进水里,而我划得太猛,心脏还猛烈地敲击着肋骨。我便先从容不迫地在阴凉地方躺下,舒舒服服地仰望白云从我头上掠过,在通体血液奔流的情况下无比惬意地享受着嗡嗡作响的甘美的倦意。

可是几分钟之后就开始有一阵暴风雨般的叫喊声从水上传来:"罗兰特,快来啊!游泳比赛!有奖游泳比赛!有奖潜水!"我躺着一动不动:我觉得我好像可以这样躺上一千年似的,皮肤被透过浓阴的太阳温柔地烤着,同时轻轻拂过的微风又使人遍体生凉。可是笑声又一阵阵飘送过来,这是讲师的声音:"他在罢工呢!我们可把这小子彻底干掉了!您去把这懒虫抓来!"果然,我听见有人踩着水向我走来,现在在非常近的地方响起她的声音:"罗兰特,快上啊!去赛一赛游泳!我们得给他们两个一点颜色瞧瞧!"我不作答,我觉得让她找我,很是有趣。"您在哪儿啦?"鹅卵石咯咯直响,我听见光脚板在岸边跑动,她在找我。蓦然间她就站在我跟前,湿漉漉的游泳衣紧紧地绷在她那像男孩一样苗条的身上,"您在这儿,唉,多懒啊!现在快上吧,懒虫,人家都差不多游到那边岛上去了。"我舒舒服服地仰天躺着,懒洋洋地伸欠着身子:"在这儿舒服多了,我待会儿过去。"

"他不肯来!"她大笑着把手套在嘴上像吹喇叭似的向水面的方向叫道。"把这吹牛大王扔到水里去!"讲师的声音像回音似的从远处传来。"您就来吧,"她性急地催我,"您可别丢了我的脸。"可我只是懒洋洋地直打呵欠。这时她又像玩笑又像生气地从树丛中折了一根树枝。"快上啊!"她使劲地重复了一遍,在我胳臂上抽了一下,叫我振奋起来。我直跳起来:她这一下抽得太猛,我的胳臂上露出了细细的一道血印。"现在我更不去了。"我说道,既开玩笑又微微发火。可是现在,她真的火了,她命令道:"走啊!马上就走!"我犟脾气发作,一动不动,她就又抽了一鞭,这次更狠,抽得火辣辣的。我猛地一下子跳起来,愤怒地夺下她手里的枝条,她直往后退,可我抓住她的胳臂。在争夺这根枝条的时候,我们两个半裸的身子不由自主地碰在一起。我现在抓住她的手臂,拧动她的关节,逼得她丢掉手里的树枝。她直往后退,身子拼命往后弯,这时突然啪的一响——她游泳衣左肩的搭扣扯掉了,左边那块布掉下,露出她的左胸,她胸脯上坚挺的红色花蕾直冲着我。我不由自主地望过去,只看了一秒钟,但已使我头晕目眩:我浑身哆嗦,羞愧无比地放开她那被我抓住的手。她满脸通红,转过身去,用一根发针凑凑合合地把搭扣拴在一起。我站在一旁,不知道该说什么,她也一声不吭。此时此刻我俩之间出现了一种令人窒息的强压下去的骚动不宁的情绪。

"喂……喂……你们两个在哪儿?"——从小岛那儿传来叫喊的声音。"嘿,我就来。"我急急忙忙地回答,猛地一下扎进水里,因为没有陷入新的迷乱,而暗自高兴。我在水下猛划几下,体验到能推动自己向前的这种令人鼓舞的欢乐,感觉到水这种毫无感觉的元素的清澈和阴凉,于是我周身血液的这种危险的流淌和涌动,便被更为强大明朗的欢乐猛地一下冲走。我很快就赶上了他们两个,向那位身体虚弱的讲师挑战,去进行一系列的比赛,每次我都获胜。我们游回那个沙洲,她留在那里,已经穿好衣服在等候我们,然后她就从我们随身带来的篮子里取出食物在野外欢快地举行一次野餐。可是尽管我们四个人疯疯癫癫地打趣说笑,我们两个总不由自主地避免互相搭话:我们有说有笑,仿佛都绕开我们自己。我们目光相遇的时候,总是心照不宣,感觉相似地匆匆避开:那个事件引起的难堪还没有平复,我们彼此怀着羞怯的惴惴不安的心情感觉到对方还记得这事。

下午又重新划船,时间很快度过,但是强烈的运动激情渐渐削弱,取而代之的是舒适的疲劳感。葡萄酒、暖意、灼热的阳光渐渐渗入我们的血液,使它流动得更为迅速。讲师和他的女友已经毫不在意地做出卿卿我我的动作,我们两个只好怀着某种难堪的心情听任他们亲昵。他们两个挤得越来越近,而我们则依然战战兢兢地保持一定距离。可是我们四人成双成对,变得越来越明显。那两个热情奔放的情侣走在林中小径上喜欢落在后面,显然是为了可以不受干扰地亲吻。我们两个留在一起,可总是有些拘束,影响我们谈话。最后我们四个又坐上火车,大家都心满意足,他们两个是预感到即将到来的新婚之夜,而我们两个则是终于摆脱了这样难堪的处境。

讲师和他的女友一直送我们到家。我们两人独自爬上楼梯:刚走进那幢房子,我又感觉到他的存在发出折磨人的强烈而狂乱的警告。"但愿他已经回来!"我焦躁不耐地想道。她仿佛从我的嘴唇上看出了这个没有发出的叹息,说道:"我们看看,他回来了没有。"

我们走进寓所,里面一片寂静。在他的书房里一切都和他离去时一样:在那张空落落的椅子上我那激动的心情无意识地似乎看到了他那腰背缩成一团的可悲的身影。但是稿子还放在那里,没有动过,和我自己一样,在等待着他。于是我又生起气来:他为什么逃跑?他为什么把我一个人抛下不顾?那含有妒意的愤怒越来越狂暴地升到我的喉头,于是那愚蠢的狂乱的欲望又阴沉地从我心头涌起,想做点什么恶毒的、充满仇恨的事情来伤害他。

他太太跟着我:"您待在这儿吃晚饭吧?您今天晚上可别单独待着。"她怎么会知道我害怕走进那空落落的房间,害怕听见楼梯的咯吱咯吱声,害怕沉思默想,进行回忆:我心里的一切她都猜得清清楚楚,每一个没有说出口的想法,每一种邪恶的欲望她都猜了出来。

一种莫名的恐惧向我袭来,我对自己感到恐惧,对我心里四下乱窜的仇恨感到恐惧。我想拒绝,可是我胆怯,不敢说不。

我一向憎恶通奸,倒并不是由于一种强词夺理的道德,不是由于古板拘谨,端庄贞静,也不是因为它意味着在暗中行窃,霸占别人的身体,而是因为,几乎每个女人在这种瞬间总是出卖她丈夫的最深的秘密——每个女人都是大利拉①,偷走了被欺骗的丈夫的最人性的秘密,把它告诉一个陌生人,暴露她丈夫的力量所在,或是暴露他的弱点②。我并不认为女人委身于他人是个背叛,背叛在于,她们为了自我辩解,几乎总是掀起遮盖丈夫阴部的遮羞布,就仿佛在这浑然不觉的丈夫熟睡之际让好奇的陌生人对他报以嘲讽的幸灾乐祸的讪笑。

我当时被盲目愤怒的绝望心情弄得心神慌乱,逃进他太太的拥抱之中。起先她只是充满同情,后来才变得柔情满怀,一种感情飞快地滑进另一种感情。直到今日,我并不觉得这是我一生中所做的最卑鄙无耻的下流事情(因为这事是在无意之中发生的,我们两个不知不觉地跌进这烈火燃烧的深渊之中),我觉得最最无耻的是我睡在那灼热的枕头上还让她把他的最隐秘的秘密说给我听,我竟听任这个受到刺激的女人把他们婚姻生活中最深的秘密泄露出来。为什么我不把她推开,而要容忍她告诉我,多年来他都不碰她的身体,她用模糊的暗示絮叨了半天:我为什么不疾言厉色地叫她住口,不要泄露他男性的最隐秘的秘密?但是我这样急于知道他的秘密,如此迫切地想知道他对我,对她,对所有的人都有罪,以至于我如醉如狂地把她受到冷落的这个愤怒的自白听在耳里——这和我自己遭到摒弃的感觉是多么相似! 于是我们两个出

---

① 《旧约》中大力士参孙之情妇,受非利士人贿赂,出卖参孙,把参孙的弱点告诉他们,致使参孙被擒。参看《旧约·士师记》第十六章。
② 参孙的力量在他的头发,剃去了他的头发,他就荏弱无力。

于迷乱的共同仇恨做出了和爱情相仿的事情；但是我们的身体互相探寻，紧紧拥抱，我们两个却不停地想到他，一再只谈到他。有时候她说的话使我痛苦，我因为陷进了我憎恶的处境而感到无比羞愧。但是压在我下面的身体不再服从自己的意志，它在自身的欢乐之中疯狂地扭动，我浑身战栗地亲吻着那张嘴唇，它却背叛了我最亲爱的人。

第二天早上我悄悄地溜到楼上我的房里，舌头因为恶心和羞耻而苦涩不堪。等到她肉体的温暖不再使我的感官迷乱，我便感觉到那明亮刺眼的现实，以及我的背叛行为的可憎。我立刻知道，我永远也不可能再走到他的面前，我永远不可能去握他的手：我不是盗窃了他而是盗窃了我最珍贵的东西。

现在只有一个救星，那就是逃走。我发寒热似的把我所有的衣物放进箱子，把书码起来，把租金付给房东太太。不能让他再找到我，我也得就此消失，无缘无故神秘莫测地消失，就像他从我面前消失一样。

可是就在我忙乱之际，我的手突然僵住不动，我听见木头楼梯上咯吱咯吱的响声，有匆忙的脚步声上楼来了——他的脚步声。

我想必变得像死人一样脸色灰白，因为他一走进房门，就吓得叫了起来。"你怎么啦，孩子？病了吗？"

我往后直退，他想走近我，扶住我给我帮助，我避开了。

"你怎么了？"他惊恐地问道，"你出什么事了吗？还是……还是……你还在生我的气？"

我痉挛地向着窗户靠了过去。我没法正眼看他。他那关切的温暖的声音在我心里好像拉开一道伤口：我眼看就要晕倒，我心潮起伏，一股滚烫灼热的羞耻的热浪，灼热的、极为灼热的，燃烧的、焚烧一切的羞耻的洪流在我心头涌起。

但是他也惊讶而慌乱地站在那里,突然间——他的声音变得非常细小,非常迟疑——他悄声提出一个奇怪的问题:"有什么人……告诉你什么……关于我的事情了吗?"

我做了一个否认的动作,没有完全把身子转向他,可是仿佛他心里出现了什么叫人害怕的念头,他顽固地重复问道:

"告诉我……坦白地跟我说……是不是有什么人跟你说了什么……关于我的什么事……有什么人是不是,我不问是谁。"

我又否认了一遍,他惘然不知所措地站着,可是一下子他似乎注意到我已经装好了箱子,我的书也已整理就绪,他来了正好打断了我最后出发的准备工作。他激动地走过来:"你想走,罗兰特,我看出来了……告诉我是怎么回事。"

于是我振作起来:"我必须走……请您原谅我……但是我没法谈这事……我会写信告诉您的。"更多的话我说不出来,我的嗓子哽得厉害,我每说一个字,心脏都突突直跳。

他僵直地站着。然后突然间他又显出那种疲惫的样子。"也许这样更好,罗兰特……是啊,不错,这样更好……对你对大家都更好,但是趁你还没走,我要和你再谈一次,七点钟,老时间你来……那时候我们好好告别,像男子汉对男子汉……千万不要逃避自己,不要写信……这样太孩子气,不符合我们的身份……再说,我要告诉你的事情,不宜于诉诸笔墨……这么说,你会来的,是不是?"

我只是点点头。我的目光还依然不敢从窗口移开,但是我已丝毫看不见清晨的明亮,在我和大千世界之间隔着一层厚厚的黑色的帷幕。

七点整我最后一次走进那间心爱的房间:早到的暮色通过门窗使全室朦胧,房间深处像光滑的石头的大理石也不再发光,书本全都在它们发出乳白色闪光的玻璃窗后面沉沉昏睡。这是我回忆中神秘的地方,在这里语言对我具有魔力,我在这里比在任何其他地方都更加深切地体验到精神的陶醉和欢快——我到现在还一直看见在这临别时刻的你,还一直看见你那可敬的身影,看见这身影现在如何缓缓地、缓缓地离开椅子的靠背,带着阴影,向我迎面走来:只有额头在黑暗中发出一道圆圆的光,犹如一盏雪花石膏的灯,上面涌动着一股飘拂的烟雾,是这位老人的白发。现在有一只手从下面艰难地抬起,它在找我的手,现在我认出这双眼睛严肃地望着我,我已经感到我的手臂被温柔地抓住,我被领过去坐在他的椅子上。

"坐下,罗兰特,我们讲讲清楚。我们都是男子汉,应该真诚相待。我不逼你——但是,这最后一小时也让我们之间把一切都谈得明明白白岂不更好?好,你说吧,为什么你要走?是因为那无谓的侮辱而生我的气吗?"

我摆摆手予以否定,这个被欺骗的人,这个遭到出卖的人,还想把罪过揽在自己身上,这个念头太可怕了!

"除此之外,我是不是有意无意地伤害了你?我有时候很怪,这我知道。我有时违反本意冒犯了你,折磨了你。我从来也没有为你对我的所有关切表示过足够的感谢——这我知道,我知道,这我一直都知道,即使在我使你痛苦的时刻我也知道这点。难道这是你要走的原因吗?告诉我,罗兰特,因为我希望我们能诚实地互相告别。"

我又摇了摇头:我没法开口说话。他的声音一直非常坚定:现在开始微微有些慌乱了。

"还是说……我再问你一遍……有什么人跟你说了一些关于我的什么事情……什么你觉得下流,觉得令人反感的事情……什么让你看不起我的事情？"

"没有！没有！……没有！……"我的抗议像一阵抽泣直喷出来：我会看不起他！看不起他！

现在他的声音变得不耐烦了："那么是什么呢？……还可能是什么事呢？……你干活干累了？……还是说有什么东西吸引你离去？……一个女人……是个女人吗？"

我沉默不语，这个沉默大概有些异样，他觉得像是肯定了他的问题。他于是弯下身子，凑近一些，非常轻地悄声耳语，但是并不激动，丝毫不激动也不愤怒：

"是不是为了个女人？……我的太太？"

我一直沉默不语，他明白了，一阵战栗传遍我的全身：现在，现在他要发作了，他要扑向我殴打我，狠狠地揍我一顿……而……我几乎渴望着他抽我一顿鞭子，鞭打我这个小偷，这个叛徒，渴望着他用鞭子把我像头癞皮狗似的从他遭到玷污的家里打出去。可是奇怪……他保持完完全全的平静……他沉思地喃喃自语，听上去几乎像是如释重负："我其实早就可以想到这个。"他在屋子里来回踱了两圈，然后在我面前站住。我几乎觉得他是用轻蔑的口气说道：

"你把这事……这事看得这么重？她难道没有跟你说，她是自由的，她无论干什么，要什么，都随她便，我没有权利管她？……没有权利禁止她干什么事情，我也毫无兴趣去禁止她什么……为什么要她为了照顾什么人，恰好在你身上要控制自己呢……你年纪轻轻，气宇轩昂，一表人才……你和我们很接近……她怎么会不爱你呢，你这个英俊的美少年，她怎么会不爱你呢……我……"他的嗓音突然开始颤抖起来。他弯腰凑近我，近到我都感觉到他的呼吸。我又一次感到他的目光温暖地拥抱着我，我又感到那奇怪的光芒,就像……就像在他和我相聚时的那些罕见的奇特的时刻,他越来越挨近我。

然后他轻声耳语,他的嘴唇几乎动都不动:"我……我可也爱你啊!"

我霍然跳了起来吗?我不由自主地吓得直往后退?但是我身体想必显出了一个深感意外的想要逃跑的姿势,因为他像被人推了一下,踉踉跄跄地走开了,他的脸上堆起一团阴影。"你现在看不起我?"他轻声问道,"你现在觉得我很令人反感?"

我为什么当时无言以对?为什么我只是默默地坐在那里阒无生气,窘迫万状,了无感觉,而不是向这个恋人走过去,消除他那荒唐的忧虑?但是当时各种回忆在我心头疯狂地翻腾,仿佛有一种密码一下子破译了传递所有那些难以参透的消息的语言,于是我现在豁然开朗,一切全都明白了。他那温柔的态度,他那突兀的自卫,我深受震撼地懂得他那次贪夜来访,以及他无情地逃避我那热情奔放的激情。爱情,我一直觉得他怀有爱情,缠绵羞怯的爱情,时而像潮水般涌来,时而又遭到强力的抑制。我曾经爱过这个爱情并且在每一股向我倏然飘来的目光中享受过这个爱情——但是,当爱情这个字眼现在从这个胡子拉碴的嘴里说出,带着性感温存的声调,我的太阳穴上立即响起嗡嗡的声音,既甜蜜又可怕。尽管我心里对他怀有强烈的谦卑同情,我这个心慌意乱浑身颤抖突然遭到袭击的男孩,竟对他那出人意表地向我披露的激情无言以对。

他心灰意冷地坐着,凝视着我的沉默的脸。"这么说,这事对你来说竟是这样的可怕,这样的可怕。"他喃喃自语,"连你……那么说,连你也不原谅我,连你也不原谅我。我对你紧闭双唇,几乎为之窒息……我向你隐瞒了我向任何人都没有隐瞒的事情……但是,宁可你现在知道这事,这样,它就不再压在我心上了……因为我已经感到不胜负担……啊,实在不胜负担……宁可有个了断也比沉默和隐瞒更好……"

这番话充满了悲哀,充满了柔情和羞愧;这断断续续的语气一直侵入到我的心灵深处。我感到羞愧万分,我在这个人面前竟然这样冷冰冰地,这样麻木不仁冷若寒霜地保持沉默,我从他那儿得到的东西远远超过得自其他任何人,而他竟然这样无谓地在我面前自轻自贱。我的心灵急于给他说些安慰的话语,但是我的嘴唇,我颤抖的嘴唇不听使唤。于是我就这样窘态毕露,可怜巴巴地蜷缩着坐在那里,在软椅里缩成一团,他几乎有些生气地给我打气:"别这么坐在那儿,罗兰特,别不吭气,怪吓人的……振作起来……你难道真的觉得这事这么可怕吗?你难道真的为我这样感到羞耻?……现在可是一切都过去了,我把一切都告诉你了……让我们至少体体面面地互相告别吧,就像两个男人,两个朋友分手时应该有的样子。"

但是我依然控制不住我自己,这时他碰了碰我的手臂:"来,罗兰特,坐到我这儿来!……既然你知道了,既然我们之间终于一切都已明朗,我心里也就轻松了……我起先一直害怕,你会猜出来,我觉得你是多么可爱……后来我又希望,你自己会感觉出来,这就省得我向你坦白陈述了……但是现在事情已经发生,我也就释然了……现在我可以无拘无束地跟你说话,我跟任何人都从来没有这样说过。因为你在这些年里比任何人都更加亲近我……我从来没有像爱你这样地爱过任何人……也没有一个人像你这样,我的孩子,唤醒了我心里最终的活力……所以你在临别时也该比任何人对我了解得更多,在这几小时里我如此清楚地感觉到你的询问,你的沉默的询问……就你一个人应该了解我整个的一生。

你要我把这一切告诉你吗?"

从我的目光,从我慌乱、惘然而又震惊的目光中他看出我要他说。

"那就过来一点……往我这儿靠……这种事我不能大声诉说。"我向他俯过身去,我必须这样说:我是温驯地俯过身去。可是我刚在他对面坐定,等待谛听,他又站起身来:"不行,这样不行……你不能在我讲话时直盯着我……否则……否则我没法说。"他一下子把电灯关掉。

黑暗向我们袭来,我感觉到,他就近在咫尺,我从他的呼吸感觉到这点。他的呼吸沉重,在看不见的什么地方发出痰喘似的声音,突然在我们两人之间响起一个声音,向我诉说他整个的一生。

四十年前的那天晚上,这位最最可敬的人把他的命运像枚坚硬的蚌壳似的展现在我眼前。从此以后,我觉得我们的作家和诗人在书里叙说的异乎寻常的事情,戏剧在舞台上演出的可歌可泣的悲剧,我总觉得全都宛若儿戏,无足轻重。这究竟是为了方便,出于怯懦或者过于短视,以至于他们大家总是只描绘生活的上半部光辉普照的部分,那里感官公开而又合乎规则地起着作用,而与此同时,在生活的地窖深处,在心灵的洞穴和沟壑里,激情的真正危险的野兽磷光四射地东奔西突,在隐蔽的角落以光怪陆离的各种方式纠缠在一起,或是互相融合或是互相撕裂?是不是妖魔似的冲动发出的灼热的耗人精力的气息,那滚烫的热血发出的浓雾,使他们惊惧?是不是他们害怕人类的溃疡会玷污他们过于娇嫩的双手?抑或他们的目光习惯于半明半暗的亮光,不再往下搜寻这些滑不留步,危险万分,满布腐朽的阶梯?可是对于熟知情况的人来说,再也没有比探寻隐蔽的快乐更大的快乐,再也没有比围绕在险境四周的战栗更为强劲的战栗,再也没有比由于羞耻无法摆脱的痛苦更为神圣的痛苦。

这里有一个人赤身露体地展现在我面前,这里有一个人,亲手撕开他最内在的胸脯,渴望着把他捶得稀烂,让受到毒化、业已焚毁、长满脓疮的心暴露出来。在这个憋了多年的坦白直陈里,透露着一种宗教徒自我鞭笞以期赎罪的狂野欢乐。只有一个一生感到羞惭,缩着脖子躲躲藏藏的人,才能这样如醉如狂地坦然畅谈,一吐为快。有个人在这里敞开胸怀,把自己的一生一段一段地吐露出来。在这个时候,我这个孩子生平第一次目不转睛地直窥进尘世感情的难以想象的深渊之中。

他的声音起先只是虚无缥缈地在房里飘荡,心情激动的一股朦胧的烟雾,秘密行径的模棱两可的暗示,可是恰好在这样费劲地控制激情的努力之中,让人感到那激情即将到来的强大力量,就像在一种快速的节奏之前,有某些使劲放缓的节拍,人们在神经里便预先感觉到那股狂劲。然后由一种内在的激情的狂风暴雨所激,图像便开始逐渐闪现,颤动着突显出来,然后才渐趋明亮。我起先看见一个男孩,一个羞怯内向的男孩,都不敢跟同学们说话,可是一股杂乱无章的、肉体上强烈要求的欲望驱使他激情如炽地去接近全校最俊美的男孩,可是一个在他过于温柔地接近时把他无情地一把推开,第二个则以极端露骨的话语把他嘲笑一番。更糟糕的是,他们两个把他这种有违常情的欲望公之于众——于是大家异口同声地对这个茫然不知所措的人冷嘲热讽,百般凌辱,把他像个麻风病人似的从他们欢快的群体中撵了出去。每天上学的道路变成了罪人赎罪之路,自己对自己感到厌恶,使得这个很早就被打上犯罪烙印的孩子,夜里也不得安宁:这个遭到摒斥的人觉得他有违常情的、可是起先只是在梦寐中表现出来的欲望纯属疯狂想法,是有辱人格的罪恶行径。

　　正在讲述的声音不安地时高时低。有一瞬间,它仿佛想要消失在黑暗之中。但是一声叹息又把这嗓音扬起,于是从那阴郁的烟雾之中又燃起新的图像,影影绰绰地、鬼气森森地排列起来。这个孩子变成了柏林的一名大学生,这座深藏隐蔽的城市第一次使他长期以来一直控制住的欲望得到满足,但是这些在阴暗的街道拐角处,在火车站和桥梁的阴影里进行的幽会,总是叫人恶心感到腻味,而且伴以恐惧,令人心悸。仓促的欢乐少得可怜,危机四伏因而阴森可怕,在大多数情况下幽会总是可耻地以敲诈勒索告终,而且每次都会一连几个星期把冰冷的恐怖留在身后,犹如拖着一条黏糊糊的蜗牛爬行的痕迹。在阴影与光明之间通向地狱之路:在阳光明媚工作繁忙的白天,精神滋养的水晶般的元素涤荡着这个研究者的心灵,夜晚则把这个激情沸腾的人一而再再而三地推到郊区的那些渣滓中去,推到那些无比暧昧,看见警察头戴的尖顶帽盔便仓皇遁逃的那帮家伙的圈子里去,推到烟雾弥漫的啤酒地窖中去,这种酒窖疑心甚重的大门只向露出某种微笑的人开启。为了小心翼翼地把每天生活中的这种双重性掩盖起来,不让外人的目光看到这墨杜萨①的秘密,白天无懈可击地保持一位大学讲师严肃庄重的态度,夜里去逛那罪恶世界,在摇曳的街灯的光影里经历羞于见人的冒险奇遇,而不被人认出,意志必须像钢铁似的绷紧。这个备受折磨的人一次又一次地振作起来,用自我控制的皮鞭把那脱离常轨的激情逼回正道,可是欲念又一次次地驱使他去干那暧昧危险的勾当。十年、十二年、十五年之久,和这无法治愈的激情发出的视而不见的磁铁一般的力量进行着摧折神经的搏斗,犹

---

① 希腊神话中的女怪,脑袋狰狞可怕,目光能使人化为石头。

如一次持续的痉挛。享受而不知其乐,羞耻令人窒息,渐渐地,那变得阴暗、躲躲闪闪的目光流露出对自己激情的恐惧。

后来,在他三十岁那年,他终于做出一次强劲有力的尝试,把他的车子拉上正轨。在一位亲戚家里,他认识了他后来的太太。这个年轻的姑娘模模糊糊地为他性格中的神秘性所吸引,向他表示了真挚的爱慕之情。这姑娘男孩似的身体和她富有青春活力的举止第一次短时间内迷惑了他的激情。他俩之间匆忙短暂的关系,战胜了他对女性的反感,他内心的障碍第一次得到克服。他希望凭着这种正常的关系,能够控制他那步入歧途的激情。他生平第一次找到了一个支点,能够对抗内心滑入险境的迹象。他迫不及待地渴望牢牢地稳住自己,于是在事先坦白自己的隐秘之后,迅速和这位年轻的姑娘结婚。他认为这一来进入可怕区域的退路已被切断,短短几个星期他过得无忧无虑;可是不久证明,这新的魅力无效,原先的欲望又变得顽固而强大。从此这个自己失望也使人失望的女人,只是充当一个虚有其表的摆设,为了对外掩饰他那旧病复发的激情。于是他的道路又惊险万状地沿着法律和社会的边缘,通向险象环生的黑暗之中。

这种内心的慌乱之外又添加了一个特别的痛苦:他获得了一个职位,这样的激情在这里就遭到了厄运。他先当了讲师,后来成为地位优越的教授,经常和年轻人打交道成了他本职的义务。英俊美貌的少年,在普鲁士文牍世界的一座无影无形的竞技场上的埃菲伯①们近在咫尺,呼吸、相闻,一再成为他的诱惑。他们大家——新的厄运!新的危险!——都激情奔放地热爱着他,并没

---

① 古希腊年龄在十八岁至二十岁之间的年轻男子。

有认出隐藏在这位教师的面具后面的厄洛斯①的真面目。倘若他的手(暗暗发抖的手)和蔼可亲地碰碰他们,他们便感到幸福。他们把热情浪费在一个不得不时时抗拒他们,控制自己心神的人身上。这是坦塔罗斯的痛苦②:必须严厉对付那急迫的激情,不断地和自己的弱点进行没完没了的斗争!每当他感到几乎要屈服于一次诱惑之时,他便突然匆忙遁逃。这便是那些越轨行为。他来去匆匆,疾如闪电,当时曾使我极为困惑:现在我在眼前看到了这种遁逃的恐怖的道路,逃到荒僻险径,逃进无底深渊。于是他总是到一座大城市去,在那里的偏僻角落里找到熟悉的人,下层社会的人,在这种聚会时遇见的,都是些衣衫污秽、娼妓似的青年,而不是怀着神圣的心情以身相许的年轻人。但是这种恶心,这种泥潭,这种反感,这种失望的有毒的洗涤剂正是他所需要的。这样他在家里,置身于对他满怀信赖之忱的学生当中,他又能坚定不移地稳住他的感官。啊,这都是些什么样的聚会啊——他的坦白陈述向我唤醒的都是些什么样的妖魔鬼怪,可又都是臭气冲天的尘世间的人物形象!因为这个天分极高智力过人的人,这个天生的像迫切需要呼吸一样需要形体之美的人,这个感情丰富、心灵纯净的大师,他不得不在那些只让知情人才进入的烟熏火燎墙壁发黑的下等酒店里遭遇人世间最大的屈辱:他在那儿领教散步道上涂脂抹粉的小阿飞提出的放肆要求,洒满香水的理发店小厮做出的娇媚甜腻的亲热劲头,穿着女人裙子的变性人发出的兴奋的窃窃娇笑,潦倒的戏子嗜钱如命,贪得无厌,嚼着烟草的水手粗野的温存爱

---

① 希腊神话中的爱神,性爱、欲念的象征。
② 希腊神话中宙斯的儿子。因欺骗众神受到惩罚,永远受饥渴的煎熬。他站在湖水之中,口渴思饮,水即退却,腹饥思食,挂果的树枝立即弹开。坦塔罗斯的痛苦,即可望而不可即之苦。

抚——那背离正轨的性,就在城市最低下的边缘,在所有这些扭曲变形,心惊胆战,颠三倒四,光怪陆离的形式中寻找并且认出自己的同类。所有的屈辱,所有的侮辱和暴力他都在这些又湿又滑的道路上遇到:他不止一次地被人洗劫一空(他过于虚弱,过于高贵,没法跟一个马夫斗殴),失去了怀表,失去了大衣,而且还在那家蹩脚的郊区旅店里被那位喝得酩酊大醉的伙伴肆意嘲笑一通之后才回到家里。敲诈勒索的人对他紧追不舍,有个家伙好几个月步步追逼,一直跟到大学,大模大样地坐在听众席的第一排,带着一脸油滑的奸笑望着这位全城闻名的教授,还不时冲着他亲热地眨巴眼睛。教授浑身哆嗦,费了九牛二虎之力才勉强把这堂课讲了下来。有一次——他连这事也向我坦白,我听了心脏都停止了跳动——他午夜时分在柏林一家低级下流的酒吧里和一帮家伙一起被警察连窝端走:一个大腹便便,腮帮通红的警官脸上挂着那种下级公务人员终于能对一个知识分子显显威风的冷冷嘲笑,挺胸叠肚,神气活现地记下这位浑身哆嗦的先生的姓名和职位,最后算是开恩,对他说,这次他还不受惩罚,得以开释,不过从此以后他的名字可就记在某个名单上了。久坐酒气熏天的酒馆之中,衣服上就会沾染上那种味道,同样在他自己的这座城市里,想必也在某一个莫名其妙的地方开始,渐渐窃窃私语传出谣言,因为就像当年在中学的班级里,在同事圈子里,人们越来越明显地突然缄口不语,不再致意问候,直到最后这里也出现那种玻璃一样透明的陌生空间,把这个始终孤独的人和大家彻底隔离开来。在他封锁得严而又严的住所里,完全处于隐蔽状态之中,他还一直觉得有人在窥伺并且认出他来。

上天对这个备受折磨惊恐万状的心灵从未开过恩,让他得遇一个心术纯正思想高洁的朋友,他那男性的、强烈的柔情也从未得到相应的回报:他总是不得不把他的感情分为上下两层,上层分给和大学里那些年轻的精神伙伴的充满柔情渴慕的交往,下层则分给那些在黑暗中结交的同伴,早上想起他们只会使他不寒而栗。这位已经开始衰老的人从来没有经历过纯真的爱情,一位少年献给他的发自内心的爱情。失望之余,心力交瘁,在荆棘丛生的灌木丛中追逐奔突,神经已经颓丧,这个自暴自弃的人早已认为自己已被掩埋——这时突然间有一个年轻人闯进了他的生活,激情满怀地冲着他、冲着这个已经上了年纪的人走去,用自己的语言自己的心灵表现自己乐于奉献,热情洋溢地接近他,接近这个浑然不觉受到震惊的人。面对这个他早已不再期望的奇迹,他吓了一跳,他觉得自己已经不配接受这样纯洁、这样无意识地向他献出的馈赠。青春的使者又一次来临,英俊优美的体态,激情如炽的思想,为他燃起精神的火焰,通过精神感应的纽带温柔地和他拴在一起,渴望得到他的激情,对于这种激情的危险毫无感觉。厄洛斯的火炬在这无知的灵魂之中燃烧,他像那呆子帕西法尔①一样英勇无畏和浑然不觉,他俯身凑近那中了毒的伤口,不知魔术的威力,也不知他的来临便已带来了痊愈——这个被人期待了一辈子之久的人,来得实在太晚,在夕阳西下暮色四合的最后时刻走进这个屋子。

这个形象一经描绘,他的嗓音也从黑暗之中升起。一股明亮的光泽似乎涤净了这个嗓音,深沉的共鸣的柔情赋予它音乐性,因

---

① 德国中世纪同名诗体小说中的骑士。茨威格在此主要指的是瓦格纳根据这一小说创作的同名歌剧的主人公。剧中的帕西法尔是个性格纯正的傻小子,迷恋骑士生涯离家出走,寻找圣杯城堡,历经艰险。他对魔术师所施的美人计浑然不觉,不受诱惑,终于解救了为毒矛所伤的圣杯国王阿姆福尔塔斯,以及为魔术所囚的美女孔德丽。

为这张能说会道的嘴谈起了这个年轻人,这个迟到的情人。我因为激动,感到幸福而浑身发抖,但是蓦然间——我心头好像重重地挨了一槌,因为我老师谈到的这个生机勃发的年轻人,这就是……这就是……我感到满面羞红……这就是我自己:我仿佛看见我自己从火焰燃烧的镜子里走了出来,身上披着未曾预料到的爱情的强烈光芒,以致它的反光把我烧焦。不错,这就是我——我越来越清楚地认出我自己,我那急切冲动、热情洋溢的样子,狂热地想要亲近他的愿望,那欲念强烈的快感,单凭精神还不足以使它满足,认出我这个傻里傻气秉性狂放的少年,不谙自己的力量,再一次在这个阴沉抑郁的人心里唤醒了生机勃勃的勇于创作的萌芽,再一次在他的灵魂里点燃了厄洛斯由于疲惫业已倾覆的火炬。我这时无比惊讶地认出,我这个胆怯腼腆的人对他意味着什么,他喜欢我的奔放激情,把它看成他这个年龄获得的最为神圣的惊喜——我同时浑身战栗地认识到,他的意志在这里向我逼来,何等强劲有力:因为他恰好不愿从我这个纯粹的情人这里受到嘲笑,遭到推拒,不愿从我这里获得因为肉体受辱而引起的震颤,不愿把命运勉强给予的这最后的恩赐去供感官欢乐嬉戏。因此他对我强烈渴望亲近便这样坚决地予以抵抗,把冷嘲热讽像冰水似的猛地泼来,驱赶我那涌流的感情,把柔和的朋友之间的话语一变而为拘谨强硬的交际辞令,控制住他那温柔地与人相握的手——只是为了我的缘故,他迫使自己举止乖张,态度粗暴,而这一切都是为了让我冷静下来,使他能够自我控制。可是若干星期下来搅得我六神无主。那天夜里的感情纠结,场面混乱,如今映现在我眼前,清晰得可怕。他当时为强劲无比的欲念所驱使,像梦游者似的,踏着咯吱咯吱直响的楼梯爬上楼来,然后以那句侮辱人的话语拯救了自己也拯救了我们的友谊。我战栗着,深受感动,像发烧一样的激动,心里充满了同情,我终于理解,为了我的缘故他受了多少痛苦,为了我的缘故他多么英勇地控制着自己。

这黑暗中的声音,这黑暗中的声音,我多么清楚地感觉到它一直侵入我心灵的最深层!在这个声音里有一种先前从未听见过,后来也从未听见过的声调——一种发自灵魂深处的声调,一般平庸的命运从未触及这样的深处,一个人在一生中只有一次对一个人这样说话,说完之后就永远沉默,就像传说中的天鹅,只在垂死之际才会绝无仅有地扬起一次它沙哑的嗓音歌唱。我把这热烈地向前挺进,灼热地步步紧逼的声音战栗而痛苦地吸收进我的身体,犹如一个女人接受一个男子……

倏然间这个嗓音一下沉默,只有黑暗隔在我俩之间,我知道他近在咫尺,我只消举起手来,伸出的手就能触及到他,我心里有强烈的欲望,想要安慰这个受着煎熬的人。

可是他动了一下。灯光蓦然亮起,一个人影,疲倦衰老,受尽折磨地从圈手椅上挣扎着站了起来——一个精疲力竭的老人步履缓慢地向我走来。"别了,罗兰特……现在我们之间不要再说什么!你到这里来了,这是好事,现在你离去,对我俩都有好处……别了……让我和你吻别!"

仿佛被魔力所驱使,我摇摇晃晃地向他走去。那股幽暗微弱的火苗平素像被浓密烟雾压了下去,现在又在他眼睛里燃烧起来:熊熊的火苗腾地一下子从他眼里升起。他把我拉近他的身体,他的嘴唇如饥似渴地紧压着我的嘴唇,他浑身一阵痉挛,把我的身体使劲地搂在怀里。

我还从来没有从一个女人那里得到过这样的一吻,疯狂绝望的一吻,宛如临终时的一声呼喊。他的身体颤抖似的痉挛也传到我的身上。我浑身哆嗦,被一种既陌生又可怕的感觉双重地控制住——我以整个心灵奉献出去,但是因为身体被男性触及心生反感而进行反抗,于是深深地受到惊吓——感情一片混乱,把我受压抑的一秒钟延伸成为令人麻木不仁的漫长时间。

他这时放开了我——猛地一震,就仿佛一个身体被强暴地撕成两半——他吃力地转过身去,跌坐在圈手椅里,把背冲着我:好几分钟一动不动地向前方探着身子。渐渐地他感到脑袋过于沉重,这才更加疲倦,更加无力地弯下身子,然后就像有一个过分沉重的东西,一个摇晃了许久的重物突然跌入深处,他那向下低垂的额头沉重地落在书桌上,发出一下沉闷的硬邦邦的响声。

无限的同情在我心里涌流回荡。我不由自主地向他走近,但是这个坍塌的背脊又突然一阵痉挛伸直起来,他回过头,从他紧紧蜷在一起的双手的空隙里沙哑而沉闷地以威胁的口气发出呻吟:"走开!……走开!别动!……别走过来!……看在上帝的分上……看在我们两个的分上……现在走吧……走吧!"

我明白了。我浑身战栗地往后退去,像逃跑似的离开了这个我心爱的房间。

从此我再也没有看见过他,也从来没有收到过他的一封信或者一则消息,他的作品一直没有出版,他的名字被人遗忘;没有一个人比我更了解他。但是我还像当年那个心中无数的男孩,直到今天依然感到:无论是在他之前的父母,或在他之后的妻儿,我对谁也没有更加感谢过,也从来没有更加爱过任何人。

(1927)

(张玉书 译)

里昂的婚礼[*]

一七九三年十一月十二日,巴雷尔[①]在法兰西国民公会[②]针对发动叛乱、终被攻克的里昂城提出了那项杀气腾腾的提案,该提案以下面这两个简洁凝练的句子结尾:"里昂反对自由,里昂不复存在。"他要求拆除城里全部房屋,把这叛乱之城夷为平地,城里的纪念性建筑物应该全都化为灰烬,甚至该城的城名也应该取消。国民公会犹豫了八天之久,迟迟没有同意把法国的第二大城这样彻底地毁掉,即使在法令签署之后,人民代表库东[③]也只是采取拖拉的态度来对付这道杀人放火的命令,他心里有底,知道罗伯斯庇尔会默许他这种态度。为了虚张声势,他把民众召集到贝勒古广场上,场面非常壮观。他象征性地用银锤敲击一下决定毁掉的房屋。可是去砸那些建造得富丽堂皇的门面时,镐头总是迟疑不决,断头机用得更少,难得看见铡刀闷声闷气隆隆直响地砍将下来。这出人意料的温和态度使人们渐渐放下心来,被内战和长达几个月之久的围困弄得惊惶不安的城市又缓过劲来,敢于暗抱一线希

---

[*] 本篇于一九二七年八月在柏林《雕鸮》杂志上首次发表。
[①] 巴雷尔·德·维安差克(1755—1841),法国大革命时的激进分子。
[②] 国民公会,一七九二年九月二十一日至一七九五年十月二十六日期间的法国最高权力机构。
[③] 乔治·库东(1755—1794),法国革命时的激进分子。

望。可是这位心地仁慈、执行命令不力的人民代表被突然召回,取代他的是科洛·德布瓦①和富歇②。他们两个便身佩人民代表的绶带出现在阿弗朗希城——因为在共和国的法令里,里昂从此就叫这个名字。于是一夜之间,原来仅仅是一道措辞慷慨激昂借以吓唬百姓的敕令变成了狰狞可怕的现实。这两位新上任的人民代表在给公安委员会的第一个报告里这样写道:"迄今为止,这里毫无行动。"急迫之情,跃然纸上,他们想以此证明自己的爱国主义热忱,并且把那位态度较为温和的前任告了一状。他们立刻采取可怕的行动,来执行那道法令。人称"里昂刽子手"的富歇,日后当了奥特朗托公爵③。这位一切合法原则的捍卫者很不喜欢人家向他再提这些往事。

现在拆除房屋不再是用镐头一下一下慢慢地挖掘,而是埋上火药,把最最富丽豪华的房屋一排一排地炸毁。不再用"极不可靠、不敷需要"的断头机来行刑,而是用霰弹射击,集体枪杀,把几百个犯人一举消灭。司法机构每天得到新的严令,变得异常狠毒,大杀无辜,像镰刀似的,一天天把大群的人像麦秸似的割倒在地。把死尸装进棺材挖坑掩埋实在过于迟缓,那迅急奔流的罗讷河水早已把尸体冲走。嫌疑犯人山人海,几座监狱早已人满之患。于是公共建筑物的地窖、学校和修道院都用来收容犯人,当然只能暂时收容,因为死神的镰刀很快就会砍来,同一个人躺在同一堆稻草上取暖的时间,难得长达一夜以上。

---

① 让·玛丽·科洛·德布瓦(1750—1796),法国大革命时的激进分子,里昂大屠杀的执行者。
② 约瑟夫·富歇(1759—1820),法国政客,在大革命时期、拿破仑帝国及波旁王朝复辟时期均担任要职,被称为三朝元老。
③ 富歇在拿破仑帝国时期被封为奥特朗托公爵,任警察总监。

在血淋淋的那个月的某一天,冰冷酷寒,又有一群犯人被驱赶到市政厅的地窖里,在那里暂时待在一起,相处的时间短得可悲。中午的时候,这些犯人挨个带到政府委员面前,草草了事地随便一问,就决定了他们的命运。如今这六十四个犯人,有男有女,杂乱地坐在低矮的有拱顶的地窖里。那里昏暗潮湿,散发着酒桶和腐物的霉味。前屋的壁炉里,有一点微弱的炉火,与其说给这幽暗的地窖增添了热气,毋宁说给它染上了一抹红色。大部分犯人躺在各自的草袋上面,神情漠然,其余的人凑到那张唯一获准放在这里的木桌旁边,借着摇曳的烛光,急急忙忙地书写诀别信,因为他们知道,他们的生命将比这冷屋里发出蓝色幽光的蜡烛结束得更早。他们当中没有一个人不是用耳语的声调说话,于是从冰冷寂静的大街上传来的轰隆隆的地雷爆炸声,以及紧接着的哗啦啦的房屋倒塌声,听上去便分外清晰、沉重。由于事件的发展迅速异常,这批备受厄运折磨的苦命人已失去了细致感受、清晰思维的一切能力。他们大多数人一动不动、一言不发地靠在这阴暗的地窖里,就像待在他们的坟墓旁边,不再抱任何希望,也不关心周围的世界,心如死水,不起波澜。

晚上快七点钟的时候,门口突然响起一阵坚定有力的脚步声,枪托碰得直响,生锈的门闩被拉开,发出刺耳的尖音。大家吃了一惊,不由自主地抬起头来:莫非一反平素那可怜的习惯,连一夜也不让过,他们最后的时刻现在就已经来临?门开处,一阵寒风吹来,蜡烛的火苗直蹿,蓝幽幽的,仿佛想摆脱蜡烛,凌空飞去。随着烛光的颤动,人们心怀恐惧,不知即将来临的事情是凶是吉。可是一会儿人们又惊魂稍定,狱卒带来的无非是一拨新增添的犯人,人数大约二十左右。他默默无言地把他们带下阶梯,送进这间挤满了人的房间。并没有指给他们什么特定的位置。然后沉重的铁门又轰隆隆地重新关上。

囚徒们望着新来的犯人，目光并不友好，因为在人们的天性里有个奇怪的特点，不论在哪里，总是急急忙忙地适应环境，哪怕为时极其短暂，也希望安顿妥帖，仿佛这是他们的权利。所以，先来的囚徒已经不由自主地把这间空气滞重、发出霉味的房间，长了绿毛的草垫，壁炉旁的位置看成他们的私有财产。每一个新来的犯人在他们看来都是不招自来、会侵犯他们利益的家伙。而刚才带进来的这批犯人想必也清楚地感觉到先来的囚徒身上发出冷森森的敌意，尽管这种敌意在这死亡将至的时刻显得多么无聊。因为，说也奇怪，同是天涯沦落人，他们和先来的囚徒既不互相问候，也不彼此攀谈，他们并不要求在桌子旁边或草垫上面分得一角，而只是挤在一个角落里，沉默不语，心情沉郁。如果说在这之前，悬在拱顶上的寂静已经压得人难以忍受，那么现在由于无谓地激起的紧张空气，这种寂静更使人感到阴森逼人。

因此，有人突然发出一声呼喊，听上去就分外悦耳、爽朗，仿佛来自另一个世界。这是一声响亮的、几乎是颤抖的呼喊，它打破了室内的寂静，以不可阻挡之势，把最最麻木不仁的人也都从死水槁木般的心境中惊醒。这是刚才和别的犯人一起新来的一个少女，她突然跳了起来，像要摔倒似的，向前伸出双臂，颤声连呼："罗伯特！罗伯特！"向一个青年男子直扑过去。那个青年和另外一些囚犯隔开几步，待在一旁，靠着窗前的铁栅栏，这时也向那少女奔了过来。紧接着这两个年轻人身体紧紧偎依，嘴唇紧紧吻合，就像两股火焰合在一起熊熊燃烧那样恳切真挚。那涌流不止的欢乐之泪在他俩的面颊上交流，他们的呜咽像是发自同一个行将爆裂的咽喉。他们停顿片刻，不相信他们真的拥抱在一起，眼前的事情简直难以置信，不由得惊恐万状。可是一转眼，他们又重新紧紧拥抱,可能情绪更加炽热。他们一个劲地痛哭流涕,哀哀抽泣,连说带嚷,旁若无人,沉溺于无限的柔情之中,完全不顾身边的同伴。这些难友无比惊讶,因而也都振作起来,慢慢地挨近这对年轻人。

原来这位少女和市政府一位高级官员的儿子罗伯特·德·L……自幼青梅竹马,几个月前刚刚订婚。教堂里已经贴出他们即将结婚的公告,婚礼的日子恰好订在鲜血横流的那一天。就在这一天,公安委员会的军队进攻里昂。新郎在佩西将军的队伍里和共和国作战,这时自然有责任陪伴这位保王党将军去进行那绝望的突围。一连几个星期得不到新郎的消息,姑娘于是壮起胆子,暗存希望,认为新郎业已越过边境,安全到达瑞士境内。突然,市里的一个文书告诉她,密探打听出新郎躲在一个农家的田庄里,昨天已被押送革命法庭。大胆的姑娘刚一听到未婚夫被俘,无疑会被判处死刑的消息,立即以神秘莫测、不可理解的勇气把办不到的事情办到了,只有妇女在极端危险的瞬间才会有这种勇气。她亲自一直闯到不可接近的人民代表的身边,乞求人民代表为她的未婚夫开恩。她先匍匐在科洛·德布瓦的脚下,这位人民代表态度粗暴地一口回绝,说他对叛徒绝不开恩。姑娘紧接着跑去找富歇。此人心肠冷酷,并不亚于科洛·德布瓦,不过手段更加狡猾。他看见这年轻姑娘已经绝望,也受到感动,为了不让自己动心,便信口撒谎,说他很愿干预此事,去偏袒姑娘的未婚夫,可是他看见——说到这里,这位老奸巨猾、善于蒙骗别人的家伙便懒洋洋地透过手执的长柄眼镜向一张毫不相干的纸上扫了一眼——今天上午罗伯特·德·L……已在勃罗托的田野上被枪毙。这个诡计多端的家伙把姑娘完全给蒙住了:姑娘立刻相信未婚夫已经死去,可是她并没有像一般女人那样,沉溺于痛苦之中,不作任何反抗。此刻生命对她已经毫无意义,活不活都无所谓。她从头发上摘下革命的徽章,扔在地上用双脚猛踩,一面大叫大嚷,透过所有洞开的房门,到处都听得见。她骂富歇和他那些急急忙忙赶来的部下全是嗜血如命的暴徒、刽子手、胆小如鼠的罪犯。士兵们把她捆绑起来拖出房去的时候,她听见富歇在向他的麻脸秘书口授逮捕她的命令。

所有这一切——这个烈性姑娘几乎是欢欢喜喜地向围在旁边的人们说道——她已觉得无足轻重,不再放在心上。相反,一想到很快就能追随她那已被处死的未婚夫,她感到心满意足,无比陶醉。一切转瞬即逝,这种感觉透过她的全身,使她暗自欢欣。审讯时她干脆什么问题也不回答,甚至当看守把她和后来的那批犯人一起推进这座监狱的时候,她连眼皮也不抬一下。因为她知道心上人已死,她自己正幸福地在这死亡的路上向他靠近,那么,这个世界上还有什么事情使她牵肠挂肚?所以她也就完全漠不关心地在一个犄角里坐下。后来,她的目光刚刚适应屋里的黑暗,就发现一个年轻人的姿态与众不同。这个青年靠着窗口默默沉思,那模样和她未婚夫平常出神凝视的神情真是出奇的相似。她竭力不让自己心里产生这样一个荒谬虚妄的希望,尽管如此,她还是站了起来。恰好在这一瞬间,那个青年走近了蜡烛的光圈。她大吃一惊,真不明白在这魂飞魄散的一秒钟里,她竟然没有死去,因为她清楚地感觉到,当她突然发现那早已被认为惨遭杀害的未婚夫竟然活生生地站在她面前时,她的心像是一个活物要从她胸口跳将出来。事后她说起来还一直激动不已。

姑娘以飞快的速度急急忙忙讲了上面这番话。与此同时,她的手一直紧握着她心上人的手,一刻也不松开。她一个劲地紧紧依偎着她的未婚夫,一次又一次地重新投入他的怀抱,仿佛她对心上人就在身边还一直心里不大踏实。这两个年轻人表现出真挚缠绵的柔情,这动人的场景奇妙地使他们的难友内心受到强烈的震撼。这些人方才还麻木不仁,疲惫不堪,漠不关心,不动任何感情,此刻突然变得热情洋溢,情绪活跃,挤在这一对如此奇特地结合在一起的情侣周围。看到他俩这极不寻常的遭遇,每个人都忘却了自己的命运。每个人心里都有一种强烈的愿望,想对他们说句话,表示关怀、赞许或者同情,但是这情绪激昂的姑娘抱着一种如醉似狂的自豪神气拒绝接受别人的惋惜。她说,不,她很幸福,无比的幸福,因为她现在知道,她将在同一时刻和她的心上人一起死去,谁也不必去为对方悲泣。只有一点美中不足,那就是她不得不用她娘家的姓,她还不能作为她心上人已经婚配的妻子和他一同去见天主。

她这番话说得非常坦然,毫无企图,几乎刚一说完就已忘记。她一次又一次地和她的心上人热烈拥抱,所以没有注意到,罗伯特的一位战友被她的这一愿望所深深地感动,此时已小心翼翼地溜到一旁,和一位年纪稍大的男子开始低声耳语。他悄声说出的那些话似乎使那人非常震动,因为那人马上挣扎着站起身来,艰难地挪动脚步向这对情侣走去。他对他们俩说,他是图尔农的一个拒绝宣誓①的神父——他身上的农民装束其实根本叫人看不出他的身份——因为有人告密才被逮捕,来到这里。尽管他现在没有神父的衣裳,可他心里依然意识到他所担负的职务和他拥有的神父的权力。既然他俩的结婚公告早已宣布,何况两人已被判决,婚礼不容拖延,所以他乐于冒着风险,立即满足他俩这一完全合法的强烈愿望,在这儿,由他们的这些难友和那无所不在的天主作证,把他俩结为夫妻。

年轻姑娘做梦也没有想到,她的愿望能够又一次实现,她不胜

---

① 法国大革命时凡拒绝宣誓效忠革命政府的神父均遭迫害。

惊讶地凝视着她的未婚夫,脸上带着疑问的神情。她的未婚夫回答她的是一道喜出望外的发亮的目光。于是少女便在坚硬的石板地上屈膝下跪,亲吻神父的手,请求他就在这鄙陋的屋里为他们举行婚礼,因为她感到自己思想纯净,此刻完全充满了神圣的感情。在场的人听说这阴郁的死屋刹那间将变成教堂,内心深受震撼,不由自主地都被这位未婚妻的激动心情所感染,急急忙忙分头去做各式各样的事情,借以拼命掩饰自己内心的激动。男人们把为数甚少的几把椅子搬来排好,在一个铁制的钉在十字架上的耶稣像旁边把几支蜡烛排成笔直的一行,就这样凑合着把那张桌子布置成一个祭坛。妇女们则把富有同情心的人在她们入狱时慨然相赠的少量鲜花匆匆编成一顶细细的花冠,戴在姑娘的头上。这时神父和她的未婚夫一起走进旁边的房间,先听新郎的忏悔,再听新娘的忏悔。等到这对恋人走近这座临时的祭坛,屋里顿时鸦雀无声。有几分钟之久,屋里静得出奇,以致看守的士兵怀疑里面发生了什么可疑的事情,突然一下打开牢门,走进屋来。他一看见屋里正在准备进行的奇怪事情,他那张黝黑的农民面孔不由自主地变得神情严肃,充满了敬畏之情。他站在门口,不打扰他们,就这样在这不寻常的婚礼上,他自己也变成了沉默的证人。

  神父走到桌前,用简短的几句话宣布,人们若想谦恭地在天主面前互相结合,那么教堂到处都是,祭坛哪里都有。说罢屈膝下跪,在场的人全都随着一起跪下。屋里是那样的宁静,连微弱的蜡烛光也稳稳的,一动不动。然后神父在寂静中问道,他们两人是否愿意同生共死,永远结合。姑娘用坚定的声音回答:"愿意同生共死。"这个"死"字刚才还叫人不寒而栗,现在响彻这寂静无声的房间,清越、爽朗,不再有丝毫恐惧的味道。于是神父把他俩的手放在一起,宣布他们结为夫妻:"我奉圣母圣教会之命,以圣父圣子圣灵的名义把你们结为夫妻。"①

婚配仪式到此结束。新婚夫妇亲吻神父的手,囚犯们纷纷挤上前来,每个人都要向他们说一句特别亲切的话来表示心意。此时此刻没有人想到死。就是感觉到死的人,也不再感到恐惧。

与此同时,方才婚配时担任证婚人的那个朋友又和另外几个难友低声耳语,接着只见他们又开始奇怪地忙乱起来。男人们从旁边的小屋里把草包一个个搬出来,新婚夫妇还完全沉浸在梦幻般的婚礼之中,对于屋里的忙乱景象丝毫没有觉察。这时,那位朋友走到他们跟前,笑吟吟地告诉他们,在他俩新婚的大喜日子里,他和难友们很想赠送给新婚夫妇一件礼物,可是对于自己的生命都朝不保夕的人来说,还有什么人间的礼物可以馈赠!所以他们只想奉献一样东西,只有这个礼品才会使新婚夫妇感到愉快,觉得珍贵,那就是让他们两人安安静静地单独度过这一新婚之夜,这最后一夜。难友们宁愿自己在外屋再挤一挤,以便腾出那间比较小的里屋,完全供他们两人支配。那个朋友又补了一句:"充分利用这短暂的几小时光阴吧,生命流逝,片刻也不会再还给我们。在这种瞬间谁若有幸还能得到爱情,就该尽情享受。"

姑娘羞得满面通红,一直红到发根,可是她的丈夫却坦然地直视这位朋友的眼睛,感动地紧握他那兄弟般的手。他们一句话也不说,只是互相凝视。于是,没人大声指挥,男人们自动地排在新郎身边,妇女们排在新娘身边,大家神情庄严地举着蜡烛把一对新人送进那间从死神手里借来的斗室。由于心里充满同情,他们竟无意识地又想起了这种无比古老的婚礼习俗。

接着他们在新娘新郎身后轻轻地关上房门,谁也不敢对他俩

---

① 此处原文为拉丁文。

即将度过的新婚之夜说一句不得体的话或者开一个庸俗的玩笑。因为自从他们对自己的命运无能为力,可是还能分给别人一点幸福以来,一种特别庄严的感情一直默默地笼罩在大家心头。每个人心里都对这个婚礼暗自感激,它使他们分散心神,不去思考自己不可避免的命运。于是这些囚犯在黑暗中东一个西一个或醒或睡,各自躺在自己的草垫上,直到黎明。在这充满了众人呼吸的房间里,难得响起一声叹息。

等到第二天早上士兵们进来,要把这八十四个犯人带上刑场去的时候,发现大家都早已醒来,并且一切准备就绪。只有新婚夫妇睡的那间屋子还毫无动静,他们两人疲惫不堪,甚至枪托撞击的沉重响声也没有把他们惊醒。那位候相便轻手轻脚地跑进那屋,免得刽子手去粗暴地把这对幸福的新人唤醒。他俩松松地搂抱在一起,躺在那里。新娘的手放在新郎的颈后,像是忘了抽回来。即使在睡梦中脸上的表情凝固不动,他俩的脸庞也散发出幸福的光辉,松弛平和,使得那位富有同情心的朋友不忍心扰乱这样的安宁。但是他不能迟疑,只好先摇摇新郎,以急迫的心情提醒他身在何处。新郎迷迷糊糊地睁开眼睛,猛地想起自己的处境,便满腔柔情地把自己的妻子扶着坐了起来。新娘睁眼一看,像个孩子似的大吃一惊,这只是因为冰冷无情的现实来得过于突然。然后她冲着丈夫会心地微微一笑,说道:"我已经准备好了!"

新郎新娘手拉着手走进外屋,大家都不由自主地往两边闪开,给他们让道,于是无意之中这对新婚夫妇就在前面带路,领着犯人们走上死亡之途。尽管人们对上刑场的悲哀队伍早已习以为常,大家还是无比惊愕地目送这支奇怪的队伍渐渐走去。因为领头的这两个人,一个青年军官和那个头戴新娘花冠的姑娘身上散发出一种如此不同寻常的欢快情绪,可说是满有把握的幸福神情,即便是感觉迟钝的心灵也会充满敬畏之情,感觉到这里蕴藏着一个崇高的秘密。其他的囚犯也不像平时去法场受刑的死囚那样脚步踉跄、步履蹒跚地往前挪动脚步,而是每人都用火辣辣的目光,怀着坚定不移的信任,紧紧盯着这对新婚夫妇。他们两人出乎意料地三次实现自己的愿望,这两个幸福的人身上想必会再发生一个奇迹,一定会再发生一个奇迹,那最后的奇迹,从而使他们大家在九死一生的绝境中获救。

  然而人生中虽常有奇妙的事情,但真正的奇迹并不多见,当时在里昂城里成为家常便饭的事情终于发生了。这一伙人被带过大桥,领到勃罗托的沼泽地里,十二队步兵在那里等候着他们。平均三支步枪的枪筒瞄准着一个人。人们把这些囚犯一队队排好。一梭子子弹打来,把他们大家都撂倒在地。接着士兵们就把还在流血不止的尸体扔进罗讷河,湍急的流水麻木不仁地把这些陌生人的面孔和命运都冲到河底。只有那顶新娘的花冠从那位即将沉入江心的新娘头上轻轻地脱落,还在漫无目的地、非常异样地在滚滚向前的波浪上面漂浮了一阵。最后这顶花冠也终于消失了。关于那个从死神嘴边夺得的,因而值得纪念的新婚之夜的记忆也随之消失,久久被人遗忘。

(1927)

(张玉书 译)

女仆勒波雷拉*

作为一名公民,她的姓名叫克蕾申琪娅·安娜·阿罗伊西娅·芬根胡贝尔,当时三十九岁,本是齐勒谷①中一个小山村里的弃儿。在她的仆佣身份证里"体貌特征"栏中划了一条斜线,表示没有什么可记。然而,如果公务员们责无旁贷,必须描述反映性格的特点,那么只消抬头瞥她一眼,便一定会在那个地方填写:像一匹疲于奔命、骨骼粗大、干瘪如柴的山区驮马。这是因为下唇沉沉垂落的样子,略长而又线条粗糙、面孔晒得黑黑的椭圆形脸廓,尤其是蓬乱、浓密、一绺绺沾着垢腻搭在额上的头发,所有这些让人一看就觉得有几分马相。她的步态也透出倔强,透出阿尔卑斯山里溜花蹄的老爷马那种难以驾驭的驴骡般的脾性,这类牲口不分冬夏总是驮着木背架,总是磕磕绊绊地慢腾腾走在那里多石的山间羊肠小道上,闷气郁结,时而爬坡而上,时而顺谷而下。克蕾申琪娅干完了活,就像卸掉马笼头,这时她习惯于松松地合拢骨节突出的双手,斜拄着两肘,浑头浑脑地在那里发呆,如同养在厩里的家畜,仿佛各种感官都已经收拢进去。她身上的一切都给人以生

---

* 本篇于一九二九年在海岛出版社出版的小说集《小编年史》中首次面世。勒波雷拉是奥地利作曲家莫扎特(1756—1791)所作歌剧《唐璜》中唐璜的仆人勒波雷罗这个名字的阴性形式。

① 奥地利蒂罗尔的因河支谷,齐勒河流经此处。

硬、笨拙、沉重的感觉。她思想迟钝，领会极慢：任何初次形成的想法都像渗过一张难透的筛子，然后缓慢地滴落进她的意识深处。可是，一旦她接受了新鲜的东西，便顽强而贪婪地紧抓不放。她从不阅读，既不看报，也不翻阅祈祷书。书写让她犯难。她写在厨房账本上的那些歪歪斜斜的字母，竟然使人想起她自己那粗笨的、无处不见棱角的躯体，她全身显然没有任何清晰的女性外表。而且她的声音也像她的肢体、额角、臀部和两手那样粗硬，尽管蒂罗尔山民重浊的软腭音并不难发，可她却老是吱吱嘎嘎地结巴得厉害。——其实，这也不奇怪，因为克蕾申琪娅不对任何人多说一句话，也没有任何人看见她曾经笑过一回。在这一点上，她也完全同动物一样，因为或许比失去语言更要残酷的是：那些无意识的上帝造物未被赐予欢畅而奔放的表露感情的笑。

作为私生儿，她成了全村的累赘，就这样逐渐长大起来。十二岁时，她便受雇为做粗活的女仆；后来当了一间餐室的清洁工；最后由于她在一家车夫酒馆干活卖力，一股子韧性和犟劲引起了注意，被抬举进了一个体面的客栈做厨娘。在那里，她天天早上五点钟起来就开始干活：打扫，揩抹，生火，擦刷，拾掇，烹煮，捏弄，揉搓，挤压，洗涤，煎炸，一直干到深夜。她从来不度假，除了去教堂，从来不上街：圆形灶孔里那团灼人的火对她来说便是太阳；这些年来她劈开的成千上万块木柴就是她的树林。

男人们都不理睬她，或许是因为她咬紧牙关操劳了四分之一世纪，以致女性的千般风韵在她身上已无迹可寻，或许是因为她不通人情，不爱说话，见到有人表示亲近，便以粗鲁的态度相拒。她惟一的乐趣来自现钱。出于乡巴佬和老处女那种囤积居奇的本能，她固执地积攒着，免得到了老年又要无可奈何地在贫民院里吞咽村民施舍的苦涩粗食来苟活。

也仅仅是为了钱,这个浑人在三十七岁那年头一遭离开了蒂罗尔山乡。一个以介绍职业为生的女中间人在消夏时见她从早到晚在厨房和餐室里发疯似的干活,许诺她有双倍的工钱,说动她去了维也纳。在火车上,克蕾申琪①只是张开嘴巴吃东西,不对任何人说半句话。虽然同车的旅客和气地表示愿意帮她把装着家当的沉甸甸的草编篮子搁到行李网架上去,可是她却仍然把它抱着平放在已经给压得生疼的膝盖上,原因是:在她那大而无当的山民额头里,诈骗与盗窃是同大都市这一概念胶合在一起的。她到维也纳以后,最初几天,人们不得不陪着她去市场,因为她怕那些车,就像母牛怕汽车一样。可是到她认得了去市场的那四条马路,便不再需要任何人陪伴,独自挎着篮子,低头慢吞吞地从家门口走到摊档前,又回到家里,打扫,生火,像在原来那个灶头一样在另一个灶头拾掇,并未注意到有什么变化。晚上到了九点钟,和在山村里这个时候一样,她便上床,张着嘴巴睡得像一头野兽,直到第二天早晨闹钟嘎啦嘎啦响起来才醒。她不接近任何人,所以谁都不知道她是不是适应,或许她自己也不知道觉得怎么样。如果吩咐她做什么事,她也只是闷声闷气地回答:"哦,哦。"要是她不这么想,就把肩膀拱起来。那些乐天的女佣投去戏弄的目光,她都漠然置之,宛如水落兽皮一滑而过。只有一回,一个女工嘲讽地模仿她的蒂罗尔土腔,对这个难得开口的人不停地揶揄,这时她猛地从灶孔里抽出一根烧着的木柴,朝那个骇然叫喊的女仆扔去。从那一天起,大家都避开这个会陡然暴怒的女人,谁也不敢再讽刺她。

然而,每个星期天早上,克蕾申琪总会穿上打着细褶、张得很

---

① 克蕾申琪为克蕾申琪娅的简称。

开的裙子,戴起土气的盘形女帽去教堂。而只有一次,就在她到达维也纳后头一回出去那天,她曾试着随便闲逛。可是她不想搭乘电车,小心翼翼地沿着乱哄哄地在她身旁震颤不已的马路溜达,眼睛总盯住石头墙壁,所以只走到多瑙河边为止。在那里,她目不转睛地看着似曾相识的流水,然后转过身子,依旧沿着房屋,胆怯地避开车道,脚步沉重地从原路返回。这是第一次,也是仅有的一次出门,为的是了解一下情况,但是看来这一趟必定使她失望了。从此以后,她每逢星期天再也不外出,宁可干针线活,或者在窗边闲坐。她过的是犹如脚踏水车一样单调刻板的苦日子,大都会并未给她这种生活带来一丝一毫的变化,除了每到月底,她伸出双手接过来的不再是像以前那样两张,而是四张蓝票子①。这是一双历经风雨剥蚀、老是要伸进锅里变得不成样子、经常碰撞已无完肤的手。出于疑心,她每次都要把这些钞票验看好久。她不嫌麻烦地摊开这些纸币,简直是深情地把它们都捋平,然后将刚得的票子连同原来的那些一起放进从村子里带来的黄色雕花小木箱里。这只笨重、粗陋的小箱子就是她活着的全部秘密和意义所在。夜里她把钥匙放在枕头下面,白天收藏在哪里全家谁也不知道。

　　这便是这个怪人的习性(无论管她叫什么,她毕竟生而为人,虽然人类的常情通性仅仅在她麻木不仁、懵然无知地举手投足时方可窥见)——然而,或许恰恰需要这样的造化产物,才能够像蒙着眼罩一样,视而不见,心无旁骛,忍受得了在年轻的封·弗……男爵这个同样反常已极的人家当女佣。一般说来,仆役们在受雇和解约的法定限期一到,便再也不愿在这个动不动就吵架的环境里待下去。女主人经常用激怒的声调大喊大叫,甚至发展

---

① 纸币。

到歇斯底里的程度。她是埃森一个有钱的工厂主的女儿,韶华已逝,在某个疗养地结识了这个比她年纪小得多的男爵,便轻率地嫁给这个仪表堂堂、无处不显示出贵族门第魅力的轻浮子弟。可是蜜月刚过,新媳妇就不得不承认父母的反对有道理:他们不赞成匆匆忙忙结婚,特别注重要真心实意,要有才干能力。除了隐瞒多笔债务以外,这个很快就变得懒散的丈夫,不久又暴露出对单身时养成的浪荡习惯比结婚后应尽的本分更感兴趣。这个献殷勤属二流水平的小白脸心肠不坏,从内心深处看甚至随和可亲,像所有草率行事的人那样。但他对待世事满不在乎,百无禁忌,不屑于拿钱作本算利息,把它视作出身微贱者生性悭吝的狭隘行为。他要逍遥自在。她却要踏踏实实,循规蹈矩地过日子,这是莱茵地区市民特有的持家之道,可是这使他感到无法忍受。尽管她很有钱,但是对他的每一笔数额稍大的开支总是锱铢必较。这位精打细算的夫人甚至拒绝修建赛马场这一他最想实现的要求。到了这个地步,他觉得再没有必要为这个粗脖子、大块头的北德娘儿们恪守为夫之道了。她颐指气使地大声嚷嚷,实在教他听着难受。于是他像人们常说的那样,把她晾在那儿。他虽未疾言厉色,但还是毫不留情地拒斥了这个感到沮丧的女人。每当她对他口出怨言,他就好像关怀备至似的洗耳恭听,可是等到她训示完毕以后,他便借吞云吐雾把她那些情绪激动的告诫远远吹走,随后无拘无束地爱怎么干就怎么干。灰心的妻子对这种刁滑的,类乎公事公办的一团和气,比遇到任何形式的对抗都更加感到怨气难消。可是面对这种极有教养的,从不过火的,简直刺透人心的谦恭姿态,她只能徒唤奈何,因而郁结的愤恨就转而往另外一个方向喷发。她大声叱骂仆人,疯狂地向无辜者发泄她的本来有理,然而迁怒不当的怨恨。因而不可避免地产生这样的后果:两年之中,她不得不更换女佣至少十六次。有一回甚至还先打了一架,花大钱赔偿才得以了结。

只有克蕾申琪犹如雨中出租车前面的一匹马,尽管闹得天翻地覆,她却依旧木然不动。她不站在任何人一边,也不去理会发生了什么变化。她似乎没有注意到:那些来到她的身边,和她共居女仆房间的陌生人不断地变换着名字、头发颜色、身体气味和举动特点。她不同任何人说话,也不去管碰撞得乒乓乱响的房门、经常中断的午饭、无可奈何和举止失常的暴怒。她冷漠地从厨房走到市场,又从市场回到厨房,奔忙不已。她对这个隔绝的圈子以外发生的事情无动于衷。如同连枷无情地拍打谷物那样,她把一天又一天摔成零七八碎。就这样,大都市里的两年时光在她身边流逝,并无一事留下痕迹,也未扩展她心中的那块弹丸之地。只有一点是例外:小箱子里的蓝色钞票堆叠起来已高了一英寸,到年终她用沾湿的手指一张一张地清点时,发现积满一千这个具有神奇力量的数字,已经不再遥遥无期。

然而,偶然的事情怎么都会发生,就像金刚石钻头无坚不透一样。命运居心叵测,诡计多端,善于从完全意想不到的地方乘隙而入,如同砸开铁石似的,彻底震撼最冥顽不灵的心。在克蕾申琪身上,此事的外在因素几乎就像她本身那样平淡无奇:当政人物心血来潮,在中断了十年之后,又要进行一次人口普查,向各户分发了非常复杂的表格,要求详尽地填报各人的履历。男爵信不过下人的书写能力,这些人只能画出不成样子的、仅仅从读音看才算正确的字母。他宁可亲自逐栏填写,为此也把克蕾申琪叫进房间。他问清了她的姓名、年龄、出生地之后,发现他作为猎迷和当地猎区业主的朋友,正是在阿尔卑斯山中她所在的偏僻角落曾经多次打过羚羊,而且陪了他两个星期之久的一名向导刚好和她同村。而不可思议的是:这个向导原来凑巧还是克蕾申琪的一位父辈,更兼男爵一时高兴,竟从这个偶然的机缘引出一次不能算短的谈话,从中得知又一件意想不到的事:男爵当时就在她当厨娘的那间客栈吃过齿颊留香的烤鹿肉——这些全是鸡毛蒜皮的小事,但是由于种种巧合而变得异乎寻常,而就克蕾申琪来说,在这里第一次见到对她的家乡有点了解的人,简直是一个奇迹。她红着脸站在他的面前,露出感兴趣的神情。接着,男爵开起玩笑来,模仿蒂罗尔的土腔,追根究底地问她会不会唱颤调①,还提出诸如此类的问题,像男孩子那样胡闹。这时,她笨拙地、讨好地弓着身子。最后,男爵让自己逗乐了,学着山民的样子,非常随便地在她粗硬的臀部上拍了一下,哈哈大笑,把她打发走:"现在你回去吧,好申琪②!看在你是齐勒谷人分上,再给你两克朗③。"

的确这本身并非充满激情、意味深长的举动,但是这次五分钟的谈话对这个浑浑噩噩的人那种像鱼一样潜藏的情感所产生的影响,不啻在沼泽中投下一块石头:先是逐渐地、徐缓地形成一个个晃动的水圈,然后厚重地一波一波扩展开来,慢而又慢地漾到意识的边缘。这个固执地沉默寡言的女人多年来现在是第一次总算又同一个人亲切交谈。这第一个对她说话的人就在这里,置身于冷酷的纷扰之中,竟然知道她家乡的丛山,甚至吃过一回她做的烤鹿肉,想起来这实在是异常难得的缘分。而且他还不拘礼俗地在她的臀部上拍了一下,这个举动在山民的语言里,当然意味着直截了当地向女人探问和求爱。纵使克蕾申琪未敢想入非非,当真以为这位风流倜傥的男主人属意于她,然而不知怎地那肌肤的亲昵还是唤醒了她昏然慵困的官能。

---

① 颤调,指蒂罗尔居民用反复急变的常声和假声来歌唱的调子。
② 克蕾申琪的昵称。
③ 克朗,奥匈帝国货币单位。

就这样，通过这次偶然的震荡，堆在她内心里的泥土便开始一层一层地扒出和挪开，终于先是模模糊糊地，然后越来越清晰地显露出前所未有的情感，如同一条狗，在周围所有的双腿形体当中，忽然有一天蓦地辨出其中之一就是自己认定为主人的那一个。从这一刻起，它跟他跑跑颠颠，摇着尾巴或者发出吠声来迎接这个命里注定高它一等的人，心甘情愿地对他百依百顺，驯良地踏着他的每一个脚步伴随他。同样，在克蕾申琪闭塞的圈子四周，以钱币、市场、锅炉、教堂、床铺这五个惯用的概念筑成了不留缝隙的边界，现在突入一个乍到者，它需要活动空间，肆意把原来的成员全都推在一边。出于一旦抓住什么便永不放手的山民占有欲，她将这个新来者拽到心灵深处，一直拉进她那麻木的感官产生本能冲动的混沌世界里。当然，这种变化过了一段时间方才显示出来。开初的那些迹象也极不起眼。譬如说，她给男爵刷衣服、擦鞋子时特别细心，到了入迷的程度，而男爵夫人的衣服鞋子还是让打扫房间的女仆去管。另外，可以经常在过道上和屋子里见到克蕾申琪。一听见钥匙在外面那道门上嘎啦嘎啦地响，她便忙不迭地迎上去，以便接过他的大衣和手杖。她现在对膳食加倍注意，甚至不怕麻烦地一边走一边打听去市场大厅的那条陌生的路，买来一份烤鹿肉。还有，可以看出她对衣着也比以往要在意。

　　初萌的感情过了一两个星期才从她的内心长出最初的几星幼芽。又需要好几个星期，第二个意念才跟随这最早的激情产生出来，它在颤动不定中茁长，显露出清晰可辨的色彩和形态。这第二种情感正是第一种的增补。这是一种起先模糊不清，但逐渐不加掩饰地赤裸裸迸发出来的对男爵夫人的仇恨：仇恨这个可以同他一起居住，就寝，说话，然而对他却并不是像她自己那样忘我地尊敬的女人。不管是因为她——现在不知不觉地更加留意了——目睹过不止一次出现的丢人场面,看到被崇拜的男主人遭到被激怒的女主人侮辱,令人感到憎恶;或者是因为他的举止和蔼可亲,相形之下,使她对这个透着带有北德特点的拘板习性的女人那副兀傲冷脸有了双倍的感受——总之,她对不明究竟的男爵夫人忽然采取一种执拗的态度,怀有一种折磨对方的,用无数刺人、恶毒的小动作来抗拒的敌意。譬如,夫人至少得揿两次铃,克蕾申琪才来听吩咐,故意拖拖拉拉,明显地流露出不耐烦的样子,她那高高拱起的肩膀从一开始就摆出一副抵挡的架势。她一言不发,一脸愠色地接受安排和交代,弄得夫人老是闹不清,到底她听明白了没有。可是,如果为了保险起见,男爵夫人再问一次,那么得到的回答只是气恼地点一下头或者不屑地说一句:"早就听见了!"又譬如,夫人临去看戏发现有一把少不了的钥匙不翼而飞,急得她在各个房间乱窜,谁知半个钟头以后,竟然就在某一个角落里找着了它。克蕾申琪求之不得的是:经常把应该转告夫人的事情或者打给夫人的电话给忘了。追问起来,她便生硬地劈面回夫人一句"我忘了",丝毫没有抱歉的表示。克蕾申琪从不正眼瞧她,也许是怕隐忍不住对她的仇恨。

在这中间,家事的烦扰导致夫妇之间的不和愈演愈烈。或许克蕾申琪本能地惹恼人的厌烦表情,对亢奋的病象一周比一周明显的夫人也有影响,致使她动辄吵闹不休。由于待字闺中太久、受了折磨而变得喜怒无常,再加上婚后丈夫的冷漠、下人的放肆而怨恨郁结,这位有苦难言的男爵夫人越来越失去心理平衡。溴化物和佛罗那①也未能抑制她大吵大闹。服药以后,在争辩的当口,她那绷得过紧的神经失去控制,脾气发得更加厉害。她出现啼泣痉

---

① 佛罗那,巴比妥的商品名,一种安眠药。

挛和癔病症状。可是谁都不给予一丝一毫的同情,甚至连假装善意帮助的样子也没有。最后,那位请来的医生建议她去疗养院待两个月。听到这个意见,平时对她极其冷漠的丈夫突然关切地表示赞同,使得妻子又起了疑心,起初不肯去疗养。然而,这次出门的事还是议定了,也指派了陪她去的年轻女仆们,只有克蕾申琪被留在这偌大的住宅里服侍男主人。

这个要把老爷交给她一个人伺候的消息,对克蕾申琪那颗沉重的心产生的作用,宛如一剂猛然提神的妙药。仿佛有人将她所有的体液和活力像装在一只魔瓶里那样,剧烈地摇动,把它们混合在一起,于是从本性的底层浮起潜藏着的积淀的热情,濡染了她的整个举止神态。呆滞、僵硬的手脚显露出来的麻木、迟钝的样子一扫而光,好像这个振奋人心的消息,使她忽然换上了灵活的关节和敏捷而轻盈的步态。她穿房入户跑来跑去,上下楼梯。一听说要做好出门的准备,她便主动收拾箱子,还亲手把它们搬到车子里。那天夜里很晚男爵从火车站回来,把手杖和大衣交到这个殷勤地急步迎上前来的女仆手里,舒了一口气说:"顺利打发走了!"这时候,出现了怪事:平时,克蕾申琪像所有的动物一样,从无笑容。此刻,紧闭的双唇四周的皮肉在用力地牵扯和伸张。嘴角歪斜,朝横向拉开,蓦地从那呆头呆脑地喜形于色的脸孔正中泛出龇着牙的笑意,了无遮拦,像兽类一样并无丝毫顾忌。男爵见到这副模样,觉得意外而难堪,因自己亲昵失当而感到羞惭,无言地走进自己的屋子。

然而,短暂的尴尬倏忽过去,在随后的几天里,感受一致的舒坦,味同甘旨的清静,称心惬意的解脱,把主仆俩联结在一起。男爵夫人的离去,仿佛吹散了满天密布的乌云:脱去羁绊的丈夫,有幸免除了无休无止的辩解,第一天夜里就很晚才归家。克蕾申琪默默地殷勤伺候，与夫人接待他时的絮聒不休形成对照，这使他感到很舒畅。而克蕾申琪则以感奋的激情专注于每日该做的事情，早早起身，把什么都擦得锃亮，揩拭门把和拉手像着了迷，不知怎么一来竟能做出特别可口的菜肴，而且出乎男爵意料之外，他注意到第一次进午餐时，为他一个人挑了贵重的餐具，这些以往只在特别的场合才从银器橱里取出来使用。男爵平时不大在意，尽管如此，他不期而然觉察到这个怪人密切注意的，简直是体贴入微的关切之心。他生性和善，也就明白地表示了对她的满意。他称赞她会做菜，对这对那都夸她几句。第二天是他的命名日，早上她做了一个制作精巧的圆形大蛋糕，上面有他的大写花体开首字母和撒糖的纹章图案。他看了以后忘乎所以地对她笑道："申琪，你早晚会娇惯了我！我的夫人千万可别回来！要是她回来，那我怎么办？"

他在变得肆无忌惮之前，总算对自己多少约束了几天。可是随后他根据多种迹象肯定她会守口如瓶，便在自己的住宅里又过起十足单身汉般毫无拘牵的生活。作为妻子暂离的丈夫，他在第四天把克蕾申琪叫进房间，用非常沉着的语调吩咐她晚上准备两份冷夜宵，然后她就去休息，其他一切由他自己料理，并未再讲为什么要这样做。克蕾申琪默不作声地接受了安排。没有一瞥目光，没有一丝眼色微微透露出，这几句话的真正含意是否渗进了她那低矮的额角后面。但是很快她的男主人就注意到，她对他的真正意图领会得多么深刻，因而感到意外而又有趣。深夜，他在看完演出后带着一个娇小的歌剧院女艺徒上来时，不但发现夜宵准备得非常考究，用鲜花装点了餐桌，而且还看到在卧室里挨着他自己的那张床又铺了一张，大胆而诱人，连他夫人的丝质睡衣和拖鞋也已放好在那里，等候有人去穿着。这位不再受到管束的丈夫对这个怪东西的深切关注觉得很好笑。对于她知情而从旁协助已不再有丝毫拘束了。早上他就摇铃让她去伺候这位风流的闯入者穿衣。这样,两人之间的默契完全确认。

在那几天里,克蕾申琪又有了一个名字。那个活泼的女艺徒正在熟记埃尔维拉女士①这一角色的台词。她喜欢开玩笑地把多情的男朋友抬举为唐璜。有一回她笑着对他说:"把你的勒波雷拉叫进来!"这个名字给安在干瘪的蒂罗尔女仆身上,实在是驴唇不对马嘴,正因为这样,男爵觉得很滑稽。从此以后,他都叫她勒波雷拉了。克蕾申琪乍一听,睁大了眼睛发呆,但马上便因这个她弄不明白的名字如此响亮悦耳而被吸引,竟然把享受改名的待遇视作升格为贵族。每当得意忘形的主人这样呼叫她的时候,她就大大地张开两片薄唇,露出茶色的马齿,恭顺地,摇着尾巴似的挨近来,以便领受仁慈的主子对她的吩咐。

取这个外号的本意是作弄人,但这位未来的歌剧明星歪打正着,以此给这个怪人披上了一件天衣无缝的语言外衣:与德蓬特②笔下那个欢娱与共的同伙相似,这个情缘难觅、肢体僵化的老处女对男主人的风流韵事感受到非常得意的愉悦。无论是每天早上发现遭到刻骨仇恨的男爵夫人的绣床不是让这个就是让那个充满青春活力的躯体弄得乱七八糟、蒙受耻辱而感到痛快;还是悄然在自己的诸般感官中喷发出共享欢乐的火花——不管怎样,这个过分虔诚而又冷酷的老姑娘显示出一副简直是激情亢奋的热心肠,对她男主人的一切离谱行为甘作牛马。在她操劳过度,由于几十年来含辛茹苦而变得毫无性别特征的身体里面早已失去了内在的冲

---

① 埃尔维拉女士,莫扎特歌剧《唐璜》中的一个角色。
② 德蓬特(1749—1838),意大利人,莫扎特《唐璜》的词作者。

动,但她带着诱使苟合的兴味,眯起眼睛目送几天以后已是第二个,很快又是第三个女人进入主人的卧房,从中获得温暖而舒畅的快感。内情了然的意识,和在情爱气氛中心痒难搔的芳香,对她的睡意未消的官能,像酸洗液一样产生了作用。克蕾申琪真正成了勒波雷拉。她变得机灵敏捷,应声即到,精神抖擞,如同那个活跃的男仆勒波雷罗。她的性格显露出仿佛被不断积聚在急切关注中的热气喷射上来的反常现象:种种微不足道的欺诈行为,狡黠的举动,吹毛求疵的做法,以及偷听、探问、窥伺,四处走动之类的事情。她贴在门边窃听;从钥匙孔中偷看;在屋子里或床铺上胡乱翻寻;捕食似的,一闻到又有猎物的气味,便为莫名的激奋所驱使,沿着楼梯跑上跑下。这种警觉,这种伴有好奇心理的关切,使她从过去麻木愚钝、毫无生气的外壳里逐渐衍化出可以说是活生生的人。邻居们都感到惊讶,克蕾申琪一下子变得喜欢与人交往,跟女仆们闲聊,笨拙地和邮差开玩笑,同那些女店员议论旁人。而且,一天晚上,院子里熄灯以后,住在她屋子对面的几个女佣听到从那个平时早就没有声息的窗子里响起奇怪的嗡嗡声。原来是克蕾申琪生硬地用压低的吱吱嘎嘎的声音,在唱一支阿尔卑斯山区牧女傍晚在草地上唱的歌,支离破碎的音调经过久置不用的双唇走了板,从屋子里艰难而不顺畅地传出无甚抑扬顿挫的乐曲。但无论怎样,听起来总还是不可思议地感人和奇特。从童年到现在,克蕾申琪第一次又开口歌唱,空逝的岁月留下一片幽暗,不断卡住的歌声从中冉冉升入光明,不知怎地竟能打动人们的心。

　　这个崇拜男主人的女仆发生这一令人惊奇的变化,原是男爵无意间造成的,对此他本人却极少觉察。有谁会回头去看自己的影子呢?人们感觉到它忠实而沉默地尾随着自己的脚步,有时急匆匆地在身前滑行,像一个还没有意识到的愿望。但是人们很少会花力气去细看这相似而走样的形影,认出那扭曲的图像便是自己本人!男爵在克蕾申琪身上仅仅注意到:她时刻准备着服侍他,难得开口,牢靠,忠心耿耿到了舍己的程度。而正因为她缄口不言,在所有敏感场合都很有分寸,所以使他觉得特别称心如意。有时他随便地像抚弄一条狗似的给她戴戴高帽子,偶尔也对她开开玩笑,豁达大度地掐一下她的耳垂,给她一张钞票或戏票——这些对他来说都是漫不经心从背心小口袋里掏出来的零碎儿,可是在她看来却全是圣物,她总怀着肃然起敬的心情,把这些都收藏到小木箱里。慢慢地,他不再避开她,心里想什么时就说出声来,甚至把一些复杂的事情也交给她去办理——他愈表现出信得过她,她也就愈知恩愈用心地按照他的心意去行事。一种以奇特的方式嗅闻、搜寻、追踪的本能逐渐显示出来,她像打猎一样跟着窥探他的每一个意愿。她的生命、追求、意志仿佛全从自己的躯体转移到他的身上。她站在他的角度来观察一切,代替他的感官来倾听一切,在近乎放荡的热情推动下,她分享着所有他得到的乐趣和欢心。每逢新来的女郎踏进门槛,她便笑容满面。要是他夜晚归来身边没有娇柔的女伴,她就露出怅然若失、犹如期待未果而感到委屈的神情。——她过去那么昏聩的头脑现在运转起来灵活而急遽,就像往日只有一双手才能达到这种程度那样。她的眼睛里闪耀着前所未有的警察的光芒。一个人在这头劳累过度、疲惫不堪的干活牲口身上苏醒了——一个人,阴郁,深沉,狡猾而危险,沉思而专注,好动而诡诈。

　　有一次,男爵回家比较早,惊讶地在过道里站住。从这个平时总是默不作声的女仆的厨房门后面,不是传来了奇怪的唠唠哈哈的笑声吗?这时,勒波雷拉已经闪身出了这扇半开的门,尴尬地在围裙上擦着双手,显得厚颜而又窘迫。"请您原谅,老爷,"她说道,目光在地板上扫来扫去,"是糕点师傅的女儿在这儿……这妞儿很漂亮……她很想认识老爷您。"男爵觉得意外,抬起了目光,既对她这种放肆的亲昵感到恼火,又对她这种拉纤的殷勤感到好笑,一时不知如何才是。最后,男性的好奇心占了上风,他说:"带她来让我看看。"

勒波雷拉拿甜言蜜语慢慢地把姑娘哄到身边。这个模样俊俏、头发金黄的十六岁的女孩,涨红了脸,咻咻地笑着,被女仆急切地一再往前推去。她从门里走出来,又笨拙地转身避开同这个潇洒的男人打照面,事实上她从对面铺子里时常带着近乎天真的钦佩心情注视过他。男爵看她长得俏丽,建议到他屋子里一起喝茶。这姑娘拿不定主意该不该去,朝克蕾申琪转过身子。可是她早已急匆匆进了厨房。这个被诱上钩的女孩只好红着脸,好奇而激动地接受了这危险的邀请。

然而,习性无飞跃:虽然在紊乱、失常的激情驱动下,从这个生硬、迟钝的人心里多少产生出某种精神活力。但是克蕾申琪新近学会的思考方式视野狭窄,还是未能超越最为直接的因由,在这一点上依然与动物只顾眼前的本能相似。她像狗一样喜爱主人,无微不至地伺候他。克蕾申琪沉浸于这种狂热之中,完全忘掉了不在家里的男爵夫人。因此,她的醒悟也就更加可怕。一天早上,男爵手里捏着一封信,暴躁而气恼地走进屋子。他告诉她,把家里的一切都收拾好,夫人明天从疗养院回来。这时,克蕾申琪犹如当头挨了晴天霹雳似的,脸色灰白,吃惊地张着嘴巴站在那里。这个消息宛如一把利刃刺进她的心窝。她呆呆地望着,只是呆呆地望着,仿佛没有听懂。这落地雷将她的脸孔撕得如此不成样子,如此可怕,连男爵也觉得不能不说一句轻松的话来宽慰她:"我看,你也不高兴,申琪。不过,这也是没有办法的事。"

那张僵化如同石板的面孔马上又微微颤动起来。从体内深处,仿佛从内脏里面,慢慢升上来一阵剧烈的痉挛,逐渐使刚才还是煞白的脸颊泛出了暗红色。某种东西非常缓慢地,随着沉重的心搏,被抽吸上来,直往上冒。由于她使劲地想把它忍住,因而弄得喉头抖动不已。它终于升到了上面,低沉地从咬得咯咯作响的牙齿缝中迸出来:"总……总……会……总会有办法的。"

这句话冷酷地冲口而出,犹如一颗致命的枪弹。在激烈地发泄以后,她那扭曲的脸孔好像压扁了似的,显出非常恶毒的、阴沉的铁了心的神情,使男爵不禁吃了一惊,诧异地往后退缩。但克蕾申琪马上又转过身去,开始拼命使劲清刷铜质研钵,简直像要把手指磨得粉碎一样。

随着男爵夫人的归来,风暴又侵袭整座宅院,将一扇扇房门碰得乒乓作响,粗暴地穿过一间间屋子,像穿堂风一样吹散了家里欢乐安逸的气氛。也许是因为这个丈夫有外遇的女人听到邻居搬嘴弄舌或收到匿名信,从而得知自己的男人如此卑劣地滥用了住宅不容侵犯的权利;也许是因为他迎接她的时候那种紧张的神色、毫不掩饰的厌烦表情使她感到恼火——总之在疗养院里待了两个月,对她绷得快要断掉的神经没有什么帮助。她不时发作啼泣痉挛,间或进行威胁和大吵大闹。彼此之间的关系日渐恶化。一连几个星期,男爵还是一派男子汉气概,以他至今奏效的礼让对付她的一次又一次责骂。每当她以离婚或给她父母写信相威胁时,他便顾左右而言他,拿空话敷衍她。然而,正是这种无情而沉着的冷漠,使这个郁郁寡欢、为敌意所包围的女人越来越深地陷入烦躁易怒的情绪之中。

克蕾申琪以往日的沉默完全把自己掩蔽起来。然而,现在这种沉默已变得咄咄逼人而居心叵测。女主人抵达家门时,她执拗地留在厨房里,最后被喊了出来,还是避而不向归来的夫人问好。她倔强地拱起肩膀木然站在那里,不管问她什么,回答起来总是没有好声气,使不耐烦的女主人很快就转身不理睬她。但这时克蕾申琪却朝不知就里的夫人投去仅有的一瞥,将积聚的全部仇恨注入她的后背。夫人归家,使她觉得无理地被掏走了她的占有感,纵情享受过的奴仆地位带给她的乐趣遭到毁坏,她又给推到厨房里面和锅灶旁边,听来亲切的勒波雷拉这个名字也被剥夺,这是因为男爵要谨慎地避免在夫人面前对克蕾申琪表示好感。但有时由于令人厌恶的争吵被弄得疲惫不堪,或者需要得到一点安慰,他想发泄闷气,便溜进厨房来找她,坐到一张小板凳上,只是为了叹一口气,说:"我可受不了啦!"

她所崇敬的男主人由于心情太激动躲避到她这里来,这样的时刻带给勒波雷拉以极度的幸福。她从来不敢出声回答或安慰,只是默默地坐在那里沉思,偶尔同情而痛苦地朝被折磨的神明抬起目光,露出谛听的神情。这种无言的关切使他感到欣慰。可是每次他离开厨房后,那种暴怒时出现的皱纹又立刻向上延伸到她的额头。她那粗重的双手捶击听任宰割的肉块,仿佛要把激愤敲打进去似的,或者擦刷碗盏刀叉,好像要把恼恨搓得粉碎一样。

夫人归来造成的犹如乌云密布的沉闷局面终于雷雨骤至般爆发出来。一次又一次发生教人受不了的吵闹,有一回男爵忍无可忍,一改像小学生那样凡事低声下气无所谓的态度,猛然跳了起来,随手把门哐啷一声关上。"现在我可厌烦透了!"他狂怒地喊叫,以致每一个房间的窗子都给震得咯咯作响。他带着满腔怒火,脸孔通红地冲出去,奔进厨房,对像绷紧在弓上的弦那样颤抖着的克蕾申琪说:"马上给我收拾提箱、猎枪,我要打猎,去一个星期。在这个地狱里,就是魔鬼也受不了。非得有个了结不可!"

克蕾申琪兴奋地注视他：这样，他又有了主人的气概！于是一阵沙哑的笑声从她的喉头咕噜咕噜传上来，她说："老爷您可说对啦，非得有个了结不可。"她情绪激昂，打着哆嗦，从一个房间奔到另外一个房间，飞快地从柜子里、桌子上找齐各样物件拾掇好。这个粗鲁的人每一根神经都因紧张、情急而震颤。她亲手把提箱和猎枪拿下去放在车子里。可是当男爵想找一句话，对她这样热心向她道谢的时候，却吃了一惊，连忙收回了目光，因为这时她那紧闭着双唇的嘴角又浮现出阴鸷的笑意，这副模样曾一再使他感到惊骇。他不由得想起收拢利爪，蓄势出袭的野兽。但是克蕾申琪马上又弯下身子，用嘶哑的声音，带着可以说没上没下的亲近口气，低声说道："老爷您去就是，这里的事全包在我身上。"

三天以后，一封加急电报把男爵从猎区催回。他的一个同辈亲戚在火车站接他。男爵心神不定，一眼就看出，一定是发生了什么难办的事情，因为这位亲戚的眼神流露出紧张的慌乱。对方说了几句作为铺垫，免得他一下子受不了，然后告诉他：早上发现他的夫人已经死在床上，整间屋子都弥漫着灯用煤气。亲戚说，遗憾的是：这不可能是偶然不小心造成的意外事件，因为现在已是五月，早就不用煤气炉了。从这轻生者头天晚上服了佛罗那这一点可以看出自杀意图。此外，还有厨娘克蕾申琪的证词，说那天晚上只有她一个人留在家宅里，曾经听见轻生的女主人夜里还走到前厅去，看来是有意打开已经关严实的贮气器。根据这一陈述，请来的法医也排除了任何偶发事件，把这件事作为自杀记录在案。

男爵开始发抖。在他的亲戚谈到克蕾申琪的证言时，他突然觉得两手的血液变凉，一个令人难受、反感的思绪像作呕的感觉一样在他的心头泛起。但他竭力把这种正在形成的、令人痛苦的感觉压抑下去,由他那位亲戚带他进了屋子。尸体已经搬走。在客厅里,他的亲戚们正在等候他,露出忧郁而怀有敌意的神情:他们的慰问听起来冷冰冰的像一把刀。带着多少有些加重的责难口气,他们说,他们不能不告诉他:这件"丑事"不幸已无法遮掩,因为那个女仆一早就冲出去,跑到露天台阶上尖声大叫:"夫人自杀啦!"他们还说,由于——锋利的刀刃又一次冷酷地对着他——议论纷纷,令人难堪地引发了公众的好奇心理,他们只得安排好不声不响地安葬她。男爵愀然不乐,心乱如麻地听着,在这当中有一次不由自主地朝那扇上了锁、通向卧室的房门看去,接着又胆怯地垂下目光。那说不清的思绪在他的心里翻腾不已,使他感到痛苦。他要把它想个透,可是那些恶意的空话搅扰了他。亲戚们发着牢骚,絮聒不休,围在他身边又站了半个钟头,然后才一个一个地走开。男爵独自留在这间半暗的空屋子里,像挨了沉重的打击在哆嗦。他感到额头涨痛,关节乏力。

这时有人敲门。"进来!"他吓了一跳说道。紧接着从身后传来迟疑的脚步声,一种生硬的、蹑手蹑脚的、趿拉着鞋子啪嗒啪嗒作响的脚步声,他熟悉它。蓦地,他感到一阵恐惧,觉得颈椎好像用螺钉给固定住一样,同时一阵寒战从两鬓的皮肤往下一直传到膝盖。他想转过身去,可是肌肉不听使唤。就这样他站在屋子中央,浑身颤抖,发不出声音,垂落的两只手僵直如同石头。但同时他清楚地意识到,这样内疚地站着看起来多么懦弱哇。然而,再怎么用力也是白费,肌肉不受他控制了。这时,身后的声音非常沉着地,以丝毫不动感情、完全就事论事的平平实实的语气问他:"我只想问一声,老爷您在家里还是在外面进餐?"男爵抖动得越来越厉害。现在那种冰冷的感觉已经透进了胸腔往下渗。他三次张口都说不出话,最后总算迸出一句:"不吃,我现在不吃什么。"接着,那脚步声啪嗒啪嗒地出去了。他不敢回过身去。突然,僵硬的感觉消失了:一阵恶心,也许是一阵痉挛震动了全身。他猛地一跳,到了门边,哆嗦着把钥匙转了一下,免得那脚步声,那像幽灵一样跟随着他的、令人憎恶的脚步声再一次来到他的身边。然后,他往椅子上一靠,希望把一个不愿意去思忖的想法硬压下去,但它却一再像蜗牛那样冷冰冰、黏糊糊地从他心头冒上来。而且这个老要冒上来、捕捉它又令他恶心的想法,这个无法摆脱、粘住不去、令人厌恶的想法,浸透了他的整个感觉,始终把他缠住,在整整一个不眠之夜,在此后的分分秒秒,甚至于在葬礼上,当他身穿丧服、默然站在灵柩前头的时候,这个想法都始终缠住他。

　　安葬以后那天,男爵匆匆离开了这座城市。现在,所有的面孔都教他太难忍受了。在人们表示关心的同时,他们的眼睛里——是他自己这么想?——都带有引人注目的观察的或者像审判异端一样追根究底的目光。而且,即使是无生命的物件也仿佛以凶狠、责难的语言在说话。住宅里的,特别是似乎一切都还留有令人作呕的煤气味道的卧室里的每一件家具,每当他不自觉地旋开门上把手时,都好像要把他推开似的。而他过去所信赖的女仆那种满不在乎、冷酷无情的淡漠态度则造成了他在睡梦中和清醒时最难忍受的心理压力。她在这所空寂的住宅里四处走动,仿佛根本没有发生任何事情。自从那位亲戚在火车站提到她的名字那个瞬间起,每次同她遇见,男爵都不寒而栗。只要一听到她的脚步声,一种逃命时那种紧张慌乱的感觉便向他袭来。他不想再看到,不能再忍受那种趿拉着鞋子走路、显得漠不关心的步态,那种冷淡、沉默而泰然自若的神情。只要一想到她,一想到她那吱吱嘎嘎的声音,沾着垢腻的头发,麻木、野蛮、残忍而冷酷的心性,他就要作呕。而在他的愤恨里面也夹杂着对自己的愤恨,恨自己没有力量像硬把绳索拉断那样打碎卡住他咽喉的枷锁。因此,他只看到一条出路,就是:出逃。他暗地里收拾行装,没有对她说一句话,只留下一张匆匆写就的字条,说他到克恩滕①找几个朋友去了。

男爵整个夏天都待在外面。有一回,为了处理遗产,人们催他返回维也纳,他宁可悄悄地回来,住在旅馆里,根本不告诉死守在宅子里的报丧鸟般的女仆。克蕾申琪并不知道他已回来,因为她不同别人交谈。她无所事事,阴沉得像一只猫头鹰,整天呆坐在厨房里,不再像以前那样每周去一次教堂,而是去两次。她从男爵的律师手上接下要办的事和结算的钱,但他本人却音讯杳然。他不写信,也不让人传话。就这样,她默不作声地坐在那里等待。她的脸孔显得越来越严酷,越来越干瘪。她的动作又变得呆滞。这样,等待又等待,她在令人费解的僵化状态中度过了许多个星期。

可是到了秋天,紧急待办的事务不允许男爵再延长度假的时间了。他不能不回自己的家。到了宅院门槛旁边,他犹豫地站住了。同密友们一起过了两个月,好多事情他几乎已经淡忘。——可是现在,他又要朝那个恶魔,朝那个可能的共犯亲身迎面走去。他又有了原来那种压抑的、引起恶心的抽搐感觉。他越来越慢地登上台阶,觉得每上一级,那只无形的手也更高地伸向他的咽喉。最后,他必须使劲集中所有的意志力,才能迫使僵硬的手指在锁孔中转动钥匙。

克蕾申琪一听见锁孔中钥匙转动的嘎啦声,便惊异地从厨房里奔跑出来。她见到他的时候,脸色发白呆立了一下,随即好像把

---

① 克恩滕,奥地利一州名。

身子缩成一团似的,弯腰去拿他放下的手提包。但是她忘了说一句迎接他的话。他也没有开口。她默默地把手提包拿到他的屋子里,他默默地跟在她的后面。他默默地朝窗外看去,等待着,直到她离开他的房间。随后,他急促地把房门钥匙转了一下。

隔了几个月以后,她第一次迎接他的情形就是这样。

克蕾申琪在等待。同样,男爵也在等待,看看见到她时那种痉挛般的极度恐惧心理会不会消退。但是情况不见好转。还在他看到她之前,只要一听见从外面过道上传来她的脚步声,这种不快的感觉便颤动着从他心里升腾上来。他不进早餐,每天清晨不对她说一句话便匆匆离开家,在外面一直待到深夜,只是为了避免见到她。那不多几件他非找她去办不可的事,他也侧着身子吩咐她。与这个幽灵一起呼吸同一所房子里的空气,使他感到好像喉咙给扼住了一样。

在这当中,克蕾申琪整天默默无言地坐在板凳上。她不再为自己煮饭烧菜。任何食物她都感到厌恶。每一个人她都避开。她只是坐着,目光畏怯地等待主人的第一次呼哨声,犹如一条知道自己闯祸挨了打的狗。她那迟钝的感觉不能确切地体会出这是怎么一回事,仅仅理解到她的神明和主人在回避她,不再需要她。只有这个认识沉重地压在她的心头。

男爵归来的第三天,响起了门铃声。一个头发花白、沉静的男人站在门外,脸孔刮得很干净,手里提着一只箱子。克蕾申琪想赶走他。可是来人却坚持说,他是新来的男仆,主人叫他十点钟来,请她给他通报一下。克蕾申琪的面色变得煞白,她一动不动地站了一会,张开的手指举着僵在那里。随后,这只手如同被子弹击穿的鸟似的掉了下来。"您自己进去吧。"她粗鲁地对这个感到惊讶的男人说,朝着厨房转过身去,砰的一声把门关上。

男仆留下来了。从这天起,主人一句话都不必再对她说了,有什么吩咐都通过这个沉静的老男仆去转告她。家里的事她全不了解,一切都像波浪漫过石块一样冷冰冰地在她身边流逝。

这种压抑的气氛持续了两个星期,像一场病似的销蚀着克蕾申琪。她的脸孔变得尖削而有了棱角,两鬓的头发一下子泛出了灰白。她的动作完全僵化。她几乎总是默默无言地坐在板凳上,宛如一截木块,无神的眼睛呆望着冷寂的窗子。可是她一干起活来,便气冲冲地,如同勃然大怒一般粗暴。

这样过去了两个星期,有一次,男仆特地来到主人的房间。男爵看他拘谨地候在一旁,便知道有什么特别重要的事情要向他禀告。男仆看不起克蕾申琪,管她叫"蒂罗尔蠢货"。他曾经表示过不满,说她性情乖戾,建议将她辞退。然而,不知怎地男爵感到尴尬,当时便装作没有听见,男仆鞠了一个躬,也就退了下去。可是这次他却固执地坚持自己的想法,露出异样的、可以说是发窘的神情,终于吞吞吐吐地说出来:"老爷您可别见笑,我……我不得不……确实是我不得不说……我怕她。这个不可捉摸的刁钻的东西教我受不了啦。老爷您完全不了解,这娘儿们待在家里该有多危险哪。"

男爵给提醒了,不禁吃了一惊。他问男仆这么说是什么意思,问他这么说是想怎么样。这时男仆又把自己的看法讲得缓和一些。他说,他当然谈不出什么确凿的事实,可就有那么一种感觉,觉得这个女人像一头发怒的野兽——总之,她很可能加害于人。昨天,当男仆转过身去,叫她做一件事的时候,蓦地瞥见了一种眼神——当然,不能说这眼神怎么怎么,可是给他的印象是:好像她要猛扑过来卡住他的喉咙似的。从那个瞬间起,他就怕她了,甚至不敢吃她做的饭菜。"老爷您完全不了解,"男仆最后禀报说,"这娘儿们可危险哪。她一言不发,不动声色,可我看哪,杀人的事她都干得出来。"男爵吓了一跳,飞快地看了控诉者一眼。莫非他听到了确实的情况?难道有什么疑点传到了他的耳朵里?他感到自己的手指开始哆嗦,连忙把雪茄放下,免得抬手时把指头的抖动暴露出来。可是老男仆的脸部表情却非常自然——不可能,他不可能了解到什么。男爵犹豫不决。随后,他突然把自己的意愿集中到一点,打定了主意,说:"再等一等吧。可是,如果她再对你不好,就说我辞退她。"

男仆向他鞠躬,男爵觉得如释重负,往椅背上靠去。每次记起这个居心叵测的女仆,都使他整天闷闷不乐。他想,这事最好是在自己走开的时候了结,也许在圣诞节——一想到可望解脱,心里就感到舒畅。他肯定了自己的想法:是呀,这样最好,在圣诞节,趁我外出的时候了结。

可就在第二天,他餐后一进房间,便听见有人敲门。他漫不经心地从报纸上抬起目光,咕哝道:"进来!"这时,那讨厌、生硬、他在睡梦中老是听见的趿拉着鞋子走路啪嗒啪嗒响的脚步声马上就移近了。他惊跳起来。那张僵化的脸孔非常苍白消瘦,像一个骷髅头安放在干瘪、腥臜的躯体上晃动。当他看到这个自作自受的可怜虫低声下气在地毯的边缘站住时,一丝丝同情渗进了恐惧之中。为了掩饰茫然发呆的神情,他竭力装出若无其事的样子。"唔,克蕾申琪,什么事?"他问道。可是话一出口,语气却并不像本意要表示的那样和蔼可亲。与他的意志相反,这样一问,听起来好像在斥逐和生气。

克蕾申琪一动也不动。她凝视着地毯。终于,好像有什么东西被人用脚踹开嘎啦嘎啦地响似的,她急促地说道:"那个男用人已经通知辞退我。他说,是老爷您不要我了。"

男爵感到尴尬,站了起来。他没有料到事情来得这么快。他开始结结巴巴东拉西扯,意思是说,也不是就这么顶真,可她得尽量同别的仆人好好相处,还讲了诸如此类凑巧随口说出的一些话。

但是克蕾申琪依然站在那里,目不转睛地紧盯着地毯,拱起肩膀,怨恨而固执地低着头,犟得像公牛。他好声好气地说了一大堆话,她全听不进去,只是等着他没有说出口的一句话。而他对自己在这儿面对一个仆人硬要扮演劝说者的可鄙角色终于感到有点厌烦。他已舌敝唇焦,便不再说话。但克蕾申琪还是那样执拗而沉默。最后,她笨拙、艰难地开了口:"我只想知道,是不是男爵大人您自己吩咐过安东,叫他辞退我?"

她激动地说出这一句话,显得生硬,不满和粗暴。而神经已经受到刺激的男爵听到她这么说,像被撞了一下。是对他威胁吗?是向他挑衅吗?他心里的懦怯、同情一下子就消散掉。几个星期以来积聚的憎恨和厌恶再也抑制不住,互相交织在一起,连同那个总得了结此事的意愿。突然,他换上完全不同的语调,以那种在部里①学来的冷静而实在的态度,淡漠地确认:是的,是的,是这样,确实是自己叫男仆处理所有的家务事。他本人当然希望她能好自为之,他自己也设法收回辞退的通知。但是,如果她仍然不能同男仆和睦相处,那他也只好不指望她帮忙了。

男爵有力地集中了全部意志,不可动摇地下定了决心,面对任何含蓄的暗示或亲近毫不畏缩。他在说最后几句话时,目光直逼主观认定的威胁者,果敢地注视着她。

这时候,克蕾申琪畏怯地从地板上抬起眼睛,但流露出来的只是这样的目光,好像一头被击中内脏的野兽,看见一群猎犬就在自

---

① 指国家最高行政机关的部。

己面前从树丛中蹿出来。"我谢谢啦……"她还是勉强说出了口,声音非常虚弱,"我走了……我不想给老爷您再添麻烦了……"

接着,她缓慢地,没有回头,趿拉着鞋子,垂下肩膀,踏着僵硬、笨拙的步子走出房门。

晚上,男爵看歌剧回来,在书桌上伸手去取送来的信件,发现一个异样的方形物件。借着亮起来的灯光,他认出这是一只土气的木雕小箱子。小木箱没有上锁,里面整整齐齐地放着克蕾申琪曾经从他手上接过去的所有零碎儿:那几张打猎卡,两张戏票,一只银环,一整叠长方形的钞票,当中夹着一张二十年前在蒂罗尔拍的快照。在相片上,显然由于闪光而受惊,她的眼睛流露出和几个钟头前告别时完全一样的那种被击中、被痛打后的神情。

男爵为难地把木箱推到一边,走出去问男仆,克蕾申琪的这些东西放在他的书桌上做什么。男仆马上说由他去把这个对头叫来,要她讲清楚是怎么一回事。可是无论在厨房里,还是在其他任何一间屋子里都找不到克蕾申琪。第二天,警方发出通告,说有一个四十来岁的妇女从多瑙河桥上跳下自杀。这时候,主仆俩也就没有必要再去打听勒波雷拉躲到哪里去的事了。

(1929)

(章鹏高 译)

旧书贩门德尔[*]

又是在维也纳,也是从城外访客归来,我意外地遇上了一场倾盆大雨。这场雨像用湿的皮鞭轻巧地把人们赶进了屋门和地下室。我也赶忙寻找一个能避雨的处所。幸好如今的维也纳,每一个角落都有一家咖啡馆在等候顾客上门。我两肩湿透、帽子滴水,于是逃进了马路正对面的那一家。从内部看,这是一家因袭旧式样、格局几乎千篇一律的那种市郊咖啡馆,没有内城那些模仿德国的音乐茶座里的时髦赝品装饰,完全是旧维也纳的市民风,坐满了下层百姓,他们买报纸花的钱要比买点心花的钱多。现在正值晚饭前后,本来已经浑浊的空气,加上缭绕的烟雾,仿佛一块厚厚的蓝条纹大理石。然而,崭新的天鹅绒沙发,以及锃亮的铝制柜台,却使这家咖啡馆显得很整洁。匆忙之中,我根本没有留意去看店外的招牌。再说,这又有何必要呢?——我现在暖暖和和地坐在此地,不耐烦地透过灰蓝的淌水的玻璃向外望去,这场恼人的大雨什么时候能高抬贵手,容我继续赶那几公里的路程呢?

因此,我无所事事地坐在此地,开始沉浸到那种闲散怠惰的气氛中去。每一家真正的维也纳咖啡馆,都弥漫着这种气氛,无形的,像麻醉剂一样。出于这种空虚感,我开始一个挨一个地打量那

---

[*] 本篇于一九二九年在海岛出版社出版的小说集《小编年史》中首次发表。

些顾客,这间烟雾腾腾的房间里的人工光线①使他们的眼睛周围蒙上了一层不健康的灰色;我望着柜台后面的那位小姐,看她如何机械地给侍者手里的每一杯咖啡分放糖块和小匙;我半清醒但无意识地读着墙上极其无聊的招贴与广告。这样的昏昏沉沉几乎令人感到舒适。但是,猝然之间,我莫名其妙地被拽出我的半昏睡状态,内心萌生了一种感触,模模糊糊的,像是轻微的牙疼刚开始,但不知是从哪里疼起来的,不知是左边还是右边,是上腭还是下腭。我感觉到的只是一种暗暗的紧张,一种心神不宁。因为突然间——我说不出是由于什么缘故——我意识到多年以前我一定来过此地,对于某件往事的记忆把我同这几面墙壁,同这些椅子和桌子,同这间陌生的、烟雾弥漫的房间联系在一起。

但是,我越是有意要把握住这一记忆,它越是又奸又猾地缩回去,好像一个水母,在意识的最深处隐隐约约地闪烁着,可是够不着也抓不住它。我徒劳地用目光钳住每一件家具陈设;有些东西我不熟悉,这是肯定无疑的,比如柜台和叮当作响的自动售货机,又比如墙上用假的黑黄檀木制的棕色贴面,这些必定是后来添置的。不过没错,没错,我曾经到过此地,在二十年或者更长的时间以前。我要捉住同很久以前的自我有关的往事,它像嵌在木头里的钉子,藏在看不见的地方。我拼命使所有的感觉器官延伸进这个房间,同时又延伸到我的自身里面去,可是,真该死!我够不着它,够不着这个已经消失得无影无踪、淹没在我心中的记忆。

我生自己的气,就像一个人办不成某件事情,从而发觉心智力量的欠缺和不完善时,总会这样对自己恼火。但是,我没有放弃抓住这个记忆的希望。我知道,只要手里有一个小钩子就行,因为我

---

① 指蜡烛、煤气灯、电灯、霓虹灯等发出的光。

的记忆力是特殊类型的,说好也好,说坏也坏,一方面它固执得很,不听使唤,另一方面却又十分可靠,简直难以用笔墨来形容。无论是事件或者人的相貌,阅读所得或者亲身经历,我的记忆力都能将它们吞进它的冥府似的黑暗深处,如果不加强迫,单靠意志的召唤,它是什么也不肯吐出来的。我只需抓住瞬间的滞留物,一张风景明信片,一个信封上的几行字,一份烟熏的报纸,遗忘了的往事就会像钓钩上的鱼颤动着被拉出浑浊湍急的水面,完全是感性的、真实的。我于是回忆起了一个人的所有细节,他的嘴巴,他发笑时嘴里左边没牙的窟窿,这笑声的支离破碎,小胡子的颤动,以及在笑声中露出来的另一副新的面容——我立即在想象中看到了他的完整形象,并且记起了这个人几年前对我讲的每一句话。为了感性地看到和感觉到以往的人和事,我始终需要来自现实的某种感性的刺激,某种小小的帮助。我于是闭上眼睛,用心回想,以便形成那种神秘的钓钩去捉住它。但是什么也没有!我又一次一无所得!已被遗忘了,被掩埋了!我恨死了两个太阳穴之间这个糟糕的、不听使唤的记忆器官,真想用拳头打自己的脑门,一如摇晃一台坏了的自动售货机似的,因为你要的东西它偏不输送出来。不行,我怎么也坐不住了,记忆器官失灵竟使我如此激动,我真的恼火了,便站起身来,想消消气。但是,真稀奇——我在店里刚走了几步,最初的、发出磷火的、朦朦胧胧的印象开始在我脑海里闪闪烁烁地出现了。我记起来,从柜台往右走去,那里准有一间没有窗户的、单靠人工光线照明的房间。对了,果真如此。是这间屋,墙壁裱糊得同当年不一样了,但大小没变,是这间轮廓渐趋模糊的长方形后屋,是这间活动室。我本能地扫了一眼四周的每一件实物,我的神经在欢快地颤动,我感觉到自己马上就能把一切都弄明白了。屋里闲搁着两张台球桌,像两个无声的绿色烂泥塘,屋角是几张牌桌,其中一张桌旁,坐着两位枢密顾问或者教授在对弈。在紧挨着铁炉子的角落里——由那里可以通往电话间,立着一张小方桌。这时,突然一道闪电,使我豁亮了,我心里一热,高兴得全身一颤,我立即想起来了:天哪!这是门德尔的座位,雅科布·门德尔,旧书贩门德尔,事隔二十年,我又来到他的总店,上阿尔泽街的格鲁克咖啡馆。雅科布·门德尔,我怎么把他给忘了呢,这等不可理解地忘却了他这么长久,这个稀奇古怪的人,这个传奇式的人物,这个罕有的世界奇迹,在大学里和一个崇敬他的小圈子里他是颇有名望的;这个书籍魔术师,这个旧书贩,他每天从早到晚一动不动地坐在这里,知识的象征,格鲁克咖啡馆的荣誉,我怎么让他从记忆里消失了呢!

我把目光收到眼皮后面转向自己的内心,只有一秒钟的时间,如同从雕刻家透亮的心中,已经升起了他的不会错认的立体形象。我立即看到了他如何栩栩如生地始终坐在那边,坐在那张肮脏的灰色大理石面的小方桌旁,桌上无论什么时候都堆放着书籍和杂志。我看到他如何一动不动地坚毅地坐在那里,他的目光透过眼镜片像施催眠术似的死盯着某一本书。我看到他如何坐在那里哼哼唧唧地诵读,他的身子和不经心梳理的、头发脱了好几处的脑袋前后摇晃着,这是在东方犹太人小学里养成的习惯。他在此地这张桌子旁,也只在这张桌子旁,阅读他的目录和书籍,并且按照在塔木德①学校里人家教给他的读书方式,低声吟诵,身子前后摇晃,活像一个黑色的摇篮。根据虔诚的教徒的看法,正如一个孩子,通过这种施催眠术般的有节奏的上下摇晃,便能沉入梦乡,那么,由于闲着无事的身躯的摇晃和摆动,人的精神也易于集中,好

---

① "塔木德"是希伯来词语的音译,意为"犹太教法典"。此处指犹太教会学校。

去接受智慧的恩典。事实上,这个雅科布·门德尔确实看不见也听不到周围的一切。在他旁边打台球的人喧哗吵闹,电话铃阵阵作响,侍者来去奔忙、刷地板、给火炉添煤,他一概察觉不到。有一次,一块燃烧着的煤从火炉里掉出来,在离他两步远的地方烧焦了镶木地板,冒起烟来。一个客人闻到了臭味,这才发现了危险,奔过去,赶紧扑灭。可他呢,这个雅科布·门德尔,仅仅离开两步远,而且已经被烟熏着了,却一点也没有察觉。因为他在读书,他读起书来就像信徒在祈祷,赌徒在赌博,醉酒的人麻木地望着空荡荡处发愣。这样全神贯注真是令人感动,自那以后,我见到其他人各式各样的读书的情形,都觉得不过尔尔了。当时还很年轻的我,在这个加利曾①旧书贩雅科布·门德尔身上,第一次看到了全神贯注的伟大奥秘;它造就了艺术家和学者,使人变成真正的智者,也使人变成十足的呆子,酿成了这种对书本着魔的悲剧性的福与祸。

当年是由大学里一位年长的同学带我去见他的。我那时正在研究甚至今天还很少有人知道的帕拉切尔苏斯②派医生和磁力治疗医生梅斯梅尔③,可是并不顺利,因为有关的著作难以获得。我这个老实的新生去向图书馆管理员打听,他不客气地对我说,找参考文献是我的事情,他管不着。那位同学第一次向我说起他的名字。"我带你去找门德尔,"他对我说,"他什么都知道,什么都能弄到手,他能从很少有人知道的德国旧书店里把最难找的书给你弄来。他是维也纳最能干的人,此外还是一个怪人,一头绝种的史

---

① 加利曾,波兰地区名。一七七二年至一七九五年俄、奥、普三国瓜分波兰时,该地区划归奥地利。一部分划归俄国。
② 帕拉切尔苏斯(1493—1541),瑞士医生、自然科学家及哲学家,曾发明多种新药,并将小剂量毒剂用于医疗。
③ 梅斯梅尔(1734—1815),奥地利医生,当代催眠术的先驱。他认为有一种动物磁力存在,能治疗人体疾病。

前食书巨兽。"

就这样,我们两人踏进了格鲁克咖啡馆。我看见他,旧书贩门德尔坐在那里,戴着眼镜,满脸胡子,全身着黑,摇晃着身子在读书,活像风中的一丛幽暗的灌木。我们走上前去,他没有察觉。他仍旧坐着读书,上身像宝塔似的在桌子上方前后摆动,他后面的钩子上,挂着他那件破旧的黑大衣,口袋里塞满了杂志和书单。我的那位朋友使劲咳嗽,好让他知道我们来找他了。但是,厚眼镜几乎贴在书上的门德尔还是没有察觉。末了,我的朋友像敲门似的用力敲桌面。门德尔终于呆呆地抬起头来,机械地迅速把笨重的钢丝边眼镜推到前额上,直竖的灰白眉毛下一双奇特的眼睛正盯着我们,机警的黑色小眼睛,像蟒蛇的舌头一般又尖又灵巧,闪闪发亮。我的朋友把我介绍给他,接着,我说明了来意。我按照我朋友出的鬼主意,一上来就假装生气地抱怨那个图书馆管理员,说他对我询问的事根本不愿意回答。门德尔听了,将身子往后一靠,小心翼翼地啐了一口唾沫,随后哈哈一笑,带着很重的东方口音说:"他不愿答复?不——他答复不了!他是个讨厌家伙,一头该挨揍的灰毛驴子。我认识他,天晓得,已经干了整整二十年了,到现在还什么都没有学会。拿薪金,这是他们惟一会干的事!他们还不如去搬运砖头呢,这些博士先生们,省得白白坐在书堆里。"

随着这一通发泄,坚冰打破了,一个亲切的手势邀我第一次坐到这张涂满了字的大理石面四方桌旁,坐到这个我还不熟悉的向嗜书者启示奥秘的祭坛旁。我赶紧说明自己想找动物磁性说产生之时的有关著作,以及后人赞成和反对梅斯梅尔的专著和论文。我刚谈完,门德尔就把左眼闭上了一秒钟,活像一个在瞄准射击的射手。但是,这种凝神思索的表情确确实实只延续了一秒钟之久,接着,他像在念一份无形的书籍目录似的,一口气说出二三十打①书来,而且每一本都说明了出版地点、年份和大致的价格。我惊呆了。我尽管有精神准备,却没料到他有这等能耐。我惊愕的神态看来使他感到高兴,他紧接着又在自己记忆的键盘上继续弹奏我的主题的奇妙变奏曲。他问我,是否想了解一点有关梦游者的情况,了解催眠术的最初尝试,了解加斯纳②、驱魔术、基督教科学派③和布拉瓦茨基夫人④?于是,他又倒背如流地列举出若干人名、书名,并做了种种说明。这时我才明白,我遇到的这个雅科布·门德尔是个记忆力非凡的奇才,是一本有两条腿的百科词典或者包罗万象的图书目录。我迷惘地呆望着这位图书界的怪杰,完全被这个不修边幅、衣着邋遢、甚至有点讨厌的加利曾旧书贩吸引住了。他一口气给我列举了大约八十个人名,对自己打出了这张王牌,表面上满不在乎,内心里却颇为得意,并掏出了一块本来大概是白色的手帕擦了擦眼镜。为了稍稍掩饰一下我惊讶的心情,我吞吞吐吐地问他,这些书籍他最多能搞到多少。"试试看能搞多少吧,"他咕哝着说,"您明天早晨再来,我门德尔会给您搞到一些的,没找到的再到别处去找。一个人只要有头脑,就会走运的。"我客气地道了谢,也纯粹由于客套,我接着就干了一件大蠢事:我竟建议他把我想要的书记在一张纸条上。就在这同一瞬间,我感觉到我的那位朋友用胳膊肘捅了我一下,他想告诫我。但是

---

① 欧美人习惯用"打"这个量词,一打为十二件。
② 约翰·加斯纳(1727—1779),奥地利催眠术家。
③ 基督教科学派,主张信仰疗法的基督教教派,由玛丽·贝克—埃迪女士(1821—1910)在美国创建,十九世纪末传入德国。
④ 布拉瓦茨基夫人,原名叶·贝·布拉瓦茨卡娅(1831—1891),俄国女作家,曾游历北美、印度,受佛教影响,创建"通神学协会",主张修身养性以达到与彼岸世界直接交往的境界。

太晚了！门德尔已经向我掷来一道目光。怎样的目光啊！既是洋洋得意又是受了侮辱，既是嘲讽又是高傲，简直是国王的目光，是莎士比亚戏剧中麦克白的目光，当麦克达夫要求这位不可战胜的英雄不战而降时他射出的目光。随后，门德尔又哈哈一笑，喉咙上的大喉结引人注目地上下滚动，他显然吃力地把一句粗话咽了下去。他本来有理由讲任何可能想得出来的粗话，他，善良、正直的旧书贩门德尔，因为只有陌生人，只有一无所知的人才会向他，向雅科布·门德尔提出这样一个侮辱性的要求，要他像一个书店学徒或者图书馆服务员那样把书名记下来，似乎这个无与伦比的，这个金刚钻似的旧书贩的大脑竟然需要这样糟糕的辅助手段。我后来才懂得自己客气地提出这样一个要求，是怎样地伤了这个怪人的心，因为这个矮小、落魄、满脸胡子，又是驼背的犹太人雅科布·门德尔，在记忆力方面却是个顶天立地的巨人。在这个石灰色的、肮脏的、像布满灰色苔藓的前额后面，是一册无形的天书，原来印在每一本书的封面上的人名和书名，都像用钢水浇铸似的铸在了上面。不论是昨天出版的书，还是两百年前出版的书，他都能一下子确切地说出出版地点、作者、新旧价格，并以正确无误的想象力记起每一本书的装帧、插图以及摹写本。不论是曾经到过他手里书，还是他仅仅在别处的书店或者图书馆里见到过的书，都如同在他的眼前，一清二楚，如同正在创作的艺术家能清晰地看到他胸中的、外人还看不见的形象那样。当他看到雷根斯堡①某家旧书店的目录上某一本书要价六马克时，他便能记起，两年前维也纳一次拍卖时，另一本同样的书卖四克朗，同时还记起买主是谁。是的，雅科布·门德尔从不忘记一个书名，一个数字，他熟悉图书界

---

① 雷根斯堡，德国地名。

这个永远运行、经常变化的宇宙里的每一棵植物,每一条纤毛虫,每一颗星星。他比专门家更了解每一门专业,比图书馆管理员更掌握图书馆,比书店老板更熟悉大多数书店的库存,尽管他们有书单和索引卡片,而他却没有,但他有记忆的魔法,有这种无与伦比的记忆力,这种只有通过成百个不同的例子才能真正说明其非凡的记忆力。当然,要训练和形成这种正确无误到神奇地步的记忆力,只有通过一个对于达到任何完善的造诣都适用的秘诀,那就是全神贯注。事实上,这个怪人除去书籍以外对世事一无所知;对他来说,世上的一切现象,只有到了改铸成为铅字,集中在一本书里,甚至可说到了被封存的地步时,才开始变成真实的。但是就在他读这些书的时候,他也不注意它们的内容,无论是故事情节或者精神实质,惟有人名、价格、装帧、封面能引起他的热情。总而言之,他读书不是为了生产和创造,而仅仅是把数以十万计的人名和书名的索引印在一头哺乳类动物的大脑皮层上,而通常这种索引都是写在图书目录上的。雅科布·门德尔这种对旧书的特殊记忆力是独一无二、完美无缺的,作为一种特异现象,它绝不亚于拿破仑对人的相貌、梅佐芳蒂斯[①]对语言、拉斯克尔[②]对象棋的开局、布索尼[③]对音乐的记忆力,如果请他去开讲座,授他以公职,那么,这个头脑将会使成千上万,甚至几十万大学生和学者受益匪浅,使他们惊叹不已。这还将有益于各门科学。至于我们称之为图书馆的那些公共宝库,也将得到一份无可比拟的财富。但是,对于他,对于这个微不足道的、没有教养的、最多只上过塔木德学校的加利曾旧书贩,这个上层社会是永远紧锁着大门的。因此,他这种奇妙的

[①] 梅佐芳蒂斯(1774—1849),意大利语言学家。
[②] 拉斯克尔,德国象棋名手,一八九四年的世界象棋冠军。
[③] 布索尼(1866—1924),意大利钢琴演奏家、作曲家。

才能只能作为一种神秘科学,在格鲁克咖啡馆那张大理石面小方桌旁发挥它的作用。可是,如果有朝一日来了一位大心理学家(在我们的思想界,还始终没有人做这种工作),也像布丰①在对动物的变种进行整理分类时那样坚持不懈地对我们称之为记忆力的这种神奇的力量进行研究,逐一描述其所有的活动方式、种类、原始形式,阐明它的各种变体,那么,这位心理学家必将永远怀念雅科布·门德尔,怀念这个记忆价格和书名的天才,怀念这位古旧书籍科学的无名大师。

就职业而论,对于不知底细的人来说,雅科布·门德尔自然只是一个小小的旧书贩。每逢星期日,在《新自由报》和《新维也纳日报》上总要刊登这样一份固定不变的广告:"收购旧书,出价最优,从速前来,门德尔,上阿尔泽街",下面是电话号码,实际上是格鲁克咖啡馆的电话。他到书库里去翻寻,每星期总要同一个年老的、蓄着帝王须的脚夫搬几口袋书到他的总店去,尔后又从那里搬走,因为他没有进行正常图书交易的执照。因此,这始终是一种小买卖,一种进项有限的活动。大学生从他那里买教科书,一学年完了,又经他的手转售给下一届大学生。此外,他还居间介绍和替人购买任何所需的书籍。只加极少的手续费。在他那里,好的建议是廉价的。但是,金钱在他的世界内部是没有地盘的;因为人家从未见他变过样,他总是那一身破旧的衣服,早晨、下午和晚上,他喝牛奶,啃两个面包,中午吃一点人家替他从饭馆取来的食物。他不抽烟,不玩也不赌,甚至可以说,他没有活着,活着的只是眼镜后面的一双眼睛,这双眼睛从不懈怠地用文字、书名和人名去喂那谜一般的生物——大脑。这一堆软软的、可怕的物质贪婪地将这无

---

① 布丰(1707—1788),法国博物学家,著有《博物学史》。

数的符号吮吸进去，好似一片草场在吮吸千万滴雨水。他对人不感兴趣，在人的一切情感中，他也许只知道一种，自然是最属人之常情的虚荣。如果有人走访了上百个地方遍寻未获，才来找他指教，而他能一下子就回答来人的询问，惟有这个才能使他得意，给他乐趣。或许还有一点，那就是在维也纳和维也纳以外的地方，有数十人尊重和需要他的知识。在任何一个我们称之为大都市的这种庞杂的数百万人的密集体里，始终只能在少数几个点上，炸出若干小小的平面，由它们来反映这同一个宇宙，但大多数人是看不见的，惟有对行家，对意气相投的人来说，是极其珍贵的。这些书籍行家全都知道雅科布·门德尔。正如谁要询问某种音乐书报，就会到音乐之友社去找欧塞比乌斯·曼迪车夫斯基。他头戴灰色便帽，和善地坐在那里，周围是卷宗和乐谱，只要他一抬头，便能笑眯眯地解决最困难的问题。又如直到今天，谁要从旧维也纳的戏剧和文化中得到启示，谁就肯定会去找人所共知的格洛西神甫，同样，维也纳若干嗜好书籍的人，一遇到某个特别硬的坚果要咬开时，就会自然而然、坚信不疑地到格鲁克咖啡馆去找雅科布·门德尔。如果在这些人来求教时，谁能从旁观察门德尔，就会使像我这样好奇心重的年轻人产生一种特殊的快感。如果有谁拿来一本次书搁在他面前，他便轻蔑地敲敲封皮，只咕哝一声"两个克朗"了事。相反，如果是某种珍本或孤本，他会毕恭毕敬地把身子往后挪动，在书的下面垫上一张纸，仿佛他突然对自己那肮脏的、沾满墨水的、指甲缝里全是黑垢的手指感到害羞了。随后，他怀着莫大的敬意，小心翼翼地一页接一页地轻轻翻阅这本罕见的书。在这样的时刻，谁也无法使他分心，正如一个真心诚意的教徒在祈祷时，是谁也扰乱不了的。事实上，这样的仔细观看、抚摩、嗅探、掂量，这样的每个动作，都像是仪式上的，是前后次序有定规的宗教礼拜仪式上的。他的驼背前挪后移,一边咕哝着、哼哼着、搔头发,发出一些引人注意的元音。一个延长的、几乎是深感惊讶地吐出的"Ah"和"Oh",表示醉心的欣赏;如果发现缺页,或者有一页被虫蛀了时,便是一声急促的、仿佛被吓了一跳似的"Oi"或"Oiweh"。末了,他恭敬地把这本厚书放在手上掂量,半闭着眼睛,把这个笨重的长方形又闻又嗅,宛如一位多愁善感的少女在闻一朵晚香玉时那么动情。在进行这一套有点麻烦的程序的时候,书的所有者当然得耐着性子。但是,在检查结束之后,门德尔便会热心地,甚至是热情地提供情况,而且少不了要添上种种涉及面很广的有关轶事,以及关于同类版本价格的富于戏剧效果的报道。在这样的时刻,他仿佛变得开朗了,年轻了,有生气了。只有一件事会使他感到极度愤慨,那就是某个初到此地来的人,要为他做了这番估价而付钱给他。这时,他会气愤地断然拒绝,就像一位画廊顾问气愤地断然拒绝某个到处旅游的美国人为了他的讲解而要往他手里塞小费。因为能允许门德尔把一本珍贵的书拿在手上,就等于能允许别人同自己心上的女人相会。这些个瞬间便是他的柏拉图式的爱情之夜。能左右他的惟有书,从来不是钱。因此,一些大收藏家,其中有普林斯顿大学的创建人,都想请他当他们的图书馆的顾问和采购员,但是枉费心机,雅科布·门德尔一概拒绝。他只想待在格鲁克咖啡馆。三十三年前,他,一个驼背小青年,胡子还是黑色的,又细又软,前额上是涡形鬈发,从东方到维也纳来学习,想得到犹太法学博士学位。但过不多久,他离弃了严峻的惟一的神耶和华,投身到光彩夺目、变化万千的书籍的多神世界中去。当时他首先找到了这家格鲁克咖啡馆,它渐渐变成了他的书坊,他的总店,他的邮局,他的世界。如同一位天文学家,孤寂地站在天文台上,通过望远镜的圆孔,天天夜里观察无数的星星,观察它们神秘的运行,它们变化莫测的混乱无序,它们的熄灭和复燃,雅科布·门德尔则在这张四方桌旁,通过他的眼镜,观察另一个同样永恒地运行着、变化着的书籍的宇宙,观察我们的世界之上的这个世界。

不言而喻,他在格鲁克咖啡馆是被视若上宾的。在我们的眼里,这家咖啡馆的名声与其说靠音乐家、《阿尔赛斯特》和《伊菲革涅亚》的作曲者克里斯托夫·威利巴尔德·格鲁克①的庇佑,倒不如说是同门德尔的无形讲坛联系在一起的。同古旧的樱桃木柜台、两张绿呢打满补丁的台球桌和铜咖啡壶一样,门德尔也是这家咖啡馆财物清单上的一件动产,他的桌子如同一处圣地似的受到保护。因为他有无数的主顾和询问者,他们一来,店里的职工就很有礼貌地硬要他们吃点、喝点什么,所以,他的科学所赚来的钱,较大部分实际上流进了领班②道伊布勒挂在屁股后面的那只大皮夹里。反过来,旧书贩门德尔也享有多种特权。打电话免费,他的信人家给收,还替他办各种事情;年老、正直的厕所清洁女工替他刷大衣,钉纽扣,每周替他洗一小包衣服。人家替他到邻近的饭店去取午餐,只有他一人能得到这种待遇。另外,每天早晨,老板施坦德哈特纳先生亲自来到他的桌子旁向他问好,埋头在书堆里的雅科布·门德尔自然多半没有察觉。早晨八点整他进店,直到人家熄灯时他才离开。他从来不同别的顾客说话,也不看任何报纸,有了什么变化他都不会发现。有一次,施坦德哈特纳先生彬彬有礼地问他,在电灯下读书是不是比以前在煤气灯黯淡、抖动的光线下读书要好一些,他这才惊讶地抬起头来呆望着电灯泡。尽管安装电灯花了好几天时间,又敲又凿,又吵又闹,这样的变化他竟全然

---

① 克里斯托夫·威利巴尔德·格鲁克(1714—1787),德国歌剧作曲家。暮年定居维也纳。
② 领班,即店里管算账收款的侍者头儿。

不知。只有数以十亿计的黑色纤毛虫般的铅印文字,通过眼镜框的两个圆孔,通过两个闪光的、吸收着的镜片,过滤到他的大脑中去,其余的一切事件,均似无谓的喧哗,从他身边一掠而过。他确实就在这一个地方,在这张四方桌旁,阅读、比较、计算,度过了三十多年,度过了他一生中全部清醒的光阴,像做着一场持续的、惟独被睡眠中断的梦。

因此,当我恍恍惚惚看到雅科布·门德尔宣示神谕的大理石桌子空空的,仿佛立在这间屋里的一块墓碑时,我突然产生了一种恐怖感。现在,人到中年时,我才懂得,有多少东西随同每一个这样的人一起消失了,首先因为在我们这个无可挽救地变得愈益单调的世界上,一切独一无二的东西日复一日地变得稀罕珍贵了。接着,我想到,年轻而无经验的我,当时出于一次深刻的预感,曾经非常喜爱这个雅科布·门德尔。可是,我竟然忘却过,尽管是在战争的年代里①,是我在一种像他那样专心致志于自己工作的情况下,但也不应该啊!现在,面对这张空桌子,我感到羞愧,对不住他,同时又产生了一种新的好奇心。

他到哪里去了呢?他的情况又怎样呢?我招呼侍者过来,向他打听。一位姓门德尔的先生,对不起,我不认识他,我们店里不见有姓门德尔的先生来过。不过,领班也许会知道的。领班腆着尖肚皮笨重地移动身子慢慢蹭过来,他犹豫着,思索着:不知道,连他也不知道一位姓门德尔的先生。不过,我要打听的是不是曼德尔先生,弗洛里安尼巷的缝纫用品店的曼德尔呢?我觉得嘴唇上有一种苦味,万物无常的滋味:如果风已经把我们脚后留下的最后的痕迹都吹掉的话,那么人活着是为什么呢?一个人,在这间若干

---

① 指第一次世界大战。

平方米的房间里阅读、思想、谈话、呼吸了三十年,或许四十年,可是,仅仅离去三四年光景,来了一个新法老,便无人再知晓约瑟了,在格鲁克咖啡馆里也无人再知晓雅科布·门德尔,旧书贩门德尔了!我几乎有些恼火地问领班,我能不能同施坦德哈特纳先生交谈呢?旧职工里还有没有谁在呢?哦,施坦德哈特纳先生,我的上帝,他早就把这家咖啡馆卖掉了,他已经故世了,原来的领班,他现在在克雷姆斯附近靠自己的产业过活。没有了,再没有人在这儿了……对,有了!有了!施波席尔太太还在此地,厕所清洁女工(俗话叫作巧克力太太)。不过,她肯定记不得一个个的顾客了。我随即想到:雅科布·门德尔这个人人家是忘不了的,于是,便让领班请她来见我。

她来了,施波席尔太太白发蓬乱,有点水肿的腿一步一步从厕所间走来,一边还在匆匆地用布擦她通红的手,显然是刚打扫完她那阴暗的小间,或者刚擦完窗户。我立刻由她的慌张神态察觉,这样突如其来地把她叫到前面来,叫到这家咖啡馆里高雅房间的大电灯下来,使她不高兴。因此,她先是猜疑地瞧我,用一种目光由下往上地瞧我,一种十分小心地压低了的目光。我找她,有何贵干呀?但是,我刚开口打听雅科布·门德尔,她就睁大了眼睛盯着我,眼珠仿佛要夺眶而出,她抖动着耸起肩膀。"我的上帝,这个可怜的门德尔先生,竟然还有人想着他!是啊,可怜的门德尔先生。"——她几乎在哭泣了,她感动极了。老年人逢到别人使他们回忆起他们的青春岁月,回忆起某一段已被遗忘的、美好共处的光阴时,总会这样的。我问到他是不是还活着。"哦,我的上帝,这个可怜的门德尔先生,五六年,不,七年,他去世已经有七年了。这么一位可爱、善良的先生,想想看,我认识他有多久了,二十五年都不止了,我进店时,他已经在这儿了。说起他们是怎么弄得他死去的,这真是件可耻的事情啊!"她越来越激动了,并问我是不是他的亲戚。她说,从来没有人关心过他,从来没有人打听过他——他遭遇的事情,我是不是一点都不知道呀?

不知道,一点都不知道,我说;给我讲一讲吧,原原本本地讲一讲吧!这个善良的老妇人显出了胆怯和拘束的神态,不断地擦她的那双湿手。我懂了,一个厕所清洁女工,系着肮脏的围裙,白发蓬乱,站在这咖啡馆的大厅里,这使她感到难堪;另外,她一直怯生生地左顾右盼,看是不是有哪个侍者在一旁听着。我于是向她提议,我们到活动室里去吧,坐到门德尔的老座位上去,请她在那儿把事情的始末讲给我听。她感激地向我点点头表示同意,感激我懂得她的心思。她,这个已经有点摇摇晃晃的老妇人走在前面,我在后面跟着。两名侍者惊讶地望着我们的背影,他们觉察到了此中必有缘故,若干顾客也对我们这差别悬殊的一对感到惊异。接着,在活动室里那张四方桌旁,她向我讲述了雅科布·门德尔,旧书贩门德尔的沉沦(后来,其他人的叙述,又给我增补了某些细节)。

就是啊,他后来,她这样讲述道,在战争开始以后,也还一直来的,天天一早,七点半钟就到这里坐着,整天研究着,同以往一模一样,是啊,他们大家都有这种感觉,而且还常常谈到,他可能根本就不知道已经在打仗了。我可是了解的,他从来不看报纸,也从来不同别人交谈;尽管卖报的大声叫喊"号外,号外",所有其他的人都跑步围上去时,他也从不站起身来,从不在一旁听着。他同样一点也没有注意到,弗兰茨,那个侍者不在了(他在戈尔利采①附近阵

---

① 戈尔利采,波兰地名。一九一五年奥军和俄军在这一带交战,三月,俄军攻陷后文提到的普热梅希尔要塞。

亡了),也不知道施坦德哈特纳先生的儿子在普热梅希尔被俘虏了。面包越来越不像样,人家给他喝的已经不是牛奶而是代用咖啡了,可是他却从来没有说过一句话。只有一次,他觉得有点奇怪,怎么现在来这儿的大学生这么少呢?如此而已。——"我的上帝,这个可怜人哪,除了他的书以外,再没有别的事使他高兴和担忧过。"

可是,后来有一天,灾祸临头了。上午十一点,一个晴天,一名警官领着一名秘密警察到这里来了,那个秘密警察指了指纽扣眼里的蔷薇花饰徽章①,开口问道,有没有一个名叫雅科布·门德尔的人常到这里来。接着,他们马上走到这张桌子边上来找门德尔,他还糊里糊涂地以为是来卖旧书的,或者是来请教他的呢。但他们立即要他跟着走一趟,就把他带走了。这对这家咖啡馆是个真正的耻辱,所有的人都围到了可怜的门德尔先生周围。他呢?站在那两个人中间,眼镜移在前额上头发下面,望望这个,瞧瞧那个,不知道他们到底找他干什么。大家当即对那个警官说,这一定是搞错了,像门德尔先生这样的人,是连只苍蝇都不会伤害的。可是,那个秘密警察马上对大家吼叫起来,说他们不得干涉公务行动。于是,他们把他带走了。在这以后,他很长一段时间没有再来,有两年之久。我今天还不清楚,当时他们干吗要把他带走。"不过我可以发誓,"她,这个老妇人激动地说,"门德尔先生是不会干不法事情的。他们一定搞错了,我敢担保。这是对这个可怜的、无辜的人的犯罪行为,犯罪行为!"

她的话一点不假,这个令人感动的、善良的施波席尔太太。我们的朋友雅科布·门德尔确实没有做过任何不法的事情,他

---

① 奥国秘密警察的特别标记。

只是干了一件糊涂的、一件动人的、一件甚至在那个疯狂的时期里也完全难以令人相信的蠢事，这只能用这个怪人的专心致志，用他像生活在月球上似的远离现实来解释。事情是这样的：一天，负责监视与外国往来邮件的军事检查局截获一张明信片，是某一个名叫雅科布·门德尔的人所写，按规定贴足了寄国外的邮票，但是——简直令人难以相信——是寄到敌对国家去的，收件人是让·拉波戴尔书商，地址是巴黎格雷涅尔沿河街，一个名叫雅科布·门德尔的人在明信片上抱怨说，最近的八期《法国图书通报》月刊他都没有收到，可是他已经预付了全年的订费。那个被征调来的下级检查官，原来是位文科中学教授，个人爱好罗曼语言文学，现在被换上一套蓝色的国民军服装，当这张明信片落到他手里时，他吃了一惊。一个愚蠢的玩笑，他想道。他每星期要检查两千封信，从中搜寻和发现有问题的内容和有间谍嫌疑的用语，但还从未有过一件如此荒唐的东西落到他手指底下来。一个人从奥地利寄信到法国，还毫无顾忌地写上自己的姓名和地址，漫不经心地把一张寄往交战国的明信片就这么简单地往信箱里一扔，仿佛自从一九一四年以来这些边界上并没有架上铁丝网，仿佛在上帝创造的白昼里，法国、德国、奥国和俄国并没有使对方男性居民的数目逐日减少几千人。因此，起先他把这张明信片当作一件稀奇东西塞进了自己的抽屉，没有向上级报告这件荒唐事。但是，几星期以后，又来了一张明信片，又是这个雅科布·门德尔写的，寄给一个叫约翰·阿尔德里奇的书商，地址是伦敦霍尔本广场，问他能否给自己买最近的几期《文物》杂志，落款又是这个怪人雅科布·门德尔，而且天真透顶地写上了他的详细地址。这时，这位被人套上一身制服的文科中学教授觉得这件上装有点紧了。难道这种笨拙的玩笑竟是某种暗语,自有谜一般的含义吗?总而言之,他站起身来,后跟囊的一声并拢,把两张明信片都放到了少校的桌上。这位少校高高地耸起了肩膀:怪事!他先通知警察局,要他们调查究竟有无雅科布·门德尔此人。一小时以后,雅科布·门德尔已被逮捕,这个意外的遭遇把他搞得晕头转向,他根本没有弄清是怎么回事时,已被带到了少校那里。少校把神秘的明信片放到他的面前,问他承认不承认自己就是寄信人。这种严厉的问话口气激怒了门德尔,而首先是由于他在阅读一本重要图书目录时被他们打断了,他几乎是粗声粗气地说,这两张明信片自然是他写的。订阅的刊物,钱都付清了,自然有权去索取。坐在圈手椅里的少校向邻桌旁的少尉转过身去。两人会心地互相瞥了一眼:一个十足的白痴!接着,少校考虑,是把这个糊涂蛋厉声训斥一通,随后撵走呢,还是把事情认真地查问一番。在任何一个这类机关里,遇到这类拿不定主意的尴尬情况时,总会决定先搞一份问话记录再说。搞一份记录总是好的嘛!即使没有什么用处,但也没有什么害处,只不过填满一张毫无意义的纸,增添到成百万张这样的纸张里面去。

这一回,却使一个可怜的、稀里糊涂的人遭了殃,因为刚问到第三个问题,就出现了非常倒霉的情况。人家先问他的姓名:雅科布,正名是贾因克夫·门德尔。职业:小贩(他没有书商执照,只有一张小贩许可证)。第三个问题却成了灾祸:出生地点。雅科布·门德尔回答说是佩特里考①附近的一个小地方。少校皱起了眉头。佩特里考,不是在俄属波兰地区内,在边境附近吗?可疑!十分可疑!他于是更加严厉地盘问门德尔,什么时

---

① 佩特里考,今波兰彼得库夫。

候获得奥地利公民权的。门德尔眼镜后面的一双眼睛模模糊糊地、惊异地呆望着少校：他说不清楚。见鬼！他到底有没有证件。说明他身份的证件除了小贩许可证以外，别的什么也没有。少校的眉头皱得更紧了。好吧，他的国籍究竟是怎么回事，得让他讲清楚才行。他父亲是什么国籍，是奥地利人还是俄国人？雅科布·门德尔镇静地回答说：自然是俄国人。那么，他本人呢？他呀，三十三年前就偷越了俄国边境，从那时起就一直住在维也纳。少校越来越不安了。他什么时候入奥地利国籍的？为什么要入？门德尔反问道。他从来不关心这类事情。这么说，他还是个俄国公民，对吗？这样无聊的盘问早就使门德尔心烦了，他无所谓地回答说："本来就是。"

这样干脆的答复把少校吓了一跳，他身子往后倒去，弄得圈手椅嘎吱作响。竟然有这等事情！在战争期间，在一九一五年底，在塔尔努夫①和大规模攻势之后，一个身份不明的俄国人在维也纳，在奥地利的首都随心所欲地到处乱闯，还寄信到法国和英国去，而警察局居然撒手不管。难怪新闻界的傻瓜们对康拉德·封·赫岑道夫②不能立即挺进华沙感到奇怪，总参谋部的傻瓜们对军队的每一次调动都被间谍把情报送给了俄国感到惊讶。这时，那个少尉也站了起来，问话变成了严厉的审讯。他，一个外国人，为什么不立即向当局报告？门德尔，始终没往坏处想，用他的唱歌似的犹太腔答道："为什么要立即报告呢？"少校认为，这种反问是一种挑衅，便气势汹汹地问他，看到了布告没有？没有！难道他连报纸都不看？不看！

---

① 塔尔努夫，波兰地名，一九一五年九月，奥军在此突破俄军阵地，并协同德军在东线发动了大规模攻势。
② 康拉德·封·赫岑道夫，奥地利陆军元帅。

这两个军官盯着由于闹不清是怎么回事而急出汗来的雅科布·门德尔发愣,仿佛月亮掉到他们的办公室里来了。接着,响起了拨电话的声音,打字机的声音,传令兵跑上跑下,雅科布·门德尔被交给卫戍部队监狱负责看管,准备下一步把他送进集中营。人家叫他跟两名士兵走时,他还莫名其妙地瞪着眼睛发傻。他不知道人家要拿他干什么,但他本来也没有任何担忧的事。这个戴着金色领章、说话粗暴的人能对他有什么坏打算呢?在他的超脱现实的书籍世界里,没有战争,没有不谅解,而只有关于数字和文字、书名和人名的知识,以及不倦的求知欲。因此,他随和地夹在两名士兵中间下了楼梯。到了警察局,人家拿走了他大衣口袋里所有的书,并要他交出藏有几百张重要的书单和主顾地址的皮夹,这时,他才勃然大怒,动手打人。人家只好把他绑起来。这中间,他的眼镜掉到了地上,他的这架观察精神世界的魔术望远镜跌个粉碎。两天以后,人家让他穿上单薄的夏服,押送他进了科马诺姆①附近的俄国平民俘虏的集中营。

在集中营的这两年里,没有书,没有他所心爱的书,没有钱,处在这所大监狱里冷漠的、粗鲁的、多半是文盲的难友中间,雅科布·门德尔经受了怎样的心灵上的恐惧;他像一只被折断翅膀的鹰离开了天空似的,离开了超脱人世的、对他来说是惟一的书籍世界后,在那里又饱尝了怎样的苦楚——关于这些,却找不到任何目击者来提供情况。但是,从疯狂中清醒过来的世界,已经渐渐认识到,在这场战争的一切暴行和犯罪的侵犯中,没有一件比下面的行为更无意义、更多余、因而在道义上更不可饶恕的了,那就是把一无所知的、早已超过工作年龄的侨民抓起来,集中在一处,用铁丝

---

① 科马诺姆,匈牙利地名。

网圈起来,而这些人都是侨居多年,并把异国当作故乡,由于真诚相信客居权利——这种权利甚至在通古斯人和阿劳加尼亚人①那里也被视为神圣的——因而没有及时逃亡。这是破坏文明的罪行。在法国、德国和英国,在我们这个发了狂的欧洲的任何一处,都同样丧失理智地犯下了这一罪行。雅科布·门德尔或许也会像数以百计的其他无辜者一样,在这种围场里变成神经错乱,或者因患痢疾、因体力衰竭、因心灵受到严重损害而可怜地死去。幸亏一个偶然情况,一个惟独在奥地利才会发生的偶然情况,恰好及时地把他再一次拉回他的世界中来。在他失踪以后,一些身份高贵的主顾仍然按照他原来的地址多次给他去信。前施蒂里亚总督、纹章学著作的狂热收藏者勋伯格伯爵,前神学系主任、为奥古斯丁②著作撰写评注的齐根菲尔德,八十岁高龄、还在不断修改自己的回忆录的退休海军元帅埃德勒·封·皮塞克,所有这些门德尔的保护人,都不断有信给他。这些投寄到格鲁克咖啡馆的信件中,有一些转到集中营给这个下落不明的人,这些信碰巧落到那里一位好心的上尉手里。门德尔自从眼镜被人打碎以后,由于没钱配一副新的,便一直像一只鼹鼠,灰色、失明,沉默地蹲在角落里。这么一个矮小、半瞎、肮脏的犹太人,竟然结识如此高贵的人物,这使那位上尉颇觉惊讶。有这样的朋友的,本人必定不同寻常。因此,他允许门德尔答复这些来信,并请求他的保护人替他说情。结果并非石沉大海,显贵们以及那位系主任,本着一切收藏家团结一致的精神,频繁联系,并且递上了他们的联名担保书,这样,旧书贩门德尔在监禁了两年多之后,于一九一七年获释返回维也纳,当然附有条

---

① 通古斯人是西突尼斯一带的居民;阿劳加尼亚人是智利与阿根廷一带的印第安人。
② 奥古斯丁(345—430),中世纪北非主教,著有《忏悔录》。

件,那就是每天到警察局汇报一次。不过,他毕竟返回到自由的天地,返回到他的又破旧又窄小的阁楼里来了,他又能去逛他心爱的书店,而首先是回到格鲁克咖啡馆。

出了黑暗地狱的门德尔如何返回格鲁克咖啡馆,可以由正直的施波席尔太太根据自己的亲身见闻来向我描述了。"——天——耶稣,马利亚,约瑟,保佑我呀!我不相信,我信不过自己的眼睛了——门被推开了,您也知道,他平日进门时就是这样,歪着身子,把门推开一道缝,这时,他跌跌撞撞地走进了咖啡馆,他,门德尔先生。他穿着破烂的、满是补丁的军大衣,头上戴着什么,也许原来是顶帽子,一顶人家扔掉的破帽子。他没围围巾,那副模样真像个死人,灰白的脸色,灰白的头发,干瘦得叫人可怜。但是,他进来了,仿佛什么事情也没有发生过,他什么也不问,什么也不说,往这张桌子走去,脱掉大衣,不过不像以前那么灵巧了,而是边脱边吁吁地喘息。他同以前不一样,什么书也没有带,只是坐下来,一句话不说,只是用完全没神的、鼓出的眼睛瞪着前面发愣。后来,我们把过去从德国寄来的整捆书籍杂志给他搬来了,他这才渐渐地开始阅读。不过,他已不再是以前的那个门德尔了。"

是的,他已判若两人,不再是世界奇迹,不再是一切图书的神奇的索引柜了。当年见到过他的人,都痛心地向我谈到了这一事实。他的原来是宁静的、仅仅像在睡梦中阅读的目光,看来已被扰乱,无法挽救;又有什么被撞毁了:流血的恐怖像一颗彗星,疯狂乱飞,撞在了他的书籍宇宙中这颗怪僻而平和的、这颗昴宿星团中最亮的星球上。几十年来,他的眼睛看惯了书刊上无声的、纤细的、昆虫脚似的铅印文字,可是,在那个四周架着铁丝网的关押人的围场里,这双眼睛必定看到过可怕的事情,因为那对原先是滴溜转动的、嘲讽地闪闪发亮的眼球,已被沉重的眼皮遮住了,在修过的、好不容易用细线扎在一起的眼镜后面,原先是那么活泼的眼睛,现在是半睡不醒,两圈红晕,蒙蒙眬眬。更加糟糕的是:他的记忆器官,这座奇异的艺术建筑,必定有一根圆柱倾倒了,整个结构已陷于紊乱。因为我们的大脑构造精细,它是用最精细的材料制造的控制台,是我们的心智的精密仪器,只要一根微血管被堵塞,一根神经受震动,一个细胞疲劳过度,只要一个这样的分子错了位置,就足以使这个绝妙地聚集着千变万化的天体和声的心灵顿时沉寂。在门德尔的记忆器官里,在这独一无二的心智的键盘上,琴键的装置失灵了。偶或有人来请教他时,他便才枯智竭地呆望着来人,人家对他说的话,他听不太懂,他听错了,或者一听即忘。门德尔已不再是门德尔了,正如这个世界已不再是这个世界。他不再身子前后摇晃着全神贯注地读书了,他多半坐着发呆,眼镜只是机械地冲着书本,旁人弄不清他是在阅读,还是在瞌睡。有好几次,施波席尔太太这样讲述道,他的脑袋沉重地撞到书上,大白天里就昏昏入睡了。有些时候,他又一连几个钟头望着电石气灯——这是在那些煤炭紧张的年头里,人家放在他桌上的——陌生的、有臭味的亮光出神。是啊,门德尔已不再是门德尔了,不再是世界奇迹了,而是疲倦地喘息着的、不中用的一堆胡子和衣裳,毫无意义地堆在原来的彼提阿①的座椅上;他不再被看作格鲁克咖啡馆的荣誉,而是被看作一个带来耻辱的人,一个散发臭气、叫人恶心的脏鬼,一个讨人厌的、毫无用处的寄食者。

新老板就是这么看待他的。此人名叫弗洛里安·古特纳,雷茨人,在一九一九年这个饥荒的年头里,做面粉和黄油的黑市买卖

---

① 彼提阿,希腊神话中特尔斐阿波罗神殿里宣示神谕的女先知。

发了横财,他花言巧语,用迅速贬值的八万克朗纸币从老实的施坦德哈特纳手里买下了格鲁克咖啡馆。这个农夫出身的老板,手腕精明,抓住时机,迅速把这家古朴的咖啡馆修饰一新,及时用贬值的钞票添置安乐椅,修筑大理石门洞,并已在谈判,要买下隔壁的饭店,加建一个音乐茶座。在这样迫不及待地翻新装饰的过程中,这个加利曾寄食者自然十分碍他的手脚。这个家伙从清晨直到夜晚独占一张桌子,但一天总共只喝两杯咖啡,吃五个面包,虽说施坦德哈特纳特别叮嘱他千万关照这位老顾客,并且向他说明这个雅科布·门德尔是怎样的一位重要人物,在移交财产清单时,施坦德哈特纳甚至把门德尔作为这笔交易的一项附带义务托付给古特纳。但是,弗洛里安·古特纳在添置新家具和锃亮的铝制柜台时,也换上了一副这个牟利时期的铁石心肠,他只等着找到一个借口,把这个市郊破烂堆里剩下的最后一件讨厌东西,从他那已是气派高雅的店堂里清扫出去。看来良机快来了,因为雅科布·门德尔境况很糟。他积蓄下来的最后的钞票,在通货膨胀这台碎纸机中被磨成了粉末,他的主顾们也星散了。再去当旧书贩,爬楼梯,挨门逐户地收旧书,这个疲乏的人已经没有力气了。他穷极潦倒了。别人由成百种小小的迹象察觉到了这一点。他已经很少让人去饭店给他取食物,连数目有限的咖啡和面包钱他也老是拖欠,有一回甚至拖欠了三个星期。那时候,领班就要把他撵到大街上去。幸亏这位正直的施波席尔太太,这个厕所清洁女工可怜他,替他担保。

过了一个月,不幸的事情发生了。那个新领班早已在结账时多次发现面包的数目不对。除掉拿走的和付了钱的以外,总还短少。他自然立即怀疑上了门德尔,因为那个年迈的、走道都不稳的脚夫已经多次向他抱怨,说门德尔欠了他半年的账,他一分钱也还不出来。领班于是格外注意,两天以后,他躲在围火炉的挡板后面,眼看雅科布·门德尔偷偷从桌旁站起身来,走进前室,飞快地从面包篮里拿出两个小面包,饿慌了似的一下子塞进嘴里,于是,当场把他逮住。有了真凭实据,现在那些缺少的面包可有下落了。领班马上向古特纳先生报告了此事。古特纳早在寻找借口,如今喜出望外。他当众训斥门德尔,说他犯了偷窃罪,甚至假装宽宏大量地说,他不想马上报警,但命令他立即滚蛋,永远见鬼去。雅科布·门德尔只是发抖,什么话都不说,摇摇晃晃地从他的座位上站起来,走了。

"多么悲惨啊!"施波席尔太太是这样形容他的离去的,"我永远忘不了他是怎样站起身来的,眼镜推到前额上,脸色煞白,像一条毛巾。他来不及把大衣穿上,虽说是在一月里,您是知道的,那一年可冷哪!他吓坏了,连书都忘在桌上了,我是过后才发现的,还想追上去给他呢。可是他已经跌跌撞撞地出了门。我不敢到街上去,因为古特纳先生站在门口,冲着他的背影破口大骂,过路的人都站住了,围拢来。是啊,真是可耻,我羞愧得要命!这种事情老施坦德哈特纳先生是做不出来的,他不会因为几个小面包把人撵走的,他在的话,门德尔白吃一辈子都行。可是今天的人哪,都是没心肝的。把一个三十多年天天坐在这儿的人撵走——真是可耻,见了上帝,我可不对这件事情负责任——我不负。"

她,这个善良的妇人,变得十分激动,并以老年人冲动时的唠叨劲,翻来覆去地讲这件丑事,讲施坦德哈特纳先生是不会这样的。我不得不问她,我们的门德尔后来怎样了,她是否再见到过他。这时,她失去了常态,愈加激动了。

"每天我从他的桌旁走过时,每一回,您可以相信我的话,我心里就一震。我总是想,他现在会在哪里,可怜的门德尔先生,如果我知道他住在哪里,我会给他带些暖和的东西去的,因为他能从哪儿去挣生火和吃饭的钱呢?就我所知,他在世上没有亲戚。我始终听不到一点点消息,末了,我已经以为他不在人世了,我再也见不到他了。我已经在考虑,是不是让人替他念一段弥撒祭词。因为他是个好人,我们相识二十五年都不止了。

"可是,一天清晨,七点半,对,在二月间,我正在擦黄铜窗栏杆,突然(我是说,我心里一震),突然,门开了,门德尔进来了。您知道,他总是迷迷糊糊、歪着身子挤进来的,可是,这一回不同了。我马上发觉,他东倒西歪,一双眼睛忽闪忽闪,我的上帝,瞧他那副模样,只剩下骨头和胡子了!我看到他这副模样,立刻就明白了。我立刻就想到,他什么都不知道,他在睡觉,大白天出来梦游,他什么都忘了,小面包,古特纳先生,以及他们可耻地把他撵走,他连自己都不知道了。感谢上帝!古特纳先生还没来,领班也正在喝咖啡。我赶紧跑过去,好告诉他,别待在这儿,别让那个野蛮家伙再撵一回。"说到这里,她担心地回头看看,马上改口说,"我是说古特纳先生。接着,我喊他:'门德尔先生!'他抬起头来,两眼发直。这一眨眼的工夫,我的上帝,真可怕呀!这一眨眼的工夫,他准是什么都记起来了,因为他马上打了一个哆嗦,开始发抖,不只是手指抖,不,全身都抖,从肩膀都可以看出他在发抖,他又急急忙忙朝门口跌撞过去。到了门口,他摔倒了。我们赶紧打电话给急救站,随后,他们把他弄走了,他在发烧。晚上,他就死了,肺炎、高烧,这是医生讲的。他还讲,门德尔来我们这里时,已经失去了知觉。只能是睡着觉的人才会这样进来的。我的上帝,一个人三十六年天天这样坐在这儿,这张桌子可不就是他的家了。"

关于他,我们还谈了很久。我们是认识这位怪人的最后两个,我,当时还年轻,是他使我第一次感受到一种包罗万象的精神生活,尽管他的存在像微生物似的微不足道;她,这个穷困、劳累的厕所清洁女工,从未读过书,她同自己贫困的下层社会里的这个同伴有联系,仅仅是由于二十五年来她一直替他刷大衣、钉纽扣。可是,在他的这张已成陈迹的桌子旁,共同召来他的亡灵时,我们却能相互理解,而且理解得那么深。因为回忆总能把人们联系在一起,怀着爱的回忆更其如此。谈着谈着,她突然想起一件事:"耶稣,我怎么会忘了呢?那本书还在我那儿,就是他当时留在桌上的那本。我上哪儿找他,归还他呢?后来,也没别人告失,我想,就留下它作个纪念吧。这也不是什么犯法的事,对吗?"她匆匆回到后面她的小房间里把书拿了来。我好不费力地强压住了一丝微笑,因为始终以捉弄为乐、有时又爱挖苦的命运,喜欢恶作剧地给震撼人心的事添上滑稽可笑的成分。这是海恩编的《日耳曼恋爱与新奇文学书目》第二卷,它是任何藏书者都熟知的言情文学书目。恰恰是这本言情书目录——书籍各有其命运——作为这位已故魔术师最后的遗物,落到了无知者这双磨破的、裂口的手里,并被当作祈祷书保存下来。我费力地抿着嘴唇,强压住本能地由心中流出的微笑,而这些微的犹豫却使这位正直的妇人感到莫名其妙。我的意思是什么呢?这是本珍贵的书,或是什么呢?

我亲切地同她握手告别。"您只管放心保存吧,我们的老朋友门德尔只会高兴的,至少在几千个为一本书而感激他的人中,有一个人还想着他。"我说完告辞而去。在这位正直的老妇人面前,我感到羞愧,她单纯地却又最富人情味地忠于这位死者。因为她,这个未受过教育的女人,至少保存了一本书,为了更好地纪念他;但是我,我却多少年来一直把旧书贩门德尔忘在了脑后,而恰恰是我,应该知道,人们写书只为越过自己的生存去同众人建立联系,并维护自身来抵御一切生命的严酷的对立面:无常和被遗忘。

(1929)

(胡其鼎 译)

无形的压力[*]

妻还酣睡着,呼吸均匀有力。她的嘴半张着,似乎想绽出一丝微笑或者说句什么话,在使人平静的被子下面,她年轻丰满的胸脯柔和地隆起。窗口露出最初的晨曦,但是冬日的黎明晨光熹微。日夜交错时半明半暗的光芒游移不定地在酣睡的万物之上涌动,掩盖着它们的形体。

费迪南轻手轻脚地起了床,自己也不知道为什么。他现在往往工作做了一半,会突然抓起帽子快步走出屋子,到田野里去,越走越快,越跑越快,直到精疲力竭,突然在陌生地区的不知什么地方站住,双膝索索发抖,太阳穴的脉搏突突直跳,或者他在热烈的谈话中间,突然抬头凝视,再也听不懂别人说的话,听不见别人提的问题,非得使劲控制自己才能收住心神。或者晚上脱衣服时他会走神,把脱下的鞋拿在手里发愣,呆呆地坐在床沿上,直到妻子叫他,或者靴子突然骨隆隆地掉到地上,他才悚然惊醒。

他此刻刚从有些闷热的卧室走到阳台上,觉得有些寒意。他不由自主地把双肘紧贴身体,好暖和一些。眼前山坡下的景色还完全笼罩在浓雾之中。平时从他那建在高处的小屋远眺,苏黎世

---

[*] 本篇于一九二九年在维也纳施特罗姆出版社的《小说半月刊》第二期首次发表。

湖宛如一面磨光的镜子，倒映出天上匆匆驰过的片片白云。今天在湖面上涌动着一层厚厚的乳白色泡沫。他的目光所及，手所触摸，一切全都潮湿、昏暗、滑溜、灰暗。树上滴下水珠，梁上渗出潮气，渐渐从雾气中升起的世界，就像一个刚从洪流中逃出的人，身上还一串串地往下滴水。透过浓雾，传来人声，咕噜咕噜，沉闷模糊，犹如溺水者的痰喘。有时也传来铁锤敲打的声音和远方教堂的钟声。平素如此清朗的钟声此时听上去湿淋淋的，像是锈铁的响声。在他和他周围的世界之间横亘着一片潮湿的黑暗。

他觉得寒气袭人。可他仍然站着，双手更深地插在衣袋里，期待着雾散天晴，一览无余的景色。浓雾犹如一张灰纸，开始慢慢地从下往上卷起，他感到无限眷恋山坡下这可爱的景致，他知道一切都井然有序，只是被清晨的雾霭遮盖，那美丽景色明晰清楚的线条平时使他自己的心境豁然开朗。多少次，由于心烦意乱他走到这窗前，从眼前平和宁静的景色找到慰藉；对岸的房屋，亲切友好地一幢挨着一幢，一艘汽艇轻巧安稳地分开澄蓝的水面，一群海鸥，欢快地在湖岸的上空飞翔，从红色的烟囱里冒出缕缕炊烟，像弯曲的银线冉冉上升，飘入连续不断的午间钟声，所有这一切如此明显地告诉他：和平！和平！他分明了解这个世界的疯狂，竟然会一反常态，相信这些美丽的标记，他竟然会因为这新选择的故乡而有好几小时忘记了他的故国。

几个月前，他为了逃避这个时代，逃避周围的人，从正在交战的国家来到瑞士，感到他那残破不堪、伤痕累累、被恐惧和惊慌弄得烦乱不堪的心灵，在这里渐渐平复，伤口渐渐愈合。这里的景色使他心绪宁和，那纯净的线条和色彩呼唤他去从事艺术创作，因此每当眼前景色幽暗，就像在这破晓时分，浓雾把他眼前的一切全都遮盖之时，他总感到自己已和从前判若两人，并且又有动力推他向前。这时他心里突然对一切在山下笼罩在黑暗中的人们,对他故乡的人们,对那些也是这样沉没在远方的人们产生无限的同情,对他们和他们的命运有着无限的同情,无限渴望和他们紧密相连。

在雾霭中的什么地方,教堂钟楼的钟敲了四下,然后为了报时,又以更清亮的声音,敲了八下,钟声响彻三月的清晨。他觉得自己置身于高塔的尖端,说不出的孤独。眼前是广袤的世界,他的妻子在身后她梦乡的黑暗之中。他内心深处萌生强烈的欲望,想撕破雾气筑成的这道柔软的墙壁,到个什么地方去感受自己确已醒来,生命确实存在。他仿佛把目光从自己身上射向远方,他觉得在村子尽头,在坡下灰蒙蒙的一片之中,沿着曲曲弯弯的羊肠小道,道路一直向上延伸,通向山冈,仿佛那里有什么东西在慢慢地挪动,是人还是动物。很小的形体为薄雾所遮盖,走了过来,他先是感到一阵喜悦,除他以外居然还有人醒着,可同时也感到好奇,焦急、病态的好奇。那灰色的形体现在向前移动的地方,有个十字路口,通向邻村,或者通到山上:那陌生人似乎在那儿稍稍犹豫了一下,吁了口气,然后慢悠悠地沿着羊肠小道登上山来。

费迪南感到一阵不安。这陌生人是谁,他问自己,是什么无形的压力驱使他离开他昏暗的卧室的温暖,像我一样,走出门去,踏入这清晨的寒冷?他是要到我这儿来?他想找我干什么?现在,近处雾已稍散,他认出来了:这是邮差。每天早晨,钟敲八下,他就爬到这山上来。费迪南知道是他,也想象得出他那木然的脸,蓄着水手的红胡须,须根已经变白,还戴着一副蓝眼镜。他姓鲁斯鲍姆①,而费迪南则管他叫"鲁斯克纳克"②,因为他动作生硬,神态

---

① 鲁斯鲍姆,德文意为"胡桃树"。
② 鲁斯克纳克,德文意为"胡桃夹子",柴可夫斯基的芭蕾舞剧《胡桃夹子》中的人物。

俨然。这个邮差总是把那黑色的大包威严地往右边一甩,然后庄重地把信件交给人家。看到邮差一步一步地迈步登山,把邮袋挎在左边,努力迈动短腿,神色相当凝重地走着,费迪南不由得想笑。

可是突然间他感到自己的双膝直哆嗦。举到眼睛上的手像瘫痪了似的掉了下来。今天,昨天,这几个礼拜的不安,又一下子涌来。他心里感觉到,这个人正向他走来,一步一步地,是冲他一个人来的。他自己也不知道是怎么回事,就打开房门,从他酣睡着的妻子身边溜过去,急急忙忙地走下楼梯,沿着两旁都是篱笆的小道迎着来人走下坡去。在花园门旁,他碰上了邮差。"您有……您有……"他连说了三次才把话说出口来,"您有什么东西给我吗?"

邮差抬起沾满雾气的眼镜看看他。"是的,是的。"他猛地一下把黑邮包向右边一甩,伸出手指——因为在寒雾中冻得又湿又红活像粗大的蚯蚓——在信件中掏摸,费迪南索索直抖。邮差终于把信掏了出来,一个褐色的大信封,上面印着"官方文件"四个大字,下面是他的姓名。"请签字。"邮差说道,舔湿复写笔,把登记簿递给他。费迪南很快地写下了他的名字,由于激动,字迹无法辨认。

然后他抓过那只又红又肥的手递给他的那封信。但是,他的手指如此僵硬,信件从指间滑落,掉到地上,掉进湿土和潮湿的落叶之中。他弯下身子去捡信,一股霉烂的恶臭直冲他的鼻腔。

就是那件事。现在他知道几周来是什么东西扰乱了他内心的安宁了:就是这封信。他违心地期待着从荒唐、粗野的远方给他寄来的这封信,这封信寻找着他,用死板的、打字机打出的字句扑向他那热气腾腾的生命,扑向他的自由。他感觉到这封信从不晓得什么地方向他走来,就像一个在翠绿的密林中巡逻的骑兵,感觉到一根看不见的冷冰冰的枪管向他瞄准,里面装了一小粒铅丸,想射进他的肌肤深处。看来反抗是白费力气。他一夜夜在脑子里想来想去的那些小小的诡计,全是徒劳:现在他们还是找到他了。不到八个月以前在边界那边,他赤身裸体站在军医面前,因为寒冷和恶心而浑身发抖。那军医就像一个马贩子,捏捏他手臂上的肌肉。他从这种屈辱认识到,在这个时代,人的尊严已丧失殆尽,欧洲已堕落到奴役之中。两个月之久,他强忍着在爱国主义滥调的污浊空气中生活,但是渐渐地,他感到憋气。他身边的人张嘴说话,他就觉得看见他们舌头上粘着谎言的黄苔。他们的话,使他反感。看到冻得发抖的妇女们,天还没亮,就拿着装土豆的空口袋,坐在市场的台阶上,他的心都碎了:他攥紧双拳,到处溜来溜去,感到自己火气很旺,而且充满仇恨。由于自己的愤怒荏弱无力,他对自己也产生反感。多亏有人为他说情,他终于得以和他的妻子一起移居瑞士:他越过国境线时,血液突然涌上面颊。他脚步踉跄,不得不紧紧抓住柱子。他第一次又感到自己是人,感到生活、事实、意志、力量又属于他。他的肺叶张开,从空气中呼吸自由。祖国,现在对他来说只是监狱和压力。异国成了他的世界故乡,欧洲成了人类。

但是这种欢快、轻松的感觉并没有持续多久。恐惧又接着涌来。他感到,带着他的名字,他不知怎的还陷在后面这片血腥的密林之中,他感到有什么东西,他既不知道,也不认识,却知道他,不肯放过他,有一只彻夜不眠的冷冰冰的眼睛,从看不见的什么地方正窥视着他。他于是缩着脖子,躲在壳里,不看报纸,这就不会看到要他报到的命令,更换住宅,掩盖自己的踪迹,让人把信件都寄给他的妻子,留局待领,避免和人交往,免得人家提出问题。他隐姓埋名,遁迹于苏黎世湖畔的这个小村子里,向农民借了一幢小屋。他从不进城，而是派妻子去买画布和颜料。但是他始终很明白：在某一个抽屉里，在千万张纸片当中夹着一张纸。他知道，有一天他们不知何地，不知何时，会拉开这个抽屉——他听见，有人关上抽屉，听见打字机嘀嘀嗒嗒地响着，写下了他的姓名，他知道，这封信随后就会传来传去，直到最后把他找到为止。

如今这封信，冷冷地，具体地，在他的手指当中沙沙作响。费迪南努力使自己保持平静。"这张纸在这儿对我来说算得了什么？"他自言自语，"明天，后天，在这儿的灌木丛上将会开放出成千上万张，几十万张纸片，每一张都和这张一样和我无关。这'官方文件'四个字是什么意思？我非读它不可吗？我在人们当中并不担任什么官方职务，也没有任何官方职务可以把我管住。我的名字怎么在这儿——这难道就是我？谁能强迫我说，我就是它。谁能强迫我非读这里面写的东西不可？要是我读也不读就把它撕掉，纸片就一直飘到湖边，我就一无所知，别人也一无所知，没有一颗水珠会比原来更快地从树上滴落地上，我嘴唇呼出的气息也不会变样！除非我想要知道，我才知道有这张纸，它怎么可能使我不安？可我不想知道它。除了我的自由，我什么也不要。"

手指一使劲，想把那硬硬的信封撕破，撕成碎片。但是奇怪：肌肉不听他的使唤。他自己手上不知有什么东西违背他的意志，因为他的手不听使唤。他整个灵魂都希望他的手指把信封撕碎，它们却小心翼翼地把信封打开，哆哆嗦嗦地把一张白纸展开。上面写着他已经知道的事情："号码 34.729F。根据 M 市区司令部的指示，请阁下至迟于三月二十二日前往 M 市区司令部八号房间报到，再次接受兵役合格检查。军方证件由苏黎世领事馆转交，为此，您务必亲自前往领取。"

一小时以后,他又走进房间,妻子笑吟吟地迎上前来,手里捧着一束没有扎好的春花,妻的脸庞无忧无虑,光彩照人。"瞧,"她说道,"我找到什么了!这些花就在那儿,在屋后的草地里盛开,而在树木之间的背阴地里还有残雪呢。"为了让妻高兴,他接过了鲜花,向花束弯下身子,免得看见他的心上人无忧无虑的眼睛,然后急匆匆地逃到小阁楼上,他的画室就布置在那里。

可是工作很不顺手。他刚把一块空白的画布放在面前,上面就突然出现那封信上用打字机打的字句。调色板上的颜料,看上去像是泥泞和鲜血。他不由得想到脓血和伤口。他的自画像放在半明半暗的地方,让他看见下巴下面有个领章。"疯狂!疯狂!"他大声嚷道,脚跺着地,把这些杂乱的图像驱走。但是他的双手索索直抖,膝盖下面的地面在摇晃。他不得不坐下,坐在小板凳上,缩成一团,直到他妻子叫他去吃午饭。

每一口饭都噎住他。上面,在嗓子眼里,塞着什么苦涩的东西,他每次都先得把它咽下去,而它每次又翻了上来。他弯着身子默默无语地坐着,发现妻在观察他。突然他感到妻的手轻轻地放在他的手上。"你怎么了,费迪南?"他没有回答。"你是不是得到坏消息了?"他只是点了点头,使劲地咽了一口唾沫。"军方的消息?"他又点点头。妻沉默了,他也沉默不语。这个思想一下子挺立在屋里的什物中间,粗大而又沉重,把一切全都挤到一边。它押手押脚黏黏糊糊地贴在刚动过的饭菜上,它像一只潮乎乎的蜗牛,爬到他们的脖子上,使他们直打寒噤。他们不敢彼此对望,只是弯着腰坐在那里,一声不响。这个思想形成的难以忍受的重负就压在他们身上。

最后,妻问道——她的嗓音里有什么东西破碎了——"他们叫你去领事馆了?"——"是的。"——"你去吗?"他哆嗦了一下,

"我不知道。不过我不去不行啊。"——"为什么不去不行？你在瑞士，他们没法对你发号施令。你在这儿是自由的。"他从咬紧的牙齿缝里恶狠狠地喷出一句："自由！在今天谁还有自由？"——"每个想要自由的人都有自由。你尤其自由。这是什么？——"她把他放在面前的那张纸轻蔑地扔在一边。——"这对你有什么约束力，这张废纸，一个可怜见的官厅书记员涂过的废纸，对你，对你这个活生生的人，对你这个自由自在的人有什么约束力？它能把你怎么样？"——"这张纸是没有力量，但是把它寄来的人可有力量。"——"是谁把它寄来的？是哪一个人寄来的？那是部机器，是架巨型的杀人机器。可是它抓不住你。"——"它抓住了千百万人，为什么偏偏抓不住我？"——"因为你不愿意。"——"那些人也不愿意。"——"可是他们当时没有自由。他们是站在枪林当中，所以他们就去了。但没有一个是自愿去的。没有一个人会从瑞士回到这地狱里去。"

妻控制住自己的激动，因为她看到，他很痛苦。她心里涌上一股同情，就像是对一个孩子。

"费迪南，"妻说道，依偎着他，"你现在设法头脑冷静地想想。你吓坏了，我明白，这阴险的野兽突然扑到你身上，这是会使人惊慌的。可你想想，我们是估计到这封信会来的。我们谈这种可能性已经谈了上百次。我为你感到骄傲，因为我知道，你会把它撕成碎片，你不会让你自己去干杀人勾当。你不知道吗？"——"我知道，鲍拉，我知道，但是……"——"你现在别说话。"她催促道，"你现在不知怎么搞的，已经给抓住了。想想我们的多次谈话，想想你写的那份材料——就在写字台左边的抽屉里——你在这文件上宣称，永远也不拿起一件武器。你已经下定决心……"他跳起身来。"我从来就不坚定，从来就心里没底。一切都是谎言，是躲避我的恐惧。我说这些话是为了自我陶醉。可是这一切只有在我还自由的时候才是真的。我从来就知道,他们一叫我,我就变得软弱。你说的吧,我在他们面前发抖?他们可什么也不是啊——只要他们没有真的到我心里去,否则他们就是空气,空话,什么也不是。可是我在自己面前发抖,因为我一向知道,他们一叫我,我就会去。"——"费迪南,你要去吗?"——"不,不,不。"他一跺脚,站了起来,"我不要,我不要,我心里一点儿也不愿意。可是我会违反我自己的意志去的。他们的威力的可怕之处,就是你会违背自己的意志,违背自己的信念去为他们效劳。如果你还有意志的话——可是你手里刚拿到这么一张纸,你的意志就化为乌有,你就服从。你又变成一个小学生:老师一叫,你就站起来,浑身发抖。"——"可是费迪南,谁在叫你呢?是祖国吗?是个书记员在叫你!一个百无聊赖的办公室的奴隶!再说,即便是国家也没权力强迫一个人去杀人啊,没有权力……"——"我知道,我知道。你现在再引证托尔斯泰的话吧!我可知道一切论据啊:你难道还不明白,我不相信他们有权力叫我去,不相信我有责任跟他们走。我只知道一种责任,那就是做人、工作。我在人类之外,别无祖国,我没有杀人的野心,这一切我都知道,鲍拉,这一切我和你一样看得清清楚楚——只不过,他们已经抓住了我,他们在叫我,我知道,尽管有上述种种,我还是会去。"——"为什么?为什么?我问你:为什么?"他呻吟道:"我不知道。也许因为现在世界上疯狂比理性更强。也许因为我不是英雄,正因为如此,我不敢逃走……我没法解释这事,这是一种说不清的压力:我没法砸烂这勒死了两千万人的锁链。我做不到!"

他把脸埋在两只手里。他们头上的时钟走来走去,活像一个站在时间岗亭前的哨兵。妻在微微地哆嗦。"有人在叫你去,这我明白,虽然我并不理解。可是难道你就没有听见这里也有呼唤你的声音吗?难道这里就没有什么东西值得你留恋?"他猛地跳了起来。"我的画?我的工作?不!我已经没法再作画了。今天我就感觉到这点。我已经生活在那边,不再生活在这里。现在,当全世界都变成瓦砾的时候,再为自己工作,这是犯罪。不该再为自己感受,不该再单单为自己生活!"

她站起来,转过身去。"我从来也不认为,你是单单在为自己生活着。我以为……我从前以为,我对你来说也是世界的一部分。"她说不下去了,泪如泉涌,使她语不成声。他想安慰她。可是在她的眼泪后面射出的却是愤怒,把他吓退了。"去吧。"她说道,"你去呀!我对你来说,算什么呢?还抵不上这一张废纸。那么你要走,你就走吧。"

"我不想去,"他用拳头无奈而愤怒地敲着桌子,"我不想去。但是他们要我去。他们坚强,而我软弱。他们几千年来锻炼了他们的意志,他们组织严密,诡计多端,他们早有准备,像个晴天霹雳,向我们袭来。他们有意志,而我只有神经。这是一场力量悬殊的斗争。你没法对付一台机器。倘若他们是人,你还可以抵抗。可这是一部机器,一部屠夫的机器,一台没有灵魂的工具,既没心脏,也没理性,你没法反抗它。"

"要是非反抗不可,是能够反抗的。"她现在像疯了似的叫道,"你不能反抗,我能!你要是软弱,我可不软弱,我不会屈服于这样一张破纸,我不会为了一句话把活生生的一条命送掉。只要我还能影响你,你不会去的。你病了,我敢保证。你是个神经质的人,盘子碰出声音,你就会吓一跳。每个医生都会看出这一点。你就在这儿进行体检吧,我跟你一起去,我将把一切都告诉医生。他们一定会放过你。你必须抵抗,咬紧牙关,坚决贯彻你的意志。你想想雅诺,你那位巴黎朋友:他让人把他关在疯人院里,观察了三个月,他们用检查来折磨他,可是他挺过来了,直到他们把他放掉。你必须表示不愿意。千万不能投降。事关全局:别忘了,他们要你的命,你的自由,你的一切。你必须抵抗。"

"抵抗!怎么能抵抗?他们比所有的人都强,他们是全世界最强大的。"

"这话不对!只有在大家都愿意跟他们走的时候,他们才强大。人总比概念强大,但他必须保持他的人格,有他自己的意志。他必须知道他是人,想永远做人。那么,他们现在用来麻醉人的所有的话,祖国啦,责任啦,英雄业绩啦,全都会变成空话,发出血腥味,发出温热的活生生的人血的血腥味。你老实说吧,难道你的祖国就像你的生命一样重要?难道一个换了君主的省份,对你来说就和你用来作画的右手一样亲近?我们用我们的思想和我们的鲜血在我们心里树立一种无形的正义,你除了相信这种正义之外,还相信什么别的正义吗?不,我知道,不信!因此如果你要去,你是在对自己撒谎……"

"我不愿意去……"

"这不够,你已经根本没有自己的意志,你让人家决定你的意志,这就是你的罪行。你把自己交付给你深恶痛绝的东西,你为此投入你的生命。你为什么不愿意去干你自己信仰的事情?为你自己的思想流血——那好!可是为什么为别人的思想去流血?费迪南,别忘了,如果你有足够的意志,愿意保持自由,那么,那边的那些人会是什么呢?凶恶的傻瓜而已!如果你意志不够坚强,他们抓住你了,那你自己就是个傻瓜。你自己老是对我说……"

"是的,我说过,一切都说过,胡说一气,胡说一气,为了给我自己壮胆。我说过大话,就像孩子在阴森的树林里,因为心里害怕而唱歌一样。这一切都是谎话,现在我毛骨悚然地感觉到了这点。因为我一直知道,他们要是叫我,我就去……"

"你去?费迪南!费迪南!"

"不是我!不是我!是我心里的什么东西去了——它已经走了。我跟你说过的,我心里的什么东西站了起来,像学童站在老师面前,浑身哆嗦,百依百顺!与此同时说的话,我全都听见,我知道,你的话一点不错,千真万确,符合人性,十分必要——这是我唯一该做,必须做的事情——这点我明白,我很明白,因此如果我去,那就非常卑鄙。但是我要去,我已经鬼迷心窍了!你瞧不起我好了!我自己也瞧不起我自己。但是我没有别的办法,我非去不可!"

他用两个拳头猛敲着面前的桌子。在他的目光里闪烁着一些迟钝的、兽性的、囚徒似的东西。她不敢直视他。她爱他,唯恐自己会瞧不起他。餐桌上的饭菜还没撤走,放着的肉已经冷却,活像死尸,面包又黑又皱,活像炉渣。饭菜闷热的蒸汽弥漫整个房间。她感到一阵恶心,直冲咽喉,对一切都感到恶心。她推开窗户。空气涌入房内;三月份湛蓝的天空在她轻轻抽搐的肩上升起,朵朵白云掠过她的秀发。

"看,"她说道,声音更低,"往外看!只看一次,我求你了。也许我说的话,并不全对。话总说不到点子上。不过我现在看到的,却是千真万确的,它不会骗人。山下有个农夫在扶犁,他年轻,强壮。为什么他不让别人把他杀死呢?因为他的国家没有打仗,因为他的田地离开那边有一段距离,那边的法律就不适用于他。你现在就在这个国家,那边的法律也管不着你。一项看不见的法律,只在若干个计程碑以内有效,越过这些碑石就不再有效,这样的法律能是真的吗?看到这里的和平景象,你难道感觉不到这种法律的荒唐？费迪南，你瞧，湖上的天空是多么晴朗，你瞧，这缤纷的色彩，正等着大家去观赏愉悦，你到窗边来，再对我说一遍，你愿意去……"

"我不愿意！我不愿意！你知道我不愿意去！干吗非要我看这些？我什么都知道，都知道，都知道！你只是折磨我！你说的每句话都使我痛苦。什么都对我无济于事！无济于事！"

看到他这样痛苦，妻子心软了。同情使她力量消失。她轻轻地转过身来。

"什么时候……费迪南……他们要你什么时候……到领事馆去？"

"明天！其实，昨天就该去了。但是这封信没送到我手里。他们今天才找到我。明天我非去不可了。"

"你明天要是不去呢？让他们等好了。他们在这儿拿你无可奈何。我们对这事并不着急。让他们等上八天吧。我写信告诉他们，你病倒在床上。我哥哥也这样干过，从而赢得了两个礼拜时间。最糟的情况，无非是他们不相信你，把领事馆的医生派到山上来。跟这位医生也许可以谈谈。不穿制服的人，总有更多的人性。也许他看见了你的画，认识到这样一个人是不该上前线的。就算这帮不了忙，至少也赢得了八天时间。"

他默不作声，妻感到，这沉默是反对她的意见。

"费迪南，答应我，你别明天就去！让他们等着。你得做点精神准备。你现在六神无主，他们爱怎么摆布你就怎么摆布你。明天没准他们还比较强大。过了八天，说不定你就比他们坚强。你想一想，这样做，我们往后的日子会多么美好。费迪南，费迪南，你听见了吗？"

她使劲摇晃他的身子。他目光空空洞洞地望着她。在这呆滞茫然的目光里,没有一点她说的话的痕迹。只有从她不知道的深处升起的恐惧和惊慌。渐渐地他才把心思收回来。

"你说得有道理,"他终于说道,"你说得对。这事不急。他们能把我怎么样?你说得对。我明天肯定不去。后天也不去。你说得对。难道这封信一定会找到我?我就不能出门去远足吗?我就不许生病吗?不行——我给那个邮差签了字。不过这没关系。你说得对。我得好好想想!你说得对。你说得对!"

他站起身来,开始在屋里走来走去。"你说得对,你说得对。"他机械地重复着,但是听上去并不完全信服,"你说得对,你说得对。"——他完全心不在焉地,思想迟钝地老重复着这句话。妻感觉到,他的思想是在别的什么地方,远远离开这里,早就跟那边的人在一起,早就置身于厄运之中。这没完没了的"你说得对,你说得对",只是从嘴唇边滑出来的一句话而已,她再也听不下去了。她轻手轻脚地走了出去,听见他还一连几个小时在房里踱来踱去。就像一个俘虏囚禁在他的牢房里。

晚上他仍然碰都没碰他的晚餐。他身上有一股子僵硬呆滞、心不在焉的神气。直到夜里,妻才在身边感觉到他活生生的恐惧;他紧紧搂住妻的柔软温暖的肉体,仿佛想逃到妻的身上,他热烈地抽搐着把妻紧紧搂在怀里。可是妻明白,这不是爱情而是遁逃。一阵痉挛,在他一阵热吻之中,妻感觉到一滴眼泪,苦涩带有咸味。然后他又默不作声地躺着。有时候妻听见他在呻吟,于是把手伸过去给他。他握住妻的手,仿佛在她手上找到了依傍。妻不说话;只有一次,妻听见他抽泣,便想安慰他:"你不是还有八天吗。现在别想这事。"——可是妻自己也感到羞愧,竟然劝他去想别的事情,因为从他冰凉的手狂跳的心,她感觉到,只有这一个思想占据了他,并且对他发号施令。没有任何奇迹能把他从这个念头中解救出来。

在这屋子里,沉默和黑暗从来没有像现在这样沉重。全世界的惊恐都冷冰冰地集中在这四壁之间。只有挂钟坚定不移地往前走着,这钢铁的哨兵,一步步地往前走着。妻知道,每走一步,这个人,她身边的这个心爱的活生生的人就离她远一步。她再也忍受不下去了,她跳了起来,把钟摆握住。现在再也没有时间了,只剩下恐惧和沉默。他们两个默默地躺着,挨在一起,一宿无眠,直到天明。在他们心里,思潮起伏,一刻不停。

他起床的时候,还依然是冬日清晨,光线昏暗,绒毛一样的寒霜浓雾沉重地笼罩在湖上,他迅速地披上衣服,犹豫不决、茫无头绪地从一个房间快步走到另一个房间,接着又走回来,直到他突然一把抓起帽子和大衣,轻轻打开屋子的大门。后来他常常回忆起,他的手碰到冰冷的门索索直抖,他胆怯地回头张望,看是否有人在一旁窥探他的行动。果然,他的狗像看见一个蹑手蹑脚的小偷似的向他扑来,认出是他,又低下头来温顺地让他爱抚,然后拼命地摆动尾巴,只想能陪他同行。可是他摆手把它赶了回去——他不敢出声。接着,自己也没有意识到他的慌张,就突然沿着羊肠小道,快步走下山去。有时候,他停下来,回头看看他的房子慢慢消失在雾气之中,然后他又被无形的力量推着往前,他跑了起来,磕磕绊绊地,仿佛有人在追他。他一直跑到山下的车站,到那儿才停住脚步,汗湿的衣服冒出热气,额上沁出了汗珠。

有几个农民和普通人站在车站上,他们都认识他,向他问好。有的人似乎情绪不坏,想和他攀谈,可是他躲开他们,缩到一边。他心里又羞又怕,现在没法和人家谈天。然而面对着这潮湿的铁轨空等一气,他又感到痛苦。自己也不知道在干什么,他站上一架磅秤,扔进去一枚硬币,望着挂在指针上面的那块小镜子,看见自己气色灰败、汗水淋漓、直冒热气的脸,一直等他走下磅秤,钱币在秤里掉下,叮当乱响,他才发现,他忘了看指针标的数目字。"我疯了,完全疯了。"他轻轻地喃喃自语。他对自己感到恐惧。他坐在凳子上,想强迫自己把所有的事情想想清楚。可是信号钟声在他身边猛然响起,吓得他直蹿起来。火车头已经在远处吼叫。列车轰隆轰隆地开来,他跳进一节车厢,有张报纸脏兮兮地掉在地上。他捡起报纸,直瞪着它,却不知道在读些什么。他只看见自己的双手拿着报纸,抖得越来越厉害。

列车停住。苏黎世到了。他摇摇晃晃地下车。他知道,那无形的力量要带着他到哪儿去,他感觉到他自己的意志在进行反抗,可是软弱无力,越来越弱。他还不时进行小小的意志力的检验。他站在一个广告牌前面,强迫自己从头到尾把这广告读上一遍,以此证明他还能自由地控制自己。"我不着急。"他小声地对自己说。可是这句话还挂在这喃喃自语的唇上,那无形的力量已经带着他往前走去。他心里烦乱不堪,焦躁异常,就像一台马达,催他向前。他束手无策,东张西望,想找一辆汽车。他的双腿一个劲地哆嗦。有辆汽车从旁开过。他叫住车子,跳了上去,像个自杀的人一头栽进河里。报了街名:领事馆的那条街。

汽车呼的一下驶去。他身子往后一靠闭上眼睛。他觉得自己仿佛风驰电掣般驶向深渊。他觉得汽车以高速度把他带向他的命运,这速度给他一种轻微的快感。这样被动地待着,他觉得很舒服。车已经停住。他下车付了钱,跨进电梯。不知怎的,这种快感又一次出现,这样机械地让人驱车疾驰,并且被电梯带着直往上升,仿佛不是他自己在干这一切,而是一股力量,那陌生的捉摸不定的力量,在强迫他这样干。

领事馆的门还关着。他摁了一下门铃。没人回答。他的心猛地一抽：回家，快走，快下楼梯！可是他又摁一次门铃。门里响起拖沓的缓慢的脚步声。一个仆人折腾半天把门打开，穿着衬衫，手里拿着抹布，显然是在打扫各个办公室。"您要干吗……"仆人没好气地冲着他嚷道。"通知我……到领事馆来的。"他结结巴巴地说道，居然在一个仆人面前这样语无伦次，他又感到无比羞愧。

仆人生气地转过身子，放肆地说道："您就不能念一念下面牌子上写的：办公时间是十点至十二点，现在这儿没人。"不等他说话，仆人就砰的一下把门关上。

费迪南站在那里，缩成一团。心里感到羞愧。他看了看表。现在是七点十分。"疯了！我是疯了！"他嗫嚅地说道。像个年迈苍苍的老人，哆哆嗦嗦地走下楼梯。

两个半小时——这段空白的时间他觉得可怕，因为每等一分钟，他就感到耗去一分力量。现在他振作起来，有所准备，一切都预作周密思考，每句话都要说得恰当妥帖，整个场面都在心里预演了一遍。可现在这两个小时像道铁幕落在他和他那贮存的力量之间。他惊慌失措地感到，心里的全部热劲已经消散，想好的话在仓皇遁逃之际奔突乱窜互相碰撞，一句一句地从他的记忆里抹去。

他原来是这样设想的：他一到领事馆，立即让人通报要见负责军事事宜的处长，他和此人有一面之交。有一次他在朋友那里认识了这位处长，并且和他谈了一些无关痛痒的事情。不论怎么说，他反正认识他的对手，一个贵族分子，穿着时髦，善于交际，自以为态度友好，为此沾沾自喜。喜欢表现自己为人慷慨，心胸宽大，竭力不使自己以官员的面貌出现。这些人都有这种虚荣心，他们不知怎的都希望被人看成是外交官，是能够自己做主的人物，费迪南就打算押宝押在这一点上：让人通报，带着社交界彬彬有礼的风度，先和此人泛泛地谈谈一般性的事情，然后问起他夫人是否安好。这位处长必然会给他让座，递上香烟，然后看他沉默不语便客客气气地问道："有什么事我能为阁下效劳？"得由这位处长开口问他，这点很重要，不可忘记。接着他就相当冷漠，无动于衷地答道："我收到一封信，要我到 M 市去进行体检。这想必是个误会。我当时曾经明确无误地被宣布是不适合服兵役的。"这话必须说得非常冷淡，让此公马上看出，他把这件事只看成小事一桩。这位处长紧接着便——他很熟悉这人漫不经心的神气——拿起这封信来，向他解释，这次只不过是复查，他想必在报纸上早已看到过军方的要求，以前体检不合格的人这次也得报名参加。接着他就又一次非常冷淡地耸耸肩膀，说道："原来如此！我根本不看报，我没那份时间。我得工作。"对方想必马上就会看出，他对这场战争是多么漠不关心，是多么自信，多么无拘无束。这位处长当然得向他解释，他必须服从这个要求，处长本人对此深表遗憾，不过军事当局以及其他等等，说到这里，大概是态度严厉的时候了。"我明白，"他必须这样说，"可是我现在完全无法中断我的工作。我已经和人家有约在先，要举办一次我个人全部作品的画展，我不能把我的合作者弃之不顾。我说了话就要讲信用。"他接着要向这位处长建议，或者推迟他体检的日期，或者让这里领事馆的医生为他复查。

到此为止，一切都蛮有把握。从这里开始，便会出现几种可能性。要么这位处长干脆利索地表示同意，那么至少赢得了时间。可是万一此人客客气气地——以那种冷冰冰的、躲躲闪闪的神气突然摆出公事公办的面孔——向他解释，这可超出了他的职权范围，无法通融。那就必须显出坚决的态度。他必须首先站起身来，走近桌子,声音坚定,必须非常非常坚定,不屈不挠,以一种发自内心的果断口气说道:"这点我明白,不过请您记录在案,本人由于经济方面的责任,无法立即应召,我得先尽这道义上的责任。为此推迟三周。本人自担风险。不言而喻,本人并不想逃避对祖国应尽的义务。"对于这几句挖空心思想出来的话,他特别得意。"记录在案""经济方面的责任"——这些词听上去就事论事,全是公文的腔调。倘若这位处长还让他注意这件事情法律上的后果,就该把嗓音变得更加严峻,冷漠地及时了结这段公案。"我懂得法律,也很清楚法律上的后果。但是对别人的承诺,对本人来说便是最高的法律。为了遵守这个法律,本人必须承担任何风险。"然后迅速地鞠一躬,干脆利索地中断这次谈话,向门口走去!必须让他们看看,他并不是普通的工人或者学徒,等着人家打发他走,而是一个自己做主的人,谈话什么时候结束,由他做出决定。

他踱来踱去,把这场该说的话默默地背诵了三遍,整体结构,语气他都非常满意,他已经迫不及待地盼着那个时刻到来,就像演员等着人家暗示,好接着说出自己的台词一样。只有一处他还觉得不太称心:"本人并不想逃避对祖国应尽的义务。"谈话必须多少有点爱国主义的客气成分,这点必须要有,以便让人家看到,他并不是执意违抗,不过还没做好准备,他虽然承认——当然只是在他们面前承认——这必要性,但并不认为适用于他自己。——"爱国主义的责任"——这个词书卷气太重,太像陈词滥调。他考虑了一下,也许换成:"我知道,祖国需要我。"不行,这更可笑。或者最好是:"我并不想逃避祖国对我的召唤。"这样是好一些。不过也不行,这一处他不喜欢。奴气太重,这样鞠躬,身子多弯了几厘米。他继续斟酌。最好说得非常简练:"我知道,我的责任是什么。"——对,这才对。这句话可以翻过来倒过去,可以理解也可以误解。听上去简洁明确。这句话完全可以说得独断专行:"我知道,我的责任是什么。"——几乎像是个威胁。现在一切都很妥帖。但是,他又神经质地看了看表。时间还是过得太慢,现在才八点。

他沿着马路信步向前,不知道往哪儿去。于是他走进一家咖啡馆,想看看报纸。可是他感到,那些字句使他心烦,报上也到处写着祖国和责任,这些词句扰乱了他的方案。他喝了一杯甜酒,又喝第二杯,为了压一压他喉咙口的苦味。他苦思冥想如何打发这些时间,一面把他假想的谈话碎片一而再地拼凑起来。突然他摸了摸自己的面颊:"没刮脸,我没刮脸!"他急忙跑到对面理发馆去,剃头,洗发,花去了他半小时的等待时间。接着,他又想起,他必须穿着时髦。这在领事馆里非常重要。他们对穷鬼才趾高气扬,呼幺喝六,你要是衣着时髦,谈笑自若,举止潇洒,他们就立刻对你另眼相看。这个想法使他陶醉。他让人家把他的外套刷得干干净净,跑去买了一副手套。他挑来挑去,费了不少心思。黄颜色,不知怎的过于扎眼,太像花花公子;珠灰色收敛些,效果更好。然后他又在马路上瞎逛。在一家裁缝铺的镜子面前,他把自己端详一番,正一正领带。手上还显得空空的,他忽然想到,拿根手杖可以使他的访问显得随随便便,满不在乎。他又赶快跑过去,挑选了一根手杖。等他走出商店,钟楼上正好敲响九点三刻。他再一次背诵他的台词。棒极了。新的版本是:"我知道,我的责任是什么。"现在这是最强有力的一句。他现在心里有底,非常坚定地迈开大步,跑上楼梯,轻快得像个男孩。

一分钟以后,仆人刚把门打开,他心里猛地一惊,感到他可能打错了算盘,这使他心烦意乱。一切都不像他所预期的那样。他问起那位处长,仆人对他说,秘书先生有客。他得等一等。说着,不大客气地指了指一排椅子当中的一张,已经有三个人苦着脸坐在那儿。他愤慨地在座位上坐下,心含敌意地感觉到,他在这儿只不过是处理一件事情,了结一个问题,只不过是个案件。他旁边的人在互相诉说他们藐小的命运;其中一个哭腔哭调有气无力地说道,他在法国拘留营里关了两年,这儿人家也不愿预支他回国的路费;另一个抱怨在任何地方都没有人帮他找一份工作,他有三个孩子。费迪南气得心里直颤:他们是让他坐在申请救济者的座位上。他发现,这些小人物低三下四可又怨气冲天的样子不知怎的惹他冒火。他想把那番讲话再从头到尾理它一遍,可是这些家伙的胡言乱语扰乱了他的思路。他恨不得冲着他们大叫:"住口,你们这些无赖!"或者从口袋里掏出钱来打发他们回家,但是他的意志完全瘫痪,他和他们一样,手里拿着帽子,跟他们坐在一起,另外,不断的人来人往,在房门口进进出出,也使他心乱如麻。每个人走来他都担心是个熟人,会看见他在这儿坐在申请救济者的座位上。只要有扇门打开,他心里就已经跳了起来,做好准备,然后又失望地缩了回去。他越来越清楚地感到,他现在必须走掉,赶快逃走,趁他的精力还没有完全消失。有一次他振作起来,起身对那个像警卫一样站在他们身边的仆人说道:"我可以明天再来。"可是仆人却安慰他:"秘书先生马上就有空了。"他的膝盖立刻弯了下来。他在这儿是个俘虏,没有反抗。

终于衣裙窸窣作响,一位太太走出门来,满脸笑容,神气活现地以一种优越的目光骄矜地从等候着的人们身旁走过。仆人已经在喊:"秘书先生现在有空了。"费迪南站起来。他发现他把手杖和手套放在窗台上了,可是发现得太晚,要返回去已不可能,门已经打开,回头看了半眼,被这些杂乱无章的思想弄得昏头昏脑,就这样,他走了进去。处长坐在办公桌旁看什么东西,现在抬头匆匆看了一眼,和他点点头,并没有请这位等着的来者坐下,客气而又冷淡地说道:"啊,我们的艺术大师①。马上就完,马上就完。"他站起来,向旁边的房间叫道:"请把费迪南·R 的档案拿来,前天就办好了,您知道的,召集令已经寄上。"说着他已经又坐了下去,"连您也要离开我们了!好吧,但愿您在瑞士的这段时间过得很好。话说回来,您气色很好。"说着已经在匆匆地翻阅文书给他拿来的档案,"前往 M 市报到……对……对……没错……一切都没问题……我已经叫人把证件都准备好了……您大概用不着旅费补偿金吧?"费迪南站着,心里没底,听见自己的嘴唇结结巴巴地说道:"不用……不用。"处长在那张纸上签了名,把纸递给他:"原来您是应该明天就起程的,不过事情也不是那么急如星火。让您最后一幅杰作上的油彩干一干吧。倘若您还需要一两天来处理一下您的各种事情,就由我来承担责任吧。祖国也不在乎这一两天。"费迪南感到,这是一个玩笑,应该对此微笑一下,他的确怀着内心的恐惧感觉到,他的嘴唇彬彬有礼地弯了一弯。"说几句,我现在得说几句。"他心里在翻腾,"别像根棍似的这样站着。"终于他挤出了两句:"应征入伍的命令就够了……我另外……不需要护照了吗?""用不着,用不着。"处长笑道,"在国境线上不会有人找您麻烦。再说,您已经报到了。好吧,一路平安!"处长把手伸给他。费迪南感到这是打发他走。他眼前一黑,赶快摸到门边,心里直犯恶心。"往右,请往右走。"他身后的声音说道。他走错门了。处长这时已经给他把那扇正确的出去的门打开,他在神志昏乱之中觉得看见处长脸上挂着一丝微笑。"谢谢,谢谢……您不必费

---

① 原文为拉丁文。

心了。"他还结结巴巴地说道,而对自己这种多此一举的礼貌心里直冒火。刚走到外面,仆人把手杖和手套递给他,他就想起:"经济方面的责任……记录在案。"他这辈子从来没有这样羞愧过:他还向此人表示感谢,彬彬有礼地表示感谢!但是他连愤怒也愤怒不起来。他脸色苍白地走下楼梯,只感到走路的并不是他自己。那股力量,那股陌生的,毫无怜悯之心的力量,已经攫住了他,这股力量把整个世界踩在自己脚下。

下午很晚他才回到家里。他脚后跟作痛,一连几小时,他漫无目的地到处乱跑,三次路过家门又退了回去;最后他想从后面通过长满葡萄的山坡,从隐蔽的小道溜回家去。可是那条忠实的狗已经发现了他。它狂吠乱叫,扑到他身上,热情地猛摇尾巴。他的妻子站在门口,他一眼就看出,她什么都知道了。他一句话也不说,跟着妻走了进去,他羞愧得抬不起头来。

可是妻没有发火。她并没有看他,显然避免使他痛苦。妻把一些冷肉放在桌上。他顺从地坐下,这时妻走到他的身边。"费迪南,"妻说道,声音颤抖得很厉害,"你病了。现在没法和你说话。我不想责备你,你现在的行动可不是发自内心,我感觉到你是多么痛苦。但是有一点请你答应我,在这件事上,你事先不和我商量,请不要采取任何行动。"

他沉默不语。他妻子的声音变得更加激动。

"我从来没有干预过你的个人事务,让你一直有做出决定的充分自由,这曾是我的荣誉感之所在。但是你现在不仅在玩弄你自己的生命,也在玩弄我的生命。我们花了好几年的时间来建设我们的幸福,我不会像你这样轻易地把我们的幸福放弃,为了国家,为了杀人,为了你的虚荣心和你的软弱。不会把它放弃给任何人,你听见了吗,不会给任何人!你在他们面前软弱,我可不软弱。我知道这关系到什么。我绝不让步。"

他一直一声不吭,这种奴性十足自觉有罪的沉默,渐渐使妻冒起火来。"我不会让一张破纸从我身边夺走任何东西,以谋杀告终的法律我是概不承认的。我不会在任何衙门面前折断我的脊梁骨。你们这些男人现在都被各种意识形态给毁了,想的是政治和伦理,我们女人的感觉却直截了当。我也知道祖国意味着什么,但我知道,今天她是什么:是谋杀和奴役,你可以属于你的人民,但是如果各国人民都发疯了,你用不着和他们一起发疯。如果你对他们来说只是数字、号码、工具、炮灰,我却觉得你是一个活生生的人,我拒绝把你交给他们。我不放弃你。我从来没有狂妄自大到为你做出什么决定,但是现在,我有责任保护你;迄今为止我一直是个头脑清楚的人,知道心里想干什么,而现在你已经变成了一部昏头昏脑、破烂不堪、只会尽责任的机器,意志力已经完全被摧毁,就和那边的千百万牺牲品一样。他们为了逮住你,已经抓住了你的神经,可是他们把我给忘了,我从来没有像现在这样坚强。"

他径自呆滞地沉默不语。在他身上已经没有任何抵抗力,既不抵抗别人,也不抵抗她。

妻挺直了身子,像一个战士准备战斗。她的嗓音坚定、果断,充满力量。

"他们在领事馆跟你说了些什么?我要知道。"这句话就是一道命令。他疲惫不堪地拿出那张纸,递给她。妻皱起眉头读了一遍,咬紧牙关。然后带着鄙夷的神情把它扔在桌上。

"这些先生们倒挺着急的!明天就得走!你大概还向他们表示了感谢,把脚后跟碰得咔嚓一响,摆出唯命是从的样子。'明天前去报到'!前去报到!还不如说:前去做奴隶。不,还没有到这种地步！还远远没到这种地步！"

费迪南站起来。他脸色苍白,他的手痉挛地抓住沙发。"鲍拉,咱们别自己骗自己了。已经到了这种地步！你找不到出路。我曾经试图反抗。可是不行。我就是——这张纸。即使我把它撕成碎片,我也依然是它。别再让我心烦了。反正在这儿没有自由。每个小时我都会感到,在那边有什么在召唤我,在摸索着找我,在拉我,拽我。到了那边我会感到轻松些,在监狱里也会有一种自由。只要你还在国外,觉得自己在逃来逃去,你就一直不会觉得自由。再说,为什么马上就想到最坏的结果？他们第一次把我退回来了,为什么这次就不会把我退回来呢？说不定他们不发武器给我,我甚至可以肯定,我会得到某种轻松的差使。为什么马上就想到最坏的可能性？也许根本就不是这么危险,也许我会交上好运。"

他的妻子寸步不让。"现在问题已经不在这里,费迪南。不在于他们给你的差事轻松或者沉重。而在于你是否为你深恶痛绝的人去效劳。你是否愿意违背你的信念,参与这世界上最大的犯罪行为。因为谁不拒绝,谁就是帮凶。你可以拒绝,所以你必须拒绝。"

"我能拒绝？我什么也不能,什么也干不了啦！从前使我坚强的一切,我对这种疯狂的反感,仇恨和愤怒,这一切,如今把我压垮了。别折磨我了,我求你,别折磨我,别跟我说这样的话。"

"不是我说这样的话。你应该对自己说,他们没有权利来支配一个活人。"

"权利！好一个权利！现在这世界上哪儿还有权利？人家已经把权利给谋杀了。每个人都有自己的权利,可是他们,他们却有权力,现在权力就是一切。"

"他们为什么拥有权力？因为你们把权力给了他们。你们胆怯一天，他们就拥有权力一天。人类现在称之为怪物的一切，是由世界各国十个意志坚强的人组成的，十个人又可以把这一切加以摧毁。一个人，一个活人若不承认这权力，这权力就得完蛋。可是只要你们缩着脖子说，也许我能滑过去，只要你们躲来躲去，想从他们指缝中溜过去，而不是一举击中他们的心脏，那么你们就一直是他们的奴才，不配有更好的待遇。一个人，如果他是个男子汉，就不能自己趴倒在地；你得说'不'，而不是任人宰割，这才是你今天唯一的责任。"

"可是鲍拉……你想什么……我应该……"

"如果你心里说'不'，你就应该说'不'。你知道，我爱你的生命，爱你的自由，爱你的工作。可是如果你今天对我说，我必须到那边去，跟手枪去诉说权利，如果我知道，你非这样做不可，那我将对你说：你去吧！可是如果你为了一个你自己也不相信的谎言回国去，由于软弱，由于神经质，由于抱着可以滑过去的希望，那我就看不起你。是的，我就看不起你！你若是作为人，为了人类，为了你的信念要回国去，我不拦你。可是为了在野兽当中去当个野兽，在奴隶当中当个奴隶，那我就坚决反对你回去。你可以为你自己的思想而牺牲自己，而不应该为了别人的疯狂。让那些相信这种疯狂的人去为祖国而死吧……"

"鲍拉！"他不由自主地站了起来。

"你是不是觉得我的话说得太没遮拦了？你是不是已经感到下级军官在你背后用军棍抽你？你别害怕！我们还在瑞士。你要我沉默不语或者对你说：你不会出什么事的。可是现在已经没有时间来多愁善感了。现在事关全局，关系到我和你！"

"鲍拉！"他又试图打断她。

"不,我已经不再同情你。我是把你当作一个自由人才选择你,爱你的。我看不起软骨头和自欺欺人的家伙。为什么要我同情你?在你心目中,我算什么呢?一个军曹涂满了一张废纸,你马上就抛弃我,跟着他跑。可是我不让人家把我抛弃之后,又捡起来:现在你决定吧!是要他们还是要我!是看不起他们还是看不起我!我知道,如果你留下,我们会遭到沉重的打击,我将再也见不到我的父母和兄弟姐妹,他们会阻止我们回国,可是我认了,只要你跟我在一起。但是你现在如果把我俩拆散,那就是永远分手。"

他只是一个劲地呻吟。可是妻却因为怒火中烧而劲头十足。

"要我,还是要他们!第三条道路是没有的!费迪南,趁现在还有时间,你好好想想。我常常觉得很伤心,因为我们没有孩子。现在我第一次为此感到高兴。我不想给软骨头生孩子,不愿抚养战争的孤儿。我从来没有比现在更依恋你,而我却使你痛苦。但是我跟你说:这次出走不是演习,这是离别。你若是为了应征入伍,为了追随这些身穿制服的杀人犯而离开我,那这一去就不用回来了。我不和罪犯分享一个人,不和吸血鬼,不和国家分享一个人。有他无我。你现在自己选择吧!"

妻已经走到门口并且在身后把门使劲关上,他还浑身哆嗦地站着。门砰地一响震得他膝盖发软。他只好坐下缩成一团,脑子麻木,一筹莫展。脑袋无力地倒在两个握紧的拳头上。他终于爆发出来:他像一个小孩似的失声痛哭。

整个下午妻不再进房间,可他感觉到,她的意志就站在门外,敌意森然,全副武装。同时他也知道,那另一个意志,一个钢铁的驱动轮,冷冷地插进他的胸中,驱使他向前。有时候他试图把各个细节从头到尾细想一遍,可是思想老是集中不起来。他呆呆地坐在那里沉思,而这时候,他最后一丝安宁已经粉碎,他变得心烦意乱,坐立不安,只感到他生命的两端似乎被超人的力量所抓住,在使劲地往外拽,他只盼能从中间断裂成两半。

为了找点事做,他去翻弄书桌的抽屉,撕掉一些信件,瞪眼看着另外一些信件,可一句话也看不明白,摇摇晃晃地在屋里走动,又坐下去,烦躁使他跳起,疲劳又使他坐下,弄得他精疲力竭。他蓦地感到他的手正在整理旅途所需的物品,从沙发底下把背包拉出来,他直瞪着自己的双手,这双手用不着他的意志,自己就目标明确地把这一切都做了。当背包突然收拾停当放在桌上的时候,他开始浑身发抖,他觉得两个肩膀变得沉重,仿佛这背包已经压在上面,里面装着这时代的全部重量。

门开了,妻走了进来,手里拿着煤油灯。灯放在桌上,发出一圈亮光,照着准备好的背包。隐蔽的耻辱,如今被灯光照亮,从黑暗中显现出来。他结结巴巴地说道:"这只是为防万一……我还有时间……我……"可是一道目光,凝固不动,坚如石头,毫无表情,打断了他说的话,使之消散。妻凝视着他,长达几分钟,牙齿咬着抿紧的嘴唇,残忍而又顽强。她一动不动,最后像要晕厥似的身子微微摇晃,把目光射到他身上。她唇边的紧张松弛下来。可是她背过身去,一阵抽搐从她的肩头传到全身,她没有回头,就离他而去。

几分钟后,使女走来,端来了他一个人的饭菜。他旁边惯常由妻坐的那个座位空着。他心里充满了难以名状的感觉,一眼望过去,看到了残酷的象征:背包就放在小沙发上。他觉得,他已经走了,已经离去,对于这幢房子来说,业已死亡:墙黑黝黝的,煤油灯的光圈照不到墙上。屋外,在陌生的灯光后面,山风凛冽的夜晚使人感到压抑。远方一切都静谧无声,高邈的天空无言地覆盖着地面,只增添了寂寞之感。他感到,身边的一切,房子、景色、作品和妻子,一件一件地在他心里死去,他那波澜壮阔的生活也突然干涸,紧压着他那突突跳动的心脏。他突然感到需要爱情,需要温暖亲切的话语。他感到自己准备接受一切忠告,只要能重新回到往日生活的轨道上来。悲愁超过了阵阵涌来的烦躁,他像孩子似的渴望得到小小的温存,这使离别时高昂激越的感觉化为乌有。

他走到门口,轻轻地碰了一下门把。它动也不动。门上了锁。他迟疑地敲敲门,没有回答。他再敲一次。他的心也跟着怦怦直跳。一切都沉寂无声。于是他知道:一切都完了。一阵寒气向他袭来。他关了灯,和衣躺在沙发上,盖上他的毯子;他现在一心希望一切都坍塌和遗忘。他又一次仔细倾听。似乎觉得听见近处有什么声音。他向房门的方向谛听。房门僵硬地站在木头门框里。什么声音也没有。他的脑袋又倒了下去。

突然下面有什么东西轻轻地碰他。他吓得直跳起来,可是惊吓很快就变成了感动。那条狗刚才跟着使女溜进门来,趴在沙发底下;现在蹭到他身边来,用温暖的舌头舔他的手。动物的无知的爱使他心里感到无比温暖,因为这爱来自已经死灭的宇宙,因为它是往日生活中最后一点还属于他的东西。他弯下身子像拥抱人似的抱着那条狗。他感到,这世界上居然还有一点东西爱他,不轻视他。我对它来说还不是机器,不是杀人工具,不是驯服的软骨头,而是通过爱,互相亲近的人。他一个劲地用手温柔地抚摩那柔软的毛皮。狗跟他挨得更近,仿佛知道他的孤独。他们两个一起轻轻地呼吸,渐渐地都沉沉入睡。

等他醒来,他又神清气爽,在闪亮的玻璃窗外,是个晴朗的清晨的曙光:山风已经吹走了蒙在万物之上的阴影,湖面晶莹闪亮,映出远山白色的轮廓和连绵不断的山峦。费迪南一跃而起,由于睡过了头还有些晕晕乎乎,目光触及已经打好的背包,他就完全清醒过来。一下子他什么都想起来了。可是在大白天,一切显得轻松一些。

"我干吗把这背包打起来?"他问自己。

"干吗?可我还不想出门呢。现在春天来临。我要作画。并不是那么火烧眉毛。他不是自己跟我说了吗,还有几天时间。连动物也不会自己跑到屠宰场去。我妻子说得对:这是对她,对我,对大家的犯罪行为。说到底他们也不会把我怎么样。如果我晚一些到达,说不定会关我几个礼拜禁闭,可是当兵不也是坐牢吗?我在社会地位上毫无野心。是的,我觉得,在这个奴役的时代不唯命是从是个光荣。我不再想出发了。我待在这儿。我要先为我这儿的风景作画,以便我日后知道,我曾经在什么地方有过幸福的时光。在这幅画没有装进画框之前,我是不走的。我不让人家把我像头母牛似的赶来赶去。我不着急。"

他拿起背包,把它挥动起来,扔到墙犄角里。他在扔的时候感到自己坚强有力,感到心情舒畅。他在他神清气爽之际,迫切想要试试他的意志力。他从皮包里取出那张纸,想把它撕掉,他把纸条展开。

可是真怪,这些军方的词句发出的魔力又重新控制住他。他开始读起来:"您务必……"这句话打到他的心上。这仿佛是道不容违反的命令。不知怎的,他感到自己摇晃起来。那无名的东西又从他心里升起。他的手开始索索直抖。力量消失净尽。不知从哪儿涌来一股寒气,就像吹过一道穿堂风,心里又感到不安,陌生意志那钢铁钟表的机簧又开始在他心里转动,所有的神经都紧张起来,一直绷到手脚的关节。他不由自主地看了看钟。"还有时间。"他喃喃自语,可是不明白自己到底指的是什么,是指驶向边境的早车,还是他自己定的期限。这种神秘的内心抽动犹如席卷一切的猛然退落的潮水,又冒了出来,比以往更加强烈,因为碰到最后的反抗,同时又心生恐惧,某种一筹莫展的恐惧,唯恐就要屈服。他知道:现在要是没有人拉住他,他就完了。

他摸到妻子房间的房门,使劲地侧耳倾听。毫无动静。他的指关节犹犹豫豫地敲敲门。一片沉寂。他再敲一次。仍是一片沉寂。他小心翼翼地摁下门把。门没上锁,可是室内空无一人,床上没人,被褥零乱。他吓了一跳。轻轻地呼唤妻的名字,没有回答。他更加不安:"鲍拉!"然后他满屋子大声喊叫,像一个遭到突然袭击的人:"鲍拉!鲍拉!鲍拉!"没有一点动静。他摸索着走进厨房。厨房里空无一人。他惘然若失,这可怕的感觉在他心里颤抖。他摸到楼上他的画室里,也不知是想干什么:是想向画室告别还是想让画室挽留住他。可是这里也没人。就是他那条忠犬也不见踪影。大家都抛弃了他,寂寞之感强劲地向他袭来,摧毁了他最后的一点力量。

他又穿过空荡荡的屋子回到他的房间,抓起他的背包。不知怎的,他屈服于这无形的压力,反而觉得自己轻松了不少。"这是妻的过错,"他自言自语,"她一个人的过错。她为什么走掉?她应该留住我才对,这是她的责任。她完全可以救我于困境之中,可是她已经不愿再救我了。她看不起我。她的爱已经消失了。她让我跌倒:所以我就跌倒了。我的鲜血洒在她身上!这是她的过错,不是我的,是她一个人的过错。"

在房子前面,他再一次转过身去。是不是会从什么地方传来一声呼唤,一句充满爱情的话。是不是有什么东西想用拳头砸烂他心里那台叫人服从的钢铁机器。可是没人说话。没人呼喊。没人露面。大家都抛弃他了,他感到自己已掉进无底深渊。他蓦然心生一念,再走十步走到湖边,从桥上纵身跳下,没入宏大的平和之中,是不是更加好些。

教堂塔楼的钟声响起,沉重而又严峻。从平素如此可爱的晴空降下这严峻的呼声,像猛抽一鞭,把他惊起。还有十分钟:然后列车就要开来,然后一切就都过去,干净彻底,无可挽救。还有十分钟:可是他已经不再感到这十分钟是自由,他像有人追赶,拼命地向前奔去,摇摇晃晃,跑跑停停,气喘吁吁地向前跑,唯恐误车,吓得要命,越跑越快,越跑越急,直到他突然跑到月台上,几乎和栏杆前的什么人撞个满怀,他才止步。

他大吃一惊。背包从他不住哆嗦的手上滑落。站在面前的是他的妻,脸色苍白,一夜没睡的样子,充满严肃悲哀的目光向他身上射来。

"我知道,你会来的。三天前我就知道了。可是我并不想离开你。从一清早我就等在这里,从头班车等起,我将在这儿等到末班车。只要我还有口气,他们就别想抓到你。费迪南,你好好想想啊!你自己不是说过,还有时间,干吗这么着急?"

他忐忑不安地直瞪着妻。

"只不过……我已经报名了……他们在等我……"

"谁在等你?奴役和死亡也许在等你。此外没有别人!你快醒悟吧,费迪南。你感觉一下,你现在还是自由的,完全自由,谁也没有力量控制你,谁也不能对你发号施令,你听见吗,你是自由的,自由的,自由的!我要千百遍地对你说,上万遍地对你说,每小时每分钟对你说,直到你自己也感觉到,你是自由的!自由的!自由的！"

"我求求你。"他轻声说道，两个农民从旁走过，好奇地转过头来，"别说得这么大声。人家都在看……"

"人家！人家！"她愤怒地叫道，"人家跟我有什么相干？要是你给炮弹打得血肉横飞，或者打断了腿，瘸着走回家来，人家帮得了我什么忙？什么人家，人家的同情，人家的爱，人家的感激，我一概嗤之以鼻——我只要你这个人，你这自由的活人。我要你自由，自由——符合人的身份，不要你去当炮灰……"

"鲍拉！"他想设法使这个冒火的女人息怒。妻将他一把推开，"你快给我丢开你那胆怯的、愚蠢的恐惧！我是在一个自由的国家，我想说什么就可以说什么，我不是奴才。我不放你回去做奴才！费迪南，你要是坐车走，我就扑在火车头前面……"

"鲍拉！"他又把妻抓住。可是她脸上突然显出痛苦的表情。"不，"她说道，"我不想撒谎。说不定我也太胆怯。千百万妇女在人家把她们的丈夫，他们的儿子拖走的时候，都太胆怯——没有一个女人做出她们必须做的事情。我们也中了你们怯懦的毒。要是你乘车走了，我将做些什么呢？呼天抢地痛哭一场，跑到教堂里去求上帝保佑你得到一个轻松的差使。然后说不定还去嘲笑那些没有去的人。在这个时代一切都有可能。"

"鲍拉。"他握住她的双手，"既然这是非干不可的事，你何必使我心情这么沉重？"

"要我让你轻松一点？不，就得让你心情沉重，无限沉重，要尽我所能地让你心情沉重。我站在这里：你必须用你的双脚把我踩烂。我绝不放你走。"

这时响起急促的信号钟声，他猛地惊起，脸色苍白，激动万分，抓起他的背包。可是妻已一把夺过背包堵在他面前。"给我。"他呻吟道。"绝不,绝不!"妻气喘吁吁地说道,一面和他争夺。旁边的农民围了过来,哈哈大笑。火上浇油,疯疯癫癫的喊叫声一阵阵飞来,正在玩耍的孩子也跑了过来。但他们两个还像拼命似的愤怒地使尽全身的力气争夺背包。

这一瞬间火车头长吼一声,列车轰隆轰隆地开进站来。突然他放下背包,头也不回,发疯似的慌慌张张、跌跌绊绊地越过铁轨,跑向列车,直冲一节车厢,跳了进去。周围响起哄然大笑,农民们高兴得尖声怪叫,向他大声喊道:"赶快跳开,她要逮着你了!""快跳,快跳,她要抓着你了。"他们一个劲地催他往前快跑,他身后哈哈大笑的声浪像阵阵鞭挞,抽打着他的羞耻。这时列车已经开动。

妻站在那里,手里拿着背包,人们的哄笑声向她劈头盖脑地袭来。她凝视着开得越来越快、渐渐消失的列车,没有一句告别的话语从车厢的窗口传来,一点表示也没有。突然眼泪夺眶而出,遮住了她的视线,她什么也看不见了。

他蜷着身子坐在角落里,列车越开越快,他不敢向窗外看上一眼。他所拥有的一切,山坡上的小房子,连同他的画幅,桌椅和窗,他的妻子,狗和许多日子的幸福,都从窗外飞了过去,被列车行驶的速度撕成千百张碎片。他经常目光闪亮地观赏这开阔的景色,如今这派景色连同他的自由和他整个的生命都被远远地抛去。他觉得他的生命已通过他身上所有的血管流出体外,什么也没留下,只剩下这一张白纸,在他口袋里飒飒作响的一张纸,他就带着这张纸为命运的凶恶召唤所驱使,随风飘逝。

他只是迟钝而迷惘地感到,他遭遇到什么事情。列车员要看他的车票,他没有票,他像个梦游者似的说边境小镇是他的目的地,他毫无意志地又换乘另一次列车。他心里的那台机器做了这一切,他已不再感到痛苦。在瑞士边境站,边防官员要他出示证件。他把证件交给他们：他一无所有，只剩下这张白纸。有时候他心里还有一些已经失落的东西试图轻轻地提醒自己，从心灵深处，像从梦境中发出喃喃的声音："向后转吧！你现在还自由！你并不是非去不可。"可是他血液里的那部机器并不说话，却强有力地激动他的神经和肢体，坚定不移地驱使他向前走，用一道看不见的命令："你非去不可。"

他站在通向故国的转车车站的月台上，在昏黄的光线里，可以明显地看见有座桥横跨在河上：这就是边界。他那无所事事的感官试图理解这个字的含义；就是说在这一边，你还可以生存，呼吸，自由自在地讲话，按照自己的意志干活，从事严肃的工作。过桥走八百步，你的意志就从你的体内取出，就像从动物的体腔里取出它的内脏，你必须服从一些陌生人，并且把刀子扎进另外一些陌生人的胸膛。所有这一切便是这座小桥的含义，在两根横梁上面架起一百几十根木头桩子。于是便有两个汉子各穿一套式样不同、花花绿绿的荒唐服装，手执步枪站在那里守卫这座小桥。蒙眬的思绪折磨着他，他感到已不能清楚地思维，可是思想却继续向前滚动。他们在这根木头上守卫些什么呢？别让人从一个国家越境到另一个国家。谁也不许从那个刨去人们意志的国家溜到另一个国家去。而他自己，却居然愿意到那边去？是的，但是从另一个意义上，是从自由走向……

他停止思索。关于边界的思想把他催眠了。自从他凭着感官具体地看到边界，实实在在，由两个身穿军装百无聊赖的市民看守着，他就不大明白他心里的某些事情。他试图进行解释：正在打仗。可是只在对面那个国家才打仗——在一公里以外才有战争，或者说，一公里其实还差二百米的那边开始打仗。他忽然想起，也许还近十米,就是说,一千八百米还差十米①。不晓得什么疯狂的欲望在他心里蓦然出现,要调查一下这最后十米土地是否还有战争或是没有战争。这个念头很好玩,使他觉得很逗。不晓得在什么地方想必有一条线,真正的界线,要是往边境走去,一只脚踏在桥上,另一只脚还在地上,那么你算什么呢——还是自由人,或者说已经是士兵了?一只脚允许穿平民的靴子,另一只脚穿着军靴。越来越孩子气的念头在他脑子里乱蹿乱拱。若是站在桥上,那就已过了边界,若是又跑回来,就该算是逃兵了?这水,它是好战的还是和平的?是不是河底某处也有一条线,按照不同国家的颜色画在当中?这些鱼呢,它们可以游到对面战争地区去吗?还有这些动物!他想到了他的狗,要是它也跟着来了,他们大概也得把它动员起来,它说不定得去拉机关枪,或者在枪林弹雨之中去寻找伤员。谢天谢地,它留在家里了。

  谢天谢地!想到这里,他大吃一惊,赶快振作起来。自从他具体地看见了这条边界,这座介乎生死之间的桥,他便感到心里有什么东西开始运转起来,不是那台机器,而是一种想要醒来的认识,一种反抗。在另一条铁轨上还停着他来时乘坐的列车,只不过这段时间里火车头已换了方向。它那巨大的玻璃眼睛现在看着相反的方向,准备把列车再拉回瑞士去。这提醒他,现在可能还来得及:他感到,渴望回到业已失去的家的那根神经,本来已经死去,此刻又在他心里痛苦地蠕动,过去的那个他又开始在他身上出现。他看到那边,桥的那头站着的士兵,穿着陌生的制服,步枪沉重地挂在肩上,正毫无意义地踱过来踱过去。在这个陌生人身上,他看到了自己的影像。现在他才清楚地知道了他的命运。自从他懂得

---

① 原文如此,照理应是"两公里外",或"八百米还差十米"。

了这一点,他就看到他的命运里含有毁灭。他的生命在他灵魂里叫喊起来。

这时刺耳的信号钟声又频频响起,这尖锐的声音打破了他那还犹豫不决的感觉。他知道,现在一切都完了,他要是乘上这辆列车,三分钟后,就驶过这两公里,开到桥边,越过桥去。他知道,他会乘车驶去的。再过一刻钟,他就会获救。他摇摇晃晃地站在那里。

可是列车并不是从他浑身哆嗦地使劲窥望的远方驶来,而是从桥那边轰轰隆隆地慢慢地驶过桥来。一下子候车大厅便骚动起来,人们从各个候车室蜂拥而出,妇女们叫叫嚷嚷,直往前挤,瑞士士兵急急忙忙地排成一队。突然奏起音乐——他侧耳细听,惊讶不已,简直不相信自己的耳朵。可是乐声响亮,不会听错;奏的是《马赛曲》。为从德国开来的一次列车竟然奏起敌人的国歌!

列车轰轰隆隆地驶近,连声喘息,停了下来。大家都一拥而上,各个车厢的门都被猛地拉开,脸色苍白的人摇摇晃晃地走了出来,灼热的眼睛里发出狂喜的光芒——身穿军装的法国人,法国的伤兵,敌人,尽是敌人!像做梦似的过了几秒钟,然后他才明白,这是一次运载交换伤员的列车,这些人是在这里获释的战俘,是从战争的疯狂中获救的人们。他们都预感到,了解到,感受到这一点;他们挥手致意,大声喊叫,纵声欢笑,尽管有些人的欢笑还包含着痛苦!一个伤兵摇摇晃晃、跌跌绊绊地踩着木制假腿走了出来,靠着一根柱子站住,喊道:"瑞士!瑞士!赞美上帝!"①妇女们抽抽搭搭地哭着,从一个窗口冲到另一个窗口,直到找到她们寻找的亲人。人们呼喊,抽泣,吼叫,人声嘈杂,乱成一片,不过,大家都情绪

---

① 原文为法文。

高昂,欢呼雀跃。音乐停止演奏。有几分钟之久,什么也听不见,只听见汹涌澎湃的感情狂涛吼叫着,呼喊着,向众人头上袭来。

然后渐渐地安静下来,人们三五成群,幸福地聚在一起,沉浸在欢乐之中,语流迅急地互相交谈。有几个女人还呼喊着跑来跑去。护士们送来饮料和礼品。人们用担架把重伤员抬出车厢,他们扎着白色的绷带,脸色惨白,人们温柔地小心翼翼地簇拥着他们,关切备至,极力宽慰。人间的全部悲惨都集中体现在这里:有的伤兵断肢截臂,袖子空空,有的憔悴不堪,有的严重烧伤。这是一代青年的残存部分,变得粗野而苍老。可是所有的眼睛都仰望上天,射出宽慰的光芒:他们大家都感到这次朝圣的旅程已达终点。

费迪南像瘫痪似的站在这批意想不到的来客中间,在胸口的那张纸下面,心脏又猛烈地跳了起来。他看见有副担架停在一边,离开人群,孤零零地,没人过问。他走过去,慢慢地,脚步踉跄地走到这个为别人的欢乐所遗忘的人身边。这个伤兵脸色灰白,脸上长满乱蓬蓬的胡子,被子弹打烂的手臂瘫了似的从担架上垂了下来。双目紧闭,嘴唇苍白。费迪南浑身发抖。他轻轻地把这只挂下来的手臂抬了起来,小心翼翼地把它放到这受难者的胸上。这时陌生人睁开眼睛,看着他,从那无限遥远的陌生的痛苦之中升起一缕感激的微笑,向他致意。

他浑身哆嗦,一阵寒噤,活像一道闪电透过他的全身。他们要他干这种事情?把人伤害成这样?只会用仇恨的眼光去注视弟兄们的眼睛?自觉自愿地去参加这巨大的罪行?这时他感觉到巨大的真理在他心头强劲有力地一跃而起,砸烂了他胸中的那台机器,自由从心里幸福而又宏伟地升起,把服从撕得粉碎。绝不!绝不!一种坚强有力、以前从未认识的声音在他心里高声喊道,他已被这心底的声音击倒。他抽泣着倒在担架旁边。

人们向他冲去。大家以为他突发了羊痫风,医生也赶来了。但是他已慢慢地站了起来,拒绝了别人的帮助,脸上显出平静欢快的神气。他伸手掏出钱包,取出最后一张钞票,把它放在伤员的身旁;接着拿出那张纸,慢悠悠地有意识地再读一遍。然后把它对半撕开,把碎纸片撒在站台上。人们直愣愣地看着他,仿佛在看一个疯子。可他却再也不感到羞耻。他只感到:霍然痊愈。音乐又演奏起来。他心里涌出的恢宏壮阔的乐声压倒了所有的声响。

晚上,很晚了,他回到自己的家里。屋里一片漆黑,房门紧闭,犹如一口棺材。他敲敲门。一阵拖沓的脚步声传来:他的妻子把门打开,一看见他,吃了一惊。可是他温柔地抱住妻,把她扶进门去。他们什么话也不说。只是幸福得浑身哆嗦。他走进自己的房间:他的画全都放在那里,妻把它们从他的画室里拿了出来,为了看到他的作品就感到他在身边。他从妻的这一行动体会到无限的爱恋,他于是懂得,他使自己免去了多少损失。他默默地紧握着妻的手。狗从厨房里冲了出来,跳起来扑到他身上:大家都在等着他归来。他感到,他的心灵从来没有从这里离去,可是他感到自己像是逃脱死亡又重返人间。

他俩还一直没有说话。但是妻轻轻地拉着他,把他领到窗前:窗外是永恒的世界,对于一时晕头转向的人类自己创造的痛苦,它丝毫不受影响。这个世界为他放射光辉,在辽阔无垠的天空中,无限的群星交相辉映。他抬头仰望,心情激动,深切地认识到,对于世上的人来说,除了大自然自身的法则之外,别无其他法则,除了相互依存的关系之外,别无其他东西能真的把他拴住。他妻子的呼吸幸福地在他唇边涌动。在这种互相感觉的快感之中,他们两个的身体有时候挨在一起轻轻颤抖。但是他们沉默不语:他们的心自由飞翔,飞向万物永恒的自由,摆脱了话语的混乱和人为的法律。

(1929)

(张玉书 译)

偶 识 此 道[*]

一九三一年四月里，在那个不可思议的早晨，那潮湿而又阳光映照的空气便已令人心旷神怡了。它像丝光糖那样香甜、清凉、滋润而鲜亮，这是过滤后的春天气息，未掺假的臭氧，而且就在斯特拉斯堡大街，人们也意外地闻到了抽了芽开了花的草地和大海散发出来的香味。这奇迹般的芬芳是一场滂沱大雨的杰作。春天常随着一阵阵恣肆的四月骤雨，以毫无顾忌的方式预示它即将来临。列车驶到半路时，我们就已看见远处地平线上从天际压向田野的黑云。但是到摩站①时——一幢幢宛如方形玩具的城郊房屋已散落在原野上，最先出现的广告牌已咋唬着扞格不入地从新绿丛中耸立起来，车厢里我对面那位英国老太太已在把她那些提袋、瓶子、旅途用小盒一共十四件都归拢在一起。这时，那一大片像吸足了水的海绵一样的浓云方才撕裂开来，这片铅灰色的云从埃佩内②起就恶狠狠地同我们的火车头赛跑。一道短促、暗淡的闪电一发出信号，好斗的豪雨便挟着响亮的噼里啪啦声倾泻而下，如同机枪那样用水弹扫射奔驰中的列车。冰雹啪嗒啪嗒地敲打着，重

---

[*] 本篇最初于一九三四年五月二十日在维也纳《新自由报》上发表，一九三七年收入赫伯特·赖希纳出版社出版的小说集《万花筒》。
① 摩站系巴黎城郊一个停靠站。
② 埃佩内，在巴黎近郊。

重地被击中的车窗玻璃在哭泣。火车头认输了,把飘舞的灰色浓烟压向地面。窗外一片模糊,只能听到急骤的雨点在敲击钢铁和玻璃。列车行驶着,犹如一头受折磨的野兽想逃脱这场倾盆大雨。可是你瞧,平安到达以后,大家还在东站前廊等候搬运工人时,透过灰蒙蒙的雨帘,可以看到林荫大道上的街景忽地又明亮起来。一缕刺眼的阳光用它的三齿叉直刺正在逃逸的浮云。转眼间,一幢幢大楼的正面辉煌耀眼,犹如擦亮的黄铜,天宇澄清,宛若蔚蓝的海洋。像爱与美的女神安娜蒂奥美内①从波涛中现身时放射着裸露的金光那样,这座城市也从褪去的暴雨织成的外套中显露出来,呈现出一派美不胜收的景象。接着,人们像离弦之箭,从左边和右边成百个藏身和躲避的地方飞奔到大街上,抖动着身子,满面笑容,各走自己的路。上百辆堵住的车子又开始行驶,嘎嘎作响,发出沙沙声,吼叫着穿梭般来来去去。所有的人都深深地呼吸,庆幸重新见到了阳光。甚至林荫大道上的树木也好像兴奋不已,它们牢牢地扎在坚硬的柏油路上,经过一场大雨的浇淋,这时还在滴水,还带着尖细的手指般的花蕾,伸向洁净的深蓝色的天空,意欲散发出些微芬芳。果然,幽香可闻。而且妙不可言的是:有几分钟,就在巴黎的心脏地带,就在斯特拉斯堡大街上,人们清晰地感觉到栗树花在轻轻地胆怯地呼吸着。

　　在四月里这个美好的日子,还另有一桩赏心乐事:我刚到达,一直到下午都没有任何约会。在四百五十万巴黎市民当中谁都不认识我,也没有人在等候我,所以我无拘无束,爱干什么就干什么。我可以完全随心所欲地去散步或看报,可以在咖啡店里闲坐或吃点东西,或者去博物馆,看看陈列橱窗或河畔书摊,可以给朋友打

---

① 安娜蒂奥美内,希腊神话中爱与美的女神阿佛罗狄忒的别名。

打电话或者只是凝视透着温煦、香甜气息的天空。但是出于清醒的本能,我有幸做了极其明智的一件事,就是:不做任何事。我没有什么打算,只是听其自然,摒弃了关于意愿和目标的所有联想,把去向完全放置在偶然机缘的转轮上,就是说,我像随波逐流一样,听任街上的行人把我挟走,随便地走过两侧明晃晃的商店,快步跟着湍急的人流穿越马路。最后波浪把我冲进了宽阔的林荫大道。我舒畅而慵倦地停在豪斯曼大道和德鲁奥路转角一家咖啡馆的平台上。

我心想:我又来了,懒洋洋地靠在松软的草编椅子里,同时点燃了一支雪茄。啊,这便是你,巴黎!整整两年我们两个老朋友没有见面,现在让我们彼此好好端详一番。好,来吧,这就开始,巴黎,给我看看在这当中你都学了些什么,来吧,开始吧,请给我放映你那无与伦比的有声电影《巴黎街头》,那部有成千上万不取报酬、难以计数的跑龙套演员[①],用光辉、色彩、活力融合而成的杰作,也请奏起你那无法模仿的充满叮当声、嘎吱声、呼啸声的街头乐曲吧!不要保留!赶快!让人们看看你会什么!让人们看看你是什么!打开你那能够奏出无调的、泛调的街头音乐的巨型自动风琴吧!让你的那些汽车疾驰吧!让你的那些流动小贩高声叫卖吧!让你的那些广告吸引人们的目光吧!让你的那些车上喇叭鸣响吧!让你的那些商店闪耀发光吧!让你那些行人走动吧!——我就坐在这里,如同往常那样心情愉快,我有时间和兴致来观赏你,一直看到眼花缭乱头昏脑涨方才罢休。来吧,来吧,不要保留!不要拘束!发出更多一些而且越来越多的、更加热烈而且越来越热烈的、总是不同而且总在更新的叫喊和呼唤、车上喇叭的鸣响和

---

① 巴尔扎克的一部作品也曾将巴黎街上的各色人等称作"不自知的喜剧演员"。

散乱嘈杂的声音吧！这不会使我厌倦，因为我所有的感官都向你敞开，来吧，来吧，把你的一切都交付给我吧，就像我愿意把我的一切都交付给你一样，你是这样一座都市，人们无法学你，你拥有不断变化的魅力！

这个异乎寻常的早晨还有第三种佳趣——从某种躁动兴奋的情绪中我就感觉到：如同在旅游归来的时候或者通宵不眠以后常见的那样，我将又有一天充满了好奇心。在这样的日子里，我觉得自己变成了双倍的，甚至多倍的自我。这时候，我对自己原有范围内的生活感到不满足，某种内在的力量在推动我，驱赶我，仿佛我不由自主地要从躯体里滑脱，像蝴蝶从蛹中挣脱出来那样。每一个毛孔都在扩张，每一根神经都弯成精致的、炽热的铁爪钩。一股眼观千里、耳听八方的狂热向我袭来，这是无以名状的透彻明晰的感觉，它使我的瞳孔和鼓膜变得更加灵敏。我目光所及的一切都使我觉得玄妙莫测。我可以凝视一个修路工人达数小时之久，看着他用电钻割开铺路沥青。我只不过在观看，却强烈地感受到，他那剧烈颤抖的肩膀不知怎地把它的每一次振动都传到我的肩膀上来。我可以在别人的一扇窗子前一直站下去，想象着这个也许现在就住在这里或者可能会住在这里的陌生人有着怎样的命运。我可以一连几个钟头看着、跟着一个过路人，听任好奇心牵动，好像被磁石所吸引而身不由己，但完全意识到，这在偶然观察我的任何另一个人看来，都是不可理解和疯疯癫癫的举动，然而这种想象和观赏的乐趣，比任何编成的剧本或者一本书里所写的奇遇都更加使我心醉神迷。可能这种过度兴奋，这种明察秋毫的过分敏感，同突然转换环境很自然地联系在一起，这不过是气压的改变，以及受制于此的血液调节的化学作用所造成的结果而已——我从来没有设法去弄清这种不可思议的亢奋缘由何在。但每当我意识到它的时候，我总觉得平时的生活只是混沌一片，觉得所有其他的一般日子都那么无聊而空虚。只有在这样的时刻，我才能完全感受得到自己，感受得到生命的想象活力。

  当时，在四月里那个美好的日子，我也这样完全超脱了平日的自我，满怀观赏的兴趣，聚精会神地坐在人群组成的大河岸边的小椅子里等待着，我也不知道在等什么。但我带着垂钓者轻微的寒战般的颤抖在等待那猛地一动的瞬间，我本能地知道，我一定会遇上什么，会遇上某一个人，因为非常渴求交流，渴求陶醉，渴求把好奇的兴趣倾注在观赏的对象上。但是大街上的行人和车辆暂时还没有给我投送什么。半个钟头以后，我的眼睛由于人群川流不息而感到疲惫，我不能再一个一个地看清楚了。我觉得在林荫大道上涌过的行人仿佛都失去了面孔，它们变成黄色、棕色、黑色、灰色的兜帽、便帽、小帽，未施脂粉的和化妆拙劣的蛋形脸盘汇成的轮廓模糊的波涛，这肮脏的人流像令人厌烦的洗涤污水一样在不停地涌动，我看得越累，它也就越缺少色彩，越显得暗淡。犹如看了一部图像闪动不已、拷贝制作很差的影片，我已经精疲力竭，正想起来，往前走去，这时我终于——我终于发现了他。

  他，这个陌生人之所以引起我的注意，只是由于他不断地闯进我的视野。在这半个钟头里从我身边冲刷而过的所有其他成千上万的行人，如同被无形的带子扯走那样四散离开，他们只是匆匆地露了一下侧面、身影、轮廓，人潮便把他们永远卷走。而这个人却一而再，再而三地来到同一个地方，因此我就注意他了。就像激浪有时无法理解地固执，把一团龌龊的海藻冲到浅滩上，马上又伸出湿漉漉的舌头，把它舔回去，随即又扔出，再拉回，这个身形也一再随着漩涡卷过来，而且每次都隔一段几乎相等的时间来到同一个地方，总是露出同一种目光，一种低垂着的、引人注意地掩藏着什么的目光。除此以外,这个总是去而复返的人其貌不扬。一副干瘪的饿扁了似的躯体裹在极不合身的栗黄色的夏季外套里,那显然不是定做的衣服,因为两只手完全被拖挂出来的袖子遮住。这件早就过时的栗黄色外套同这副尖嘴猴腮相比,显得过于宽大,很可笑,尺寸太不成比例。这张瘦脸有两片苍白的、几乎干枯了的薄唇,上面长着一撮淡黄色的胡子,胆怯似的在抖动。在这个可怜虫身上,什么都在晃荡,不成样子地耷拉着——他歪着肩膀,迈动小丑似的瘦腿,露出一脸苦相,一会儿从左边的,一会儿从右边的人群涡流中转过来,然后看来是一筹莫展地站在那里,畏缩地抬起目光,像一只从燕麦丛中钻出来的小兔子,嗅闻着,缩成一团,又消失在杂沓的人群中。还有——这是引起我注意的第二点——这个衣衫褴褛的瘦子不知怎地使我想起果戈理小说里一个公务员。他似乎高度近视或者举止特别笨拙,因为有两次,三次,四次我看见走路比较匆忙、更加显得有事的行人撞着或撞倒这个瘦小的街头沦落者。可是他对这个倒并不怎么在意。他忍气吞声地退到一边,弓着身子,又冒出来,总是见到他在这个地方,就在这半个钟头里,反反复复,大概已经是第十次——或者第十二次了。

　　总之,这引起了我的兴趣。或者这么说吧,起初我感到恼火,而且是对自己生气,原因是:尽管今天这么好奇,我却不能马上猜出,这个人在这里想干什么。我的努力越是落空,我的好奇也就越令人恼火。真是,你在这里干什么呀?!你这小子!你在等什么?等谁?你不会是叫花子,叫花子不会这么笨,往最挤的人丛里钻,谁都没有时间去掏口袋嘛;你也不会是工人,因为上午十一点整,他们没有空闲懒懒散散地在这里转悠;说是等候一位姑娘,你就更谈不上了,老兄,就是老掉了牙、谁都不去理会的娘儿们也不会要你这个潦倒的瘦三。得了,你还能干什么呢?说不定你属于那种见不得阳光的导游吧？这种人悄悄靠上来,从袖子里变戏法似的掏出伤风败俗的照片,哄骗乡巴佬说能看到蛾摩拉和所多玛①的诸般风光,以此换几个钱。不,也不是,因为你不同任何人搭讪,相反地,你怯生生地避开每一个人,露出引人注目的低垂着的目光。那么,你究竟是什么人？你这样鬼鬼祟祟！你在我这方土地要干什么？我愈来愈密切地注视他。过了五分钟,我就来了激情,来了观赏的兴致,想弄个明白,这个穿栗黄色外套的、总是去而复返的人在这林荫大道上到底要干什么。突然我明白了:原来是警探。

一名警探,便衣。我从一个极小的细节,从他斜视的目光看出来,这是把每一个走过的行人都匆匆地斜眼打量一下的目光,显而易见是那种警员在培训的第一年里必须学会的确认对象的目光。这种目光并不简单:第一,它必须快如利刃,沿着接缝,从下而上划过整个身躯直到脸部,借助这样的照明闪光,一方面把握外形特点,另一方面在内心将它同已确知、被搜捕的罪犯的相貌特征进行比较。可是第二——这点也许更难——这种查看的目光必须丝毫不为人们所觉察,窥探者不能在对方面前暴露身份。看,眼前这个人出色地完成了培训课程。他迷迷糊糊如同寻梦者,看似若无其事地穿行于人丛之中,懒洋洋地让人冲撞推挤。可是在这当中,他总会突然——就像相机的快门一闪那样——睁开松垂的眼睑,将目光射出,宛如投去了大鱼叉。周围似乎没有人在看他执行勤务。如果不是在这个四月里美好的日子刚好我很好奇,如果不是我这么长时间,这么耐心地在守候,我本来也不会注意到什么的。

这个便衣警察在其他方面也是本行能手中的佼佼者。他懂得

---

① 蛾摩拉和所多玛是濒临死海的两座城市,由于居民伤风败俗、罪恶深重而为上帝所毁灭。见《旧约·创世记》第十八、十九章。

以非常高超的掩护技巧,模仿一个地道的街头游荡者的举止、衣着,或者说破烂衣着,以便借此缉拿罪犯。平时,便衣警察离开一百步肯定会被辨认出来,原因是:这些大人先生再怎么化装,总不肯完完全全放下他们的官架子,他们永远也学不会这种达到乱真程度的畏缩、胆怯、弯腰垂头的模样。这种低眉躬身的神态非常自然地从这样一些人的走路姿势上反映出来,他们被几十年的穷困压低了肩膀。而这一位,真了不起,他装出一副游荡者的狼狈相,简直惟妙惟肖,他那流浪汉的假面具制作得纤毫毕现。仅仅下面这一点就很合乎常人的心理:那件栗黄色的外套,那顶有点歪戴的棕色帽子硬撑着维持一点体面,而下身那条边缘纱线都已散开的裤子和上身那件已经磨破的上衣则隐约地透出穷困已到极点。作为捕人老手,他一定注意到贫苦这只嘴馋的老鼠都先在每一件衣服的边缘啃咬。这张饥色毕露的面孔,也同这样一种寒碜的衣着非常相配。那稀疏的胡子(大概是粘上去的),没有刮干净的脸,有意弄得蓬乱不堪的头发,都使每一个不抱成见的人确信,这可怜虫昨夜是在路边长椅上或者在警察局的木板床上度过的。还有:他用手掩口,病恹恹地咳嗽;收拢那件夏季外套,直打哆嗦;潜行般小心走路,仿佛腿里灌了铅——眼前这位确实是魔术师,他变出了无懈可击的晚期痨病患者的体貌。

我就直说吧,没有什么不好意思:我非常兴奋,能有这样一个可贵的机会,在这里以私人的身份监视一名正正式式的警方监视人员,虽然在我情感的另一层面又觉得他这种做法实属卑下:在这样一个美好晴朗的日子,在上帝赐予的四月和煦阳光照耀下,有一个乔装的人、有领养老金资格的公务员,在这里缉捕某一个倒霉的人,要把他从明媚的春光中拉走关进某一处牢房。不管怎样,看住他还是令人兴奋的,我越来越好奇地观察他的一举一动,每次都为发现一个新的细节而感到高兴。可是,突然我这种探究的乐趣像阳光下的冰块一样融化了,原因是我的判断有些不对茬儿,我感到什么地方有点儿不对。我心里又不踏实了。这个人真是警探吗?我对这个奇怪的闲逛者越注意,我的疑心就越重:觉得他显露出来的穷酸相实在是太地道,太真实了,不可能只是警探装出的假象。首先,第一个疑点:他的内衣领子。不可能,即使是垃圾堆里捡的都没有那么脏,人们不会光着手指把它围在脖子上的。这种东西只有真是穷途末路、根本谈不上仪容衣着的人才会要。其次——第二个矛盾——是鞋子,要是如此不成样子的、就要完全散开的一团碎皮还可以被叫做鞋子的话。右脚穿的那只靴子不是用黑色鞋带,而只是用粗绳系住。左边那只靴底张开了口,每走一步都像青蛙嘴似的掀开来。不可能,不可能为了乔装而想出而且制成这样一双鞋子。完全不可能!已经毫无疑问了:这个衣衫破烂不堪、举止鬼鬼祟祟的小瘪三肯定不是警员,我的判断失误了。要说不是警员吧,那么他是干什么的呢?干吗老是来来去去,去而复返呢?干吗要从下往上投射出匆匆窥探、寻觅、四面打量的目光呢?我无名火起,恼恨自己没有看清这个人。我真想一把抓住他的肩膀,问他:喂,你要怎么样?你在这儿干什么?

可是,蓦地宛如沿着每一根神经都点了火,我的眼前一亮,准确无误的感觉恍若平射的弹头直透我的内心——我一下子又什么都明白了,现在完全可以肯定,终于无可辩驳地完全可以肯定。不是,此人并非警探——我怎么能这样被他糊弄了呢?!——这个人哪,如果可以这么说的话,是警员的反面:这是一个扒手,一个货真价实的,一个经人传授、以此为业、地地道道的扒手,他在这条林荫大道上伺机偷窃小皮夹子、手表、女式拎包和其他可以猎获的物件。他属于这个行当,这是我注意到他总是往最密集的人群里挤的时候首先断定的。现在我也恍然大悟,为什么他要装出笨手笨脚的样子,为什么要撞别人碰别人。我对眼前的局面越来越明白,越来越清楚了。他把地点刚好选在咖啡馆的前面,紧靠十字路口,其中奥妙就在于利用了一位乖巧的店主想出来的点子:这位老板把橱窗布置得非常巧妙。这爿商店只卖些并不怎样令人感兴趣的、并不吸引顾客的东西,不过是些椰子、土耳其甜点、各色糖果。可是店东想出了一个绝妙的主意:不但用仿制的椰叶和热带的风景广告把橱窗装点得具有东方色彩,而且在一派绮丽的南国风光的环境里——这点子真绝!——他放了三只欢蹦乱跳的小猴子,它们在窗玻璃后面摆出逗人发笑的扭弯肢体的姿势,腾跃着,露出牙齿,互相寻找跳蚤,咧开嘴巴,大声喧闹,做出不识羞、不雅观的地道猴子动作。精明的老板打对了算盘,橱窗前挤满过往的行人,尤其是那些女人,她们呼喊着尖叫着,看来这场演出给了她们以极大的乐趣。这样,每当一大群过路人特别密集地在这个橱窗前挤在一起时,我这位朋友就很快地蹑手蹑脚凑到跟前,轻巧地,装出谦让的样子,直向拥挤的人丛中钻进去。但是关于这种迄今没有多少研究的、就我所知从未认真加以描述的街头行窃术,我只知道:犹如鲱鱼排卵,小偷一定要到摩肩接踵的地方才能顺利下手。因为只有在被压、被挤的情况下,那只危险的手在掏取小皮夹子或手表时才不会被受害人所觉察。然而,除此以外——这一点我刚刚才学到——为了手到功成,显然还需要某种技法,以转移人们的视线,麻痹每个人那种保护自己财物的不自觉的警惕性。此时此地,有三只猴子转移了人们的注意力,它们的动作滑稽,好笑已极。事实上,它们——这些咧嘴、露齿、光身的小猴儿——不停地扮演着我这个新交的朋友兼扒手的同谋、帮凶的角色而毫不知情。

请原谅,我因自己这一发现而感到兴奋,因为我这辈子还从来没有看见过扒手。或者也可以说——完全照事实讲吧——见过。那时我在伦敦念大学,为了提高英语的实践能力,我常去法庭旁听。有一回,我刚赶上,看见两名法警把一个红头发的、脸上长疱疹的小伙子夹在中间带到法官面前。桌子上放着一个作为物证的钱包。有几个证人在提供证词并起誓。然后,法官叽里咕噜讲了一通英语。接着那个红头发小伙子给押走了——如果我没有听错,判刑六个月。这是我见到的第一个扒手,但是——这便是区别所在——我无法断定那个人真的就是扒手。由于当时只有证人说他犯罪,我实际上只是听到案情复述而已,并未目睹作案。我只看到一个被告,一个被判决者,而不是小偷。小偷只是在行窃时才算是小偷,而不是在两个月以后,在因作案而站在法官面前的时候;犹如作家只是在进行创作时才算是真正的作家,而不是在譬如说几年以后在话筒前给听众朗读自己诗作的时候。作案者仅仅在作案的瞬间才是真实的。现在给了我千载难逢的机会,我注定会在一个扒手最能显示特征的时刻,在像生育与分娩一样极难窃听得到的稍纵即逝的一刹那窥见他,窥见他那掩藏极深的本质真相。一想到这种可能性我便亢奋起来。

当然,我打定主意,不放过这一次了不得的机缘,不错过作案准备和作案过程的任何细节。我马上离开了咖啡馆桌子旁边的靠背椅,坐在这里我觉得视野受到了很大的限制。现在我需要挑一个能够一目了然的,一个不妨说能够移动的位置,从那里我得以毫无遮拦地窥探他。几经试行,我选定一个广告柱,柱子上花花绿绿地贴着巴黎各家剧院的海报。在这个地方,我可以不惹人注意地好像全神贯注在那些预告中,其实我是借这个圆柱作掩护,极其真切地注视他的一举一动。于是,我以一股今天再难理解的韧劲看着这可怜虫在这里干那艰难而又危险的营生。我看着他,比我记忆所及在剧院里或看电影时注意某个演员更要好奇,他们的表演曾经吸引着我,是因为在他们将整个身心都投入的瞬间,现实超越和胜过了任何一种艺术形式。现实永生!

这样,就在巴黎的林荫大道上,从上午十一点到十二点整整一个钟头,对我来说,真是过得像一瞬间那样,虽然——或者倒不如说,因为——这一个钟头充满了不断出现的紧张场面,难以计数的细小而激动人心的决断和意外事件。我可以用几个钟头的时间来描述它,这一个小时,它蕴涵着如此丰盈的心理潜能,它又有如此巨大的诱惑力量,因为在游刃自如中处处都隐伏着风险。直到那一天为止,我从来没有,一丁点儿都没有料想到,光天化日之下当街偷窃是一种何等艰难、几乎无法学会的行当——不,是一种多么可怕的、使人紧张得要命的技巧。直到现在我所设想的偷窃,只是同极其胆大妄为而又手法熟练这一模糊概念联系在一起。事实上,我把这门手艺只看作指头功夫,近乎耍杂技、变戏法的熟巧。狄更斯曾在长篇小说《奥利弗·退斯特》中描叙一个窃贼头子如何向那些小男孩传授从别人的外衣掏取手帕而完全不被觉察的本领。外衣上部系了一个小铃。如果新手从口袋里抽出手帕的当口响起了铃声,那就说明这次出手不成功,太笨拙。但是狄更斯——这点我现在才看出来——仅仅注意到进行此事的基础技巧,即指头功夫,可能他从未观察过正在活动的对象,大概他从未有过——像我现在碰巧得到的——机会得以发现:大白天下手的小偷,不但需要一只灵巧的妙手,而且还需要待机行动和自我克制的精神力量,需要一种训练有素的心理特质,既能保持冷静,同时又能疾如闪电,尤其需要一种非同寻常的、几近疯狂的胆量。现在我已明白:一个扒手学了六十分钟以后,必须具备缝合心脏——犹豫一秒钟就会造成死亡——的外科医生那种果断而敏捷的特点。但是在那个场合,做那种手术时,至少病人已经完完全全被麻醉,不会挪动,不会挣扎。而在扒窃时,即使下手轻巧而突然,——总不能不触及一个人有正常知觉的躯体——而正是小皮夹子旁边的部位,人们最为敏感。而且,扒手作案时,他那只手闪电般伸到下面时,就在这最聚精会神、最使人紧张的时刻,他还得同时完全控制他脸部的所有肌肉和神经,他得假装漫不经心,百无聊赖。他不能流露出亢奋的心情,不能像暴徒、凶手拿刀捅过去时那样在瞳仁里映现出行凶瞬间的恶狠狠的样子——他作为小偷伸手时,必须以坦然、和善的目光盯着受害人,在碰撞的一刹那谦卑地用完全不动声色的口气说一句:"Pardon, Monsieur!①"他活动时一定要乖巧、警觉、灵活。然而,这还不够——在他下手之前,他就得发挥才智,拿出知人的本领,就得像心理学家、生理学家那样摸准对象是否合适。只有那些心不在焉,缺乏警惕的人;在这些人当中,又只有那些上衣敞开,而不是扣住的人;那些走路不太快,就是说人们可以不显眼地靠上去的人才可以考虑。在那一个钟头里,我数了一下,一百个或五百个当中几乎不会有一个或两个以上进入射程以内。一个冷静的扒手只敢在极少几个对象身上施展功夫,而对这极少几个人的行动却又会由于无数偏偏凑在一起的偶然因素而未能奏效,往往功败垂成。干这个行当——我可以作证——不可或缺的是非常丰富的阅人经验,异乎寻常的警觉与自制能力,因为还有一点也要想到:小偷在聚精会神地选择与潜近对象以求一逞的同时,要一心二用,调动极度紧张的感官,以便做到自己不被别人盯住,注意街角有没有警员或警探,或者经常挤满在街上的数不清的好奇者中有没有任何一个在斜眼看着。所有这些都得随时留意。有没有

---

① 法文:对不起,先生!

在匆忙中被忽视的橱窗反映出他那只手,从而暴露了他?有没有什么人从一爿商店的里面或一扇窗子的后面监视着他的举动?由此可见,要作出多大的努力呀,而较之所冒的风险,却又几乎不成合理的比例。由于一次落空,一次失误,可能要付出在巴黎林荫大道上待三年、四年的代价,由于指头的一次微微颤动,一个轻率的紧张的动作,可能会失去自由。现在我知道了:光天化日之下在一条林荫大道上扒窃乃是胆大包天的举动。从此我对报纸在各色作奸犯科者中把此类窃贼视为无足称道者,在一个小栏目里,以三数行打发了事,简直觉得有点不公道。在我们这个社会里所有的手艺中,无论是正当的或者是非法的,这是困难、风险最大的行当之一。这个行当的最高效能堪称艺术而当之无愧。我可以这样说,我能够为此作证,原因是:我曾经,也就是在那四月里的一天目睹了和共同经历了这件事。

"共同经历了":我这么说,并非言过其实,因为只是开始时,仅仅在最初的几分钟里,我做得到完全客观冷静地注视这个人干他的营生。但是兴味盎然地看着看着,便不可抗拒地会激发出情感,而情感又使人对此欲罢不能。于是我不知不觉地,亦非所愿地逐渐同这个扒手两心相通,似乎化为他的躯体和两手。我已从一个单纯的旁观者在心灵上变成他的同谋者。这一转换过程是这样开始的:观看一刻钟以后,我已在打量所有的行人,看看谁可偷谁不可偷,看看他们的上装是扣住还是敞开,看看他们的目光显示出麻痹大意还是保持戒备,看看是否可望从他们身上获取鼓鼓囊囊的小皮夹子,简言之,看看他们是否值得我这新交的朋友去处置。很快我便不得不承认:在这场正在开始的搏斗中我早就不再保持中立了,而是由衷地迫切希望他最终得以下手而获得成功。我甚至不得不几乎是强迫自己才压抑住想在他动手时帮助他的冲动。

正如旁观者受到强烈的诱惑,想用胳膊肘轻轻捅一下当事者,想怂恿他打该出的牌。每当我这位朋友忽视一次良机,我也同样急不可耐地想对他使眼色:朝那儿那个靠上去!那儿那个,那个胖子,臂弯里抱着一大束花的那个。还有,有一回,当我这位朋友又一次混入拥挤的人群,街角却蓦地闪出一个警员的时候,我便觉得非提醒他不可,因为我吓得腿都软了,仿佛我自己会被抓走似的。我感觉到好像警员那只粗重的手已经搭在他的,也等于我的肩膀上。嘿!——没事!那瘦子已经洒脱地、清白地从熙熙攘攘的人群中溜出来,在那危险的公职人员身边走过去。这一切都非常紧张。但对我来说还不止是这样。我对此人的特点体会越深,根据他迄今已有二十次劳而无功的接近尝试,开始对他的行当越了解,我也就变得越焦急:怎么还不动手!怎么老是只摸一下,试一下呢?看他笨手笨脚,犹犹豫豫,一个劲儿地退避躲闪的样子,我真是非常生气了。真要命,总要像样儿地干它一家伙嘛!这么胆小!多拿点勇气出来嘛!要那儿那个吧,那儿那个!早晚总要出手嘛!

　　幸亏这位朋友对我这种他并不需要的关切一无所知,丝毫没有受到我急不可耐的情绪影响。当然,在真正的成功的艺术家和初出茅庐者、业余爱好者、一知半解者之间的区别就在于:艺术家经验丰富,懂得在每次真正取得成功之前,注定先要有一个必然徒劳无益的过程;艺术家在耐心等待那最后的具有决定意义的时机方面是斲轮老手。正如从事文学创作的人无动于衷地放过了上千个看来是诱人而有用的想法(只有半瓶醋才会马上冒失地抓住不放),以便积蓄所有的力量,最后将它投注于笔墨间。这瘦小、虚弱的人也同样一次又一次放弃上百个机会,而我对这个行当只有一知半解和业余爱好,却认为它们会带来成功。他在探在摸在试,他挤到跟前,肯定有无数次把手放在别人的口袋和外套上,但从不掏取，而是有无限的耐心，始终伪装得非常巧妙，因而没有引起旁人的注意，在离开橱窗三十步的地方反复来回走动，同时总是用警觉的斜视的目光，将所有的可能性都加以衡量，并把它们同我这个门外汉根本无法觉察的危险性进行比较。在这种具有从容沉着特点的、闻所未闻的坚韧不拔精神中隐含着某种因素，它使我感到兴奋，尽管我急不可耐；它也给我以保证：他最终必能成事。正是从他那锲而不舍的活力可以窥见：他不达目的，决不会罢休。同样地，我也铁了心，即使等待到午夜，也要目睹他取胜，否则决不提前离场。

这就到了中午时分，那是一个洪水奔流的时刻。转眼间，所有的大街小巷、楼梯庭院都被许许多多细小而湍急的人流所淹没，这一条条激流都汇到林荫大道这一宽阔的河床上。从制作室、车间、办公室、学校、机关一窝蜂涌出许多人，无数在三、四、五楼紧挨在一起的地方做着各自的事情的工人、缝纫女工和售货员都奔到露天里。然后，犹如一团浓黑的正在飘散的烟雾，人群四散分开来到大街上：穿白色短上衣或工作服的工人，三三两两、叽叽咕咕地互相挽着手臂、连衫裙上别着欧紫罗兰束的少女，穿着已经磨得发亮的男式小礼服或者挟着不可离身的皮包的小公务员，搬运工人，一身天蓝色军装的士兵，所有参与大都会无形和隐蔽的繁忙活动的数不清、道不明的诸色人等。所有这些人在空气混浊的屋子里已经坐了好久，坐得太久。现在他们要伸伸腿，四处乱跑一气，张着嘴大口吸气，点燃了雪茄吞云吐雾，拥挤着出出进进。由于他们在同一时间涌出来，因而大街上增添了不少欢快的生气，达一个钟头之久。但也只有一个钟头，随后他们又得上去，在关闭的窗子后面旋制或者缝纫，在打字机的键盘上敲打，或者在数目栏中累计，或者印刷，或者做衣服或鞋子。躯体里的肌肉和肌腱体会得到这是怎么一回事,因此它们那样乐意和有力地紧紧绷着;同时心灵也体会得到这是怎么一回事,因此它那样酣畅和充分地享受这有限的一个钟头,好奇地寻求明亮和轻松,它觉得一切都令人感到愉悦,可以痛痛快快地说笑话,随随便便地寻开心。无怪那猴子橱窗从这种不花本钱找乐趣的意愿中获益匪浅。人们成群结队地聚集在大有看头的窗玻璃旁边,在前面的是姑娘们,她们唧唧喳喳地说着话,伶牙俐齿,听起来仿佛鸟笼里在吵架。而挤到她们身边的则是那些嘴不干净、手不老实的工人和街头闲人。看热闹的紧紧挤成一团,人群愈是密密层层,我那穿栗黄色外套的朋友小金鱼似的游得愈欢愈快,穿行在推推搡搡的人丛中,一会儿出现在这里,一会儿出现在那里。现在我这消极观看的位置已留不住我了——现在须得从旁密切注视他的手指,以便看清这一行道的真正关键手法。这可是一件很费劲的事。这条老到的猎犬练就一种特殊的本领,能够使自己滑开来,像鳗鱼一样,从人群中最细小的缝隙迂回曲折地钻过去——譬如他刚刚还站在我的身旁从容地等待时机,可现在却突然又杳无踪影了,而在同一瞬间他已经远远地到了前面橱窗玻璃旁边。他必定一下子挤过了三四道人墙。

　　当然,我也跟着挤过去。我担心,等我到达前面橱窗的旁边,他可能又已经以他特有的潜行方式在左边或者右边消失了。可是他并没有离开。他非常沉静地在那里等待,沉静得出奇。注意!其中必有缘故。我这样对自己说,同时打量他周围的那些人。在他旁边站着一个胖得离奇的女人,显然是一个穷人。她疼爱地用右手牵着一个大约十一岁的脸色苍白的小女孩,在左臂弯里挎着一个张开着口的劣质皮购物袋,袋子里的长条法国白面包当中有两个好像不知处境危险似的露在外面。很明显,这只提袋里装着她男人的午餐。这个普通的老实妇女——没有戴帽,缠着一条颜色刺目的围巾,身穿一件自己缝制的粗布格子连衣裙——在看猴子戏,那高兴的样子简直无法加以描摹。她笑得整个宽阔的有点虚胖的身体都在抖动,连那些白面包也在来回晃荡。她一次又一次欢叫,纵声咯咯地笑着,很快她给旁人的乐趣完全同一只猴子那样多。她带着造化赋予人类的纯任自然的原始意兴和所有清淡度日的人们那种满足而赞许的心情,欣赏着这难得一睹的演出:唉,只有贫穷者才会如此真诚地啧啧称羡,只有他们。对这样的人来说,如果无须花钱而得以赏心悦目,犹如上苍的赐予,那么这便是乐事中之至乐者。在这中间,这个善良的女人不时弯下身子问小孩有没有看清楚,是不是没有漏掉任何一个逗人发笑的动作。"好——好——儿看——吧,玛——格蕾——特!"她带着元音拖得很长的南方口音,一再叫那个脸色苍白的小姑娘仔细看。这孩子在这么多陌生人当中很羞怯,心里高兴,但不敢吱声。看着这个女人,这位妈妈,使人感到意趣无穷——她,属于土地的本系,是一个地母之女,是法兰西民族一个健硕的充满活力的果实。她那爽朗、轻松、无忧无虑的欢笑声,几乎使人不禁要去拥抱她,这可爱的人。但是突然我感到有点害怕了。我看见那件栗黄色外套的一只袖子晃荡晃荡地越来越挨近那个购物袋,袋子还是张开着口,虽然危险已近在眼前——只有贫穷者才会浑然不觉。

天哪,不能这么干!你总不能从这个贫穷、老实的,这个非常善良、有趣的女人那只购物袋里掏走她的干瘪的钱包吧?蓦地我内心里产生了反感。直到现在为止,我以看体育表演的兴趣观察这个扒手。我从他的身心出发去思考,去共同体会,我曾经希望过,甚至祝愿过,盼着他以辛劳、勇气、风险兼而有之的如此巨大的代价,终能取得一次小试身手的成功。可是现在,当我第一次不仅看到扒窃的企图,而且看到选定被偷的女人本身,看到这个率真朴实得令人同情的女人,这个自得其乐而不知险恶的女人,她大概擦净房间,洗刷楼梯,干了好几个钟头,才挣来几个苏①——看到这种情况,我感到气愤。你这小子,走开! 我真想朝他叫喊,找别人去吧,不要偷这个可怜的女人! 我马上用力往前朝这个妇女挤过去,想保住她那只处于危险之中的购物袋。可是正当我突进的时候,那小子却转过身来,紧贴着我滑了过去。"Pardon, Monsieur!"擦身碰到时响起一个微弱、谦卑的声音——我第一次听到它——表示歉意。一转眼那件黄外套已滑出了人群。马上——不知道为什么——我就有了这样的感觉:他已经下手了。现在必须盯住他不能让他跑掉! 我粗鲁地——身后有一个男人在咒骂,因为我重重地踩在他的脚上——从混乱的人山人海中挤出,刚好还能看到那件栗黄色外套转过林荫大道街角闪进了一条小巷。现在要跟住他,跟住他! 要紧紧地跟住他! 可是我得急步奔跑,因为——我最初几乎不相信自己的眼睛——我观察了一个钟头之久的瘦子竟然一下子变了样。先前他似乎缩头缩脑而又昏头昏脑地跌跌撞撞,现在却灵活得像一只黄鼠狼顺着墙根疾奔而去。这是常见的慌里慌张的脚步,活像一个瘦弱的文书误了公共汽车,三步并作两步走,想及时赶到办公室。在我看来,现在已经毫无疑问了:这就是作案之后的步态,即扒手的第二步态,这样才能尽量迅速而不引人注意地逃离现场。这混账东西已经从这非常可怜的女人那只购物袋里偷走了她的钱包。

怒火一冒上来,我差点大声喊叫:"Au voleurl!②"可是我没有这个胆量。说到底我并未看到扒窃的事实,不能贸然说他偷了东

---

① 苏,法国旧铜币,约合五生丁,二十个苏等于一法郎。
② 法文:抓小偷哇!

西。还有——抓住一个人,代表上帝来执法,这需要某种勇气。我可从来没有控诉人告发人的胆量。我明白:任何一种正义的行为都非常脆弱,当今世道混乱,根据一种本身就站不住脚的情况便可以推出天大的道理,谁也奈何不得。但是正当我一边苦苦追赶,一边思索该怎么办的时候,又见到一件意外的事:几乎还没有穿过两条马路,这个不可捉摸的人忽然又换上第三种步态:他猛地停止急奔,不再躬身缩成一团,突然十分从容地、泰然自若地往前走去,他这是在闲逛,仿佛与人无涉。显然他知道已经越出了危险地带,没有人追他了,就是说没有人能证明他犯罪了。我明白,极度紧张之后,此刻他要松一口气。他现在可以说是卸任的扒手,是这一行当的退休者,是成千上万个巴黎人当中的一个,他们夹着刚刚点燃的香烟,沉稳地悠悠沿街闲步。这个干瘦的人一副坦然清白的模样,迈着十分恬适、安逸、轻松的步子沿昂丹大街往前溜达。我第一次有了这样的感觉:他甚至在打量过往的女人和姑娘,看看是否漂亮或者易于接近。

好啦,那么这个老是出人意料的家伙现在往哪儿去呢?瞧,去四周新绿丛中点缀着蓓蕾的小小的三一广场吗?干什么呢?啊,我知道了:你要在长椅上休息几分钟,那还用说!这样来回奔跑一定累坏了。可是,奇怪! 这个一再让人感到意外的家伙并没有在任何一张长椅上坐下来,而是目标明确——现在请恕冒昧! ——径直往一间供众人方便的公用小屋走去,然后把那道宽阔的门随手关上。

在最初的瞬间,我不禁哑然失笑:方家的雅趣竟止于这凡人必至的处所吗? 还是你受惊过度,伤及肠胃? 然而,我又看到:现实总会有最能逗人的噱头,因为它比向壁虚构的作家更要大胆。它毫不顾忌地敢于将非凡与可笑连缀起来,而且居心不善,把人所难免之事和人所难料之事扯在一起。当我坐在长椅上——除此以外,还有什么办法?!——等待他从那座灰色小屋里再走出来的时候,猛然醒悟过来:这个有经验、已经学到家的本行能手,在那里面只是按照这门手艺顺理成章的做法,置身于万无一失的四壁拱卫中清点自己所得的酬劳,因为下面一点——我刚才没有想到——也是我辈外行根本不可能考虑到的职业扒手需要克服的种种困难之一:他必须及时想到,如何毁弃赃物证据,使它完全无法核查。而在一个永远如此警觉的、几百万双眼睛在窥伺着的都市里,当然没有比找到可以完全隐蔽在里面的、四边都能掩护的墙壁更加艰难。即使很少去听审理案件的人,也会每次都感到惊讶:如果发生一件根本就微不足道的事情,怎么会有那么多目击者马上便能出庭作证,记性又都好得出奇呢?如果你在马路上撕碎一封信,把它扔进一条小巷,你做梦也没有想到,会有几十个人在旁边瞅着,而且过了五分钟,又会有某一个闲荡的小伙子说不定来了兴致,把这些碎片重新拼合拢来。如果你在过道上仔细看着自己的小皮夹子,那么第二天要是本市有人报称小皮夹子失窃,就会有一个你根本没有见过的女人到警察局描述你的体貌特征,其完备的程度不亚于巴尔扎克的作品。如果你到旅店投宿,那么你完全没有注意到的侍役便会记住你的衣服、鞋子、帽子、头发颜色和指甲修剪的形状是圆的还是平的。在每一扇窗子,每一块橱窗玻璃,每一道窗帘,每一个花盆的后面,都有一双眼睛跟踪着你。如果你自以为万分庆幸没有被人监视,独自在马路上漫步,其实到处都有不请自来的证人。我们的一举一动都被笼罩在一张好奇心织就的网里,它有成千上万个孔眼,日日更新。所以说,这个训练有素的能手花五个苏买来遮人眼目的四道墙壁,使用一会儿,真是绝妙的主意。当你将偷来的钱包倒空,把可作罪证的空包扔掉时,没有人能窥见你。甚至于我,算是你的替身和追随者,我在这里坐等,感到既开心又懊丧,却也无法跟着数清你偷到手的有多少。

至少我这么想,可情况又不是这样。他用瘦细的手指一扳开那道铁门的把手,我就知道他的运气不佳,仿佛我在里面跟着他数过钱似的:少得可怜的收获。看他沮丧地往前挪动两脚,整个人显出精疲力竭的样子,眼睑松弛而沉重地遮挡着下垂的目光,我马上便知道:你真倒霉,整个上午算是瞎折腾,在那个偷来的钱包里(我本来是能够事先告诉你的)无疑并没有像样的东西,顶多只有两三张皱巴巴的十法郎钞票——运用那么多的手艺功夫,冒着那么大的铁窗风险,所得实在太少太少;遗憾的是,对那个遭殃的打杂女工来说却很多很多。她现在可能在美城区①流着眼泪对赶来的女邻居们第七次诉说被窃的事,唾骂那个卑鄙的混账扒手,一再用颤抖的双手绝望地把掏空了的购物袋拿给别人看。但是对这个同样倒霉的小偷来说——这点我一眼就看出来——这点收获等于徒劳无功。不多几分钟以后,我便发现我这个猜测已被证实。他现在身心交瘁,嗒然若失,急切地站在一家小鞋店前面,久久地察看橱窗里最便宜的鞋子。鞋子,他的脚上确实需要新鞋,以换去布满窟窿的破鞋。比起今天踏着完好的鞋底或在脚下的橡皮上轻轻用力的巴黎街头的闲逛者,他更需要一双新鞋。他需要新鞋就是为了从事令人难以抬头的行当。但是渴求而又无奈的目光清楚地流露出:以这次出手所得,还买不起像放在橱窗里的那种擦得锃亮、标价四十五法郎的鞋子。他耷拉着肩膀,躬身离开那块反光的玻璃,往前走去。

往前,到哪里去呢?又冒那坐牢的风险去猎取吗?再一次拿

---

① 美城区,巴黎一贫民聚居处。

自由作赌注,换取那么一点可怜巴巴的捉襟见肘的猎物吗?不能这样啊!你这可怜的人哪,至少歇息一会儿吧。果然,他受磁力吸引似的感受到我的愿望,这时他拐进一条小巷,终于在一家价格低廉的餐室前面站住。我当然跟在后面。我想知道这个人的一切。我同他一起生活了两个钟头,在这段时间里,我心里怦怦直跳,紧张得直打哆嗦。为了小心起见,我连忙买了一份报纸,这样可以更好地遮掩自己,然后有意把帽子压得很低,走进餐馆,在他身后那张桌子旁边坐下来。其实这么小心是多余的——这个倒霉的人已经没有好奇的力气了。他目光迟钝,虚弱而疲惫地对着白色的台布发呆,直到侍役送来面包,他那枯瘦的双手才活动起来,贪婪地去攫取。看他急不可待地啃咬,我明白了一切,内心受到了震动:这个可怜虫饿了,真正饿了,确实饿了,从大清早起就饿了,也许从昨天起就饿了。侍役端来他叫的饮料:一瓶牛奶,这时我对他突然产生的同情心变得非常强烈。一个喝牛奶的小偷!确实如此:往往总是点点滴滴细微末节,像一根点燃起来的火柴射出一道闪光,便照亮心灵空间深处的各个角落。在这一瞬间,当我看着他,看着这个扒手在喝人间最洁白最清纯的饮料,看着他在喝白色的、软和的牛奶时,在我眼里他马上就不再是窃贼了,他只是修建得歪歪斜斜的世界大厦中无数穷苦的、疲于奔命的、害病的、处境狼狈的人们当中的一个。蓦然在一个比好奇心更深得多的层次,我对他有了一种愧怍之感。在形形色色凡人皆有的尘世俗事上,在赤身、寒战、困倦、疲乏、有病躯体的每一种急需方面,人与人之间的隔阂减少了,把人类分成正义者和不义者,分成体面者和犯罪者的人为界限模糊了,人只是可怜的不变的动物,只是尘世的生物,就像你我他一样,会感到饥饿、口渴、瞌睡、疲倦。我像入了魔似的看着他:他谨慎地,一小口一小口而又迫不及待地喝那稠糊的牛奶,最后还把面包碎屑扒拉在一起。在这同时我为冷眼旁观而感到羞惭。我出于好奇心理让这个不幸的疲于奔命的人,如同一匹赛马那样,在他那条并不正大光明的通道上迄今已经跑了两个钟头,却没有打算阻止他或帮助他,因而感到愧怍。一种非常强烈的愿望向我袭来,我想朝他走去,同他说话,给他一点东西。可是怎么开这个头呢?怎么跟他搭话呢?我思索和寻求哪怕最令人痛苦的托词、借口而不可得。我们总是这样!需要采取某种具有决定意义的行动时,我们却要做得这般得体知趣,简直到了可悲的地步。人们敢于形成一种意图,但是即使明知对方处境困窘,也没有一点儿勇气去捅破把彼此隔开的一层薄薄的窗户纸。然而,每一个人都知道,还有什么比帮助一个不肯开口求人的人更加困难的呢?!正因为不肯开口求人,这样的人才保留了最后的财富,这就是自尊心。人们不能硬要他们接受帮助,以免使它受到伤害。只有乞丐不会使人为难,他们并不堵死通向自己的道路,人们应该为此感谢他们——但是这个人却属于生性倔强者,他们宁可冒着极大的风险拿个人的自由作代价,也不愿意乞讨,他们宁可偷窃,也不愿意接受施舍。如果我以某种借口笨拙地硬要接近他,这不是如同谋害灵魂一样吓坏他了吗?还有,他精疲力竭地坐在那里,任何打扰都将是鲁莽的举动。他已经把椅子推过去顶住墙壁,这样他的身躯可以靠在椅背上,同时他的头部也可以倚在墙壁上,铅灰色的眼皮闭了一会儿。我能够理解,我体会得到,他现在最好是已经睡着,只睡十分钟,只睡五分钟也好。他的困倦和疲惫似乎从肉体上传到我的身上。那一脸灰暗不就是用石灰浆粉刷的牢房里那种惨白的色调吗?而且,袖子上那个窟窿一动就张开了口,这不是告诉大家,没有哪个女人关切而深情地同他一起过日子吗?我试着想象他的生活:在某处一座建筑覆有斜屋顶的六楼,一张肮脏的铁床放在一间没有暖气设备的屋子里,一个打破了的盥洗盆,一只小箱子,这些便是他的全部家当。在这窄小的房间里还老得担惊受怕,怕那个踩着嘎吱嘎吱响的梯级上楼的警察那沉重的脚步。这一切都是我在这两三分钟里,在他疲惫不堪地把瘦骨嶙峋的身体和有点像老人那样的头部靠在墙壁上的时候在想象中看到的。可是侍役已经在引人注目地把用过的刀叉收拢来,他不喜欢老是不走的无聊顾客。我先付了钱,匆匆走开,以免接触到我那位朋友的目光。不多几分钟以后,他来到马路上,我便跟在他的后面。对这个可怜人我无论如何不能不闻不问了。

现在不同于上午,那时是逢场作戏、一时兴奋的好奇心理使得我一直盯住他不放,那时是贪玩的兴致使我想了解尚不了解的行当。现在我却感到一种强烈的莫名恐惧,有了一种可怕的压抑感。我一发现他又走通往林荫大道的那条路,便觉得这种沉重的心情更加把我压得喘不过气来。不能去啊!你总不是又到那个拿猴子招徕顾客的橱窗前面去吧?别干蠢事了!你可要想一想,那个女人一定早就报警了,她肯定已经在那里待着,一见到就会抓住你这件薄外套。再说今天也别再干了!别再试着干什么了!你的动手状态不佳嘛!你已经浑身无力,没有劲头了!你累了。累了还要施展本领,总不会有好的效果。你还是休息吧,躺到床上去吧,可怜哪:只是今天别再干了!只是今天不干!我怎么会有这种害怕心理,怎么会有这种可以说是幻觉一样的确信,认定他今天只要试着动一下,就会被逮住,这是无法解释的。我们越走近林荫大道,我就越担心。这时我们已能听到那边无尽的急流在汹涌澎湃,不能啊!千万别去那个橱窗前面。我不许你这么干,你这傻瓜!我已经到了他的身后,准备伸手抓住他的胳臂,使劲把他拉回来。可是,他仿佛又一次体会到我在内心里的告诫:我这位朋友出人意料地拐了一个弯。他在林荫大道前一条叫德鲁奥路的街上穿越机动车道,突然换上沉稳的举止,朝一座建筑物走去,仿佛这便是他的住处。我一眼就认出,这是德鲁奥饭店,巴黎有名的拍卖行便设在这里。

嘿,我已不知有多少次让这个不可捉摸的人弄傻了眼。在我设法去想象他怎么过日子的同时,他的身上一定有一种力量正在满足我那些极为隐秘的愿望。在巴黎这座异国城市里几十万幢房屋当中,今天早上我打定主意要去的就是这一幢,原因是:在那里我每次都能度过极有启迪意义、最能增长见识、又是非常有趣的时刻。那里比博物馆要生动,有些日子则同样有许许多多珍品,任何时候都丰富而多变,每一次都迥然不同,每一次都一模一样。我喜欢这家外观很不起眼的德鲁奥饭店,把它看作至佳的展品之一,它以惊人的简明方式表现为巴黎生活中的整个物品天地。平时在一个住处的封闭的四壁之间结合而成有机整体的一切,在这里分割成无数单个的物件散开放着,像肉铺里一头庞大的动物被肢解的躯体那样。最不相干的和最不相容的,最庄严的和最平凡的在这里通过所有共同点中最共同的一点连缀在一起:放在这里展示的一切都要变成金钱。床、耶稣受难像和帽子、地毯、钟表和盥洗盆、乌东①的大理石雕像和顿巴黄铜餐具、波斯细密画和镀银香烟盒、肮脏的自行车放在瓦莱里②的初版作品旁边,留声机放在哥特式圣母像旁边,凡·戴克③的画和沾了油污的复印油画相邻,贝多芬的奏鸣曲和打破了的炉子摆在一起。必不可少的和完全多余的,最不值钱的粗劣作品和价值连城的艺术珍品,大的和小的,真的和

---

① 乌东(1741—1828),法国雕塑家。
② 瓦莱里(1871—1945),法国诗人。
③ 凡·戴克(1599—1641),佛兰德斯画家。

假的、旧的和新的，人类曾经用手和脑创造出来的一切，最高雅的和最乏味的，全部流入拍卖行这个曲颈甑，它不管三七二十一，残酷地把这个大得出奇的城市里所有价值不等的物品都吸进来，又吐出去。在这将一切不等的物品变换为货币和数额的无情的集散地，在这巨大的人类奢侈品和必需品的混合市场，在这匪夷所思的场所，人们比在任何其他地方都更加强烈地感受到我们整个有形的世界多么繁复而混乱。在这里拮据者可以出卖一切，富有者可以买进一切。然而，人们在这里获得的不仅仅是物品，还有认识和知识。有心人在这里通过观看和倾诉可以更好地理解每一种实体，可以了解艺术史、考古学、藏书癖、集邮学、钱币学，同样重要的还有人类学。如同要从那些展厅转到别人手里的、只是暂时停歇一下的被占有、被使用的物品那样五花八门，好奇而嗜购的、围着拍卖台挤来挤去的人们所属的种类也是多种多样的。他们的目光闪烁不定，透露出交易的癖好，收藏的狂热等神秘激情。这里坐着大老板，身穿毛皮外衣，头戴刷得干干净净的圆顶硬帽。旁边是塞纳河左岸邋遢的小旧书商和小古董商，他们想廉价进货，以补充自己的摊档。中间夹着小投机商、小中间商、代理人、喊价人、"废品贩"，他们像战场上少不了的贪婪的鬣狗，如果见到某一件物品眼看就要变得一钱不值，便连忙把它稳住，或者见到某一个收藏家紧盯着某一件贵重物品，便从对面使眼色怂恿他。那些本身仿佛已变成古代文献的图书馆管理员也戴着眼镜，像鼻子尖突的獏蹑手蹑脚地在这里转悠。随后，那些珠光宝气的时髦女士像五彩斑斓的极乐鸟也翩然而至，她们事先让底下人占了靠拍卖台的前面位置。在这中间，真正的行家们，收藏家共济会的会员们，则沉静地站在一个角落里，目光含蓄。然而，所有这些人都或因交易，或因好奇，或因爱好艺术而真正关切，被吸引而来。在他们身后，每次都有一大群仅仅由于好玩而不期而至的人在互相推挤,他们只是为了借这免费供暖的机会暖和身子,或者看着闪耀的喷泉般跳升的数字高兴一番。无论如何,每一个来这里的人都各有目的:为了收藏,为了玩乐,为了赚钱,为了占有,或者只不过是为了取暖,为了因别人兴奋而兴奋一下。这个混乱拥挤的人群集形形色色面相品种之大成,但是只有一种人我从来没有看到过或想到过会在这里出现,这就是:扒手帮。可是现在我却看见我那位朋友出于必有所获的本能混了进来。我马上就明白了:这个地方一定也是他在巴黎施展长才的理想场所,甚至是最理想的场所。在这里,所有必不可少的因素都妙不可言地结合在一起:首先拥挤得水泄不通,令人难以忍受;其次由于在观看、等待、拍卖时心情迫切而分散了注意力;第三,除了赛马场以外,拍卖行几乎是当今世界上最后一个一切都得拿现金放到桌面上来支付的处所。因此,可以认定:每一件外衣里面都鼓鼓囊囊地隆起一只塞得满满的小皮夹子。良机不再,它为一只敏捷的手在这里等待着。现在我恍然大悟:今天上午①是牛刀小试,对我这位朋友来说大概只是练练指头而已。而在此处,他要真正地大显身手了。

还是不行啊!他现在懒洋洋地登上去二楼的梯级,趁这当口,我最好还是扯住他的袖管。千万别轻举妄动啊!你难道没有看见那边布告牌上用英法德三种文字写着"谨防扒手"吗?你没有看见吗?你这毛躁的傻瓜!这里大家都知道你这样的人,肯定有几十名侦探在人丛中穿行。再说一遍,相信我吧,你今天动手状态不佳呀!但是这个把周围情况一点不漏地看在眼里的行家,用冷漠的目光扫视一下看来他很熟悉的广告牌,便沉着地一级一级登上

---

① 原文如此,下同。

楼梯。对他这个出于策略考虑的决断,我如果就事论事,完全可以表示赞同,因为在底层的各间展厅里拍卖的都是些粗笨的家用器具、居室设备、箱子和柜子。在那里挤成一团的是没有多少油水的、不能引起兴趣的一帮旧货商贩,他们可能按照乡间有益的风尚,稳妥地把皮夹扣在围住肚皮的腰带上。如果去碰这些人,兴许既不合算,也不合宜。可是二楼各个展厅里拍卖的却是比较精致的物品,有图画、饰物、书籍、名人手迹、珠宝。无疑那里的钱包更满,那里的买主更不在意。

我好不容易跟在我这位朋友的身后。他从总入口处出发,交叉来回地溜进每一个展厅,一会儿往前,一会儿又后退,以便摸准每个展厅里的机遇。像一位美食家耐心而执着地审视一份特殊的菜单那样,他在这中间也看了张贴着的广告,终于决定去七号展厅,那里在拍卖 La célèbre collection de porcelaine chinoise et japonaise de Mme. la Comtesse Yves de G...①毫无疑问,今天这里拍卖品的昂贵程度将引起轰动。展厅里人头攒动,首先从入口处看去,在无数大衣和帽子后面的拍卖台就无法看到。一道挤得紧紧的,也许有二三十排厚的人墙遮住了视线,完全看不见那张铺着绿色台布的长条桌子。我们站在靠入口处,刚好还能偶尔瞥见拍卖人那些有趣的动作。他举着白色的锤子,在垫高的斜面桌旁,宛若一位乐队指挥,调度着全场的拍卖演奏,跨越长得惊人的休止,一再把它引向最急板。他可能像其他小职员一样,住在梅涅尔蒙当②或者某个城郊,有两间居室,一只煤气灶,一部留声机算是最像样的家当,窗前有几簇天竺葵。而在这里,他面对有头有脸的人们,

---

① 法文:夏娃·德·格……伯爵夫人珍藏的中国和日本瓷器。
② 梅涅尔蒙当,巴黎城北贫民区。

身穿笔挺的燕尾服,头发涂了润发膏,一丝不乱地分出头路,显然每天三个钟头陶醉于用一把小锤将巴黎最值钱的贵重物品击碎化为金钱,其乐无穷。他以一个杂技演员惯熟的亲切姿态,将来自左边、右边、桌旁、展厅深处的声声喊价——"six-cents, six-cents-cinq, six-cents-dix①"——像彩球一样优雅地接过来,又字正腔圆地将这些数字仿佛经过纯化似的传了回去。在这当中,如果喊价冷场,数字涡流阻滞,他便扮演陪酒女郎的角色,以迷人的微笑劝诱道:"Personne à droite? Personne à gauche?②"或者在两眉之间添上一道细微而生动的皱纹,用右手举起一击重如九鼎的象牙锤子吓唬道:"J'adjuge!③",或者笑眯眯地说一句:"Voyons, Messieurs, c'est pas du tout cher.④"在这中间,他跟这位那位熟人以行家的方式打打招呼,狡黠地朝一些出价者使使鼓动的眼色。他以平淡而应有的明确声调,开始极其枯燥地报出每一件新的拍卖品:"le numéro trente-trois⑤",而随着价格不断上涨,他那男高音便越来越自觉地升入扣人心弦的境界。整整三个钟头,有三四百人紧张得喘不过气来,贪婪地一会儿盯住他的嘴唇,一会儿盯住他手里那把有魔力的小锤子,对此他显然很得意。其实他只不过是工具而已,用于无章可循的喊价,而自以为说了算的惑人错觉使他醉醺醺地有了一种自信。虽然他像孔雀开屏那样有声有色,可是我在心里不免下了断语:他做那些夸张的手势,事实上只是给我这位朋友帮了非帮不可的忙,就是分散了众人的注意力,像上午那三只逗人发

---

① 法文:六百,六百零五,六百一十。
② 法文:左边没有人(喊价)吗?右边没有人(喊价)吗?
③ 法文:我这就敲定了!
④ 法文:看,先生们,这不贵嘛!
⑤ 法文:第三十三号。

笑的小猴子一样。

  暂时我这位精明的朋友还不能从这种同谋的协助中有所收益,因为我们仍然站在最后一排。要想穿过密集的、暖烘烘的、不易推开的人群,一直往前硬挤到拍卖台旁边,我觉得是完全不可能的。可是我又意识到,在这个有趣的行当中,我这个业余爱好者还幼稚得很哩。我这位同伴,这位有经验的能手兼专家早就懂得:每次总是在锤子最终落下来的那一个瞬间——那个男高音正在欢叫:七千两百六十法郎!——在这短促的一刹那,情绪缓和了,人墙松动,一个个亢奋的人头低垂下来,商人们把价格记进目录册里,不时有看热闹的人离去,挤紧的人丛透了一会儿气。正是这一片刻,他神速地加以利用,低着头像一枚鱼雷往前直冲。猛地一动,他便穿过了四五排人。我不是下过决心要帮助不存戒心的人吗?可我一下子只剩下自己一个人在这里,竟没有看住他。虽然现在我也向前面挤去,但一转眼拍卖又已开始,人墙重新闭合了。我被夹在拥挤不堪的人丛里动弹不得,犹如陷在烂泥里的手推车。真要命,这热烘烘、黏糊糊的人堆。前前后后全是陌生人的身躯,全是陌生人的衣服,彼此靠得这么近,旁边有人咳嗽一声都会震动我的五脏六腑。难以忍受的还有那空气,闻起来像灰尘,有一股霉味,酸味,特别是汗味,就像在任何钱字当头的地方那样。我热得直冒气,想抽出手来解开上衣掏取手帕。可是不行,我给卡得太紧了。不过还是可以的,还是可以的,我不就此罢休。我缓慢地,不停地往前挤去,又挤过一排,再挤过一排。咳,太晚了!那件栗黄色外套已经不见了踪影。他悄然躲在人群里什么地方。谁都不知道,他在身边便是危险。只有我明白,我的每一根神经都由于一种莫名的焦虑而发抖,这个倒霉鬼今天一定要栽大跟头。每一秒钟我都在等待着什么人突然叫起来:"Au voleur!"这时将乱作一团,人声鼎沸。有人会把他拖出去，扯住他那件外套的两只袖管。——我无法解释，我怎会这样恐惧，这样肯定，认为今天，就是今天他一出手必定会倒霉。

可是，嘿，什么也没有发生，不见有人喊，不见有人叫，相反地，突然那喳喳声，沙沙声，嗡嗡声全没有了。一下子静得出奇，仿佛这两三百人约好了似的都屏着呼吸。现在大家都加倍紧张地朝拍卖人看去。他往后退了一步，来到灯架下面，他的额头闪耀着，显得特别庄严。现在轮到要拍卖重头货了。这是一只硕大无朋的花瓶，是三百年前中国皇帝至为亲善地派使者赠送给法国国王的礼物。如同许多其他物件那样，这只花瓶在革命期间曾经不可思议地从凡尔赛宫消失过。四名穿制服的侍役抬着这个珍贵的拍卖品——一个洁白晶莹、散布着蓝色纹理的圆形物件——特别小心地，同时有意郑重其事地把它放在台子上。拍卖人庄重地清清嗓子，然后宣布拍卖价格："十三万法郎！十三万法郎！"——肃然起敬的静默回答了这个由于有好几个零而被人尊崇的数额。谁也不敢贸然喊价，谁也不敢吱声，甚至不敢挪动脚板。这密匝匝、热烘烘的彼此卡在一起的人堆仿佛变为由敬意凝结成的一个板块。终于台子左端有一个矮个子、白头发的男人抬起头来，急促而低声地，不好意思似的说道："十三万五千！"紧接着拍卖人果断地还击："十四万！"

现在开始了激动人心的场面：一家美国大拍卖行的代理人不动声色地每次只是举一下手指，喊价数字马上像电钟上的指针再跳五千。台子的另外一端有一个大收藏家的私人秘书（人们轻声耳语说了名字），他有力地进行反击。拍卖逐渐变成这两个出价者的对话。他们俩斜对着坐在那里，执拗地避免了互相对视。两个人都只把出价传送给拍卖人，拍卖人显然满意地接受着这些数字。到了二十六万法郎时,那个美国人终于第一次不再伸出手指。喊出的数字像冻结的声音,仿佛悬浮在空气里而中无一物。亢奋的情绪在高涨。拍卖人四次重复着说:"二十六万! ……二十六万! ……"他好像把这个数额高高地扔到空中,宛如放出一只鹰去攫取猎物。然后他等待着,急切而略为失望地——唉,这场戏他还要演下去!——朝左右看看:"没有人再加吗?"这听起来近于绝望。沉默开始像一条弦在颤动,然而寂然无声。锤子缓慢地举起来。这三百颗心停止了跳动……"二十六万,第一次……第二次……第……"

静默仿佛聚成一团压在沉寂的大厅上,大家都屏着呼吸。拍卖人以近乎虔诚而庄严的神态拿起象牙锤子,高高举在无声的人群上方。他再一次吓唬:"J'adjuge!"没有用! 毫无反应! 于是:"二十六万法郎,第三次!"他说道,乏味而气恼地把锤子敲了一下,"成交!"结束啦! 二十六万法郎! 这样乏味地轻轻一敲,人墙就动摇了,裂开了,又变成一张张有活力的面孔。大家都开始活动手脚,呼吸,叫喊,叹息,清清嗓子。挤在一起的人群,犹如整个身体,在一次像掀起的波浪那样挨个传过去的推挤中挪动和放松。这一阵推挤传到我的身上,不知是什么人用胳膊肘子当胸撞了我一下,同时有人小声地对我说:"Pardon, Monsieur!"我不禁猛地搐动了一下。这声音! 真想不到,教人好高兴呀! 让人老是惦着,就不知道去了哪里! 叫我好找哇,这松散开来的人群形成的波浪——碰得真巧——竟然刚好把他冲到我的身边。谢天谢地,我又见到他了,就在近旁。现在我总算,我终于可以看住他,保护他了。我得留意,别正眼直视他,只能从侧面拿眼角觑他,而且不是看他的脸,而是看他那一双用作工具的手。可是,奇怪:不见他的两只手哇。我一下就看出来了:他是把外套的下袖管紧贴在自己的身躯上，像一个怕冷的人把手指缩到袖口护住，这就看不见了。如果他现在要触摸对象，那么对方只会觉得偶尔碰到了柔软的织物而已，毫无危险，而他那只随时可以突然伸出的贼手却掩藏在袖子里面，如同收在长满绒毛的猫脚里的利爪。可这一着的目标是谁呢？我谨慎地斜眼看他的右边，那里站着一个瘦长的男子，衣服纽扣全扣着，在他前面又有一个，后背宽阔，惹不起的样子。所以，眼下我吃不准，他会靠近他们俩中的哪一个而能得手。可是这时我突然感觉到自己的膝盖轻轻地给撞了一下，我浑身像打寒战似的，蓦地产生一个想法：难道这番准备工作竟然针对着我本人不成？最终你这呆子在展厅里竟要向惟一知道你底细的人下手吗？要我这会儿——这可是至关重要的，也是令人百思难解的一堂课哪！——领略你的手艺吗？确实如此，我觉得就是针对着我，正是我，这个不可救药的倒霉鬼看来正是选中了我，正是我，正是他对之浑然不知的假想朋友，正是我这个惟一深谙他的手艺的人。

　　肯定是这样，毫无疑问，这是针对着我，现在我不可能再弄错了：我已经准确无误地感觉到旁边这个人的肘子轻轻抵住我的腰际，那只掩藏在袖管里的手一点一点地往前推移，很可能在拥挤的人群一开始松动时，便会在晃荡中轻巧地把手伸到上衣和背心之间。如果我针对着他稍微动一下，现在还完全能把自己保住。我只要往旁边一转或者把上衣扣好，就行了。可是很奇怪，我再也没有这点力气了，我的整个身体由于激动和等待而不能动弹，像中了催眠术似的。我的每一块肌肉，每一根神经都停住不动，如同冻结了一样。在我莫名其妙激动地等待着的时候，心里飞快地想，小皮夹子里有多少钱。在想起小皮夹子的时候，我——身体的每一部分，每一只牙齿，每一个脚趾，每一根神经，只要一想到，马上便变得非常敏感——感觉得到钱包仍然压在胸口，温暖而静止。可见小皮夹子暂时还在那里。既然做好了这样的准备,我要挡住他的袭击完全不成问题。然而,不可思议的是:我自己也弄不清楚,究竟是不是希望有这次袭击。我的感觉完全混乱了,好像分裂了开来。一方面,我替他着想,希望这傻瓜放过我;另一方面,我又在等待他一试身手,等待着他那具有决定意义的推撞,心里害怕而紧张,如同牙科医生的钻头靠近痛处时的感觉一样。可是他好像要惩罚我的好奇心似的,一点也不急于推撞我。他一再停下来,但是暖烘烘地靠得很近。他从容地一点一点移过来。虽然我所有的官能完全被咄咄逼人的触摸所吸引,但是同时我却用完全不同的感觉非常清晰地听到拍卖台那边传过来的不断上升的喊价声:"三千七百五十……没有人再加吗?三千七百六十……七百七十……七百八十……没有人再加吗?没有人再加吗?"随后锤子落下。大家松散开来时那种轻轻的推挤又一次传遍人群。在同一瞬间,我感觉到那荡开的鳞波漾到我的身上,这是像一条蛇倏地蹿过那样的动作,是一种给人以溜滑感的、人体散发出来的气息,而不是真正的掏取。如果不是我的全部注意力都集中在那个受威胁的部分,我怎么也感觉不到它。恍如风乍起,吹皱了我的外衣,我似有若无地觉察到飞鸟掠过似的动了一下,这时……

这时突然发生了我始终没有预料到的事情:我自己的一只手从下面猛地向上一伸,抓住了在我外衣里面的另一个人的手。我从来也没有打算这样冷酷地还手。这只是肌肉的反射作用,连我自己也感到意外。由于纯属身体的自卫本能,我这只手不由自主地霎地伸了上来。现在——真要命!——我的手抓住了另一个人的冰冷的、直打哆嗦的手腕,我自己也感到诧异和吃惊。不,我从来都不想这么做!

这个瞬间我无法形容。我惊呆了:突然硬把另一个人身上的一部分冷冰冰、活生生的肉体捏在手里。他同样也吓瘫了。就像我没有力气放开他的手,心里也没有想到要这么做,他同样也没有胆量挣脱他的手,心里也没有想到要这么做。"四百五十……四百六十……四百七十……"拍卖人充满激情地在上面大声叫喊——我仍然抓牢另一个人的战栗不已的那只贼手。"四百八十……四百九十……"——始终没有人觉察到发生在我们两个人之间的事情,没有人意识到在这两个人之间正进行着殊死搏斗;只在我们两个人之间,只在我的和他的绷得不能再紧的神经之间正进行着这场无以名状的决战。"五百……五百一十……五百二十……"数字的漩涡越转越快。"五百三十……五百四十……五百五十……"终于——整个过程持续不到十秒钟——我恢复了呼吸。我把另一个人的手放开。那只手马上缩回去,消失在栗黄色外套的袖管里。

"五百六十……五百七十……五百八十……六百……六百一十……"上面连续不断地传来响亮的声音,我们俩依然靠着站在那里,我们在这段玄妙的公案里是同谋,两个人都由于共同的经历而瘫软无力。我还感觉到,他的身体暖烘烘地贴在我的身体旁边。现在,我松弛下来,反而激动起来,僵硬的膝盖开始发抖。我觉得好像这轻微的颤动传进了他的膝盖里。"六百二十……三十……四十……五十……六十……七十……"数字跳得越来越高,但我们还是站在那里,仿佛恐惧的铁环把我们扣在一起。终于我获得了至少转过头来,朝他看去的力气。在同一刹那他也朝着我看。我正对他的目光逼视他。饶了我吧!饶了我吧!别去告发我!那双含泪的小眼睛似乎在乞求。从那圆形的瞳孔可以看出,他已心胆俱裂,世间万物的原始恐惧展露无遗。稀疏的胡子也在极度的惊恐中抖动不已。只有这双睁大的眼睛我还能看得清楚,但是除此以外,在我事先和事后都从未在任何人脸上看见过的那种无法描摹的惊惧表情中,那张面孔已经不成其为面孔了。我觉得羞愧难言,竟然有人如此卑微,如此下贱地仰面看我,仿佛我有生杀予夺之权。他这样畏惧,使我感到羞耻。我难堪地又把自己的目光转向一边。

他明白了。现在,他知道我绝对不会去告发他了。这使他重新获得力量。略微一动,他躬起的身子便同我分开。我感觉到他要永远离开我。先是在下面松开贴在一起的膝盖,然后我的一只手臂觉察到由于紧靠在一起而传过来的体温消失了——我觉得仿佛有什么本来是属于我的,现在忽然没有了——像扎猛子一样,我这个不幸的伙伴已不见了,在我的身边留下一个空隙。在最初的一瞬间,我舒了一口气,感到周围变得宽松了。但是一转眼我猛地一惊:那个可怜虫,他现在怎么办?他没有钱哪!可我得以在这几个钟头里经历惊心动魄的场面,还是应该感谢他。我做了本非所愿的同谋。我一定得帮助他!于是我连忙挤过人群去追他。糟糕!这个倒霉鬼误解了我这番热心肠。他从过道远处偷眼瞧我!可见他怕我。我想叫他放心,可我还没有来得及向他示意,那件栗黄色外套已飘然下楼,融入人潮汹涌的大街,可望而不可即。像开始时那样突然,我这一堂课也顿时结束。

(1934)

(章鹏高 译)

象棋的故事*

　　一艘定于午夜时分从纽约开往布宜诺斯艾利斯去的远洋客轮上，正呈现着解缆起航前惯有的繁忙景象。岸上来送客的人挤来挤去给远航的朋友送行；电报局的投递员歪戴制帽，在各个休息室里大声呼喊着旅客的姓名；有人拿着行李和鲜花匆匆而过；孩子们好奇地沿着梯子上下奔忙，在甲板上演出的船上乐队一直不停地在演奏着。我和我的朋友避开这吵吵嚷嚷拥挤不堪的人群，站在供散步用的甲板上聊天。忽然，在我们近旁，镁光灯闪了两三下；大概在旅客中有什么名人，记者在起航前最后一刻还赶来采访，给他拍照。我的朋友向那边看了一眼，微笑着说：

　　"您这船上可有个罕见的怪物——琴多维奇。"

　　我听了他这句话，脸上显然露出一副相当莫名其妙的神情，他就接着解释了几句：

　　"米尔柯·琴多维奇，象棋世界冠军。他刚在一连串的比赛中从东到西征服了整个美国，现在乘船到阿根廷去夺取新的胜利。"

　　他一说，我果然想到了这位年轻的世界冠军，以及他平步青

---

　　* 本篇于一九四一年首次发表。

云、一举成名的一些细节。我的朋友读报纸比我仔细,他说了好些关于此人的轶事趣闻,作为补充。

大约一年以前,琴多维奇一下子就成功地进入了棋坛名手阿廖辛、卡帕布兰卡、塔尔塔柯威尔、拉斯克、波哥留勃夫①的行列。自从一九二二年纽约循环赛上七岁神童雷舍夫斯基②初露头角以来,一个默默无闻的新手闯入棋坛群星的光荣队伍,还从来没有引起过这么大的轰动。因为琴多维奇的智力根本没有预示他会有如此灿烂的前程。不久,透露出一个秘密:这位世界冠军无论用哪一种文字书写,哪怕只写一句话,也不能不出错,而且,像他恼怒的对手之一所刻薄地指出的,"他在任何领域都惊人的无知"。

他父亲是多瑙河上一名极其贫苦的南斯拉夫族的船夫,他的小船一天夜里被一艘运粮食的货船撞沉了。父亲死后,他们那个偏僻小村的神父出于恻隐之心,收养了这个十二岁的孤儿。这位好心的神父千方百计地在家里给这个前额宽阔、不爱说话、有点迟钝的孩子补课,想教给他那些他在乡村学校里没能学会的知识。

但是神父的一切努力全都白费。米尔柯直愣愣地瞪着字母,虽说都已经给他解释了上百次,他还是觉得非常陌生;课堂上讲解

---

① 阿廖辛,俄国象棋名手齐格林派的代表,一九二七至一九三五年和一九三七至一九四六年的世界冠军。卡帕布兰卡,古巴象棋名手,一九二一至一九二七年的世界冠军,一九二七年输给阿廖辛。塔尔塔柯威尔,象棋一级选手,著有许多象棋理论方面的作品。拉斯克,德国象棋名手,一八九四年起为世界冠军,一九二一年输给卡帕布兰卡,著有关于象棋、数学和哲学的理论作品。波哥留勃夫,俄国象棋名手。
② 雷舍夫斯基,美国著名的象棋手,象棋一级选手,不止一次获得美国的个人冠军,在世界冠军赛中获得第三名和第四名。

的最简单的东西,他那迟钝的脑子也记不住。十四岁上,他还扳着指头算数。都已经是个半大不小的男孩了,读书看报还特别费劲。但是,不能说米尔柯脾气乖僻或者犟头倔脑。吩咐他干啥他就乖乖地干啥:担水、劈柴、下地干活、收拾厨房。他办事可靠,托付他的事情,他一定完成,尽管慢得叫人生气。但是最让好心的神父恼火的,却是这个冥顽不灵的少年对世上的一切全都漠不关心。要是没有人特意要他干啥,他就整天什么也不干。他从来不提问题,从来不和别的孩子一块儿玩耍,只要不明确告诉他该做什么活,他是从来不给自己找活儿干的。做完家务事以后,米尔柯就坐在屋里发呆,两只眼睛茫然无神,活像在草地上吃草的绵羊,对周围发生的一切事情完全无动于衷。每天晚上,神父吸着乡下长烟袋,总要和警察局的巡官下三盘象棋,这个淡黄头发的小伙子老是一声不吭地蹲在旁边,低垂着沉重的眼皮,似睡非睡地、漫不经心地看着画有格子的棋盘。

　　一个冬天的晚上,两个朋友正沉湎于他们日常的棋戏中,这时从街上传来了雪橇的铃声。一辆雪橇沿着村街飞快地驶近,越来越快。一个农民戴着满是雪花的帽子急急忙忙地跑进屋来,恳求神父尽快地去给他垂危的母亲举行临终涂油礼。神父毫不迟疑,立即跟他走了。这时,巡官还没喝完他杯里的啤酒。他又点燃了一袋烟,准备回家。他正在穿高统毛皮靴的时候,忽然发现,米尔柯目不转睛地盯着棋盘上那副未下完的残局。

　　"怎么,你想下完这盘棋吗?"巡官开玩笑地问道。他完全相信,这个瞌睡懵懂的孩子甚至连棋子怎么走法也不知道。孩子怯生生地抬头看了看他,然后点点头,坐到神父的位子上。走了十四步棋,巡官被杀败了,而且不得不承认,他的失败决不是什么偶然失误的结果。第二盘的结局也是这样。

"巴兰的驴子说话了!"①神父回家以后惊奇得叫了起来。他向不大熟悉《圣经》的巡官解释,早在两千年前也发生过一次类似的奇迹,一个不会说话的动物突然说起话来,话里充满了智慧。神父不顾时间已晚,抵挡不住心里的诱惑,硬要同他半文盲的学生杀上一盘。米尔柯同样轻而易举地赢了他。米尔柯下得缓慢、顽强、坚定不移,他那前额宽阔的脑袋始终不从棋盘上抬起来。但他下棋下得很稳,毫无破绽。以后接连几天,无论神父还是巡官都没能胜过他一盘。神父比谁都了解他这个弟子在其他方面的智力是何等低下,现在他可真想知道:这种单方面的古怪天才能不能经受得起更加严峻的考验。他让乡村理发师把米尔柯浅黄色的蓬乱头发修剪一番,把他打扮得稍微像样一点,然后用雪橇把他带到邻近的小城。神父知道,该城主要广场的咖啡馆里经常聚集着当地的象棋迷,他根据自己的经验确信,这些人要比他高明得多。神父把这个黄头发、红脸膛的十五岁少年推进咖啡馆,使那里的常客们大为惊讶。这个少年身穿毛皮向里翻的羊皮大衣,脚踏一双沉重的高统皮靴。进了咖啡馆以后,他怯生生地低垂双眼盯着地面,一直呆呆地站在一个角落里,后来人家叫他到一张棋桌跟前去。第一盘米尔柯给打败了,因为他和好心的神父下棋时,从来没有领教过所谓的西西里开棋法。下一盘他便和城里最好的棋手下成和局。从第三盘、第四盘起米尔柯挨个儿打败了所有的棋手。

在南斯拉夫的外省小城市里,激动人心的事件是很少发生的。

---

① 典出《旧约全书·民数记》第二十二章。智者巴兰骑驴赶路,途遇耶和华的使者执刀等在路上。驴子为了避开执刀的使者,三次离开大路。巴兰发怒用杖打驴。耶和华使驴开口对巴兰说:"我向你行了什么,你竟打我这三次呢?"后来耶和华使巴兰看见执刀的使者,巴兰便低头俯伏在地。

因此，乡村冠军的初露锋芒对于聚集在咖啡馆里的那些可敬的公民来说立即成了耸人听闻的事件。当下一致决定，必须让神童在城里待到明天，以便召集象棋俱乐部其余的成员，尤其要到附近城堡里去通知老伯爵西姆奇茨，此人是个狂热的棋迷。神父这时瞧着自己的养子，心里产生一种新的得意之感。发现了一个天才，他固然满心欢喜，可是责任感提醒他，得回到村里去做主日弥撒①。最后他表示同意把米尔柯留在城里接受进一步的考验。棋手们出钱把年轻的琴多维奇安置在旅馆里，这天晚上他生平第一次看见抽水马桶。第二天是星期天，午饭后棋室里挤满了人。一连四个小时，米尔柯一动不动地坐在棋盘边，一言不发，也不抬头看看，就这样一个接一个地击败了他所有的敌手。最后，有人建议跟他来一次车轮战。人们花了不少工夫才使这个反应迟缓的小伙子弄明白：所谓车轮战就是他将同时跟几个敌手对弈。但是他刚一弄清楚这种下法的惯例，他就立即照人说的去办，他慢慢地拖着沉重的咯吱咯吱直响的皮靴，从一张桌子走向另一张桌子。结果八盘中他赢了七盘。

在这以后，象棋俱乐部立即开会认真讨论。虽然严格说来，这位新冠军并非本城人士，可是本乡本土的民族自豪感已经激起。没准这个在地图上都未必能够查到的小城竟能破天荒第一次获得被称为名人故乡的荣誉。一个名叫柯勒尔的经纪人平时专给军营的歌舞场介绍演唱小曲的歌女和女歌唱家，这时表示，只要有人提供一年的津贴，他准备安排这个少年到维也纳去，跟他熟悉的一个象棋名手去接受象棋棋艺方面的专门训练。老伯爵西姆奇茨六十年来天天下棋，还从来没有遇到过一个这样奇特的敌手，当下立即

---

① 主日即天主教的星期天。主日弥撒是天主教在星期天早上做的礼拜。

签发了这笔款项。从这一天起,这个船夫之子惊人的飞黄腾达就开始了。

半年之后米尔柯就洞悉了象棋技术的全部奥秘,当然,他还有一个稀奇的弱点——这一点往后被行家们多次注意到,并且不断遭到他们的讪笑。因为琴多维奇从来也不会单凭脑子记忆来下棋,哪怕下一盘也不行,用行家的话来说,他不会杀盲棋。他完全缺乏在自己想象力的无限空间中再现棋盘的能力。他眼前必须老有一张画了六十四个黑白方格的真正棋盘和三十二个具体的棋子。即使成了世界名人之后,他还老是随身带着一副可以折叠的袖珍象棋,这样,他要是想复制他所需要的典型棋局,或者解决他感兴趣的问题,就随时随地都能以直观的方式在眼前看到棋子的具体位置。虽然这点瑕疵本身无足轻重,然而它显示了想象力的贫乏,并且在象棋爱好者的圈子里引起了纷纷议论。就像在音乐界,卓越的演奏家或指挥如果被人发现光凭记忆不用乐谱就不能演奏或指挥,定要引起人们的闲话一样。不过这一缺点并没有妨碍米尔柯取得惊人的成绩。他十七岁就已获得十多次各种各样的锦标,十八岁成为匈牙利全国冠军,到二十岁终于荣获世界冠军的称号。许多厉害的棋手在智力、想象力和气魄上毫无疑问是大大超过他的,但是碰到他那坚韧冷酷的逻辑,都一一败下阵来,正如拿破仑①败在笨重迟钝的库图佐夫②手里,汉尼拔③敌不过费边·

---

① 拿破仑,一七九九至一八〇四年法兰西共和国的第一执政,一八〇四至一八一五年的法国皇帝。
② 库图佐夫,俄国的著名统帅。一八一二年拿破仑入侵俄国,俄军在库图佐夫指挥下粉碎了拿破仑的军队。
③ 汉尼拔,第二次布匿战争时的迦太基名将。公元前二一八年,他曾经绕道西班牙,越过阿尔卑斯山,进入亚平宁半岛,屡败罗马军队。

孔克塔托尔①一样,根据李维②的记载,孔克塔托尔在童年时代就表现出淡漠和呆笨的特点。象棋手本来集各种截然不同的智力特性于一身,兼有哲学家、数学家的精于计算、富于想象等创造性的特质。这样一来,在象棋名手卓越的行列里破天荒第一次混进来一个十足地道的异己分子——一个行动滞重、沉默寡言的乡村青年。即使最机灵的记者也无法从他嘴里勾出一句能够公开登报发表的话来。琴多维奇没有向报纸提供警句妙语,但这一点却为许多关于他个人的趣事轶闻所补偿:琴多维奇在棋桌旁是个无与伦比的大师,可是一站起来,就无可挽救地变成一个怪里怪气、近乎滑稽可笑的人物。尽管他身穿黑礼服,系着华丽的领带,上面还别了一枚嵌着珍珠的有些刺眼的别针,指甲修剪得十分细致,但是举止仪表显示出他依然是从前那个头脑简单的乡下少年,不久前还在村子里给神父打扫厨房。他利用自己的天才和荣誉,尽可能地多赚钱,表现得十分小气,贪得无厌。他捞起钱来笨手笨脚,简直愚蠢到无耻的地步,这激起了同行的愤慨和嘲笑。他从一个城市旅行到另一个城市,总是住最便宜的旅馆,只要给他报酬,他就为任何一个寒碜的象棋俱乐部下棋;他让人在肥皂广告上印制他的肖像,甚至同意人家出钱买他的名字去出版一本叫《象棋哲学》的书,丝毫也不理会他的竞争者对他的嘲笑,这些人清楚地知道,他根本连三个句子也写不下来。这本书实际上是加里西尼亚一个穷大学生为一位精明的出版商撰写的。就像一切性格坚韧的人一样,琴多维奇也不懂什么叫可笑。他当了世界冠军以后,就自以为

---

① 费边,罗马统帅,历任执政官。在第二次布匿战争(公元前218—201)时与汉尼拔作战,他采取以逸待劳的延宕战术,消灭敌人有生力量,因而获得"孔克塔托尔"(意为拖延者)的绰号。
② 李维,古罗马历史学家,著有《罗马史》。

是世界上最重要的人物了。他认为他也击败了所有这些聪明绝顶、才智出众的演说家和作者,这种意识,尤其是他挣的钱比他们还多这个具体的事实使他从过去的手足无措一变而为冷漠的、往往表现为极其笨拙的目空一切。

"话说回来,这样快地取得荣誉,怎么能不冲昏这个空虚的头脑呢?"我的朋友举了几个典型例子说明琴多维奇带着一种纯粹是孩子气的虚荣心来炫耀自己的权势显赫,然后说道,"一个来自巴拿特①的二十一岁的农家青年只要在棋盘上动动棋子,就可以在一星期内赚到一大笔钱,比他全村的人一年内砍伐木材艰苦劳动所得的还多,你说他怎么会不染上虚荣的毛病呢?再说,你的脑子如果根本不知道世界上曾经有过伦勃朗、贝多芬、但丁和拿破仑,那你不是很容易认为自己是一个伟大的人物吗?这小伙子智力有限的脑子里只有一个思想,那就是一连好几个月他没有输过一盘棋,而且因为他根本没有想到世界上除了象棋和金钱以外,还有其他有价值的东西,所以他有一切理由去自我陶醉。"

我朋友的这番话自然激发了我的好奇心。我素来感兴趣的就是各种有偏执狂的人,即囿于某种单一的思想不能自拔的人,因为一个人用来局限自己的范围愈狭小,他在一定意义上就愈接近于无限。正是这种表面上看来对世界上的一切都漠不关心的人,像白蚂蚁一样顽强地用他们特殊的材料建筑着自己稀奇古怪的、然而对他们来说却是独一无二的宇宙缩影似的小天地。因此我直言不讳地表示了我的意图——要在去里约热内卢的十二天旅程中仔细观察这个智力片面发展的古怪样品。

可是我的朋友提醒我说:"您未必能做到这一点,据我所知,

---

① 巴拿特,位于罗马尼亚、南斯拉夫和匈牙利之间的一个肥沃的地区。

还没有一个人能从琴多维奇的嘴里掏到过一丁点有助于心理分析的材料。这个狡猾的农民,看来智力低下得令人难以置信,暗地里却是绝顶聪明,他从不暴露自己的弱点。他的办法很简单:除了在便宜旅馆里碰到的一些和他出身相仿的同乡之外,琴多维奇避免跟任何人交谈。他一感到他面前是一个有文化的人,就马上像蜗牛一样缩进自己的背壳;因此,谁也不能夸口说,曾经听到他说了什么蠢话,或者估量到了他那惊人的无知。"

看来我朋友说的话是有道理的。在我旅行的最初几天,如果不是死乞白赖地凑上去,是根本不可能接近琴多维奇的。我当然不会那么厚脸皮。有时他到上层甲板上来散步,反背着双手,神情高傲、专心致志地沉思着,活像一幅名画上的拿破仑。另外,他散步时总是那么匆匆忙忙地冲来冲去,因此,如果我想跟他搭讪,就不得不跟在他屁股后头跑。而他又从来不在休息室、酒吧间和吸烟室露面。我悄悄地向侍者打听消息,据说,他白天的大部分时间都坐在自己舱里一个大棋盘前,研究棋局或重演下过的棋。

三天以后,我可真的生起气来了,琴多维奇的防御策略看来比我想要设法接近他的愿望更为巧妙。我这辈子还从来没有机会去亲自结识一位象棋名手。我现在愈是想了解这一类型的人,我就愈觉得让人的脑子一辈子完全围着一个划成六十四个黑白方格的小块空间转来转去,是不可思议的。根据个人经验,我是深知被称为"国王的游戏"①的象棋所具有的神秘诱惑力的,在人们发明的各种游戏中只有这一种游戏,它的胜负不取决

---

① 德文"象棋"(Schachspiel)一词由 Schach(象棋)和 Spiel(游戏)组成。Schach 来自波斯文的 sah,意为"国王"。所以象棋意译为"国王的游戏"。

于任何刁钻的偶然性，它只给智慧戴上桂冠，或者确切些说，它只给智力天赋的一种特殊形式戴上桂冠。但是把下象棋说成是一种"游戏"，这难道不是对它进行了一种侮辱性的限制吗？它不也是一种科学，一种艺术吗？一种介乎这二者之间飘浮不定的东西，就像穆罕默德①的棺材介乎天地之间一样。一种包含着各种矛盾的独一无二的混合物：这种游戏既是古老的，又永远是新颖的；其基础是机械的，但只有靠想像力才能使之发挥作用；它被呆板的几何空间所限制，而同时它的组合方式又是无限的；它是不断发展的，可又完全是没有成果的；它是没有结果的思想，没有答案的数学，没有作品的艺术，没有物质的建筑。但是，尽管如此，业已证明，这种游戏比人们的一切书本和作品更好地经受了时间的考验，它是唯一属于一切民族和一切时代的游戏，而且谁也不知道是哪一位神明把它带到世上来消愁解闷、砥砺心智、振奋人心的。它从哪儿开始？又到哪儿结束？它那简单的规则任何一个孩子也能学会，每一个生手都可以尝试，与此同时，在它那永不改变的狭窄的方格里，产生出一种非常特殊的、无与伦比的能手——只具有一种非凡的象棋才能的人。这是一种独特的天才，在他们身上，想像力、耐心和技巧就像在数学家、诗人和作曲家身上一样地发生作用，只不过方式不同、组合相异罢了。过去颅相学研究盛行的时代，有个姓加尔②的德国医生也许会把这种象棋大师的头部解剖一下，以便确定这种象棋天才脑子里的灰色物质是否有一种特殊脑纹，是否和常人不同，有某种特别的象棋肌或象棋瘤。琴多维奇这个人会使这

---

① 穆罕默德，阿拉伯人，生于麦加城，是伊斯兰教的创始人。
② 加尔，德国医生，颅相学的创始者，宣称根据人的颅骨外形及隆起情况可以判断一个人的才能和性格。

样一个颅相学家多么感兴趣啊！在他身上,于智力绝对停滞之中,迸涌出一股特殊的才能,就像一大块矿石之中隐藏着一缕金矿脉一样。我原则上从来就懂得,这种独特的天才游戏必然会产生值得尊敬的斗士,但我总还是感到很难想象,甚至几乎不能想象,一个头脑活跃的人会把自己的天地局限于一小块一小块黑白空间之上,而且能够在前后左右移动三十二颗棋子的活动中找到毕生的事业。我不能想像这样一个人,他认为开棋的时候先走马而不是先走卒对他来说是英勇的壮举,而在象棋指南的某个犄角里占上一席可怜见的位置就意味着声名不朽;我不能想象,一个聪明人竟然能够在十年、二十年、三十年、四十年之中一而再,再而三地把他全部的思维能力都献给一种荒诞的事情——想尽一切办法把木头棋子王赶到木板棋盘的角落里,而自己却没有发狂成为疯子。

如今,我生平第一次遇到了这样一个人物——一个这样古怪的天才,或者这样神秘的笨蛋,他离我非常之近,在同一条船上,仅仅相隔六个船舱,而我这个不幸的人居然想不出办法来和他接近。我素来对于智力方面的各种事情都十分好奇,这种好奇最后往往变成一种强烈的激情。我于是想出种种荒谬绝伦的计策:一会儿打算刺激他的虚荣心,想假装代表一家有影响的报纸对他进行采访,一会儿又指望唤起他的贪心,建议他到苏格兰各地去作一次颇有收益的旅行比赛。最后,我终于想起了猎人屡试不爽的策略:模仿山鸡发情的叫声来引诱山鸡。要想吸引象棋大师的注意力,还有什么比自己装作下象棋更有效的办法呢?

我这辈子从来没有认真研究过棋艺,理由很简单,我下象棋只是下着玩,纯粹为了消遣。如果说我有时候也下个把小时象棋,那完全不是为了使脑子紧张,相反,是为了在紧张的脑力劳动之后舒展神经。我完全是本着"游戏"①这个词的本义来下象棋的,而真正的棋手下棋却是在"当真",如果我可以这么说的话,下象棋也像谈恋爱一样,必须要有一个对手,可我当时还不知道船上除了我们以外,是否还有别的象棋爱好者。为了把他们引出洞来,我在吸烟室里设了一个极为简单的陷阱。我同我的妻子一起坐在棋桌旁边来引诱猎物,尽管我妻子比我下得更差。果然,我们走了不到六步棋,我们旁边就有一位旅客停下来,接着第二位请求我们允许他在旁边观局,最后我们如愿以偿,找到了一个对手,他向我挑战,要我同他下一盘。此人名叫麦克柯诺尔,是一位苏格兰采矿工程师,听说他在加利福尼亚钻探石油,攒了一大笔钱。麦克柯诺尔身材不高,粗壮结实,颌骨方方正正,牙齿坚固有力。他脸上血色很好,红得发紫,大概是由于他威士忌喝得太多的缘故,至少这是部分的原因。此人肩膀宽得出奇,简直像竞技者那样孔武有力,可惜在下棋的时候也表现出一副逼人之势。因为麦克柯诺尔先生属于这样一种自以为是、志得意满的人,这种人即使在最无足轻重的比赛中,也把失败看作是降低自己的身份。这位大块头习惯于凭着自己的本事,在生活中死拼硬闯取得成功,他心里充满了特殊的优越感,以致把任何阻力都看成是对自己的极不应该的反抗,几乎就是对自己的侮辱。他输了第一盘,就满脸不高兴,并且开始唠唠叨叨,用一种不容辩驳的口气解释说,只是因为他一时疏忽,才输了这盘棋。输了第三盘,他就怪隔壁客厅里太闹。每输一盘他没有不说再来一盘的。起初,他那种好胜劲儿我倒也觉得怪好玩,可是

---

① 象棋(Schachspiel)一词的第二部分 spiel 为"游戏",所以作者说本着"游戏"一词的本义,而不是"当真"。

后来我也就只好硬着头皮忍受下来,既然我想达到预定的目的,把世界冠军引到我们的桌边来,也就不得不忍受这位先生。

第三天我的计划成功了,可是只成功了一半。也许琴多维奇通过上层甲板的舷窗看见我们在下棋,也许只是一般地想到吸烟室来转一转,总之,当世界冠军发现居然有人胆敢擅自玩他的那行技艺,就情不自禁地走近一步,保持适当的距离,向棋盘投来一瞥考察的眼光。这时正好该麦克柯诺尔走。仅看他走这么一步棋,琴多维奇马上就明白了,我们这种外行的比赛对于他这么一位大师来说,根本不值得再多看一眼。就像我们在书店里看到人家推销的一本蹩脚的侦探小说,连翻都不屑于翻开,就随手撂下一样,这位世界冠军也就离开我们的棋桌,走出了吸烟室。"他掂了一下分量,觉得没啥意思。"我想。他那种冷淡、鄙夷的目光多少有点使我生气。为了发泄一下我的怒气,我对麦克柯诺尔说:

"看来,您这一步棋冠军似乎并不十分欣赏。"

"什么冠军?"

我向他解释说,刚才从我们身边走过并且不以为然地看着我们下棋的那位先生,就是世界象棋冠军琴多维奇。我补充说,咱们不会因为他看不起而伤心的,咬咬牙也就挺过去了:对穷人来说,只好清茶淡饭将就着过穷日子嘛!使我感到意外的是,我随口说出的这些话居然对麦克柯诺尔产生了完全意料不到的作用。他立即激动起来,把我们下的这盘棋忘得干干净净。沽名钓誉的念头马上开始在他脑子里活动起来。他说,他压根儿没有想到,琴多维奇就在船上,那么冠军无论如何得跟他下盘棋。他这一辈子还从来没有跟一位世界冠军下过棋,除了有一次同另外四十个人在一起,跟他下过一盘车轮战,就是这次车轮战也是下得够紧张的,他本人差点儿还赢了呢。他问我,是否认识这位冠军,我说不认识。

他又问我，愿不愿意跟冠军打打招呼，请他来同我们下盘棋呢？我拒绝了，我的理由是，据我所知，琴多维奇是不大喜欢结识新交的。再说，跟我们这些第三流棋手下棋，对世界冠军来说，又有什么意思呢？

看来对麦克柯诺尔这种自尊心强的人，我是不应该说什么三流棋手之类的话的。他听了以后生气地往椅子背上一靠，粗暴地说，他简直不能相信，琴多维奇会拒绝一位绅士的客气的邀请。他会想办法去邀请的。我应他的请求，给他简单描述了一下冠军的为人。于是麦克柯诺尔便扔下这盘未下完的棋不管，急不可耐地跑到上层甲板上去追琴多维奇。这时，我又一次感到，长着这么宽肩膀的人要是想干什么事，是怎么拦也拦不住的。

我相当紧张地等待着。十分钟以后，麦克柯诺尔回来了，看来他的心情不怎么愉快。

"怎么样？"我问。

"您说得对，"麦克柯诺尔有些气恼地回答，"不是一位很讨人喜欢的先生。我向他作了自我介绍，告诉他我是谁，可他连手都不伸给我。我试着向他说明，我们船上所有的旅客都将感到自豪和荣幸，如果他乐于跟我们进行一盘车轮战的话。可是他的态度生硬得不近人情。他回答说，很遗憾，他同他的经纪人订有合同，规定他在旅行期间只能进行有报酬的表演赛，而且每盘酬金最低金额为二百五十美元。"

我笑起来了。

"我从来也没有想到过，从白方格到黑方格这样动动棋子，竟是如此发财的买卖。我想您也就客客气气地向他告别了吧。"

然而，麦克柯诺尔的样子仍然一本正经。

"比赛定于明天下午三点举行，就在这吸烟室里。我希望我们不至于那么轻易地被他打败。"

"什么？您答应给他二百五十美元啦?!"我十分惊异地叫了起来。

"为什么不呢？C'est son métier①。如果我牙疼，而船上碰巧又有一位牙科医生，那我也不能要求他白白地给我拔牙呀。这人做得很对，应该大敲竹杠。哪一行真正的专家也都是最精明的生意人。至于我，我是主张买卖做得越光明磊落越好。我宁可把现钱付给您的琴多维奇，也不愿向他乞求恩典而末了还得向他千恩万谢。再说我在我们俱乐部里一个晚上输过不止二百五十美元，而那还不是同世界冠军下棋呢。'三流'棋手输给琴多维奇没有什么可丢人的。"

我真觉得好玩，我说的"三流棋手"这个毫无恶意的说法，竟然如此厉害地刺伤了麦克柯诺尔的自尊心。但是，既然他打算为这种昂贵的娱乐付钱，我对他的这种不大合适的虚荣心也就不加非议了。再说，多亏他的虚荣心，我还有机会认识一下我感兴趣的人物。我们赶紧把这件事告诉了四五个到现在为止自称是象棋爱好者的先生们，并要求他们为这即将举行的比赛不仅预先订下我们的桌子，而且订下所有的邻桌，以便尽可能避免其他过往旅客的干扰。

第二天在指定的时间，我们这伙人都准时到场，一个不落。冠军正对面的桌子当然让给麦克柯诺尔。他心情激动，一支接一支地猛抽烈性雪茄，而且一再焦灼不安地看着手表。然而，世界冠军叫大家足足等了十分钟（想到我朋友讲的那些故事，我早已料到他会来这么一招），这样一来，他的出场就显得分外的隆重。他泰

---

① 法文：这是他的职业。

然自若、从容不迫地走到桌旁。他也不向大家作自我介绍——看来，他的无礼似乎是说："我是谁，你们全都知道，而你们是谁，我却丝毫不感兴趣。"——就马上用一种干巴巴的、例行公事的语气开始做出具体安排。因为船上没有那么多棋盘，没法进行车轮战，所以他建议，我们大家可以一齐同他对弈。他走一着，然后就退到房间另一端的一张桌子旁边，以免影响我们商量。我们下过一着以后，就用茶勺敲敲茶杯，因为遗憾的是手头没有摇的铃。如果没有人反对，那他建议每走一步最多考虑十分钟。我们当然像怯生生的小学生一样，接受了他的全部建议。琴多维奇要了黑子；他站着回了一步棋，就立即转过身去，退到他方才建议的等候地点。他懒洋洋地躺在安乐椅里，信手翻阅一份画报。

报道这盘棋没有多大意思。不言而喻，它像预料的那样，以我们的彻底失败而告终，而且一共只走了二十四步棋。世界冠军轻而易举地击溃了半打平平常常或者十分差劲的棋手，这件事本身并不足为奇；但是使我们大家十分反感的是琴多维奇的倨傲态度，他明显地让我们感到，他对付我们，不费吹灰之力。他每一次走到桌边，都是故意用一种似乎漫不经心的目光向棋盘扫上一眼，而对我们则根本不予理睬，好像我们也是没有生命的木头棋子似的。他的态度就像人们把一块骨头扔给一只癞皮狗，连看也懒得去看它一眼。我觉得他要是稍微周到一点，知道一点儿分寸，他完全可以指出我们的错误，或者说些友好的话来鼓励鼓励我们。可是，即使下完了这盘棋，这个没有人性的象棋机器人也没有吭一声。他说了一声"将死了"，就一动不动地站在桌旁，显然是想知道我们还要不要再下一盘。碰到这种迟钝粗鲁的人，你是毫无办法的，我已经从位子上站了起来，准备用手势示意，至少对我来说这笔美金交易一了结，我们愉快的相识便就此终结。可是，使我恼火的是，就在这一刹那,坐在我旁边的麦克柯诺尔用十分沙哑的声音说道:"再来一盘!"

使我吃惊的是麦克柯诺尔的挑衅口吻,他在这一瞬间的确很像一个准备挥拳出击的拳击家,而不大像一位彬彬有礼的绅士。也许是琴多维奇对待我们的那种侮辱人的态度使他感到愤怒,也可能是他病态的自尊心容易受到刺激,但是不管原因如何,反正麦克柯诺尔完全变了样子。他满脸通红,一直红到发根,鼻翼由于内心激动张得大大的,额上冒出豆大的汗珠,一条深深的皱纹从紧咬着的嘴唇向气势汹汹地往前突出的下巴伸展过去。我不安地注意到,他眼里闪烁着一股无法遏制的怒火,这种怒火通常只有赌台旁边的赌徒才有,如果他所需要的牌在成倍成番地加注以后接连六七次都不出现的话。这时我已经明白,这个好胜心强的狂热分子将要一个劲地同琴多维奇下棋,下普通的注或者下成倍的注,一直下到至少赢他一盘为止,即使这样会花去他的全部财产,他也在所不惜。如果琴多维奇坚持干下去,那么麦克柯诺尔就会变成他的真正的金窖,在他到达布宜诺斯艾利斯之前,他完全可以从这个金窖里挖出几千美元。

第二盘和第一盘没有什么不同,只不过我们这伙人略有增加,因为又来了好几个好奇的观众,而且显得更加活跃。麦克柯诺尔两眼盯着棋盘,好像要以他必胜的意志去感化棋子似的。我感到,为了能向我们冷酷无情的敌手愉快地大喊一声"将死了",他是非常乐于牺牲一千美元的。奇怪的是,他那种阴郁的激动不知不觉地感染了我们大家。现在每走一着都比先前讨论得更加激烈,我们一直争论到最后一秒钟,才一致同意给琴多维奇发出信号叫到我们桌边来。我们渐渐走到第十七步,使我们惊讶的是,这时出现了一个极为有利的局面,因为我们已经成功地把 c 线上的卒子推

进到倒数第二格 c_2 的位置上,现在我们只消把它推进到 c_1 的位置上,我们就要赢第二个后了。这个取胜的良机过于明显,我们当然觉得很不放心,大家都有点怀疑,这个似乎已经被我们夺得的优势,没准是琴多维奇给我们设下的陷阱,他不是比我们能多看好几着棋吗。但是尽管我们大家一起使劲地研究和讨论,我们仍然看不出他设的圈套是什么。最后,允许的思考时间快要完了,我们决心冒险走一步棋。麦克柯诺尔已经拿起卒子,想把它放在最后一个方格里,忽然,他觉得有人猛地抓住他的胳臂,有个人轻轻地,但是激烈地悄声说道:"千万别那么走!"

我们大家都情不自禁地转过头去。我们身后站着一个约莫四十五岁的男人,他那尖削的瘦脸在我先前散步时就因为它简直像石灰一样奇怪的苍白而引起过我的注意。他大概是几分钟前我们全神贯注地讨论我们下一步棋该怎么走的时候参加到我们这一伙里来的。他看见我们望着他,便匆匆忙忙地补充了几句:

"您现在如果把卒子变成后,那他就立即用 c_1 位置上的象来把它吃掉,而您再用马把他的象吃掉。在这期间,他就会把他那不受牵制的卒子进到 d_7 的位置上,从而威胁您的车。您即使用马将军,这一盘您还是要输的——再走九到十着您就会被将死的。一九二二年阿廖辛在彼斯吉仁循环赛上同波哥尔留勃夫对弈时几乎完全是同样的阵势。"

麦克柯诺尔大为惊讶,他放下手里的棋子,像我们大家一样,不胜惊奇地两眼直盯着这个似乎是从天而降的守护天使。一个在十来着棋子之前就能算出一副棋的结局的人,想必是个第一流的高明棋手,甚至于说不定是个和琴多维奇旗鼓相当的冠军争夺者,此刻正前去参加同一个比赛。他在这样关键的时刻突然出现,突然参战，对我们来说，简直是一件超乎自然、异乎寻常的事。首先清醒过来的是麦克柯诺尔。

"您建议怎么走呢？"他激动地小声问道。

"先别进卒，暂且避开。先把王从危险区撤出来——从 g_8 走到 h_7。这样，您的对手大概会转而进攻另一翼。不过您可以把车从 c_8 走到 c_4 去抵挡。这一来，他就要多走两步棋，并且失去一个卒子，从而也就失去了整个优势。于是你们双方都有卒子互相对垒。只要您防守得当，这一盘您还能走成和局。别的您也不能再奢望了。"

我们又一次惊讶得目瞪口呆。他计算的准确和迅速都使我们大吃一惊。他那样子就像是在照着棋谱一步步地念似的。由于他的参与，我们这盘棋居然能和世界冠军下成和局，这种出人意表的良机毕竟是很诱人的。我们不约而同地全都退到旁边，以免妨碍他看棋。麦克柯诺尔又问了一遍：

"这么说，把王从 g_8 走到 h_7？"

"当然，现在最要紧的是避开。"

麦克柯诺尔听从了他的意见，我们敲了敲玻璃杯。

琴多维奇迈着他惯常的随随便便的步伐走到我们桌旁，对我们走的棋只瞥了一眼。然后，他把王翼的卒子从 h_2 移到 h_4 的位置上，就跟我们这位素不相识的帮手所预言的完全一样。而这个人又在激动地低声说话了：

"进车，进车，把它从 c_8 走到 c_4，那他就不能不去保卒子了。不过这对他也无济于事！不要管他的底线卒子，你出击，把马从 c_3 走到 d_5，这样均势就恢复了。全力冲过去，不要守了！"

我们不明白，他说的是什么意思。对于我们来说，他讲的话全是中国话①。不过,既然已经着了迷,麦克柯诺尔就不加思考地照他说的走。我们又敲了敲玻璃杯,把琴多维奇叫过来。这时,他第一次不迅速做出决定,而是紧张地看着棋盘。然后他走了一着棋,恰恰就是这位陌生人向我们预告的。琴多维奇都已经转身要走了,可这时发生了一件新奇的、意想不到的事:琴多维奇抬起眼来环顾一下我们这些人。显然他是想弄清楚,在我们中间究竟是谁忽然对他进行这么顽强有力的抵抗。

从这一瞬间开始,我们的激动增长到难以估量的程度。在这之前,我们跟琴多维奇下棋,并没有真抱什么取胜的希望,但是现在,我们能够挫伤琴多维奇冷漠的傲慢这一想法,使我们大家顿时热血沸腾、情绪高涨。我们的新朋友又已指出下一步棋该怎么走,我们可以把琴多维奇请过来了。我便用茶勺敲了敲玻璃杯,手指都有点微微发抖。现在我们初步的胜利已经取得了:琴多维奇在这之前一直是站着下棋的,现在他犹豫再三,终于坐到了棋桌旁。他慢慢地、沉重地坐到椅子上,光这一点就使得我们和他之间原来他对我们那种"居高临下"之势给打破了。我们迫使他和我们处于平等地位,至少在外表上是如此。他考虑了老半天,眼睛一动不动地凝视着棋盘;他那沉重的眼皮耷拉下来,我们几乎都看不见他的眼珠。由于紧张地思考,他的嘴渐渐地张开,这使他的圆脸显出一副蠢相。琴多维奇考虑了几分钟,然后走了一着,就站起身来。我们的朋友立刻低声说道:

"这步棋是拖延时间!想得好!不过不要去理它!逼他拼个

---

① 欧洲人认为中国话极为难懂。这句话比喻这人说话的意思艰深难懂,犹如中国话。

子儿。一定要拼！拼过以后就是和局了,谁也帮不了他的忙了！"

麦克柯诺尔照他说的走了一步棋。双方棋手(我们大家早已沦为可有可无的配角)下面的走法,对我们来说乃是莫名其妙的棋子的移动。走过七八着以后,琴多维奇思考了好一会儿,然后抬起头来对我们说:"和了。"

霎时间,四下里一片寂静。忽然听见海浪的翻滚声,隔壁客厅里的收音机传来的爵士乐曲声,上层甲板上散步者的每一个脚步声,以及从窗框里透进来的轻微的风声。我们大家都屏住呼吸,事情发生得这么突然,我们大家简直被这难以置信的事情给吓住了:这位素不相识的陌生人竟能迫使世界冠军屈从于他的意志,而且是下的一盘已经输了一半的棋。麦克柯诺尔大声地吁了一口气,往后一靠,嘴里冲出一声得意的"啊"。我又仔细地观察了一下琴多维奇。在走最后几步棋的时候,我就觉得,他的脸色似乎变得苍白了一些。但是世界冠军善于控制自己。他仍然保持一种似乎无所谓的呆木神气,用一只平稳的手把棋盘上的棋子扒拉到一边,问道:

"想不想下第三盘,先生们？"

他是用一种毫无感情、就事论事的语气提出这个问题的,但奇怪的是,冠军似乎完全没有注意麦克柯诺尔,而是死死地盯住我们的救星的眼睛。就像一匹马从一个骑者比较坚定的骑姿中认出这是个更为高明的新骑士一样,琴多维奇想必也从最后几步棋里看出,实际上他真正的对手是谁。我们也情不自禁地跟着琴多维奇的眼光,好奇地凝视着这位陌生人。但是这个人还没来得及思考或者答复,那虚荣心强、十分激动的麦克柯诺尔已经洋洋得意地冲着他喊了起来:

"那还用说！不过这一盘您得单独跟他下。您一个人同琴多维奇对弈！"

可是这时发生了一件完全没有预料到的事情。这位陌生人非常奇怪地一直十分紧张地凝视着空棋盘,他发现所有的目光都盯着他,并且听到麦克柯诺尔这样热情洋溢地跟他说话,身上不觉一哆嗦。他脸上的表情显得十分慌乱。

"绝对不行,先生们,"他结结巴巴地说,显得非常惊慌失措,"这是完全不可能的……我绝对不行……我已经二十年,不,二十五年没下棋了。我现在才发现,未经诸位允许就参与您们的比赛,是多么不恰当的行为。请原谅我的鲁莽。我不愿再继续打扰诸位了。"我们惊异得还没有缓过劲来,他已经转身走出了吸烟室。

"不过,这是完全不可能的事啊!"容易激动的麦克柯诺尔用拳头猛敲一下桌子,大声嚷道,"这人说他二十五年没下过棋,这是绝对不可能的!他不是在五六着棋之前就已经算出每一步棋和每一个对策了吗!这种事情可不是谁都能轻易做到的啊。这简直是完全不可能的,是不是?"

麦克柯诺尔不由自主地向琴多维奇发出上面的问题。但是世界冠军的神情十分冷淡。

"这件事情我无法判断。不过不管怎么说,这位先生下棋下得不很平常,怪有意思;所以我故意给他一个略占上风的机会。"

说着他懒洋洋地站起来,用他惯有的就事论事的语气补充了一句:

"要是这位先生或者诸位先生明天还想再下一盘,那我从三点钟起听候诸位吩咐。"

我们忍不住都微笑起来。我们每个人都非常清楚,琴多维奇绝不是因为慷慨成性而给了我们不知名的帮手一个机会的,他的这种说法无非是企图掩盖自己失败的一个愚蠢的遁词。因此我们更加强烈地想要看到这个傲慢者受到屈辱。一下子我们这些生性平和、懒懒散散的旅客突然产生了一种强烈的、雄心勃勃的战斗欲望。在我们船上,在一望无垠的大海上,世界冠军将在我们手下败北,而这一记录将由各通讯社向全世界播发,这个想法刺激着我们,使我们陶醉。此外,我们的救星恰好在关键时刻出乎意料地前来参战,这事更发出一种神秘的魔力,他那近乎羞怯的谦逊同职业棋手不可动摇的自负又形成了鲜明的对照。这个陌生人究竟是谁呢?莫非偶然的机遇使我们眼前又出现了一名至今尚未发现的象棋天才?还是说,由于某种尚未查明的原因,一位大名鼎鼎的象棋大师向我们隐瞒了他的姓名?我们十分激动地讨论着所有这些可能性,甚至最不可思议的假设对我们说来也还不够大胆,他那神秘莫测的胆怯和他出人意料的自白,这一切怎么也不可能和他显而易见的卓越棋艺协调起来。但是,有一点我们大家意见完全一致:绝对不能放弃重新鏖战一场的机会。我们决定想尽一切办法使我们的帮手在第二天同琴多维奇对弈。麦克柯诺答应承担这次比赛物质方面的风险,而我作为陌生人的同胞——我们这时已从侍者那里打听到陌生人是奥地利人——被全权委托向他转达我们的请求。

我没花多少时间就在上层甲板上找到了这个匆匆溜走的陌生人。他躺在躺椅上看书。在我走过去之前,我先利用这个机会,仔细地看了看他。他躺着,把他尖削的脑袋仰卧在枕头上,看上去有些疲劳。我又一次惊异地发现,他那还算年轻的脸,苍白得异乎寻常,两鬓全都白了。我也不知道为什么,但却有这样的印象,觉得他一定是突然变老的。我刚刚走近他,他就客气地站起来,进行自我介绍。他所说的姓氏,我一听就很熟悉,这是奥地利一家古老的名门望族。我记得这家的一个成员是舒伯特①的至交,另一位是老皇帝的御医。当我向这位 B 博士表示我们请他接受琴多维奇的挑战时,他显然大为震惊。原来他根本没有想到他刚才是在同世界冠军下棋,而且下得相当成功。不知道为什么这个消息给予了他强烈的印象。他一再反复问我,我是否确信他的敌手真是大名鼎鼎的国际锦标获得者。我很快懂得了,这一情况大大减轻了我的使命的艰巨性。但是,我感到我是在同一位非常周到、极有教养的人打交道,所以如果他输了将由麦克柯诺尔承担物质损失一事,我决定还是不提为好。B 博士犹豫了好一会儿,最后同意参加比赛,但他请我向我的朋友们事先说清楚,大家对他的才能不要寄予太大的期望。

"因为,"他带着一种梦幻似的微笑补充说,"我确实不知道能不能按照全部规则下棋。请您相信我,我上次说从中学时代起,也就是二十多年来我没有动过棋子,我这样说并不是虚伪的谦逊。而且即使在那时候,我也只不过是个平平庸庸的棋手而已。"

他说得那么自然,以致我丝毫也不怀疑他的真诚。可是各个大师下过的棋局他都记得清清楚楚,准确无误,我不由得对此表示了我的惊讶。我说,不管怎么说,想必他至少在理论上对棋艺进行过大量的研究吧。

B 博士的脸上又掠过了一个奇怪的梦幻似的微笑。

"大量研究?天晓得!这话大概可以这么说吧。我对象棋是进行了大量的研究。不过那是在一种非常特殊的、可以说是绝无仅有的情况下发生的。这是一个相当错综复杂的故事,它可以作为一个小小的插曲,用来说明我们这个美妙的伟大时代,要是您能

---

① 舒伯特(1797—1828),奥地利著名作曲家。

忍耐半个小时的话。"

说着,他指了指旁边的一把躺椅。我欣然接受了他的邀请。周围一个人也没有。B博士摘下他看书时戴的花镜,搁在一边,开始说道:

"您客气地提到,您作为一个维也纳人记得我们家的姓氏。但是我估计,您未必听说过起初由我父亲和我、后来由我自己主持的律师事务所。因为我们根本不受理报纸上公开议论的案件,并且原则上避免接受新的当事人的委托。事实上,我们后来根本就不再从事一般的律师业务,而只限于充当法律顾问和管理一些大修道院的财产。我父亲过去是天主教政党的议员,和这些修道院过从甚密。此外,在帝制已成历史陈迹的今天,下面这件事情我们也不妨公开谈论——我们还受托管理皇室某些成员的资产。我们家同皇帝以及教会的联系(我的一个叔叔是皇帝的御医,另一个是寨滕希特顿修道院的院长),可以追溯到前两代,我们只要保持这些联系就行了。委托人对我们的信任是从老一辈那里传下来的,而随着他们的信任,那静悄悄的可以说是无声无息的工作也就落到我们身上。这些工作向我们提出的要求不过是严加保密和忠诚可靠,先父充分具有这两种品质。只是由于老练周到,他才成功地在通货膨胀年代和改朝换代以后为我们的委托人保存了可观的财产。后来,希特勒在德国上台执政,开始侵吞教会和修道院的财产,于是由我们经手和国外进行一些谈判和交易,为的是至少还能挽救一些动产,使之免遭没收。关于皇室和教廷①所进行的某些秘密的政治交易,我们两人所知道的远比外界知道得多。可是正因为我们的事务所很不惹人注目,我们门上连个牌子也没挂,再加

---

① 指梵蒂冈的罗马天主教教廷。

上我们小心谨慎,我父亲和我特意避免和保皇派来往,这使我们免于遭受那些好管闲事之辈的多方询问。事实上,奥地利当局在这些年代里从来没有料到,皇室的秘密信使一直在我们这个坐落在五层楼上的不显眼的事务所里投递或者领取特别重要的信件。

"大家知道,还在国社党①党徒武装他们的军队去进攻全世界以前很久,他们就在与德国毗邻的所有国家里开始建立一支由被损害、被轻视和被侮辱的人组成的队伍,一支和他们的军队同样训练有素和极为危险的大军。每一个办公室,每一个企业都有他们所谓的基层组织,他们的间谍和奸细到处都是,包括陶尔斐斯②和舒什尼格③的私人府邸在内。就是在我们简陋的事务所里,也坐着他们的暗探,可惜我知道得太晚了。此人当然只是一个可怜而无能的办事员,是一位神父介绍来的,我们雇用他只是为了使我们的事务所对外像一个正常的办事机构;事实上我们给他干的事,无非是些无关紧要的外差、接接电话、整理整理文件,那些文件当然都是无足轻重、没有问题的。邮件是从来不许他拆的。所有重要的信件都由我亲自在打字机上打出来,而且只打一份,不留副件。每一份重要的文件我都亲自带回家去,而秘密谈判只在修道院的院长或者我叔叔的御医办公室里进行。由于采取了这些预防措施,派到我们这里来的那个坐探看不到任何实质性的东西。但是,一件不幸的偶然事件使这个野心勃勃、虚荣心盛的家伙睁开了眼睛,他注意到我们不信任他,背着他在做一些很有趣的事情。可

---

① 国社党,希特勒的政党,原名全称为"国家社会主义德国工人党",简称"国社党",贬称"纳粹"。
② 陶尔斐斯,一九三二年五月起任奥地利总理兼外交部长,一九三四年为德国纳粹分子所刺杀。
③ 舒什尼格,一九三四至一九三八年任奥地利政府总理,后被纳粹推翻,被关进集中营。

能,当我不在的时候,一位信使不小心说了'陛下',而没有按照我们的约定说'贝恩男爵',要不就是这个流氓非法拆看了我们的信件——反正在我怀疑他之前,他就已经从慕尼黑或者柏林得到了监视我们的命令。一直到很久以后,我都已经被捕入狱,我才想起他开头干活如何懒散,后来,在最后几个月里突然变得很卖力气,好几次他巴结得过火,硬要把我的信件送到邮局去。我不能说我没有一点疏忽大意的地方,不过,话说回来,我们时代那些最为杰出的外交家和军人不也是被这帮希特勒匪徒卑鄙地暗算了吗?盖世太保早已虎视眈眈地把注意力集中到我身上,这可以从下述事实得到极为具体的证实。在舒什尼格宣布辞职的当天晚上,也就是希特勒进入维也纳的前一天,我就已经被党卫军逮捕了。幸亏,我刚从收音机里听到舒什尼格的辞职演说,还能及时地把所有最重要的文件全都烧毁,而其余的文件,包括一些修道院和两位大公爵存放在国外的财产的不可缺少的凭据,我都藏在一个装脏衣服的提篮里,由我年老忠实的女管家带到我叔父家里。所有这一切都真正是在希特勒分子闯进我家前的最后一分钟完成的。"

B博士停了一下,点燃了一支雪茄。火柴一亮,我看见他的右嘴角神经质地抽动了几下。这点我先前早已注意到了。我发现,这种痉挛,隔几分钟就要重复一次。只是轻微地抽动一下,转瞬即逝,几乎难以觉察,可是使他的脸显得特别不安。

"您大概以为我现在要讲那些忠于我们古老的奥地利的人都关在那里的集中营,以及我在那里所受的屈辱、拷打和折磨吧。这样的事情并没有发生。我被算作另外一种囚犯。我没有同那些不幸的人囚禁在一起,希特勒分子用尽一切办法折磨他们的心灵和肉体,把积聚起来的愤懑都发泄在他们身上。我则被列入另外一类人之中,这种人数目很少,国社党徒指望从他们身上敲诈金钱或者勒索重要情报。盖世太保对我这么一个微不足道的小人物本身当然毫无兴趣,不过他们大概听说,我们是他们最大的敌人的财产委托人、监护人和心腹。他们想从我这儿榨取的,是一些罪证材料,可以用来向修道院提出公诉,证明它们隐瞒财产;他们可以用这些罪证材料来反对皇室和一切在奥地利为皇室奋斗牺牲的人们。他们估计,而且也并非没有根据,我们经手的大部分基金还隐藏得好好的,他们要想侵占还很难办到。正因为如此,他们在第一天就把我抓了去,他们指望用他们屡试不爽的方法从我这里获得这些秘密。由于他们想从我这一类人身上敲诈金钱或者勒索重要材料,所以我们没有被送到集中营去,而是受到一种特殊的待遇。您大概记得,我们的首相①以及罗特希尔德②男爵(纳粹分子希望从他的亲戚那里诈取几百万元)都没有被投入围着铁丝网的集中营,却似乎是备受优待,被安置在'大都会饭店'里——盖世太保的总部也设在那里——每人住一个单间。连我这个毫不起眼的小人物也获得了这种优厚待遇。

"在大旅馆里独自住单间——这话听起来极为人道,不是吗?不过,请您相信我,他们没有把我们这些'要人'塞到二十个人挤在一起的寒冷的木棚里,而是让我们住在大旅馆还算暖和的单间里,这并不是什么更加人道的待遇,而是更为阴险的手段。他们想从我们这里获得需要的'材料',不是采用粗暴的拷打或者肉体的折磨,而是采用更加精致、更加险恶的酷刑,这是想得出来的最恶毒的酷刑——把一个人完全孤立起来。他们并没有把我们怎么样——他们只是把我们安置在完完全全的虚无之中,因为大家都

---

① 指舒什尼格。
② 罗特希尔德,德国大银行家。

知道,世界上没有什么东西能像虚无那样对人的心灵产生这样一种压力。他们把我们每一个人分别关进一个完完全全的真空之中,关进一间和外界严密隔绝的空房间里,不是通过鞭笞和严寒从外部对我们施加压力,而是从内部产生压力,最后迫使我们开口。乍一看来,分给我的房间似乎并没有什么使人不舒服的地方:房里有门,有床,有张小沙发,有个洗脸盆和一个带栅格的窗户。不过房门日夜都是锁着的;桌上不得有书报,不得有铅笔和纸张;窗外是一堵隔火的砖墙;我周围和我身上全都空空如也。我所有的东西都被拿走了:表给拿走了,免得我知道时间;铅笔拿走了,使我不能写字;小刀拿走了,怕我切断动脉;甚至像香烟这样极小的慰藉也拒绝给我。除了看守,我从来没有看见过任何一张人的脸,就是看守也不许同我说话,不许回答我的问题。我从来没有听见过任何人的声音。从早晨到夜晚,从夜晚到黎明,我的眼睛、耳朵以及其他感官都得不到丝毫滋养。我真是形影相吊,成天孤零零地、一筹莫展地守着我自己的身体以及四五件不会说话的东西,如桌子、床、窗户、洗脸盆;我就像潜水球里的潜水员一样,置身于寂静无声的漆黑大海里,甚至模糊地意识到,通向外界的救生缆索已经扯断,再也不会被人从这无声的深处拉回水面了。我没有什么事情可做,没有什么可听,没有什么可看。我身边是一片虚无,一个没有时间、没有空间的虚无之境,处处如此,一直如此。你在房里踱来踱去,你的思想也跟着你走过来走过去,走过来走过去,一直不停。然而,即使看上去无实无形的思想,也需要一个支撑点,不然它们就开始毫无意义地围着自己转圈子,便是思想也忍受不了这空无一物的虚无之境。从早到晚你老是在期待着什么,可是什么事情也没有发生。就这样等着等着,什么也没有发生。等啊等啊,想啊想啊,一直想到脑袋发痛。什么也没有发生。你仍然是独自一人。独自一人。独自一人。

"这样继续了两个星期,这两个星期我是置身于时间之外,置身于世界之外活过来的。要是当时爆发了一场战争,我也不会知道;我的世界仅限于桌子、门、床、洗脸盆、小沙发、窗户和墙壁之间。我老是一个劲地望着同一面墙上的同一张糊墙纸,我盯着它看的时间如此之长,以致糊墙纸上那种锯齿形图案的每一根线条都像用雕刻刀深深地刻在我大脑最深的褶纹里。最后审讯终于开始了。我被突如其来地叫了出去,都搞不清楚那是白天还是黑夜。被叫之后,就给带着穿过几条走廊,也不知道要到哪儿去;然后,在一个什么地方等着,也不知道是个什么地方;突然,又站到了一张桌子前面,桌旁坐着几个穿军装的人。桌上放着一叠纸——那是档案,不知道里面是些什么;接着开始提问:问题真真假假,有的明确,有的刁钻,有的打掩护,有的设圈套;你回答问题时,别人恶毒的手指在翻动着文件,而你不知道那里面写的是什么,别人恶毒的手在做着记录,而你不知道它在写些什么。不过,对我来说,在这些审讯中,最可怕的是,我永远也猜不出,而且也无法料到,关于我的事务所办理的业务,盖世太保究竟已经知道了什么,他们到底还想从我口里掏些什么出来?我已经给您说过,我在最后时刻,已经把一些可以构成罪证的文件通过我的女管家带去交给了我的叔父。可是他收到了这些文件呢,还是没有收到?我们的那个雇员究竟泄露了多少秘密?他们到底截住了我们多少信件?这期间他们从我们代理事务的那些德国修道院里,说不定已经从哪一个笨拙的神父那里诈出了多少线索?他们盘问再三。我为某某修道院买过哪些有价证券?我同哪些银行有业务往来?我认识不认识一个名叫某某的先生?我从瑞士以及天晓得还从什么地方收到过信没有?因为我无法揣测他们究竟已经查明了多少情况,我的每一个回答便承担了极其严重的责任。如果我承认了他们还不知道的某件事，我就可能毫无必要地使别人遭殃；而如果我否认的事情过多，结果我就害了自己。

"然而审讯还不是最糟的。最糟的是审讯之后回到我的虚无中去——回到那同一个房间去。那里还是同一张桌子，同一张床，同一个洗脸盆，同样的糊墙纸。因为我一旦只身独处，我就设法逐一回想审讯时的情景，思考着我该怎么回答才最聪明，盘算着下一次我得说些什么，才能打消我说不定一言不慎而引起的怀疑。我来回考虑、反复思考、仔细检查我向审判官说的口供中的每一句话，我重新想起他们提出的每一个问题，我做出的每一个回答。我试图掂量一下，我说的哪些话可能被他们记录了下来，可我心里明白，这种事情我是永远也不可能猜出来，永远也不可能知道的。但是，这种思想，一旦在空房间里开始运转，就不停地在我脑子里盘旋，一再周而复始，引起各式各样别的联想，连睡梦中也不得安宁。每次盖世太保审讯之后，我自己的思想就同样无情地折磨我，脑子里一再重复盘问、追究、虐待的苦刑。这说不定比审讯之苦还更加残忍，因为在审判官那儿的审讯经过一个小时总是要结束的，但是由于这种孤独的阴险折磨，我脑子里的审讯却永无休止。在我的身边总是只有桌子、柜子、床、糊墙纸、窗户。没有任何使人分心的东西，没有书，没有报纸，没有新来的人的脸，没有可以写点什么的铅笔，没有一根可以拿来玩的火柴棒，什么也没有，什么也没有，一无所有。现在我才发现，把人单独囚禁在大旅馆的房间里，这种办法是多么恶毒，对人的心理打击是多么致命。在集中营里，你大概得用手推车去推石头，直到双手鲜血淋漓，鞋里的双脚冻坏为止。你大概得跟二十多个人挤在一起，住在又臭又冷的斗室里。然而在那儿看得见好多人的脸，那儿有田野，有手推车，有树木，有星星,那儿总有点什么可以瞧瞧。而这儿呢,你身边的东西从来也不改变,绝对不变,那可怕的一成不变。这儿没有任何东西可以分散我的注意力,使我摆脱我的思想、我的疯狂的想象和我的病态的重复。而这个恰好就是他们想要达到的目的:他们企图用我自己的思想来窒息我,直到我喘不过气来,那时我只好把我的思想倾吐出来,招出口供,招出他们想要知道的一切,供出别人和材料,此外别无出路。

"我渐渐感到,在这一片虚无的可怕压力下,我的神经开始松弛。意识到这个危险,我就竭尽全力绷紧我的神经,紧到快要绷断的地步,我拼命去找些事情,或者去想些事情来散散心。为了使自己有事可做,我就试着在脑子里重现过去背熟的东西,把它们朗诵出来,民歌啊,儿歌啊,中学里学的荷马史诗啊,以及民法法典的条文啊。后来我就试着演算算术题,我在脑子里任意加着和除着数字,但是我的记忆力在一片空虚之中什么也抓不住。我没法把思想集中在什么事情上。想着想着就会冒出同一个思想,而且老是出现:他们知道什么?昨天我说了什么?下一次我该说些什么?

"这种实在难以描绘的状况持续了四个月之久。四个月——写起来容易,不过才三个字!说起来也容易:四个月,一共才几个音节。用四分之一秒的时间,嘴唇就迅速地发出这些音:四个月!但是谁也没法描绘、衡量,并且说清楚,在没有空间、没有时间的情况下,一段时间究竟拉得有多么长,这事你向任何人也讲不清楚,就是向你自己也讲不清楚。你周围空虚一片,一片空虚,成天看见的老是桌子、床、脸盆、糊墙纸,身边老是一片沉默,看见的老是那个看守,他把饭塞进来,连看也不看你一眼,同样的一些思想在虚无之中老是在你脑海里盘旋,直到你发疯为止。你向谁也没法解释,这一切是如何使我崩溃和毁灭的。我从某些细微的征兆中极为不安地意识到,我的头脑已经陷入混乱状态。起初,我被提审时,头脑还是很清楚的,我回答问题泰然自若,深思熟虑,那种双重的思路还在起着作用,想到哪些话该说,哪些话不该说。而现在,就是最简单的句子,我也只能结结巴巴地说出来,因为我在招口供的时候,我像着了魔似的,眼睛死盯着在纸上滑来滑去记录口供的那支笔,仿佛我想紧紧跟上我自己说的话似的。我感觉到,我的力量渐渐支持不住,我感到这一时刻渐渐逼近:我为了救我自己,我将把我所知道的一切,说不定还有更多的东西都说出来,为了逃脱这使人窒息的虚无,我将出卖十二个人,供出他们的秘密,而我自己除了得到片刻的休息,别无所获。一天晚上,的确已经到了这个地步:看守恰好在我快要憋死的时候给我送饭来了,于是我忽然冲着他的背影大叫起来:'带我去受审!我什么都说!我什么都交代!我要告诉他们文件和钱在哪儿!我都说,我什么都说!'幸亏他没有再听我说下去。说不定他也不想听我说。

"就在这极端严重的危急关头,发生了一件意想不到的事情拯救了我,至少在一段时间内拯救了我。这是七月底的一个昏黑阴沉的下雨天:我之所以这样清楚地记得这个细节,是因为我被带去受审的时候,路过的走廊里,雨水正打在窗玻璃上。在审讯室的前厅里我得等半天。每次提审都得等,这也是他们的手段的一部分。突然叫你受审,半夜里冷不丁地把你从囚室里带走,先让你神经紧张起来,等你做好受审的思想准备,理智和意志全都振作起来准备进行抵抗了,他们又让你无谓地等着,等了又等,一等就是一小时、两小时、三小时,使你身体疲惫,心力衰竭。这一天是星期四,七月二十七日,他们让我等的时间特别长。我在前厅里足足站着等了两个小时;我之所以连这日期也记得这么清楚,是有特别的原因的,因为在这个前厅里我站了两个小时——不言而喻,我是不许坐下的——直站得我腿脚僵直,而在这里恰好挂了一个日历,我没法向你解释,我当时如何如饥似渴地想看到一些印刷的东西,看到一些写的字,所以墙上'七月二十七日'这短短的一行字,我是目不转睛地看了又看;我简直把它们一口吞下,刻在我的脑子里。然后我又等啊等啊,我的眼睛死盯着房门,看它什么时候终于会打开来,同时我又再三考虑,这些审判官这次会问我一些什么问题,而我心里明白,他们问我的问题,将和我准备回答的问题完全不同。可是尽管如此,这种等待和站立的折磨同时也是一种幸福,一种快乐,因为这间屋子怎么说也和我住的那间屋子不一样,它比较宽敞,有两扇窗,不像我的房间只有一扇窗,而且没有床,没有脸盆,窗台上也没有那道特别的裂缝,这个裂缝我仔细观看了不下千百万次。门上漆的颜色也不一样,靠墙放着另外一张小沙发,左边是一个档案柜,还有一个装着衣钩的衣架,衣钩上挂着三四件湿漉漉的军大衣,是那些折磨我的家伙们的大衣。这一来我有一点新鲜的东西、另外一些东西可看了,我那如饥似渴的眼睛终于又可以看点别的东西了,它们贪婪地抓住每一个小地方。我仔细地观察着这些大衣上的每一个皱褶,譬如说,我注意到有个水珠,挂在一件大衣的湿领子上,这话您听起来也许觉得非常可笑,可我以一种十分荒唐的激动心情等待着,看这颗水珠最后是否会顺着皱褶流下来,抑或抵抗住了万有引力,还在衣领上多待一会儿——是啊,我一连几分钟屏住呼吸,目不转睛地凝视着这滴水珠,仿佛我的生命就靠它来决定。等到这滴水珠终于滚落下来以后,我又去数大衣上的纽扣,第一件上面是八粒,第二件也是八粒,第三件是十粒;接着,我又把几件大衣的翻领互相比较:我那饿得发慌的眼睛以一种难以形容的贪婪抚摸、玩弄、抓住所有这些可笑的、极不重要的琐碎细节。突然我的目光停留在一样东西上面。我发现有一件大衣边上的口袋有点鼓鼓囊囊。我把身子挪近一点,从那鼓鼓囊囊的东西呈现的四四方方的形状看出,这个有点膨胀的口袋里藏的是什么:是一本书!我的双膝开始哆嗦起来:一本书!足足四个多月之久,我手里没有拿过一本书,在一本书里可以看到排成一行行的字,可以看到好多行、好多页、好多张,在一本书里可以读到我所不知道的新鲜的、使人分心解闷的思想,可以追随这些思想的发展,可以把它们记在脑子里,单单设想一下这么一本书,就已经使人为之陶醉,同时又使人浑身酥麻。我的眼睛像着了魔似的死死地盯着那个小鼓包,这是那本书在口袋里构成的形状。我的眼睛望着这个极不显眼的地方,望得眼里都冒出火来了,仿佛它们想在大衣上烧个窟窿似的。最后我再也克制不住我的欲望;我不由自主地把身子挨得更近。哪怕能用手隔着呢料去摸一摸这本书也好,单单这个念头,就使我手指一直到指甲的神经都激动起来。我几乎自己也不知道,我的身体越来越挨近墙壁。幸亏看守没有注意我这肯定是非常古怪的举动;也许他也觉得,一个人直挺挺地站了两个小时之后,想往墙壁上靠一靠,是非常自然的事情。最后,我离开大衣已经非常之近,我故意把两手放在背后,以便它们能毫不引人注意地摸到大衣。我摸了摸呢料子,透过呢料子,的确感觉到有一个四四方方的东西,这东西弯得动,而且轻微地发出窸窸窣窣声——这是一本书!一本书!我脑子里像闪电似的闪过一个念头:把这本书偷来!也许能偷到手,那你就可以把它藏在囚室里,慢慢地读啊读啊,终于又能读到书了!这个念头刚进入我的头脑,便像烈性毒药似的立即发生作用:一下子,我的耳朵嗡嗡直响,我的心脏怦怦直跳,我的双手冰凉,都不听使唤了。但是在最初的一阵晕眩过去之后,我就悄悄地、巧妙地更加挨近那件大衣。我一面两眼注视着看守,一面用藏在背后的双手把那本书从下往上托,越托越高。然后,伸手一抓,轻轻地、小心翼翼地往外一抽,突然那本篇幅不是很大的小书便到了我的手里。这时候我才被我自己干的事情吓了一跳。然而我已经没有退路。可是把这书往哪儿搁呢?我把这本书在我背后塞到裤子里系腰带的地方,然后从那儿渐渐地移到腰部,这样我在走路的时候,用军人的姿态把手贴着裤缝,也就可以把书夹住。现在得看看第一次考验能否通过。我把身子从衣架那儿挪开,一步,两步,三步。行,挺顺利。我在走路的时候,可以把书夹住,只要我把手夹紧腰带就行了。

"接着就是审讯。这次审讯要求我比以往任何一次都付出更大的精力,因为在我回答问题的时候,我的全部力量,其实并没有集中在我的口供上,而是集中在如何夹住这本书而不引起别人注意这件事情上。幸亏这次审讯的时间比较短,我顺顺当当地把书带到了我的房间——我不想说全部细节,免得耽搁您时间太长,因为有一次危险极了,我们刚走到走廊的当中,这本书从裤腰上滑了下来,我只好假装猛烈咳嗽,这样我就弯下腰去,把书又平平安安地塞回到腰带底下。当我带着这本书回到我的地狱,终于独自一人,可是又再也不是孤零零地独自一人的时候,这是多么幸福的一瞬啊!

"您现在大概猜想,我一定马上抓起书来,仔细观看,读了起来。完全不是这样!我首先得充分品味一下身边有了一本书的快乐,我故意延长这种使我的神经奇妙地兴奋起来的喜悦,我心里暗自思忖,这本偷来的书最好是一本什么类型的书呢:最要紧的是印得密密麻麻,排得很挤,有很多很多字,有很多很多薄薄的书页,以便我能多读一些时间。然后我希望,这是一本使我精神上能够紧张起来的著作,不是浅薄的、轻松的作品,而是可以学习可以背诵的东西,譬如诗歌,最好是——这是何等大胆狂妄的梦想啊!——

歌德或者荷马的作品。可是最后,我再也控制不住我的欲望,我的好奇心,于是我平躺在床上,这样,要是万一看守突然把门打开,他也不会看出破绽——然后哆哆嗦嗦地把书从我的腰带底下抽了出来。

"我往书上看了第一眼就大失所望,甚至使我恼怒已极。我冒了那么巨大的危险偷来的这本书,我怀着那么热切的期待留到现在才打开的这本书,不是别的,竟是一本棋谱,是一百五十盘名家棋局的集锦。要不是我的窗户关得严严的,而且还加上了铁栅栏,我一怒之下,一定把这书从打开的窗户里扔了出去,因为你叫我拿这无聊的玩意干什么?我拿它有什么用?我少年时代上中学的时候也像大多数别的学生一样,有时候由于无聊也下下棋。可是这本讲象棋理论的玩意我拿它怎么办?下象棋总不能没有对手,更不能没有棋子和棋盘。我十分恼火地把这本书从头到尾浏览了一遍,心想说不定还能找到一些可读的东西,一篇序言啊,阅读指导啊;可是除了画得方方正正的著名棋局的简图之外,我什么也没找到。简图下面是些一上来叫我莫名其妙的符号,什么 a_2——a_3,sf_1——g_3,等等。所有这一切我觉得像是一种我找不到解答方法的代数题。后来渐渐地我才弄明白,a、b、c 这些字母代表的是竖行,从 1 到 8 的数目字代表的是横线,合在一起就决定了每一个棋子当时的位置。这样一来,这种纯粹图解式的简图反正也变成了一种语言。我心里思忖,也许我可以在我的囚室里设计出一张棋盘,然后试着,照棋谱把这些棋局下一遍。好像是上天的恩赐,我的床单碰巧是大方格的。要是好好地叠一叠,最后可以弄出六十四个方格来。于是我先把书藏在褥子底下,把书上的第一页撕下来。然后我就开始用我省下来的面包瓤来捏王啊、后啊以及其他等等棋子,不言而喻,模样是十分可笑,极不完美的。费了九牛二虎之力，最后我总算可以在方格的床单上按照棋谱上标明的位置把棋子重新摆起来。我用灰土把一半棋子弄得颜色深一些，以示和另一半棋子有所区别。可是，当我第一次试图把整个一盘棋按照棋谱下一遍时，我完全失败了。开头几天，我老是下着下着就乱套了。我不得不五次、十次、二十次地一再把同一盘棋从头下起。可是世界上有谁像我这个虚无的奴隶这样拥有那么多未加利用同时又毫无用处的时间呢？谁又拥有那么多难以估量的贪欲和耐心呢？六天之后，我已经把这盘棋一步不差地下完了。再过八天，我甚至连床单上都不用摆棋子，就能把棋谱上标的这盘棋的棋子的位置想象出来。再过八天我连床单都用不着了；书上原来的那些抽象的符号 a_1, a_2, c_7, c_8 在我脑子里自动地转化成形象的具体位置。这种转化的过程完全成功了：我把棋盘连同棋子都反射到我的脑子里，单凭符号也能把整个棋局的变化再现在眼前，就像一个训练有素的音乐家，只要看一眼总谱，就足以使他听见各个声部的声音以及它们的和声。又过了两个礼拜，我可以毫不费劲地背出书上的每一盘棋——或者像棋手的行话说的那样：杀盲棋。现在我才开始懂得，我这大胆的偷窃行为给我带来了多么难以估量的幸福。因为我一下子有活儿可干了——您愿意的话，可以说这是一种没有意义、没有目的的活儿，但是它毕竟是一种活儿，它把我身边的一片虚无消灭干净。我有了这一百五十盘棋的棋谱，就像有了一件神奇的武器，去抵御那压得人透不过气来的空间和时间的一成不变。为了使这新鲜的活动始终不衰地保持着它的魅力，我从此把每天的时间仔细划分一下：早上下两盘，下午下两盘，晚上再很快地复习一遍。在这之前，我每天过的日子像胶皮冻一样乱七八糟，黏黏糊糊，成天在鬼混。这一来，我每天的时间都排满了。我成天忙碌，但并不感到疲劳。因为下象棋有这样一种奇妙的优点:把全部脑力集中在一个局限得很狭窄的活动范围内,即使拼命用脑思索,也不会使人脑子萎缩,相反,只会使脑子更加灵活,更有活力。起先只不过是机械地模仿名家的棋局,渐渐地我开始对棋艺产生了一种艺术的、愉快的理解。我学会了进攻和防御的微妙之处,学会了其中的计谋和绝招。我领会了在几着棋之前预见棋势发展、早作安排、突然发起反攻的技巧。不久之后,我就准确无误地认出每一个象棋大师下棋时的个人特点,就像读诗人的诗,只消读几行就能断定作者是谁一样。开头的时候,下棋不过是为了消磨时间,现在变成一种享受,阿廖辛、拉斯克、波哥留勃夫、塔尔塔柯威尔,这些伟大的棋艺战略家们,都像亲爱的朋友一样,走进我孤独的小天地里。有了这无穷无尽的调剂,我沉寂的囚室每天都变得生气盎然。恰好因为我练习下棋,极有规律,使我原来已经受到剧烈震动的思维能力,又重新恢复正常。我觉得我的脑子又重新振奋起来,通过经常不断的思维训练甚至比以前更灵活,更机敏。尤其在审讯的时候,证明我的思路更加清晰、更加集中;我无意之中在棋盘上把抵御虚假的威胁和粉碎暗藏的奸计的本领训练得炉火纯青;从这时起,我在受审的时候再也不露任何破绽,我甚至觉得,这些盖世太保渐渐开始带着某种敬意来观察我。说不定他们暗自觉得奇怪:那么多人在他们面前都一一垮了下去,而我是从什么秘密的源泉里汲取力量,来进行这样百折不挠的抵抗的?

"我日复一日地把书上的一百五十盘棋照着棋谱有系统地下了一盘又下一盘,这段幸福的时间延续了大概两个半月到三个月。然后我出乎意料地又达到了一个死点。我突然又重新面临着一片虚无。因为我每盘棋都下了二三十遍之后,这些棋局就失去了新鲜的魅力,再也不使人感到出其不意,它们先前如此使人兴奋、如此使人激动的力量枯竭了。这些棋局我每一步都早就背出来了，再一个劲地把它们下个没完，又有什么意思？我刚走出开局第一步棋，以后的进展便仿佛自动地在我脑子里面展开，再也没有什么出人意料、令人紧张、让人思考的东西。为了使我自己有事可做，为了给我找来那早已变得不可缺少的忙碌和调剂，我实在需要另外一本印着别的棋局的书。可是既然这是完全不可能的，那么我只有一条路走出这奇怪的迷津；我不得不自己发明一些新的棋局以代替旧的棋局。我不得不设法和我自己下棋，或者说得更精确些，把我自己当作对手。

"我不知道，对于进行这种'游戏中的游戏'①的精神状况，您是否曾经设想过。但是只要粗粗一想就足以明白，下棋是一种纯粹的思维游戏，毫无偶然的因素在内，因此，自己把自己当做对手来下棋，势必是件绝顶荒谬的事情。象棋的吸引人之处，归根结底不就在于棋局的战略是在两个不同的脑子里按照不同的思路发展起来的吗。在这场智斗的过程中，黑方根本不知道白方将有什么军事动作，而是一刻不停地设法去猜测并且破坏白方的作战意图，而与此同时，白方也力图抢先一步，对黑方的秘密意图采取相应的措施。如果现在黑方和白方同是一个人，那么就出现了一种非常反常的情况，那就是说，同一个脑子同时既要知道这件事，又要不知道这件事。这个脑子作为白方在起作用的时候，要能够奉命完全忘记它在一分钟之前作为黑方所想达到的目的和所想做的事情。这样一种双重的思维事实上是以人的意识的完全分裂作为前提的，那就要求人的脑子像一部机械仪表一样，能够随心所欲地打开或者关上。所以说，想把自己当作对手来下棋，就像想跳过自己

---

① 指上文所说的自己和自己下棋。

的影子一样的不近情理。

"现在我说得简短些吧,这种荒谬绝伦、不近情理的事情,我在绝望之中竟然尝试了好几个月。为了不至于完全发疯,或者陷入智力完全衰竭的境地,我除了去干这种逆情悖理的事情之外,别无其他选择。我那可怕的处境迫使我至少尝试着把我自己分裂成黑方我和白方我,免得被我身边的一片可怕的虚无所压垮。"

B博士说到这里,朝后往躺椅上一靠,闭上眼睛达一分钟之久。他似乎想要使劲把一种使人不愉快的回忆强压下去。他的左嘴角出现了那个奇怪的抽搐,他没有能把它控制住。然后他在躺椅里又直起身子来。

"好,到现在为止,我希望我已经把一切都跟您解释得相当清楚了。可是遗憾的是,我自己也没把握,是否能把以后发生的事也同样清楚地说给您听。因为这种新的活动,要求脑子无保留地紧张起来,这就使它不能同时进行任何自我控制。我刚才已经跟您说过了,按照我的意见,自己把自己当做对手来下棋,这根本是胡闹。但是如果面前真有一个棋盘,那么干这种荒谬绝伦的事至少还有最低限度的一点机会,因为这个棋盘本身总还允许你有一定的距离,产生一种物质上互相隔离的感觉。如果坐在一张真正的棋盘前面,上面摆着真正的棋子,你至少可以安排一些时间来进行思考,你的身体可以一会儿坐在桌子的这一边,一会儿坐在桌子的那一边,以便时而从黑方的立场上,时而从白方的立场上来观察局势。但是,像我这样被迫把这些我自己反对我自己的鏖战,或者您愿意这么说的话,我自己和我自己进行的鏖战,反射到我脑子里想象的空间中去,我也就被迫在我的脑海里,把六十四个格子里的每一步棋走过之后的棋势清清楚楚地抓住,而且除此之外,不仅把暂时的棋局记住,还要算出双方各自可能要走的其他几步棋,这就是说——我自己也知道,这一切听起来是多么荒唐——我要双倍、三倍地设想,不,六倍、八倍、十二倍地设想,为了每一个我,即黑子我和白子我,都要事先想出四五步棋来。请您原谅,我竟然向您提出这样的苛求——设想一下这种疯狂的事情。在我的幻想的抽象空间里下这种象棋的时候,我作为白方的棋手必须事先算出四五步棋,同时,作为黑方的棋手,也得这样干。所以,在某种意义上说,我必须把随着棋局的发展而产生的一步步局势事先用两个脑子加以联想,用白方的脑子和黑方的脑子一起联想。但是,即便是这种自我分裂也还不是我这种莫名其妙的试验当中最危险的事情。最危险的是我这样独立无依地想出一些棋局,结果脚底下失去了实地,一下子就陷入了无底的深渊。要是单单把名家的棋局复演一遍,就像前几个礼拜我一直练习的那样,那么归根到底只不过是一种复制的过程,纯粹是把已有的物质重复一遍,这样做,并不见得比背诵诗歌、默记法律条文更吃力。这是一种有限制的、按部就班的活动,因而是绝妙的脑力练习。我在上下午各下两盘棋,变成了我的固定的作业,我毫不费劲地就完成了。它们代替了我的正常的活动,再说,万一我在下一盘棋的过程中走错了,或者不知道怎么往下走了,我总还有书可以作为依靠。仅仅因为这个缘故,这种活动对于我的已经受到震撼的神经来说才如此有益,甚至可以说起到镇静作用,因为照着棋谱下别人下过的棋局,并没有让我自己去冒风险。无论是黑方还是白方取胜,我都无所谓。在那儿争夺冠军称号的不是阿廖辛或者波哥留勃夫吗。我个人,我的理智、我的灵魂仅仅作为观局者,作为行家在那儿欣赏那些棋局的激烈转变和优美之处。可是自从我自己试图和我自己对垒之时起,我就不知不觉地开始向我自己挑起战来。两个我当中的每一个我,黑子我和白子我,都得互相争个高低,双方都野心勃勃,焦躁不安,急于取胜,急于赢棋。作为黑子我,每下一步棋,我都拼命在想,白子我将采取什么步骤。两个我当中的每一个我只要另一个我走错一步棋,就兴高采烈,而同时对于自己的失利则火冒三丈。

"这一切看上去都毫无意义,事实上,这样一种人为的精神分裂,这样一种可能引起危险的情绪激动的意识分裂,在正常的情况下,在正常的人身上是难以想象的。但是您不要忘记,我已经被人用暴力从一切正常的状态中强拉了出来,我是一个无辜遭受监禁的囚徒,几个月来被人挖空心思地用孤寂折磨着,是一个早就想把他心里积聚起来的愤怒向什么东西发泄一下的人。既然我别无所有,只有这种荒唐的自己把自己当敌手的棋戏,那么我的愤怒,我的报复心,便狂热地全都倾注到这种游戏中去了。我心里有一种东西要证明自己是对的,而我心里不是只有这另一个自我是我能够与之作战的吗,所以我在下棋的时候简直达到一种癫狂的激动的程度。起先我还心平气和、深思熟虑地进行思考,在两盘棋之间我还安排些休息时间,歇一歇,松口气;但是渐渐地,我那激动的神经不容我再等。白子我刚走一步,黑子我就已经起劲地抢着走了。一盘棋刚下完,我就向我自己挑战,下另一盘,因为每一盘棋下棋的两个我总有一个我被另一个我所战胜,于是便要求再杀一盘报仇雪恨。我永远也说不清楚,连说个大概也不行,我在囚室里的最后几个月里,由于这种疯狂的贪得无厌的情绪,我对我自己究竟下了多少盘棋——也许上千盘,说不定更多些。这是一种我自己也无法抵御的疯魔,从早到晚我什么也不想,尽想着象、卒、车、王、a、b、c、将死和移位。我整个的身心都被逼到这些小方格里去了。下棋的乐趣变成了下棋的热情,变成一种癖好,变成一种激烈的狂怒,它不仅在我醒着的时候纠缠着我,渐渐地,也侵入到我的睡梦之中。我脑子里只能想棋,只能思考棋子的运动,象棋的问题。有时我醒过来,额上汗津津的,我发现,我甚至在睡梦中大概也在下意识地下棋,要是我梦见人,那么这些人也跟车、象一样地移动,也跳着马步或进或退。甚至于把我叫去审讯的时候,我也不再能头脑清醒地想到我的责任;我觉得,在最后几次审讯中,我一定说话相当颠三倒四,语无伦次,因为审判官们不时莫名其妙地面面相觑。可是实际上,在他们盘问并且商量的时候,我简直怀着迫不及待的心情,只等着他们再把我带回到我的囚室里去,好让我继续下棋,下我那疯狂的棋,重新下一盘,再下一盘,再下一盘。每一次中断我都觉得是个干扰。甚至看守来打扫囚室的那一刻钟,他给我送饭来的两分钟,也使我那热狂的焦躁心情备受折磨。有时候一直到晚上,那盛着午饭的饭盆还搁在那儿动也没动。我下棋下得连吃饭也忘了。我肉体上唯一能够感觉到的乃是可怕的干渴;大概不停地思索、不断地下棋早已使我上火了吧;我两口就把水瓶给喝干了,逼着看守给我多打点水,可是隔了一会儿,我又觉得口干舌燥。最后,我下棋的时候——我从早到晚什么事情也不干了——我的情绪激动到这种地步,我都不能安安静静地坐上片刻;我一面考虑棋局,一面不停地走来走去,棋局越到见分晓的时候,我就走得越快。赢棋、取胜、把我自己打败的欲望渐渐变成一种狂怒。我焦躁得浑身哆嗦,因为我身上一方的我总嫌另一方的我走得太慢。一个就催另一个快下;您也许会觉得非常可笑:要是我身上的一个我觉得另一个我回手不够快,我就开始骂起我自己来了:'快点,快点!'或者'走啊,走啊!'——我现在自然非常清楚,我的这种状况已经完全是一种精神上过分紧张的病兆,我找不到别的名字来表示,只好给它一个迄今为止医学上还不知道的术语:象棋中毒。最后,这种偏执性的疯狂不仅开始袭击我的头脑,也开始侵袭我的身体。我日益消瘦,睡眠不安稳,常做乱梦;每次醒过来,我都得特别使劲,才能睁开我那像铅一样沉重的眼皮;有时候我觉得自己虚弱到了极点,我的手哆嗦得杯子都拿不起来,我得费好大的劲才能把杯子送到嘴边;但是,一开始下棋,我就从心里涌出一股狂野的力量:我双手紧握着,走来走去,我有时好像隔着一层红雾听到我自己的声音,只听见它沙哑地恶狠狠地冲着自己大喊:'将军!'或者'将死了!'

"这种令人毛骨悚然的难以形容的状况是如何变成危机的,我自己也说不上。我所知道的全部情况就是,有一天早上我醒来,感觉和平时不一样。我的身体似乎和我自己脱离了,我躺着,软绵绵的,很舒服。几个月来我从来没有过的一种惬意的疲劳感压在我的眼皮上,又温暖,又舒服,我一时竟下不了决心把眼睛睁开。我醒着又躺了几分钟,再享受一下这种沉重的麻木状态,感官愉快地毫无知觉,人懒洋洋地躺在那儿。我突然发现,好像听见身后有声音,有活人的声音在那儿说话。您没法想象我的喜悦,因为我几个月来,将近一年来除了从审判席上传来的生硬、刺耳、凶狠的话语以外,没有听见过别的话。我对我自己说:'你在做梦!千万别把眼睛睁开!让这个梦再延长一会儿,要不然你又要看见你身边的那间该死的囚室、椅子、洗脸架、桌子和那花纹永远不变的糊墙纸。你在做梦——接着做下去吧!'

"但是好奇心还是占了上风。我慢慢地小心翼翼地睁开眼睛。真是奇迹:我躺在另外一个房间里,这房间比我旅馆里的那间囚室大得多,宽敞得多。窗户上没有铁栏杆,阳光可以畅通无阻地照进屋来,窗外不再是一堵隔火的砖墙,透过窗户可以看见绿树在迎风轻摆,雪白的墙壁光滑锃亮,我头上的天花板又白又高——可不是真的,我躺在一张陌生的崭新的床上,这的确不是一场梦,在我床后有人在低声耳语。我在惊讶之中想必不由自主地猛烈动弹了一下,因为马上我就听见有脚步声走近我的床头。一个女人步履轻盈地走了过来,一顶白帽子扣在头发上,这是个看护,是个护士。一阵喜悦的痉挛透过我的全身:我整整一年没有看见过一个女人了。我目不转睛地凝视着这个清秀的身影,我的眼光一定非常狂野兴奋,因为走过来的这个护士使劲地安慰我:'安静点!请您安静点!'可我只是竖起耳朵听她的声音——这不是一个人在那儿说话吗?难道世界上的确还有一个不审问我、不折磨我的人吗?再说——这可真是不可思议的奇迹!——这还是一个柔和的、温暖的、简直可说是温柔的女人的声音。我贪婪地望着她的嘴,因为过了一年地狱生活,我都觉得一个人跟另一个人说话还会这么和蔼可亲简直是不可能的。那个护士冲着我微笑——是的,她在微笑,世界上还有人会亲切地微笑,然后她把食指放在嘴唇上表示叫我别作声,又轻手轻脚地走开了。但是我不能听从她的命令。这个奇迹我还没有瞧够呢。我使劲地想在床上撑坐起来,看看她,看看这个和蔼可亲的具有人形的奇迹。但是,我正想要在床边支起身子,却支不起来。原来我的右手,手指和手腕那儿,现在是挺大挺胖的一个白鼓包,显而易见我的右手给绷带厚厚地包扎了起来。我起初望着我手上这个白白的肥肥的陌生东西,莫名其妙,然后慢慢地开始明白我在哪儿,并且开始苦思苦想,我可能遭遇到了什么不幸。一定是他们把我打伤了,或者我自己把手弄伤了。我现在是躺在医院里。

"中午大夫来了,是位和和气气的上了年纪的老先生。他知道我们家族的姓氏,并且满怀敬意地提到我那当御医的叔叔,所以我立刻感到,他对我是一片好心。接着在谈话的过程当中,他向我提了各式各样的问题,其中之一尤其使我惊讶:他问我是数学家还是化学家。我说都不是。

"'奇怪,'他嘟囔着说,'您在昏迷中老是大声喊着一些稀奇古怪的公式——什么 c_3,c_4。我们大家听了都不知所云。'

"我便向他打听,我到底出了什么事。他异样地微微一笑。

"'不是什么严重的问题。无非是神经的急性错乱,'然后他小心翼翼地环顾一番,低声补充了几句,'话说回来,这也是非常可以理解的。在三月十三日①之后,是不是?'

"我点了点头。

"'用这种办法待人,不发疯才怪呢,'他喃喃地说道,'您并不是第一个。不过您不用担心。'

"我从他向我低声耳语进行安慰的样子,再看到他那好心抚慰的目光,我知道,我在他这儿是十分安全的。

"两天以后,这位善良的大夫相当坦率地告诉了我事情的全部经过。看守听见我在囚室里大叫大嚷,他起先以为,有人闯进了我的囚室,我正在跟那人吵架。可是等他在门口一露面,我就马上向他扑了过去,冲着他狂呼乱叫,听上去就像是:'你走一步啊,你这个恶棍,你这个胆小鬼!'嚷着嚷着我就想卡他的脖子,最后我对他的攻击如此凶猛,他不得不大叫救命。他们在我狂怒的情况下拖着我去找大夫检查身体,我突然挣脱他们,扑向走廊里的窗口,一拳打破了窗玻璃,同时把手割破了——您看这儿还有深深的伤疤。开头几夜我在医院里完全是在发烧昏迷的情况下度过的,可是现在他觉得我的神志已经完全清醒了。'当然,'大夫轻声补充了一句,'这点我最好还是不要向这些老爷们报告为妙,要不然,他们到末了又要把您带回到那儿去。您对我放心好了,我将尽力而为。'

---

① 一九三八年三月十三日,法西斯德国并吞奥地利,德军进入奥国境内。

"这位乐于助人的大夫究竟向那些折磨我的人报告了一些关于我的什么情况,我不得而知。反正他达到了他想达到的目的:把我释放。可能他说我已经精神失常,也说不定在这期间,我对于盖世太保已经变得无关紧要,因为希特勒已经占领了波希米亚①,这一来对他而言,奥地利问题已经彻底了结了。所以我只需要签字保证,在两星期内离开我的祖国。这两个礼拜我忙着办理上千个手续,这是今天②一个从前的世界公民出国旅行所必须办理的——要弄到军事机关和警察局的证明,要缴税,要领取护照、出境签证、健康证明,结果我毫无时间去对往事多加思索。看来在我们脑子里有一些神秘的力量在起着调节作用,自动把那些对于我们的心灵来说会变得有害而危险的东西予以排除,因为每次我想回忆我在囚室中度过的那段时间,我的脑子就糊涂起来。一直到好几个星期之后,真正说起来是到这船上之后,我才重新找到了勇气去思考我到底遭遇到了什么事情。

"现在您会理解,为什么我在您的朋友们面前举止如此不当,甚至使人莫名其妙。我只是完全碰巧信步踱进吸烟室,看见您的朋友们坐在棋盘前下棋。我不由自主地感到,由于惊讶和害怕,我的脚好像生了根似的钉在那里。因为我已经忘得一干二净,居然可以坐在一张真正的棋盘前面用真正的棋子下棋。我忘得干干净净,下棋的时候居然是两个完全不同的人活生生地面对面地坐着在下。我的的确确花了好几分钟才想起,这些棋手在那儿干的事,归根结底也就是我在一筹莫展的情况下有几个月之久,自己把自己当作对手试着进行的那种游戏。在我那艰苦卓绝的练习中使用

---

① 波希米亚为捷克的旧称。
② B博士讲述这个故事是在德国侵占奥国之后不久,所以说"今天",表示时间很近。

的字母和数字,实际上只不过是些代用品,是这些骨质的棋子的符号。我很惊讶地发现,棋子在棋盘上的移动就跟我脑海里想象中的棋子移动是一回事。这种惊讶大概和天文学家的惊讶相仿佛:天文学家用极端复杂的方法在纸上计算出一颗新的行星的位置,结果抬头一看,果然在天上发现一颗晶莹明亮的具有实体的星星。我像被磁铁吸引住了似的,凝视着棋盘,看见我的图表——什么马啊,象啊,王啊,后啊,卒啊在那儿都成了真正的棋子,全是木头刻的。为了看到全局的位置,我先得把这些棋子从数目字代替的抽象棋盘转移到灵活的、有棋子在来回移动的真正棋盘上来。好奇心渐渐压倒了我,我想看一看这样一盘真正有两个棋手对垒的棋戏。于是发生了那不愉快的事情:我忘记了一切礼貌,竟干预了您们的棋局。不过您的朋友走错的那步棋像刀扎似的刺进了我的心。我拦住他,这纯粹是一种本能的行动,是一时冲动之举,就像人家看见一个小孩俯身趴在栏杆上,会不假思索地把他抓住一样。一直到后来我才清楚地意识到,我这样冒昧行事,是多么的失礼。"

我赶忙向 B 博士保证,我们大家经过这次偶然事件得以和他结识,心里是多么高兴,对我来说,听了他刚才向我讲的这番话,要是明天在这场临时决定举行的比赛中能看见他下棋,将是加倍有趣的事情。B 博士做了一个局促不安的动作。

"别这样,请您的确不要对我指望太多。这次比赛对我来说只不过是一个试验……试试看,我是不是……我是不是确实能够下一盘正常的棋,一盘在真正的棋盘上用具体的棋子跟一个活人做对手下的棋……因为我现在越来越怀疑,我下过的那几百盘,说不定几千盘棋,是否真是合乎规矩下的棋,而不仅仅是一种梦中象棋,热病象棋,一种热昏时的游戏,在进行这种游戏时就像在梦中一样,好多中间阶段都是一跃而过的。但愿您不是当真向我提出这样的奢求,要我狂妄地认为可以向一位象棋大师,甚至是世界上第一号种子挑战。使我感兴趣的、暗暗吸引我的,只是一种事后的好奇心,我想断定一下,我当时在囚室里干的事究竟是在下象棋,还是已经在发疯,我当时是正好处在危险的暗礁前面,还是已经越过了这块危险的暗礁,仅此而已,别无其他目的。"

这时从船尾响起了锣声,招呼乘客去吃晚饭。我们大概聊了近两个小时。B博士把他的身世讲得要比我在这儿概括的详尽得多。我向他衷心表示感谢,然后向他告辞。可是我沿着甲板走了没几步,他又追了上来,显然焦躁不安地,甚至有些结结巴巴地补充了几句:

"还有一件事!请您事先向这些先生们讲清楚,免得我到时候显得失礼:我只下一盘……下这盘棋只不过是为了把旧账一笔勾销——是对往事的彻底了结,而不是重新开始。……我不愿再一次陷入这激烈的象棋热狂,我现在回想起来总要不寒而栗……再说……再说当时大夫也警告过我……十分明确地警告过我。每一个患过偏执狂的人,是永远受到伤害了。得过'象棋中毒'的人,即使已经治好了,最好也不要靠近棋盘……所以您明白我的意思——就下这一盘为我自己做个试验,再也不多下。"

第二天下午三点,一到约定时间,我们都准时聚集在吸烟室里。我们这群人又增加了两个棋艺爱好者,这是船上的两位军官,他们特地请了假不上班,来看这次比赛。琴多维奇也没有像前一天那样姗姗来迟。按照规定挑选了棋子的颜色之后,这场无名氏①对大名鼎鼎的世界冠军的值得纪念的比赛便开始了。我感到

---

① 原文为拉丁文。

可惜的是,这盘棋仅仅是为我们这些完全没有判断力的观众在下,棋局进展的过程对于象棋年鉴就像贝多芬的钢琴即兴曲对于音乐来说,同样是永远散失了。虽说我们在以后几个下午,大家一起设法根据回忆来恢复这盘棋,但是白费力气;也许我们在棋局进行的时候,过于热情地注意了两个棋手而没有注意棋局本身。因为这两个对手在举止仪态上那种智力上的差异,在棋局进展的过程中变得越来越明显。琴多维奇这位久经沙场的名手,在整个这段时间内一动不动,活像一块岩石,两只眼睛耷拉下来专注地、死死地盯着棋盘;在他身上,沉思似乎是一种肉体上的使劲,迫使他全部器官都高度集中起来。B博士则相反,举止轻松潇洒,落落大方。从业余爱好者(Dilettant)这个词的最优美的含义来说,游戏的时候,是应该得到 dilett①,应该得到快乐的,所以B博士作为一位真正的业余爱好者,他的身体完全放松,在开头几步棋间歇的时候,他和我们一边聊,一边解释,轻快地点燃一支香烟,只有在轮到他走的时候才往棋盘看上一分钟。他每次都给人这种印象,仿佛对方走的棋早在他意料之中。

开局例行的几步棋走得相当快。一直走到第七步或者第八步棋的时候,才看出一点眉目,好像有一个预定的计划在展开似的。琴多维奇考虑的时间越来越长;我们由此看出,真正争夺优势的战斗现在开始了。但是说实话,局势的逐渐演变就像每次真正比赛中的棋局一样,对我们这些外行来说,是令人相当失望的事情。因为各个棋子互相交错越来越形成一个特殊的图案,那么对于我们来说,真正的局势如何,也就越来越难以参透。我们既看不出这个对手的意图是什么,也看不出那个对手的目的何在,更弄不清楚,

---

① 意大利文:快乐、愉快。

这两个对手当中究竟是谁真正处于有利地位。我们只发现,个别的棋子像撬杠似的向前移动,想把对方的阵线打开一个缺口,但是这样走来走去的战略意图是什么,我们却无法理解,因为这些高明的棋手下棋,每走一步都要预先看出好几步棋。另外渐渐地再加上一种使人瘫痪的疲劳,这主要怪琴多维奇考虑起来没完没了,这显然也开始使我们的朋友恼火起来。我忐忑不安地注意到,这盘棋拖的时间越长,他就开始越来越坐立不安,在椅子上扭来扭去,时而神经质地一支接一支地抽着香烟,时而抓起铅笔,记点什么。然后他又要矿泉水,急急忙忙地把水一杯接一杯地灌了下去,显然,他对棋局的联想比琴多维奇快一百倍。每次琴多维奇没完没了地考虑之后,下定决心,用他笨重的手把一个棋子往前一挪,我们的朋友便微微一笑,就像一个人看见期待已久的一件事情终于发生了一样,他马上就回了一步棋。他的脑子转得极快,一定早就把对方的一切可能性都预先算了出来;因此,琴多维奇考虑一步棋的时间拖得越长,B博士也就越不耐烦。在他等的时候,他的嘴唇紧闭,显出一副生气的、几乎是敌意的神气。但是琴多维奇一点也不着急。他顽强地思索着,一声不吭,棋盘上的棋子越少,他停顿的时间就越长。走到第四十二步棋的时候,足足过了两个钟头零三刻钟,我们大家坐在棋桌旁边已经精疲力竭,简直对棋局都有点无动于衷了。船上的军官已经走了一个,另外一个拿了一本书在看,只有在双方移动棋子的时候他才抬起眼睛,瞅上一眼。可是这时候,琴多维奇走了一步棋,便突然发生了出人意料的事情。B博士一看见,琴多维奇拿起马准备往前跳,他就像猫跳起来之前那样地缩起身子。他的全身开始哆嗦起来;琴多维奇一跳马,他就猛地把后往前一推,得意洋洋地大声说道:"好!这下完了!"说着把身子往后一靠,两臂在胸前一抱,用挑衅的眼光直视着琴多维奇。突然在他的瞳孔里燃烧着炽热的光芒。

我们大家都情不自禁地弯下身去看那棋盘，想弄明白如此洋洋得意地宣告的这一着棋。乍一看去，看不出什么直接的威胁。这么说，我们朋友的这句话一定是指棋局的发展而言，我们这些脑子迟缓的业余爱好者一时还算不出来。在我们当中，只有琴多维奇一个人听了那句挑衅性的宣告一动不动；他纹丝不动地坐在那儿，仿佛"这下完了"这句侮辱人的话他压根儿没有听见似的，一时毫无反应。我们大家都屏息静气，只听见放在桌上用来计时的怀表的嘀嗒声。过了三分钟、七分钟、八分钟——琴多维奇一动不动了，可是我觉得，似乎有一种内在的紧张使他那厚厚的鼻孔张得更大了。看来我们的朋友似乎也跟我们一样，觉得这种默默的等待难以忍受。他突然猛地一下子站起身来，开始在吸烟室里踱来踱去，起先走得很慢，渐渐快起来，越走越快。我们大家有些惊讶地望着他，但是谁也没有像我这样焦急不安，因为我注意到，他的步子尽管很急，可总是在一定的范围内来回；就仿佛他在这个空荡荡的房间里每次都碰到一堵看不见的栏杆，迫使他转身往回走。我汗毛直竖地发现，他这样走来走去不知不觉中画出了他从前囚室的大小：在他囚禁的那几个月里，他一定恰好也是这样两只手一个劲地抽筋，缩着肩膀，像个关在笼子里的动物似的，奔过去奔过来；他在那儿一定是这样上千次地跑来跑去，在他那僵直而又发烧的眼光里闪烁着疯狂的红色的火焰。但是他的思维能力似乎还没有受到伤害，因为他不时地把脸转向桌子，看琴多维奇在这段时间里做出决定没有。过了九分钟，过了十分钟。这时终于发生了我们当中谁也没有料到的事情。琴多维奇缓缓地举起他那笨重的手，这只手本来一直一动不动地放在桌上。我们大家都十分紧张地看着他将做出什么决定。可是琴多维奇没有走棋，而是翻过手来,用手背果断地一下子把所有的棋子慢慢地从棋盘上扫了出去。过了一阵我们才明白:琴多维奇放弃这盘棋了。为了不至于在我们面前明显地被人将死,他投降了。不可思议的事终于发生了:世界冠军、无数次国际比赛的锦标获得者,在一个无名氏、一个二十年或者二十五年没有摸过棋盘的人面前,降下了他的旗帜。我们的朋友,这位隐姓埋名的陌生人,在公开的战斗中战胜了世界上最厉害的象棋名手!

我们自己也没感觉到,大家在激动之余都一个个站了起来。我们每一个人都有这种感觉,得说点什么,或者干点什么,来发泄一下我们的惊喜之情。只有琴多维奇一个人安坐不动,始终保持镇静。过了好一会儿,他才抬起头来,用他那呆滞的眼光望着我们的朋友。

"再下一盘吗?"他问道。

"那还用说。"B博士兴高采烈地回答道。我听了感到颇不舒服。我还来不及提醒他有言在先:只下一盘,绝不多下,他就已经坐了下来,急匆匆地把棋子又重新摆好。他的动作是如此之猛,以至于有一个卒子两次从他索索直抖的手指缝里滑落到地上。看见他这种极不自然的激动模样,我早就觉得心里难过,很不自在,此刻这种心情发展成为一种担心害怕。因为这个原来如此文静、如此安详的人现在明显地变得极度兴奋,他嘴角抽搐得越来越频繁,他的身体好像患了一场严重的寒热症,索索地抖个不住。

"别下了!"我在他耳边低声说道,"现在别下了!今天就到此为止吧!这对您来说太费劲了。"

"费劲!哈哈!"他大声地恶狠狠地笑道,"要是不这么磨蹭,我这段时间里都可以下了十七盘了!我唯一觉得费劲的是,用这种速度下棋得设法不让自己睡着!——好!现在您开棋吧!"

最后这几句话他是用一种激烈的似乎粗鲁的口气对琴多维奇说的。琴多维奇心平气和、不慌不忙地看了他一眼,他那呆滞的目光有点像一只握紧的拳头。一下子在这两个棋手之间出现了一种新的东西:一种危险的紧张气氛,一种强烈的仇恨。他俩不再是两个打算游戏似的互相显显本事的棋友,而是两个发誓要把对方消灭的仇敌。琴多维奇走出第一步之前,犹豫了很长时间,我明显地感到,他是故意拖这么长时间的。这位训练有素的战略家已经看出来,他恰好可以通过出棋缓慢,使对方精疲力竭、火冒三丈。所以他花了起码四分钟的时间,才用最普通最简单的方式把棋局打开,那就是把王前卒照通常的走法往前挪了两格。我们的朋友立刻把他的王前卒迎了上去,但琴多维奇马上又没完没了地停顿下来,简直叫人难以忍受;就像一道强烈的闪电过后,大家心惊肉跳地等着霹雳打来,可是霹雳始终不来。琴多维奇坐着纹丝不动。他思索再三,静静地,缓缓地,我越来越清楚地感觉到,他慢得非常恶毒;可是这一来,他可给了我足够的时间去观察 B 博士。B 博士刚把第三杯水灌了下去;我不禁想起他告诉过我,他在囚室里就像发烧似的干渴难耐。他身上已经明显地表现出一切反常激动的征兆。我发现他的额头沁出了汗珠,他手上的伤疤比原来显得更红、更深。但他还控制住自己。一直到第四步棋,琴多维奇还是这样无止境地考虑,B 博士就失去了自制,他突然冲着琴多维奇嚷了起来:

"您倒是走一步啊!"

琴多维奇抬起头来,冷冷地看了他一眼。"据我所知,我们有约在先,每一步棋的思考时间是十分钟。我原则上不用更短的时间下棋。"

B 博士咬了咬嘴唇;我发现,他的脚后跟在桌子底下越来越焦躁不安地敲打着地板。我自己也不由地变得更加神经质,我被一种预感所苦恼,怕他身上正酝酿着一种什么荒唐的东西。果然下到第八步又发生了一场小小的风波。B博士等着等着,越来越失去自制,再也没法控制住自己内心的紧张情绪;他坐在椅子上摇来晃去,开始不自觉地用指头在桌子上敲打起来。琴多维奇又一次抬起他那沉重的粗壮的脑袋。

"我可以请您别敲桌子吗?这妨碍我。这样我是没法下棋的。"

"哈哈!"B博士短促地笑了一声,"这点大家都看见了。"

琴多维奇的脸涨红了。"您这话是什么意思?"他语气尖锐而凶狠地说道。

B博士又一次短促而恶毒地笑了笑:"没什么,我只不过想说,您显然十分神经质。"

琴多维奇不吭气,把头低了下去。

一直过了七分钟他才走了下一步棋,这盘棋就以这种慢得要死的速度拖拖拉拉地进行着。琴多维奇似乎越来越变成一尊石像;到末了他总是用满了规定的思考时间,才决定走一步棋。从一个间歇到另一个间歇,我们朋友的举止变得越来越奇怪。看上去,他似乎根本不再关心他下的这盘棋,而是在想着完全与此无关的另外一件事情。他不再急匆匆地跑来跑去,而是一动不动地坐在他的位子上。他的眼光发直,甚至有些迷惘,呆呆地注视着前方,他一刻不停地喃喃自语,说了些莫名其妙的话。要么他沉浸在无穷无尽的棋局联想之中,要么他——这是我内心深处的怀疑——在构想另外一些棋局,因为,每一次琴多维奇终于走出一步棋之后,别人总得要提醒他,才能把他从心不在焉的神情中唤回来。然后他总是只花一分钟时间,来重新辨明局势;我越来越怀疑,他的精神病已经以这种文静的形式发作起来,他也许早就把琴多维奇和我们大家都忘得一干二净,这种精神病很可能会突然以某种激烈的形式爆发出来。果然,下到第十九步棋的时候,危机爆发了。琴多维奇刚一挪动他的棋子,B博士也没好生往棋盘瞧一眼,便突然把他的象往前进了三格,然后大叫起来,把我们大家都吓了一跳。

"将!将军!"

我们大家满心以为他走了一步绝棋,立刻都注视着棋盘。但是一分钟之后,发生了我们谁也没有料到的事情。琴多维奇非常、非常缓慢地抬起头来,把我们这群人挨个看了一遍——在这以前他从来没有这样看过我们。他似乎是在充分享受什么东西,因为在他的嘴唇上渐渐地泛出一个心满意足的、显然带有嘲讽意味的微笑。一直等到他把这个我们仍然莫名其妙的胜利充分享受之后,他才以一种虚伪的礼貌冲着我们说道:

"很遗憾——可是我还不明白怎么个'将'法。也许诸位先生当中有谁看出我的王被将军了吧?"

我们大家看了看棋盘,然后又以不安的心情看看B博士。琴多维奇的王格果然——这是每个孩子都看得出来的——有一个卒子保护着,丝毫不受象的威胁,所以他的王不可能被将军。我们大家都不安起来。莫非我们的朋友一性急把一个棋子走偏了,走得远了一格还是近了一格?我们一沉默倒引起了B博士的注意,现在他也注视着棋盘,开始激烈地结结巴巴地说道:

"不过王是应该在 f_7 上面啊……他位子错了,完全错了。您走错棋了!这个棋盘上所有的棋子都站错位子了……这个卒应该在 g_5 上而不该在 g_4 上……这完全是另外一盘棋……这是……"

他突然住口了。我使劲地抓住他的胳臂,或者不如说,我狠狠地掐了一下他的胳臂,这样,他即使在发烧似的慌乱之中也还会感觉到我在掐他。他转过脸来,像个梦游者似的凝视着我。

"您……有什么事?"

我什么也没说,只说了声"记住!"①同时用手指摸了一下他手上的伤疤。他不由自主地重复着我的动作,他的眼睛呆呆地望着那条血红的伤痕。然后他突然开始颤抖起来,一阵寒噤透过他的全身。

"我的天啊,"他苍白的嘴唇低声说道,"我说了什么蠢话,或者干了什么蠢事吧……难道我又……?"

"没有,"我向他低声耳语,"但是您必须立即停下这盘棋,现在已到紧要关头。记住大夫嘱咐您的话!"

B博士猛的一下子站起身来。"我请您原谅我的愚蠢的错误,"他又用他原来那种彬彬有礼的声音说道,并且向琴多维奇鞠了一躬,"我刚才说的话,当然纯粹是胡言乱语。不言而喻,这盘棋是您赢了。"然后他又向我们说道,"诸位先生,我也得请求您们原谅。不过我事先已经警告过您们,不要对我指望过多。请诸位原谅我出丑——这是我最后一次尝试着下象棋。"

他鞠了一躬就走了,那神气就跟他最初出现的时候一样谦虚而又神秘。只有我一个人知道,为什么这个人这辈子再也不会去摸棋盘,而其余的人都有些精神恍惚地留在那儿,心里模模糊糊地感觉到,刚才差一点卷入了一桩极不愉快的危险事件。"该死的笨蛋!"②麦克柯诺尔失望之余嘀嘀咕咕地骂了一句。最后一个从椅子上站起来的是琴多维奇,他还向那盘下了一半没有下完的残棋瞥了一眼。

---

①② 原文为英文。

"真可惜,"他宽大为怀地说道,"这个进攻计划安排得不算坏啊。作为一个业余爱好者来说,这位先生实在是个极不寻常的天才。"

(1941)

(张玉书 译)

既相同又不同的两姐妹[*]

　　一座南欧城市的某地,这座城市的名字我还是不说出来的好,我从小胡同里一拐出来,一栋早期风格的气势雄伟的建筑物便突然出现在我面前,两个巨大的塔楼耸立其上,它们的式样完全相同,在夕阳照耀下一个看上去就像是另一个的影子。这不是一座教堂,恐怕也不会是在早已被人遗忘的年代里建造的一座宫殿吧;我感到这像一座修道院,可是从它所占有的宽阔场地却又像一座世俗建筑物,反正辨别不清到底是什么。于是,我彬彬有礼地摘下帽子,冒昧地向一个正在一家小咖啡馆的平台上喝一杯淡黄色酒的面色红润的市民打听这座如此巍峨地耸立于低矮房舍之上的建筑物的名称。这位从容饮酒者惊奇地抬起头,随后便慢慢地、美滋滋地露出微笑,回答我说:"我不能给您作出确切的回答。城市地图上标的可能不一样,但我们还一直沿袭旧时的说法:姐妹楼,也许是因为这两个塔楼相互酷似吧,但是也许,因为……"他顿住并小心地敛住笑容,仿佛想先证实一下我的好奇心是否已被煽动起来。他这样欲言又止,反倒勾起了我的好奇心——就这样,我们交谈了起来。我乐意听从他的要求,试着喝一杯这种带涩味的金灿

---

[*] 本篇于一九四五年在斯德哥尔摩的贝尔曼·菲舍尔出版社的《传说集》中首次发表。

灿的酒。在我们面前,塔楼的尖顶在慢慢明亮起来的月光照耀下梦幻般地发着亮光。我觉得这酒的味道醇和,在那个温和的晚上,那则既相同又不同的两姐妹的小小传奇也显得别有风味,这则传奇是他讲给我听的,在这里我尽可能忠实地将它复述出来,即便我不敢对它的历史真实性作出担保。

特奥多西岛国王招募的军队被迫在阿克维塔尼亚地区当时的首府建立冬营地美美地休整一段时间之后,劳顿不堪的军马皮毛又光溜起来,而士兵们则感到无聊了。这时,名叫黑里伦特的骑兵队长,一个伦巴德族人,他竟爱上了一个在那座城市的市郊偏僻小巷兜售香料和蜂蜜甜面包的漂亮女商贩。他如痴如醉地陷入热恋之中,为了赶快把她搂在怀里,他竟不顾她出身低微,急急忙忙和她结了婚,和她一道搬进集市广场上的一所宅邸里去居住。他们在那里隐居了好几个星期,相互如胶似漆,忘记了旁人,忘记了时间,忘记了国王和战争。但就在他们沉浸在甜蜜的爱情之中、情意绵绵欢度良宵的当儿,时光却没有打瞌睡。蓦地从南方吹来和风,这股暖流扫过之处,江河解冻,草地上轻风徐徐,藏红花和紫罗兰便绽开斑斓的蓓蕾。一夜之间树木泛出嫩绿,冻僵的树枝湿乎乎的骨节上吐出新芽,春天从雾气腾腾的大地上浮现,和它一道,战争烽烟也滚滚升起。一天早晨,门铃声专横而急促地响起,把恋人们从晨梦中惊醒:国王的一个使者命令他的队长整装待发。营地里鼓声喧天,风吹得军旗哗啦啦响,不一会儿集市广场上便响起一片上了鞍子的马匹发出的咔嗒咔嗒声。于是,黑里伦特迅速挣脱他那冬季妻子柔软的胳臂的搂抱,因为不管他的爱情多么炽热,他心中男儿要上战场博取功名的烈焰烧得更旺。他对她的眼泪无动于衷,对她想陪伴他出征的愿望置之不理,他将妻子抛弃在空荡荡的房屋里,和大队人马一道奔赴毛里塔尼亚而去。他连打七个胜仗,制伏了敌人,彻底扫荡了萨拉逊人①的老窝,摧毁了他们的城市。大军所向披靡、一路抢掠直达海岸,他不得不在那里雇海员、租战船,以便将战利品运送回家,他的战利品多得堆积如山。从没见过如此迅速地取得胜利,从没见过如此闪电般地完成远征。难怪国王为感谢这位勇敢的斗士,竟将被征服国的北方和南方赐给他做采邑,国王只征收低微的息金。这样,迄今一直戎马倥偬的黑里伦特本来完全可以安享清福、一辈子享受荣华富贵。然而,这迅速获得的收益没有缓解反倒更刺激了他的功名心。他利令智昏竟不甘心称臣,不愿意向自己的主子承担纳贡的义务。从此,他觉得只有戴上王冠才和他妻子光洁的额头相称。于是,他暗中在自己的军队里煽动反国王的情绪并策划起事。然而事情过早败露,谋反没有成功。仗还没打响便被击溃,遭到教会的放逐,为自己的骑兵们所背弃,黑里伦特不得不逃进山里,当地农民为了得到高额赏金,用木棒将这个遭唾弃的人在睡梦中打死。

就在国王的密探在那座谷仓的草堆里找到这个叛逆者血淋淋的尸体,撕扯下他身上的饰物和衣服,接着将那赤裸的身体扔进兽尸坑的时候,对他的毁灭毫不知情的妻子,在府邸的锦缎床上生下了一对双胞胎,两个女孩;在市里众多新生婴儿中她们俩由主教亲手施洗礼命名为海伦和索菲娅。钟楼里的钟还在轰鸣、银白色高脚酒杯还在宴席上叮当作响,黑里伦特叛乱和死于非命的消息便猝然而至,随后又迅速传来第二个消息:国王按惯例将叛逆者的房屋和财产收归已有。就这样,漂亮的女商贩刚刚坐满月子便不得不在短期辉煌之后又身穿旧薄羊毛衣回到城市底层有腐烂气味的小巷里,所不同的仅仅是,如今她还把两个幼小的孩子和万般失望

---

① 萨拉逊人,欧洲中世纪对阿拉伯人的称呼,后泛指伊斯兰教教徒。

与苦涩一起带到她的悲惨生活中来了。她又从早到晚坐在她铺子里的矮木凳上,向街坊邻里兜售香料和加蜂蜜的甜食,在将可怜巴巴挣得的几个铜板揣进怀里的同时,还常常不得不听些讥诮挖苦的话。忧伤迅速熄灭了她眼中那明亮的光芒,她的头发早早变成了灰白色。然而,这一对可爱的孪生姐妹的聪明活泼和特殊的妩媚,不久便补偿了她的贫困与厄运。她们俩继承了母亲的绝色美貌,在身材和言谈优雅方面是那样相互酷似,以致人们竟误以为,这是一个可爱的形象当作活镜子照出了另一个可爱的形象。不但外人,甚至连自己的母亲也辨别不清这两个年龄相同、身材相同的女儿,分不清海伦和索菲娅,她们简直是毫无二致。于是,她让索菲娅在臂上扎一条廉价的亚麻布带子,以便让人一见这个标记便可将她和妹妹区别开。但是如果她只听她们的声音,或者只看她们的脸,那么,她便总是摸不着头脑,不知道该用哪一个名字来称呼这两个长相酷肖的孩子。

但不幸的是,这一对孪生姐妹既继承了母亲的花容月貌,也继承了父亲那种极大的虚荣心和权势欲,她们中的每一个都力求在各方面超过对方,进而还要超过所有的同龄人。在她们的童年,一般孩子在那个年龄都无所用心、毫无邪念地戏耍,这两人就已经事事处处钩心斗角、互不相让。倘若一个陌生人喜欢其中一个孩子妩媚可爱,给她的手指戴上一枚漂亮的小戒指,却没将同样的礼物赠给另一个,那么,母亲就会看到受轻慢的女儿伸直身子平躺在地板上,牙齿咬住僵硬的拳头,鞋跟狂怒地猛烈敲击地板。一个受到一声称赞,得到一次爱抚,做成了一件事,另一个就受不了。虽然她们互相酷似得让左邻右舍戏称她们是小镜子,可是她们各不相让,整日价胸中燃烧着熊熊的妒火。母亲徒劳地试图遏制这种不顾手足情谊的极端的虚荣心,徒劳地试图松弛她们你争我夺的这根绷得太紧的弦;后来她不得不承认,这里有一笔招灾惹祸的遗产正在孩子们尚不成熟的形态中继续滋长,满腔忧愁中她可以聊以自慰的是,恰恰多亏了这种持续不断的你争我斗,姑娘们不久便成为她们这个年龄段里最机智敏捷、最精明能干的人。因为不管一个学习什么,另一个马上跟着学,急不可耐地要胜过她。由于她俩心灵手巧,很快就学会了各种有用和有吸引力的女性技能,诸如:织亚麻布,给织物染色,镶嵌首饰,吹笛子,优雅地跳舞,写作优美的诗歌,随后又悦耳动听地和着琉特琴吟唱。最后,超出宫廷贵妇们的一般特性之外,她们甚至还学拉丁语、几何学以及更高深的哲学科学,这些学科都由一位年老的教会执事亲切友好地教给她们。不久,人们在阿克维塔尼亚就再也找不到在体态风流、举止优雅和思维敏捷上可以和女商贩这两个女儿媲美的姑娘了。不过,大概也没有谁能说得出,这两个酷肖者中的哪一个,海伦还是索菲娅,达到了尽善尽美的高度,因为无论在身材还是在思维活跃和谈吐上没有谁能将她们俩区别开来。

但是随着对文艺的爱好,随着对所有这些敏感、温柔的事物的了解——它们给灵魂和肉体以随时渴望摆脱禁锢进入情感的无穷尽境界的激情——这两个姑娘不久便在内心对她们母亲的低贱身份产生了强烈不满。每逢她们参加学院的学术讨论会,和博士们热烈讨论过各种观点后回到家里,抑或每逢她们耳畔还回响着乐曲声,从舞蹈者的圈子返回这烟雾弥漫的胡同,看到她们的母亲蓬乱着头发坐在她的香料后面,为了几块姜汁糕点或几个发霉的铜板高声叫卖直到天黑,每逢这种时候,她们总是怒气冲冲地为她们久久难以摆脱的贫困感到羞愧,而她们床铺上那个破旧草垫则锋利地摩擦着她们那在内部炽热燃烧着的、还一直保持着处女贞洁的肉体。夜晚,她们久久不能入睡,诅咒她们的命运。她们有能力在优雅和才智上胜过贵妇人,她们有资格身穿柔软的、起伏波动的衣裳、浑身珠光宝气地悠闲漫步,可是她们却被活活埋葬在这个散发霉味的腐烂洞穴里,命中注定至多给箍桶匠或者刀剑制造匠当家庭主妇。她们,她们可是大元帅的女儿,本身就因血统和盛气凌人的气势而具有王家风度。她们渴望金碧辉煌的居室和成群的仆役随从,渴望财富和权势,每逢偶遇一位贵妇身穿毛皮镶边的裘皮大衣从身旁经过,放鹰猎手和卫兵们簇拥在轿子四周,她们的脸总是因愤怒而变得像她们嘴里的牙齿那样煞白。于是,叛逆父亲的狂暴和虚荣便在她们的血液里沸腾起来。父亲同样也不愿满足于小康生活和低人一等的地位嘛。白天黑夜她们不想别的,只想着她们能以何种方式摆脱这种有失体面的生活。

这样,就发生了一件意料之外,却又是情理之中的事。一天早晨,索菲娅醒来时发现她旁边的床上是空的:海伦,她的镜中形象,她的愿望的对手,偷偷出走,一夜未归。受惊吓的母亲忧心忡忡,生怕她是被一个贵族子弟劫走了。因为那些少年中的许多个曾被姑娘们那束双重的光芒所射中,头晕目眩神魂颠倒。她慌慌张张、衣衫不整地奔到以国王名义管理城市的行政长官面前,恳求他逮住那个坏蛋。他答应了。然而,令母亲羞愧难言的是,第二天谣言就传开了,这谣言有鼻子有眼,说是海伦,这个几乎还没到结婚年龄的女孩完全是自觉自愿地和一个贵族少年私奔了。这少年为了她把他父亲的银箱和柜子全都强行撬开。一个星期以后,在这第一个信息之后飞快传来了更糟糕的信息。旅行者们纷纷讲述,这个年轻的荡妇在那座城市里和她的情人过着多么阔绰、奢侈的生活,身边簇拥着仆役、鹰隼和南欧的动物,身上穿着毛皮衣服和闪闪发光的锦缎,惹得当地所有的体面女人十分恼火。这个坏消息在众人喋喋不休的嘴里还没嚼够，一个更糟糕的消息又接踵而至：海伦厌倦了那个乳臭未干的纨绔子弟，刚花光他口袋里的钱，便去了老耄的司库大人府上，出卖自己年轻的肉体以换取新的奢侈，并且正在无情地掠夺那个迄今一直一毛不拔的人。过了不多几个星期，在她拔光了金羽毛，将那光秃秃的老头像一只拔光了毛的公鸡那样撇下之后，她换了一个新的情人，最近为了一个更富有的人，又将这个情人抛弃。不久，真相大白于天下：原来海伦在附近这一带出卖自己年轻的肉体，其勤勉的程度决不亚于她母亲在家里兜售香料和蜂蜜甜面包。不幸的寡妇徒劳地派遣一个又一个使者去见这个不可救药的堕落女儿，劝说她不要如此邪恶地贬抑她父亲的在天之灵：这简直是极大地伤害了母亲的感情，让母亲蒙受莫大的耻辱。有一天，一支富丽堂皇的仪仗队伍从城门沿着大街走过来。前列的步行者身穿大红长袍，随后是骑马者，俨然是一位王公的入城式，而在他们之间，为波斯狗和奇异的猴类簇拥着的则是海伦，早熟的妓女，美丽得就像与她同名的始母①，就像那位把富人们搅乱的海伦，这海伦被打扮得像示巴女王进入耶路撒冷时的那副模样。② 人们惊奇得目瞪口呆：工匠们放下了手中的活儿，文书们撂下笔，看热闹的人群围住这个行列，直至最后这群沸沸扬扬行进着的骑马人和仆役终于在集市广场上整好队伍，准备隆重迎接贵宾。车帷终于拉开，这位带孩子气的荡妇昂首阔步从宅邸的大门走进去，这正是从前属于她父亲所有的那座宅邸，一位挥金如土的情人如今为了三个热烈的良宵，已将它从国王手中给她买了回来。就像走进一块农奴制的公爵领地那样，她走进摆着那张豪华

---

① 指《荷马史诗》中的美人海伦，著名的特洛伊战争即因她而起。
② 典出《旧约·列王纪》第十章，示巴女王慕所罗门王之名，特率众到耶路撒冷求见。

大床的房间,她母亲就是在这张床上光荣地生下了她。那些久已弃置不用的房间里很快便摆满了源于异教的珍贵塑像。凉爽的大理石栏杆沿着木头楼梯向上伸展并扩散开来形成人工的瓷砖和马赛克镶嵌的图案,布满画像和故事情节的手工编织的地毯不断增多,一片带色的常春藤,懒洋洋地攀附在墙上,金餐具的叮当声和盛大宴席上始终准备着的音乐声响成一片。对种种技能十分熟练、带有青春的魅力和心灵诱惑力的海伦,在短短的时间内就变成熟谙种种卖弄风骚和狎昵本领的能手,成为所有妓女中之最富有者。从邻近各城市,甚至从外国,富翁们都蜂拥而来。基督徒,多神教徒和异教徒,至少要来享受一下她的宠爱。由于她对权势的欲望实在太大,丝毫不比她父亲的功名心逊色,所以她严格控制住这些恋人,竭力抑制男人的激情,直至他们的财产被压榨殆尽。连国王的亲生儿子在享受了一个礼拜的欢乐,带着醉意而又十分清醒地离开海伦的怀抱和房屋时,也不得不向当铺老板和贷款者支付痛苦的赎金。

这样的胆大妄为,理所当然激起市里的体面女人,尤其是年岁较大的女人们的公愤。在教堂里,神甫们痛斥这过早的道德败坏。在集市广场上,女人们愤怒地握紧拳头,夜晚不止一次有石块哐啷啷砸在窗户和大门上。但是不管那些品行端正的女人们、所有那些被遗弃的妻子们、孤独的寡妇们怎样发怒,不管那些年长的、精通本行的娼妓们怎样因这匹既放纵又厚颜无耻的小驹儿闯进自己寻欢作乐的草地而牢骚满腹、高声叫骂,所有这些女人中没有一个心中的愤懑有她姐姐索菲娅这么强烈。撕伤她的灵魂的,不是那个人沉湎于如此邪恶的生活,而是一股悔意——她懊悔自己当初错过机会,没接受那个贵族子弟提出的这同一个提议。如今她暗中热切渴望的,是控制人的力量和阔绰奢侈的生活,如今这一切全归那个人所有了:可是她呢,每天夜里狂风还一直在往她这间挡不住风的冷房间里灌,风声和爱吵闹的母亲的号叫声此伏彼起。虽然妹妹怀着炫耀财富的心理不断派人给她送来昂贵的衣服;然而索菲娅却很自尊,她拒绝接受施舍。不,现在湮没无闻地去步更为大胆的妹妹的后尘,从此和她像当初扭打着争夺姜汁甜饼那样争夺情人,这满足不了她的虚荣心。她的胜利,她这样觉得,她的胜利必须更彻底。就在索菲娅日夜思考以何种方式在享受荣誉和受人赞叹上超过那个人的当儿,她从日益难以控制的蜂拥而至的男人们身上觉察到,那份留给她的微薄财产——她的童贞和处女的贞操,是一种精美诱饵,同时也是一件可以让一个聪明女人获取高额利润的抵押品。她当即决定,恰恰要将这被她妹妹过早浪费掉的东西变成一份珍贵的财产,她要像那个妹妹展示年轻的肉体那样展示自己的德行。如果说那个人因其奢华和傲慢而备受赞美,那么她则想通过自己的困苦和谦卑来做到这一点。诟骂的嘴巴还没有歇息下来,一天早晨,惊愕的城市里便滋生和弥漫开新的好奇心;索菲娅,荡妇海伦的孪生姐姐,因羞惭并且似乎也是为了替她妹妹那不体面的生活赎罪而看破红尘,已经加入一个虔诚的教团当了见习修女,那个教团不知疲倦、专心致志地献身于对病院里残疾病人的护理和照料。于是,迟到的情人们愤怒地乱抓自己的头发,这颗未被触摸过的珠宝弄不到手了。而虔诚的人们则乐得利用这个罕见的机会将这个美丽的敬神的形象与那个放荡淫乱的女人加以对照,起劲地将这个消息向四面八方散布,致使阿克维塔尼亚任何一个处女也不像索菲娅这样有口皆碑,都说索菲娅是个具有牺牲精神的姑娘,日夜护理危重病人,连看护麻风病人也毫不畏惧。每逢她头戴白修女帽低垂着头从街上走过,女人们都向她行屈膝礼,主教多次在讲话中称她是女性美德的杰出榜样,孩子们抬起头来像看天上的星星那样看她。一下子——人们当然会以为，这很令海伦气恼——这地区人们的全部注意力不再朝向海伦，而是完全集中在这只白色替罪羊身上了，为了逃离罪孽，她已经盘旋向上飞进谦卑之天国。

一个奇异的狄俄斯库里①式的双子星座在此后的几个月里闪耀在这个惊愕的地区上空，令罪人们和虔诚的人们同样感到了喜悦。因为如果说那些人离不开海伦的过分丰富的肉欲的话，那么这些人却能够用索菲娅的这个闪烁着美好品德光芒的形象去振奋自己的灵魂。多亏这样的双重性，阿克维塔尼亚这座城市里，尘世上神的王国自开天辟地以来第一次似乎干净而明显地与那个敌手的王国分开了。谁爱纯洁，守护女神便会守护在谁的身边，而谁耽于肉欲，这个不体面的妹妹怀抱里的尘世享受便会向谁招手。但是在每一颗尘世的心灵里，在善与恶之间，在灵与肉之间，都有奇怪的走私者的道路来来去去，没过多久，事实便表明，恰恰是这种始料未及的双重性威胁着心灵的宁静。因为这一对孪生姐妹尽管生活作风完全不同，外表却依然难以分辨：一样的身材，一样的眼睛颜色，一样的微笑和一样的妩媚。所以很自然地，城里的男人们产生出一种强烈的迷惘情绪。倘若一个小伙子在海伦的怀抱里度过了一个充满激情的夜晚，次日早晨急匆匆像是要洗掉压在自己心头的罪恶感似的走进外面的晨光里，那么他就会惊奇地、像见了鬼魂一样毛骨悚然地揉眼睛。因为眼前这个身穿女护理员简朴灰衣的漂亮修女，正在那里用轮椅推着一个气喘的老人在医院的花园里行走，并且毫无厌恶之意地用一个既温和又轻柔的手势给他

---

① 狄俄斯库里，即希腊神话中的孪生兄弟卡斯托耳和波吕丢刻斯。卡斯托耳战死后波吕丢刻斯不愿独生，向宙斯祈求死亡，宙斯为他们兄弟间的友爱所感动，就把他们化为双子星座。

从没牙的嘴上擦去口涎。他觉得这个漂亮修女丝毫不差就是那个女人,他刚才离开她时她还赤裸裸、热烘烘地躺在淫荡的床上呢。他仔细凝视:没错,同样的嘴唇,同样的既柔和又温存的举止,当然现在不是为尘世的爱,而是为一种更崇高的对人类的爱效劳。他仔细凝视,眼睛酸痛了,它们想渐渐穿透那件灰色的毫无装饰的衣裳,淫妇的那个熟悉的肉体似乎正透过衣裳向他闪着光亮。同样的感官上的无聊游戏又愚弄了刚才曾敬畏地亲眼看见这位女护理员虔诚护理病人的那些人。他们刚沿街角转过弯,便看见那刚才还十分端庄的索菲娅奇异地变了模样,裸露着胸脯、浓妆艳服,在好色之徒和仆役们的簇拥下,正急急忙忙去参加一个宴会。"这是海伦,不是索菲娅。"他们大约这样暗自思忖。然而,从现在起他们在想到这个虔诚女子时便总要联想到她的裸体,并且做着祷告的时候脑子里就会生出邪念。心神就这样隐隐约约地从一个女人摇晃到另一个女人身上,头脑变得如此混乱,致使知觉往往走在与愿望相反的道路上。小伙子们在妓女身边梦想着那个不可触摸的女人的肉体;另一方面却又用那样猥亵的渴慕的目光观看那个虔诚的女护士。因为造物主不知怎的把男人的知觉造颠倒了,男人们总是希望从女人身上得到她们所给予的相反的东西:一个女人若轻易便献出自己的肉体,那么他们是不会对这礼物有丝毫感激的,他们装作仿佛只能真诚爱恋贞洁的女人。但是如果一个女人维护自己的贞洁,那么他们又会分外受到刺激,急不可耐地要去夺取被她小心看守着的贞洁。所以没有哪种要求会解决得了男人的这种矛盾,它要在灵与肉之间保持永远的对立:但是一个爱开玩笑的魔鬼在这里打了双倍的结,因为荡妇和贞女,海伦和索菲娅,从外表上看有着完全一样的肉体,人们简直无法把一个与另一个区别开,再也没有人说得清楚,他究竟渴慕哪一个。于是乎,医院前面的游手好闲者一下子比小酒馆里的还多,纵欲者们则用金钱诱使荡妇做爱时披上那件灰色的护士服并完美无缺地假戏真做,让他们觉得,仿佛他们享受了那个童贞女,仿佛他们享受了索菲娅似的。整座城市,甚至整个地区都渐渐被卷进这场极富刺激性的混淆游戏之中。主教的训诲,市行政长官的警告,都再也控制不住这桩天天重新出现的恼人的事。

但是,这两个虚荣心极重的人不顾念手足亲情,不满足于一个是全市最富有的人,另一个是全市最纯洁的人。两个人备受赞叹、备受尊敬,却互相钩心斗角,琢磨着用什么法子可以踹对方一脚。索菲娅每逢听说那一个怎样以邪恶的逢场作戏亵渎她的具有牺牲精神的品行,总是气愤得咬牙切齿。海伦每逢听到仆人们向她禀报陌生的朝圣者如何满怀敬畏地向她的姐姐鞠躬,女人们如何亲吻她的鞋所触过的尘土,总要恶狠狠向她的仆役们发泄怒火。但是这两个狂热的人越是互怀恶意,越是互相怨恨,便越是一个对另一个装出同情的样子。海伦在吃饭时用激动的口吻痛惜姐姐护理形容枯槁、行将就木的老者是虚掷年华、浪费青春。索菲娅则每天在晚祷结束时特意为可怜的犯了罪孽的女人背诵一段经文,这些罪人为了转瞬即逝的享受,愚不可及地失去了可以使自己把一生奉献给虔诚的、大有裨益的事业的这种更崇高的满足感。但是当她们俩发现她们既不能通过信使也不能通过搬弄是非的人把对方从既定的道路上引开,她们便渐渐相互接近起来,犹如两个摔跤手,他们一边做出毫无图谋的样子,一边却已经在用眼光和手准备做出一个可以将对手摔倒在地的动作来。她们开始日益频繁地互相走访,并做出相互深切关怀的样子,其实每个人都在心里暗暗盘算着坑害对方。

因高傲而显出谦卑模样的索菲娅如今又一次在做罢晚祷之后

来到她妹妹这里，以便再次警告她不要沉湎于这种令人不快的生活方式之中。她再次拐弯抹角地指责已经听得不耐烦的妹妹，说她的行为何等不合情理，居然将自己的服从天命的肉体贬低为一堆纷乱的罪孽。海伦正在让女仆用软膏涂抹自己那个服从天命的肉体，以便使它精力充沛地去从事她那个邪恶的行当。她一边半愤怒半耍笑地倾听，一边暗自盘算，她是讲几句渎神的玩笑话气得这个无聊的说教者发狂呢，还是干脆喊几个男孩到房间里来搅乱她的心神。这时，一个古怪的念头仿佛一只嗡嗡叫的苍蝇从她太阳穴边擦过，她想出了一个相当卑劣的主意，这主意狡黠而具有威胁性，致使她忍俊不禁地在心里笑了起来。这个刚才还厚着脸皮的女人突然一反常态，把女仆和浴室侍者轰出房间，刚和姐姐单独待在一起，便立刻用一张悔罪的面具遮住了从内部发出闪光的眼睛。啊，但愿姐姐不要以为——这个精通各种伪装技巧的女人这样开了腔——她不曾经常因自己陷入罪恶和愚蠢的生活，而感到羞愧，她已经不知多少次对男人们卑鄙的肉欲在内心泛起厌恶的感觉，她曾多次作出决定，要一劳永逸地摆脱那些男人，开始过一种质朴的、诚实的生活。但是，但是她意识到任何抵御都是徒劳的，因为索菲娅拥有坚强的灵魂，不像她为虚弱的肉体所困扰，她索菲娅对男人的诱惑浑然不知，这种诱惑是没有哪个知情的女人能抵抗得了的。啊，她，索菲娅，这幸运儿，她猜想不到男人的追逐是多么强暴有力，但正是这种强暴之中也有一种特殊的甜蜜在起作用，人们不得不违背自己的愿望心甘情愿地沉溺于这股甜蜜的情意。

索菲娅对这番意想不到的自白感到极其惊讶，她从不奢望会从她这位贪求金钱和情欲的妹妹口中听到这样的自白。她急忙鼓动她那如簧之舌，开始进行说教。说是这么说来，一束神灵之光终于已经触到海伦,因为厌恶邪恶就已经是正确认识的开端了,然而她仍受到错误见解和自我沮丧的掣肘,如果她声称凭坚定意志战胜肉体诱惑是不可能的话;其实从善的意志在心中经过千锤百炼就能够战胜任何诱惑,异教徒和信教的人在历史上提供了无数这样的先例。然而,海伦却只是忧郁地低下了头。她悲叹说,啊,是呀,她也曾赞赏地读过与肉欲魔鬼英勇搏斗的故事。然而,上帝不仅赋予男人们更强壮的体力,也赋予他们更冷酷的心灵,并选中他们当保卫上帝的战无不胜的斗士。但是一个弱女子——说到这里,她长长叹了一口气——是永远也抗拒不了男人的诡计和诱惑的,她这一辈子还从未见过一个先例,表明一个女人在受到追求时能抵御得了男人的爱。

"你怎么能说出这样的话来,"索菲娅受到挑逗,用她那极其傲慢的口吻怒斥道,"我自己不就是一个榜样吗?这证明一个有坚定意志的人是完全能够顶得住男人死乞白赖的纠缠的。那一伙从早到晚挤在我周围,他们悄悄跟踪我一直跟到病院里,晚上我在我床上发现涂满种种淫言秽语的信件。然而,没有哪个人曾见到,我曾看过谁一眼,因为我的意志护佑我顶住了各种诱惑。所以你说的并不确切,只要一个女人真正有意志力,她就能抗拒,我自己便是一个这样的例子。"

"啊,我知道,迄今为止你当然是一直能够抗拒任何诱惑的,"海伦假惺惺地说,一边怀着假意的恭顺抬眼偷偷瞟了姐姐一眼,"但是你之所以能做到这一点,也仅仅是因为你这个幸运儿受到你这身衣裳和你所承担的职务的保护。你受到虔诚的护士们的护卫,受到集体的保护围墙的护卫——你不像我孤单一人,不像我无力抵抗!但是你不要因此就以为,你靠你自己的力量维护了你的纯洁,因为我甚至确信,索菲娅,你一旦站在一个英俊少年的面前,你也就不能、也就不愿抗拒他了。你也会败给他的,一如我们大家都败给他那样。"

"决不会!我决不会!"这位虚荣心重的女人冲她嚷嚷,"我保证,即便没有我这身衣服的保护,我也可以单凭我的意志力经受住任何考验。"

但这恰恰是海伦想从索菲娅嘴里听到的话。她一边引诱这个高傲的女人一步一步走进自己设下的陷阱,一边却不失时机,仍不停地对作这种抵抗的可能性表示怀疑,直到最后索菲娅自己桀骜不驯地断然坚持要去经受一次考验。说是她渴求这一考验,她甚至需要这样的考验,她要让这位意志薄弱的女子终于认识到,她不凭外力的保护,而是依仗自己内心的力量便能保住自己的贞操。海伦听罢似乎考虑良久——她的心急不可耐地怦怦跳着——然后她终于说道:"听着,索菲娅,这也许倒是个适当的考验。明天晚上我等待叙尔万德来访,他是当地最俊美的小伙子,还没有哪个女人能抗得住他的诱惑,可是他却想占有我。他跋涉二十八英里来会我,还带来七磅纯金以及别的礼物,仅仅是为了与我共度良宵。然而,即使他空手而来,我也不会将他拒之门外,为了和他同枕共欢我可以付出同等重量的黄金,因为没有哪个男子比他更俊美、更潇洒的了。上帝把我们造得如此体态相似,面貌、言谈和身材如此酷肖,只要你穿上我的衣服,是不会有人能看出什么破绽来的。所以你明天就顶替我在我家里接待叙尔万德,陪他吃饭。但是如果随后他把你当作我而渴望占有你的肉体,那你就想方设法敷衍搪塞他。但是我要在隔壁房间里等候,并倾听你是否直到午夜之前都能够对他闭锁住你的性欲。但是再说一遍,姐姐,我警告你:他这个人的诱惑力是巨大的,我们自己心灵上的弱点则更具有危险性。我担心,姐姐,你受你那与世隔绝状态的迷惑,很容易遭受到意想不到的诱惑,所以我恳求你,还是别去作这种鲁莽的游戏吧。"

阴险的妹妹这样既引诱同时又劝阻,她这一席圆滑的说词只不过是火上浇油,更助长了姐姐的傲慢罢了。索菲娅自豪地说,如果仅仅是这样一个小小的考验,那么她不费吹灰之力就可以通过它,她敢说她顶得住他的纠缠,不仅可以顶到半夜,而且还可以顶到凌晨——她只有一个要求,就是允许她随身带一把匕首,以防万一这个厚颜无耻的家伙胆敢施行强暴。

听到这一席骄傲的演说,海伦顿时便在她姐姐面前跪下,表面上满怀钦佩,实际上是为了掩盖在她眼里闪动着的邪恶的喜悦之光,她们一致同意,第二天晚上由虔诚的索菲娅来接待叙尔万德;而海伦则发誓说,如果她姐姐抵御成功,她就永远放弃她恶劣的生活作风。索菲娅急急忙忙来到她的女伴们身边,以便用这些一心只惦记着别人的灾难和病痛、远离世俗尘嚣的女人们经受住多年考验的力量来加强自己的力量。她以加倍的忘我精神看护最危重、最难护理的病人,以便从他们那衰弱而受毁坏的身体上感受尘世一切事物的倏忽即逝;因为这些消瘦衰老的形态不也一度是热恋中的人,有过强烈激情的吗?如今还剩下什么呢?——一堆腐肉,一具呼吸艰难的羸弱不堪的躯体而已。

然而,这时候海伦也没闲着。她熟谙种种召唤厄洛斯这个好耍脾气的爱神并将这位爱神挽留住的技艺,她先让她那位意大利厨师做最奇特的菜肴,各道菜肴里都加进了种种刺激性欲的调味品。她让厨师在酥馅饼里掺进海狸交尾状的馅饼,但是春药草和含斑蝥素的胡椒,还有葡萄酒,她都用天仙子和使知觉提前困倦的烈性药草使其颜色变黑。另外,她还预订了音乐——这位拉皮条的老手也将像温煦的春风偷偷飘进满怀渴念的敞开的心灵。她让谄媚取悦的吹笛人和感情热烈的敲钹者藏在隔壁房间,别人看不见他们,所以对浑然不觉、欣喜若狂的情感更具危险性。她这样精心策划,烧旺了魔鬼的炉火之后,便满怀竞赛前的焦躁等待着。而后,当既傲慢又虔诚的索菲娅,这个因失眠而脸色苍白、因自惹的危险临近而情绪激动的索菲娅晚上到来时,大门口已经有一大群年轻的女仆将她团团围住,她们立刻带领诧异不已的索菲娅来到一间弥漫着药草的浓郁香味的浴室里。她们从这位臊红了脸的女人年轻的身体上脱下那身灰不溜秋的修女服,用捏皱的花朵和香味浓郁的药膏那样柔顺和强劲地搓揉她的胳膊、大腿和后背,搓揉得她简直觉得自己的血液要从毛孔里涌流出来了。一会儿是凉丝丝缓缓流淌的水,一会儿又是滚滚涌流的热水冲刷着她那战栗的皮肤;而后,飞快的手用柔和的水仙油平滑这热烘烘的身体,轻轻搓揉它并用喀嚓喀嚓的猫皮那样火热地摩擦这个闪闪发光的身体,直摩擦得头发尖上溅出蓝火花来:总之,她们完全像每晚对海伦那样给虔诚的索菲娅作做爱前的准备工作,索菲娅简直不敢进行任何反抗。这当儿,笛子轻轻吹出迟疑和紧迫的调子,燃着的檀香火炬滴着蜡从四壁散发出香味。当索菲娅让这一奇异的举措搞得不知所措,最后终于在床上伸展开四肢,金属镜子将她的面庞反射出来时,她竟认不出自己的面目了,可是她却觉得自己从未这么漂亮过。她感觉到自己的身体轻飘飘,就像充盈着一种活生生的快感,但又感到很羞愧,因为自己竟如此惬意地去感受这种惬意。然而,她的妹妹没留给她多长时间去体味这样的情感分裂。她轻柔得像一只猫那样走过来并用闪光的语言恭维姐姐的美丽,直至后者迷惘而粗暴地叱责她这样说话。姐妹俩再次假惺惺地相互拥抱,一个因不安和害怕而发抖,另一个因焦躁和邪恶的渴望而发抖。然而,海伦让人点亮灯盏并像一个幽灵那样飘然走进隔壁房间,以便偷听这场大胆设计出来的好戏。

这个荡妇早已给叙尔万德捎去信息,告诉他有何等奇特的风流艳遇等着他来猎取,并再三叮嘱他,务必要显出有节制的态度和极其端庄的举止,先使这个高傲的女人放松警惕、失去戒心。当叙尔万德怀着要在这样一场特殊的竞赛中取胜的好奇心和虚荣心终于走进来,而索菲娅则不由自主地用左手摸了摸她带在身上用以抗暴自卫的匕首时,她感到惊奇极了:这个被认为是狂妄无礼的风流男子以何等恭敬礼貌的态度向她走过来。因为他既不试图——大概妹妹已经和他打过招呼——将这个战战兢兢的女子拉进自己的怀里,而且也不用亲昵的称呼问候她,而是既温柔且恭顺地先行了个屈膝礼。然后,他从向后退去的仆人手中拿过一条沉甸甸的金项链以及一件普罗旺斯丝绸紫上衣,彬彬有礼地请求允许他将上衣给她穿上,将项链戴在她的脖子上。对这样得体的态度索菲娅没有别的招儿可使,只有顺从他的意愿的份儿;她一动不动地让他给自己戴上项链,穿上那件昂贵的衣服,她并非没感觉到,他那热辣辣的手指头怎样谄媚而轻盈地同时和那凉丝丝的项链一道沿着她的脖颈滑过去。然而由于叙尔万德没再做出什么新的鲁莽举动,索菲娅也就不好贸然发怒。这个伪君子没过分殷勤,反倒又鞠了一躬,并用极其难为情的口吻说,他觉得自己不配与她同桌吃饭,因为他的衣服上还粘附着街上的尘土,说是请她允许他先洗一洗自己的头发和身子。索菲娅难为情地喊来女仆并让她们领叙尔万德到浴室去沐浴。然而女仆们却听从女主人海伦的秘密指令,故意误解了索菲娅的话,急速剥掉少年的衣服,使他一丝不挂、英俊漂亮地呈现在她面前,酷似那尊异教的阿波罗像——那尊像曾放在集市广场上,后来主教让人把它砸碎了。而后她们才用油膏给他涂抹,用热水给他洗脚;她们不慌不忙地把玫瑰花编结在这个笑眯眯的裸体少年的头发上，最后才终于给他披上了一件新的闪光的衣裳。他焕然一新地向她走去，显得比先前更俊美了。但是她一察觉自己看到他特别优雅俊美，便对自己的眼睛大为光火，并且迅速摸了摸手边那把藏在她衣服兜里的救命匕首。只是她没有找到对他下手的机会，因为这个美少年礼貌地保持着距离，说些无关紧要的客套话和她闲聊，与病院里的那些饱学之士们毫无二致，以致她一直没有机会——这与其说是让她感到高兴，还不如说是让她感到懊恼——以女性的坚毅榜样向在隔壁偷听的妹妹炫耀。众所周知，为了保卫德行，就必须先冲击德行。但是在叙尔万德身上却没有一点激情冲动的迹象，从他的谈话中只微微透出一丝殷勤礼貌的气息，而那些笛子，那些渐渐在隔壁提高其急促乐声的笛子，它们比这个少年那张殷红的、平素一定馋涎欲滴的嘴发出更加温柔多情的语声。他只是不停地讲述竞赛和征战故事，完全像是和男人们在一起酣饮畅叙似的。他的冷漠装得十分出色，让索菲娅完全放心了。她毫无顾忌地品尝加了危险调味品的菜肴、啜饮会让人不知不觉神志迷糊的葡萄酒。是的，这个冷淡的男子不提供丝毫契机让她去证明她的德行的顽强，去向她妹妹显示自己的强烈不满，对此她感到不耐烦并且渐渐恼怒了。末了，她竟开始自己来挑起这个危险。她无意间发觉喉咙里卡着一丝笑意，自己也感到陌生，这是一种勃发的兴致，要宣泄和恢复纵情欢乐的情绪，但是她不自制，不感到羞愧，午夜不再遥远了嘛，匕首就在自己手边，这个号称满腔热血的少年比那把匕首的钢刃还冷。她一点一点向他靠拢过去，以便让她的德行终于可以有进行光荣自卫的机会，于是这个爱虚荣的女子踌躇满志，定要证明自己意志坚定，便不由自主地施展起她那位淫荡的妹妹平时为博取过于世俗的酬报所使用的那种诱惑手段来。

但是正如一句明智的谚语所说,魔鬼的胡子是一根也碰不得的,否则魔鬼会突然卡住你的脖子。这里这位争强好胜的女斗士也遇到了类似的情形。因为她不胜酒力,不知道这酒是用刺激性欲的香料浸泡过的,她让渐渐使人心神荡漾的烟雾的气味熏得迷迷糊糊,听着软绵绵的笛声便浑身酥软下来,渐渐地她的神志迷乱了。她顿时颤声柔气、哼哼唧唧起来,无论哪位博士也无法在法庭上宣告,事情是在醒着的时候还是在打着盹儿的时候,是在清醒状态还是醉酒状态,是顺着她的意愿还是与此相违背着发生的——总之,事情发生了,还在钟敲午夜之前很久便发生了,这就是上帝或他的对手希望发生的事,这就是男人和女人之间终究会发生的事。宽衣解带时,那把偷偷装备的匕首一下子坠落在大理石地面上;然而奇怪,疲倦的虔女不是卢克雷蒂娅①,她没有把匕首捡起来把它刺向那个危险的近在身边的少年,隔壁房间里没有听到哭泣和反抗的声音。当道德败坏的妹妹半夜带着一群仆役得意洋洋地闯进这已经成为洞房的房间里、一把好奇的火炬明晃晃照在被战胜者们的床上时,也就没有什么要藏藏匿匿、没有什么好羞羞答答的了。就这样,放肆的女仆们按异教的方式把玫瑰花撒到床上,红得比这位满脸通红的面孔还红,她如今晕晕乎乎为时过晚地觉察到自己已经失身。但是妹妹却激动地把困惑的姐姐搂入怀里,笛子欢吹,小钹儿猛击,仿佛潘神②又返回家乡,回到信奉基督教的大地上来了,女仆们赤身裸体、厚颜无耻地跳舞,呼叫厄洛斯,赞

---

① 卢克雷蒂娅,传说中的古罗马烈女,约生于公元前第五世纪,因被罗马暴君卢齐尔奎尼乌斯·塔尔奎尼乌斯之子塞克斯图斯奸污,要求父亲和丈夫立誓为她报仇,随即自尽。
② 潘,希腊神话中主宰森林畜牧的神。古希腊人认为,潘是一位快乐之神,他在深山密林中游逛,同自然女神跳舞,吹奏自己发明的笛子。

美这个被逐出家门的神①。随后这群放荡不羁、旋转起舞的女仆更用香木燃起一堆火,熊熊烈焰顿时便将那件受尽贬抑的虔诚的衣裳吞噬。她们就像给她妹妹周身披上玫瑰那样,也用同样的玫瑰披在这位新妓的身上,她如今羞于承认自己的失败,露出迷惘的微笑,做出好像她是自愿委身于这个美少年的样子。如今一看这两人并排站着,一个羞得满脸通红,另一个洋洋得意得满脸通红,便再也没有人能将索菲娅和海伦,将表面恭顺者和傲慢者区别开来了,而这少年的目光则垂涎地在两人之间来回游移,透出重新奋起的、双重焦躁的欲念。

此刻,这群兴高采烈的人已经吵吵嚷嚷打开了宫殿的门窗。夜游神和迅速被吵醒的轻浮放荡之辈纵情大笑着涌来,太阳还没照到屋顶上,这个消息便像从檐沟流下来的雨水般传遍大街小巷:海伦对贤明的索菲娅取得了光辉的胜利,不贞洁战胜了贞洁。但是城里的男人们刚一听说这久经考验的德行已垮台,他们当即兴高采烈急忙跑来,他们受到(不该隐瞒这种耻辱)热情的接待,因为索菲娅一反常态地待在她妹妹海伦的身旁,并试图在热情和情感炽热方面与她并驾齐驱。于是,一切争斗和嫉妒宣告结束,自从这不道德的两姐妹从事这同样的可鄙行当以来,她们便一直在府邸上愉快地和睦相处。她们留一样的发式,戴一样的首饰,穿完全一样的衣服,而由于这一对孪生姐妹在音容笑貌和绵绵情话方面也不再有什么区别,所以对那帮好色之徒来说,凭眼神、接吻和抚爱去猜测他们搂在怀里的是谁,是淫荡的海伦还是昔日虔诚的索菲娅,便是一种百玩不厌、其乐融融的游戏了。然而,很少有人能

---

① 传说厄洛斯是宙斯和阿佛罗狄忒之子,厄洛斯诞生时,宙斯曾想把他杀死,阿佛罗狄忒把他藏在密林里,由母狮把他养大。

弄清楚自己把钱花在哪一个的身上了,因为这两姐妹简直完全酷肖一致,而这一对聪明的姐妹则以愚弄这帮好奇者为莫大的乐事。

就这样,海伦战胜了索菲娅,美丽战胜了智慧,罪恶战胜了德行,随时都心甘情愿的肉体战胜了摇摆不定和专断的精神,这种事在我们这个虚假的世界上并不是第一次发生。这再一次证明了约伯那篇值得纪念的讲话中所哀叹的:"世上恶人境况好,而虔敬者却遭殃,正义者受嘲弄。"①因为整个地区没有哪个税务员和海关官员,没有哪个酒窖管理员和典当商人,没有哪个金饰工和面包师,没有哪个扒手和盗窃圣物者辛辛苦苦干活能像这两姐妹用她们的脉脉温情往腰包里装进那么多钱的。两姐妹结成了忠实的伙伴后,便巧取豪夺、大肆敛财,钱财和珠宝每个夜晚都滚滚而来流进宅邸。由于这两位除了继承母亲的美貌以外,也继承了母亲兢兢业业的小商贩意识,所以这两位孪生姐妹压根不像大多数她们这种人那样,为虚荣把金钱挥霍在无谓小事上;不,她们比那些人更聪明,她们小心翼翼用她们的钱放高利贷,把钱款贷给基督徒、异教徒和犹太人,用这把高利把使劲来回扒拉,以致不久后哪儿也不像那座糟糕的府邸能积聚这么多的财富,积聚这么多的钱币、浮雕宝石、可靠的证券和有效的典契。眼前有着这样的榜样,无怪乎当地的年轻姑娘们再也不愿意去当清洁女工,在洗涤桶上把自己的双手冻得又青又紫。由于最终取得一致意见的两姐妹的放荡淫乱,这座城市很快便盖过所有城市,声名狼藉,成为一个新的罪恶渊薮。

然而,古老的格言中的这一条也是千真万确的:不管魔鬼骑

---

① 典出《旧约·约伯记》,约伯为人正直,虔诚敬奉上帝。上帝为考验他,让他受尽磨难,坚忍不拔的约伯终于有一天发出了以上哀叹。

马跑得多快,在到达目的地之前总归是要折断腿的。就这样,这件恼人的事的结局仍具有教化人的性质。因为随着岁月的流逝,男人们渐渐厌倦了这老一套的猜谜游戏。客人来得稀少了,府邸的火炬熄灭得更早了,别人全都早已知道,只有姐妹俩不知道镜子向不安地颤动着的烛光无声地讲述的话:细小的皱纹盘在傲慢的眼睛下面,珠母闪光层开始从渐渐萎缩的皮肤上剥落。现在,她们徒劳地试图用化妆品买回这无怜悯心的自然力每时每刻从她们身上夺走的东西,她们徒劳地拔除两鬓的白发,用象牙小刀除掉皱纹并涂红嘴唇、涂红疲倦的嘴的轮廓;在狂热的情欲中度过的岁月的痕迹再也掩盖不住了。青春的光彩刚从姐妹俩身上消逝,男人们就厌倦了这两个人。因为那两个在凋谢,四周大街小巷却不断有年轻的女孩子在茁壮成长,每年成长一代新人,小乳房、俏鬈发的甜妞儿们,其童贞的肉体对男人的好奇心分外具有诱惑力。所以集市广场上的这座府邸不久便门前冷落车马稀了。门轴开始生锈,火炬白白点燃,松香白白散发香味,没有人来享受壁炉和姐妹俩经过装饰的肉体的温暖。吹笛人无聊已极,没有人来听他们吹笛子了。他们不吹谄媚动听的乐曲,却做起掷色子游戏来,本来每个夜晚都要迎候来客的守门人因整日蒙头睡懒觉而心宽体胖。但是两姐妹却形单影只坐在楼上长餐桌旁,曾几何时这里还是觥筹交错,充满欢声笑语。由于再也没有情人来陪她们消磨时光,她们极有闲暇去回忆往事,尤其是索菲娅,她怀着忧伤回想昔日她抛却一切尘世欢乐,过着独善其身的严肃虔敬的生活时的情景;所以她不时又拿起那些蒙上了灰尘的虔诚的书来读,因为美丽一旦逃逸,智慧便乐意对女人乘虚而入。于是乎,两姐妹的心中便渐渐酝酿着一种奇特的意识逆转,正如荡妇海伦在青春焕发的日子里曾战胜过虔女索菲娅,这一回索菲娅——虽然迟了并且是在犯了大量罪孽之后——提出弃旧图新的忠告时,也得到了她这位过于世俗的妹妹的支持。她们大清早便开始悄悄来来去去忙活起来:先是索菲娅,她悄悄走进那所她冒天下之大不韪离开了的病院,来请求原谅,而后便是海伦,她和索菲娅一同前来,当这两人声称她们愿意把她们那些以邪恶的方式聚敛起来的钱财全部而且永远地赠送给这家病院时,连生性最好猜疑的仆人也不再怀疑她们是真心忏悔了。

就这样,一天早晨,守门人还在打瞌睡的时候,两姐妹便轻装简服、面纱蒙面,像幽灵般从集市广场旁边那幢奢华的房屋里走了出来,她们那惊怯而谦卑的步态与那个女人,与她们的母亲不无相似之处。五十年前她们的母亲便是迈着这样的步子抛下迅速获得的财富悄悄回到她那低微、贫贱的胡同里去的。她们小心翼翼地从迟迟疑疑开启的门缝溜出来,一辈子争奇斗艳把整个地区的注意力吸引到自己的身上,如今她们却胆怯地遮掩住自己的脸庞,不让人看出她们的行踪,好让她们的命运被忘却在谦卑的隐居生活中:据说——谁也不知道确切情况——在过了若干年默默无闻的隐居生活之后,她们在一家谁也不知道她们的来历的外地女子修道院里了却了自己的一生。但是她们留给这个虔敬的收容所的财富是如此丰厚,首饰、钱币、钻石和债券兑换成了那么多的黄金,于是人们便决定给这座城市锦上添花,重新建一座漂亮的医院,比阿克维塔尼亚境内的任何一座医院都更大、更漂亮。一位北方建筑师设计图样,工匠们日夜营造了二十年,当这座高大的建筑终于竣工时,人群再次惊讶地站住。和当地建筑风格不同,这不是一个孤零零的塔楼从四角形房屋上坚挺傲岸、方方正正地将其四棱形顶端送入高空——不,这是带有女性风姿、饰有石头花边的左右两座塔楼,形态大小以及柔和、优雅的石雕是如此酷肖,以致从第一天起大家就已经称这两座塔楼为"两姐妹"——也许仅仅是由于它们外形匀称一致,但也是由于人们不愿让那位也许带着一丝醉意的正直市民在午夜月光下讲述的这则故事失传,这两个既相同又不同的姐妹的经历和转变的传奇就这样流传在民间,民众是随时都乐意将值得纪念的事情世代相传下去的。

(1945)

(张荣昌 译)

是他吗？[*]

我个人确信，他是凶手，但我缺乏最后的推不翻的证据。"贝奇，"我丈夫总对我说，"你是一个聪明人，你观察问题，头脑敏捷，眼光尖锐，但你往往被你的这种气质引入歧途，结论下得太早。"我丈夫认识我已经三十二年了；总之，他的提醒也许是对的。我不得不极力强迫自己不对所有其他人说出我的怀疑，因为我没有最后的证据。但是，每当我碰到他，他诚挚而友好地朝我走来时，我的心便蓦地一顿。一个内在的声音对我说：他，只有他，是凶手。

我试图在我自己面前，只为我一个人，再复述一遍整个故事的过程。大约在六年前，我的丈夫作为政府高级官员终止了他在殖民地的服务岁月。我们决定迁回英格兰的一个安静的地方，舒舒服服地——我们的子女都早已成家了——从事些生活中不费气力的小活动，像养花呀，读书呀什么的，来度过我们已近黄昏的晚年。我们选中了巴斯附近的一个小村庄。从这个古老的名城开始，有一条蜿蜒曲折的小河，穿过无数桥涵，向那永远一片葱绿的林普科-斯托克山谷奔泻而去，这就是肯尼思-阿旺运河。一百多年以

---

[*] 本篇最初以葡萄牙译文于一九四九年在里约热内卢发表，德文原文于一九八七年首次收入法兰克福S·菲舍尔出版社出版的小说集《火烧火燎的秘密》。

前，在这条水路上就修造了许多很艺术很壮观的木制水闸和排水站，以便从加的夫向伦敦运煤。在运河边狭窄的道路上，那些马迈着细碎、沉重的步子，拉着宽大的黑色平底船，徐徐沿着那条宽阔的大路行进。那的确曾是一个宏伟的设施，给一个时代带来了许多好处，但现代已经不适用了。于是出现了铁路，它更迅速更省钱更方便地把黑色的货物运往首都。水路交通停顿了，水闸看守被解雇了，运河荒废了，变成了沼泽，但正是彻头彻尾的荒凉和无用使它在今天显得如此浪漫，如此迷人。在静止不动的黑水里，从水底长出如此繁茂的水藻，使水面闪着孔雀石般的深绿色微光，睡莲在平滑的水面上生动地摇摆着，那水面在它熟睡的静止中像照相机那样真实地映照出开遍鲜花的山冈，映照出河上的桥和天上的云。间或，有一只往日繁荣时代的破旧小船躺在岸边，半个船身陷在淤泥里，周围长满各色植物。水闸上的大钉也早已生锈，为厚厚的苔藓所覆盖。没有人再关心这古老的运河，从巴斯来的游泳者对它几乎一无所知。我们两个老年人沿着河边那条早年骡马吃力地用绳索拖着平底船的平坦道路往前走的时候，几个小时都碰不到一个人，只偶尔遇到一对情侣，那也总是在他们没有订婚或结婚之前，为了避免邻里饶舌躲在这里亲热亲热罢了。

我们特别喜欢的，正是这气候温和的多丘陵地区里充满浪漫色彩的静静的河流。巴萨姆滕山以美丽繁茂的乡野面貌亲切地向下延伸。就在这山上的空地中间我们买了一块土地，在山顶盖了一座小小的乡村住宅，然后是一座花园从住房向下延伸到运河边，花园里有曲曲弯弯的小路，园里到处是水果、蔬菜和鲜花，只要在运河边坐在我们小小的空旷的花园台地上，便可以在水面的反照中再一次看到草地、房屋和花园。这所房子比我当时梦想中的还要宁静和舒适，惟一可抱怨的是这里多少有点偏僻，连一个邻居也没有。"只要他们看见我们住在这里有多美,"我丈夫安慰我说,"他们就会来的。"事实上,我们的桃树和杏树还没栽齐,有一天就出现了邻家建房的先遣人员,先是商务代理人,然后是测绘人员,他们之后便是泥瓦匠和木匠。过了将近三个月,一座红瓦盖顶的小房子便亲密地矗立在我们的房子旁边了;最后,来了一辆装满家具的载重汽车。在寂静的环境里我们不断听到砰砰啪啪的捶打声和敲击声,但一直没有见到我们邻居的面。

一天早上,有人敲我们的门。一个瘦削的漂亮女人,有着一双聪慧友好的眼睛,至多不过二十八九岁,自我介绍是邻居,请求借给她一把锯;那些工人忘了把自己的锯带来。我们谈起话来。她说,她丈夫是布里斯托尔一家银行的职员,但宁肯住在一个偏僻的地方也不住在风景区里,是他们夫妻二人的宿愿。当他们在一个星期天沿着运河游逛时,我们的房子促使他们立即着手实现他们的愿望。当然,这样一来,她丈夫每天早晚上下班就要乘一个小时的车,不过他会在路途上找到朋友,他很快就会适应的。第二天,我们回访了她。她仍然是一个人在家。她快活地说,等这里一切就绪了,她丈夫才过来。此前,她不需要他,所以也就不必那么急。不知为什么,见她是这么冷漠甚至满意地谈她丈夫的不在,我听了很不舒服。我们单独坐在家里吃饭的时候,我发表了一个简短的意见,即从她的言谈看,丈夫好像对她不怎么重要。我丈夫指责我说,不该老是过早地下结论,这个女人非常可亲,聪明,讨人喜欢,但愿她丈夫也是这样的人。

喏,没有多久,我们就认识他了。星期六晚上我们像往常一样去散步,刚离开家,我们就听见身后传来急促、沉重的脚步声,等我们转过身来,一个壮实的男人已经快活地站在那里,向我们伸出一只宽大、红润、有雀斑的手。他说,他就是新邻居,他已经听说,我们对他妻子如何友好。当然,他在没有正式拜访我们之前,就这样衣冠不整地从后面追我们是很不合适的。但他妻子对他讲了我们对她多好,他一分钟也等不及要向我们表示谢意。这就是约翰·查尔斯顿·林普利,他的父母出于对林普利-斯托克山的尊崇,预先给他取了这个山谷的名字,这未必就特别好,那还是在他从没预料到自己会想在此地安家之前——是啊,现在他到了这里,而且希望待在这里,只要上帝让他活着。他认为这里比世界上任何地方都更美好,他是想真心实意地向我们许诺,一定做一个有礼貌的好邻居。他说话那么快,那么活跃,那么滔滔不绝,别人几乎没有机会打断他。这样,至少给我留下了足够的时间去仔细端详他。这个林普利是个大块头男人,至少有六英尺高,肩膀又宽又厚,即使站在搬运工当中也是出类拔萃的。但像一般彪形大汉一样,他也表现出一种孩子般的善良。他那双独有的,略微湿润的眼睛和微红的眼皮对人充满信任地眨动着。说话时一笑,总是不断露出他那雪白发亮的牙齿;他实在不知道自己那双笨拙的大手该怎么放才合适,他极力使它们安静下来,给人的感觉是,他想最好是像对待同事那样用双手拍拍一个人的肩膀。于是,为了释放他的力量,他只好把他的指关节拍得咯咯直响。他问,像他这样衣冠不整,能不能让他陪我们去散步?我们说完全可以,他就跟我们一起散步了。他天南地北地闲聊,谈到他出生在他母亲的故乡苏顿,但在加拿大长大;谈话间他有时指着一棵枝叶繁茂的树,有时指着一个美丽的小山说:这多美,无可比拟的美。他说说笑笑,心情几乎一直处在极度兴奋中。从这个强有力的、健康的、生气勃勃的人身上,涌出一股给人以新的活力和幸福之泉,它不自觉地拨动一个人的心弦。最后当我们跟他分手时,我们俩仍然感到很温暖。"我确实好久没遇到这样诚恳这样满腔热血的人了。"我丈夫说,他呀,正像我以前指出的那样，在对人的评价上总是非常谨慎和保守的。

但是，没过多久，这位新邻居起初给我们带来的快乐就开始明显地减弱。在为人方面，对林普利提不出半点异议。他是好得不能再好的人，他富有同情心，乐于助人，但由于热情过了头，就弄得人们不得不经常拒绝接受他的帮助。此外，他很正派，诚实，坦率，绝不愚蠢。但他总以他高声喧哗的作风感到愉快，这就弄得别人对他很难忍受了。他那湿润的眼睛总是闪着心满意足的光辉，他对一切对每一件事都是满意的。凡是属于他的，凡是他遇到的，都是美好的，一流的；他的妻子是世界上最好的妻子，他的玫瑰花是最美的玫瑰花，他的烟斗是装着最高级烟草的最高级的烟斗。他用一刻钟工夫就能说动我丈夫为他证明，人人都得像他那样装烟斗，他的烟丝便宜一便士，却比名牌的好。他总是对无关紧要、理所当然的事物充满旺盛的热情，总要详细地说明和解释这些庸俗的欢乐。他内心那部喧闹的发动机从来没有停歇过。不大声唱歌，他就不能在花园里工作；不大笑不打手势，他就不能说话；不在读到一个使他兴奋的消息时立刻站起来跑到我们这边来，他就不能读报。他那双宽大的有雀斑的手像他那颗广阔的心一样，总是带攻击性的。他拍打每一匹马，他抚摸每一条狗，不仅如此，就是我丈夫，虽然整整大他二十五岁，在他们亲密无间地坐在一起时，也不得不高兴地让他以加拿大同伴式的无拘无束敲自己的膝盖。因为他总怀着一颗温暖、充实而又经常感到要发火的心参与一切，他在参加其他一切活动时也认为是理所当然的。人家不得不千方百计防范他那惹人生厌的善举。他不尊重别人的休息时间和睡眠，因为他精力充沛，根本想不到别人会疲倦或情绪不佳，别人简直暗自希望每天给他注射点溴化剂，使他那惊人的但几乎不可忍受的活力减缓到正常的程度。林普利在我们家里已经坐了一个小时了——毋宁说他不是坐,而是不断地跳起来在屋子里到处奔来奔去——他下意识地关上窗,于是这个房间由于有这个爱动的、简直有些粗野的人在场也就变得太热了,这时,我的丈夫也跟他在一起,这种情形我曾多次碰到过。只要你站在他面前,看见他那双闪亮的、美好的、简直可以说是充满善意的眼睛,就不会对他发火。过后你会感觉到自己已精疲力竭,你真希望把他赶走。在我们认识林普利以前,我们两个老年人从来想象不到,像善良、热心、坦率和温暖这样一些真正的天性会由于惊人的超常把一个人驱赶到绝望的境地。

现在,我对最初感到不可理解的事也完全明白了。当初他妻子对他不在身边觉得那么快活、那么心满意足,绝不是因为他的妻子缺乏对他的依恋。她是他的过火行为的真正的牺牲品。当然,他是热烈地爱她的,就像他热烈地爱着属于他或他所需要的一切。他那样温情地围着她转,那样操心地护着她,真叫人感动。她只要轻轻地咳嗽一声,他就会立刻跑去给她拿大衣,或是去捅一捅壁炉,让火烧得更旺。要是她进城,他就会千叮咛万嘱咐,好像她要经历一次危险的旅行。我从来没有听见过他俩说过一句不友好的话,相反,他喜欢夸奖她,赞扬她,乃至令人感到难堪。就是我们在场,他也忍不住去抚摸她,轻轻地捋她的头发,首先列举他想到的一切优点。"您看见没看见,我的埃伦的指甲有多么可爱?"他会突然这么问我。这时,她尽管羞答答地提出抗议,也不得不伸出她的手给人看。接着,我们惊叹地看到她是多么娴熟地把头发绾起来。随后我们也就只好去品尝她自制的各种小果酱了,照他的意见,这果酱比英国最有名的工厂的所有果酱都好得无可比拟。在这种叫人难为情的场合,这位谦虚娴静的女子,总是慌乱地低下眼睛坐在那里。看来,她已经不想去抵御她丈夫的好似瀑布急流的装腔作势了。她任他说,任他讲,任他笑,至多淡淡地插进来说一声"啊哈"或"这样"。"她也不轻松啊,"有一次我们回到家,我的丈夫说,"但你也不能怪他。他确实是一个十分善良的人,她跟他在一起会幸福的。"

"让他的幸福见鬼去吧,"我愤激地说,"这样卖弄的幸福,这样大言不惭地兜售他的感情,是不知羞耻。见到这样的放纵,这样的失态,我都要发疯了。难道你没看见,他卖弄幸福,他魔鬼般地活动不止,把这个女人弄得万分不幸?"

"你不要总言过其实,"我的丈夫斥责道。不过,他的确是对的。林普利的妻子决不是幸福的,确切地说,她从来就没有幸福过。她已经没有能力准确地感觉任何事物了,她简直被他过于旺盛的生命力弄得麻木不仁,精疲力竭了。每当林普利早上去银行上班,他的最后一声告别"哈啰"在花园门口逐渐消失的时候,我观察到,她先是一屁股坐在那里或干脆躺到床上,什么事也不干,一味享受这不寻常的气氛,因为她的周遭已是一片宁静的氛围了。然后,她干这干那,一天下来也觉得稍微有些累。跟她交谈并不是一件容易的事,因为结婚八年以来,对她来说,说话已被荒废了。有一次她对我讲了她是怎样结婚的。那时,她跟她父母住在乡下,他在一次远游时路过那里,他慷慨激昂地跟她订了婚,她甚至连他是谁,干什么工作都没完全弄清楚,就跟他结婚了。这位娴静可爱的女人没有一句话,没有一个词暗示她不幸福,尽管如此,我还是准确地从她作为妻子的闪烁其词上感觉到他们婚姻的真正症结所在。第一年他们就盼望有一个孩子,第二年和第三年照样盼;后来,六七年以后,他们就放弃这个希望了,现在她白天太空虚,晚上由于有她丈夫的喧闹骚动又过分充实。"最好,"我私下里想,"她能领养一个别人的孩子,要么从事运动,或是找一点什么事情做。

这样闲待着,非得忧郁症不可,而这种忧郁症又会导致对她丈夫那挑逗性的、使正常人身心交瘁的快乐表现产生某种形式的憎恨。她身边必须有个什么人,必须有个什么东西,否则,她的紧张心情就太强烈了。"

一个偶然的机会,我去回访一个住在城里的女友,她曾在几个星期以前访问过我。我们无所顾忌地闲谈起来;谈着谈着,她忽然想起要给我看一些可爱的东西,便把我领到院子里去。到了一个谷仓,我在半明半暗中起初只看见什么东西在草里扭打、翻滚和野蛮地乱爬。那是四只小狗,生下来只有六七个星期,它们张开前爪笨拙地摸索着,断断续续地试着小声吠叫。它们从筐里跌跌绊绊地爬出来的样子真迷人,那带着怀疑目光的肥壮的母狗就躺在筐里。我从那堆在一起的柔软毛皮中抓起一只小狗;它身上的毛是棕白交错的斑点,它那美妙的微翘的鼻子充分体现它那高贵良种的光荣,这是它的女主人给我解释的。我忍不住跟它玩起来,惹它发怒,嘲弄它,让它笨拙地咬我的手指。我的女友问我想不想把它带走;她说,她很爱这些狗,但只要它们能走进合适的家,能得到良好的照料,她就愿意赠送。我有些犹豫,因为我知道,我丈夫自从失去了他亲爱的施帕齐尔以后,他就发誓决不会第二次倾心于另一只狗了。这时,我突然想到,这个可爱的动物能不能成为林普利太太的一个真正的游戏伙伴呢?于是我答应第二天给女友一个准信儿。晚上我向林普利一家提出了我的建议。妻子没有做声,不发表意见已经成为她的习惯,但林普利却满怀他惯有的热情表示赞同。他说,好的,这是他惟一缺少的东西。一个家没有狗,就不成其为真正的家。依他那急暴脾气,他恨不得逼我当夜就跟他一起进城,闯到我女友家去把小狗抱来。但我挡了挡他的急性子,他只好依了我。第二天,那只小狗被装在一个小筐里,叫着闹着经过一次意外的旅行,给送到了他们家里。

结果实在与我们事先的料想完全不同。我的意图本来是想给那个整天孤独寂寞的娴静女子空寂的房里送去一个游伴。但林普利本人却以他那无穷无尽的温柔多情的举动占有了那条狗。他对那个逗人的小动物的热情是无限的,总是显得过分,甚至有点可笑。当然,潘托——不知什么原因给小狗取了这个名字——是世界上所有的狗当中最美最聪明的狗,每天每小时林普利都会在他身上发现新的美和天赋。凡是供四足动物使用的新奇的化妆品啦,绳子、小篮子、嘴套、小碗、玩具、皮球和小羊拐子啦,不管花多少钱他都买来;林普利研究报上所有涉及养狗和营养学的文章和广告,长年订阅这类专业知识杂志,甚至订了一本养狗杂志;那些专靠养狗迷们活命的大工厂得到了他这么一个永盛不衰的新主顾;哪怕只有一点点小毛病也要去请宠物医生。要想把所有这些因新的激情而连续不断产生的过分表现描写出来,那真需要写好多卷书;我们经常听见从邻居家传来大声吼叫。但这不是狗吠,而是他的主人趴在地上想通过对狗的语言的模仿,激励他的宠物进入一种所有尘世之狗全听不懂的对话,他为这个宠物的饮食的奔忙甚于为他自己的餐饮,狗的饮食总是小心翼翼地遵照宠物教授的饮食卫生规定来安排;潘托吃的比林普利和他妻子要讲究得多,有一次报上登了一则有关伤寒的消息——那是在另外一个省份——他们就只给狗喝矿泉水了;如果有一只无礼的跳蚤胆敢跳来蹦去地造访这个孤傲者,或胆敢冒犯那咬来咬去的寻找者,那么,林普利就激愤地去干抓跳蚤的讨厌活儿;弯腰用消毒药水喷洒在衬衣袖子里和大木桶上之后,他又用梳子和刷子没完没了地给他梳理,直到把最后一个讨厌的跳蚤碾死为止。他不辞任何劳苦,不在乎任何屈辱,还没有一个王子比这条狗受到更体贴更细心的照料。在所有这些疯疯癫癫的表现当中,惟一可喜的情况是:由于他把一切感情都集中在这个新的对象上了,林普利的过激表现加在他妻子和我们身上的负担也就减轻了。他跟狗一起散步,一出去就是几个小时,他规劝他,但那个厚毛皮的狗四处嗅来嗅去的活动并没有因此特别受到干扰;他的妻子毫不嫉妒地微笑着看她丈夫怎样每天把他的偶像崇拜展现在这个四足的祭坛前。他从她的感情里收回的东西,只是那讨厌的令人难以忍受的精力过剩,而留给她的则是足够的柔情蜜意。所以,这也是明白无误的,就是:这个新的家庭伙伴使这对夫妇比以前更幸福了。

这期间,潘托一周一周地成长起来。毛皮上的那些可笑的褶子里满满的都是坚硬、结实的肌肉,他长成一只大狗,胸部宽阔,牙齿坚硬,刷得干干净净的臀部也很结实。他自我感觉良好,当他看到自己在家里占有重要的地位,而且因此平添一副高傲的一家之主的态度时,最初还不大自在。这只聪明的目光敏锐的动物用不了多久就注意到,他的统治者,或更确切地说他的奴隶,总是原谅他的无理取闹;一开始他只是不顺从,不久后他便采取专横的态度,原则上对一切被认为低三下四的事都加以拒绝。首先,他不能容忍家里有任何一点秘密。他不在,或实际上没有他明确表示同意,什么事也不准做。只要有客人来,他就跳过去蛮横地堵住关好的门,完全确信是林普利下班回来,才给他开门,然后,对来人看都不看一眼,就骄傲地跳上安乐椅,明白地向来人显示,他是家里真正的主人,他理应首先得到景仰和尊敬。没有别的狗敢于靠近篱笆一步,这是当然的,就连某些曾被愤愤地宣告是他嫌恶的人,像邮差和送牛奶的人,也眼睁睁地被迫把包裹或奶瓶放在门外,而不敢送到屋里去。林普利在他孩子般的爱的热狂中越是低声下气,这只狂妄的动物对他的态度就越坏。渐渐地,潘托甚至想出了一系列鬼招数(听起来未必令人相信)向他证明:他虽然慈悲为怀地容忍主人的爱抚和热情,但他并不需要对他天天的崇拜表示感谢。原则上,每次他在听到呼叫时都让林普利等待,于是潘托的恶魔似的装模作样便逐渐走得如此之远:他整天像一只地道的纯种狗那样四处奔跑,追捕小鸡,在水里扑腾扑腾地游,贪婪地吃那些路上碰到的东西,沉浸在他心爱的喜悦中,他无声地飞跑,狡诈地向下跑过草场,以一支炸药筒的冲击力直奔运河,野蛮地恶狠狠地用头把立在河边的洗衣筐和大木桶撞到水里去,然后扯着嗓门胜利地嚎叫一声,围着那些绝望的妇人和姑娘张牙舞爪地跳来跳去,那些女人只好一件一件地从水里往外捞她们的衣物。尽管如此,但是预计到林普利下班回来的时刻,这个狡猾的喜剧演员就收起狂妄的态度,摆出一副苏丹似的不可接近的架势。懒洋洋地靠在那里,等待他的主人,没有丝毫表示欢迎的信号,林普利往往在还没跟妻子打招呼或脱外衣之前,大喊一声"哈啰,潘托",就大步朝他走去。潘托动都不动,不回答他的招呼。有时他宽宏大量地仰面在地上滚,让人轻轻地去搔那柔软的丝绸般的肚皮,但即使在这样一些屈尊俯就的时刻他也加倍留神,不让自己急促地呼吸,也不让自己发出满意的呼噜声,免得露出他对这爱抚的满意;依附于他的奴隶应该清楚地看到,他接受这个奴隶的爱抚,只能是他的恩赐。短短的一阵猎猎声,大概是想说:"现在够了!"他忽然转过身去,结束这场游戏。同样,他总让人一次又一次地请他吃林普利推到他嘴边的切碎的猪肝。有时他只闻一闻,不管怎样劝,他非轻蔑地让人把肝放在一边不可,只是为了说明,每当这个两条腿的奴隶侍候他吃肝时,他不总是惠允为他安排的饮食。要求他去散步,他总是先翻翻身,伸伸懒腰,张开大嘴打呵欠,连他口腔深处有黑斑点的咽喉都让人看得清清楚楚;每一次他都顽固地以某种狂妄的态度显示:散步对他无关紧要,只是为了取悦于林普利,他才从沙发上站起来。他被娇惯坏了,因此也就不知害羞了,他使出各种花招强迫他的主人在他面前经常采取乞求和请求的态度;人家不得不把林普利的奴颜婢膝的激情称作"狗性",而不称之为厚颜无耻的动物行为,这个动物现在正以最伟大的演员完美无缺的表演艺术扮演着东方帕夏的角色。

我们俩,我和我丈夫,对这个专制暴君的厚颜无耻简直看不下去。潘托倒很聪明,他很快就发现了我们对他不尊敬的表现,现在是他那方面以粗暴的方式来表达他对我们的藐视。他很有性格,这是不可否认的;因为他溜进来在玫瑰花花坛里留下了明显的足迹,我们的使女就把他赶出了我们的花园,从那天起,他就不再从那个为我们的土地划定界线的篱门进出了,不管林普利怎么劝说怎么请求,他都不跨进我们的门槛一步。没有他的来访,我们倒也高兴;但令人不快的是,每当我们在街上或房前遇到林普利带着他,这个爱说话的人与我们开始谈话时,这个专制的畜生总以挑衅性的行为破坏我们时间稍长的友好交谈。两分钟后,他就开始愤怒地嗷嗷、汪汪地叫,向前探着头无情地轻推林普利的腿,好像明确地命令:"就此打住!不要跟这种讨厌的人闲扯!"我只好惭愧地讲明情况,林普利总是很不安。起先,他试图抚慰那个无礼的东西,说:"就完,就完!我们走。"但那个专制者不轻易受人摆布,于是这个可怜的隶属者只好——有点羞涩和慌乱地——与我们告别。他骄傲地撅起屁股,表现出明显的胜利神态,向我们显示了他的无限权威,然后这傲慢的畜生就从这里小跑着走了。平时我并不喜欢暴力,但现在我的手老是发痒,真想给这个被娇惯坏了的恶犬一鞭子。

潘托,一只普普通通的狗,竟然能够如此破坏我们从前那么友好的关系。林普利显然也很痛苦,他再也不能像以前那样随时跑到我们这边来了;他妻子也感到很不好意思,因为她觉得,她丈夫在我们大家面前竟对一条狗那么惟命是从,实在太可笑。伴随这样一些小冲突又过去了一年,这期间那条狗已经变得更狂妄,更有统治欲,首先由于林普利的卑躬屈节而变得更刁钻,直到后来有一天发生了一个变化,使所有参加者都同样大为震惊,自然是使一个成员觉得快活,使主要的参加者体察到悲剧的意味。我不得不告诉我丈夫,说林普利太太最近两三周以来总是面带明显的羞色避免跟我长谈。作为两个好邻居,我和林普利太太平时常常相互借这借那,每次来往时都成为我们亲切聊天的机会,因为我打心眼里喜欢这位安静谦和的女子。但是前不久我觉察到她在跟我接近方面遇到了恼人的障碍;当她有什么愿望时,她宁肯派使女来,当我跟她打招呼时,她清楚地显得局促不安,压根儿不让人细瞧她。我丈夫对她特别有好感,他劝我干脆到她那边去,直截了当地问一问,是不是我们无意中伤害了她。"不应该让这类小摩擦在邻里间发生。也许,跟你所担心的恰恰相反,也许——我甚至完全相信——她是有求于你,只是没有勇气说出来罢了。"我真心接受他的劝告。我走过去,发现她坐在花园的椅子上全身心地沉浸在她的梦想中,连我进了院子都没听见。我把手放在她的肩头,诚恳地说:"林普利太太,我是一个老太婆了,不需要再有什么难为情了。就让我开个头吧。要是您对我们有什么不高兴,您尽管坦率地说出因何缘故,为什么。"这位可怜的小夫人吃惊地站起身来。我想到哪儿去了!她没有来,只是因为……她没有继续说下去,却立时脸红了,开始抽抽搭搭地哭起来,但是——如果我可以这么说的话——这是一种善良的幸福的抽泣。最后,她对我说出了一切。

结婚九年以后,她对做母亲早就不抱任何希望了,就在最近几周里她还越来越怀疑那意外惊喜的到来,她已经没有勇气相信这一点了。前天,她偷偷地找过医生,现在心里有底了。但她还没有勇气把这个事儿告诉她丈夫,我了解他是什么样的人;她可能是害怕他过分高兴。她只是没有勇气请我们帮忙,是不是最好由我们先向他透个信儿。我声明愿意照办;我丈夫觉得特别开心,他特别满意地故意给这件事添了点笑料。他给林普利留了一个纸条,请林普利下班回家时立刻到我们家来一趟。自然由于极端勤快,这个能干的小伙子连大衣都没来得及脱,就奔到我们这边来了。他显然是担心我们家里出了什么事,另一方面,他也很高兴证实自己是讲交情,乐于助人的——我甚至想说:他是很高兴纵情玩乐的。他气喘吁吁地站在我们面前。我丈夫请他坐到桌边来。这个不寻常的礼节使他感到不安,他又一次不知道把他那沉甸甸的长满雀斑的大手放在哪里是好了。

"林普利,"我丈夫开口说,"关于您,我昨天考虑了一晚上,那时我正在读一本旧书,书上说每个人都不应该有太多的想望,而应该永远只想望一件事,只想望惟一的一件事。当时我想:比方说,如果一个天使,或一个仙女,或一个这类可爱的东西问我们的,邻居,那么他有什么想望呢?林普利,你究竟还缺少什么呢?我只要求你说出一个惟一的想望。"

林普利惊愕地抬起目光。这件事使他很开心,但他不完全相信这是真的。他一直有这样一种不安的感觉:在这次郑重的传唤背后可能隐藏着什么特别的东西。

"林普利,现在您就把我当做那个亲切友好的仙女吧,"我丈夫平息着他的惊愕心绪,"您难道什么想望也没有吗?"

林普利半严肃半玩笑地抓了抓他那一头剪得很短的微红的

头发。

"真的一个也没有，"他最后承认，"凡我想有的一切，我确实都有了，我的房子，我的妻子，我的稳定的职位，我的……"——我看出他是想说：我的狗，但在最后一刻觉得不合适，就说："……是的，我确实一切都有了。"

"那么对天使或仙女也没有任何想望吗？"

林普利越来越快活。他觉得自己无比幸福，简直可以说，百分之百的幸福。"没有，没有任何愿望。"

"遗憾。"我丈夫说，"太遗憾了，您竟然什么也想不出。"然后就沉默不语了。

在那种审视的目光下，林普利觉得有点不舒服。他以为他应该告退了。

"钱更多一点当然是需要的。……一个小小的升迁……但正如刚讲述的那样，我是很知足的……我不知道此外我还能有什么愿望。"

"可怜的天使，"我丈夫故作庄重地说，"这样，他就只好两手空空地回去了，因为林普利先生压根儿提不出一点愿望来。现在，幸好他没有立刻回去，这个心地善良、乐于助人的天使，他在此之前还需要问一问林普利太太，好像他在他夫人那里能得到更多的幸福。"

林普利怔住了，这个憨厚的汉子睁着他那湿润的眼睛、半张着嘴，现在看上去多少有点幼稚。但他使足了气力，近乎恼怒地说——他真弄不明白，属于他的人竟然能够不完全满足——："我的妻子？她还会有什么愿望呢？"

"喏，说不定是跟狗完全不同的东西。"

现在，林普利明白了。这真好似一声霹雳：由于大喜过望，他不由自主地瞪大了眼睛,别人只能看到他的眼白而看不见他的瞳孔。然后,他一跃而起,忘了穿外衣,也没向我们告辞,就飞快地跑过去,像一个疯子似的冲进他妻子的房间。

我们俩都笑了。但我们并不感到惊异。我们了解他是有名的激情过剩,因此没有任何别的期盼。

但是另外一个成员却感到很惊异,这另一位成员眨着半闭的眼睛懒洋洋地躺在沙发上,等待着他的主人在今天傍晚时刻向他表示的敬意——或者说表示他以为欠他的敬意——这就是那个浑身刷得干净漂亮的、专横霸道的潘托。但这是怎么回事呢?这个男人,没有向他打招呼,也没有抚摸他,就从他身旁走过去,冲进寝室,于是他听到了笑和哭,说话和抽泣,这情景不断地持续下去,第一次没有人关心他,然而按习惯,第一个得到问候的应该是他呀。一个小时过去了。使女给他送来一盘饮食。潘托轻蔑地让饭食放在一边。他已经习惯于让人来请来催来喂了。他凶狠地朝使女吠叫。要别人看看,他还没受到过这样的冷遇。但在那个令人心情激动的晚上,压根儿就没有人去注意他怎样鄙视他的饮食。他完全被遗忘了。林普利只顾不间断地跟他妻子说话,没完没了地告诉她应该注意些什么,充满柔情蜜意地抚摸她;在过度充溢的幸福中,对潘托他看都没看一眼,而这个傲慢的动物又太骄傲,不想向前靠拢以唤起主人的记忆。他蜷伏在他的角落里等待,这可能是一次误解,虽然几乎不可原谅但却是惟一的一次忘却。但他白白地等待了。第二天早上,林普利无数次地提醒妻子怎样保重,几乎误了公共汽车,还是没跟他打招呼就从他身边急匆匆走过去了。

这个畜生是聪明的,毫无疑问。但这次突然的变化却超过了他的理解能力。林普利上汽车时我正好站在窗前,我看到,他还没有走,潘托就慢腾腾地——不如说:沉思地——从家里走出来,目送那徐徐滚动的车辆。他就那样一动不动地待了半个小时,显然是希望他的主人能够返回来,补上那被遗忘的告别表示。后来,他才慢悠悠地蹭回来。一整天他都不游戏不耍闹,他总沉思地慢步围着房子转。——我们谁也不知道,在一只动物的大脑里各种各样的想象力能是什么样的,能达到什么程度。也许他是在思考,是不是他自己有什么不够检点的行为促使主人令人费解地抛弃往常对他的崇敬。傍晚,大约林普利通常归来之前的半个小时,他明显地烦躁不安起来;他竖起耳朵一而再,再而三地悄悄奔向篱笆去窥伺公共汽车是否准时到来。当然他也谨防露出他焦急等待的心情:刚好汽车没按惯常的钟点出现,他悄没声地跑回房间,像平时一样躺在沙发上等待。

但这一回他又白白等待了。这一回林普利又是匆匆地从他身旁走过——如此这般过了一天又一天。有一两次林普利注意到了他,仓促地喊了一声"啊,你在这里,潘托",一边走一边抚摩他,就过去了。但这只是一次冷漠的、心不在焉的抚爱。再也不是旧日的追求和服侍,再也没有亲昵的话语,没有游戏,没有散步,什么也没有啊,什么也没有啊,什么也没有。现在,林普利这个好上加好的男人,对这令人痛苦的冷漠,真的几乎没有过错可言。因为,事实上,除了他的妻子,他没有别的可想,没有别的可虑。刚一回家,他就陪着她沿着一条条小道走,拐着胳膊细心地领她走着他们曾准确踱过步的散步路线,仅仅为了不让她迈出太匆忙或者不小心的一步。他监视她的膳食,让使女报告每日每时的情况。深夜,妻子睡下以后,他几乎天天到我们这边来,从我这个有经验的女人这里讨主意、找安慰;他从各个商店为那即将降生的孩子买了一切必备的东西,而所有这一切他都是在他连续不断的生意上的激情中去办的。他自己的个人生活已经完全不存在了,他有时两天都忘了刮脸,多次上班迟到,由于他没完没了的叮嘱耽误了公共汽车。他忽略了带潘托去散步,忘了去照料他,那也没有一点恶意,并不是不忠实;那只是一个过分热情、几乎达到偏执地步的人一时的思想混乱,这种人往往为了一件惟一的事而忘记了他的一切意志、思想和感情。但是,如果说人们尽管有推想和追忆的逻辑思维,都几乎不能无怨恨地原谅一种强加在他们头上的轻视,这个迟钝的动物又怎能忍受这样的待遇呢!潘托周复一周地更加神经错乱,更加备受刺激。他的自尊心不能忍受人们把他这个一家之主如此简单地抛在生活之外,不能容忍人们把他降为次要角色。如果他明智的话,他就会挤到林普利身边去请求和献媚;然后,他的旧保护人就肯定会记起对他的怠慢。但是,潘托太骄傲,他不能卑躬屈膝。迈出和解第一步的不应该是他,而应该是他的主人。所以他决定施展各种花招把注意力吸引到他身上去。到了第三周,他忽然瘸起来了,左后腿像瘫了似的拖着走。在一般情况下,林普利会立刻温柔激动地给他检查,看是不是爪子上扎了一根刺。他会满怀同情地急忙打电话找宠物医生来给他诊治,无疑,他会一夜起来三四次去观察他的病况。但这一回,林普利也好,别的人也好,都没有注意到这个喜剧演员的跛行,而潘托只有气愤的份儿!又过了一两周,他试图进行一次绝食。整整两天他充满牺牲精神,不去触动他的饮食。但没有一个人对他胃口不好表示关心,而往常每当他专横地闹起脾气,不把他的汤舔干净,林普利就会赶忙去给他拿来特制的饼干或一片香肠。最后还是动物的饥饿战胜了他的意志,他偷偷把他的食物一扫而光,也不管这食物可口不可口。又有一次,他试图躲藏起来,以吸引别人的注意,他小心翼翼地蹲坐在附近一个废弃不用的木棚里,他在那里可以满意地听到人们关心地呼唤"潘托！潘托！"但没有人喊他，没有人注意到他不在，也没有人为此着急。他的专制被粉碎了。他被取缔，被贬低，被遗忘了，他想不出这是为什么。

我相信，我是第一个发现这几周里这只狗发生变化的人。他消瘦了，走路的姿势也变了。他不像以前那样狂妄地撅着屁股盛气凌人了，他像被鞭打了似的蹑足行走，他的毛皮从前每天都经过细心的梳理，现在已失去了绸缎般的光泽。你要是遇到他，他就低下头，不让你看到他的眼睛，慌忙擦着你身边溜走。尽管人们严重地贬低了他，但他往日的骄傲一直没被彻底打掉；他在我们这些人面前有羞色，可他内心的愤怒无处发泄，只好去加倍攻击那些洗衣的筐篓；一星期里他把这些筐篓撞到运河里去总不下三次，他是企图用暴力手段显示他的存在，要求人们必须尊敬他。但这对他毫无帮助，只惹得那些姑娘拿起棍棒来吓唬他。他所有的花招和诡计，他的绝食，他的跛行，他的躲藏，他的四处窥探，全都证明是徒劳无功——他那方形的沉重的头白白受着痛苦的煎熬：有那么一天，肯定发生了一件神秘莫测的事，他一点儿也不理解。从那天起，在这个家里，在这个家里所有的人身上，都发生了一点什么变化，潘托绝望地认识到，面对正在出现或已经出现的这个阴险的东西，他已经丧尽权力了。无疑：有人在反对他，那是一种外来的凶恶的权力。潘托他有了一个敌人了。一个比他强大的敌人，这个敌人是看不见的，不可理解的。你抓不住他，撕不烂他，嚼不碎他的骨头，这个阴险狡诈、卑鄙无耻的敌人夺走了他在家中的一切权力。现在，他在所有的门边嗅，探，竖起耳朵偷听，苦苦思索，细心观察，所有这一切都无济于事，他是看不见的，这个敌人，这个魔鬼，这个盗贼。在这一周里，潘托像个疯子似的不停歇地围着篱笆转，想找到这个看不见的东西的踪迹，也就是这个魔鬼的踪迹，但他仅以他兴奋的感官感觉到,家里发生了一件他不理解的事,他非跟这个死敌斗到底不可。首先是出现了一个不很年轻的女人,那是林普利太太的母亲,夜里睡在餐室里"他的"沙发上,平时他在他那个装了衬垫的大筐里待腻了,经常到这个沙发上来玩。紧接着——不知为什么?——又送来了各种各样的东西,有亚麻织物、有大大小小的包裹,不断地有人按门铃,多次出现的是一位身穿黑衣的戴眼镜的先生,他身上有一种难闻的气味,一种非人的刺鼻的药水味。通向夫人寝室的门不断地开了又关上,一再听到门后的窃窃私语,要么就是那些女人坐在一起做针线活发出的细碎的金属相碰的声音。这一切都意味着什么?为什么把他关在门外,潘托的目光渐渐变呆滞了,变得几乎像玻璃眼球一般无神了,动物的理解力与人的理解力的区别就在于,动物的理解力只局限在过去和现在,不能推想和算出未来。而这里就有一件未来的、将发生的事,这个迟钝的动物心怀绝望的痛苦也感觉到了,这是冲着他来了,这是他击不退、斗不过的。

　　这个骄傲专横的被惯坏了的潘托为这场徒劳无功的斗争耗尽了精力。在他屈膝投降以前,事情整整延续了六个月。我感到奇怪的是,他竟在斗争中放下了武器。在那个夏日的晚上,我丈夫在房间里独自摆纸牌的时候,我又在花园里坐了坐;突然,我感觉有一个热乎乎的东西轻轻地怯生生地偎依在我的膝头。那是潘托,自从那次损伤了他的自尊心以后,他已经有一年半没迈进我家花园半步了,现在当他惘然若失的时候,他又寻求我的保护来了。前一阵子,在那几周里别人都怠慢他的时候,我顺路总喊他一声或摸摸他;也许因为这个缘故,他在绝望的时候想起了我,他抬起目光朝我望着,我永远不会忘记那急切的恳求的目光。甚至可以说,在灾难深重的时刻,一个动物的目光会变得比一个人的目光还要恳切,还要会说话,因为我们的大部分感情和思想都是通过语言表达的,而动物则不得不把他们的语言全部挤压在瞳孔里来表达一切。除了当时在潘托的难以描述的目光里,我还从没见过一种窘困这样感人,这样绝望,他一边望着我一边用他的前爪轻轻抓我的裙边,哀求我。他在请求我,我对他的理解达到了令人震惊的地步:"你给我解释解释,我的主人为什么跟我作对,他们大家为什么跟我作对?家里发生了什么反对我的事?帮帮我吧,告诉我:我该怎么办?"面对这样感人肺腑的请求,我真不知道该怎么办。我情不自禁地抚摩他,用半个嗓音喃喃地说:"我可怜的潘托,你的时代已经过去了。你必须适应这个变化,正像我们必须习惯于许多事,习惯于许多糟糕的事一样。"我说话时,潘托竖起了耳朵,痛苦地紧皱眉头,好像要猜出这些话的意思。然后他焦躁地用前爪来扒,这是一种急不可耐的催迫动作,大概意思是:"我不明白你的意思,给我解释一下吧!帮帮我吧!"但我知道,我帮不了他。我一遍又一遍地抚摩他,为的是让他镇静下来。于是,他深深地感到我不能给他任何安慰。他不声不响地站起来,头也不回地走了,像来时一样无声无息。

　　潘托消失了整整一天,又整整一夜;忧虑紧紧抓住我的心,我想,假如他是人,他会自杀的。到了第二天晚上,他又突然出现,浑身是泥,饿着肚皮,像条野狗,身上有几处咬伤;他很可能是气得发昏时在什么地方跟别人家的狗打过架。但新的屈辱在等待着他。使女干脆不准他进屋,她给他送来满满一盆饭食放在门外,就不再理他了。这样粗暴的伤害是由特定的环境决定的,未必没有正当的理由,因为恰好碰上夫人的困难时刻到来,各个屋子里都是忙忙碌碌的人。林普利木然站在一边,无计可施,因为激动而不停地颤抖,助产士跑来跑去,有医生从旁协助,夫人的母亲坐在床边安慰产妇,使女忙得两脚朝天。我自己也过来了,我坐在餐室里等着,为了能在必要时帮一把。事实上,如果让潘托进屋,那只能出现一种令人讨厌的干扰。但这些道理他那鲁钝的狗的大脑怎么理解得了呢?这只亢奋的动物只知道,人们第一次把他赶出家门——赶出他的家门——就像赶走一个陌生人,一个乞丐,一个捣乱分子,只知道人们不怀好意地让他远离的那个紧闭的门后正在发生什么重要事情。他的愤怒是难以形容的,他用尖利的牙齿咬碎抛给他的骨头,好像这骨头就是那看不见的敌人的颈项。然后,他四处嗅来嗅去;他灵敏的嗅觉闻到,有一些陌生人闯进了这所房子——他的这所房子,他在泥灰地面嗅到他早已熟悉的踪迹,就是那个穿黑衣、戴眼镜的可憎的男人的气味。但在这里还有别的人和他联成一气,他们到底在里面干什么呢?这个异常兴奋的动物竖着耳朵倾听着。他耳朵紧贴着墙听到了细小的声音和很响的声音,听到了呻吟、喊叫和紧随在后的水的拍击声,听到了慌忙走路的脚步声,还听到一些东西被移动的声音,玻璃杯和金属相碰的声音——确实有什么事在屋里发生了,而他却一点也不明白。但他的直觉告诉他:那是他的对立面。就是这个对立面使他蒙受屈辱,使他的权利全被剥夺——这就是那个敌人,那个看不见的阴险、卑鄙、无耻的敌人啊,现在,他真的到位了。现在他是可以看得见的了,现在可以抓到他,终于可以用猎刀刺捕他了。这个强壮的动物的肌肉紧紧绷在一起,由于感情受了刺激而全身颤抖,他缩着脖子俯身躲在屋门旁边,准备等门一开就箭一般地冲进去。这一回可不能再让他从眼皮底下逃走了,这个诡计多端的敌人,这个篡夺它的权利和特权的人,这个和平的扼杀者!

总之,我们在屋子里没想到会发生什么事。我们太激动,太繁忙了。我不得不抚慰林普利,使他解除不安——这也不很省劲呀——医生和助产士禁止他进入通向寝室的过道;他怀着巨大的同情在这两个小时的等待中所经受的痛苦,也许比产妇的还要多。终于来了好消息,过了一会儿,就允许这个摇摆在欢乐和恐惧之中的丈夫轻手轻脚地进入寝室,去看他的孩子和夫人了——根据助产士事先的报告,那是一个女孩。他待了很长时间,我们——他岳母和我——两个过来人,单独在一起亲切友好地交谈起来,各自回忆了许多往事。最后,寝室的门开了,林普利走出来,医生跟在后面。他托着襁褓中的婴儿,骄傲地让我们看,他托着她,就像一个教士托着圣体;他那张透着诚实、略显天真的宽大的脸,由于泛着幸福的光辉,显得很好看。他不停地流着眼泪,也不去擦一擦,因为他用两手抱着那个婴儿,就像抱着一个说不出多么宝贵的东西,一个一碰就碎的东西。对他身后的医生来说,这种情景早已司空见惯,他趁机穿上他的大衣。"我的事现在已经完了。"他笑着跟大家打招呼,然后随随便便地向房门走去。

但就在医生毫无防备地打开门这短暂的一秒钟里,有个什么东西像箭一般地从他腿边钻了进去,什么东西,就是那个绷紧肌肉在门边躺着坐着的东西,潘托已经站在寝室中间"汪"的狂吠了一声。他立刻看到,林普利抱着一个新的物件,脉脉含情地抱着,这个物件他一点儿也不认识,那是一个很小的,红扑扑的,活着的东西,这东西像猫一样喵喵地叫,散发着人的气味——哈!这就是那个敌人,那个找了好久的敌人,那个躲藏起来的隐蔽的敌人,那个夺走他权利的强盗,那个扼杀他的安宁的凶手!撕碎他!咬烂他!他龇牙咧嘴地蹿到林普利跟前,想夺走那个孩子。我相信,我们大家异口同声地叫了起来,因为这个强壮的动物跳起来往前扑,动作那么突然,那么有力,竟把那个体重不轻的胖墩墩的男人撞得打了好几个趔趄,往墙上倒去。但在这最后的一刹那，他还是下意识地把裹着婴儿的襁褓高高地举了起来，只是为了不让伤了孩子。就在林普利跌倒在地之前，我急忙伸手把孩子接到我的怀里。那条狗立刻朝我扑过来。幸亏医生听到我们的尖叫赶回来，镇定地操起一把沉重的椅子冲着那条眼睛充血、满嘴流沫的怒吼着的狗摔过去，打得他骨头咯咯地响。潘托疼得嗷嗷直叫。退让了一会儿，不过那只是为了在他疯狂的愤怒中马上再向我袭击。不过，这么一小会儿就足够林普利急速从地上爬起，怀着跟他的狗惊人相似的愤怒，冲向那个动物了。一场可怕的搏斗开始了。林普利，肩宽，体胖，力气大，他以他身体的全部重压扑在潘托身上，想用他强有力的手把他掐死。他们俩扭在一起在地上滚来滚去。潘托嘴一张一张地咬，林普利一个劲儿地用手掐，膝盖压在狗的胸脯上，狗一再挣脱他铁钳般的手扣；为了保护孩子，我们两个老太太逃进了侧室，这时医生和使女也冲向那只疯狂的动物。他们抓起随手碰到的东西狠打潘托，木头和玻璃器皿乒乒乓乓叮叮当当响成一片，他们三个人用拳头捶、用脚踹，折腾了好长时间，直到狗吠变成气喘似的捯气；最后，那畜生只剩下微弱地耸着肩膀呼吸的份儿了，他已经筋疲力尽，医生、使女和听到喧闹急忙跑过来的我的丈夫用他自己身上的皮绳和别的绳索把他的前爪和后爪捆起来，把撕下来的一块台布塞在他嘴里。他一点抵抗能力也没有了，处在半昏迷状态。随后，他们把他拖出了房间，到了门口就像抛一个麻袋似的把他抛了出去。这时，医生才急忙回来救护。

　　林普利像喝醉了酒似的，踉踉跄跄地走进另一个房间去照看孩子。她没有受伤，她瞪着睡眼惺忪的小眼睛呆呆地望着他。对他妻子也不存在任何危险，她只是被喧闹声从疲惫后的昏昏沉睡中惊醒了；她吃力地深情地朝着抚摩她手的丈夫惨然一笑。这时，他才顾得上想他自己。他的样子很可怕,脸色煞白,眼神迷惘,衣领被撕下来,衣服皱皱巴巴、沾满尘土;我们惊讶地发现,从他被撕破的右袖口有血滴落下来,顺着泥灰地面留有血滴的痕迹。在激烈的搏斗中他根本就没觉察到,那条被掐的狗在绝望的反抗中咬了他,两次都深深地咬进了肉里。别人帮他脱去衣服,医生赶忙给他绑缠上绷带。使女送来一杯白兰地,因为这个精疲力竭的人由于激动和失血已接近昏迷了,我们费了好大劲才把他弄到沙发上躺下。在沙发上,他倒头就沉睡起来,他因为满怀激情的等待已经有两夜没好好休息了。

　　我们考虑怎样处置潘托。"用枪打死。"我丈夫高声说着就想回家取他的左轮手枪。但医生宣称,他有责任一分钟也不耽搁地把狗送到观察站去化验唾液,看他是否得了狂犬病,因为如有狂犬病,林普利的咬伤还需要采取一些特殊的预防措施;他想立刻把潘托装到他的汽车里。我们大家都走出去,准备帮医生的忙。在门前——我永远忘不了那一瞥——那条狗被捆绑着,毫无反抗能力地躺着不动;他几乎没有听见我们的到来,眼睛看着前方,眼珠残暴地滴溜溜转,好像想要挣脱皮绳跳起来似的。他牙齿咬得咯咯响,使劲地又嚼又吞,想把塞在嘴里的布吐出来,同时他的肌肉也像绳索一样绷得紧紧的:整个弯曲的身体震颤着,抖动得很反常很不自然;坦白地说,虽然我们知道他给捆得很牢,但我们每个人对伸手抓住他仍然迟疑不决;平生我从来没有看见过其他类似的东西怀着这样的集中一切凶恶本性的愤怒,在人世间从来没看见过像这充血的和嗜血的目光中所显露的这样多的仇恨。我不由自主地产生了这样的考虑:我丈夫建议直接枪杀这只动物是否有些道理。但医生坚持立刻运走,于是这条四肢被捆的狗就被拖到汽车里运走了,尽管他想反抗,但也无能为力了。

随着这次很不光彩的退场,潘托从我们这个圈子里消失了好长时间。我的丈夫偶然得知,经过巴士特杀菌研究所多日的观察,根本不存在狂犬病传染细菌,因为不准他返回他原来犯罪的地点,人们就把潘托送给了巴斯城的一个搜寻强壮牛头犬的屠户。我们没有再去想他,林普利也把他全忘了,他两三天就得给胳膊换一次绷带;自从他妻子出了孩子满月以后,他的热情和忧虑全集中在那个小不点的可爱的女儿身上了,我几乎无须提及,他的举止像在潘托时代一样狂热,一样过火,甚至更愚蠢。这个肥胖粗壮的男人跪在放着孩子的小车前边,好像古意大利艺术大师的油画《三王来到马槽前》上画的那样。他每天,每小时,每分钟都会在这个——自得其乐的——红润可爱的小造物身上发现与前不同的喜人之处。这个沉静朴实的女人见到这样的父爱,总是笑眯眯的,与从前见到他对那个霸道的四足动物顶礼膜拜时她的微笑相比,现在的笑要更友好千万倍。对我们来说,也有了不少美好的时刻,因为邻家有了无阴云的美满幸福,我们这座房子的周遭自然也就笼罩着友好之光了。

我说过,关于潘托,我们大家已经完全忘了,只是我有一天晚上莫名其妙地想起了他的存在。我跟我丈夫在伦敦听完布鲁诺·瓦尔特的音乐会,深夜归来,不知为什么,我一直不能入睡。是因为我不自觉地努力回想那朱庇特交响曲的悠扬曲调,还是因为这白色的月朗星稀的柔和的夏夜?我起床了——大概已经是凌晨两点钟左右——然后往窗外望去。月亮以极小的威力在高空滑行,像被一股看不见的风所驱动,透过由它的银光照亮的薄云,每当它纯净、光亮地走出来,整个花园都亮得像裹在白雪中一样。一切都寂静无声;我有这样的感觉,哪怕只有一片树叶轻轻抖动,也逃不过我的耳朵。所以,当我突然发觉,在这样绝对的寂静中,在隔开我们两家花园的围篱旁边,有个什么东西在无声地移动时,我吓坏了;那是一个黑色的东西,被照亮的草地留下了它不安地动来动去的轮廓。我不由自主地被吸引住了,就朝那里望去。那不是人,绝不是活的东西,绝不是有躯体的东西在那里不安地移动。那是影子。仅仅是一个影子。但那必定是一个活物的影子,这个活物在围篱的掩护下小心翼翼鬼鬼祟祟地移动着,是一个人或一个动物的影子。我不知道如何准确地表达,但这个沮丧的东西,这个隐秘的东西,这个潜行的无声的东西,却蕴藏着某种使人不安的成分。像女人害怕时那样,我首先想到是盗贼或杀人凶手,于是我的心剧烈地跳动起来。但这个影子已经从花园围篱移到上面篱笆开始的台地,这时正沿着木栅蹑足行走的那个活物奇怪地抽紧身子,出现在他的影子的前面——哦,原来是一条狗,我立刻认出了他;那是潘托。他走得十分缓慢,十分小心,你看得出,他随时准备在听到第一个声音时赶快跑掉,潘托就是这样用鼻子嗅着朝林普利的房子走过来;——我不知道我怎么会闪电般地产生这样的想法:好像他想要探察出什么来似的,因为一条寻觅踪迹的狗决不会这样轻松自由地搜索;他的举止泄露出,他是在干某种被禁止的事,或是在筹划什么阴谋诡计。他不把嘴凑近地面去闻,他不放松肌肉去跑,而是肚皮紧贴着地面往前挪,为的是尽量不让人看见他。他一点一点地往前挪,像一个猎犬悄悄接近他的猎物。为了观察得更清楚,我情不自禁地弯下腰。但我笨手笨脚地轻轻碰了一下窗户,弄出一个不大的声音,潘托无声地一跳,就消失在黑暗中了。这一切我觉得好像是在梦中见到似的。花园又处在月光中,是那样的空荡荡,那样的白,那样的光亮,那样的静止不动。

我不知道为什么,但我羞于向我丈夫讲述这一切;说不定这真的是一种错觉呢。第二天早上,我在街上遇到林普利家的使女时,顺便问她最近又见到过潘托没有。这个使女显得很不安,有几分狼狈;鼓励了她几句以后,她才对我说了实话:她曾多次在特殊的环境里碰到过他。她实在是说不清楚,但她见了他总是很害怕。四个星期以前,她带着儿童车进了城,忽然听到一阵恶狠狠的犬吠;从街上路过的屠夫的汽车里,潘托对着她,或如她所想,对着放了孩子的车拼命吼叫,摆出往下跳的架势。幸亏汽车开得快,他没敢跳,但他那刺耳的吼叫却使她听了特别难受。当然,她没让林普利先生知道。根本没有必要使他不安,再说她认为这条狗在巴斯是有可靠的保护的。但在最近的一个下午,她想从木屋取点木柴出来,发现屋里的暗处有一个东西在动;她吓得正想大喊,竟认出藏在那里的是潘托,他立刻穿过我们花园的围篱不声不响地走了。打那以后,她就怀疑这狗常常隐藏在这里,他肯定是在夜里围着这所房子转来转去,因为最近在那夜的大雷雨过后,她在潮湿的沙地上清楚地看见过狗爪子印,她能清楚地告诉人们,潘托怎样多次围着这整座房子转。当然,他从来也没公开露过面;毫无疑问,他只在他确信无人看见他时,偷偷地穿过我家或邻家的围篱。我是否可以想象,他还想回来呢?林普利先生恐怕不会再让他进家门了,而在屠户家里他也不至于挨饿呀,不然他会首先到厨房里向她讨吃的。不管怎么说,对于狗围着房子转,她心里有些害怕。我要不要说呢?即使不告诉林普利先生,至少也应该告诉他的夫人呀。我们经过仔细考虑,一致认为:如果他再露面,我们就告诉他的新主人,那个屠户,让他阻止潘托的不可思议的来访;至于林普利,我们根本不想让他记起这只可恨的畜生的存在。

我认为,这是我们的一个错误,因为——谁能说得准呢?——也许能阻止第二天事情的发生。那是一个可怕的、令人难忘的星期天。我丈夫和我都到林普利那边去了,我们坐在轻便的公园软椅上聊天，地方是紧挨着下边的小台地，从台地起草场经过一个相当陡的斜坡向下一直延伸到运河。那个儿童车放在我们旁边的那块平坦的草坪台地上，我没有必要去说，那个疯疯癫癫的父亲在谈话中间每五分钟就要站起来一次，去逗逗孩子。她终于变成了一个可爱的孩子，在那个金光照耀的下午看上去实在讨人喜欢，她在那支起来的车棚阴影里眨着蓝色的眼睛朝天空笑，用她那纤细的、不大灵活的小手朝着车棚上的太阳光圈抓——父亲乐不可支，好像过去从未有过这样的理性的奇迹，我们也高高兴兴地帮他逗孩子玩，好像我们也从来没有见过这样喜人的场面。这情景，这最后的幸福的情景，永远留在我的记忆中。接着，林普利太太从房屋游廊阴影中上边的台地上喊我们去喝茶。林普利抚慰着孩子，好像她能听懂他的话："就来！我们就回来！"我们把放着孩子的车留在那美丽的草坪上，那里有密匝匝的树叶像屋顶似的遮住炎热的阳光；我们只用几分钟就登上那阴凉下往常喝茶的地点，从下边的台地到上边的台地也就是二十米左右远，两个台地之间有一个带圆花窗的蔓藤凉棚隔着，上下都看不见。我们闲聊着，我无须说我们在聊什么：林普利非常快乐，但是这一次，由于天空像蓝绸缎一样好看，由于处在这样的礼拜天的宁静和一所喜庆的房屋的阴影中，他的快活根本算不了什么；他的快活好像只是这个罕见的礼拜日在一个人身上的反映。

　　我们忽然被吓了一跳。从运河那里传来惊恐的尖叫，孩子的声音和女人的恐怖的呼喊。我们冲下绿油油的山坡，林普利跑在我们大家的前面。他首先想到的，便是孩子。但使我们惊恐万状的，却是下边台地上已经空无一物了，就在几分钟以前我们把那辆放着笑眯眯打盹的孩子的小车留在那里，还以为绝对安全呢。从运河那里传来的叫声，越来越尖利，越来越撕心裂胆。我们很快就跑到了下边。在河对岸,有几个妇人紧紧挤在一起,用她们的孩子打着手势,凝神望着运河。我们十分钟前安全可靠地留在下边台地上的那辆儿童车,倒扣着在水里游动。一个男人曾解开一只游艇去救过孩子,另一个人还潜到水里去找过。但是,一切都太迟了。过了十五分钟,孩子的尸体才从浅绿色的、有交错缠绕的海藻的、咸淡混合的水里捞上来。

　　我无法描述这不幸的父母的绝望。确切地说,我是根本不想去描述,因为我一辈子都不愿意再回忆那可怕的时刻。电话报警后,来了一个警长调查这可怕事件发生的经过。是父母的疏忽?是事故?还是有人犯罪?人们早已把那辆浮游的儿童车从水里打捞上来,现在又按警长的指示把它丝毫不差地放在下层台地原来的位置上。于是,这位警署长官就亲自做起实验来,看轻轻推一下,小车能不能自动从山坡上滚下去。但在又厚又高的草里,车轮几乎动也不动。一阵风使小车从这块非常平坦的地段突然滚下去的可能性,是可以排除的。警长做的第二次实验,是用稍大一点的力量推。小车滚动了半步就停下来了。但这块台地至少有七米宽,从车轮的压痕可以证明,这辆车立在那里又牢固又安全,离掉下去的地方距离相当远。当警长使足力气跑过去对着小车一撞,小车才沿着山坡快速运动,从台地上滚了下去。一定是有一个预先没有看见的东西突然使小车进入了运动状态。但这是谁,是什么呢?这是一个谜。警长的额头上渗出了汗珠,他摘下帽子,用手搔那乱蓬蓬的头发,越来越陷入沉思。他弄不明白这是怎么回事。是不是一个物体——也就仅仅是一个游戏用的球吧——自动滚下台地的?"不!决不是!"所有的人都斩钉截铁地说。会不会是一个逗留在附近或花园里的孩子,出于一时的兴致推着小车玩过?不!没有人!是不是平时有谁在附近待过？不！没有人！花园的大门是锁着的，沿着运河散步的人当中没有一个人看到过有谁来去。惟一真正的见证人，只能是那个跳进水里救孩子的工人；但他浑身湿淋淋的，思绪相当紊乱，他只记得，他和他的妻子沿着运河岸边散步，别的他什么也说不出来。突然，从花园的山坡上滚下来了那个儿童车，它滚得越来越快，掉到水里立刻就翻了。因为他相信一个孩子浮在水中，就立刻跑过去，甩掉上衣，跳进水里想救出那个孩子，但他被乱成一团的水藻绕住，不能像他所想的那样快地游过去。别的他就一无所知了。

　　警长越来越绝望。这样令人费解的情况他还从来没有经历过。他简直想象不出那辆车怎么会滚动起来。惟一的可能就是，孩子突然坐起来或往一侧使劲使小车失去了平衡。但这是不可信的，这样的想象简直是不着边际。是否我们当中有谁另有推测？

　　我情不自禁地注视他们家的使女。我们的目光相遇了。我们俩在同一瞬间想到了同样的事。我们俩知道，那条狗恨透了这个孩子。我们知道，最近他一再诡计多端地隐藏在花园里。我们知道，他曾多次幸灾乐祸地把洗衣筐篓撞到运河里去。我从她那苍白的、不安地抽搐着的嘴唇看出，我们俩心里产生了同样的怀疑：是那条狡猾的恶狗终于找到了复仇的机会，趁我们刚刚把孩子单独留下几分钟的工夫，从隐蔽处钻出来，迅猛地一冲撞，就把那辆放着他的死敌的车子撞下去掉进运河里了，然后他又像往常一样悄然无声地跑掉了。但是，我们俩谁也没有说出这种怀疑。我的单纯的想法是：如果林普利当时把这条疯狂的狗杀死，他就救了他的孩子了。我知道，我要是这样说，林普利会气疯的。归根结底，尽管有一切推理论证，但缺乏最后的事实依据。我们俩也好,别的人也好,那天下午谁也没有亲眼看见那条狗悄悄地进来或悄悄地出去。那个小木屋,他喜爱的躲藏处所——我立刻就去检查——完全是空的,干燥的土地上没有一点痕迹,我们也没听见那种疯狂的犬吠声,以往潘托只要把洗衣筐撞进运河就总要那样胜利地吼叫几声。因此,我们无法断言,那就是他。这只是一个令人痛苦的,令人无比痛苦的推测。这是一个有理由的,有充足理由的怀疑。但缺乏最后的无法推翻的确凿的事实。

不过,从产生这个可怕的怀疑那一刻起,我就再也摆脱不出来了,相反,这怀疑越来越强烈,到最近几天几乎变成了确信。一星期以后,孩子早已埋葬,林普利一家离开了这座房子,因为他们不忍心去看那有灾难记录的运河。这时,发生了一件使我深受刺激的事。我到巴斯城里置办家用的零星物品;我突然大吃一惊,因为我看见潘托在屠户车旁从容不迫地往前走,在那些心惊胆战的时刻我总是下意识地不断想到潘托,他也同时认出了我。他立即站住,我也同样停住脚步。接下去发生的事,至今还使我感到压抑:自从他受贬以后,我看到他总是心慌意乱的样子,每次相遇,他总是侧转目光,俯身斜背,羞怯地躲开,这一回,他却毫不拘谨地高高昂着头,充满高傲和自信——我只能这样说——镇定地望着我;他突然间又变成从前那个高傲狂妄的畜生了。他这种挑衅的姿态坚持了一分钟之久。然后,他摆动大腿,迈着细碎的舞步,穿过大街,假装亲切友好地朝我走来,一步以外在我面前停住脚步,好像是想说:"喏,是我呀!你有什么要对我说,或你有什么要控告我的吗?"

我好像被惊呆了。我没有力量把他踢开,我无法忍受这样自负,甚至自满的目光。我赶快逃走了。愿上帝保佑我,我要控诉一个动物的罪行,更何况被害人是无辜的呢。但从这一时刻起我就再也摆脱不了这种可怕的思想:"那就是他。就是他干的。"①

(1949)

(关惠文 译)

---

① 德语中的"他"和"它"是同一个词,本篇用此词布下疑阵,故意引导读者在最初产生错觉。

偿还旧债[*]

亲爱的老爱伦①：

我知道，相隔这么多年收到我一封信，你一定会惊讶不已。自从我最后一次写信给你，差不多已经有五年，也许甚至有六年之久了。我记得那是你最小的女儿结婚时我给你的贺信。这次我提笔写信可不是出于这样庄严隆重的原因。我要把一次奇特的邂逅推心置腹地告诉你，我的这种需要，也许你会觉得奇怪。可是我在几天前碰到的事，只能向你倾诉，只有你一个人能够理解这件事情。

写到这句话，我不由得停下笔来，暗暗发笑。我们当年还是两个稚嫩的十五六岁的少女，心情激动地坐在教室里，或者是在回家的路上互相倾诉孩子气的秘密时，不是也老说："只有你一个人能够理解这件事情吗？"在我们当时的青春岁月里，我们不是互相庄严宣誓，一定把有关某个人的情况，一点不漏地每个细节都告诉对方吗？如今这一切都成了四分之一世纪以前的往事，但是发过誓就应该始终有效。我要你看到，虽然迟了一些，我还是忠实地恪守诺言。

整个事情是这样发生的。我今年经历了一段艰难的时日。我

---

* 本篇系作者的遗稿，最初于一九五一年九月十五日、二十二日、二十九日和十月六日、十三日在维也纳《新闻报》上连载。

① 原文为英文。

丈夫作为主任医师调到 R 城的大医院里，搬家的事情全部落在我一个人身上。这当儿我女婿又带着我女儿出差到巴西，把三个孩子留在我们家里。孩子们突然得了猩红热，一个接一个，我得护理他们……最后一个孩子还没有完全病愈，我的婆母又去世了。一切都乱了套，我起先以为，自己能够挑起这副重担，可是不知怎的，这些事情让我耗去的精力心血远远超出我的想象。有一天我丈夫默默地端详了我一阵之后，对我说道："我想，玛格丽特，所幸孩子们都已经恢复健康，你应该关心一下你自己的身体了。你看上去疲惫不堪，你让自己劳累过度了。到乡下哪个疗养院去待上两三个星期吧，这样你又可以重新精力充沛了。"

我丈夫说得有理，我承认我已心力交瘁，事实上情况还要糟。一有客人来，我便意识到这一点——自从我丈夫在这里就职以后，我们不得不应酬大批客人，还得外出做客——客人待上一个小时，他说什么，我就有些充耳不闻了。最简单的家务事我也常常忘记，而且忘记的次数越来越多。早上我得使劲强迫自己才能起床。我丈夫想必用他那清澈的、训练有素的医生眼光，诊断出我这身心极度疲惫的状况。我的确别无所缺，只缺少十四天休养。两周之内，不去想厨房，不去想内衣床单，不去想做客访问，不去想每天的琐事，两周之内，一个人待着，只做我自己，而不是只做母亲、外婆、家庭主妇和主任医师的夫人。碰巧我居孀的姐姐有时间到我们家来，这样我不在家一切也都有人照顾，我没有了后顾之忧，便听从了丈夫的忠告。二十五年来我第一次独自离家休假，是的，我甚至事先就怀着某种迫不及待的心情，希望这次全身放松会给我带来新的活力。我丈夫叫我在一家疗养院疗养。只在这一点上我拒绝了他的建议，尽管他很周到，事先给我选定了一家疗养院，他和这家疗养院的院长是青年时代的朋友。我之所以拒绝，是因为那儿仍有许多人,还有熟人,在那儿又要讲究繁文缛节,应对进退,而我别无所求,只求和我自己在一起,两周之内,看看书,散散步,做做梦,不受干扰地多睡一会儿,两周之内不打电话,不听收音机,两周之内,沉默无言,两周之内平静无扰地做我自己,如果可以这么说的话。多年来我无意识地,别无所求,只向往这种完完全全的彻底沉默和彻底休息。

我于是回忆起我们婚后最初几年住在波岑的情景,我丈夫当时在那儿当助理医生。有一次,我们徒步三小时,爬到山上一个偏僻的小村子里。在一个小得可怜的市中心广场边上,面对着教堂,有一家乡下旅店。这类旅店在蒂罗尔很常见,房子用又宽又大的四方石块盖在平地上,二层楼上面是宽阔的、遮住全屋的木头屋顶,有一个宽敞的露台,这一切全被葡萄叶簇包围起来。当时正值金秋季节,葡萄叶簇像是殷红的可又使人清凉的火焰围着房子熊熊燃烧。旅馆左右两侧蹲着一排排矮小的房屋和宽阔的谷仓,颇像忠实的狗,而旅馆则敞开胸怀站在柔和的飘浮的白云下面,远眺前面绵延无尽的群山全景。

我当时站在这家小旅店前面,充满了憧憬,几乎像着了魔似的。你肯定知道这种情况:在铁道上,或在漫游时一眼看见一幢房子,突然产生一个念头:为什么不生活在这里?住在这里肯定会感到幸福。我相信每个人有时都会闪过这样的念头,只要在什么地方你曾长久地注视过一幢房子,心里暗自产生在这里可以幸福生活的秘密愿望,那里感性的形象随着每根线条都会印进你的记忆之中。时隔多年,我还回忆起窗前红色和黄色的花盆,以及二楼的木头走廊,那里晾挂着的被单内衣,像彩旗一样纷飞飘舞;我回忆起涂了颜色的百叶窗,蓝底上涂了黄色,当中刻着小小的心形图案;我还回忆起屋脊的木梁,上面有鹳鸟的小巢。有时候,心情烦乱,我会突然想起这幢房子,想到那里去住上一天。我会以一种梦幻似的半清醒半混沌的状态这样想着,就像人家想象一些不可能办到的事情那样。难道现在不是实现这个几乎已经消逝的旧日愿望的最好机会吗?山上这座花花绿绿的房子,这家旅馆,没有我们这个世界的一切讨厌的舒适设备,没有电话,没有无线电,没有来访者和各种繁文缛节,难道这不就是治疗过分疲劳的神经的对症良药吗?正当我把这旅馆唤回记忆之中的时候,我就已经觉得闻到了山风带来的浓烈、馥郁的芳香,听见了乡间悠远的牛铃的叮当声响。单凭回忆,我便第一次鼓起新的勇气并且精神振奋。这种灵机一动似乎是完全无缘无故地涌入我们的脑海,事实上是长久以来藏在脑中、潜入心底、等待已久的愿望突然放射出来。我丈夫不知道我曾多少次梦见过这幢多年前曾经见过一次的小房子,听我说起,先是微微一笑,接着就鼓励我向那儿打听一下。那儿的人回答,三间客房全都空着,我可以随心所欲,任意选择。我心想,这样更好:没有邻居,不用谈话,我就乘坐下一班夜车。第二天早上,一辆乡间的单驾小马车就带着我的箱子,慢慢悠悠地把我送上山去。

　　我发现一切都妙不可言,完全像我所能希望的那样。房间里配备了发亮的松木制作的简单家具,光洁明亮。没有别的旅客,阳台由我独自使用。从阳台上可以一直看到无边无际的远方。看一眼洗刷得锃亮、干净得发光的厨房,我这有经验的家庭主妇就知道,我在这里定会得到最好的伙食。旅店女主人是一位体形干瘦,态度亲切,一头灰发的蒂罗尔女人。她再一次向我保证,我在这里不用害怕会受到任何打扰或者任何来访者的骚扰。当然每天晚上七点钟以后,村公所书记官、宪兵队长和另外几位邻居会到旅店里来喝酒、玩牌和闲聊,但是这些人全都轻声轻气,到十一点他们又都各自散去。星期天做了礼拜以后,说不定下午也会热闹一些,因为从山坡上,农庄里会有一些农民过来,不过我待在自己房间里几乎什么也听不见。

白天阳光实在明媚,我无法久久待在房里。我把随身带来的衣物从箱子里取出来,让他们给我一块上好的乡间褐色面包和几片冷肉,然后出门散步,踏过草地,向上攀登,越走越高。大自然的一切都敞露在我面前,细浪翻滚的河流在山谷里流淌,高山顶峰戴着白雪花环,和我一样自由自在。我感到阳光一直射进我的毛孔。我走啊走啊,一个劲地走。一个钟头,两个钟头,三个钟头,一直走到阿尔卑斯山草地的最高处。在那里我摊开手脚,躺在柔软、温暖的苔藓上,伴着蜜蜂的嗡嗡声,山风有节奏地轻轻吹拂,巨大的宁静笼罩着我,我感觉到向往已久的宁静。我惬意地闭上眼睛,沉浸在梦幻之中,丝毫没有意识到我已入睡,何时入睡。直到凉意浸入我的肢体我才醒来。已经快到黄昏时分,我大概足足睡了五个小时。这时我才知道,我是多么疲劳,可是我的神经和我的血液都已感到清新。我踏着坚强、坚定、富有弹性的脚步走了两个小时,回到我的小旅馆里。

女店主已经站在门口。她有些担心我迷了路。我已饥肠辘辘,她建议立刻为我做晚餐。我不记得几年来曾经这样饿过,便非常乐意地跟她走进酒店。这是一间昏暗低矮的房间,装有木头护壁,桌上铺着红蓝方格的桌布,让人感到舒适,墙上挂着羚羊角和交叉的步枪。那硕大的蓝釉砖砌的火炉,在这暖和的秋日虽说并没有生火,房间里却有一股舒适的固有的暖意。我看那些客人也很顺眼。一共四张桌子。宪兵队长,税务官和村公所书记官,围着一张桌子在玩纸牌,每人身边放着一杯啤酒。另一张桌旁坐着几个晒得黝黑的农民,他们强壮有力,模样粗野,胳臂肘支在桌上。

像所有的蒂罗尔人一样,他们寡言少语,只是一个劲地吸着他们长把的瓷制烟斗。看得出来,他们白天干活很是辛苦,只想休息一下,实在太累,懒得思索,也懒得说话。这些农民,为人诚实,规规矩矩,看着他们那像木雕一样坚硬的脸,你会感到舒服。在第三张桌旁坐着几个马车夫,小口啜饮着烈性的大麦烧酒。他们也浑身疲惫,一声不吭。第四张桌子是为我铺设的。不久桌上就放了一大盘烤肉,我要不是吹了山风,饿得发慌,平时我是一半也吃不下去的。

我从房里带了一本书下来,打算在这里看看书,但是坐在这安静的房间里,置身于这些和蔼可亲的人们中间,很是舒服。他们在你身边既不打扰你,也不使你感到压抑。有时候门一开,一个金发男孩进来,为他父母来取一罐酒,一个农民进来,从我身旁走过,在柜台旁喝上一杯。一个女人走来,和女店主轻声聊天。女店主则坐在柜台后面,给她的孩子们或者孙子们补袜子。人来人往,悄无声息的节奏美妙已极,让你看了舒服,并不使你心烦。我在这种安适的气氛中感到心旷神怡。

我就这样坐了一阵,做梦似的,一无所想——大概在九点左右,门又打开了。这一次可不像那些农民进来,慢悠悠地安详地把门推开,门被突然撞得大开。进来的那个男人,不是马上把门关上,而是直挺挺地站在门槛上,似乎还没完全下定决心,是不是该进来。然后他一甩手把门关上,比别人关门的声音要响得多。他环顾四周,用低沉洪亮的声音说了声:"上帝祝福诸位,先生们。"向大家问好。这声音有些做作,不像农民的问候,立刻引起我的注意。在蒂罗尔的乡村酒店里,人们问好,通常是不用城里人说的"先生们"的,事实上,这个花哨的称呼似乎也没有激起酒店里的客人们多少热情。没有人抬头看他,女店主安安静静地继续补她的灰色毛袜,只有马车夫坐的那张桌子旁,有人不冷不热地轻轻咕噜了一声"上帝祝福你"作为回答。这句话在蒂罗尔也同样可以含有"见鬼去吧"的意思。这位怪客的奇特之处,似乎谁都见怪不怪。可是这陌生人并不因为这不友好的接待而变得手足无措。他以庄严的姿势,把他那稍稍嫌大、丝毫不像农民戴的帽子慢慢地挂在一只羚羊角上,帽檐因为常戴常脱已经磨烂,然后他挨桌打量,犹豫不决,不知该在哪张桌旁入座。没有一个人开口向他发出邀请。打牌的三个人正以引人注目的热忱,热衷于他们的纸牌。坐在条凳上的农民一动不动,根本不打算挤一挤,腾出位子。而我自己也被这位陌生人古里古怪的举止弄得很不自在,唯恐他喋喋不休地饶舌,急忙把我的书打开。

陌生人没有办法,只好迈着显然有些沉重的、不大灵活的脚步向柜台走去:"来杯啤酒,美丽的老板娘,泡沫喷涌,鲜美爽口。"他相当大声地要了酒。这个夸张激越的古怪声调又一次引起我的注意。我觉得蒂罗尔的乡间酒店可不是用这种文绉绉的腔调说话的地方,这位当了老奶奶的老实巴交的女店主身上,也没有任何东西可以勉强配得上这样的奉承。果然如我预料,这个称呼丝毫没有对她产生特别的影响。她不答话,拿起一个陶制大肚子酒杯,用水涮了一涮,拿块布擦干了,从桶里把酒杯装满——不算不客气,可完全是无动于衷的样子——隔着柜台,把酒杯推到客人面前。

挂在链子上的圆形煤油灯恰好在柜台前面,悬在他的头上,因此,我有机会更仔细地端详这个奇特的客人。此人看上去大概六十五岁左右,身体已经发胖。他一进门我就发现,他走路拖着脚步,步履沉重。我作为大夫的妻子,多少积累了一些经验。我马上看出他这种步态的原因,想必是一次中风,使他半身不遂。因为他的嘴也歪向一边,左眼的上眼皮明显的更松垂,这就使他的脸带有扭曲的痛苦表情。他的服装在一个山区小村里是与众不同的。他不穿乡下农民穿的短上衣和他们通常穿的皮裤,而是穿一条松松垮垮的黄色长裤,从前想必曾是白色的。还有一件上衣,显然早已嫌小,而且肘部已经磨亮,有破裂的危险;一根领带系得歪歪扭扭,像条黑绳子似的从他那肥胖、变粗的脖子上挂了下来。他这身装束透着落魄潦倒,可是这人很可能曾经一度气宇轩昂。他的天庭饱满,配着浓密蓬乱的白发,颇有点慑人的威仪,可是在浓重的眉毛下面却显出衰颓的景象。发红的眼皮,盖着一双模糊的眼睛,面颊松弛布满皱纹,垂落到松软肿胀的颈脖。他不禁使我想起曾经在意大利看见过的罗马帝国后期皇帝的面具,帝国沦亡时期的某位皇帝。

在最初的一刹那,我还不知道究竟是什么这样强烈地吸引我如此专注地观察他,但我立刻就懂得,我千万要小心谨慎,不得向他暴露我的好奇。因为显然,他正迫不及待地想找人谈天,似乎有一种内在的压力,迫使他说话。他那微微发抖的手,刚把杯子举起来喝了一口,他就大声发表意见:"啊……妙不可言,妙不可言。"说着环顾四周。没有人搭理他。玩牌的人洗牌分牌,其余的人吸着烟斗,大家似乎都认得他,可是由于什么我不知道的原因对他并不好奇。

最后他憋不住了。他拿起杯子,走到农民们坐的那张桌子旁边:"先生们,请腾点位子给我这把老骨头。"农民们在条凳上挤了一挤,对他不再表示注意。一时间,他不吭声,只是把半满的杯子交替地往前往后挪动。我又看见,他的手指挪动时在发抖。最后他把身子往后一靠,开始说话,而且说得相当大声,看不出来,他在跟谁说话,因为身边的两个农民明显地表示反感,不愿和他打交道。他其实是冲着大家说话。他说话——我立刻感觉到——就只是为了说话,就只是为了听自己说话。

"今天这可是件事。"他开口说道,"伯爵先生是一番好意,一番好意,这没说的。他乘坐汽车在街上遇到我,停了下来——不错,为了我的缘故把车停了下来。他说他和孩子们乘车下山到波岑去看电影,问我是否有兴趣跟他们一起去——真是个高雅的绅士,有教养,有文化,懂得赞扬别人的功绩。对这样的人是不能拒绝的。再说我也懂得怎么做才得体,于是我就乘车同去,当然是坐在后座上,坐在伯爵先生旁边——跟这样一位先生同车,怎么着也是一件荣幸的事。我就让他把我带到开设在主要大街上的那家电影院去:很有气派,好多广告、好多电灯,就像举行教堂落成典礼似的。好吧,干吗不去看看英国先生或者大洋彼岸的美国先生弄的玩意儿,看看他们花了大钱为我们拍的片子。他们说电影这玩意儿也应该算是一种艺术,呸,见鬼去吧。"他说着狠狠地吐了一口唾沫——"不错,我说了,见鬼去吧。他们把什么样的垃圾搬上了银幕!这对艺术来说简直是耻辱,对于拥有莎士比亚和歌德的世界来说也是耻辱!一开头先来一些花花绿绿的畜生搞的五颜六色的杂拌,傻得要命——好,我不说什么,也许孩子们看了会高兴,对谁也没害处。可是接下来他们演了一场《罗密欧与朱丽叶》。这玩意应该禁演,以艺术的名义禁止它上演。那些诗句,听上去,就像是从炉子的烟囱里发出的尖声怪叫,这可是莎士比亚神圣的诗句啊。全剧弄得甜甜蜜蜜,庸俗不堪!要不是因为伯爵先生在场,我差点跳了起来,拔腿就跑,是他邀请我去的呀。用最纯净的金子制造出这样一堆狗屎,一堆狗屎!我们这号人不得不生活在这样一个时代!"

他拿起杯子,喝了一大口,又使劲地把杯子往桌上一放,发出一声巨响。现在他已经大声说话,几乎是在嚷嚷:"今天的演员就演出这些东西——为了几个钱,为了该诅咒的钱,他们把莎士比亚的诗句吐到机器里,把艺术糟蹋得不像样子。那我可要赞美街上的每一个婊子了!我对婊子比对这些猴子更加尊敬。这些猴子让人把它们光滑的脸蛋放到一米多大,钉在广告牌上。他们对艺术犯下了罪行,为此几百万几百万地捞进腰包。他们破坏了语言,生动的语言,冲着一只漏斗大声吼叫莎士比亚的诗句,而不去教育民众,教诲青年。席勒曾经称剧院为道德学校,可是席勒现在已经不算数了,今天什么也不算数了,只有钱——那该诅咒的钱——才算数,还有他们善于为自己做的广告,才算数。谁要是不精于此道,就活该死掉。可是我说,宁可饿死。对我来说,谁若把自己出卖给这该诅咒的好莱坞,就该上绞架!上绞架!上绞架!"

他大声嚷嚷,拳头猛砸桌子,玩牌的那桌,有人咕噜了一声:"见鬼去吧,安静点!听你白痴一样的胡扯,都不知道在打什么牌了!"

老头猛地一抽搐,仿佛要回敬一句什么,他那已经失去光辉的眼睛刹那间闪出强烈激愤的光芒。可是接着,他又做出一个不屑一顾的动作,仿佛想说,回敬他们有失身份。两个农民吸着烟斗,他用茫然的眼睛默默瞪着前方,沉默不语,迟钝而沉重。看得出,他强迫自己默不作声已不是第一次。

我大吃一惊,我的心直哆嗦。这个受到屈辱的人身上,有什么东西使我激动不已。我立刻感觉到,他以往想必曾经是个身份较高的人物,不知怎的——也许是由于酗酒——落魄到这般地步。我吓得几乎透不过气来,唯恐他或者别人会开始大闹一场。从他进门,我听见他的声音那个瞬间起,他身上有什么东西——我也不知道是什么——使我忐忑不安。但是什么事也没发生。他保持安静,他的头垂得更低,双目直瞪着前方。我觉得,他仿佛在低声对自己喃喃自语地说些什么。谁也不注意他。

这当儿,女主人从柜台旁站了起来,想到厨房里去取什么东西。我趁机跟她走进厨房,问她这人是谁。"唉,"她心平气和地说道,"这个可怜的家伙,住在这儿的穷人院里。我每天晚上施舍一杯啤酒给他喝。他自己付不起酒钱。不过这个人不好对付。他从前曾经在什么地方当过演员,大伙儿不大相信他从前曾经是个人物,对他不大尊敬,这使他很伤心。有时候大伙儿戏弄他,跟他说,要他给大伙朗诵点什么。他就站出来,一口气说上个把钟头,说的话谁也听不懂。有时候大伙送他一袋烟,请他再喝一杯啤酒。有时候大伙嘲笑他,他就大发脾气。所以对他得小心一些。不过他没有伤害过任何人。两三杯啤酒下肚,他就乐得不得了——是啊,他是个可怜虫,这个老彼得。"

"什么,他叫什么名字?"我非常吃惊地问道,也没弄清楚,为什么我大吃一惊。

"彼得·施图尔岑塔勒,他父亲曾经是这村里的一个伐木工人,所以大伙儿把他收留在这儿的穷人院里。"

你可以想象,亲爱的,为什么我这样吃惊,因为我立刻明白了这想象不到的事情。这个彼得·施图尔岑塔勒,这个潦倒落魄,沦落到穷人院里的醉酒的瘫痪老人不是别人,就是我们青春时期的上帝,我们睡梦中的主人。他就是彼得·施图尔茨,我们市立剧院的演员和头号情人,对于我们来说,他曾经是崇高和典雅的化身。你知道这事——我们两个,作为少女,还是半大不小的孩子,曾经这样如醉如狂地崇拜他,这样疯疯癫癫地爱过他。现在我也明白了为什么他在酒店里刚说第一句话,我心里立刻就有什么东西骚动起来。我没有认出他来——戴着这张衰颓的面具,面目全非,憔悴不堪,我怎么可能认出他来——但是他的嗓音里还有些东西,能炸开瓦砾,让人进入那掩埋已久的回忆。你还记得,我们第一次见到他时的情景吗?他受到聘请,不知从什么外省小城来到我们因斯布鲁克的市立剧院演戏,碰巧我们的父母允许我们去看他的首场演出,因为演的是出古典名剧,格里尔帕策①的《萨福》,他演的是法翁,那个使萨福心乱神迷的俊美少年,可是等他登上舞台,他却使我们心乱神迷了。他穿了一身希腊装束,浓密的深色头发戴了一顶花冠,俨然是阿波罗的化身。他还没有开口说出第一句台词,我们就激动得浑身哆嗦。我俩互相紧握着手。在这满是小市民和农民的城市里,我们还从来没有见过这样一个男人。我们从最高一层楼的座位里看不清他的化妆和服装,这个外省小演员在我们眼里就像是上帝派到人间来的高贵和典雅的象征。我们小小的傻里傻气的心儿在我们年轻的胸中突突直跳;我们着了魔,在我们离开剧院时,已和原来判若两人。既然我们是知心朋友,不想损害我们的友谊,便互相发誓,一同去爱他,一同去崇拜他。荒唐的事情便从这一瞬间开始。对我俩来说,再也没有任何事情比他更为重要,学校里、家里、城里发生的一切,都神秘地与他有关,其他种种,我们都觉得平淡无奇。我们不再酷爱书籍,只在他的语言里寻找音乐。我想,有好几个月之久,我们不谈别的,只是谈论他、议论他。每一天都从他开始;我们飞步跑下楼梯,为了在父母看报之前把报纸抢到手里,为了知道分配他演什么角色,为了阅读评论文章。所有的文章在我们看来,对他的热情赞扬都嫌不足,若有一句话对他不甚友好,我们就绝望之极。倘若另一个演员受到赞扬,我们就对那人深恶痛绝。唉,我们干的傻事实在太多,我今天想出的

---

① 弗朗茨·格里尔帕策(1791—1872),奥地利剧作家,他的悲剧《萨福》,描述古希腊著名女诗人萨福的恋爱故事和悲惨命运。

不及其中的千分之一。我们知道,他什么时候出门,到哪儿去。我们知道,他跟谁说话,我们嫉妒每一个可以陪他逛马路的人。我们认得他系的领带、他拿的手杖。我们把他的照片不仅藏在家里,也藏在我们教科书的包书皮里。这样我们在上课的时候,不时还能悄悄地瞄上一眼。我们发明了一种我们自己的手语,以便在上课的时候从各自的位子上能向对方证明,我们在想念他。我们把手指举到额上,就意味着:"我在想他。"如果我们朗诵诗歌,我们就情不自禁地用他的声调朗读,直到今天我听到他当时演出过的一些剧本,便只听到他的声调,而不可能是别的。我们在舞台出口处等他,悄悄地尾随着他。我们站在他坐的那间咖啡厅对面的一个门洞里,无休止地观看他如何在那里看报。我们对他如此崇拜,以致这两年里,我们从来不敢跟他说话或者和他相识。其他一些对他着迷的姑娘更加大方,会去求他签名。是的,她们甚至敢在街上向他问好,而我们却从来没有这样做的勇气。可是有一次,他扔掉一个烟头,我们把它像圣物似的捡起来分成两半,你拿一半我拿一半。这种孩子气的偶像崇拜推而广之也波及与他有关的一切事物。我们非常羡慕他年老的女管家,因为她可以侍候他、照顾他。她对我们来说便成了一个值得崇敬的人物。有一次,她在市场上采购,我们就提出帮她拎篮子。她夸了我们一句,我们就欣喜无比。唉,我们这两个孩子,为了这个彼得·施图尔茨,什么傻事没有干过啊!而他对此一无所知或者毫无预感。

如今我们已经上了年纪,都很理智,也许很容易把这些傻事看成半大不小的姑娘们常犯的痴迷行径而报以轻蔑的微笑,可是我不能瞒我自己,这种痴迷状态在我俩当时已经变得相当危险。我相信,我们对他的迷恋之所以采取这样夸大和荒唐的形式,是因为我们这两个傻孩子曾经互相发誓,一同去爱他。这就决定了,一个想比另一个更加过分。我们每天不断地互相促进,总在互相发明一些新的证据,说明我们一刻也没忘记我们梦中的这位神明。我们和其他的女孩子不同,她们时而也为脸蛋漂亮的男孩子着迷,玩些幼稚天真的游戏;而我们则把一切感情和一切热情全都倾注在这一个人身上。在这激情如炽的两年里,我们所有的思想全都只属于他一个人。有时候我也觉得奇怪,经过这早年的疯狂,我们后来居然还能以清醒、坚定和健康的爱情去爱我们的丈夫、我们的孩子,我们居然没有把我们感觉的全部力量都耗尽在这无谓的感情夸张之中。但是,不管怎么说,我们用不着为这段时间感到羞耻。因为多亏这个人,我们也生活在对艺术的激情之中,在我们的愚蠢之中毕竟还有一种神秘的向着更崇高、更纯洁、更美好的境界进取的冲动。而这个境界极为偶然地恰好体现在他身上。

所有这一切似乎早已变得如此可怕的遥远,早已被其他的生活和其他的感情所掩盖。可是当女店主向我说出他的名字的时候,我着实大吃一惊。她没有看出我的惊恐,真是奇迹。我们当年只看见他置身于观众热情洋溢的光环照射之中,把他当作青春和美丽的象征,如此狂热地热爱过他。如今看见这个人沦落成乞丐,沦落成接受施舍的人,被粗野的农民所嘲笑,年迈苍苍,疲惫不堪,已经不再为自己的沉沦感到羞耻,这可真是天大的意外。我没法立即回到酒店里去,我看见他说不定会忍不住流下眼泪,或者不知怎的会在他面前暴露我自己。我先得定一定神,于是上楼回到我的房间,为了再好好回忆一下,这个人对于我的青春时代曾经意味着什么。因为人的心很奇怪:许多年岁月流逝,我一次也没有再回忆起这个人,他曾控制过我整个的思想,充满我整个的灵魂。我可能死去而永远也不再问起他。他也可能死去,而他对此一无所知。我在房间里,没有点灯,摸黑坐着,设法回忆这事那事,回忆开头,回忆结尾。一下子我又重新经历了全部业已逝去的旧日时光。我自己的身体,在多年前已经生孩子的身体,仿佛又变成了少女的身体,瘦瘦小小,身量未足。我又是当年那个少女,心怦怦直跳,睡觉前坐在床上思念着他。我的双手不由自主地发热,然后发生了一件叫我自己大为吃惊的事情。我简直无法向你描述。突然间,我起先不知道为什么,一阵寒噤透过我的全身。什么东西震撼了我的内心。一个思想,一个特定的思想,一桩特定的回忆压倒了我,让我回忆起多少年来我一直不愿回忆的一件往事。就在女主人提到他的姓名的那一瞬间,我感觉到,有什么东西,有什么我不愿忆及的事情在我心里压迫着我猛挤着我,就像维也纳的弗洛伊德教授说的,我想"排挤出去"的东西——远远地排挤到我心灵深处,使我多年来的确把它忘得一干二净,那深埋心底的秘密之一,人们顽固地甚至对自己都加以隐瞒的秘密。当年我就是对你也隐瞒了这个秘密,连你我也隐瞒,而我曾经向你发誓,把有关他的事情全都告诉你。如今这个秘密倏然苏醒,近在眼前。今天该轮到我们的儿女们,不久该轮到我们的孙子们去干傻事了,我才能向你承认,当年在我和这个人之间曾经发生了什么事情。

我现在可以坦白地向你披露这个埋在我内心最深处的秘密。这个陌生男人,这个年迈的渺小的戏子,如今彻底崩溃,潦倒不堪,为了一杯啤酒,给农民们朗诵诗歌,被他们揶揄嘲笑。可是这个男人,爱伦,这个男人曾经在一个危险的时刻,把我全部生命掌握在他手里。我的一生取决于他,全凭他随心所欲地摆布。我的这些孩子很可能不会出生,我今天不知会在哪里,会是个什么样的人。今天写信给你的这个女人,你的这个女友,很可能会是一个不幸的女人,也许会和他自己一样,被生活碾得粉碎,踩得稀烂。别以为我这些话言过其实。我当时自己也没有理解,我的处境是多么危险,但是今天我清楚看到了、彻底懂得了我当时所不懂的事情。今天我才知道,我欠这个为人遗忘的陌生人的情意有多深。

我愿尽可能详尽地把这事告诉你。你还记得吗,你当时正好快满十六岁,你的父亲突然调离因斯布鲁克。我现在还清楚地看见,你当时如何绝望地冲到我的房里来啜泣不已,你不得不离开我,不得不离开他。我不知道,这两件事哪一件更使你难过。我几乎以为,你再也见不到他,我们青春时期的神明。而没有他,对你来说,生活也就不成其为生活。我当时不得不向你发誓,把有关他的一切事情全都向你报道,答应每个星期,不,每天都给你写信,写整整一本日记。一段时间内,我忠实地恪守诺言。对我来说,失去你也是个沉重的打击,因为我还能向谁去倾吐肺腑,向谁去报道这些荒唐行径——我们感情泛滥之际干出的这些令人心醉的傻事呢。

但是,话说回来,我毕竟还有他,我还能看见他,他属于我一个人。这是痛苦中的小小快乐。可是不久,就发生了——你也许还记得——那个事件。关于这件事,我们只是模糊地略知一二。据说,施图尔茨向剧院经理的夫人献殷勤——至少后来人家是这样告诉我的——于是发生了一场激烈的争吵,之后他就被迫解聘。只是为了给他面子,才允许他最后一次登台。人家只让他再在我们的舞台上演出一次,这样说不定连我也是最后一次看见他了。

现在回想起来,我一生中再没有比宣布彼得·施图尔茨最后一次演出的那一天更悲惨的了。我简直像生了病。没有人分担我的绝望,没有人听我吐露心声。学校里老师们注意到我脸色灰白,神情恍惚。在家里我变得心情恶劣脾气暴躁,我父亲其实一无所知,也给我惹得发起火来,他不许我上剧院,以示惩罚。我向他苦苦哀求,也许求得过于激烈,过于冲动,结果把一切弄得更糟,因为连我母亲这时也反对我了:她说看戏的次数过于频繁,把我弄得神经激动,我必须待在家里。此时此刻,我恨我的父母亲——是的,这一天,我的头脑是这样的昏乱,我是这样的疯狂,我恨他们,简直不愿再看见他们。我把自己关在房里,一心想死,那种突如其来的,危机四伏的忧郁向我袭来。这种忧郁情绪有时对年轻人会变得相当危险。我呆呆地坐在一张小沙发里,没有哭泣——我过于绝望,反而欲哭无泪。我心里有什么东西冷似寒冰,忽而又像热病使我浑身激奋。我从一个房间到另一个房间来回奔跑。我打开窗户,凝视着窗下的院子,四层楼高,我量了一下高度,心想要不要纵身跳下楼去。与此同时,我一个劲地看钟:才三点,戏是七点开演,这是他最后一次演出,而我却听不到他的声音。别人会围着他欢呼,而我却看不见他。蓦地我再也按捺不住。父母不许我出门,他们的禁令对我来说已无所谓。我拔腿就跑,跟谁也没打招呼。我跑下楼梯,跑上大街,却不知道到哪儿去。我心里有某种乱糟糟的设想,想跳河淹死,或者干出其他什么荒唐的事情。没有他,我绝不想再活了,只是不知道该如何结束生命。于是我满街乱跑,要是朋友叫我,我也不回答人家的招呼。我对一切都无所谓。在这个世界上对我来说,除了他,任何人都不复存在。突然,我不知道怎么会发生这样的事,我就站在他的房子前面。我俩曾经常在对面的门洞里等着,看他是否回家,或者抬头仰望他的窗户。也许那混乱不堪的希望无意识地驱使我来到这里,没准碰巧还能见他一面。但是他没有来,十几个不相干的人,邮差啦,木匠啦,市场上的一个胖乎乎的女商贩啦,他们进出这幢房子,好几百个毫不相干的人在这胡同里匆匆来去,只有他,只有他没来。

　　事情后来怎么发生的,我已记不清了。有什么东西一下子驱使我过去。我跑过马路,沿着他那房子的楼梯,一口气跑上三楼,一直跑到他寓所的门前;只想接近他,只想更接近他!只想再跟他说些什么,可不知道想说什么。这一切完全发生在一种疯狂着魔的状态之中,我自己都讲不清,为什么会这样。我跑上楼梯跑得这样快,也就是为了把所有的顾虑全都抛掉。我已经——我还没有喘过气来——我已经摁了门铃。我今天还听见那尖锐刺耳的铃声,然后是漫长的完完全全的寂静,寂静中我那突然清醒过来的心突突直跳。终于我听见屋里传来脚步声,沉重坚定,神气活现的脚步声,就像我在剧院里所熟悉的那种。这一瞬间我恢复了知觉,我想从门前逃走,但是我因为害怕而浑身发僵。双脚好像瘫了似的,而我那小小的心儿已停止跳动。

他打开房门,诧异地看着我。我不知道,他到底是否认识我或者认出了我。大街上,总有许许多多崇拜他的未成年的少男少女,一堆一堆地围着他拥来拥去,而我们两个,其实是最爱他的,却总是过于羞怯,看见他总是拔腿就逃。便是这一次我也是低着头站在他的面前,不敢抬头看他。他等着,看我有什么事要告诉他,他显然把我当作给哪家商店跑腿的小女孩,要传递什么消息给他。"怎么啦,我的孩子,有什么事?"最后他用他那洪亮的嗓音鼓励我道。

我结结巴巴地说道:"我只想……可是我不能在这儿说……"说着就停住了。

他和蔼可亲地咕噜了一句:"好吧,你进来吧,我的孩子,出什么事了?"

我跟着他走进房间。这是一间宽大的陈设简单的房间,看上去凌乱不堪;画像已从墙上取下,箱子东一个西一个,衣物装了一半。"好,那就说吧……你是从谁那儿来的?"他又问道。

突然之间,滚烫的泪水夺眶而出,我的嘴里迸出一些话来:

"请您,请您留在这儿……请您,请您别走……待在我们这儿。"

他不由自主地往后退了一步。他的双眉扬了起来,一道严峻的纹路深深印在他的唇边。他明白了,又是一个咄咄逼人的女性崇拜者来骚扰他。我担心,他会粗暴地训我一顿,但我身上可能有什么东西激起了他的怜悯,使他同情我的孩子气的绝望心情。他走到我跟前,柔和地抚摸了一下我的手臂。"亲爱的孩子,"他说道,活像一个老师在对孩子说话,"我离开这里,并不取决于我自己。现在这已无法改变。你来跟我说这番话,实在是一番好意。我们演戏是为了谁?不就是为了青年?有年轻人作为知音,始终是我最大的快事。但现在决定已经做出,我已无法更改。好吧,就像刚才说的,"他往后退了一步,"你来跟我说这番话,这的的确确是你的一番好意。我谢谢你,望你继续对我怀有好感,望你们大家对我永远怀有亲切友好的回忆。"

我明白,他这是和我告别。可恰好是这点使我倍感绝望。"不,请您留在这里。"我抽抽搭搭地嚷了起来,"看在上帝的分上,请您留在这里……我……我没有您活不下去。"

"你这孩子。"他想安慰我,可是我紧紧地搂住他,用我的双臂紧紧地抱住他。到现在为止,我还从来没有勇气,哪怕去碰一碰他的外套呢。"不,请您别走。"我绝望地啜泣不已,"别让我一个人留下!请您把我一起带走。您不论到哪儿去,我都跟您走……直到天涯海角……您想把我怎么样,都随您……只要您不离开我。"

我不知道,当时我在绝望之中还跟他说了些什么荒唐话。我紧紧地贴着他,仿佛这样可以把他拉住,丝毫没有预感到,我做出这激情如火的建议,使我自己陷进了多么危险的境地,因为你也知道,我们当时还是多么天真无邪,肉体之爱对我们来说,还是一个多么陌生多么不熟悉的思想。但是,不管怎么说,我是一个年轻的姑娘,而且——今天我大概可以这么说——是一个相当招人的漂亮姑娘,走在街上,男人都回过头来看我。他是一个男人,当时三十七八岁,他当时对我完全可以想怎么干就怎么干。我的的确确会顺从他;他不论想把我怎样摆布,我都不会反抗。当时在他的寓所里,滥用我的丧失理智,对他来说,只是逢场作戏。在这一小时内,他把我的命运掌握在他手里。倘若他卑劣地利用我孩子气的急迫心情,屈服于他自己的虚荣心,控制不住他自己的欲望,抵御不了这强烈的诱惑,谁知道,我会变成什么样子。——今天我才知道,当时我是处于危机四伏的境地。我现在感觉到,有一个瞬间,他似乎把握不住自己。他让我的身体紧贴在他身上,并且挨近我颤抖的嘴唇。但是他终于控制住自己,慢慢地把我推开。"等一等,"他说道,几乎是使劲挣脱自己,转身向着另一扇门,"基尔歇太太!"

我吓得要命,本能地想拔腿就逃。莫非他想在这个老太太,他的女管家面前取笑我?当着她的面把我嘲笑一番?这时女管家已经走了进来,他转过身去冲着她,"您想想,基尔歇太太。真是一番美意。"他对她说,"这位年轻的小姐特地来以全校的名义,向我转达衷心的临别问候。这不是非常感人的事吗?"他又转过脸来冲着我,"是的,请您向大家表示我最真诚的谢意。受到青年的欢迎,也就拥有了世界上最美好的东西。我一直认为我们这个职业的美好之处就在这里。只有青年对于美怀有感激之情。是的,只有青年才如此。你给我带来了极大的快乐,亲爱的小姐,我将永远不忘你的这番好意。"——说着他握住了我的双手——"永远不会忘记。"

我停止了流泪,他没有使我羞愧得无地自容,他没有使我蒙受屈辱。他还继续对我表示关怀,因为他转身对女管家说:"要不是我们有这么多事要做,我多么想和这位可爱的小姐多聊一会儿。这样吧,请您送她下楼,一直送到门口,祝您万事如意,再见!"

后来我才明白,他为我想得多么周到。他派女管家一直送我到门口,是为了爱护我,为了保护我。我在这小城里也是有头有脸的,随便哪个坏蛋要是看见我这么一个年轻姑娘独自一人从名演员的门里溜出来,肯定会乱泼脏水。什么事情对我危险,这个陌生人比我这孩子懂得更加透彻。他保护我,不让我因为年轻、少不更事而受到危害——事隔二十五年多,我现在看这点看得更加清楚。

岁月一年年消逝,所有这一切我都已经遗忘,亲爱的朋友,这不是很奇怪很令人羞愧的事吗,这是因为我羞愧已极一心想要忘却这一切啊。我从内心深处,从来也没有感激过这个人,再也没有打听过他,再也没有打听过当时,在那天下午手里掌握着我的一生,掌握着我的命运的这个人。现在这个人就坐在楼下,面前放着一杯啤酒,一个彻底失败潦倒不堪的废人,一个乞丐,为众人所嘲弄,除了我一个人,谁也不知道他是谁,曾经是谁。只有我知道,说不定在这个世界上,我是唯一还记得起他的姓名的人。我欠他欠得太多,现在也许可以有所偿还了。我突然感到心情平静下来,再也不感到心惊肉跳。我只是有些羞愧,我竟然会这样不公平,这样长久地忘却,这个陌生人在我一生的一个关键时刻,对我的态度曾经是这样的高尚。

我又下楼走进酒店,总的说来,大概只过去了十分钟,什么也没有改变。打牌的在继续打牌,女店主在柜台旁缝什么东西,几个农民睡眼惺忪地抽着他们的烟斗。他也坐在他的位子上,没有改变姿势,面前放着空啤酒杯,他直愣愣地望着前方。这时候我才注意到,在这张神情困惑的脸上布满了多少悲哀,在沉重的眼皮底下,目光呆滞,嘴巴因为中风歪向一边,显出痛苦而阴沉的神情。他落寞阴郁地坐着,双肘支在桌上,支撑他那前倾的头,抵御倦意,不是瞌睡引起的困倦,而是对人生感到的疲倦。没人和他说话,没人理会他。他坐着,活像一只羽毛剥落的灰色大鸟,蹲在笼子里的暗处,也许正梦想着他往日还能展翅飞翔,穿过太空时享受的自由。

门又打开了,又有三个农民迈着沉重的拖沓的脚步走了进来,要了啤酒,然后环顾全屋寻找座位。"去,靠边!"其中之一相当粗暴地向他发号施令。可怜的施图尔茨抬起眼来直勾勾地望着。我发现,人们对他使用的这种粗暴的轻蔑态度,使他受到污辱,可是他已经疲惫不堪,受过太多屈辱,已不再自卫或者争吵。他默默向旁边挪动了一下,把他的空酒杯跟着推到一边。女店主给其他人端来满满的酒杯。我看见他目光贪婪如饥似渴地望着别人的杯子,但漫不经心的女店主无视他那无声的请求。人家施舍给他的那一份他已经得到,他还不走,那是他自己的过错。我看见他再也没有力气进行反抗,他这把年纪,不知道还会受到多少屈辱和欺凌啊!

这一瞬间,终于闪过一个念头,使我豁然开朗。我不可能给他什么真正的帮助,这我知道。我不可能使他,使这个已经精力衰竭、意志消沉的人再焕发青春,但是我或许能够多少给他一些保护,使他免遭这种轻蔑的痛苦,还能帮助这个已被死神的尖笔画了记号的人,在他生命的最后几个月里,在这偏僻的村子里挽回一些他的声誉。

于是我站起身,相当引人注目地走向他的桌子,他就挤在农民当中。这些农民看见我走过去都不胜惊讶地抬起头来。我对他说:"也许我有幸和宫廷演员①施图尔茨先生谈话吧?"

他悚然一惊,好比一次电击透过他的全身,连他左眼上面沉重的眼皮也抬了起来。他凝视着我。有人用他过去的姓称呼他,这儿可没有一个人知道他的这个姓,除了他自己,所有的人都早已忘记了这个姓。我甚至称他宫廷演员,实际上他从来没有当过宫廷演员。这个意外实在过于强烈,他甚至没有力气站起身来。他的目光渐渐地变得游移不定;说不定这也是一个早有预谋的玩笑。

"没错……这是……这过去曾是我的姓。"

我向他伸出手去。"啊,那我太高兴了……我深感荣幸。"我故意大声地说,因为现在必须大胆地撒谎,为了让人家对他表示敬意,"我虽说从未有幸欣赏您在舞台上的演出,但是我先生一再向我谈起您。他在中学时代,常常上剧院看您演出,我想,那是在因斯布鲁克……"

"是的,是在因斯布鲁克,我在那儿待了两年。"他脸上的表情突然开始活跃起来,他发现,我并没有嘲笑他的意思。

"您简直没法想象,宫廷演员先生,他和我谈您谈了多少,我对您的情况知道得多么详尽!啊,我明天写信告诉他,说我有幸在这里亲自遇见您,他一定会对我羡慕不已。您想象不到,他至今还崇拜您。不,他常常对我说,谁也无法和您扮演的波萨侯爵②相匹敌,连凯因茨③也不行,谁也没法和您演的马克斯·皮柯洛米尼④、莱昂德尔⑤相提并论。我想,我丈夫后来又特地赶到莱比锡

---

① 在奥地利,宫廷演员身份高于一般演员,是一种尊称。
② 波萨侯爵,席勒的名剧《唐·卡洛斯》中的人物。
③ 凯因茨,维也纳宫廷剧院著名演员。
④ 马克斯·皮柯洛米尼,席勒名剧《华伦斯坦》中的人物。
⑤ 莱昂德尔,格里尔帕策的悲剧《海涛和爱浪》中的男主人公。

去了一次,就是为了看您登台演出,可是到时候他又没有勇气和您打招呼。不过您那个时期的照片他还都保存着,我真希望您能光临寒舍,看看这些照片保管得多么精心。能多听到一些您的消息,我先生一定会欣喜若狂。也许您可以帮我个忙,给我说点什么,我以后好把这些事都告诉他……我只是不知道,是否打扰您,或者说,我是否可以请您坐到我这张桌子上来。"

他旁边的几个农民抬起头来直瞪着我,不由自主地恭恭敬敬往旁边挪动。我看到,他们不知怎的有些忐忑不安,有些感到羞愧。他们迄今为止一直把这老人当作一个乞丐对待,有时赏他一杯啤酒喝喝,跟他开开玩笑。我,一个陌生女人,对待他的态度这样尊敬,他们第一次心生怀疑,没准这老人是个人物,人家在外面认识他,甚至崇拜他。这使他们感到不安。我故意用谦恭的语气请求和他谈话,就像乞求莫大的荣耀,这种语气开始发挥作用。"喂,那就去吧。"他旁边的农民催他道。

他站起来,摇摇晃晃地,好像从梦中站立起来。"很乐意……乐意。"他结结巴巴地说道。我发现他在使劲压抑他兴高采烈的情绪,他这个老演员此刻正在和自己搏斗,不要在别人面前暴露他是多么感到意外,他是如何笨拙地努力装出若无其事的样子,就仿佛这种邀请和欣赏对他来说纯粹是司空见惯不言而喻的事情。摆出一副在剧院里学来的尊严的样子,他慢吞吞地踱到我的桌旁。

我大声点酒:"请上一瓶葡萄酒,为了对宫廷演员先生表示敬意,来瓶上等名酒。"现在连牌桌旁打牌的人也抬起头来看了一眼,开始窃窃私语。他们的施图尔岑塔勒,居然是个宫廷演员,是个名人?既然这个从大城市来的陌生女人对他这样尊敬,他身上想必有点玩意。年老的女店主把酒杯放在他的面前,姿势毕恭毕敬,和先前完全不同。

接下来的一个小时对他对我都奇妙无比。我把我所知道的关于他的情况说给他听。我假装这些事情都是我丈夫告诉我的。我知道他扮演的每一个角色,知道那位评论家的姓名,知道此人写的每一行关于他的评论。他简直惊讶得晕晕乎乎。譬如有一次莫阿西①前来客座演出。这位大名鼎鼎的莫阿西拒绝独自一人到台前谢幕,把他拉着一同上台,后来晚上还建议和他像兄弟似的以"你"相称。他一再像做梦似的表示惊讶:"这个您也知道!"他早就以为自己已被人遗忘,被人埋葬,现在伸过来一只手,敲敲他的棺材,把他从棺材里拉了出来,杜撰出他实际上从未拥有过的荣誉。既然自我欺骗是人之常情,他也就相信他在大世界里获得过荣誉,对此深信不疑。"唉,这个您也知道,而我自己早已把它忘得一干二净了。"他一个劲地嗫嚅着说。我发现,他得拼命使劲,不泄露他内心的感动;他有两三次从上衣口袋里掏出他那块脏兮兮的手绢,转过脸去擤鼻涕,实际上却是很快地擦去那顺着他憔悴不堪的面颊向下直流的眼泪。我注意到了这点,看到我能使他高兴,看到这个病魔缠身的老人在死之前又一次感到幸福,我的心都颤抖了。

我们就这样在一种忘情狂喜的状态中一直坐到夜里十一点,然后,那位宪兵队长非常谦虚地走过来,彬彬有礼地提醒我们,现在已到戒严时分。老人显然大吃一惊,难道天上的奇迹会在人间发生?他恨不得还坐上几个小时,听人家讲述他的事情,沉湎于对自己的幻梦之中。可是我很高兴听到宪兵队长的提醒,因为我一直在担心,他最终还是会猜出事实的真相,所以我请求大家:"我希望,先生们能劳驾,送宫廷演员先生回家。"

---

① 莫阿西,维也纳宫廷剧院的著名演员。

"非常乐意。"大家异口同声地说,一个人恭恭敬敬地给他拿来他那顶破旧不堪的帽子,另一个扶他站起来。我知道,从这一刻开始,他们再也不会嘲笑他,再也不会笑话他,再也不会伤害他——这个可怜的老人,他曾经是我们青春时期的幸福和苦难啊。

当然,在最后分别的时候,他失去了他那竭力保持的尊严。他感动已极,再也无法控制感情,泪水突然从他那疲倦衰老的眼睛里大颗大颗地涌流出来。和我握手时,他的手指都在发抖。"啊,善良、仁慈的夫人。"他说道,"请您代我向您的先生问好,请您告诉他,老施图尔茨还活着。说不定我还会再度复出,重上舞台。谁知道,谁知道,也许我还会再次恢复健康。"

两个男人一左一右扶着他,但是他几乎身板笔直地走路,一股新的傲气使得这个潦倒不堪的人又振作起来。我听见他的嗓音里又有另外一种高傲的声调。他在我的生活开始之时曾经帮助过我,如今在他的生命即将结束之时,我总算也帮了他一把。我偿还了我欠的旧债。

第二天早上我向女店主表示歉意,不能再住下去了,山风对我来说过于强烈。我试图给她留一笔钱,让她从现在开始,不要只给那可怜的老人一杯啤酒,他想喝就给他送去第二杯,第三杯。这下我可碰上了本乡本土的傲气。女店主说,不必了,她自己就会这样干。村里人原来不知道这个施图尔岑塔勒曾经是一个这样伟大的人物,全村对此都感到荣幸。村长已经做了安排,从现在起,每个月该额外再多给他点钱。她保证,他们大家都会很好地关心他。于是我就给他留了一封信,一封洋溢着感激之情的信,感激他如此善良好心,把整整一个夜晚赠送给我。我知道,在他去世之前,他会成千遍地读这封信,并且把这封信拿给每个人看。他现在会一而再地幸福地做着关于他的荣誉的虚假幻梦,直到生命终结。

我这样快地休假回来,我丈夫非常惊讶。看到我离家两天变得脸色这样新鲜,情绪这样欢快,更是不胜惊讶。他称之为一次奇迹疗养。可是我并不能从中找到任何奇妙的东西。没有什么东西比感到幸福更能使人健康,而除了使别人幸福再也没有更大的幸福。

这样,我也向你偿还了我少女时代欠你的一笔债。现在你知道了关于彼得·施图尔茨的所有的事情,也知道了你的女友往日最后的秘密。

你的朋友
玛格丽特

(1951)
(张玉书 译)

寻觅往昔[*]

"你来啦!"他说着,伸出双臂,简直可以说是张开双臂向她迎面走去。

"你终于来了!"他又重复一遍,声调越来越高,先是惊讶、欣喜,最后竟是乐不可支,充满柔情的目光将他心爱的人上上下下看了一遍,"我都在担心你会不来了。"

"真的吗?你就那么信不过我?"只有她的嘴角漾起微笑,却故意带着一丝责备,她那蓝色的眸子清澈明亮,发出信心十足的光芒。

"不,不是这么回事。我没有怀疑过。这世上还有什么比你说的话更加可靠?可你想想看,这是多么愚蠢,今天下午突然之间,完全出其不意的,我不知道为什么,心里有股莫名的惊恐,担心你会遭到什么不测。我想打电话给你,我想到你那儿去,可是时间逐渐消逝,不断消逝,而我一直没有看见你来。我心里一痛,唯恐这次我们又会失之交臂。可是上帝保佑,现在你终于来了。"

"是的,现在我来了。"她微笑着说道,湛蓝的眸子又闪闪发光,"现在我来了,已经准备就绪,咱们还不走吗?"

---

[*] 这篇小说的片断初次发表于一九二九年《奥地利当代艺术家协会文集》,篇名为《一篇小说的片断》。一九八七年,小说才得以全文发表,收入克努特·贝克主编的茨威格小说集《火烧火燎的秘密》,由菲舍尔出版社出版。

"好的,咱们走吧。"他嘴里无意识地重复了一遍,可是他的身体一动不动,一点也没挪动。柔情似水的目光一而再再而三地打量着她的身影,不敢相信、简直不敢相信、真的不信她确实就在眼前。

在他们头顶上,在他们左右,法兰克福火车站的许多轨道嘎嘎作响,玻璃震颤,钢铁互相摩擦发出刺耳的声音,汽笛的尖叫声响彻烟雾缭绕、人声嘈杂的火车站大厅。二十座牌子上威风凛凛地分别写着开车的时间几点几分。在汹涌来去、匆匆过往的人流中,他感到唯一存在的只有她。他摆脱时空的限制,激情如炽,却呆若木鸡,处于奇怪的痴迷状态。最后,她不得不发话提醒:"时间紧迫,路德维希,咱们还没买车票呢!"

这下,他才收住他那仿佛遭到囚禁、不得自由转动的目光,不再盯着她看,怀着满是敬畏满是柔情的神气,挽住她的手臂。

去海德堡的夜间快车一反常态,乘客极多,使他们大为失望。他们本来指望凭着头等车厢的车票可以单独待在一起。他们到处寻找,全都白费力气,最后凑合着走进一个单间,里面只有一个灰发男子靠着一个犄角睡觉。他们正暗自庆幸可以亲切交谈,可是恰好在开车的哨子响起之时,三位男士拎着鼓鼓囊囊的公文包,气喘吁吁地跨了进来。显然是三名律师,刚刚打完官司,情绪还很激动,继续大声讨论。他们声震一切,直如倾盆大雨,使得旁人无法交谈。于是,他们两个万般无奈地对坐着,一句话也说不出口。只有当他们两人中有人抬起眼睛,才会看到在灯影摇曳中,对方柔情脉脉的目光正看着自己,充满爱意。

轻轻一震,列车开动。嘎达嘎达直响的车轮声压住了律师们的谈话声,使之变成纯粹的噪音。然后车身振动,摇晃不已,渐渐变成有节奏的晃动,钢铁的摇篮催人进入幻梦之中。看不见的嘎达作响的车轮在下面一个劲地向前奔驰,使每个人想着自己不同的心事,他们两个的思绪也做梦似的漂浮到以往的岁月。

九年多以来,他们终于(在几天前)首次重逢。长期以来,天各一方。这一次又是凭着九牛二虎之力,才第一次这样默默无言地待在一起,离得这么近。我的上帝,多么长久,多么遥远。九年,四千个白天,四千个黑夜,直到今天,直到今夜!相隔是那么长久,距离是那么遥远,多少时光、多少时光逝去,可是一下子,在一秒钟之内,他们便想起了最初时。

怎么开始的?他仔细地回想:他当年二十三岁,第一次来到她家,嘴上长着稚嫩胡子的柔软绒毛,下面的嘴唇紧闭,已经刻上深深的皱纹。他过早地脱离了童年时代,因为贫穷而备受屈辱,靠行善者施舍的免费饭菜果腹,长大成人后,又靠担任家庭教师和辅导老师苟延残喘,苦熬岁月。由于缺衣少食,穷困落魄,他变得愤世嫉俗。为了购买书籍,他白天辛辛苦苦地去一文一文地挣钱,夜里疲惫不堪,还神经极度紧张地攻读大学课程。最后,他作为化学专业的第一名结束学业,由他的教授郑重推荐给大名鼎鼎的枢密顾问G,法兰克福附近一家大工厂的老板。于是,他来到法兰克福。老板先让他在实验室里当个下手,不久发现这个年轻人办事认真,坚韧不拔,以不达目的誓不罢休的狂热意志铆足了全身的劲头一头栽到工作中去,枢密顾问便开始对他另眼相看,试着分配给他一些责任越来越重的工作。年轻人看到,这是逃脱贫穷境地的良机,便拼命抓住不放。给他的工作越多,他的意志力便越发强劲。就这样,他在最短的时间内从一个普通打杂的助手变成从事极端保密的试验的帮手。最后,枢密顾问对他宠信有加,称他为"年轻的朋友"。他自己并不知道,在老板办公室裱糊过的房门后面,有一双眼睛一直以来都在暗中审视着他,看他是否具有更高的才能。就在这个野心勃勃的年轻人拼命从事日常工作的时候,他那鲜露真容的老板已经在为他安排更加光明的前途。日益衰老的老板身患痛风症,痛苦不堪,经常待在家里,甚至常常卧病在床。他正在物色一名绝对可靠、极有头脑的私人秘书,可以与之讨论最为机密的专利和必须在严加保密的情况下进行的试验。终于,他认为找到了这一人选。有一天,枢密顾问向他提出了一个意想不到的建议,问他是否愿意放弃他在市郊租赁的那间配有家具的房间,作为他的私人秘书,搬进他们极为宽敞的别墅居住,以便随叫随到。年轻人因为这个建议出乎意料,惊讶万分。但是更加惊讶的却是枢密顾问,因为年轻人在考虑了一天之后,竟然一口回绝了这一荣幸无比的建议,十分笨拙地找了一大堆站不住脚的借口、遁词来掩饰这赤裸裸的拒绝。枢密顾问是个超群出众的学者,可是探索人心奥秘,他并不擅长。他没有猜出这个年轻人拒绝接受他的建议的真正原因。说不定这个倔强的小伙子自己也不承认他最隐蔽的感情,其实非其他,只是一股极端扭曲的傲气,由于在无比穷困的境遇中度过童年,他深受伤害,感到羞耻。在暴发户似的有钱人家充当家庭教师,在深受侮辱的情况下长大成人,像一个寂寂无名的两栖动物,介乎仆人、家奴和清客之间,既属于这家又不属于这家,就像桌上当作装饰的木兰花,放到桌上,或从桌上取下,全凭需要。他心灵深处充满了对于上层人士及其氛围的仇恨。他仇恨那些沉重的巨型家具、富丽堂皇的房间、极度丰盛的菜肴,所有这些豪华富有他都参与其中,却像受罪似的忍受着。他在这种阔人家里什么都经历过,放肆的孩子们的侮辱,而更加侮辱人的是家庭主妇表示的同情。每到月底,她们把几张钞票轻轻递给他时,就表现出这种同情。当他拿着笨重的木箱搬进一家新的人家,不得不把身上的一套西装、洗成灰色的破破烂烂的内衣放进一只借来的匣子里时,它们明白无误地暴露了他的穷相。他憎恨残忍的侍女们这时向他投来的讽刺嘲笑的目光,他其实也是个仆人,只不过地位比她们稍高而已。他暗自发誓不、绝不、再也不踏进一座陌生的房子,在他自己发财之前绝不造访财主,永远也不让人家窥探他的穷困寒酸,永远也不让人家用令人屈辱的方式赠送礼物给他,让他受到伤害。绝不、永不这样!现在,他对外有博士的头衔,可以掩盖自己地位的低下,这是一袭廉价的但是叫人看不透的大衣。在办公室里,他以出色的成绩掩盖他那受过损伤的青春遗留的流脓流血的伤口;贫穷潦倒和受人施舍戕害了他的青春年华。不,他不愿为了金钱出卖他这一丁点自由,他生活中这点不让人闯入的隐秘地带。因此,他冒着自毁前程的危险,找些借口,权充理由,拒绝接受这使一般人深感荣幸的邀请。

　　但是不久,难以预料的情况使他再也没有自由选择的余地。枢密顾问的病情恶化,严重到不得不长期卧床的地步,他甚至无法通过电话和他的办公室保持联系。于是,聘请私人秘书便成为不可或缺的措施。年轻人终于无法摆脱他的保护人一再提出的迫切要求,除非他连自己的职位也想就此断送。上帝知道,这次搬家对他来说真成了沉重的一步。他还清清楚楚地记得那一天,他站在波肯海默乡间大道上的一幢风貌高雅、稍嫌老式的法兰克风格的别墅面前,第一次按响门铃时的情景。前一天晚上,他还急急忙忙地用他少得可怜的积蓄——住在偏僻的外省小城里的老母亲和两个妹妹还靠他用微薄的薪金养活——买了几件新的内衣、一套穿得出去的黑色西装、一双新皮鞋,为了不至于过于明显地暴露他的寒酸拮据。这一次,也是让一个临时雇工拎着他那丑陋不堪的木箱走在前面,里面装着他的家当。许多不快的回忆使他对这木箱无比痛恨。尽管如此,当一个戴白手套的仆人彬彬有礼地为他开门,从门厅开始,浓郁饱满的富贵气息便向他迎面袭来。这时,不舒服的感觉便像一个铅块似的涌到喉头。厚厚的地毯吞掉了踩上去的脚步声,四周墙上挂着的壁毯让人看一眼就肃然起敬,雕花的房门装着沉重的古铜把手,显然不是让你亲自用它开门,而是由谦卑的仆人躬身弯腰地为你把门打开:所有这一切都使他不知所措,同时也激起他的反感,惹他生气。仆人领他走进有三扇窗户的客房,这将是他长久居住的寓所。他心里仍然强烈地感到搬进来住实在不大得体,仿佛自己是个强行闯入的外人;他昨天还住在五层楼上一间有穿堂风,只有一张木床和一只铁皮脸盆的后楼斗室里,现在却要他马上习惯这个新居。这屋里每件器皿都奢华张扬,价格不菲。他自己随身带来的东西,甚至他自己,穿着自己的衣服,在这间宽敞亮堂的房间里都缩得很小,显得可怜寒碜。他那唯一的一件西装外套挂在宽大无比的衣柜里,活像一个吊死鬼,晃来晃去,显得十分可笑。他那几件盥洗用具,他那用旧了的剃须刀,像扔出去的垃圾,或者像建筑工人忘记带走的工具,摊在宽敞的铺了大理石桌面的盥洗桌上。他不由自主地把他那坚硬笨拙的木头箱子藏在一张罩单底下,暗自羡慕他的木箱在那里找到了藏身之处,可以躲藏起来,而他自己在这间紧闭锁牢的房间里,则像一个溜门撬锁,被人当场抓获的小偷。

他对自己说,他是人家请来的客人,是人家求他来住的,想借此驱散心里自惭形秽的感觉。这种感觉使他感到羞辱,使他气恼,可是徒劳。身边各种事物舒适富裕的模样把他的这些论点一一打破,他又觉得自己微不足道,被这种炫耀、夸饰、摆阔、显富的金钱世界的巨大压力所击垮,所打败。他只不过是个用人、奴仆、舔盘子的可怜虫,看上去是人,实际上只是家具,是花钱买来的、可以借来借去的、失去自己生活的一个人。此刻,仆人用指关节轻轻地敲了敲门,冰冷的脸毫无表情,举止僵硬地报告,夫人有请博士先生。他脚步迟缓地跟着走过好几个房间,多年来第一次,他感到自己的神态举止又缩了半截,两个肩膀又事先缩了起来,摆出一副奴气十足的弯腰鞠躬的样子。多年来第一次,在他心里又开始出现孩童时期的惶恐和茫然。

可是等他第一次向夫人迎面走去时,这内心纠结的疙瘩顿时解开,使他心胸开阔。他鞠了一躬,刚抬起头来,用搜寻的目光打量说话的夫人的脸庞和体态,她说的话便以不可抗拒之势向他迎面扑来。这第一句话便是表示感谢,说得这样坦诚自然,把笼罩他全身的恶劣情绪的乌云全都驱散,直接打动他那认真窥测的感情。"我非常感谢您,博士先生,"说着,夫人真诚地向他伸出手去,"您终于接受我丈夫的邀请,我真感谢您。我早就希望不久能有机会向您表示,为此我是多么感激您。您作这个决定,一定很不容易。不是人人都乐于放弃自己的自由的,但是这样一来,两个人都为此而对您感激不尽。这种感觉也许能使您心情平静。从我这边来说,怎么能使您感到这幢房子就是您自己的家,我打心眼里乐于办到。"在他心里,有什么东西警觉起来。夫人怎么知道他不乐意出卖他的自由,第一句话就打中要害、戳到他心里的痛处、他的伤口、他最敏感的部分,触及他那最害怕触及的地方,就是失去自由,只是充当一个仰人鼻息、受雇于人、花钱雇来的人而已?夫人似乎轻轻地把手一摆,就把所有这一切从他身上抹去。他不由自主地抬头看了她一眼,这时才看到她那温暖的目光洋溢着同情,正充满信任地期待着他的目光。

这张脸散发出一种无比柔和的、令人放心的、又是欢快的自信的东西,那纯洁的额头依然十分年轻、光洁,散发出澄净的光芒,深色的头发呈深色的波浪,在下端卷起,简直是过早地梳着年长妇女严肃的头路;从脖子往下,一袭同样深色的衣衫把她丰满的肩膀裹住:这样,那张脸露出平和的光芒,显得分外明亮。她看上去就像市民家里的主妇,穿着衣领紧闭的长裙,活像修女,而她的善意使她的一举一动都露出母性的光芒。如今,她动作轻柔地走近一步,她的微笑从他迟疑的嘴里引出一声"谢谢"。"只有一个请求,真是,刚刚见面就提出请求。我知道,要是彼此不是相识已久,共同生活总是个问题。只有一样东西可以帮忙克服,那就是真诚相待。所以我请求您,不论什么情况,若您在这儿感到压抑,不论谁的态度或者什么东西妨碍了您,请您无拘无束地说给我听。您是在帮助我的丈夫,而我是他太太,这双重的责任把我们结合在一起,所以让我们彼此真诚相待。"

他握住夫人的手:契约就此敲定。从第一秒钟起,他就感到和这所宅子紧密结合。这宅子里的珍贵之物不再含有敌意地向他逼近,相反倒使他立刻感到,高雅尊贵必须要有它们衬托。在外面显得敌意森森、混乱不堪、彼此矛盾的一切,在这里都显得气度不凡,化为一片和谐。渐渐地他才发现,精美绝伦的艺术趣味使这里的贵重之物都只能屈从于更高级的秩序。低调的人生态度无形中渗入他自己的生活,甚至渗入他自己的语言之中。

他奇怪地感到自己平静了下来,一切尖刻的、暴戾的、激越的感情,都失去了它们的恶意和愤怒,就仿佛厚厚的地毯、裱糊过的墙壁、色彩鲜艳的窗帘悄悄地把小巷里的光线和喧闹全都吸了进去。他同时感到,这漂浮不定的秩序并非空洞地自我产生,而是来自这位默默无言、总是面带善意微笑的女人的身影。他在最初几分钟里像着了魔似的感觉到的东西,使他今后几周、几个月幸福地意识到,这个女人不动声色,极有分寸,把他渐渐地吸引到这个家庭生活的内部,而他丝毫没有感到有人对他施压。他感觉到,似乎有人远远地给予他一种柔情脉脉的关注,在保护他而不是在看管他。他还没有启齿,他的那些小小的愿望便已得到满足,做得不动声色,像有神话中为人效劳的家神在暗中操劳,使得他都无法表示特殊的感谢。有天晚上,他翻阅一本珍贵的铜雕画册时,对伦勃朗的《浮士德》赞不绝口。两天之后,这幅画的复制品便放在相框里,挂在他书桌前的墙上。他提到一本书,说一个朋友对它赞不绝口。几天后他偶然在图书室看书,发现那本书已经放在书架上。不知不觉中,他的房间按照他的愿望和习惯换了样子:起先他丝毫也没觉察那些细枝末节是如何发生变化的,只感到房间更加舒适宜人,更加色彩鲜艳,更加温暖如春,直到有一天,他注意到那条有着东方色彩的刺绣床单,盖住了土耳其式长沙发,就像他有一次在橱窗里欣赏的那条。屋里的灯也罩上了深红色的绸子,发出柔和的光芒。家里的气氛越来越吸引他:从此,他不再想离开这幢房子。这家十一岁的男孩成了他的朋友,对他满怀热情。他非常乐意陪这男孩和他母亲上剧院,或者去听音乐,他自己也不知道,他在工作之余的时间完全沐浴在柔和的月光之中,这是夫人宁静安详静谧的身影散发出来的幽静温柔的光。

　　从初次见面开始,他就钟情于这个女人。尽管他这种感情如此强烈、毫无保留地把他送进梦幻之中,他还是缺少一种决定性的、具有穿透一切的效果的东西。也就是说,他一直在自我逃避,他还没有清醒地认识到,用赞赏、敬畏、依恋这样的遁词所掩盖的感情完完全全就是爱情,一种极端狂热、无拘无束、绝对纯粹的强烈爱情。然而,他身上那种卑微的奴性,使劲地把这一认识强压下去。夫人对他来说,显得那样遥远,她高高在上,遥不可及。这位为群星辉耀的皇冠所笼罩、为万贯家私所保护的女人,和他迄今为止一直体验过的女性相去如此遥远。倘若他认为,夫人和他在备受奴役的青年时代能够接触到的几个女人相似,也会屈从于热血奔流的相同规律,他自己也觉得这是亵渎。那个使女有一次为这位家庭教师打开自己的房门,好奇地想看看这位上过大学的读书人,干那种事情是否和马车夫,和长工小厮有什么不同,或者在回家的路上,在路灯的半明半暗的阴影里遇到的那个缝衣女。不,情况完全不同!夫人身上散发出另外一种无法企求的天体的光芒,纯洁、高贵而又不可侵犯,即使在他做的最为激情炽烈的春梦中,他也不敢对她宽衣解带。他像一个男孩似的情绪迷乱,依恋着从夫人身上散发出来的幽香,享受她的一举一动,犹如享受音乐,由于她的信任而感到幸福,由于他内心激起的感情无比充溢,向夫人有所流露而不断地担惊受怕。这种感情还无以命名,然而早已形成,在伪装之下炽烈燃烧。

然而,爱情也许一直要到这时才真的变成爱情,当它不再像胎儿似的朦朦胧胧地在母体内部痛苦地涌动,而是能呼吸,有嘴唇,敢于自己命名、敢于自己承认的时候,这才真的变成爱情。尽管这样一种感情如此执着、顽强地伪装起来,这个迷乱的幽灵,总有一个时刻会突然打破屏障,然后从九天之上跌进万劫不复的深谷,以加倍的重量落在猛然惊醒的心上。这个时刻姗姗来迟,是在他住进这家的第二年里。

有个星期天,枢密顾问请年轻博士到他房里去。草草地问候之后,枢密顾问便很不寻常地在他们身后关上房门,通过内部电话吩咐,不容任何骚扰。光是这一点便意味深长地预示,要宣布一个重要的消息。老人递给他一支雪茄,费劲地把它点燃,仿佛想争取时间,好发表一通显然经过周密思考的演讲。首先,他对年轻人的工作详加描述并表示谢意。在任何方面,这位助手都超过了他的信任,甚至超过了他内心的好感。他根本用不着后悔把最机密的事务托付给这样一个尚无深交的年轻人。昨天,有个重要消息从海外传到他们的公司来,枢密顾问毫无顾忌地把这个消息告诉他。枢密顾问注意到,这种新式的化学程序要求大量的某种矿石。刚才有电报向他报告,已经确定在墨西哥有大量蕴藏。要为他的公司赢得这些矿藏,关键在于速度。趁美国的康采恩还没抓住机会,便就地组织提炼和采用。这就需要有个可靠的——另一方面年纪又轻、又有魄力的——职员。对于枢密顾问个人来说,这是个痛苦的打击,这意味着要夺去他信任的可靠的助手,但是他认为有责任在董事会上建议委派他的助手。因为这个年轻人非常能干,是唯一合适的人才。年轻人肯定会得到补偿,他的锦绣前程可以得到保障。在安装设备、建设工厂的两年里,由于报酬丰厚,他不仅可以为自己挣得一小笔财产,他回国后,也为他在企业里保留了一个主管位置。枢密顾问一面伸出手来祝贺他,一面结束他的讲话:"我有这种预感,您将继我之后坐在这里我的位置上,把我这个老年人在三十年前开创的事业继续下去。"

这样一个请求,犹如晴天霹雳,怎能不使这个野心勃勃的年轻人头晕目眩?大门终于敞开,就像被炸弹炸开。这道门将把他引出贫穷的地窖,引出服役和服从的不见天日的世界,他将不再被迫摆出谦虚谨慎、弯腰曲背的姿态,不再被迫以这种姿态进行思索:他的双眼贪婪地盯着文件和电报,那些象形文字式的符号逐渐形成一个宏大的计划,规模很大,但轮廓不清,许多数字突然呼啸着,向他劈头盖脑地打来。要管理、计算、赚得成千上万、几十万、几百万。他突然目眩神迷,心脏狂跳,就像乘着一只梦幻的气球,从他目前生活的卑微境地冉冉上升,升到灼热燃烧的氛围之中,拥有管理一切的权限。此外,不仅是金钱、企业、风险和责任,不仅于此,还有一个更加诱人的东西向他扑来。这里可以塑造，可以独创，是崇高的任务、创造性的职业——群山中，矿石千万年来沉睡在地球的表层底下，如今挖掘出来，把坑道开进去，把城市建设起来，房屋日渐增多，街道一一修筑。不停钻探的机器，四下旋转的吊车。计划盘算时还是荒芜的一片树丛，随后，将出现一批既光怪陆离，又形象生动的产物，像热带植物似的疯长，庄园啦，农场啦，工厂啦，仓库啦，一个崭新的人类世界，这个由他从无到有地创建起来的世界，将由他领导和整顿。阵阵海风，夹杂着远方的喧嚣，突然涌进这个有着柔软护壁的小小房间。数字累积起来，变成一笔近乎异想天开的巨款。激情的陶醉越来越强烈，使得每开发一个领域都具有展翅飞翔的颤动之势。所有的一切在陶醉中都大体上做了安排，连纯粹实际的东西也都商议妥帖。一张支票突然塞进他的手里，沙沙作响，供他置办旅行用品，数额之高，超出他的预料。再次发誓之后，他决定十天后乘下一班南路航线的轮船动身。接着，他便退出办公室的房门，被那些数字弄得浑身发热，被激发出来的种种可能性搅得晕头转向，一时间，他神情慌乱地凝视四周，不知道刚才进行的全部谈话，是不是期盼过于殷切造成的奇思幻想。翅膀一振，把他从底层一下子举到光芒四射的境界，愿望得以实现：血液汹涌翻腾，来势迅猛，害得他一时间只好闭上眼睛。他闭目敛神，深深地吸口气，只是为了稳住心神，更加安静地、更加不受骚扰、更加强劲有力地享受他自己内心的世界。这样宁神屏息了一分钟之久，等他再次神清气爽地睁开眼睛，抬头张望，目光掠过这熟悉的前厅时，在一张挂在大柜子上方的画像上停住：她的画像。画中人嘴唇微闭，线条柔和，安详宁静，正微微含笑，意味深长地凝视着他，似乎他内心的每一句话、每一个字她全都懂得。这时，就在这一瞬间，他业已忘却的念头突然闪电似的向他袭来，接收海外的那个位置不是也意味着离开这幢房子吗？我的上帝！要离开她！这念头像一柄利刃刺穿了他迎风鼓起的快乐的风帆。在感到震惊而失控的这一刹那，他用伪装人为地堆砌起来的屋宇构架，顿时在他心里坍塌。他感觉到心里的肌肉猛地一颤，要失去她的这个念头把他撕成碎片，使他痛苦万分，几乎要了他的性命。她，我的上帝啊！离开她：他怎么能想到这点，怎么能做出决定，就仿佛他还属于他自己，就仿佛他感情的一切根茎枝叶不是牢固地依附在这里，依附在她的身边！一种十分明显的颤动着的肉体上的痛苦，强烈地、本能地迸发出来。一阵霹雳穿过他整个身体，从头顶直到心底。一道裂痕，像道闪电掠过夜空，把一切照得通明：在这耀眼的强光中，不可能看不清楚他内心的每一根神经、每一根纤维，都从对她的爱得到滋润而绽放、盛开，她就是他心爱的人！他刚无言地说出这一魔法的字眼，不计其数的微小的联想和回忆，顿时便以无法解释的速度——只有极端强烈的惊恐才能激起这样的速度——金光闪耀地涌进他的意识，强烈地照亮他的感情。这都是迄今为止，他一直不敢承认，或者不敢阐明的无数细枝末节。这时候他才知道，几个月来，他早已毫无保留地钟情于她。

　　事情不是开始于复活节的这个星期吗？夫人驱车出门三天，去探望亲戚，他不是就像一个迷失方向的人，茫然不知所措从一个房间蹭到另一个房间，一本书也念不进去，心烦意乱，没法告诉自己这是为什么？然后到了那天夜里，她该回来了，他不是一直等到夜里一点，倾听她的脚步声吗？他不是无数次地为神经质的焦躁不耐所驱使，提前悄悄地摸下楼梯，想看看马车是否已经来到？他回忆起在剧院里，他的手不小心轻轻地碰了一下夫人的手，一股寒噤从他的手一直涌到他的脖颈：上百个这样细小的令人心悸的回忆，几乎没有清醒地感受到的、微不足道的小事，现在像决堤的洪水,汹涌奔腾地冲进他的意识、他的血液,又汇合起来,径直涌向他的心。他不由自主地用手按住他的胸部,心脏在那里跳得那么猛烈,一点办法也没有。他不能再抗拒下去,只好承认一种既羞怯又敬畏的本能,再加上各式各样的小心谨慎的掩饰方能如此长久地遮盖的东西——没有夫人在身边,他活不下去!两年,两个月,哪怕只是两个星期,这柔和的光芒不照耀着他前进的道路,晚上不和她进行惬意的谈话——不行,不行!这无法忍受!十分钟前还使他踌躇满志的事情,前往墨西哥的使命,独当一面的大权,一刹那间缩了下来,像闪闪发光的肥皂泡一下爆裂,剩下的是远隔重洋,从此离别,犹如身陷囹圄,流亡在外,遭到毁灭,天各一方,创伤无法愈合。不,这不行!他的手已经放回到门把上,他想再一次走进办公室,向枢密顾问报告,他感到自己不配承担这项任务,宁可留在这宅子里,他要放弃这次升迁的机会。但是恐惧向他发出警告:现在别说!别过早泄露这个秘密。他自己也是刚刚才揭开这个秘密。他疲惫不堪地把发热滚烫的手从阴凉的金属把手上松开。

他又看了看那张画像,那双眼睛凝视着他,眼神似乎越来越幽深,只是他再也找不到漾在画中人嘴角的微笑。她看上去不是神情严肃,而是几乎可说是悲伤地从画中望出来,就仿佛她想说:"你有忘记我的念头。"他承受不了这道画出来的、却是活生生的目光。他摇摇晃晃地回到自己房里,一下子倒在床上,怀着一种稀奇古怪的、几乎可说是由于惊恐而近乎晕厥的感情,但是这其中又奇怪地渗透了神秘莫测的甜蜜。他贪婪地回想起自从住进这幢房子第一个钟头开始所经历的一切。哪怕是最最微不足道的细节,如今也具有不同的分量和不同的光芒:一切都映照着那种来自这种认识的内在的光芒,一切都轻飘飘地飘浮在被激情灼热的空气里。他想起了她对他的种种善意的照拂。四周还都是夫人的印记，他用目光抚摸着夫人的手曾经触摸过的各种物件，每个物件都有幸承载着夫人的存在所赋予的一丝幸福。夫人就存在于这些物件之中，他从中感觉到夫人亲切友好的思想。他清楚地意识到，夫人对他怀有好心和善意，这使他心潮澎湃，激情满怀；但是在这股热潮的深处，在他的本性里，还有什么在抵抗，一点并未提起、并未挪去的东西，像一块石头，这东西只有挪开，他的感情才能自由自在地迸涌出来。他小心翼翼地摸索着挨近他感情最深处这朦胧模糊的东西，他已经知道这意味着什么，可是还不敢抓住它。这股热潮总是把他推回到这一个位置，这一个问题。这个问题便是：从夫人那方面讲，所有这些微小的关怀和照顾，是不是含有一丝好感——他不敢说这是爱情。这样倾听和关照他的起居生活，虽说并无激情，是否暗含着一点柔和的温存。这个问题模模糊糊地穿过他的心，鲜血的沉重黝黑的波浪，一而再地喧嚣着把这个问题翻起，却未能把它冲走。他感觉到，"倘若我能条理清楚地思考就好了"，但是夹杂着乱七八糟的幻梦和愿望的各种思想，和那总是从心灵最深处掀动出来的痛苦翻腾得过于激烈。于是，他毫无感觉地、完全失魂落魄地躺在床上，各种感情交织在一起，使人麻醉，弄得他情绪低落。也许过了一小时，或者两小时，直到门上响起温柔的敲门声，突然把他惊醒。他听得出这个敲门声。这是纤细的指关节小心翼翼地敲在门上。他从床上霍地跳起，直冲到门口。

夫人笑盈盈地站在他的面前："嘿，博士，为什么您不来用餐？开饭的铃声都响过两遍了。"

这话说得简直有些过分欢快，就仿佛抓到他的一点小毛病，夫人就感到高兴似的。可是一看到他的脸，看到他湿漉漉的头发一团蓬乱，慌乱的眼睛怯生生地躲躲闪闪，夫人自己也顿时脸色煞白。

"我的上帝啊,您出什么事了吗?"夫人结结巴巴地说道,由于惊恐而改变了的声调,使他听了欣喜若狂。"没什么,没什么,"他很快使自己振作起来,"我刚才不知怎的陷入沉思。整个事情来得太快,我感到意外。"

"究竟是什么,什么事情?您倒是说呀!"

"您难道一无所知?枢密顾问没有跟您说?"

"没说,什么也没说!"夫人被他急促不安、炙热如火、躲躲闪闪的目光弄得心慌意乱。她迫不及待地催他,"出什么事了?您倒是告诉我呀!"

他于是绷紧了全身的肌肉,目光清晰地、毫不脸红地凝视着夫人:"枢密顾问先生对我照顾有加,交给我一项责任重大的任务。我接受了这项任务,过十天就出发去墨西哥——去两年。"

"去两年!我的上帝呀!"她的惊恐脱口而出,完全发自内心,与其说是说话,毋宁说是惊呼,直如一声枪响,尖利刺耳。她不由自主地伸出双手以示抵御。接下来,她便努力想要掩饰自己无意中流露出来的感情,但是白费力气。年轻博士已经(这都是怎么发生的?)一把抓住她的双手,把那双由于害怕而激烈地伸出的双手握在自己手里。还没弄明白是怎么回事,他们两个颤抖的滚烫的身体已经拥抱在一起,一个无限漫长的热吻把无数小时、无数日夜、无意识的饥渴和欲望尽情痛饮,淋漓酣畅。

不是他把夫人搂在怀里,也不是夫人紧紧地搂着他,而是他们紧紧相拥,一同跌进一种深不见底、意识全无的状态之中,一同跌进一股甜蜜的、同时又是灼热的迷醉状态之中——一股压抑得过于长久的感情,为偶然这块磁铁所点燃,仅仅在一秒钟之内,突然爆发。他们紧紧贴在一起的嘴唇渐渐分开,两人还因为事情难以置信而晕眩不已,这时,透过朦胧幽深的柔情,他才看到夫人的眼睛为陌生的光芒所照亮。此时，一股热浪在他全身涌流。他意识到，这个女人，他心爱的这个女人，在这样的时刻撼动她的灵魂之前，想必早已爱上了他，爱上了他好几个星期，好几个月，好几年，充满柔情蜜意却又讳莫如深，火一样炽烈却又富有母性。恰好是这一点，这不可思议的事情如今使他如醉如狂：他为她所爱，为这个不可接近的女人所爱！一座天国平地升起，充满了阳光，漫无止境，是他一生中光芒四射的正午时分，但同时在下一个时刻便向下坠落，跌成锋利如刀的碎片。因为这次相识，同时也是离别。

接下来，一直到他出发的这十天，他们两人是在一种不断亢奋、不断痴迷的奇妙状态中度过的。他们相互承认的感情突然爆发，以其空气压力的无比巨大的冲击力炸掉了一切堤坝和障碍、道德和谨慎：他们像两只动物，在昏暗的走廊里，在一扇门背后，在一个角落里，在忙里偷闲的两分钟里彼此相遇，便热烈地、贪得无厌地扑到对方身上，手想摸到对方的手，嘴唇想触及对方的嘴唇，骚乱不宁的鲜血想感到对方的血液，一切都热切地想要感到对方的一切，每一根神经都渴望着触摸对方的脚、手、衣裳，具体感受一下对方活生生的身体的任何部分，这个身体如饥似渴地欲火中烧。与此同时，他们在家里必须自我控制。夫人得在她的丈夫、儿子和一批仆人面前掩盖她那一再流露的柔情蜜意，而年轻博士必须在脑子里清清楚楚地想好如何筹划、如何开会、如何计算，做好这一切是他的职责所在。他们只能抓住几秒钟时间，颤动不已、偷偷摸摸、危机四伏的几秒钟，他们只能用手、用唇、用目光、用贪婪的匆忙攫取的一吻，飞快地接近一下。年轻博士自己也熏然陶醉，他那轻盈的、心神不宁的存在，也使夫人忘情陶醉。但是这远远不够，两个人都感觉到：绝对不够！于是，他俩写些热辣、滚烫的字条，像学童似的把情绪狂乱、感情炙热的信件塞到对方手里。晚上，年轻博士在失眠时,在枕头底下找到夫人塞在那里、窸窸窣窣作响的信,而夫人又在大衣口袋里找到了年轻博士的信。所有的信件都绝望地喊出这个不幸的问题:如何忍受?横隔一片海洋,相隔一个世界,无数个月份,无数个星期,整整两年,隔断了他们的血肉,阻断了他们的目光,如何忍受?他们别无所想,只想这个;也别无所梦,只梦见这个。他们两个谁也不知道如何回答,只有他们的手、眼睛、嘴唇,他们无知的激情的仆役跳来跳去,渴求着汇成一体,渴求着内心的结合。接着,在虚掩的房门之间偷偷摸摸地相拥,颤抖着紧紧拥抱,这些惊恐万状的瞬间便变得分外令人心醉,又叫人惊恐万状,给人无限欢娱。

但是,这个欲念炽烈的年轻人从来没有机会完全占有他心上人的肉体,隔着没有灵魂、碍手碍脚的衣服,他感觉到,心上人弓起身子,赤裸裸、热乎乎的肉体紧紧地贴了上来——在这光线分外充足、到处有眼、到处有耳的宅子里,他心上人的肉体从来没有真正挨近过他。只有在最后一天,夫人借口帮他收拾行李,实际上是为了最后告别,走进他早已拾掇干净的房间。他猛地一跳,扑了过去,贪婪地一把抓住夫人,使她脚步踉跄地跌倒在长沙发上。他掀开她的衣服,把热吻印在她隆起的胸上。他的嘴贪得无厌地沿着白皙炽热的皮肤,一直滑到她的心口。她的心在那里向他扑腾扑腾地跳个不停。这几分钟里眼看着夫人就要屈从于他,几乎就要向他献身,为他所有,可是就在这时——夫人在忘情失态之际,结结巴巴地发出最后一声央告:"别做这事,现在别做!别在这儿!我求你了。"

即使他滚烫的鲜血也这样服从、这样屈从于他对心上人的敬畏之情,她像圣女一样为他所爱。结果,他再一次控制住他奔流的情欲,在夫人面前控制住了自己。夫人摇摇晃晃地站起身子,掩面不让他看。他自己也痉挛地站着和自己搏斗,同样转过脸去,如此明显地忍受着失望的悲哀,连夫人也感到,他因浓烈柔情未能得到她的接纳而痛苦不已。夫人又完全控制住自己的感情,走近他的身旁,轻声安慰他:"我不能在这里,不能在我的、在他的宅子里做这事。可是等你再来的时候,你什么时候要都行。"

列车嘎嘎直响,车闸一收,钳子一咬,发出一声刺耳的尖叫,列车停了下来。他像只挨了一鞭的狗,猛然惊醒,他的目光从梦幻中醒来,但是——幸福地感悟!——瞧,她就坐在那儿,他心爱的女人,长期分离的心上人,她就坐在那儿,静悄悄地,近在咫尺,可以感到她的呼吸。她的帽檐稍稍遮住了她向后靠的脸,但是就仿佛她无意识中知道他渴望看见她的脸,她坐直了身子,向他露出柔和的微笑。她向窗外望了一眼,说道:"达姆斯塔特,还有一站。"他没有回答,只是坐着,凝视着她。无奈的时间,他心里想道,对抗我们的感情,时间也无可奈何:从那以后,足足九年之久,她的声音、语气毫无变化,而我在听她,我身体里没有一根神经和从前有丝毫不同。什么也没有失去,什么也没有消失,她的存在给人温存,使人幸福,就和当年一样。

他满怀激情地望着夫人宁静地微笑着的嘴,他曾经吻过,却已经想不起那美妙的滋味。他再凝望她的手,这双手一动不动地放在膝上,十分放松,散发出美丽的光芒。他按捺不住地想要低下头去用嘴唇亲吻这双手,或者把这双静静地交叉在一起的手握到自己手里,哪怕就一秒钟,一秒钟!但是车厢里那几位饶舌的先生已经开始好奇地打量起他来。为了保住自己的秘密,他一言不发地把身子往后一靠。于是他们两个又面对面地坐着,相顾无言,只有他们的眼睛在彼此亲吻。

车窗外响起尖利的笛声,列车又开动起来,它那摇摇晃晃的单调的节奏,使列车变成一座钢铁的摇篮,又把他送进回忆之中。啊,在当年和今天之间,横隔着黑暗的、无限漫长的岁月,在岸和岸之间,心和心之间,横亘着灰色的大海!究竟是怎么回事呢?有一段回忆,他不想触及,他不想回忆起最后分手的那一小时,在同一个城市的站台上度过的那一小时,而今天他却心花怒放地在这个站台上等待她的来临。不,别想这事,绕过去,不再想它,这事实在过于可怕。思绪再往前、再往前飘动,为嘎嘎作响的车轮的节奏所催动,不同的景色,不同的时间,又梦幻般涌现。

当年,他心灵破碎地去了墨西哥。开头几个月,最初几个可怕的星期,在他收到心上人的消息之前,他简直无法忍受,只好把大量的数字、草案塞进脑子,骑马到乡下去,从事长途考察,进行没完没了的谈判。他决心要把谈判和研究进行到底,把自己的身体弄得筋疲力尽。从清晨到黑夜,他一直都把自己关在开采地那间机器房里,敲击出一连串数字,不停地说话、写字,不断地工作,只是为了倾听他内心的声音如何绝望地叫出一个名字,他心上人的名字。他用工作麻醉自己,就像使用酒精或者毒药,只是为了压抑感情,那过于强劲有力的感情。可是,尽管他疲惫不堪,每天晚上他都坐下来,一页一页,一小时一小时,把白天所做的事情全都详详细细地记录下来。每个邮班,他都把这些哆哆嗦嗦地详细记载的纸张,整摞整摞地寄到一个事先约定的隐蔽地址,以便遥远的心上人就像在家里一样可以时时刻刻参与他的生活,而他也能朦朦胧胧地感觉到他心上人温柔的目光越过千山万水、海角天涯,停留在他每天的工作上面。他从心上人那里接到的信件,是对此表示的感谢。这些信件字迹端正,语气平和,露出激情,可是表现得含蓄、收敛:它们严肃认真地向他叙述每日的境况,丝毫也不抱怨。他觉得那双蓝色的眼睛正凝视着他,只是缺乏那股笑意,那轻柔的、使人心神宁静的微笑,使得一切严肃的事情不复沉重的微笑。这些信件成了这个孤身在外的人的饮品和食物。他激情满怀地带着这些信件上路,穿过茫茫草原和莽莽群山。

他叫人把他装了信的口袋缝在马鞍里,为了不让突然降下的滂沱大雨淋着,避免过河时为河水浸湿。他们长途考察时不得不渡过江河溪流。这些信,他已经熟读,都能逐字逐句地背出来。信纸经常打开,折叠处都已透明,个别字句都已被亲吻和泪水抹去,变得模糊不清。有时候他独处时,知道身边没有旁人,就拿起她的信来,按照她的声调一个字一个字地念出来,用这种方法,像施魔术似的,把相隔遥远的心上人召唤到眼前。有时候他在夜里突然起床,因为忘记了信中的一个字,一句话,或者一个结尾,马上点灯找到遗忘的字句。从她的笔迹梦想着她手的形状,从手往上就想到手臂、肩膀、脑袋,把她整个人从大洋的彼岸、陆地的另一端带过来。他像原始森林中的一个伐木者,以古代北方神勇壮汉的狂暴蛮力,劈进他面前这座狂野的、参不透的时间丛林,它依然还威胁着他。他已经急不可耐地想看到这时候丛林已日益稀疏,回归故里已经在望,起程的时日已在眼前,千百次地以为久别重逢的第一次拥抱的希望已将实现。在这个新建的工人聚居地里,他住着一间仓促修建起来的铁皮屋顶木头房子,在他那粗陋打造的木床上方,挂着一份日历。每天晚上,他在日历上把这辛苦度过的一天划掉,有时候性急,在中午就把这一天划去。他把还需熬过去的时日形成的一行行红黑的数字数了又数:四百二十、四百一十九、四百一十八、四百一十七,离回国之日还有四百一十七天。因为他和其他人不一样,不是从基督诞生之日从头数起,而是朝着一个确定的时刻,他回家的时刻计数。每当这段时间成为一个整数,变成四百天、三百五十天，或者三百天，或者恰逢她的生日、命名日，或者那些秘密的节日，比如和她初次见面的日子，或者她第一次向他流露真情的日子——他总是给他身边的人一点喜庆，大家莫名其妙，惊讶不已，带着疑问的眼光直看着他。他送些钱给那些印第安人和白人的脏兮兮的混血儿，而那些工人他就送些烧酒，高兴得他们手舞足蹈，就像那些野性十足的褐色小马。他自己穿上星期天穿的礼服，叫人把葡萄酒和最好的罐头食品拿来，然后在他特地为此而竖起的旗杆上，升起一面旗子，快乐的火焰便腾空而起。邻居和助手们好奇地跑来打听，他这是在庆祝哪个圣人，或者由于哪个奇怪的原因在这儿庆祝？他只是微笑以对："这跟你们有什么关系？你们跟我一起高兴就好！"

就这样周复一周，月复一月地过去，累死累活地干完一年又加上半年，只剩下微不足道的短短七个星期，就到了预定的归期。他实在焦躁不耐到了极点，早就把船行的时间计算出来。在一百天之前，他就把"阿肯色号"上的舱位订好，并且预付了船票款，使得轮船公司的职员大吃一惊。接着，那灾难性的日子来临，它不仅毫无怜悯地把他的日历撕破，也无动于衷地把千百万人的命运和思想砸得粉碎。那是个灾难深重的日子：一清早，测量师带着两个工头，后面跟着一队本地的仆人，骑着马和骡子，穿过像硫磺一样黄色的平原，走进山里，想去研究一个新的钻探地点，那里估计有镁矿石。这些混血的工人两天来在无情的烈日直射下，又砸又挖，敲敲打打，进行勘探。曝晒的烈日不断地呈直角从赤裸的石头反射到他们身上。可是他就像个疯子催逼工人，嚷得口干舌燥也不愿走个百十步，到迅速挖掘出来的水沟去饮水——他一心只想回去取邮件，去看她的信，读她写的字句。到第三天还没有挖到深处，采样不算数，他渴望看到心上人邮件的狂热激情，如此强烈地向他袭来，想看到她信里词句的饥渴如此疯狂、如此强烈，于是他决定独自连夜骑马赶回去。骑了一整夜，只是为了取得那封信，它昨天就该和其他邮件一起送到。他漠不关心地把其他人留在帐篷里，只让一个仆人跟随。他们沿着山间险峻昏暗的羊肠小道骑马前行，整整一夜，一直骑到火车站。第二天早上，他们两个骑着浑身直冒热气的马，自己因为山岩间冰冷的寒气冻得浑身发僵，走进他们那个小居留点。异乎寻常的一番景象使他们两个惊愕不已，住在那里的几个白人放下手里的活，围着火车站，身边挤满了印第安人和白人的混血儿和本地人。他们又叫又嚷，傻乎乎地瞪着眼睛发问。费了好大的劲儿，他们才穿过这激动万分的人群，在官厅获得了出乎意料的消息。从海岸边传来电报，欧洲发生战争，德国和法国作战，奥地利和俄国作战。他不愿信以为真，用刺马针猛刺胯下跌跌撞撞的坐骑。马儿受惊，长嘶一声，扬蹄奋起。他骑马冲到政府大楼，在那里听到的消息更加令人沮丧：的确已经爆发战争，更严重的是英国也已宣战，并且宣布封锁全世界的海洋，不容德国人航行。在一个大陆和另一个大陆之间，铁幕已经断然降下，时间长短未可估量。

　　他第一个反应是怒不可遏，握紧拳头砸到桌上，仿佛他要用这一拳击中那看不见的敌人，但是白费力气：现在千百万无权无力的人也这样愤怒地猛击命运设置的囚牢的墙壁。他立即思考各式各样偷渡过海的可能性，或者以巧妙机警的方式、或者以暴力的方式向命运挑战。英国领事碰巧在场，和他有些交情，他小心谨慎地向他发出警告，暗示从现在起，他的一举一动全都受到监视。只有一线希望给他安慰，这是千百万受骗的人不久都会心存的希望：这样疯狂的荒唐事不会持续多久，过几个星期，几个月，那些忘乎所以的外交官和将军们闹的这个愚蠢的恶作剧必然就会告终。这样稀薄的希望烧酒里面，不久又掺进另外一种成分，更加生机勃勃，麻醉力更强：那就是工作。通过绕道瑞典传来的电缆电报，他得到公司的任务，为了防止他的企业成为有争议的财产而遭到没收，他应该使企业独立，作为一家墨西哥公司，用几个代理人来经营。这就需要投入极大的精力来控制局势。战争，这个霸气十足的企业主，不是也需要把矿石从矿坑里挖出来吗？开采必须加速，企业必须加紧建设。这事把所有的力量都调动了起来，压倒了任何我行我素、不顾其他的想法。白天，他以狂热执着的精神，工作十二至十四个小时，到了晚上，就像被成堆的数字组成的石弩击中，他像死人一样疲惫不堪、毫无知觉地倒在床上，连梦也不做一个。

然而，正当他还一刻不停地以为自己正在感受的时候，那种激情满怀的紧张情绪，渐渐地从内心松弛起来。单靠回忆生活，这不是人性的特点。就像各式各样的植物和任何一种生物，都需要土地的滋养和天上的光芒一再重新过滤，色泽才不至于消退，花萼才不至于凋零脱落，所以，即便是梦幻，这些看上去似乎超凡脱俗的梦幻，也需要某种感性的养料，需要娇嫩形象的辅助，否则，它们的血液就会凝结成块，它们的光泽就会黯淡。这位激情满怀的博士遭遇的情况也是如此，而他自己还没发觉——若干星期、若干个月，接着整整一年，然后第二年都已过去，却没有一点关于她的消息从海对岸传来，没有一个她写的字，没有一个她的信号。她的形象渐渐模糊黯淡。工作中消耗掉的每一天，都在他的回忆上面撒了一点灰尘。开始时，回忆还像赤红火焰似的燃透了铁锈，可是最后，这灰色的薄薄一层变得越来越厚。他有时候还取出她的信件来看，可是墨水已经褪色，字句已经不再能冲击他的内心。有一次他看见她的照片，吓了一跳，因为他已经想不起她眼睛的颜色。他从前如此珍视这些信物，它们曾像魔法似的使人精神振奋，而如今,他取出这些信物的次数越来越少,自己也不知道,他已厌倦于她总是一声不响地待着,厌倦于自己总是无谓地和影子讲话,而这影子从不回答。此外,迅速建成的企业引来了一些人和同伴,他开始寻找伴侣、寻找朋友、寻找女人。战争爆发后第三年,他有一次出差,来到韦拉克鲁斯一位德国大商人的家里,认识了这位商人的女儿。姑娘文静娴雅,金发白皙,是个善于操持家务的类型。在这个为仇恨、战争、疯狂弄得分崩离析的世界里,他突然害怕不断地单身独居。于是,他迅速下定决心,娶了这个姑娘,接着生下一个孩子,第二个孩子接踵而至。这是在他被遗忘的爱情的坟墓上开放的活生生的鲜艳花朵:于是,这个家庭圈子圆满组成,外面是喧嚣嘈杂的活动,里面是日常家居的宁静。四五年后,他对自己曾经是个什么样的人,已一无所知。

突然之间一天来临,那是一个欢声雷动、钟声齐鸣、激情澎湃的日子,传送电报的电线颤动不已,城里大街小巷人声鼎沸,欢呼呐喊之声不绝于耳,拳头大的字母传递着缔结和约的最终消息。当地的英国人和美国人从所有的窗口毫无顾忌地发出"乌拉"的欢呼声,庆祝他的故乡遭到灭亡——这一天使人回忆起的祖国,正因为蒙受灾难又重新受到热爱。拨开这些回忆,那个人影也在他心里冉冉升起,执着地走进他的感情。这里的报纸以隔岸观火的闲适态度,以嬉笑放肆的口气,长篇累牍地报道他的故乡陷入苦难重重、物质匮乏的岁月。在这些日子里,她的情况如何?她的房子、也就是她丈夫的房子是否安然无恙,有没有遭到暴徒的骚扰和洗劫?她的丈夫、她的儿子是否都还活着?半夜,他从熟睡的妻子身边爬起,点燃了灯,一口气写了五个小时之久,直到黎明破晓,写了一封总写不完的信。他在信里告诉她这五年里他的全部生活,像跟自己说了一段独信。两个月后,他已忘记了自己写出的信,却收到了回信。他迟疑不决地把这个巨型的信封握在两只手里掂量，一看到他十分熟悉的笔迹，他的内心已经翻腾不已：他不敢马上开启信封的封印，这只封好的信封就仿佛一只潘多拉的盒子，里面存放着被禁的物品。他两天都没有拆开这封信，把它放在胸口的口袋里；有时候，他感到他的心敲击着这封信。两天后，这封信终于拆开，可是它既不含有任何硬贴上来的亲热劲，也没有任何冷冰冰的客套话：他从信上平静的笔迹呼吸到那股轻柔的好感，夫人身上的这种好感从来都使他感到幸福。她的丈夫已经去世，战争一爆发就已去世，她简直不敢对此有所抱怨、诉苦，因为这一来，枢密顾问就免去了看见他的企业遭到损害、他的城市被人占领、他那过早被胜利冲昏头脑的人民陷入苦难之中的命运。她自己和她儿子都身体健康，听到他喜庆的消息她非常高兴，这些消息比她所能报道的消息要好。她用诚恳的词句明白无误地祝贺他已经结婚。他心生怀疑，情不自禁地想听出个究竟，可是信里毫无暗藏的狡诈的弦外之音，能冲淡她清晰明确的词意。一切都说得清清楚楚，没有任何故意引人注意的夸张用词，或者多愁善感的感情流露。一切往事似乎都消融在持续有效的关怀之中，激情净化成水晶般纯净的友谊。他从来没有想到过夫人心灵的高雅会是别的样子，可是当他重新感觉到这种清朗稳重的方式，他一下子以为又看见了夫人的眼睛正神情严肃，可又微微含笑地反射出她的善意。他心生感激，激动不已：他立即坐下，给她写了一封详详细细的长信。中断已久的互相报告生活状况的习惯，现在又非常默契地重新建立起来——在这里，世界的风云突变什么也没有摧毁。

他的生活已经有了明确的形式，他对此怀着深深的感激之情。他的升迁已经成功，企业在蓬勃发展，家里孩子们从娇嫩的花朵渐渐长大，变成会说、会笑、会游戏、会亲切地观察四周的小东西，使他晚上过得心情舒畅。追忆往事,他在青年时代一夜夜、一天天都如此痛苦地备受煎熬,从当时经历过的那次熊熊烈火,如今只传来一道光亮,一道宁静的、善良的友谊之光,无所祈求,亦无危险。这样,两年后,他受一家美国公司的委托到柏林去,为了化学专利进行谈判,他便想在德国和旧日情人就近互致问候。这是自然不过的念头,如今情人已成为朋友。刚到柏林,他的第一件事便是在饭店里打电话,要求接通法兰克福:这九年里电话号码没有变过,这也具有象征意义。他心想,这是个好兆头,什么也没有改变。桌上电话机的铃声放肆地响起,经过这么多年月,他将再次听到她的声音,被他的声音所唤醒,越过田野、植被、房屋和烟囱,穿越岁月、河海和大地,来到他的身边,近在咫尺。预感及此,他突然浑身颤抖起来,他刚说出自己的姓名,一声因为惊讶、错愕而发出的惊呼"路德维希,是你呀?"向他袭来,先是侵入他侧耳倾听的感官,接着便向下进入他猛然间积满了血液的心脏。这时,突然有什么东西将他点燃:他费了好大劲儿才能继续说话,轻轻的话筒在他手里不断摇晃。她因为感到意外而发出的清脆的欢呼,想必触动了他生命中某根暗藏的神经,因为他感到血液涌向太阳穴,脑袋嗡嗡直响。他使劲才听明白她说的话。他自己也没明白是怎么回事,就仿佛有人在他耳边悄声耳语了什么,就说出了他自己并不想说的话,答应后天前往法兰克福。这下他可就不得安宁了:他急急忙忙地处理好各项业务,坐着汽车到处乱跑,以加倍的速度圆满地结束了各项谈判。当他第二天早晨醒来,回味夜里做的梦时,他发现:多年来,四年来,他第一次又梦见了夫人。

两天后,当他在一个霜冻之夜后的早上走近她的宅子时——他已发出一份电报,预告他将造访——他看着自己的脚,突然发现:这不是我的步伐,不是我在大洋彼岸走路的步伐,我那坚定踏实、笔直地向前移动的步伐。为什么我又像当年那个二十三岁的年轻人,腼腆羞怯、胆小怕事,用颤抖的手指一再满面羞惭地掸掸身上破旧的上装,在按门铃之前先戴上新手套?为什么我的心脏一下子又狂跳起来,为什么我这样拘谨、毫不大方?当年我秘密地预感到,命运就蹲伏在这紫铜色的门后面等着接纳我,或是温柔地、或是凶恶地接纳我。可是今天,为什么我又在门前缩着身子,为什么会涌起一股不安的情绪,把我心里一切坚实的稳定的东西全都消除?他徒劳无功地努力稳住心神,把他的妻子、孩子、屋子、企业和外国的生活一一想起,但是这一切像被鬼气森森的迷雾带走,全都变得黯淡无光。他感到自己又是孤身一人,又一次像是个乞求者,在她身边又像个笨手笨脚的孩子。他放到门把上去的手发抖、灼热。

可是刚一进门,陌生感便立即消失。因为如今已消瘦干瘪的那个老仆人,眼里几乎噙着泪水。他啜嚅着说:"博士先生",接着压下去一阵抽泣。奥德修斯①想必一定会和他一样深受震撼地想到,家里的狗还认得你:女主人会认得你吗?但是门帘已经掀开,夫人伸开双手向他迎面走来,霎时间他们的手握在一起,四目对视凝望。短促的、然而富有魔力的间歇时间,他们进行比较、观察、探索,灼热的沉思,那深藏不露的目光,害羞地使对方幸福,又使自己感到幸福。接着,疑惑才隐匿于微笑之后,目光才化为亲切的问候。不错,夫人依然是老样子,当然,稍稍老了一些,她那依然左右分开的头发,左边已夹着银丝,这缕银丝的光泽使她温柔、亲切的脸庞变得更加沉静,更加严肃。夫人说的方言悦耳,嗓音柔和,他痛饮夫人如此熟悉的嗓音,依然感觉到这无比漫长的岁月中所感

---

① 荷马史诗《奥德赛》主人公,参加特洛伊战争回国,只有家里的狗还认识他。

受的干渴。夫人向他问候："你来了,你可真好!"

这声问候听上去纯净自然,无拘无束,就像一只音叉敲响发出的声音:现在,他们的谈话找到了自己的声调和停顿,询问和叙述就像左右手划过键盘,音韵铿锵,清越动人,互相交汇。从夫人出现讲出第一句话起,所有蕴藉的郁闷和拘谨全都化解。只要她一说话,他的每一个思想都服从于她。可是等她一受感动,沉思起来,不再说话,那深思的低垂的眼睑使人看不见她的眼睛,他脑中突然闪现一个问题,直如一片阴影轻快地掠过,透过他的心:"这不就是我吻过的嘴唇吗?"后来有一阵,夫人被叫去接电话,让他一个人留在屋里,这时,往事种种,便像脱缰野马似的从四面八方向他涌来。夫人在场的时候,这些漂浮的声音都躲在一边,可是现在,每一张小沙发,每一幅画像都张开嘴唇轻声说话,所有的东西都向他诉说,这无法听见的悄声耳语只有他一个人明白,只向他一个人袒露。他不得不想到:我在这幢房子里生活过,我身上有些东西留在这里,它们还来自那些年,我还没有到大洋彼岸去、还没有完全在我自己的世界里生活的那些年。夫人又回到房里,不言而喻,情绪欢快,屋里的各种东西又都躲在一边。"你总留下来吃午饭吧,路德维希?"夫人以一种开朗欢快、不容置疑的口气说道。他留了下来,整天留在她的身边,他俩共同回顾以往的岁月。自从他在这里讲述这些岁月,他才真的觉得它们的确是这样。最后告别时,他吻了吻夫人母亲般柔软的手,在身后关上大门,他觉得,他似乎从来没有离开过这里。

夜里,他独自一人待在陌生旅馆的房间里,只有身边的钟嘀嗒嘀嗒直响,再就是他胸中有颗跳得更加猛烈的心,他先前那种平静下来的感觉又复消失。他睡不着,起来点上灯,又把它熄灭,然后了无睡意地继续躺在床上。他总是不由自主地想起夫人的嘴唇,想起他曾经认识的夫人是另外一种样子,和现在这样亲切地柔声交谈时不同。他忽然间明白了,他俩之间闲聊似的从容不迫,其实都是谎言,在他们的关系当中还有一段未了之情,未解之扣,所有的友好态度只是人为地戴上去的面具,扣在一张神经质的、慌慌张张的、为不安和激情搅得茫然不知所措的脸上。这次重逢,他想得过于长久,在大洋彼岸他茅屋的篝火旁,太多的夜晚,太多的岁月,太多的时日他都想过,在想象中,重逢完全是另外一个样子——两个人热情地迎面扑过去,热情似火的拥抱,最后的结合,脱落的衣衫——不是这样客客气气的相聚,彬彬有礼的闲聊,互相探听,彼此询问。"男演员,"他对自己说,"女演员,每个人在对方面前都在演戏,可是谁也没有欺骗谁。这天夜里她肯定也睡不踏实,和我一样。"

　　第二天上午,他去看望夫人。他那种失去控制,极其不安的样子,和他躲躲闪闪、游移不定的目光立刻引起她的注意,因为她的第一句话就有些慌乱,接下来再也无法使谈话进行得轻松平稳。谈话时而高扬,时而低落,不时停顿,以致不得不使劲加压,把紧张的气氛消除。他们两人之间横亘着什么东西,问题和回答碰到这无形之物都撞得粉碎,就像蝙蝠撞在墙上。他们两人都感到这点,他们不是各说各的,互不交锋,就是顾左右而言他,最后,这样小心翼翼地转着圈子说话,弄得他们晕眩,谈话使他们疲惫不堪。他及时认识到这点,趁夫人又留他吃午饭,便托故婉拒,说还要在城里进行一场紧急的谈判。

　　她感到非常遗憾,此时,一股羞怯的暖意又从她的嗓音里大胆地流露出来。但是,她不敢当真挽留他。她陪他到门口的时候,两个人都神经紧张地不看对方。他们的神经里,有什么东西像火星似的哔啵作响,谈话触及什么看不见的东西,一再磕磕绊绊。这视而不见的东西陪着他们从一个房间走到另一个房间,从一句话滑到另一句话,如今变得强大无比,使他们呼吸艰难。等他走到门口,披上大衣,他顿时感到轻松。可是,霎时间他又下定决心,转过身来:"在离去之前,我其实对你还有一事相求。""你有事求我,乐意帮忙!"夫人微微笑道,脸上又闪现出喜悦的光芒,因为能够实现他的一个愿望。

"也许说来很蠢,"他目光迟疑地说道,"不过肯定你能理解,我很想再看一看那个房间,我住过两年的那个房间,我的房间。我这次回来,一直在楼下的会客室里待着,这是接待陌生客人的房间。你瞧,我现在回家还丝毫没有到家的感觉。年纪大了,就愚蠢地对细小的回忆感到兴趣。"

"什么,你年纪大了,路德维希?"夫人答道,语气有点过于奔放,"你这个人竟这样虚荣!你不如仔细看看我,瞧我头发里的这一缕灰发。你和我比还是个孩子呢,居然就要说年纪大了!这小小的特权还是留给我吧!可是瞧我多么健忘,我没有立刻带你到你的房里去,因为你的房间还保持着原样。你会发现房里什么也没有改变:在这幢宅子里什么也没变。"

"我希望,你也没变。"他试图说句笑话,可是等夫人凝视他,他的目光便不由自主地满含着柔情和暖意。夫人的脸上微微升起一阵红晕:"人老了,可依旧是同一个人。"

他们上楼到他的房间里去,在进门时竟发生了一点难堪的事情:夫人打开房门,退后一步,让他先进房门,而他同时也客气地让夫人先进去。两人这一礼让,肩膀就在门框里碰在一起。两人情不自禁地都直往后退,可是肉体这样轻轻一碰,已足以使他们感到窘迫。夫人感到一阵使人麻痹的拘谨,他把她默默无言地紧紧抱住,在这悄无声息的空旷房间里,这使人倍感难堪:她慌慌张张地快步走到窗前，用拉绳把窗帘向上拉起，让更多的光线射进室内。之前，房里的家具仿佛躲在黑暗之中，可是现在，一股刺目的亮光射了进来，房里所有的东西仿佛突然睁开眼睛，一旦惊醒，便极为不安地活动起来。所有的东西都像煞有介事地站了起来，以咄咄逼人的语气诉说着一段回忆。这里是柜子，夫人关爱的手总是悄悄地为他整理柜子里的东西；那边墙上是书架，夫人总是颇费心思地根据他漫不经心地说出的愿望在书架上排满书籍；这里——说得露骨些——是床，他知道，在床上铺开的被子下面他曾经埋葬过无数关于夫人的春梦。那边墙犄角是那张长沙发，一想到它，他就浑身燥热——当年在那张长沙发上，夫人挣脱了他的拥抱；如今他被火烧火燎的激情所点燃，感到处处都是夫人的印记和信息。此刻她正站在他身旁静静地呼吸，尽力保持生疏的姿态，目光移开，难以琢磨。多年来这房里盘踞着厚重的积攒着的沉默，现在因为有人进来，受到惊吓，变得庞大无比，就像强大的气压，压在人的肺和备受压抑的心上。现在必须得说点什么，说点什么来驱散这沉默，让它不至于把人压死——他们两个都感到这点。夫人采取了行动——突然，她转过脸来。

"可不是，一切都和从前一模一样。"她开口说道，下定决心只谈一些无所谓的、毫无害处的事情（然而她的嗓音发颤，好像有点沙哑）。可是博士并不接受这种客客气气的闲聊语气，而是咬紧了牙齿。

"是啊，什么都是原样。"突然，一股怒气激烈地从牙齿缝里直射出来，"一切都和从前一样，只有我们不一样了，我们不一样了！"

这句话像咬了夫人一口，她惊慌失措地转过脸来。

"你这话什么意思，路德维希？"可是她找不到博士的目光，他的眼睛此刻不去捕捉夫人的眼光,而是默默地同时又像烈火燃烧似的凝视着夫人的嘴唇。这两片嘴唇,他已多年没有接触。而从前,他们两人的嘴唇热吻,肉灼烧着肉,他感觉到夫人的嘴唇湿润、饱满,犹如一枚水果。夫人明白了他这凝视的目光中所含有的情欲,很不自在。一朵红云映满她的脸庞,神奇地使她恢复青春。于是在他看来,她就和当年他们在同一个房间里离别时一模一样。为了避开这诱人的暗藏危机的目光,她故意误解他那显而易见、不致看错的意思。

"你这话是什么意思,路德维希?"她又重复一遍,可更多的是请求,不作自我解释,而是提个问题,要求回答。

于是他做了一个坚定果决的手势,现在他的目光富有丈夫气,紧紧抓住了她的目光:"你不想明白我的意思,但是我知道,你一清二楚。你记得这个房间——你记得你在这个房间里信誓旦旦地答应过我……等我回来……"

夫人的肩膀颤动起来,她还试图阻挡:"别说了,路德维希。这都是陈年往事,咱们别再碰它,哪儿还有时间?"

"时间在我们心里,"他语气坚定地答道,"在我们的意志里。我咬紧了牙齿,抿紧了嘴唇,等了九年之久。可是我什么也没有忘记,我问你,你还记得吗?"

"记得,"夫人更加平静地望着他,"我也什么都没忘记。"

"那你愿意,"他深吸一口气,为了又有力量说这句话,"你愿意实现你的诺言吗?"

红晕又一次猛然升起,一直涌到她的发根。她向他走去,为了安慰他:"路德维希,你好好想想!你说你什么也没忘记,但是别忘了,我已经差不多是个老太婆,一头灰发,没有什么可期望,也不能再给别人什么。我请求你,过去的事就让它过去吧。"

可是他似乎兴致来了,此刻铁了心,坚定不移。"你想躲开我,"他进一步追逼她,"可是我等待的时间已经过于长久,我问你,你还记得你的诺言吗?"

夫人每说一句话,声音都摇摆不定:"你为什么问我?我现在跟你说什么都没有任何意义,现在一切都为时过晚。不过,如果你要求,我就回答你。我从来就不可能拒绝你的任何要求,从我认得你的那天起,我就一直属于你。"

他凝视着夫人:她是多么正直,即使在困惑迷惘之中也无比清晰,无比真实,毫不胆怯,始终如一。他的心上人在任何时候都奇妙地保持着自己的风格,讳莫如深同时又敞开肺腑。他不由自主地向夫人走去,可是夫人一看到他动作中那狂暴的劲头,就央告着把他挡住。

"现在走吧,路德维希,来呀,咱们别老待在这里,咱们下楼去吧。现在是中午,侍女随时随地会到这儿来找我,咱们不能在这儿久留。"

就这样,夫人人格的威力又使他的意志折服,他又和当年一模一样,不声不响地服从于她。他们一起下楼走到会客室,穿过走廊,一直走向大门,没有试图说只言片语,也没有互相对视。走到门口时,他突然转过脸冲着她:

"我现在没法和你说话,请你原谅。我要写信给你。"

夫人感激地向他微笑:"好吧,写信给我,路德维希,这样更好。"

一回到旅馆房间,他就扑到桌前写了一封长信,一字一句,一页一页地写,越写越为突然进涌的激情所激动。他写道,这是他待在德国的最后一天,也许今后几个月、几年,甚至永远不会再来。他不希望,在进行了形同谎言的冷漠谈话之后,在勉强进行了一次虚伪的社交性的晤谈之后,离她而去。他想和她再谈一次,必须和她再谈一次,单独见面,远离她家,摆脱恐惧和回忆,摆脱碍手碍脚、受人监视的各种房间的沉闷。于是,他向她建议,陪他乘夜车到海德堡去。十年前,他们两人曾经有一次短暂的海德堡之旅,那时彼此还很陌生,可是已经心灵相близ;可是今天这次旅行应是告别之旅,他还渴望得到的最后一次、最深情的告别之旅。他还要求她给他这个晚上,这个夜晚。他急急忙忙地封上信封,派人送到夫人家里。一刻钟后信使便已返回,手里拿了一个小小的加了黄色封印的信封。他一把拆开信封,手直哆嗦,里面只有薄薄的一张纸条,上面有几个字,是她遒劲有力的笔迹,写得匆忙,可是笔力稳健:

"你现在要求的,可是一直未能办到的,是件傻事。我从未拒绝过你要求的任何事情,我永远拒绝不了。我会去的。"

列车开始减速,一个车站灯火闪耀,让列车缓缓前进。梦幻中的人撇开思绪,机械地举目向外张望。他的目光向前探望,想再一次充满柔情地看清他梦中人的身影,此刻,她正蜷伏在半明半暗之中。不错,她是在那儿,他永远忠诚的心上人,那不声不响的深爱着他的恋人。她来了,和他在一起,来到他的身边——他一再拥抱着心上人真实具体明白无误的身影。就仿佛夫人身上有什么东西感觉到他的目光在探寻,远远地感觉到这种怯生生的爱抚般的抚摸,她坐直了身子,透过车窗的玻璃向外张望。窗外浮动的景色湿漉漉的,带着春天朦胧的气息从旁掠过,就像闪闪发光的流水。

"我们大概马上就要到了。"她仿佛是在跟自己说话。

"是的,"他深深地叹了口气,"等了那么长的时间。"

他自己也不知道,他不耐烦地喟叹着说出来的这句话是指这次旅途,还是指过往的漫长岁月:梦幻和现实之间的迷惘涌过他的感情。他只感觉到,在他身下嘎达嘎达直响的车轮往前转动,朝着不知什么东西,不知什么瞬间,他心情奇怪的迟钝,也弄不清楚那是什么。不,现在别去思前想后——就这样混混沌沌地让一种看不见的力量带动,向着不知什么神秘莫测的东西前去,不负任何责任,四肢百骸全都放松。一种无限渴望的东西真的亲自走近那惊愕不止的心时,惯常会出现一种新嫁娘似的期待,甜丝丝的,刺激性的,可是也朦朦胧胧地掺和着一种害怕梦想成真的预先恐惧,交织着那种神秘的战栗。不,现在千万不要设想,什么也别希望,无所企求,就这么待着,像做梦似的卷进捉摸不定的状态,为陌生的洪流带动,互不相撞,又彼此感到,互相渴求,却又彼此不能达到,完全抛进命运之中,又抛回来迁就自我。就这么待着。在这持续不断的朦胧之中待个几小时,永远待下去,为无数的幻梦所笼罩,只是有种思想已经像轻柔的忧虑在心头升起:这种状况恐怕很快就要结束。

可是,山谷里的电灯已经像萤火虫似的在此在彼,四面八方闪烁不停,越来越明亮。笔直的两排路灯交相辉映,铁道叮当作响,一个苍白的、明亮的雾气拱顶已经在黑暗中形成。

"海德堡,"那三位先生当中的一位站起身来,对另外两位说道。三个人都收拾好他们鼓鼓囊囊的旅行皮包,急急忙忙地离开车厢,好早一点走到车门口。刹车后的车轮嘎达嘎达直响,已经磕磕绊绊地开进了火车站的停车区,重重地摇晃一下,猛地一震,车速完全停止,只有车轮再一次像挨了打的动物尖声了一叫。一秒钟之久,就他们俩面对面地坐着,仿佛这突然来到的现实把他们吓了一跳。

"我们已经到站了吗?"夫人的声音情不自禁地有点担惊

受怕!

"是的,"他答道,站起身来,"我能帮你一下吗?"她拒绝他帮忙,疾步走在前面。可是走到车厢的踏脚处,她又停住脚步片刻,迟疑地没有走下车厢,就像害怕把脚伸进冰冷的水里。然后,她振作一下下了车,他默默地跟着。两个人并排在月台上站了片刻,无助而又陌生,感到有些难堪,小皮箱拎在手上有些沉重。这时,停在他们旁边、一直像擤鼻涕似的火车头,突然一声尖叫,喷出许多雾气。她一阵哆嗦,脸色苍白地望了望他,目光慌乱,神色不定。

"你怎么了?"他问道。

"真可惜,刚才这一程多美啊。就这样一直乘车向前走。我恨不得再这样乘车走上几个小时呢。"

他不吭声,此时此刻他脑中浮起的恰好也是这个念头。可是旅程已结束:得发生什么事情了。

"咱们走吗?"他小心翼翼地问道。

"走,咱们走。"夫人含糊不清地嘟囔了一句。可是尽管如此,他们依然无助地站着,一动不动,仿佛他们心里有什么东西已经粉碎。然后,他们才犹疑不决地,迷惘慌乱地向出口处走去(他忘了挽起夫人的胳膊)。

他们走出火车站。可是刚到车站门口,一阵喧嚣便像风暴似的向他们袭来,鼓声隆隆,哨音尖利。喧嚣震耳欲聋——各种老兵协会和大学生们在举行爱国游行,他们犹如活动的城墙,四人一排,一排又一排,旌旗招展。一群穿着军人制服的男人,踏着铿锵有声的行军步伐,按照同一个节拍大步前进,整齐得就像一个人。他们脖子僵硬地向后挺起,一副竭力下定决心的样子,嘴巴大张,高声歌唱,同一个声音,同一个步伐,同一个节拍。第一排走着几位将军,白发苍苍的显要人物,身上挂满了勋章奖章,旁边是年轻人的队伍,他们以运动员的顽强劲头,笔直地高举大幅的旗帜,上面印着骷髅、带钩的十字①,各式各样古老的帝国旌旗迎风招展,他们胸膛绷紧,额头向前直挺,仿佛冲着敌人的队伍向前挺进,群众仿佛被巧妙的指挥的拳头驱使,像几何图形一样精准地、整齐地迈步向前,像用圆规划定,精确地保持距离,和着脚步,每一根神经都严肃地绷紧,目光咄咄逼人。每当新的一队——老战士、少年团、大学生——从高高垒起的检阅台走过,打击乐在那里有节奏地顽固地把看不见的铁砧上的钢铁砸得粉碎,这一大堆脑袋突然一震,摆出威风凛凛的神气:他们似乎服从于一个意志,所有的人脖子都往左边一甩,所有的旗帜都像被绳子一拽,在大队伍的首领面前一亮。首领把脸绷得像块石头,神情坚毅果决,检阅这些平民:没有胡须的、刚长绒毛的,或者皱纹满面的工人,大学生、士兵或者男孩,所有的人在这一时刻都有着同一张脸,顽强坚定,下定决心,怒气冲冲的目光,桀骜不驯地昂起的下巴,握住看不见的剑把的手势。一排一排的队伍像阵雨落下似的敲着鼓点,因为单调,愈发使人感到内心狂躁,愈发使人脊背挺直,目光坚定——战争和复仇的制造者,神不知鬼不觉地在和平的广场上站好队伍,正凝视着天空。天上温柔地布满了淡淡的白云。

"疯狂。"他深感意外地喏嚅着,"疯狂!他们想干什么?再打一次,再打一次仗?"

战争把他整个人生击成齑粉,再进行一场这样的战争?他怀着一种陌生的战栗仔细看着这些年轻的脸,眺望着这黑压压的前进着的人群。四人一排的队伍,从狭窄的小巷中不断涌出,就像方

---

① 指纳粹标志。

形的电影胶卷一段段地从黑匣子里抽出。他看到的每一张脸都是同样坚定不移,怒气冲冲,形成一种威胁,一种武器。为什么这股威胁要剑戟铿锵地直伸进这温和宜人的夜晚,为什么要一直砸进这座在和平山地里做着好梦的城市。

"他们想干什么?他们想干什么?"这个问题一直噎在他的喉头,他刚才还感到这个世界像水晶一样明亮,发出悠扬的声响,为柔情蜜意和缠绵爱情所笼罩,沉浸在一种善意和信赖的旋律之中,可是蓦然间,这大批群众钢铁般的进军步伐,把一切都踩得粉碎。系着武装带,千万人千百种姿态,却汇成一种呼喊,凝聚成一道目光,里面是仇恨,仇恨,仇恨。

他不由自主地挽住夫人的胳膊,为了感觉到一点温暖,感觉到爱情、激情、善意、同情,一种柔和的使人宁静的感觉。可是,那暴雨般敲击不停的鼓点,把他内心的平静全都破坏。此刻,成千上万个嗓音轰响起来,汇成一首难以理解的战歌,大地随着节奏鲜明的脚步声震颤,空气由于这庞大的群体突发的乌拉声而爆炸。这时他感到,就仿佛他内心深处那些娇嫩脆弱、音韵铿锵的东西,碰到这现实生活中的暴戾粗野、尖利刺耳的轰鸣而突然碎裂。

他身边有什么东西轻轻碰了他一下,让他惊醒:夫人戴着手套的手轻柔地提醒他,不要这样使劲地把手握成拳头。他把紧盯着游行队伍的目光移开——夫人默不作声,祈求似的凝视着他,他只有在胳膊上感到,她的手在轻轻地催促他。

"好,咱们走吧,"他振作起来,喃喃地说道。他耸起肩膀,像是在抵御什么看不见的威胁,拼命挣脱那挤成一堆的人肉之墙。这些人和他自己一样正默默无言的、专心致志地凝视这些武装军团不停地大步前进。他不知道想挤到哪儿去,只想离开这阵喧嚷、鼓噪的混乱局面,离开这座广场,这里有一只咚咚作响的研钵,以无情的节拍把他心里一切轻柔的、梦幻般的东西研得粉碎。他只想离开这里，单独和她在一起，就和她一个人待着，被黑暗这个拱顶包围着，为一层屋顶遮盖着，感觉她的呼吸。十年来，第一次不受别人监视，不被别人打搅，望着她的眼睛，充分享受和她单独相处的时光，这可是他在无数的幽梦中唤起的情景，如今几乎被这猛击战鼓、喊声震天、齐步前进的汹涌奔流的人潮冲刷得荡然无存。他的目光急躁地掠过前面的房屋，它们几乎为各色旗帜遮挡，当中只有几间上面有金色的字，写着公司的名字，有些字是一家旅馆的招牌。他蓦然间感到手里拎着的小皮箱轻轻往下一坠，提醒他：该到哪儿去休息一下，回到屋里，单独待在一起！买一点点宁静，买几平方米安静的空间！突然间，他发现在一个高高的石头门面上突显出一家饭店金光闪闪的名字，竟仿佛给了他一个回答。旅馆的玻璃大门向他们迎面打开。他的脚步变慢，呼吸急促。他几乎神色慌张的站住脚步，他的手臂情不自禁地和夫人的手臂松开。"据说这是家不错的饭店，人家向我推荐过。"他结结巴巴地撒着谎，企图掩饰急促不安的窘迫。

夫人吃惊地倒退一步，苍白的脸涨得通红。她的嘴唇动了动，想要说点什么——也许是和十年前同样的话，惊慌失措的一句："别在现在！别在这里！"

然而此时，夫人看见了他凝视她的目光，胆战心惊的、六神无主的、惊慌失措的目光。于是她低下头，默默无言地表示同意，跟着他迈着迟疑不决、心虚胆怯的步伐，跨进饭店的大门。

饭店的接待处站着门房，他头戴色彩鲜艳的帽子，神气活现地站在柜台后面，和外面保持着距离，就像忠于职守的船长，站在航船的瞭望塔上，怡然自得。两个客人迟疑不决地走进门来，门房一步也不迎上前去,只是向他们那只装着盥洗用品的小皮箱扫了一眼,迅速打量一番,一副鄙夷不屑的神气。他等着客人走到他的跟前,而他又突然像是忙着翻阅那本打开的,似乎是流水账的册子。等到要求住宿的客人站到他的面前,他才抬起冷漠的目光,就事论事一丝不苟地仔细盘问:"先生,您预订房间了吗?"对方用一种近乎负疚的神气鞠了一躬,然后门房就一面重新翻阅登记簿,一面答道:"恐怕所有的房间都已经占满了。我们今天举行授旗典礼,不过——"他仁慈地补充了一句,"让我瞧瞧还有什么办法可想。"

真恨不得给他一记耳光,这个衣服上饰有金线的下级军官,受到羞辱的博士冒火地想道。我又到这儿来当乞丐,来求得人家的恩典,充当冒失的入侵者,十年来这是第一次。可是这当儿,那个神气活现的家伙结束了他那复杂的审查。"二十七号房间刚刚腾出来,是个双人床的房间,如果您感兴趣的话。"还有什么办法,只好闷声闷气地赶快说声"好吧"。急促不安的手已经去拿起门房递过来的钥匙,急不可待地想让沉默的墙壁把自己和这个门房隔开。可是那冷峻的嗓音再一次从背后逼近:"登记吧,请!"一张长方形的纸已经搁在他的面前,纸上印了十个或者十二个空格要他填写,婚姻状况,姓名,年龄,出生地址,籍贯,官方向活生生的人提出的迫切问题。他飞快地把这件讨厌的事情处理掉,只有在要登记夫人的姓名时他没有如实登记,而是写上和他有婚姻关系(这曾经是他最秘密的愿望)——这时,那支轻轻的铅笔在他手里笨拙地颤抖了一下。"这儿还得填上住多久。"那个不留情面的家伙把填好的登记表审查一遍,用肥硕的指头指指还空着的一格,责备地说道。"一天。"博士用铅笔愤怒地填上。他激动起来,感到额头发湿,他不得不摘下帽子,这里陌生的空气使他备受压抑。

"二楼左边。"一个客气巴结的侍者灵巧地跳过来进行解释。

博士精疲力竭转身向着一旁。他是在寻找夫人:在整个登记的过程中,夫人只是一动不动地站在一张海报前面,假装兴致勃勃地看预告。一位无名的女歌唱家将要举行演唱舒伯特作品的晚会。可是,就在她这样一动不动地站在那儿的时候,一阵颤抖的波浪掠过她的肩头,犹如清风吹过草地。他羞愧地感觉到,夫人在使劲控制自己的激动:他违背自己意志地想道,我为什么要把她从宁静的生活中拽到这里来?可是如今已无路可退。他轻声地催促道:"来吧。"夫人离开那张陌生的海报,没有把脸转向他,举步向楼梯走去,缓缓的、艰难的、迈着沉重的脚步:就像一个老妇人,他不由自主地想道。

他就这样想了一秒钟之久,夫人这时扶着栏杆艰难地走上那短短的几级楼梯,他立刻把这丑恶的念头赶走。可是有一点冰冷的使人痛苦的东西留了下来,取代这被他使劲驱走的感觉。

他们终于爬上二楼:这沉默无语的两分钟,像永恒一样长久。一扇门敞开着,这是他们的房间:收拾客房的侍女还拿着抹布和扫帚在屋里打扫。"一会儿就得,我马上就扫完。"侍女连连道歉,"这房间刚刚拾掇完毕,您两位可以进来了,我只不过是把干净的床单拿来而已。"

他们走进房间。在这门窗紧闭的房间里,空气混浊甜腻,发出橄榄油肥皂和冷凝的香烟味道,不知道什么地方还残留着陌生男女无形的痕迹。

房间当中放着一张双人床,被子凌乱,肆无忌惮,也许还有人的体温,这房间的意义和用途显而易见,这样露骨,他感到恶心:他情不自禁地快步走到窗前,把窗推开,潮湿的软绵绵的空气夹杂着街上蒸发出来的喧闹,从往后倒退的摇摆不定的窗帘旁边慢慢地涌入。他伫立在敞开的窗前,使劲地望着窗外已经渐渐变黑的鳞次栉比的屋顶:这间房间是多么丑恶,待在这里是多么令人羞惭,多年来他梦寐以求和她双双相聚,是多么令人失望,这样的聚会既不是他,也不是夫人的愿望,这样突然,这样毫无羞耻的赤裸裸的单独相处!他眼望窗外,连吸三五口气之久,他数着呼吸的次数,没有胆子说出第一句话。不行,这样不行,然后,他迫使自己转过身来。完全像他所预感的那样,像他自己所担心的那样,夫人像尊石雕僵硬地站着,一动不动,穿着她那灰色的风雨衣,两臂下垂,就像折断了似的。她站在房间当中,就像一样不属于这房间的东西,而只是由于突发的偶然事件,由于一时失误才被放到这间令人反感的屋里来了。她脱下手套,显然想把它放在哪里,可是想必放在屋里任何地方,她都感到恶心。于是,手套便像空壳似的在她手里晃动。她的眼睛发直,就像蒙在一层惊恐的面纱后面。现在,既然他转过身来,夫人的眼光便央求似的向他射来,他明白了。"咱们是不是,"——呼吸不畅,他的嗓子也说不下去——"咱们是不是再出去走走?……这里闷得要命。"

"行……行……"这个字像获得赦免似的从她嘴里迸出——恐惧的锁链终得解开。说着,她已握住房门的把手。他稍稍慢一步,跟在她的身后,看见她的肩膀正拼命颤抖,就像一个动物脱离了死亡的铁爪。

街上热气腾腾,人头攒动,节日游行队伍的尾部依然把街上正常的行人往来弄得躁动不宁。于是,他们拐进旁边比较安静的小巷,走进通向树林的道路。十年前那次星期天的郊游就是这同一条路把他们带到山上的宫殿。"你还记得吗?那是个星期天。"他情不自禁地大声说道,夫人心里显然也在想着这同一段回忆,她轻声答道:"我跟你在一起的点点滴滴都没有忘记。奥托和他那个同学快步冲到前面,我们几乎要把他们丢失在林中。我叫他的名字,叫他赶快回来。我这样叫其实是违心的,因为我迫切想要和你单独待在一起。可是当时我们彼此之间还很陌生。"

"今天也是这样。"他想开个玩笑,可是她不吭声。我其实不该说这句话,他心里朦胧地感到:什么东西逼迫我老是进行比较,今天如何,当年如何。可是为什么我今天跟她说的每一句话都不灵:"从前"那过去的岁月总是夹在我们当中。

他们默默无言地向上攀登,他们下面的房屋在微光中已经缩成一团,从氤氲迷蒙的山谷里已经越来越明亮地拱起那条蜿蜒曲折的小河,树木沙沙作响,夜幕低垂,笼罩在他们身上。没有人向他们迎面走来,只有他们的影子默默地在他们前面移动。每当一盏街灯从斜里照亮他们的身影,影子便在他们面前融成一片,拉得很长,就仿佛他们在互相拥抱,互相渴求,身子依偎着身子,化为一体。等他们自己疲惫地慢慢地向前迈步,他们的影子又重新分开,然后再重新拥抱。他像着了迷似的望着这奇特的游戏,这两个没有灵魂的身影彼此逃离又复捉住,然后互相拥抱,这两个影子组成的身体只是他们自己身体的返照。他怀着一种病态的好奇心,看着这两个没有实质的形体彼此逃离而后又纠缠在一起,只顾观看这黑色的流动逃窜的图像,简直忘记了他身边的这个活生生的人。他并没有清楚地想到什么东西,可是朦朦胧胧地感到这怯生生的影子游戏提醒他什么事情,提醒他深埋心底的什么东西,如今这东西骚动不宁地翻动起来,就好像回忆的水桶急促不安、咄咄逼人地摸索着靠近。它到底是什么呢?——他凝聚心神,想弄明白在这沉睡的树林中,影子伴随着前行,到底提醒他什么:想必是一些话,一个情景,一番经历,听到的什么,感到的什么,包含在一段旋律中的什么东西,深埋在心底的什么东西,尽管岁月一年年过去,他从来没有触及过这个东西。

突然间,豁然开朗,在遗忘的黑暗中出现一道闪电般的缝隙:是一些话,是夫人有一次在客厅里向他朗诵的一首诗。一首诗,不错,是首法文诗,他记得这些字句,它们像突然被一阵热风卷起,一直吹到他的唇边。十几年过去了,他又听见夫人的声音,在朗诵一首外文诗里的被遗忘的诗句。

> Dans le vieu parc solitaire et glacé
> Deux spectres cherchent le passé. ①

这两行诗刚在记忆中涌现,一整幅图画简直像幻影似的迅速附在诗上:在昏暗的客厅里,夫人有一天晚上向他朗诵魏尔伦的这首诗,一盏灯放射出金色的光芒。他看见夫人进入灯影中,像披上深色的衣衫,她当年就那样坐着,既近在咫尺,又遥不可及,为他所爱,却不可企及,他一下子感到,他自己的心又和当年一样激动地怦怦直跳,听见她的嗓音在诗歌的音韵铿锵的波涛里震颤,听她在诗歌里,虽然只是在诗歌里,说出"相思"和"爱"这样的词,虽说是用外文,指的也是外国人,但是听这样的嗓子,她的嗓音说这样的话,依然令人陶醉。这些年他怎么能够忘记这首诗,那个晚上,他们单独留在宅子里,没有旁人,于是心慌意乱。为了避免危机四伏的谈话而逃到书籍这一更为随和更无风险的天地,在那里,含有深意、表达更深层感情的自白,有时候躲在词句和旋律后面,会突然闪亮,犹如灌木丛中的磷火一闪而过,无法捕捉,虽无踪影却使人欣喜。隔了那么多年,他怎么可能忘记这事?可是这首遗忘的诗歌怎么突然间又不招而至?他不由自主地朗诵起这首诗,翻译了

---

① 引自魏尔伦《感伤的对话》。

这些诗句:

> 在古老的公园里,冰冻,孤寂
> 两个幽灵在寻找往昔。

他刚念出这两句,立刻就明白了含义,钥匙就沉甸甸、亮闪闪地握在他的手里,联想把这段回忆形象鲜明地、轮廓清晰地从沉睡的坑道里,一下子猛提出来:刚才路上投下的影子,它们触及并且唤醒了她自己的话,是的,可是还不仅于此。突然间他浑身战栗,感到这令人吃惊的认识的意义,词句具有寓言的意义:难道不就是这些影子自己在寻找他们的往事,向一个不复真实的往日提出阴郁的问题,影子,影子想要复活,但又不可能再复活,无论是她还是他,都已不是同一个人。可是,他们还在徒劳地寻找着自己,彼此逃避,彼此拥抱,在这没有实质、没有力气的努力之中,他们不正像他们脚前的这些黝黑的妖魔?

他想必是无意识地大声呻吟起来,因为夫人转过身来:"你怎么了? 路德维希,你在想什么?"

可是,他摆了摆手:"没什么! 没什么!"他只是更深地倾听自己的内心,倾听往日,看这种声音,这种回忆的预示未来的声音,是否会又一次想跟他说话,想用过去来向他揭示现在。

(张玉书 译)